모히칸족의 최후

모히칸족의 최후
The Last of the Mohicans

제임스 페니모어 쿠퍼 장편소설   이나경 옮김

**THE LAST OF THE MOHICANS
by JAMES FENIMORE COOPER (1826)**

이 책은 실로 꿰매어 제본하는 정통적인 사철 방식으로 만들어졌습니다.
사철 방식으로 제본된 책은 오랫동안 보관해도 손상되지 않습니다.

1826년 초판에 붙인 머리말

7

모히칸족의 최후

17

역자 해설
미국의 신화를 탄생시킨 변경 지대의 로맨스

483

제임스 페니모어 쿠퍼 연보

495

1826년 초판에 붙인 머리말

존재한 적 없었던 것들을 그려 낸, 상상과 낭만의 그림을 발견하리라는 기대에서 이 책을 집어든 독자들은 아마도 실망감을 느끼며 책을 치워 버릴 것이다. 표지에서 밝히고 있듯이, 이 작품은 실제로 있었던 이야기다. 하지만 이 책이 지어낸 이야기일 것이라고 짐작하는, 상상력이 풍부한 여성 독자들을 포함하는 모든 이들이 이해할 수 없을지도 모르는 이야기를 전할 예정이므로, 저자의 입장에서는 역사적인 사항 가운데 몇 가지 불분명한 점을 설명해 두는 편이 이로울 것이다. 본 저자는 경험의 고배를 마시고 깨달은바, 대중이 어떤 문제에 대해 아무리 무지하다 하더라도 일단 그것이 눈앞에 제시되는 그 끔찍한 시련을 겪는 순간 개인으로서도, 집단으로서도, 또한 덧붙이자면 직관에 있어서도 그 발견을 중개하는 사람보다는 더 많은 것을 알게 되므로 이와 같은 의무를 면제받아도 된다고 여기고 있다. 하지만 이 명백한 사실과는 반대로 작가나 기획자가 자신을 제외한 남의 창의력을 믿는 것은 매우 위험한 실험이기도 하다. 그러므로 잘 설명할 수만 있다면 그 어떤 것도 미스터리로 두어서는 안 될 일이다. 남의 창의력을 믿고 설명을 생략하는 방법을 쓴다면, 바로 그런 독자들, 그러니까 책을 사는 데 돈을 쓰는 것보다는 책을 만드는 데 시간을 들이며 알 수 없는 만족감을 느끼는 독자들에게 독특한 즐거움을 선사할 따름일 것이다. 이야기를 시작하는 문턱에서부터 이해할 수 없는 말들을 이토록 많이 늘어놓는 이유를 미리 설명하면서 저자로서 의무 수행을 시작하고자 한다. 물론 인디언 조상에 대해서 조금이라도 알고 있는 사람이라면 누구나 잘 아는 것 이상의 자세한 내용은 여기서 전하지 않을 것이고, 그럴 필요도 없을 것이다.

인디언 역사를 공부하는 사람이 겪게 되는 가장 큰 어려움은 명칭에 관한 극심한 혼란이다. 하지만 네덜란드와 영국, 프랑스도 이 점에 있어서는 정복자답게 자유를 누렸음을 기억하고, 원주민들도 서로 다른 언어를, 그리고 그 언어의 방언을 썼을 뿐만 아니라 그들도 호칭을 여러 개 갖는 것을 좋아한다는 사실을 기억하면, 이에 관한 어려움은 놀랄 일이라기보다는 아쉬운 점이 될 것이다. 다음의 서문에는 다른 부족함도 있겠지만, 의미가 애매하게 느껴지는 것은 바로 이 명칭의 혼란에서 비롯된 것이라 여겨 주시길 바라는 바이다.

유럽인들은 페놉스코트 강과 포토맥 강 사이, 대서양과 미시시피 강 사이의 넓은 땅이 같은 줄기에서 나온 어떤 민족의 소유임을 알게 되었다. 이 광활한 경계선 가운데 한두 군데는 주변의 다른 민족들이 소유한 곳도 있었다. 하지만 대체로 그곳은 그들의 영토였다. 이 민족을 가리키는 총칭은 와파나키 족이었다. 그들은 자신을 〈레니 레나페〉라고 부르는 것을 좋아했는데, 그 자체로 〈섞이지 않은 민족〉이라는 뜻이다. 인디언 집단, 혹은 부족의 일부가 어떤 인종으로 나뉘는지 일일이 열거하는 작업은 본 저자가 갖고 있는 정보로는 불가능하다. 각 부족은 저마다 이름과 추장, 사냥터를 갖고 있으며 고유한 방언이 있는 경우도 많다. 구세계의 봉건 영주처럼, 그들은 자기들끼리 싸웠으며, 여러 가지 군주의 특권을 행사했다. 그럼에도 그들은 같은 혈통과 유사한 언어를 가졌으며, 전통을 통해 매우 충실하고 훌륭하게 전수되어 온 윤리관을 따르고 있음을 인정했다. 이 다양한 민족 가운데 일파는 〈레나피위히턱〉이라는 아름다운 강에 자리를 잡았다. 그곳은 그 민족의 〈긴 집〉, 즉 평의회소를 세웠다고 보편적으로 인정하는 장소였다.

현재 뉴잉글랜드의 남서부에 해당하는 곳과 허드슨 강 동쪽의 뉴욕, 남쪽으로 훨씬 더 내려간 곳을 소유한 부족은 〈마히카니〉, 혹은 흔히 〈모히칸족〉이라고 부르는 강성한 민족이었다. 모히칸은 그 후로 영어와 섞여 〈모히간〉이 되었다.

모히칸족은 다시 갈라졌다. 집단적인 역량이라는 문제에 있어서 그들은 〈긴 집〉을 소유한 이웃 부족과 어느 쪽이 더 오래되었는지를 놓고 분쟁하기도 했지만, 그들 자신이 〈조상〉의 〈장남〉이라는 주장은 쉽게 받아들여졌다. 물론 그 땅의 원래 주인 중 그들이 가장 먼저 백인들에게 쫓겨났다. 지금 남아 있는 소수는 대부분 다른 부족 사이에 흩어졌고, 그들의 힘과 위대함을 증명해 주는 것이라고는 구슬픈 기억뿐이다.

성스러운 평의회소를 지킨 부족은 〈레나페〉라는 자랑스러운 호칭을 얻고 오랜 세월 동안 명망을 유지했지만, 영국인들이 그들의 강 명칭을 〈델라웨어〉로 바꾼 뒤부터 차츰 같은 이름으로 알려지게 되었다. 그러나 이러한 용어의 사용에 있어서, 그들 사이에서는 대단히 미묘한 표현의 차이가 인식되었다. 이처럼 눈에 띄지 않는 섬세한 표현이 그들의 언어에는 만연하며, 그들의 모든 의사소통을 좌우하고, 웅변에 애수나 힘을 부여하는 경우가 많다.

레나페의 북부 경계를 따라 수백 마일 거리에는 마찬가지로 분파와 혈통, 언어에 따라 나누어진 다른 민족이 자리 잡고 있었다. 이웃 부족들은 그들을 〈멩위〉라고 불렀다. 그렇지만 이 북부 야만인들은 한동안 레나페 부족보다 힘도 약하고 결속력도 희박했다. 이 같은 불리함을 만회하기 위하여, 적의 평의회소에 가까이 살고 있던 가장 강력하고 전투적인 다섯 부족이 서로를 방어해 주기 위해 동맹을 맺었다. 실제로 이들은 북아메리카 역사에 기록되어 있는 최고(最古)의 연합 공화국이 되었던 셈이다. 모호크, 오네이다, 세네카, 카유가, 오논다가 부족이 거기 속했다. 훗날 뿔뿔이 흩어져 〈태양으로 더 가까이 간〉 그들은 다시 규합하여 자신들이 지닌 모든 정치적 특권을 완전히 공유했다. 이 부족(투스카로라족)은 지금까지 수를 늘려 왔으며, 영국인들은 그들 동맹에게 〈5개 민족 연합〉이라고 붙여 준 명칭을 〈6개 민족 연합〉으로 바꿨다. 이 이야기 속에서 〈민족〉이라는 단어는 때로는 하나의 집단을, 때로는 가장 넓은 의미에서 민족을 가리키는 데 쓴다. 멩위족은 종종 인디언 이웃들에게 〈마쿠아족〉이라고 불렸으며, 곧잘 경멸의 뜻으로 〈밍고족〉으로 불리기도 했다. 프랑스인들은 그들에게 〈이로쿼이족〉이라는 이름을 주었는데, 아마도 그들이 쓰던 용어가 와전된 것으로 추측된다.

한쪽에서는 네덜란드가, 또 다른 한쪽에서는 멩위족이 레나페족에게 무기를 내려놓으라고 말하며 멩위족에게 방어를 전적으로 맡기고, 원주민의 비유법을 써서 간단히 말하면 〈여자〉가 되라고 설득하는 데 성공했다는 치욕적인 사실이 잘 기록되어 있다. 네덜란드 측의 정책이 아무리 관대한 것이라고 주장하더라도, 자신들의 안전을 위한 것이 분명했다. 그 순간부터 현재의 미국 국경 안에 살았던 가장 위대하고 가장 문명화한 인디언 민족의 멸망이 시작되었을지도 모른다. 백인에게 약탈당하고, 야만인들에게 학살과 억압을 당한 그들은 한동안 평의회의 모닥불 주위에서 머무르다가 결국 무리를 지어 떠났고, 서부 미개척 지대에 은신처를 찾았다. 꺼져 가는 등불의 희미한 불빛처럼, 그들의 영광은 소멸하는 순간 가장 밝게 빛났던 것이다.

이 흥미로운 민족에 관해, 특히 그들의 이후 역사에 관해 더 많은 이야기를 할 수 있겠지만, 이 작품이 의도하는 바에 반드시 필요할 것 같지는 않다. 신성하고 존경받을 만한 그리고 경험 많은 헤키웰더가 고인이 된 이후로, 이러한 종류의 정보를 알려 줄 사람도 사라졌으며, 다시는 한 사람이 그런 정보를 수합하지 못할 것이다. 그는 그들을 위해 오랜 세월 열심히 애썼다. 헤키웰더가 그렇게 노력한 것은 그들의 윤리 의식을 개선하기 위해서뿐만 아니라 그 명성을 증명하기 위함이기도 했다.

이렇게 주제를 짧게 소개했으니, 이제 본 저자는 이 책을 독자에게 건네고자 한다. 하지만 본 저자가 정의를 주장할 처지는 아니더라도, 정직함을 주장하고자 한다면 다음의 내용은 밝혀 두어야 할 것이다. 편안한 거실 안의 공간에서 주로 사색하는 젊은 아가씨들, 남의 평판에 큰 영향을 받는 특정 나이의 모든 독신 신사들, 그리고 모든 성직자들이 이 책을 집어 들고 읽고자 한다면 그 계획을 포기하라고 조언할 것이다. 필자가 젊은 아가씨들에게 이렇게 조언하는 것은, 그들이 이 책을 읽고 나면 필시 충격적이라고 할 것이고, 독신 남성들은 잠에 방해를 받을 것이며, 성직자들에게는 이 책을 읽는 것보다 더 나은 일이 있을 것이기 때문이다.

초판에 붙이는 해설(1831)

이 이야기의 배경과 그 비유를 이해하는 데 필요한 정보 대부분은 책 안에, 혹은 딸려 있는 주석에 충분히 설명되어 있으므로 독자 여러분이 이해할 수 있으리라 믿는다. 하지만 인디언 전통에는 이해하기 어려운 점이 너무 많고, 인디언 이름에는 혼동되는 부분이 많으므로 설명을 좀 덧붙이면 도움이 될 것이다.

북아메리카의 원주민 전사보다 더 다양하고 — 또 이런 표현이 적절할지 모르겠으나 — 극과 극을 오가는 성격을 보여 주는 사람은 거의 없다. 전쟁 시에 그들은 용감하고, 과시적이며, 약삭빠르고, 가차 없고, 극기심이 강하고, 헌신적이다. 평화 시에 그들은 공정하고, 관대하고, 인심 좋고, 복수심이 강하며, 미신적이고, 수줍고, 대개 정숙하다. 실제로 이러한 자질이 그들 모두의 특징은 아니다. 하지만 지금까지는 바로 그러한 점이 이 비범한 민족의 주된 특질이라고 간주되어 왔다.

아메리카 대륙의 원주민들은 아시아에서 유래했다고 믿는다. 일반적으로 이 의견을 확증해 주는 여러 신체적, 윤리적 특징이 존재하지만, 그 반증이 되는 사례도 드물게 존재한다.

본 저자는 인디언의 피부색이 그들 고유의 것이라고 믿는다. 그리고 광대뼈를 보면 그들이 타타르족에서 기원했음을 분명히 알 수 있지만, 눈은 그렇지 않다. 광대뼈의 모양은 기후가 큰 영향을 줄 수 있었을 것인데, 눈에 큰 차이가 나는 것은 어찌 된 영문인지 알기 어렵다. 시와 연설에서 인디언이 사용하는 심상은 동양적인데, 그들의 한정된 실용 지식이 오히려 그 심상을 순수하게 했고, 어쩌면 더 발전시켰는지도 모르겠다. 인디언은 구름과 계절, 새와 동물, 식물계에서 은유를 끌어온다. 이 점에 있어서, 경험으로 환상을 제한하는 인디언은 여타의 정력적이고 상상력 풍부한 민족보다 더 많은 은유를 생산하지는 않는다. 하지만 북미 인디언은 아프리카인과는 매우 다른 방식으로 사상을 표현하며, 그 방식은 그 자체로 동양적이다. 그들의 언어는 중국어처럼 풍부하며 온갖 격언이 가득하다. 그들은 한 단어로 한 구절을 표현하고자 하며, 문장 전체의 의미를 한 음절에 담아낸다. 그들은 목소리를 아주 간단히 바꾸기만 해도 전혀 다른 의미를 전달한다.

언어학자들은 현재 미국이 된 지역에 살던 다양한 부족들 사이에는 정확히 두세 가지 언어만이 존재했다고 말해 왔다. 한 부족이 다른 부족의 말을 이해하는 데 어려움이 있다고 알려진 것은, 언어의 와전과 방언 때문이라고 한다. 본 저자는 미시시피 강 서쪽 대평원의 두 족장이 만난 자리에 참석했던 일을 기억하는데, 그때는 두 언어를 모두 말하는 통역사가 있었다. 전사들은 매우 사이가 좋아 보였고, 함께 많은 이야기를 나누는 것 같았다. 하지만 통역사의 말에 따르면 두 사람은 상대방의 말을 전혀 알아듣지 못한다고 했다. 그들은 서로 적대적인 부족인데, 미국 정부의 영향으로 한데 모인 것이었다. 그리고 두 부족의 정책이 같았기 때문에 그들은 같은 문제에 봉착해 있었음을 밝혀 두겠다. 그들은 전쟁이 발발할 경우 상대를 적의 손에 던져 넣어 이용하려고 서로 간곡히 설득했다. 인디언 언어의 뿌리와 특징에 관한 사실이 무엇이든, 각각의 단어가 너무나 달라져 전혀 모르는 언어처럼 이해할 수 없게 된 것만은 분명하다. 그렇기 때문에 그들의 역사를 배우다 보면 당혹스러운 문제에 봉착하게 되고, 그들의 전통에는 이해할 수 없는 점이 생기는 것이다.

자부심이 강한 여타의 민족들과 마찬가지로 아메리카 인디언들은 자신의 부족이나 인종에 대해 다른 민족과는 매우 다른 평가를 내린다. 그들에게는 자신의 자질에 대해 과대평가하고 경쟁 부족이나 적을 과소평가하는 습관이 있는데, 이는 창조에 대해 모세가 내린 평가와 마찬가지라고 볼 수 있다.

백인들이 원주민과 관련된 이름을 자신들의 방식으로 바꿔 놓은 것도 그들의 전통을 더욱 모호하게 전하는 데 일조했다. 따라서 이 책 제목에서 사용한 부족의 명칭은 〈마히카니〉에서 〈모히칸〉 그리고 〈모히간〉으로 변해 왔다. 모히간은 백인들이 주로 사용하는 단어이다. (뉴욕에 정착한) 네덜란드인, 영국인과 프랑스인이 모두 이 이야기의 배경이 되는 곳에 살았던 부족에게 따로 이름을 부여했으며, 인디언들도 각자의 적뿐만 아니라 종종 자신을 가리킬 때도 각기 다른 이름으로 불렀음을 기억하면, 혼란의 원인을 이해할 수 있을 것이다.

이 책에 나오는 레니 레나페, 레노페, 델라웨어, 와파나츠키, 모히칸은 모두 같은 민족, 혹은 같은 뿌리에서 나온 부족을 의미한다. 멩위, 마쿠아, 밍고, 이로쿼이는 정확히 말해 전부 같지는 않지만 정치적으로 동맹 관계를 맺고 있으며, 앞에서 말한 부족과 적대한다는 점에서 종종 하나로 간주된다. 밍고는 특히 비난의 의미를 담은 이름인 반면, 멩위나 마쿠아는 비난의 정도가 덜한 이름이다.

모히칸족은 유럽인들이 미 대륙의 이 지역에서 처음 점령한 구역의 주인이었다. 따라서 그들은 가장 먼저 자기 땅을 빼앗겼다. 그들의 고향 숲의 나뭇잎들이 서리가 내리기 전에 떨어지는 것처럼, 문명의 접근 혹은 유입 이전에 사라진 이 모든 이들은 피할 수 없는 운명을 맞이한 것이다. 그들의 최후를 그리는 작품 속에는 그러한 소재를 이용하는 것을 정당화하기에 충분한 역사적 진실이 담겨져 있다.

이 글을 마치기 전, 이 전설 속의 주요 인물이자 같은 작가가 쓴 다른 두 편의 이야기에서도 두드러진 주인공으로 활약하는 인물에 대해 한마디 해두는 것도 나쁘지 않을 것이다. 아메리카 대륙에서 영국과 프랑스가 벌인 전쟁에서 척후병 역할을 한 인물, 그리고 1783년의 평화기와 곧장 이어지는 사냥철의 사냥꾼, 공화국의 정책이 사회와 미개척지 사이에 걸쳐 있는 반야만인들에게 미개척지를 열어 준 이후 대초원의 외로운 덫 사냥꾼을 그려 내는 작업은 미국 발전의 주축이 된 놀라운 변화의 진실을 문학 작품을 통해 밝히는 작업이다. 이러한 작업은 지금까지 전무한 일이었으며, 이에 대해 수백 명의 살아 있는 사람들이 같은 증언을 할 수 있을 것이다. 바로 이런 점에서 이 소설은 창작물로서 장점을 갖고 있지 않다.

문제의 인물에 대해서, 작가는 그가 문명 생활의 유혹으로부터 벗어나되 그 편견과 교훈을 전혀 모르지 않으며, 야만의 관습을 겪어 보았으되 그것과의 관계로 인해 해를 입기보다는 더 발전했으며, 그가 처한 환경과 태생의 장점뿐만 아니라 약점도 모두 갖고 있는, 천성이 선한 사람이라는 점만을 밝히고자 한다. 그를 윤리적으로 덜 고양시켰더라면 사실성은 더 커졌겠지만, 그가 지닌 매력이 줄어들었을 것이다. 그리고 소설의 작가가 할 일은 능력이 허락하는 한 시(詩)에 가까이 다가가는 것이다. 이처럼 고백해 두었으니, 이 상상 속의 인물을 착상하거나, 그 인물이 지니는 특질을 채워 넣는 작업과 개성은 무관하다고 첨언할 필요는 없을 것이다. 그 부분에 필요한 언어와 극적 요소를 보존함에 있어서 진실을 위해 충분한 희생을 치렀다고 본다.

미국 전역의 유사한 다른 지역이 거의 그러하듯이, 사실 이 이야기가 펼쳐지는 지역도 이 책 속의 역사적 사건이 일어난 이래로 작은 변화만 있을 뿐이다. 호크아이가 물을 마시기 위해 멈췄던 샘과 그 근처에는 지금도 깨끗한 물을 마실 수 있도록 관리하는 곳이 생겼으며, 그와 그의 친구들이 오솔길 하나 없이 헤치고 다녀야 했던 숲 속에는 도로가 뚫려 있다. 윌리엄 헨리와 그 후에 세워진 요새 자리에는 폐허뿐이지만, 글렌에는 큰 마을이 생겼으며, 호리칸 호숫가에는 또 다른 마을이 들어서 있다. 그렇지만 이 외에 다른 곳에서 그토록 많은 업적을 이룬 민족이 해낸 일은 거의 없다. 이야기 속 후반부의 사건들이 일어난 미개척지 전체가 여전히 그대로 남아 있지만, 인디언은 이 지역을 모두 버리고 떠났다. 이 책에 이름이 적힌 모든 부족 가운데 뉴욕 보호 구역에 살고 있는 오네이다족만이 반쯤 문명화된 상태로 살고 있다. 나머지는 조상들이 살던 구역에서 떠났거나, 혹은 이 지상에서 완전히 사라졌다.

1850년판에 덧붙임

이 해설을 끝내기 전, 한마디 더 적어 두어야 할 사항이 있다. 호크아이는 뒤 생사크르망 호수를 〈호리칸〉이라고 부른다. 본 저자는 이러한 호칭이 우리에게 기원한 이름을 사용한 것이라고 생각하므로, 사실을 솔직히 인정해야 할 때가 온 것 같다. 이제 25년이나 지났지만 이 책을 쓰는 동안 소설 작품에 쓰기에 이 호수의 프랑스어 이름은 너무 복잡하고, 미국 이름은 너무 흔하며, 인디언 이름은 발음하기가 너무 어렵다는 생각이 들었다. 옛 지도를 살펴보니 프랑스어로 〈레 오리캉〉이라는 인디언 부족이 이 아름다운 호숫가 근처에 살았음이 확인되었다. 내티 범포가 하는 모든 말이 분명한 진실은 아니므로, 〈조지 호수〉 대신 〈호리칸〉이라는 말을 그가 쓰도록 했다. 이 이름은 호감을 얻을 수 있을 것 같았고, 모든 점을 고려했을 때 가장 적당한 호수 이름을 찾기 위해 계보를 뒤지느니 그냥 두는 편이 나을 것 같았기 때문이다. 본 저자는 그 이름이 적당한 권위를 행사하도록 두고서, 이를 고백하여 어쨌든 양심에 위안을 받고자 한다.

모히칸족의 최후

1

나의 귀는 열려 있고, 마음은 준비되었다.
최악의 경우라야 경들이 세상을 잃었다고 털어놓는 것이지.
말해 보라, 내 왕국을 잃었는가?

「리처드 2세」 3막 2장 93~95행

미처 적을 만나 싸우기도 전에 원시림을 지나느라 고생과 위험을 겪어야 하는 것은 북아메리카 식민지 전쟁의 특징이었다. 도저히 통과할 수 없을 것처럼 보이는 드넓은 밀림은 프랑스와 영국이 확보한 두 지역을 갈라놓고 있었다. 강건한 식민지 개척자와 그들 편에서 싸우는 유럽 병사들이 전쟁다운 전쟁에서 무용을 과시하기 위해서는 급류를 건너고 험한 산길을 오르느라 몇 달씩 시달리는 경우를 흔히 겪어야 했다. 하지만 숙련된 원주민 전사들의 인내와 극기를 본받아 모든 어려움을 극복하는 법을 배웠다. 그리고 어느 정도 지나고 나면 제아무리 깊은 숲 속이나 비밀 장소도 복수심을 채울 만큼 어둡거나 멀리 유럽 군주들의 냉혹하고 이기적인 정책을 떠받들기 위해 피를 맹세한 이들의 유입을 막을 만큼 아름다운 것 같지는 않았다.

중간에 드넓게 펼쳐진 변경 지대 가운데 그 어떤 구역도 허드슨 강 상류에서 인근 호수 사이의 땅만큼 그 시절 야만적인 전쟁의 참상을 생생하게 보여 주지는 못할 것이다.

그곳에서 행진하는 전사들에게 자연이 제공해 준 것은 너무나 뚜렷하여 놓칠 수 없었다. 캐나다 국경부터 뉴욕 인접 지역의 경계 안쪽 깊숙이 펼쳐져 있는 기다란 챔플레인 호수는 프랑스가 적을 공격하기 위해서 지나야 하는 거리의 절반을 차지하는 천연 수로였다. 챔플레인 호수의 남단 부근에서 다른 호수의 물이 유입되는데, 그 물은 너무나 맑은 나머지 예수교 선교사들이 세례 전용으로 지정할 정도였으며, 그래서 〈뒤 생사크르망〉[1]이라는 이름을 붙였다. 신심이 그만큼 뜨겁지 못한 영국인들은 자신들을 통치하는 왕자이자, 하노버 왕가 제2인자의 이름을 부여함으로써 충분한 예를 다했다고 여겼다. 이들은 그 숲의 소유자들로부터 원래의 명칭 〈호리칸〉[2]을 계속 쓸 수 있는 권리를 빼앗았다.

숱한 섬들 사이를 돌아 산중에 들어앉아 있는 이 〈성스러운 호수〉는 남쪽으로 12리그[3]까지 이어져 있었다. 물이 더 흘러가는 것을 방해하는 고원에는 같은 거리의 육로가 나 있었으며, 모험을 원하는 사람은 그 길을 통해 허드슨 강 기슭으로 들어가서 급류, 혹은 그 지역의 언어로 〈여울의 방해〉를 받으며 강을 따라 바다까지 항해할 수 있었다.

프랑스군이 상대를 괴롭히는 대담한 계획을 짜기 위해 부단히 노력하며 앨러게니의 멀고 험난한 협곡까지 진출하기를 시도하는 가운데, 전설과도 같은 그들의 예리한 공격은 앞에서 말한 지역의 천혜를 간과하지 않았으리라 쉽게 짐작할 수

---

1 du Saint Sacrement. 〈축복받은 성례〉라는 뜻이다 — 옮긴이주.

2 인디언 부족마다 다른 언어나 방언을 쓰기 때문에 보통 같은 장소에 다른 이름을 부여하는데, 그들의 명칭은 거의 모두 대상을 묘사하고 있다. 따라서 이 아름다운 호숫가에 살던 부족이 사용하던 이름을 문자 그대로 옮기면, 〈호수의 꼬리〉가 될 것이다. 보통, 그리고 정식으로 〈조지 호수〉라고 부르는 그곳은 지도에서 보면 챔플레인 호수의 꼬리를 형성하는 것 같다. 그래서 이런 이름이 붙은 것이다.

3 1리그는 약 4.8킬로미터이다 — 옮긴이주.

있다. 그곳은 단연 대부분의 식민지 지배권 쟁탈전이 벌어진, 유혈이 낭자한 격전지가 되었다. 행군로에 보급 기지로 사용하는 요새를 여러 지점에 세웠고, 승리하여 적의 깃발을 내릴 때마다 요새를 뺏고 빼앗기고, 짓고 새로 짓는 과정이 되풀이되었다. 농부들이 위험한 군사 통행로에서 멀리 떨어져 안전한 옛 정착지 안쪽으로 피신하는 가운데, 모국의 왕위 다툼에 참전했던 군대보다 더 큰 규모의 병력이 이 숲으로 들어갔다가는 고생에 초췌해지고 패배에 낙담하여 오합지졸의 꼴로 돌아오는 모습이 드물게 목격되곤 했다. 이 격전지에는 평화조약을 맺는 방법이 알려져 있지 않았지만, 숲은 사람들로 부산했다. 산속의 빈터와 협곡에는 군가가 울려 퍼졌고, 용감하고 무모한 젊은이들이 대낮에 깨어 움직일 때부터 긴긴 밤 동안 모든 것을 잊고 잠들 때까지 산속 메아리는 그들의 웃음소리와 잔인한 고함 소리를 되돌려 보냈다.

이 같은 분쟁과 학살의 현장, 결국 영국과 프랑스 양국 모두 얻어 내지 못한 지역을 확보하기 위해 두 나라가 일으킨 전쟁이 3년째 접어들던 해, 이 책에서 전하고자 하는 사건이 벌어졌다.

국외로 나간 군사 지도자들의 어리석음과 본국 보좌관들의 치명적인 무기력 때문에, 대영 제국은 이전의 군인과 정치가들이 재능과 기획력을 다해 세운 혁혁한 공훈을 지켜 내지 못했다. 더 이상 적들이 두려워하지 않게 된 영국은 자긍심을 급속히 상실하고 있었다. 이러한 굴욕 속에서 식민지 개척자들은 영국이 저지른 실책을 만회할 처지도 아니었고, 그저 당연하다고 생각하며 참전할 따름이었다. 모국으로서 존경하고, 무적이라며 맹목적으로 믿었던 영국의 파견 군대, 훈련받은 전사들의 무리 가운데 군사 지휘 능력으로 뽑힌 사령관의 그 군대가 프랑스와 인디언 몇몇에게 치욕적으로 쫓겨나다가 훗날 기독교 세계 전체에 그 이름을 알리게 된 버지니아 출신 소년[4]의 냉정한 판단력과 용기로 근근이 전멸을 피하는 과정을 그들은 지켜보았다. 예상치 못한 이 재난으로 드넓은 변경 지대가 무방비 상태에 놓이게 되자 실제로 재앙이 닥치기도 전에 사람들은 수천 가지 위험을 상상하게 되었다. 겁에 질린 개척민들은 서쪽으로 끝없이 펼쳐진 숲에서 바람이 불어올 때마다 야만인들의 고함 소리가 섞여 있다고 믿었다. 그 잔인무도한 적이 지닌 무시무시한 성격은 전쟁이 불러일으키는 공포를 엄청나게 증폭시켰다. 그들의 기억 속에는 최근에 벌어진 숱한 학살이 여전히 생생했다. 숲에 사는 원주민들이 잔혹한 주역으로 활약하는 한밤중의 살인 사건 이야기를 듣지 못할 만큼 귀가 먹은 사람은 없었다. 남의 말 하기 좋아하는 나그네가 숲 속에서 일어날 수 있는 위험한 일들을 늘어놓으면 소심한 자들은 공포에 떨었고, 어머니들은 가장 큰 마을에서 안전하게 자고 있는 아이들을 염려스러운 눈초리로 보았다. 한마디로 말해 점점 확산되는 공포에 이성의 작용은 무기력해지기 시작했고, 사람들은 원주민 역시 인간임을 기억해야 하건만 오히려 가장 저급한 욕망의 노예로 간주하게 되었다. 자신감 넘치고 용감한 사람들도 그 전쟁의 결과를 의심하기 시작했다. 영국 국왕이 미국에 갖고 있는 땅이 모두 프랑스에 정복당하거나, 프랑스의 무자비한 동맹인 인디언의

---

4 조지 워싱턴George Washington(1732~1799). 워싱턴은 유럽의 장군에게 얼마나 무모한 위험을 무릅쓰고 있는 것인지 알렸으나 소용이 없자 스스로 결정을 내리고 용기를 실천함으로써 남은 영국군을 구해 냈다. 이 전투에서 얻은 명성으로 인해 그는 훗날 미국군의 사령관으로 뽑히게 되었다. 미국 전체에 그를 찬양하는 소리가 울려 퍼졌지만, 이 전투에 대한 유럽인의 기록에 그의 이름은 전혀 등장하지 않는다는 점은 주목할 만하다. 적어도 이 책의 저자는 그의 이름을 찾아내지 못했다. 이런 식으로 영국은 명성마저 그 통치 체제 안으로 흡수해 버린다.

침략으로 황폐해질 거라고 예측하는 사람들의 수는 날이 갈수록 늘어났다.

그러므로 허드슨 강과 호수 사이 육로의 남쪽 끝에 있는 요새에 몽캄[5]이 〈나무에 매달린 잎사귀처럼 많은〉 군대와 함께 챔플레인 호수를 향해 북상하고 있다는 정보가 들어오자 그들은 적이 사정권 안에 들어왔음을 안 군인이 마땅히 느껴야 하는 냉혹한 기쁨보다는 달갑지 않은 두려움에 먼저 휩싸였다. 한여름의 낮이 저물어 갈 무렵, 인디언 전령이 이 소식을 전해 왔는데, 그는 〈성스러운 호수〉 가장자리에서 사령관으로 있던 먼로가 보낸 강력한 보강 병력 요청도 함께 전해 주었다. 이 두 요새 사이의 거리는 5리그가 채 안 되었다. 원래 그들의 통신선을 형성하던 그 험한 길은 수레가 다닐 정도로 확장되었고, 그래서 숲에서 자란 사람들이 두 시간에 주파하던 그 길은 이제 여름 해가 떠서 지기까지 필요한 물자와 병력이 이동할 수 있게 되었다. 영국 국왕의 충성스러운 신하들은 이 숲의 통행로 중에 있는 한 요새에 윌리엄 헨리의 이름을, 또 하나에는 에드워드의 이름을 따는 등 모두 왕가에서 가장 사랑받는 왕자의 이름을 붙였다. 바로 얼마 전 임명된 노련한 스코틀랜드인 먼로는 몽캄이 진두에서 동쪽 산기슭으로 이동시키고 있던 가공할 만한 병력과는 비교도 안 되게 적은 병력을 이끌고 윌리엄 헨리 요새를 맡고 있었다. 그리고 북부 지역에서 왕의 군대를 지휘하던 웹 장군이 5천의 병력과 함께 에드워드 요새를 맡고 있었다. 웹 장군이 휘하의 파견대를 합병하자, 비로소 수적으로 조금밖에 우세하지 않은 병력을 이끌고 보강 병력으로부터 멀리까지 진군한 모험심

---

5 Louis-Joseph de Montcalm(1712~1759). 프렌치·인디언 전쟁 중 프랑스의 식민지를 보호하기 위해 퀘벡 주둔군으로 임명된 사령관이다 — 옮긴이주.

강한 프랑스인 몽캄과 맞설 두 배의 병력을 형성하게 되었다.

그러나 패배로 낙담한 장교들과 사병들은 모두 뒤켄 요새에서 프랑스인들이 보여 준 전례로, 선제공격으로 적의 진격을 막는 것보다는 무시무시한 적군이 사정권 내에 들어오기를 기다리고 싶어 하는 것 같았다.

전령이 가져온 소식에 술렁거리던 분위기가 좀 진정되자 참호로 에워싼 막사 전체에 나돌던 소문은 허드슨 강의 가장자리를 따라 요새 전역으로 퍼져 나갔다. 그 내용은 동이 트면 1천5백 명의 파견대가 이 통행로의 북단에 위치한 거점인 윌리엄 헨리로 출발할 예정이라는 것이었다. 처음에는 소문에 불과했던 그 이야기가 총사령관의 숙소에서 신속히 출격 준비를 하라는 명령이 몇몇 상등병에게로 전해지자 곧 기정사실화됐다. 웹이 파견대를 정말 출발시킬 것인지 의아해하던 이들의 의심은 모두 사라졌고, 병사들은 한두 시간 동안 불안한 표정으로 재빨리 움직였다. 입대한 지 얼마 안 되는 초년병들은 흥분을 이기지 못하고 여기저기 뛰어다니느라 채비가 늦어지기도 했다. 반면 좀 더 숙련된 병사들은 서두르는 이들을 경멸하듯 신중한 몸놀림으로 준비를 갖췄다. 근엄한 표정과 불안한 눈빛으로 아직 경험해 본 적 없는 미개척지에서의 무시무시한 전쟁에 그다지 강한 흥미를 느끼지 않는다고 말했지만 말이다. 마침내 태양은 찬란한 빛을 발하며 멀리 서쪽 산으로 넘어갔고 이 호젓한 막사 주위에 어둠이 내리는 사이, 채비를 갖추는 소리는 차츰 잦아들었다. 결국 어느 장교 거처에 마지막까지 켜져 있던 불빛이 꺼졌다. 언덕과 흐르는 시냇물에 나무들이 기다란 그림자를 드리웠고, 광활한 숲 속 깊이 자리 잡은 막사 전체에 침묵이 퍼져 나갔다.

전날 밤 내려온 명령에 따라 북소리가 들리자 군대 전체는 깊은 잠에서 깨어났다. 해가 뜬, 구름 한 점 없는 부드러운 동쪽 하늘에 높다란 소나무들의 뾰족뾰족한 윤곽선이 드러나기 시작하자 숲 여기저기 축축한 아침 공기 사이로 북소리의 메아리가 번져 나갔다. 순식간에 막사 전체가 움직이기 시작했다. 제일 느린 병사는 자리에서 일어나자마자 동료들이 출발하는 것을 보고, 그때의 흥분과 사건들에 동참했다. 선발 부대의 단순한 배치는 금세 끝났다. 국왕의 정규군이 대열의 오른쪽에서 거만하게 행군하는 반면, 그보다 하급의 개척민들은 오랜 연습으로 익힌 고분고분한 태도로 왼쪽에서 행군했다. 정찰병들이 출발했다. 짐을 실은 수레 뒤를 따라 강한 위병들이 앞장섰다. 회색 새벽빛이 햇볕에 사라지기 전 전투 부대는 종대로 대열을 짓고 드높은 군인 기상을 과시하며 막사를 떠났다. 이러한 분위기는 이제 막 첫 공격에 나선 여러 신병들의 두려움을 잠재우는 역할을 했다. 존경하는 동료들이 지켜보는 가운데 군대의 당당한 전선과 정렬한 대오가 보였으며, 군악대의 연주가 멀리서 잦아들면서 마침내 숲은 그 가슴속으로 서서히 들어오는, 살아 움직이는 덩어리를 집어삼키는 것처럼 보였다.

숲으로 점점 깊이 들어가 보이지 않게 된 부대의 낮은 발걸음 소리는 바람결에도 들리지 않게 되었고 마지막 낙오자들도 이미 대열을 찾아 사라졌지만, 독특한 크기의 오두막과 숙소 앞에는 여전히 출발하는 이들이 남아 있었다. 숙소 앞은 영국인 장군을 호위하는 보초들이 순찰하고 있었다. 이곳에 대여섯 마리의 말이 모여 있었는데, 성장(盛裝)한 모습으로 짐작건대 적어도 지위 높은 여성 둘이 타게 될 모양이었다. 이렇게 외딴 미개척지에서 그런 여성들을 만나는 것은 흔치 않은 일이었다. 세 번째 말은 장교의 마구와 무기를 장착하고 있었다. 나머지 말들은 평범한 마구로 보나 짊어진 짐으로 보나 하인들의 것이 분명했다. 이 보기 드문 광경으로부터 멀찍

감치 떨어진 곳에 가지각색의 사람들이 모여들었다. 몇몇은 군마의 혈통과 골격에 감탄했고, 몇몇은 천박한 호기심을 드러내며 채비를 구경하고 있었다. 그중에 외모와 행동으로 보건대 빈둥거리는 것도 아니고 아주 무식한 것도 아닌, 여느 구경꾼들과는 다른 한 사람이 있었다.

이 사람의 외양에 특별히 빠진 구석이 있는 것은 아니었지만 극도로 볼품이 없었다. 그는 여느 사람들처럼 골격과 관절을 모두 지녔으되, 그들이 지닌 균형은 하나도 없었다. 꼿꼿이 선 그의 키는 주위 사람들보다 더 컸다. 하지만 자리에 앉은 그의 몸집은 평범한 인간의 앉은키 하한선에도 미치지 못했다. 몸의 각 부분에 있어서도 같은 모순이 존재하는 듯했다. 머리는 크고 어깨는 좁았다. 팔은 길쭉하게 늘어져 있었다. 손은 가늘지는 않아도 작았다. 다리와 허벅지는 말라비틀어졌다고 할 수 있을 만큼 가늘었지만 대단히 길었다. 이처럼 어색한 상부 구조를 불경스럽게 떠받치고 있는 발이 그렇게 크지 않았더라면 무릎이 거대하게 강조되어 보였을 것이다. 그가 아무렇게나 입은 부자연스러운 옷은 그 어색한 모습을 더욱 눈에 띄게 할 따름이었다. 목선이 깊이 파진 케이프에, 몸통이 넓은 하늘색 외투는 길고 가는 목과 더욱 길고 가는 다리를 드러내 몸매의 약점을 가장 적나라하게 보여 주었다. 하의는 몸에 꼭 끼는 노란 무명 바지였는데, 오래 써서 닳아 빠진 하얀 끈을 무릎 언저리에 커다랗게 묶어 놓았다. 흰 면양말과 한쪽에 박차가 달려 있는 신발이 바로 이 인물의 하반신의 맨 끄트머리를 장식한 것이었는데, 그 곡선이나 각도를 감추어 주기는커녕 그 주인의 허세, 혹은 무지로 인한 그의 결점을 오히려 세세히 드러냈다. 은사 레이스로 화려하게 장식한 명주 조끼의 거대한 호주머니 아래에는 부대이다 보니 전쟁 도구로 쉽게 착각할 만한, 알 수 없는 물건이 삐져

나와 있었다. 그 흔치 않은 도구의 크기는 작았지만 막사에 있던 유럽인들의 호기심을 자극했다. 그 지역 사람들 몇몇은 그것을 사용하는 모습을 두려움 없이, 익숙하게 지켜보았지만 말이다. 그리고 지난 30년간 목사 이외에는 아무도 쓰지 않는 커다란 삼각모가 이 사람의 정수리에 놓여 있어서, 성격 좋고 약간은 어리석어 보이는 모습에 위엄을 부여해 주었다. 그에게 강력하고 특별한 신뢰를 부여하기 위해서는 이와 같은 인위적인 도구가 필요했다.

여느 무리가 멀찌감치 서서 웹의 막사를 우러러 보고 있을 때, 위에서 묘사한 인물은 일꾼들 사이를 돌아다니면서 말이 자신의 마음에 들면 그 점을 칭찬하고, 마음에 들지 않으면 그 단점을 질책했다.

「이보게, 이 동물은 국내에서 키운 것이 아니라 이국땅에서 키운 것이라고 생각되는데……, 아니면 혹시 저 푸른 물 너머 작은 섬에서 온 건가?」 보기 드문 신체 비율이 두드러지듯, 부드러움과 상냥함이 돋보이는 목소리로 그가 말했다. 「허풍이 아니라네. 나는 헤이븐 두 곳에 모두 가봤으니까. 하나는 템스 강 어귀에 자리 잡고 있는 곳인데, 옛 잉글랜드의 수도 이름에서 따와 〈헤이븐〉이라고 부르면서 〈뉴〉라는 단어를 덧붙였지. 나는 스노 범선과 쌍돛대 범선이 노아의 방주처럼 가축 무리를 태우는 광경도 보았네. 발 넷 달린 짐승을 교역과 교통수단으로 쓰려고 자메이카 섬에 실어 가는 거였지. 하지만 이처럼 성경 속에 나오는 군마 모습을 그대로 한 동물은 본 적이 없네. 〈발굽으로 세차게 땅을 파다가 힘을 뻗쳐 내닫고〉,[6] 〈나팔 소리 울려 오면 힝힝 하고 울며, 지휘관들의 고함과 진격 명령만 듣고도 멀리서 풍겨 오는 전쟁 냄새를 맡는다.〉[7] 보

---

6 「욥기」 39장 21절 — 옮긴이주.
7 「욥기」 39장 25절 — 옮긴이주.

게, 이스라엘 군마들이 우리 시대로 내려온 것 같군, 그렇지 않나?」

그 사람은 크고 낭랑한 소리로 힘차게 말했는데 사실 누군가의 관심을 받아 마땅한 이 말에 아무런 대답이 없자 성경 구절까지 읊어 댄 것이다. 그러면서 주위를 훑어보다 우연히 이 연설을 듣고 있는 말없는 인물을 보게 되었고, 그 인물에게서 신선하고도 강렬한 찬탄거리를 발견했다. 그의 눈길이 전날 저녁의 달갑잖은 소식을 막사에 전한 〈인디언 전령〉의 고요하고 꼿꼿하며 단단한 모습에 닿았던 것이다. 그 전령은 완벽하게 휴식을 취하고 있었는데, 특유의 절제하는 태도로 주위의 흥분과 소란에 괘념치 않아 보이면서 조용한 야만인의 외모와 함께 무뚝뚝하고 사나운 분위기가 있었으므로 그 순간 놀람을 감추지 않고 그를 훑어본 사람보다 훨씬 더 경험 많은 사람의 관심도 끌 법했다. 그 원주민은 자신의 부족이 사용하는 손도끼와 단검을 갖고 있었지만 외양은 전사의 모습이 아니었다. 오히려 전날의 피로를 회복할 만큼 쉬지 못한 듯 멍하니 정신을 팔고 있었다. 그의 사나워 보이는 몸에 전사의 치장으로 그려 넣은 물감이 엉망으로 뒤섞이는 바람에 검은 팔다리는 예술이 의도한 효과보다 한층 더 잔인하고 불쾌한 느낌을 주었다. 먹구름 아래 밝은 별처럼 빛나는 그의 눈만이 야생 원주민에 어울렸다. 탐색하는 것 같으면서도 조심스러운 그의 시선이 호기심 어린 상대의 눈빛과 단 한순간 만났는데, 곧 방향을 바꾸더니 빈틈없이 주위를 살피기 위해서, 그리고 어느 정도는 경멸의 뜻을 내비치며 먼 곳을 뚫어져라 응시하기 시작했다. 백인의 왕성한 호기심이 다시 다른 대상으로 향하지 않았더라면, 그처럼 독특한 두 사람 사이의 이 짧고 소리 없는 대화가 백인에게서 어떤 뜻밖의 의견을 이끌어 낼 수 있었을는지는 알 수 없다. 하인들이 웅성거리며 동시에 움직이기 시작하자 존재만으로도 기마대 행렬을 움직이게 할 수 있는 장본인들이 다가오고 있음을 알 수 있었다. 군마를 칭찬하던 사람은 키가 작고 여윈, 꼬리를 늘어뜨린 암말에게로 잽싸게 돌아갔다. 그는 근처 막사에서 자라는 풀을 멍하니 뜯고 있던 암말의 명색뿐인 안장에다 얹어 놓은 담요에 한쪽 팔꿈치를 기대고 부대가 떠나는 광경을 구경했다. 그사이 당나귀 새끼 한 마리가 암말의 맞은편에서 소리 없이 아침 식사를 하고 있었다.

장교 복장을 한 청년 하나가 여인 둘을 말로 안내했는데, 옷차림으로 보아 숲 속을 헤치고 힘든 여정을 맞이할 준비를 갖춘 것이 틀림없었다. 둘 다 젊긴 했지만, 외모로 보아 더 어려 보이는 아가씨는 아침에 부는 산들바람에 녹색 베일을 떨어뜨려 눈부신 피부와 금발, 새파란 눈동자를 구경꾼들에게 보여 주었다. 서쪽 하늘 소나무 숲 위로 여전히 번져 있던 붉은 기운도 그녀의 뺨에 떠오른 홍조만큼 밝지도, 섬세하지도 못했다. 밝아 오는 아침 역시 그녀가 안장에 오르도록 도와주는 청년에게 보인 생기 넘치는 미소보다 더 큰 활력을 주지는 못했다. 젊은 장교의 관심을 똑같이 받고 있는 것처럼 보이는 또 다른 아가씨는 네댓 살 연장자답게 자신의 매력을 군인들의 시선으로부터 조심스레 감추고 있었다. 하지만 어린 아가씨와 마찬가지로 절묘한 비율의 생김새에, 여행용 드레스에도 우아함을 전혀 잃지 않은 그녀의 모습은 한층 더 풍만하고 성숙해 보였다.

이 여인들이 안장에 오르자 그들의 보호자도 군마의 안장에 가볍게 올라탔고, 세 사람은 오두막 문턱에서 자신들을 배웅하며 예우를 갖추는 웹 장군을 향해 고개 숙여 인사하고 말머리를 돌려 종자를 이끌고 느릿느릿 걸어 막사의 북쪽 출입구 쪽으로 갔다. 그 짧은 거리를 가로지르는 동안 그들 사이에서는 말 한 마디조차 나오지 않았다. 하지만 인디언 전령이 어린 아가씨 옆을 불쑥 스쳐 지나며 앞에 펼쳐진 군용 도로를 따라가자, 그 아가씨의 입에서는 작은 탄성이 튀어나왔다. 인디언의 이 갑작스럽고 놀라운 움직임에 다른 쪽 아가씨는 아무 소리도 내지 않았지만 실은 꽤 놀라 베일이 벌어졌고, 그 사이로 그녀가 야만인의 매끄러운 움직임을 바라보며 짓는 동정심과 경이감, 공포를 담은 형언할 수 없는 표정이 드러났다. 이 아가씨의 머리채는 까마귀 깃털처럼 윤기 나는 검은색이었다. 피부는 갈색은 아니었지만 곧 터져 나올 것만 같은 짙은 핏빛으로 가득했다. 하지만 이루 말할 수 없이 바르고 고상하며 비할 데 없이 아름다운 몸가짐에는 거친 면도 없었고, 조신함이 부족하지도 않았다. 그녀는 최상급 상아도 부끄러울 만큼 새하얀 치아들의 반듯한 치열을 드러내며, 마치 자신이 그 순간 조심성을 잊은 것이 가련하다는 듯 미소를 지었다. 베일로 다시 얼굴을 가린 그녀는 고개를 숙이고 주위의 광경에 정신이 팔린 사람처럼 말없이 말을 몰고 있었다.

2

안녕, 안녕, 어이, 어이, 안녕!

「베니스의 상인」 5막 1장 39행

독자 여러분에게 너무나 소홀히 소개한 그 아리따운 아가씨들 중 하나가 그렇게 생각에 잠겨 있을 때, 다른 하나는 탄성을 지를 만큼 놀랐다가 금세 제정신으로 돌아와 스스로의 나약한 행동에 웃어 대며 곁에서 말을 모는 청년에게 이렇게 물었다.

「저런 유령 같은 이들이 숲에 많이 돌아다니나요, 헤이워드 소령님? 아니면 우리에게 특별히 보여 주려고 저 사람을 부른 건가요? 만약 후자라면 감사하며 입을 다물어야 되겠죠. 하지만 전자라면 코라 언니와 저는 무시무시한 몽캄을 만나기도 전에 우리 조상에게 물려받았다고 자랑하는 용기를 한껏 끌어내야 되겠어요.」

「저 인디언은 군대의 〈전령〉입니다. 그가 속한 민족의 방식을 따르면 영웅이라고 부를 수도 있을 겁니다.」 장교가 대답했다. 「저자는 지름길을 이용해 행군의 더딘 움직임을 따라가는 것보다 더 빠르고 편안하게 우리를 호수까지 데려다주겠다고 자원했습니다.」

「마음에 들지 않아요.」 아가씨는 무서워하는 척했지만, 실제로도 공포를 느끼며 몸을 떨었다. 「덩컨, 저 사람을 아시나요? 모르는 사람에게 당신의 신변을 그렇게 쉽게 맡기진 않았겠죠?」

「앨리스, 저자를 믿지 못한다면 아무도 믿을 사람이 없을 겁니다. 잘 아는 사람이에요. 그게 아니라면 저 친구가 나의 신임을 얻지 못했겠죠. 특히나 지금 이 순간에는 더욱 그렇고요. 저자는 캐나다인이라고도 합니다. 하지만 앨리스도 알다시피 저자는 6개 민족 연합[8]에 속한 우리의 친구 모호크족을 위해서도 봉사를 했습니다. 내가 듣기로 저자는 당신 아버님께서 관여하신 어떤 사건 때문에 우리 편에 오게 되었는데, 아버님께서 저 야만인을 엄격하게 다루었다고 하더군요. 하지만 쓸데없는 이야기는 잊었습니다. 이제 저자가 우리 친구라는 사실만으로 충분하니까요.」

「아버지의 적이었다면 더욱 마음에 들지 않아요!」 정말 불안해진 소녀가 외쳤다. 「저 사람의 말투를 들어 볼 수 있도록 그에게 말을 걸어 주지 않겠어요, 헤이워드 소령님? 바보 같은 말일지는 모르겠지만 제가 사람의 말투를 믿는다고 맹세하는 걸 소령님도 종종 들어 보셨죠!」

「그래 봐야 소용없을 겁니다. 아마도 외마디 탄성으로만 대답할 테니까요. 만약 저 친구가 영어를 안다 해도, 부족 사

[8] 뉴욕 점령지의 북서부에 살던 인디언 부족 가운데에는 오랫동안 동맹 관계가 존재했는데, 이를 처음에는 〈5개 민족 연합〉이라고 불렀다. 후에 한 부족을 더 받아들였고, 명칭은 〈6개 민족 연합〉으로 바뀌었다. 원래의 동맹은 모호크, 오네이다, 세네카, 카유가, 오논다고 족이었다. 여섯 번째 부족은 투스카로라족이었다. 정부에서 그들에게 확보해 준 땅에는 지금도 이 모든 부족의 유민들이 살고 있다. 하지만 그들은 죽거나 그들의 생활 양식에 더 잘 맞는 곳으로 옮겨 가 날마다 사라지고 있다. 오래지 않아 이 독특한 이들은 수 세기 동안 살아온 지역에서 이름만 남기고 사라질 것이다. 뉴욕 주는 모호크와 투스카로라를 제외한 이들의 이름을 전부 따서 지명을 지었다. 뉴욕 주의 두 번째 강 이름은 모호크 강이다.

람들 대부분이 그러듯이 모르는 척할 겁니다. 게다가 전쟁 때문에 가장 위엄을 지켜야 하는 이때, 저자가 체면을 버리고 영어를 쓸 가능성은 더욱 적습니다. 저 친구가 걸음을 멈추는군요. 우리가 가야 할 오솔길까지 다 온 모양입니다.」

헤이워드 소령의 추측이 옳았다. 인디언이 군용 도로 가장자리를 에워싸고 있는 덤불을 가리키며 서 있는 곳에는 약간 불편하지만 한 사람씩 지나갈 수 있을 정도로 폭이 좁은, 눈에 띄지 않는 오솔길이 나타났다.

「우리가 갈 길이 여기군요.」 청년이 낮은 목소리로 말했다. 「미심쩍은 표정을 짓지 마세요. 두 사람이 우려하는 위험을 불러올 수도 있으니.」

「코라 언니, 어떻게 생각해?」 금발 소녀가 주저하는 듯한 표정으로 물었다. 「군대와 함께 갔다면, 좀 성가실 수야 있지만 더 안전하지 않았을까?」

「야만인들의 행동을 잘 모르니, 진짜 위험한 곳이 어딘지 모르는 겁니다, 앨리스.」 헤이워드가 말했다. 「우리 척후병들이 있는 한 절대 불가능한 일이지만, 만약 적이 통행로에 닿았다면 분명 벗겨 낼 머리가 가장 많은 행군 대열의 주위로 몰려들 겁니다. 부대의 파견 노선은 이미 알려져 있지만, 우리가 가는 길은 지금 결정했으니 아무도 모를 겁니다.」

「저 사람의 몸가짐이 우리와 다르고, 피부색이 검다고 해서 믿지 말아야 한다는 거니!」 코라가 냉정한 목소리로 물었다.

앨리스는 더 이상 망설이지 않고서, 내러갠섯 말[9]에게 따끔

---

9 로드아일랜드 주에는 내러갠섯이라는 만이 있는데, 그 이름은 예전에 그 주변에 거주하던 강력한 인디언 부족의 이름을 따서 지은 것이다. 우연인지 혹은 자연이 동물 세계에서 이따금 만들어 놓는 불가해한 변종인지, 예전에는 아메리카에서 내러갠섯이라는 이름으로 널리 알려진 말의 품종이 있었다. 그 말은 덩치가 작고 주로 아메리카에서 밤색이라고 부르는 빛깔을 갖고 있었으며, 속보로 걷는 습성으로 유명했다. 이 품종의 말들은 예전이나

한 채찍질을 하더니 가장 먼저 전령을 따라 덤불의 가느다란 나뭇가지들을 피해 어둡고 좁은 통로로 들어섰다. 청년은 선망을 그대로 드러내며 방금 그 말을 한 여인을 우러러본 다음, 그녀보다 피부색은 더 희지만 그렇다고 아름다움이 더 뛰어나다고는 할 수 없는 동생이 보호 없이 나아가도록 한 뒤, 코라라는 그 여인이 지나갈 수 있도록 조심스럽게 길을 비켜 주었다. 하인들에게는 미리 지시를 내려 둔 것 같았다. 덤불을 뚫고 들어오는 대신 대열을 따라갔기 때문이다. 그것은 발자국을 줄이기 위해 안내인이 기민하게 일러둔 조치라고 헤이워드가 설명했다. 혹시라도 캐나다 야만인들이 부대보다 먼저 도달해 숲 도처에서 도사리고 있는 경우에 대비한 것이었다. 길이 복잡해서 한동안 그 이상의 대화는 불가능했다. 그들은 큰길을 따라 널찍하게 자라는 덤불의 경계에서 벗어나 나무들이 높다란 아치를 이루고 있는 어두운 숲 속으로 들어갔다. 진로를 방해하는 것도 줄어든 데다가 여인들이 말을 부릴 줄 안다는 것을 알아차린 순간, 안내인은 속보와 보통 걸음 사이의 빠르기로 계속 나아갔다. 발 디딤이 독특하면서도 확실한 그들의 말들이 빠르고 쉽게 걸음을 유지할 수 있는 속도였다. 그때 멀리 뒤에서 길에 드러난 나무뿌리를 와그작거리며 밟는 말발굽 소리가 들렸고, 청년은 군마를 세우며 검은 눈의 코라에게 알렸다. 예상치 못한 방해꾼의 정체를 알아보기 위해 일행은 전부 고삐를 당기고 멈춰 섰다.

잠시 후, 망아지 한 마리가 곧게 자란 소나무 사이를 다마사슴처럼 미끄러지듯 내달리는 모습이 보였다. 그다음 순간 보인 것은 앞 장에서 묘사한 볼품없는 남자가 비루한 동물이

지금이나 튼튼하고 잘 움직여 승용마로 많이 이용된다. 또한 이 내려갠섯 말들은 발 디딤이 확실해 〈새로운 땅〉의 식물 뿌리와 구덩이를 지나 여행해야 했던 부녀자들이 많이 찾았던 말이다.

탈진해 쓰러지지 않고 견딜 수 있는 한도 내에서 가장 빠른 속도로 달려오는 모습이었다. 지금까지 이 사람은 여행자들의 눈에 띄지 않았다. 만약 그가 서 있을 때 당당한 체격으로, 주위를 살피는 사람의 시선을 끄는 능력을 지녔다면 그 우아하게 말을 타는 모습이 관심을 끌었을 것이다. 무장을 한 한쪽 뒤꿈치로 암말 옆구리를 계속 찔러 대는데도 불구하고, 그가 보여 줄 수 있는 가장 확실한 걸음걸이는 뒷다리로 캔터베리 구보[10]를 하는 것이었는데 앞다리는 불안한 순간에만 도움을 주었지, 보통은 완만한 속보를 유지하는 데 만족했다. 어쩌면 이처럼 구보를 바꾸는 속도가 빨라 착시 현상을 일으켜 그 동물이 지닌 힘을 과장시켰던 모양인지 모른다. 말의 장점을 보는 안목을 제대로 지닌 헤이워드이지만 제아무리 능력을 발휘해도 그처럼 불굴의 용기를 발휘해 따라오는 추적자의 구불구불한 발걸음이 어떤 것인지 알아낼 수 없었다.

말을 탄 사람의 노력과 행동거지도 그를 태운 동물의 노력과 행동거지에 못지않았다. 말의 경로에 변화가 생길 때마다, 말에 탄 사람은 후리후리한 몸을 등자에서 일으켰다. 그렇게 어울리지 않게 다리를 늘어뜨림으로써 갑자기 몸이 커졌다 작아졌다 하니, 그는 그 자신의 몸집이 어느 정도 크기인지 짐작해 보려는 사람들을 당황시켰다. 그리고 여기에 박차를 한쪽으로 치우치게 하여 암말의 한쪽 옆구리가 다른 쪽보다 빨라 보인다는 사실과, 얻어맞은 옆구리를 털이 무성한 꼬리로 부단히 쓰다듬는 모습을 더하면, 그 말과 주인이 보여 주는 우스꽝스러운 광경이 완성된다.

헤이워드가 낯선 사람을 바라보는 동안 그 잘생기고 넓적하며 남자다운 이마에 모였던 주름살이 차츰 펴졌고, 입술에

---

10 중세 시대 영국의 캔터베리로 성지 순례를 가는 순례자들이 탄 말의 보조를 가리키는 말로, 보통 속도의 구보를 뜻한다 — 옮긴이주.

도 슬쩍 미소가 떠올랐다. 앨리스는 기쁜 내색을 참지 않았다. 코라의 검고 신중한 눈빛도 습관적으로 억눌러 왔던 기분을 나타내며 빛났다.

「여기서 사람이라도 찾고 있습니까?」 상대가 충분히 가까이 와 속도를 늦추자 헤이워드가 물었다. 「나쁜 소식을 전하러 온 건 아니리라 믿습니다.」

「그렇긴 합니다만…….」 낯선 사람은 청년의 질문에는 듣는 이들이 궁금해하도록 내버려 두고 세모난 모자를 열심히 흔들어 숲의 답답한 공기를 순환시키면서 우선 이렇게 대답했다. 곧 얼굴을 식히고 숨을 고르고 난 그는 말을 이었다. 「윌리엄 헨리까지 가신다고 들었습니다. 저도 그쪽으로 가고 있으니, 이 훌륭한 동행이 양측 모두 바라는 바일 거라는 결론을 내렸지요.」

「결정권을 당신이 갖고 계신 모양이군요.」 헤이워드가 대답했다. 「우리는 셋이지만, 당신은 혼자일 뿐 아무에게도 의견을 묻지 않았잖습니까.」

「그렇다 하더라도 가장 먼저 할 일은 자신의 마음을 아는 것이지요. 여성들의 경우 쉽지 않겠지만 저는 일단 제 마음을 알고 나면 그 결정에 따라 곧바로 행동합니다. 저는 두 가지를 모두 하기 위해 노력 끝에 여기까지 왔습니다만.」

「호숫가로 가는 거면 길을 착각한 거요.」 헤이워드가 불손한 말투로 말했다. 「큰길은 당신 등 뒤로 최소한 반 마일은 떨어져 있으니.」

「그렇긴 합니다만…….」 이 같은 냉대에도 낯선 사람은 전혀 기죽지 않고 대답했다. 「〈에드워드〉에서 일주일이나 어정거렸는데도 제가 가려는 길을 물어보지 않았다면 얼간이겠죠. 제가 맡은 일도 끝나 버렸을걸요.」 듣고 있는 사람들이 전혀 알아듣지 못하는 자신만의 위트에 대놓고 즐거워하기는 어색한 듯, 약간 억지웃음을 짓던 그는 이렇게 말을 이었다. 「저같은 직업의 사람들이 가르치는 상대와 너무 친해지는 것은 현명하지 못한 행동이지요. 그런 이유에서 군대 대열을 따라가지 않은 겁니다. 게다가 당신 같은 인품의 신사분이라면 여행에 관한 한 최고의 판단력을 지니셨을 거라는 결론을 내렸습니다. 따라서 여행이 유쾌해지고, 사교를 즐길 수 있도록 이 일행에 합류하기로 결심했지요.」

「성급할 뿐만 아니라 독단적인 결정이로군!」 점점 차오르는 분노를 터뜨려야 할지, 아니면 상대의 면전에다 대놓고 비웃어 주어야 할지 갈피를 잡지 못한 채 헤이워드가 외쳤다. 「하지만 가르친다거나, 직업이라는 말을 했는데, 지방 군단의 보좌역으로 공격과 방어라는 고귀한 기술을 가르치는 겁니까? 아니면 혹시 수학을 설명한답시고 선과 각을 그리는 분입니까?」

「공격이라면, 어느 쪽에서도 이뤄지지 않기를 바랍니다. 방어라면, 지난번 마지막으로 하나님께 용서를 구한 이후로 다시는 그런 죄를 짓지 않겠다는 맹세를 지켜 왔습니다만. 선과 각이라니 무슨 말씀인지 모르겠군요. 설명에 대해서는 그 성스러운 일을 담당할 소명을 받드는 운명을 가진 사람들 몫으로 돌리겠습니다. 제게 주어진 재능이라고 해봐야, 찬송가를 통해 기원하고 감사하는 훌륭한 기술에 대한 작은 식견에 불과합니다.」

「저분은 아폴로[11]의 사도가 분명해요.」 흥미를 느낀 앨리스가 외쳤다. 「내가 저분을 받아들여 특별히 보호하겠어요. 아, 그렇게 인상을 찡그리지 말아요, 헤이워드. 재미있는 이야기가 간절한 제 귀를 동정한다면 저분에게 함께 여행하는 걸 허

---

11 Apollo. 시, 음악 등을 주관하는 그리스 로마 신화에 등장하는 신이다 — 옮긴이주.

락해 줘요. 게다가……」 앨리스는 말은 없지만 무뚝뚝한 표정을 짓고 있는 안내인의 발걸음을 천천히 따라가고 있는 코라를 흘깃 쳐다보며 나지막하고 재빠르게 말했다. 「필요할 때면 우리 편이 되어 줄 수도 있잖아요.」

「그런 필요를 염두에 두고 내가 사랑하는 이들을 이 비밀 길로 데려왔으리라 생각하는 건가요, 앨리스?」

「아뇨, 아뇨. 지금은 그런 생각 안 해요. 하지만 이 낯선 사람이 흥미로워요. 만약에 그가 〈영혼 속에 음악을 갖고 있다〉면 그렇게 천박하게 이 동행을 거부하지 말아요.」 앨리스는 승마용 채찍으로 설득하듯이 길을 가리켰고, 그들의 눈이 마주쳤다. 청년은 그렇게 잠시 더 버티다가 그 부드러운 설득에 굴복하고는 군마에 박차를 가해 몇 발자국 달려가 다시 코라 곁에 섰다.

「만나게 되어 기뻐요.」 아가씨는 내려갔섯 말에게 다시 출발하자고 하라고 명령하면서 낯선 이에게 함께 가자고 손을 흔들었다. 「저를 귀여워하시는 친척들은 제 대화 솜씨도 제법이라고 했답니다. 가장 좋아하는 여흥을 즐길 수 있다면 여행길에 활력이 될 거예요. 비록 저처럼 무지한 사람이라고 해도 예술의 대가께서 갖고 계신 의견과 경험을 듣는다면 큰 도움이 될 수 있을 거예요.」

「적절한 시기에 찬송가를 즐기는 것은 영혼과 육체를 모두 새롭게 해주지요.」 찬송가 선생은 그녀의 따라오라는 손짓에 주저 없이 응하며 대답했다. 「그리고 위로가 되어 주는 교감처럼 마음을 편안하게 해주는 건 없습니다. 곡조를 완성하려면 사성부가 모두 필요합니다. 아가씨에게는 부드럽고 풍부한 고음부를 표현할 재주가 있군요. 제가 특별히 도와 드리자면, 정확한 테너가 되어 드릴 수 있습니다만 카운터와 베이스가 없군요! 저를 동행으로 받아들이지 않으려고 한 저기 영국군 장교가 후자의 자리를 채울 수 있겠습니다. 보통 대화로 목소리의 어조를 듣고 판단할 수 있거든요.」

「본모습을 감춘 태도만 언뜻 보고 너무 성급하게 판단하지 말아요.」 아가씨는 미소를 지으며 말했다. 「헤이워드 소령님은 필요하면 저렇게 저음을 낼 수 있지만, 원래 목소리는 선생님이 들은 베이스보다는 달콤한 테너에 더 적격이랍니다.」

「그렇다면, 저분도 찬송가 합창 연습을 많이 했습니까?」 그녀의 단순한 동행이 물었다.

앨리스는 웃고 싶었지만 겨우 참고서 이렇게 대답했다.

「저분은 세속의 노래에 더 열중하는 걸로 알고 있어요. 군인으로서 살다 보면 더욱 엄숙한 경향의 자극에는 잘 맞지 않는 법이니까요.」

「인간의 목소리란 신께서 다른 재능과 마찬가지로 활용하라고 주신 것이지, 오용하라고 주신 것이 아닙니다. 제가 받은 재능을 등한시한 적이 있다고 말할 사람은 아무도 없지요! 다윗 왕의 어린 시절처럼 제 소년 시절도 음악을 위해서만 썼다고 할 수 있지만, 단 한 마디라도 교양 없는 노래를 불러 제 입술을 속되게 한 일이 없다는 사실에 감사합니다.」

「그렇다면 성가만 부르시나요?」

「그렇지요. 다윗의 시편이 다른 모든 언어보다 뛰어나듯이 이 땅의 목사들과 현자들이 적절하게 지은 찬송가 합창법은 온갖 부질없는 시편보다 뛰어난 법이지요. 다행히 저는 이스라엘의 왕, 다윗의 시편 이외에는 아무것도 입에 올리지 않습니다. 시대가 달라졌으니 약간의 변화는 필요할 수 있지만, 우리가 뉴잉글랜드의 식민지에서 쓰는 이 판본이 다른 판본보다 낭랑한 음색과 박자의 정확함, 영혼의 소박함에 있어서 훨씬 뛰어나기 때문에 원작자의 위대한 작품에 가장 근접한 것이라 할 수 있습니다. 저는 잠잘 때나 깨어 있을 때나 이 훌류한 작품의 견본 없이는 어디에도 가지 않습니다. 이건 보스턴에서 서기 1744년에 발표한 26판이에요. 제목은 〈특별히 뉴잉글랜드의 성자들이 공적으로나 사적으로 사용하고, 전도하고, 위로하기 위해 영어 운율에 맞춰 꼼꼼히 번역한 신구약 찬송가집〉입니다.」

그 낯선 이는 자기 나라의 시인들이 만들어 낸 희귀한 작품을 이처럼 찬양하면서 호주머니에서 꺼내 코에다 금속 테 안경을 걸치더니 그 성스러운 목적에 어울리도록 조심스레 경건한 손놀림으로 책을 펼쳤다. 아무런 설명이나 양해도 없이, 우선 〈잉크병〉이라는 단어를 말하더니, 앞에서 설명한 정체불명의 도구를 입에 대고 불어 높고 새된 소리를 내고서는 그보다 한 옥타브 낮은 풍성하고 감미롭고 아름다운 목소리로 다음의 노래를 불렀는데, 그 곡조와 가사, 심지어는 제대로 훈련받지 못한 말의 어색한 걸음걸이마저 잊어버릴 만큼 미성이었다.

> 이 얼마나 훌륭한가, 오! 보라.
> 그리고 이 얼마나 유쾌한가.
> 모두가 하나 되어
> 동족이 이렇게 함께 산다는 것은.
> 이것은 마치 정수리부터 수염까지
> 값진 향유를 바른 것 같구나.
> 아론의 턱수염처럼
> 옷 끝자락까지 길게 늘어져.

그 낯선 이는 잘 짜인 운율을 전달하느라 오른손을 규칙적으로 올렸다 내렸다 했는데, 음이 내려가면 손가락을 작은 책의 책장에 잠시 올려 두며 끝냈고, 음이 올라가면 팔을 힘차게 움직였는데, 제대로 훈련받은 사람만이 흉내 낼 수 있는 동작이었다. 그런 손동작을 해내려면 오랜 연습이 필요할 것 같았다. 시인이 그 가사를 끝내기 위해 선택한 전치사를 두 음절의 단어처럼 길게 뽑아 부르기 전까지 그 동작이 계속 이어졌기 때문이다.

고요하고 적막한 숲에서 그처럼 신기한 소리를 내다니 짧은 거리를 두고 앞서 가던 사람들의 귀에 들리지 않을 수 없었다. 인디언이 짧은 영어로 헤이워드에게 몇 마디 중얼거리자 헤이워드가 낯선 이에게 다시 말했고, 그 말은 노래를 방해함과 동시에 당분간 중단시켰다.

「상식적인 분별을 따르자면, 당장 위험한 건 아니지만 이 숲 속을 가능한 조용히 지나가는 것이 좋을 겁니다. 앨리스, 이 신사 양반에게 더 안전한 기회가 올 때까지 노래를 미뤄 달라 요청해 당신의 즐거움을 방해하더라도 양해 바랍니다.」

「즐거움을 방해한 것이고말고요.」 장난꾸러기 아가씨가 대답했다. 「좀 전의 이 노래보다 연주와 가사가 안 어울리는 곡은 들어 본 적이 없으니까요. 게다가 그처럼 소리와 의미 사이에 부조화가 생긴 원인에 대해 깊은 의문에 빠져 있는데, 당신이 그 저음으로 나의 사색을 깨뜨렸거든요, 덩컨!」

「내 저음이라니, 무슨 소린지 모르겠군요.」 헤이워드가 그녀의 말에 언짢은 듯 말했다. 「하지만 당신의 안전과 코라의 안전이 오케스트라로 연주하는 헨델의 음악보다도 나한테는 더 중요하다는 것만은 분명합니다.」 그는 말을 멈추더니 덤불 쪽으로 고개를 재빨리 돌리고서 평정심을 잃지 않고 침착하게 움직이는 안내인을 수상쩍은 눈초리로 바라보았다. 청년은 숲에서 반짝이는 나무 열매를 숲 속에 도사리고 있는 야만인의 번득이는 눈동자로 착각했다고 믿으며 혼자서 미소를 짓고는 중단된 대화를 계속하며 앞으로 나아갔다.

젊은이다운 호기 때문에 기민한 조심성을 억누른 것은 헤이워드 소령의 실수였다. 그들의 행렬이 지나간 지 오래 지나지 않아, 덤불의 나뭇가지가 조심스레 벌어지더니 야만인의 미술과 난폭한 흥분만이 만들어 낼 수 있는 사납고 잔인한 얼굴이 나타나 사라지는 여행객들의 발걸음을 훔쳐보았다. 아무것도 모르고 말을 타고 지나가는 목표물의 방향을 살피는 그 검게 칠한 얼굴에 기쁨의 빛이 스쳤다. 여행객들이 지나가는 구부러진 길에서 가볍고 우아한 여인들의 모습이 나무 사이에서 흔들렸고, 굽이마다 헤이워드의 남자다운 모습이 뒤따랐으며, 마지막으로 찬송가 선생의 볼품없는 모습은 검은 선을 그리며 다닥다닥 붙어 자라 있는 숱한 나무줄기에 가려 더 이상 보이지 않게 되었다.

3

이 들판을 추수하고 경작하기 전,
　우리의 강들은 넘칠 만큼 가득 차 흘렀다.
물 흐르는 아름다운 소리가
　신선하고 끝없는 숲을 채웠다.
그리고 급류는 돌진했고 시냇물은 장난쳤으며
샘은 그늘에서 솟아올랐다.
　　브라이언트, 「조상들의 무덤에 선 어느 인디언」 67~72행

　아무것도 모르는 헤이워드와 남을 쉽게 믿는 그의 동행들이 그처럼 믿을 수 없는 이들의 숲으로 더욱 깊이 들어가도록 내버려 두고, 작가의 특권으로 지금까지 본 위치로부터 서쪽으로 몇 마일 떨어진 곳으로 장면을 바꾸어야겠다.

　그날 웹의 막사에서 한 시간 거리에 있는 작지만 빠른 시냇물 가장자리에는 두 사람이 어슬렁거리고 있었는데 마치 그곳으로 올 사람이 등장하기를, 그리고 이미 예상한 사건이 벌어지기를 기다리는 것처럼 보였다. 하늘을 뒤덮은 드넓은 숲 속 나뭇가지가 강물 위까지 뻗어 있어 검은 물결에 더욱 짙은 빛을 더했다. 햇살의 강도가 줄어들며 대낮의 무더위가 가시기 시작했고 시냇물과 샘에서 시원한 수증기가 수목 위로 떠올라 공기 중에 머물렀다. 7월 아메리카 대륙의 나른하고 후텁지근한 날씨에 항상 수반되는 고요한 적막은 숲 속 구석구석 퍼져 있었으며, 사람들의 나지막한 말소리와 이따금 느릿느릿 나무를 쪼는 딱따구리 소리, 어느 화려한 어치가 내는 불협화음 또는 귓전을 때리는 먼 폭포의 물소리만이 그 고요함을 방해했다.

하지만 이 가늘게 띄엄띄엄 들려오는 소리들은 숲 사람들에게 너무 익숙해서 그들이 한창 이야기를 나누고 있는 흥미로운 화젯거리로부터 관심을 돌리지 못했다. 이처럼 어슬렁거리는 두 사람 중 하나는 원주민의 붉은 살갗과 야만의 장신구를 갖고 있었고, 다른 하나는 거칠고 거의 야만스러운 도구로 가린 틈으로 비록 햇볕에 그을리고 오랫동안 노쇠하긴 했지만 유럽 조상의 후예라고 주장할 수 있는 흰 살결을 드러내고 있었다. 전자는 진중하지만 풍부한 손짓을 이용해 진지하게 건네는 말의 효과를 더하는 자세로 이끼가 자라는 통나무 끝에 앉아 있었다. 거의 벌거벗고 있는 그의 몸에는 하양과 검정으로 무시무시한 죽음의 상징이 그려져 있었다. 그의 머리는 용맹을 상징하는 유명한 정수리 머리[12]만 남고 바짝 깎여 있었는데, 그 정수리로부터 왼쪽 어깨까지 늘어져 있는 독수리 깃털 하나 말고는 아무런 장식도 없었다. 허리춤에는 손도끼 하나와 머리 가죽을 벗기는 데 쓰는 영국제 칼이 꽂혀 있었다. 백인들이 야만인 동맹군을 무장시키는 데 쓰는 짧은 군용 소총은 그의 앙상하게 드러난 무릎 위에 아무렇게나 놓여 있었다. 이 전사의 널찍한 가슴, 잘 발달된 팔다리, 근엄한 표정은 그가 한창의 체력을 지녔으며 아직까지는 노쇠로 인해 남자다운 용기를 잃은 적이 없음을 보여 주었다.

옷가지로 감춰지지 않은 부분으로 판단하건대, 후자인 백인은 일찍이 청년 시절부터 힘들게 일하고 고생하며 살아온 사람 같았다. 근육질이기는 했지만 살이 쪘다기보다는 마른

---

12 북미의 전사는 몸 전체의 체모를 뽑아내고 정수리에만 머리카락을 조금 남겨 두었는데 이것은 자신이 패배했을 때 적이 머리 가죽을 쉽게 벗길 수 있도록 하는 것이다. 전리품으로 용인되는 것은 머리 가죽뿐이기 때문이다. 따라서 사람을 죽이는 것보다는 머리 가죽을 벗기는 것이 더 중요하게 여겨졌다. 어떤 부족들은 시체를 공격하는 것을 큰 명예로 강조했다. 이러한 관행은 대서양 연안 주의 인디언들 사이에서는 거의 사라졌다.

편이었다. 풍상과 고생을 겪은 덕분에 신경 하나하나, 근육 하나하나가 팽팽하고 단단하게 긴장하고 있는 것 같았다. 그는 연노란 술이 달린 녹색 사냥복[13]에, 털을 깎아 낸 가죽으로 만든 여름 모자를 쓰고 있었다. 또한 인디언이 얼마 안 되는 옷가지에 두르는 조가비 구슬 허리띠에 칼을 차고 있었고 손도끼는 없었다. 가죽신은 원주민의 화려한 치장에 따라 장식되어 있었던 반면, 사냥복 아래 걸치고 있는 유일한 하의는 사슴 가죽으로 지은 각반으로, 구두끈 묶듯이 사슴의 힘줄로 양옆을 꿰어 무릎 위에서 묶어 놓았다. 주머니 하나와 뿔피리가 그의 복장을 완성해 주었지만, 더 영리한 백인들이 그들에게 가르쳐 준 대로 모든 화기 가운데 가장 위협적인 긴 총 한 정[14]이 바로 옆 어린 나무에 기대고 서 있었다. 사냥꾼인지 척후병인지 알 수 없는 그의 눈은 작고 재빠르고 예리했는데, 말하는 사이에도 쉴 새 없이 사방을 살피면서 사냥감을 찾거나 어딘가 도사리고 있는 적의 갑작스러운 접근을 대비하고 있었다. 의심이 몸에 배었음을 보여 주는 이러한 습관에도 불구하고 그의 모습에서는 교활함이 느껴지지 않을 뿐만 아니라 오히려 믿음직스럽고 정직한 표정을 볼 수 있었다.

「당신의 전통을 따르더라도 내 쪽이 유리하단 말이오, 칭가치국.」 그는 예전에 허드슨 강과 포토맥 강 사이에 거주하던 원주민들의 언어로 이야기했는데, 본 저자는 독자를 위해 이 언어를 쉽게 번역할 생각이다. 그러면서도 인물과 언어가 지닌 특성을 유지하려고 노력할 것이다. 「당신의 조상들은

---

13 사냥복이란 술로 장식한 화려한 작업복으로 길이는 짧은 편이다. 이 색은 숲의 색과 비슷하게 만들어 몸을 감추기 위한 것이다. 미국의 소총 부대도 이런 복장을 한 경우가 많았다. 이 복장은 근대의 가장 놀라운 요소 가운데 하나이다. 보통 사냥복은 흰색인 경우가 많다.
14 군대에서 쓰는 소총은 짧고, 사냥꾼의 총은 항상 길다.

석양으로부터 내려와 큰 강[15]을 건너고 그 땅의 사람들과 싸우고 땅을 빼앗지 않았소. 내 부족은 저 소금 호수 너머 아침의 붉은 하늘에서 내려와서는 당신 부족이 세워 놓은 방식을 따라 일했소. 그러니 신께서 우리 사이의 문제를 판단하게 하시고, 친구들은 말을 아끼도록 합시다!」

「내 조상들은 벌거벗은 인디언과 함께 싸웠지!」 인디언은 같은 언어로 근엄하게 대답했다. 「전사의 돌화살과 당신이 쓰는 납 탄환 사이에 어떤 차이도 없다는 말이오, 호크아이?」

「비록 자연이 붉은 피부를 주었지만, 인디언에게도 이성이 있소!」 백인은 누군가 그렇게 정의를 호소한다면 묵살할 수 없다는 듯 고개를 저으며 말했다. 그는 최악의 논리를 펼치고 있다는 사실을 알고 있다는 표정으로 자신이 갖고 있는 얼마 안 되는 정보가 허락하는 한 최선을 다해 상대의 반론에 응수했다. 「내 비록 학자는 아니고, 누가 그걸 알든 상관없지만, 사슴 사냥터와 다람쥐 사냥터에서 본 광경을 놓고 판단하자면, 그들의 조상들 손에 소총이 쥐여 있었다 하더라도 인디언이 그 판단력과 눈썰미로 당긴 히코리 나무 활과 부싯돌 화살촉만큼 위험하지 않았을 것 같소.」

「조상들이 해준 이야기를 들었군.」 상대가 냉정하게 손을 흔들며 말했다. 「노인들이 뭐라고 했소? 어린 전사들에게 하얀 자들이 붉은 자들을 만나서, 전투를 위해 몸에 칠을 하고 돌도끼나 나무총으로 무장했다고 했소?」

「나는 편견을 가진 사람도 아니고 타고난 특권을 자랑으로 삼는 사람도 아니지만, 태어나서 만난 최악의 적수는 이로

---

15 미시시피 강을 말한다. 여기서 척후병은 대서양 연안 주에 사는 부족들 사이에서 매우 널리 퍼져 있는 전통에 대해 말한다. 그들이 아시아에 기원을 두었다는 증거를 이 상황에서 추론할 수 있지만, 인디언의 역사 전체가 거대한 불확실성에 휩싸여 있다.

쿼이족[16]의 사람이었는데, 그도 내가 순수한 백인임을 부인하지 못했소.」 척후병은 자신의 앙상하게 뼈가 드러난 희고 무레한 손에 내심 만족감을 느끼면서 대답했다. 「그리고 솔직히 우리 민족의 여러 생활 방식 중에 내가 찬성하지 않는 것도 많다는 걸 말해 두고 싶소. 그중 하나가, 겪은 일과 본 것을 마을 사람들에게 전하면서 비겁한 자랑꾼 면전에다 거짓말을 하는 것이고, 또 용감한 병사라 하더라도 전우를 불러 자신의 말이 사실임을 증명하는 대신 책으로 쓰는 관습이오. 이렇게 지나치게 성실하되 바람직하지 못한 관습 덕분에 여자들 틈에서 책이나 읽으면서 젊은 시절을 탕진하지 않는 사내들은 조상의 업적을 배울 기회도 얻지 못하고, 따라서 그 훌륭한 조상을 능가하는 사람이 되려고 노력할 기회도, 자부심을 느낄 기회도 얻지 못하지. 나는 범포 집안 사람이 모두 총 쏘기를 잘한다는 결론을 내렸소. 우리 성경에 적혀 있듯이 나도 세대를 거쳐 내려온 소총 쏘는 재주를 타고난 것이오. 하지만 그런 문제에 대해 다른 족속의 사람들에게 대답하는 건 내키지 않소. 그러나 모든 이야기에는 양면이 있는 법이오. 그러니 칭가치국, 당신에게 묻겠소. 붉은 사람들이 전하는 이야기 속에서는, 우리 조상들과 처음 만났을 때 어떤 일이 일었소?」

잠시 침묵이 이어졌고, 그사이 인디언은 아무 말 없이 앉아 있었다. 그러더니 지위에 어울리는 위엄을 발휘하여, 진실함을 강조하는 근엄한 태도로 짧은 이야기를 전했다.

「잘 들어 보시오, 호크아이. 당신 귀에 들어가는 말에는 거짓이 없을 것이오. 이건 나의 조상들이 전한 이야기고, 모히칸의 행적이니.」 그는 잠시 주저하더니 상대를 조심스러운 눈빛으로 바라보고는 질문과 단언의 중간쯤 되는 어조로 이야기

16 프랑스인들이 마쿠아족을 부르는 이름이다 — 옮긴이주.

를 계속했다. 「우리 발치의 이 개울이 여름이 오는 방향을 향해 달리다 물이 짜지고, 물결이 위로 거슬러 차오르지 않소!」

「당신 조상들이 그 문제에 대해서는 틀린 말을 하는 법이 없으니, 그건 부인할 수 없지.」 백인이 대답했다. 「나도 거기 가보았고, 그 광경을 보았으니까. 하지만 그늘에서는 그렇게 맛 좋은 물이 햇볕에서는 쓴맛이 되는 까닭이 무엇인지 그건 내가 설명할 수 없는 변화요.」

「물이 흐르는 방향도 마찬가지지!」 증언의 내용을 존중하면서도 깜짝 놀라는 사람처럼, 칭가치국은 상대방의 대답에 관심을 기울이며 물었다. 「칭가치국의 조상들은 거짓말하지 않지!」

「성경도 그보다는 더 진실하지 않소. 그건 자연 속에서 가장 진실한 것이오. 그렇게 상류로 거스르는 물의 흐름은 조수라고 부르는 거요. 여섯 시간 동안 물이 들어왔다가, 여섯 시간은 밖으로 밀려 나가는데, 이유는 이거요. 바닷물이 강보다 물길이 높아서 강이 가장 높아질 때까지 밀고 들어오다가, 다시 쓸려 나가는 거요.」

「숲과 큰 호수의 물은 내 손 높이만큼 고일 때까지 아래로 흐르지.」 인디언이 손을 수평으로 뻗으며 말했다. 「그러고 나면 더 이상 흐르지 않소.」

「정직한 사람이라면 그걸 부인하지 않을 거요.」 척후병은 조수 간만의 신비에 대해 자신이 내놓는 설명을 믿지 않는다는 칭가치국의 언질에 약간 짜증이 나서 이렇게 말했다. 「작은 범위에서는, 그리고 땅이 편평할 때는 그 말이 사실이오. 하지만 매사는 어떤 범위에서 보느냐에 따라 달라지는 거요. 그러니까 작은 범위에서 보면 땅은 편평하지. 하지만 크게 보면 둥글단 말이오. 웅덩이와 연못, 커다란 민물 연못도 당신이나 내가 보아 왔듯 흐르지 않고 고여 있을 수 있소. 하지만 땅이 둥근데, 바다처럼 넓은 면적에 물을 붓는다면 그 물이 어떻게 잔잔할 수 있겠소? 그렇게 생각하는 건, 저 1마일 위로 거슬러 올라가면 나오는 검은 바위에 지금 이 순간에도 강물이 부딪치는 소리가 들리는데도 잔잔하게 고여 있길 바라는 셈이나 마찬가지란 말이오!」

인디언은 동료가 설파하는 철학에 만족하지 않는다 하더라도 기품을 지키느라 불신을 드러내지는 않았다. 그는 확신하는 사람처럼 경청하더니 이전의 엄숙한 태도로 이야기를 다시 시작했다.

「우리는 물소들이 사는 대평원 너머, 밤이면 해가 숨는 곳에서 와 큰 강에 닿았소. 거기서 우리는 알리게위족과 싸워 땅을 그들의 피로 물들였소. 그 큰 강의 강둑에서 소금 호수의 가장자리까지 우리를 대적하는 사람은 아무도 없었지. 멀찌감치 마쿠아족이 뒤따랐소. 우리는 물이 더 이상 거슬러 흐르지 않는 이 자리로부터, 여름까지 스무 번의 해가 뜨는 동안 걸어가면 닿게 되는 강가까지 우리 땅이 될 거라고 했소. 그 땅을 전사처럼 얻었고, 남자답게 지켰지. 마쿠아족은 곰들이 있는 숲으로 몰아넣고 말이오. 그들은 가끔 소금 맛만 볼 수 있었지, 그 큰 호수에서 물고기를 잡지는 못했소. 우리는 그들에게 뼈를 던져 주었지.」

「그 이야기는 모두 들었고, 믿고 있소.」 인디언이 말을 멈추는 것을 보더니 백인이 말했다. 「하지만 영국인이 그 땅에 들어오기 한참 전이지.」

「지금 이 밤나무가 서 있는 자리에, 그때는 소나무가 있었소. 우리 사이에 처음 들어온 얼굴이 흰 사람들은 영어를 쓰지 않았지. 내 조상들이 주위의 붉은 자들과 손도끼를 묻었을 때, 그들이 커다란 카누를 타고 왔소. 그때는, 호크아이⋯⋯.」 그는 목소리를 낮게 깔아 그 언어를 마치 음악처럼 들리게끔 후두음을 섞어, 깊은 감정을 드러내며 이야기를 이어 나갔다. 「그때는, 호크아이, 우리는 하나의 민족이었고 행복했소. 소금 호수는 물고기를 주었고, 숲은 사슴을, 하늘은 새를 주었지. 우리는 아내를 얻어 자식을 낳았소. 우리는 주신(主神)을 섬겼고. 그리고 우리가 부르는 승전가가 들리지 않는 곳으로 마쿠아족을 쫓아냈지!」

「그럼 그때 당신의 가족에 대해 아는 것이 있소?」 백인이 물었다. 「하지만 당신은 인디언치고는 공정한 사람 아니오! 그리고 당신이 그들의 타고난 재능을 물려받은 거라면, 당신의 조상들도 용감한 전사였을 것이고, 평의회의 모닥불에 모이면 현명한 사람이었을 거요.」

「내 부족은 여러 민족의 조상이지만, 내 혈통은 섞이지 않았소. 내 핏줄에는 추장들의 피가 영원히 흐를 것이오. 네덜란드인들이 당도해 우리 부족에게 〈불의 물〉을 주었지. 우리 부족은 하늘과 땅이 만나는 것처럼 보일 때까지 마셨고, 어리석게도 주신을 만난 거라고 여겼소. 그리고 우리들의 땅과 헤어졌소. 조금씩, 조금씩, 물가에서 쫓겨나자 추장인 나는 나뭇가지 사이로만 태양을 바라볼 수 있게 되었고, 조상들의 무덤에 다시는 찾아가 볼 수 없게 되었지.」

「묘지는 숙연한 마음을 갖게 해주지.」 척후병은 상대가 그처럼 평온한 표정으로 고통스러운 과거를 기억해 내는 데 깊이 감동받아 이렇게 말했다. 「그리고 묘지에 묻힌 영혼은 좋은 뜻을 가진 사람을 자주 도와주고 말이야. 하지만 내 뼈는 묻지 말고 숲에서 빛이 바래게 두거나 늑대들이 갈기갈기 찢게 두었으면 좋겠소. 그런데 델라웨어 지역의 친척을 찾아간 당신의 부족은 어디서 찾을 수 있소? 그 후로 그토록 숱한 여름이 지났는데?」

「그 시절 여름에 피던 꽃들은 다 어디로 갔는가! 하나씩,

하나씩 다 떨어졌소. 내 가족은 모두 영혼의 땅으로 차례대로 떠났소. 나는 언덕 꼭대기에 있으니 골짜기로 내려가야지. 그리고 웅카스가 내 발자취를 따르고 나면, 더 이상 추장의 피는 남지 않게 될 거요. 내 아들이 최후의 모히칸족이니 말이오.」

「웅카스 여기 있어요!」 그와 똑같이 부드러운 후두음이 섞인 목소리가 팔꿈치 근처에서 났다. 「누가 웅카스를 찾았나요?」

갑작스럽게 꺼드는 소리에 백인은 가죽 칼집에서 칼을 빼며 무의식중에 총 가까이 다가갔지만, 인디언은 뜻밖의 소리에도 태연히 앉아 고개를 돌리지 않았다.

그다음 순간, 젊은 전사는 소리 없는 발걸음으로 그들 사이를 지나 급류가 흘러가는 강둑에 앉았다. 아버지는 한동안 놀랐음을 표시하지도, 질문을 하거나 대답을 하지도 않았다. 여자 같은 호기심이나 아이 같은 초조함을 드러내지 않고 두 사람 모두 말할 순간을 기다리는 듯했다. 백인은 그들의 관습을 보고 배우는 듯 쥐었던 총을 내려놓고 삼가는 태도로 조용히 기다렸다. 한참 만에 칭가치국이 아들 쪽을 천천히 바라보더니 물었다.

「마쿠아족이 감히 숲 속에 가죽신 자국을 남겼더냐?」

「그들의 뒤를 쫓던 중이에요.」 젊은 인디언이 말했다. 「그들의 수가 제 두 손의 손가락 수와 같다는 걸 알게 되었어요. 겁쟁이처럼 숨어 있지요.」

「도적들이 머리 가죽을 벗기고 약탈하려고 나와 있군!」 그들처럼 우리도 호크아이라고 부르게 될 백인이 말했다. 「저 바쁜 프랑스인 몽캄이 우리의 막사에 첩자들을 보내 우리가 어느 길로 다니는지 알아낼 거요!」

「이만 됐소!」 아버지는 석양을 바라보며 말했다. 「그자들을 사슴처럼 숲에서 쫓아낼 것이오. 호크아이, 오늘 저녁 식사를 하고, 내일은 마쿠아족에게 우리가 용사임을 보여 줄 거요.」

「마음의 준비는 되어 있지만, 이로쿼이족과 싸우려면 숨어 다니는 놈들을 찾아내야 할 거요. 그리고 식사를 하려면 사냥감이 있어야 하고. 말이 떨어지자마자 나타났군. 저기 이번 사냥철 들어 본 것 중에 가장 큰 사슴뿔 한 쌍이 언덕 아래 덤불 사이를 지나가고 있소! 자, 웅카스.」 그는 조심할 줄 아는 사람답게 소리를 죽이고 미소를 띠며 반쯤 속삭이듯 이야기했다. 「내가 놈의 두 눈 사이, 왼쪽보다 오른쪽에 가까운 곳을 맞힌다는 데 장전기를 세 번 채울 화약을 걸 테니, 넌 조가비 구슬 1피트를 걸어.」

「불가능해요!」 인디언 청년은 젊은이답게 벌떡 일어나며 말했다. 「뿔 끝 말고는 하나도 보이지 않는데!」

「애송이 같으니!」 백인은 고개를 저으며 인디언 아버지에게 말했다. 「사냥꾼은 사냥감 한 모퉁이만 봐도 나머지가 어디에 있는지 알아야 하는 거 아니오?」

그가 장총을 고쳐 잡으며 매우 자랑스러워하는 그 기술을 선보이려는데, 전사가 손으로 총을 잡으며 말했다.

「호크아이! 마쿠아족과 싸우고 싶나?」

「인디언들은 본능적으로 숲을 안다니까!」 척후병은 총을 든 손을 내리고 자신의 잘못을 깨달으며 돌아섰다. 「사슴은 네 화살에 맡겨야 되겠다, 웅카스. 안 그러면 저 도적들, 이로쿼이족이 놈을 잡아먹게 될 테니까.」

호크아이의 이 말에 아버지가 손짓으로 허락하는 순간, 웅카스는 땅에 엎드리더니 조심스러운 움직임으로 동물을 향해 다가갔다. 그가 몇 야드 앞으로 다가가자 뿔의 주인이 공기의 냄새로 적의 존재를 감지한 듯 움직였고, 웅카스는 매우 조심스레 활에 화살을 끼웠다. 그다음 순간 활시위가 튕기는 소리가 들렸고, 하얀 선이 덤불 속으로 날아 들어가더니 숨어 있던 웅카스의 발치에 상처 입은 사슴이 요동치며 나타났다. 그는 성난 동물의 뿔을 옆으로 피해 목덜미를 칼로 그었다. 사슴은 강가로 걸어가더니 쓰러져 강물을 피로 물들였다.

「인디언의 솜씨로 해치웠군.」 척후병은 대단히 흡족한 표정으로 숨죽여 웃으며 말했다. 「훌륭한 구경거리였소! 활을 가까이서 쏘았고, 끝내는 데 칼도 필요했지만.」

「허!」 그의 동료는 사냥감 냄새를 맡은 개처럼 재빨리 돌아서며 콧소리를 냈다.

「세상에, 사슴 한 떼거리가 온 거였군!」 자신의 본업을 만난 흥분에 눈을 번득이며 척후병이 외쳤다. 「사정거리에 들어오면 한 놈을 쓰러뜨리겠소. 6개 민족 연합 전체가 들리는 곳에 도사리고 있겠지만! 칭가치국, 들리는 게 있소? 내 귀에는 숲이 입을 다물고 있는데.」

「사슴은 한 마리였고, 죽었소.」 인디언이 귀가 땅바닥에 닿을 정도로 몸을 굽히며 말했다. 「발소리가 들리는군!」

「늑대들이 사슴을 쫓고 있던 게 아니오?」

「아니. 백인들의 말이 오고 있어.」 칭가치국은 위엄 있는 자세로 몸을 일으키더니 좀 전과 같이 침착한 모습으로 통나무에 걸터앉았다. 「호크아이, 그들은 자네 형제요. 그들에게 말하시오.」

「그렇게 하겠소. 국왕이 부끄럽게 여기지 않도록 영어로 할 거요.」 척후병은 자랑스러워하는 언어로 대답했다. 「하지만 나한테는 아무것도 안 보이는군. 사람이든 짐승이든, 아무 소리도 들리지 않아. 인디언이 백인의 소리를 나보다 더 잘 안다니 희한하지. 나로 말할 거 같으면, 십자가를 믿지는 않아도 그만큼 인디언들과 오래 살았는데 말이오! 아! 마른 나뭇가지 부러지는 것 같은 소리가 들리는군. 이제야 덤불이 움직이는 소리가 들려. 그렇지, 폭포 소리인 줄 알았던 게 바로 발자국 소리로군. 정말로 그들이 오고 있소. 신의 가호로 저들이 이로쿼이를 피할 수 있기를!」

4

흠, 당신 갈 길을 가시오. 내 이 모욕을 당신에게 앙갚음할 때까지 당신은 이 숲을 벗어나지 못할 것이오.

「한여름 밤의 꿈」 2막 1장 146~147행

척후병의 입에서 말이 채 끝나기도 전에 인디언의 기민한 귀에 들린 발걸음 소리의 주인인, 무리를 이끄는 군인이 시야에 들어왔다. 사슴이 주기적으로 다녀 생긴 길은 멀지 않은 골짜기를 감아 돌고 있었고, 백인과 두 인디언이 자리 잡고 있는 그 지점에서 강과 만났다. 나그네들은 그 길을 따라, 깊은 숲 속에서는 매우 드문 놀라운 소리를 내면서 사냥꾼을 향해 서서히 전진해 왔다. 사냥꾼은 그들을 맞을 준비를 갖추고서 동료들 앞에 서 있었다.

「누구요?」 척후병은 총을 왼손 위에 아무렇게나 놓고 오른손 검지를 방아쇠에 끼어 그 행동에 위협의 뜻은 전혀 없음을 분명히 밝히며 물었다. 「거기, 이 숲 속의 짐승들과 갖가지 위험 속으로 다가오는 것이 누구요?」

「종교를 가지고, 법과 왕을 지키는 사람들입니다.」 맨 앞에서 말을 타고 오는 사람이 말했다. 「해가 뜰 때부터 먹지도 못하고 이 숲을 여행하느라 지친 가엾은 이들입니다.」

「그렇다면, 길을 잃고 오른쪽으로 가야 할지 왼쪽으로 가야 할지 알 수 없다는 것이 얼마나 처량한 일인지 알게 된 것인가?」

「그렇습니다. 우리는 이렇게 다 컸는데도 젖도 못 뗀 아이처럼 안내인에게 의지하고 있습니다. 이제 따로 알려 주지 않아도 자랄 만큼 다 자란 성인인데도 말입니다. 윌리엄 헨리라는 왕의 주둔 부대까지 가려면 얼마나 남았는지 아십니까?」

「헛!」 척후병은 소리 내어 웃음을 터뜨렸지만, 곧 위험한 소리를 참고 주위에 도사리고 있는 적이 엿듣지 못하도록 소리를 죽인 채 즐거워했다. 「호리칸 호수를 사이에 두고 사슴을 쫓는 사냥개처럼 갈피를 잡지 못하고 있군! 윌리엄 헨리라! 당신들이 왕의 편이고 부대에 볼일이 있다면 이 강을 따라 에드워드까지 내려간 다음, 웹에게 의논하는 게 좋을 거요. 웹은 행군에 가담하지 않고 거기 머무르며 건방진 프랑스인을 챔플레인 호수 너머로 돌려보내고 있으니.」

낯선 사람이 이 예상치 못한 제안에 대답을 하기도 전, 말을 탄 또 다른 사람이 덤불을 헤치고 오더니 동료 앞으로 뛰어 들어왔다.

「그렇다면, 에드워드 요새까지 거리는 얼마나 됩니까?」 새로운 사람이 물었다. 「당신이 말한 그곳에서 오늘 아침에 떠났습니다. 그리고 우리 목적지는 호수 어귀입니다.」

「그렇다면 길을 잃기 전에 시력을 먼저 잃었군요. 저 육로를 가로지르는 길은 2로드[17]는 족히 되고 내 계산으로는 런던이나 왕의 궁전으로 들어가는 길만큼은 넓으니 말이오.」

「길이 얼마나 좋은지를 놓고 말씨름하지는 않겠습니다.」 독자들도 짐작할 수 있듯이, 헤이워드가 웃으며 대답했다. 「지금으로서는 찾기 어렵지만 더 가까운 길을 알려 달라고 인디언 안내인에게 부탁했는데, 그가 길을 착각했다는 사실만큼은 분명합니다. 쉽게 말하자면, 여기가 어딘지 모르겠군요.」

---

17 1로드는 약 5미터이다 — 옮긴이주.

「인디언이 숲에서 길을 잃다니!」 척후병은 믿을 수 없다는 듯 고개를 저으며 말했다. 「나무 꼭대기에 햇볕이 이글거리고 강이 넘실거리는 이때라면 모든 너도밤나무의 이끼로 밤중에 북극성이 어느 쪽에서 빛나는지 알 수 있는데 말이오! 숲에는 모두가 잘 아는, 시내와 개울로 가는 사슴 길이 있소. 기러기가 캐나다로 모두 날아가 버린 것도 아닌데! 호리칸과 강의 굽이 사이에서 인디언이 길을 잃다니 이상한 일이군! 모호크족이오?」

「태생은 아니지만, 그 부족에서 자랐답니다. 태어난 곳은 더 북쪽으로, 휴런족이라고 압니다.」

「허!」 이 순간까지 꼼짝하지 않고 앉아 벌어지는 일에 무관심한 표정을 짓고 있던 척후병의 두 동료가 탄성을 올렸다. 그들은 벌떡 일어났는데, 평정심을 잊고 놀라며 관심을 드러냈다.

「휴런이라!」 억센 체격의 척후병은 다시 한 번 불신을 드러내며 고개를 저었다. 「그자들은 도둑의 족속이오. 누가 데려다 키웠든 상관없소. 그자들은 숨어 다니거나 떠돌이가 될 뿐이오. 그런 자를 믿다니. 그자들을 더 만난 건 아닌지 궁금하군요.」

「염려할 거 없습니다. 윌리엄 헨리 요새가 멀리 여러 마일 떨어진 전선에서 지키고 있으니까요. 우리의 안내인이 이제 모호크족이 되었고, 우리 부대 편에서 봉사한다고 말씀드린 걸 잊으셨군요.」

「밍고족[18]으로 태어난 사람은 밍고족으로 죽는 법이오.」 상대는 확신에 찬 어조로 대답했다. 「모호크라! 아니, 델라웨어나 모히칸족이라면 정직하다고 믿을 수 있소. 게다가 약아

---

18 마쿠아, 이로쿼이, 밍고, 멩위는 모두 같은 부족을 가리킨다. 특히 밍고는 경멸의 뜻을 담아 부르는 이름이다 — 옮긴이주.

빠진 마쿠아족이 델라웨어족을 여자로 만들어 놨으니, 그들이 싸우지도 않을 테지만, 정말로 싸운다면 전사는 델라웨어족이나 모히칸족에서 찾아야 한단 말이오!」

「그 이야기는 그 정도로 됐습니다.」 헤이워드가 조급한 말투로 말했다. 「내가 아는 사람의 정체를 잘 알지도 못하는 사람에게 물어보고 싶지는 않습니다. 내 질문에 아직 대답을 안 하셨죠. 에드워드의 부대로부터 얼마나 왔습니까?」

「당신의 안내인이 누구냐에 따라 달라질 것 같소. 지금 가지고 계신 말이라면 일출부터 일몰 사이에 상당한 거리를 달렸을 테니 말이오.」

「보십시오, 쓸데없는 잡담은 나누고 싶지 않습니다.」 헤이워드가 짜증을 억누르고 좀 부드러운 목소리로 말했다. 「에드워드 요새까지 거리를 알려 주고, 거기까지 안내해 준다면, 보답 없이 그냥 보내 드리지는 않겠습니다.」

「그리고 그렇게 하는 동안에 내가 적이나 몽캄의 첩자를 부대까지 안내하는 게 아니라고 어떻게 알 수 있소? 영어를 쓴다고 모든 사람이 정직한 말만 하는 것은 아니니 말이오.」

「내 짐작대로 당신이 그 부대의 척후병이라면, 왕의 제60연대를 알고 있을 겁니다.」

「제60연대라! 내 비록 붉은 군복이 아닌 사냥복 차림이지만, 내가 모르는 영국군 군인은 거의 없소.」

「흠, 그럼, 혹시 그곳의 소령 이름을 압니까?」

「그 소령이라!」 사냥꾼은 그의 신임을 자랑스러워하는 사람처럼 으쓱하며 껴들었다. 「이 나라에 에핑엄 소령을 아는 사람이 하나 있다면, 바로 나오.」

「군단에 소령이 많지만, 당신이 말한 분은 상급자이고, 내가 말한 사람은 그중 가장 하급자입니다. 윌리엄 헨리의 요새 중대를 지휘하는 사람이지요.」

「아, 그렇군. 저 남부 지역 출신의 돈 많고 젊은 양반이 그 자리를 맡았다고 들었소. 그런 계급에 올라 머리가 희끗희끗한 사람들의 위에 있기에는 너무 젊은 사람이라더군. 하지만 아는 것 많고 용감한 신사라고 하던데!」

「그 사람이 어떤 사람이든, 그 계급에 자격이 있든 없든 지금 당신과 이야기하는 사람이 바로 그입니다. 그러니 두려워할 적일 리가 없죠.」

척후병은 놀란 표정으로 헤이워드를 바라보더니 모자를 들어 올렸고, 전보다는 자신감이 사라진 목소리로, 그러나 여전히 의심스러운 표정으로 말했다.

「오늘 아침, 야영지에서 부대가 호숫가로 출발했다고 들었소만?」

「사실입니다. 하지만 좀 전에 말한 인디언을 믿고 지름길을 택했지요.」

「그럼 그가 당신을 속이고 버린 거요?」

「그런 건 아니오. 특히 버린 건 아니에요. 그가 저 뒤에 있으니.」

「그 인간을 직접 봐야 되겠소. 그자가 정말 이로쿼이라면 악당 같은 모습과 물감 칠만으로 알 수 있으니 말이오.」 척후병은 헤이워드의 말을 지나, 잠시 멈춘 사이 새끼에게 젖을 먹이고 있는 찬송가 선생의 암말 뒤쪽의 오솔길로 접어들며 말했다. 덤불을 헤치고 몇 걸음 걸어 들어간 호크아이는 염려하는 기색을 감추지 못한 채, 불안한 표정으로 대화의 결과를 기다리고 있는 여인들과 마주쳤다. 그 뒤에는 전령이 나무에 기대 있었는데, 태연한 기색이면서도 너무나도 어둡고 잔인한 표정으로 척후병을 찬찬히 살피고 있어서 그 자체만으로도 공포를 일으키기에 충분했다. 살펴본 뒤 만족한 사냥꾼은 곧 소령에게 돌아갔다. 다시 여인들을 지나치면서, 그는 잠시 걸음을 멈추고 그들의 아름다운 모습을 바라본 뒤, 앨리스의 미소와 목례에 대놓고 기쁜 얼굴로 답했다. 그는 다시 암말에게 대답을 얻지 못할 것을 알면서도 주인이 어떤 사람인지 물어보더니 고개를 저으며 헤이워드에게 돌아갔다.

「밍고족은 밍고족이오. 신께서 그렇게 만드셨다면 모호크족으로든 다른 어떤 부족으로든 그를 바꿀 수 없소.」 원래 있던 자리로 돌아온 그는 이렇게 말했다. 「여긴 우리뿐이고, 저 귀한 말을 오늘 밤 늑대에게 던져 줄 요량이면 한 시간 안에 에드워드까지 가는 길을 내가 직접 안내해 드릴 수 있소. 여기서부터 한 시간만 가면 되니. 하지만 저런 아가씨들과 동행한다면 불가능하겠소!」

「어째서입니까? 아가씨들이 지치기는 했지만, 몇 마일 더 말을 타기에는 충분한데.」

「당연히 불가능한 일이오!」 척후병이 다시 말했다. 「나라면 식민지에서 가장 좋은 총을 준다 해도, 어두워진 다음에 저 전령을 동행해서 이 숲으로 1마일도 걸어 들어가지 않겠소. 저기에는 이로쿼이족이 가득 도사리고 있고, 당신의 잡종 모호크는 그들이 어디 있는지 아주 잘 알고 있으니 말이오.」

「그렇게 생각하십니까?」 헤이워드는 안장에서 몸을 앞으로 숙이고는 거의 속삭이듯 목소리를 줄여 말했다. 「솔직히 말해 나도 의심하지 않았던 것은 아니지만, 동행을 위해 그 사실을 감추고 확신하는 척했습니다. 그자를 의심했기 때문에, 더 이상 그를 따르지 않고, 보다시피 그가 나를 따르게 하려는 겁니다.」

「보자마자 사기꾼인 줄 알았소.」 척후병이 조심하라는 신호로 코에 손가락을 얹으며 말했다. 「저 도둑놈이 어린 사탕단풍에 기대서는 소령님이 덤불 너머를 바라볼 수 있도록 하고 있소. 오른발을 그 나무의 껍질과 나란히 두고 있으니,

저자가 최소한 앞으로 한 달 동안은 숲을 돌아다니지 못하게 끔 한쪽 발목과 무릎 사이를 맞힐 수 있소.」 그가 장총을 두드리며 말했다. 「저자에게 다시 돌아가면 약삭빠른 놈이 뭔가 의심하고 놀란 사슴처럼 나무 사이로 피할 거요.」

「그러지 않을 겁니다. 저자는 무고할 수도 있고, 그런 행동은 좋지 않아요. 하지만 저자의 배신을 확실히 알 수 있다면 —」

「이로쿼이는 악당이라 치는 편이 안전할 거요.」 척후병이 본능적인 행동으로 장총을 앞으로 내밀었다.

「잠깐!」 헤이워드가 말렸다. 「그건 안 됩니다. 다른 계획을 생각해 봐야 합니다. 저 자식이 나를 속였다고 생각할 이유는 충분하지만요.」

전령을 불구로 만들 생각을 버린 사냥꾼은 잠시 생각에 잠기더니 손짓을 했고, 그러자 인디언 동료 둘이 재빨리 그의 곁으로 다가왔다. 그들은 델라웨어 말로 목소리를 낮추어 진지하게 이야기를 했는데, 백인이 어린 사탕단풍 꼭대기를 자주 가리키는 것으로 보아 적이 숨어 있는 상황을 지적하는 것이 분명했다. 그의 동료들은 곧 그가 원하는 바를 이해했고, 무기를 내려놓고 양쪽으로 갈라져 덤불 속으로 사라졌는데, 어찌나 조심스러운 움직임이었던지 발소리가 들리지 않았다.

「이제 돌아가서 그 악당과 이야기를 하며 시간을 벌어 보시오. 여기 모히칸들이 그자를 감쪽같이 잡을 테니.」

「아니.」 헤이워드가 자존심을 세우며 말했다. 「내가 직접 잡을 겁니다.」

「허! 숲 속에서 말을 타고 인디언에게 무슨 짓을 할 수 있다는 거요?」

「말에서 내리겠습니다.」

「그럼, 소령님 발 한쪽이 등자에서 떨어진 걸 보고, 저놈이 다른 쪽 발까지 내리기를 기다려 줄 것 같소? 숲에서 원주민들을 상대하는 사람이라면 누구든지 인디언의 방식을 따라야 제대로 일을 할 수 있소. 자, 가보시오. 놈에게 가서 터놓고 이야기하면서 세상에서 가장 진실한 친구라고 믿는 척하시오.」

헤이워드는 자신이 맡은 일의 본질에 강한 반감을 느끼면서도 따를 참이었다. 하지만 자신감을 갖고서 소중히 믿었던 지금의 상황이 절체절명의 위기 상황으로 변해 간다는 확신이 시시각각 닥쳐왔다. 해는 이미 넘어갔고 갑자기 빛이 사라진 숲은[19] 어두컴컴해서, 야만인이 가장 잔인무도하고 무자비한 보복이나 적대 행위를 저지르는 때가 다가오고 있다는 사실을 알 수 있었다. 그는 불안한 나머지 척후병 곁을 떠났고, 척후병은 그날 아침에 이 여행자들 사이에 어색하게 껴든 낯선 사람과 시끄럽게 대화를 나누기 시작했다. 헤이워드는 동행한 여인들을 지나치며 그들을 안심시키기 위해 몇 마디를 던졌으며, 여인들이 비록 그날의 여독으로 지치기는 했지만 현재의 당혹스러운 상황이 우연의 결과일 뿐이라는 점에 전혀 의심이 없어 보이자 안심했다. 그들에게 앞으로 갈 길에 대해 물어본 것뿐이라고 이유를 알려 준 뒤, 그는 말을 몰았고, 뚱한 표정의 전령이 여전히 나무에 기대 서 있는 자리로부터 몇 야드 앞에 닿자 다시 고삐를 당겼다.

「이보게, 마구아.」 그가 자유롭고 확신에 찬 태도를 취하려고 노력하며 말했다. 「밤이 다 되었는데, 오늘 아침 해 뜰 때 웹의 야영지를 떠날 때보다 윌리엄 헨리에 더 가까워진 것 같지 않군. 길을 잃었고, 운이 나쁜 것이겠지. 하지만 다행히 찬송가 선생과 이야기를 하고 있는 저 사냥꾼을 만났는데, 저 사람이 숲의 사슴 길과 샛길을 잘 안다고 하면서 아침까지 안전하게 쉴 수 있는 곳으로 안내하겠다네.」

19 이 이야기의 배경은 석양이 오래 지속되지 않는 북위 42도에 위치한다.

인디언은 헤이워드를 노려보며 서툰 영어로 이렇게 물었다. 「혼자요?」

「혼자!」 남을 속이는 것이 너무 익숙하지 않아 당황한 헤이워드가 머뭇거리며 대답했다. 「아! 혼자는 아니지, 마구아. 자네도 우리가 그와 함께 있다는 걸 알지 않나.」

「그럼 르 르나르 수틸은 갈 거요.」 전령은 냉정한 표정으로 발치에 내려 둔 작은 꾸러미를 들며 말했다. 「그럼 백인은 백인끼리 지내시오.」

「간다니! 누가 자네를 르 르나르라고 부르나?」

「캐나다의 어른들이 마구아에게 준 이름이오.」 전령은 그 호칭에 자부심을 드러내며 대답했다. 「먼로가 기다리고 있으니, 르 수틸에게 밤도 낮이나 같소.」

「그러면 르 르나르는 윌리엄 헨리의 대장에게 딸들에 대해 뭐라고 설명할 건가? 그 성미 급한 스코틀랜드인에게 딸들을 안내인도 없이 두고 왔다고 할 셈인가? 마구아가 안내를 하겠다고 약속해 놓고?」

「그 회색 머리가 아무리 목소리도 크고 팔이 길다 해도, 숲에서라면 르 르나르에게는 그의 목소리가 들리지도 않을 뿐만 아니라 그를 느끼지도 못할 거요.」

「하지만 모호크족은 뭐라고 할까! 그들은 그에게 속치마를 만들어 주고 여자들의 오두막에서 지내게 할 거다. 남자의 일을 맡길 수 없는 자니까.」

「르 수틸은 큰 호수로 가는 길을 아니까 조상들의 뼈를 찾을 수 있소.」 꿈쩍 않는 전령의 대답이었다.

「그만해라, 마구아.」 헤이워드가 말했다. 「우리는 친구가 아닌가! 우리 사이에 듣기 싫은 소리가 오가야 할 이유가 뭔가? 먼로는 자네가 일을 마치면 사례를 약속했고, 나도 그 빚을 다음에 갚을 건데. 그럼 이만 지친 팔다리를 쉬게 하고, 꾸러미에서 먹을 것을 꺼내게. 아직 시간은 좀 있으니. 말다툼이나 하는 여자들처럼 떠들며 시간을 허비하지 마세. 아가씨들이 쉬고 나면 출발하세.」

「백인들은 여자의 개 노릇이나 하고 있지.」 인디언이 자기 부족 말로 중얼거렸다. 「게다가 전사들이 도끼를 치워 놓고 게으른 것들을 먹여야 한다니.」

「뭐라고 하는 건가, 르나르?」

「르 수틸은 좋다고 했소.」

인디언은 헤이워드의 얼굴을 빤히 노려보았지만, 그와 눈이 마주치자 재빨리 시선을 치우고 조심스레 땅바닥에 앉더니 전에 먹다 남은 것을 꺼내 먹기 시작했다. 하지만 그 전에 주위를 천천히 조심스레 둘러보았다.

「좋아.」 헤이워드가 말했다. 「그러면 르 르나르는 아침이 되면 기운을 얻고 길을 찾을 수 있을 테니까.」 그는 주위의 덤불에서 마른 나뭇가지가 부러지는 소리나 나뭇잎이 바스락거리는 소리를 듣고 말을 멈추더니 곧 침착하게 다시 이야기를 시작했다. 「해가 뜨기 전에 출발할 거다. 아니면 몽캄이 우리 길을 막고 요새로 가지 못하게 할 테니.」

마구아의 손이 입에서 옆구리로 떨어지더니, 눈은 땅을 바라보고 있었지만 고개를 옆으로 돌리고 콧구멍을 벌름거렸다. 그리고 마치 신경을 바짝 곤두세우고 집중하는 모습을 표현한 조각상처럼 귀를 쫑긋거렸다.

그의 움직임을 조심성 있게 바라보던 헤이워드는 아무렇지도 않게 등자에서 한 발을 빼면서 한 손을 곰 가죽 권총집으로 가져갔다. 그는 전령이 가장 열심히 주시하는 지점이 궁금했지만, 그의 눈길이 어느 한순간도 특별한 대상을 바라보지 않고 이리저리 옮겨 다니는 바람에 그럴 수 없었다. 헤이워드가 어떻게 할지 망설이는 사이 르 수틸은 조심스레 몸을 일으켰는데, 그 움직임이 어찌나 느리고 신중한지 아무런 소리도 나지 않았다. 헤이워드는 이제 행동할 때라고 생각했다. 그는 안장 위로 다리를 올리며 말에서 내려, 믿을 수 없는 동행에게 다가가 붙잡아 담판을 지어야 한다고 여겼다. 하지만 쓸데없이 상대방을 놀래지 않기 위해, 여전히 온화하고 다정한 분위기를 유지했다.

「르 르나르 수틸이 먹지 않는군.」 그는 인디언의 허영심을 만족시켜 줄 호칭을 써가며 말했다. 「옥수수가 덜 구워졌고, 마른 것 같기도 하군. 어디 보세. 내 식량 중에 그의 입맛에 맞을 만한 것이 있을지.」

마구아는 상대의 제안에 자신의 꾸러미를 내밀었다. 그는 상대와 손이 닿는데도 아무런 감정을 내비치지도, 팽팽한 긴장 상태를 바꾸지도 않았다. 하지만 헤이워드의 손가락이 드러난 팔을 부드럽게 만지는 것을 느끼자, 마구아는 그 손을 뿌리치더니 귀가 찢어져라 비명을 지르며 몸을 던져 반대편의 덤불 속으로 뛰어들었다. 그다음 순간 온몸에 물감 칠을 해 유령 같은 모습을 한 칭가치국이 덤불에서 나타나더니 재빠르게 뒤를 쫓았다. 그다음에는 웅카스의 고함 소리가 들려왔고, 불빛으로 숲이 환해지더니 사냥꾼의 날카로운 총성이 뒤따랐다.

5

그런 밤이면

티스비는 살금살금 이슬을 밟으며 달리다가

그 앞에서 사자의 그림자를 보았다지요.

「베니스의 상인」 5막 1장 7~8행

안내인이 갑자기 달아나고 그를 뒤쫓는 추격자들이 요란한 고함을 지르는 바람에 헤이워드는 너무나 놀라 꼼짝도 못하고 서 있었다. 그러다 도망자를 반드시 잡아야 한다는 사실을 기억해 내고 주위의 덤불 옆으로 뛰어 들어가더니 추격에 도움을 주기 위해 열심히 앞으로 내달렸다. 하지만 1백 야드도 채 못 갔는데, 세 사람은 이미 추격에 실패하고 돌아오고 있었다.

「왜 이렇게 빨리 포기하는 겁니까!」 그가 따져 물었다. 「그 자식은 여기 나무 뒤에 숨어 있을 것이니 아직 잡을 수 있지 않습니까. 그자가 돌아다니고 있으면 우리의 안전은 보장할 수 없는데.」

「바람을 쫓느라 구름을 보낼 거요?」 실망한 척후병이 물었다. 「그놈이 검은 뱀처럼 마른 나뭇잎을 건드리는 소리가 들리고, 저 큰 소나무 바로 옆에서 그 모습이 언뜻 보였을 때 단서를 잡아 방아쇠를 당겼소. 하지만 놓치고 말았소! 나 이외에 누가 방아쇠를 당겼어도 이처럼 재빠른 솜씨는 볼 수 없었을 거요. 나는 이런 일에 경험이 많다 할 수 있으니 아는 것도 많지. 이 옻나무를 보시오. 나뭇잎이 붉은색이오. 7월에 그 열매는 노란 꽃을 피운다는 건 누구나 다 아는데 말이오!」

「르 수틸의 피로군요! 놈은 다쳤어요. 곧 쓰러질 수도 있겠군요!」

「아니, 아니요.」 척후병이 그 의견에 단호히 반대하며 말했다. 「팔이나 다리에 빗맞은 모양인데, 그놈은 그것 때문에 더 멀리 달아났을 거요. 달리는 동물에 총알이 빗맞으면, 그건 말의 박차나 같은 효과가 있으니. 즉, 움직임을 빠르게 하고, 몸에서 생명력을 빼앗기는커녕 오히려 더해 주는 것이오. 하지만 인디언이든 사슴이든 총알이 몸에 구멍을 뚫어 버리면, 한두 차례 펄떡거리고는 더 이상 달릴 수 없게 되는 거요!」

「우리는 건장한 네 사람이고, 저쪽은 다친 한 명입니다!」

「그만 살고 싶소?」 척후병이 말을 막았다. 「소령님이 달리느라 몸이 뜨거워지기도 전에 저 인디언 악마는 자기편이 손도끼를 던져 맞출 수 있는 곳으로 우리를 끌어들일 거요! 인디언들의 함성이 울려 퍼지는 가운데서 사는 사람이 매복 공격 소리가 들리는 곳에서 그런 소리를 내다니 신중하지 못한 행동이었소. 하지만 당연한 일이었소! 마땅히 총을 쏠 수밖에 없지! 자, 모두들 자리를 옮겨 약삭빠른 밍고족이 냄새를 맡지 못하게 합시다. 그러지 않으면 내일 아침 무렵에는 몽캄의 막사 앞에서 우리의 머리 가죽이 마르고 있을 테니.」

척후병은 그런 위험과 마주하기를 두려워하지 않고, 그 무시무시한 상황을 온전히 이해하는 사람답게 냉정한 확신을 드러내며 말했으므로 헤이워드는 자신이 맡은 일이 무엇인지 상기했다. 무성하게 자라 하늘을 가리고 있는 나무 아래 짙어지는 어둠을 꿰뚫어 보려고 주위를 둘러본 그는 인간의 도움으로부터 단절된, 저항할 줄 모르는 자신의 동행이 곧 야만스러운 적들의 손아귀에 떨어져 버릴 것만 같았다. 적들은 육식 동물처럼 더욱 확실한 공격으로 치명상을 입힐 수 있는 어둠이 내려앉을 때까지 기다릴 것이다. 착시를 일으키는 햇빛에 현혹된 그의 상상력은 흔들리는 덤불이나 쓰러진 나뭇조각을 모두 인간의 모습으로 바꾸어 놓았고, 스무 차례나 숨어 있는 적들의 무시무시한 얼굴을 보았다고 착각하면서 동행의 움직임에 끊임없이 주의를 기울였다. 하늘을 올려다본 헤이워드는 파란 하늘에 떠 있던 얇은 뭉게구름이 이미 옅은 장밋빛을 잃어 가고 있으며, 흘러가는 시냇물에는 나무가 자라는 가장자리의 검은 경계선만 보일 만큼 해가 저물었음을 깨달았다.

「어떻게 하면 좋을까요?」 그는 너무나 어려운 곤경에 처해 어쩌면 좋을지 속수무책이라는 느낌을 받았다. 「부디 나를 버리지 않고, 내가 호위하는 이들을 지켜 준다면, 보답은 원하는 대로 하겠습니다!」

좀 떨어진 곳에서 자기 부족의 언어로 대화를 나누던 그의 친구들은 이 갑작스럽고도 간절한 호소를 듣지 않았다. 그들의 대화가 나직하고 조심스러운 소리로 유지되었지만, 속삭이는 소리보다는 조금 커서 헤이워드는 젊은 전사의 간절한 어조와 나이 많은 이들의 보다 신중한 말투를 쉽게 구별할 수 있었다. 그들은 여행자들의 안위를 지키기 위해 어떻게 하는 것이 적당할지 의논하는 것이 분명했다. 시간이 지체될수록 더욱 위험해질 거라는 생각에 조급해진 헤이워드는 그 대화의 내용이 궁금하기도 하고 보상을 좀 더 확실하게 제시하려는 생각으로 그들에게 좀 더 가까이 다가갔는데, 그때 백인이 논쟁에서 양보한다는 듯 손짓하며 마치 독백처럼 영어로 이렇게 말했다.

「웅카스가 옳아! 아무리 은신처를 영영 망가뜨린다 하더라도, 저렇게 무고한 사람들을 죽게 내버려 둔다는 건 사람이

할 짓이 아니지. 이 보드라운 꽃송이를 독사의 이빨로부터 구해 주는 건 시간 낭비도, 맹세를 어기는 일도 아니겠지!」

「바라시는 게 있으면 반드시 들어 드리겠습니다! 이미 제안한 것처럼.」

「신에게 기도나 하시오. 이 숲 가득한 악마들의 잔꾀를 피할 지혜를 달라고.」 척후병이 냉정하게 말을 막았다. 「하지만 돈을 주겠다는 약속은 그만두시오. 소령님이 죽으면 지키지 못할 수도 있고, 내가 죽으면 받을 수 없으니. 이 모히칸들과 내가 예쁘지만 야생에서 자랄 수는 없는 저 꽃들이 상하지 않도록 사내가 할 수 있는 일은 다 하겠소. 그리고 신께서 늘 올바른 일에 주시는 보답 이외에는 아무것도 바라지 않겠소. 우선 소령님과 친구들의 이름을 걸고 두 가지를 약속하시오. 그러지 않으면 우리는 도움을 주지 못하고 오히려 해를 입게 될 테니!」

「말씀하세요.」

「하나는 무슨 일이 일어나든 이 잠든 숲처럼 가만히 있는 거요. 또 하나는 우리가 데려갈 장소를 영원히 비밀로 지켜 주는 거요.」

「최선을 다해 두 가지 조건을 지키겠습니다.」

「그럼 따라오시오. 화살 맞은 사슴의 심장 속 피처럼 소중한 시간을 잃고 있으니!」

헤이워드는 점점 짙어지는 어스름 사이로 다급한 척후병의 손짓을 알아볼 수 있었고, 동행을 두고 온 곳을 향해 빠른 걸음으로 걸어갔다. 불안한 마음으로 기다리던 여인들과 합류해 새로운 안내인의 조건을 간단히 전했고, 긴급하고 중대한 상황에 대한 그들의 염려를 덜어 주기 위해 필요한 설명도 덧붙였다. 그가 전한 놀라운 상황에 듣는 이들이 내심 겁에 질리지 않은 것은 아니었지만, 그 위험을 피할 수 없을 뿐만 아니라, 헤이워드가 용감하고 믿음직한 태도를 보인 덕분에 그들은 원하지 않았던 시련을 겪어 낼 용기를 내기로 했다. 그들은 소리 없이 그리고 한순간도 지체 없이 그의 도움을 받아 안장에서 내렸고, 내리자마자 재빨리 물가로 옮겨 가 척후병과 합류했는데 이 모든 일은 말없이, 척후병의 풍부한 표정이 지시하는 바에 따라 이루어졌다.

「이 둔한 동물들은 어쩌면 좋을까!」 그들의 향후 행보를 결정할 백인이 중얼거렸다. 「저들의 목을 따서 강에 던지면 시간을 잃을 텐데. 그런데 저들을 여기 두면 밍고족에게 곧 저들의 주인이 멀지 않은 곳에 있다고 알려 주는 셈이니!」

「그럼 녀석들을 풀어놓고 숲을 마음대로 돌아다니게 하십시오!」 헤이워드가 제안했다.

「아니. 악당들을 속여 말의 속도로 달려야 우릴 잡을 수 있다고 믿게 하는 편이 낫소. 그렇지, 그러면 저들의 번득이는 눈을 속일 수 있을 거요. 칭가치, 잠깐! 덤불에서 뭐가 움직이지?」

「망아지요.」

「적어도 그 망아지는 죽어야 되겠군.」 척후병은 날쌘 말의 갈기를 쥐었지만, 말은 쉽게 빠져나갔다. 「웅카스, 화살!」

「잠깐!」 가련한 동물의 주인이 다른 사람들이 소곤거리며 말하는 것도 아랑곳하지 않고 외쳤다. 「미리엄의 망아지는 살려 주십시오! 충직한 암말의 훌륭한 자손이니, 아무런 방해도 되지 않을 겁니다.」

「신께서 주신 하나의 목숨을 지키려고 고생할 때는······.」 척후병이 엄중하게 말했다. 「자신과 같은 종족도 숲의 짐승처럼 보이는 법이오. 한 마디만 더 하면 당신을 마쿠아족의 손에 맡겨 버릴 거요! 웅카스, 활을 당겨. 두 번 쏠 시간이 없다!」

낮게 중얼거리는 그의 위협적인 목소리가 채 끊어지기도 전에 활에 맞은 망아지는 우선 뒷다리를 구부렸다가 앞으로 쓰러졌다. 망아지는 눈 깜짝할 새 칼로 모가지를 긋는 칭가치국을 만났고, 그가 비틀거리는 놈을 강물에 던져 넣으니 강물에 휩쓸려 내려가며 마지막 남은 목숨으로 허우적거리는 소리가 들려왔다. 반드시 필요한 것이라 해도 잔인하게 느껴지는 이 행동은 여행객들의 영혼에 그들이 직면한 무시무시한 위험의 경고처럼 느껴졌고, 현장에서 실행에 옮긴 이들의 차분하면서도 확고한 결의에 그 느낌은 한층 더 강해졌다. 자매는 몸을 떨며 서로에게 꼭 달라붙었고, 헤이워드는 숲의 심장부에 꿰뚫을 수 없는 장막을 쳐놓은 것 같은 짙은 어둠과 말 사이에 서서 방금 전 총집에서 꺼낸 권총에 본능적으로 손을 얹었다.

하지만 인디언들은 잠시도 머뭇거리지 않고 고삐를 잡고서 놀라 주저하는 말들을 강 쪽으로 끌고 갔다.

강가에 다가가자 그들은 돌아섰고, 강둑이 튀어나온 곳에 가려 보이지 않게 되었지만, 물이 흐르는 반대 방향으로 움직였다. 그사이 척후병은 물의 흐름에 따라 가지를 흔들고 있는 얕은 덤불 밑의 카누를 끌어낸 다음 여인들에게 타라고 소리 없이 손짓했다. 여인들은 망설이지 않고 따랐지만, 강가를 따라 검은 장벽처럼 버티고 있는 점점 짙어지는 어둠 쪽을 두려움과 불안이 섞인 눈으로 여러 차례 바라보았다.

코라와 앨리스가 앉자 척후병은 계급을 무시하고 헤이워드에게 낡은 배의 한쪽을 들라고 지시하고 자신은 반대쪽을 들고서 물에 띄웠다. 풀이 죽은 망아지 주인이 그 뒤를 따랐다. 그들은 이런 식으로, 소용돌이가 휘감을 때 물결이 치는 소리나 그들의 조심스러운 발소리만 간간히 들리는 적막 속에서 멀리까지 나아갔다. 헤이워드는 카누의 조종을 전적으로 척후병에게 맡겼고, 척후병은 바윗덩이를 피하기 위해 강가로 다가가거나 강물이 더 깊은 쪽으로 멀리 나아가곤 했는데, 신속한 동작을 보니 가는 길을 잘 알고 있는 모양이었다. 그는 이따금 배를 멈추곤 했다. 정적 속에서 둔하지만 점점 커지는 폭포 소리가 더욱 강해져 왔고 그는 잠든 숲 속에서 무슨 소리가 들리는지 집중해서 귀를 기울였다. 훈련된 감각으로도 감지되는 것이 없이 모든 것이 고요하여 다가오는 적이 없다는 것을 확인하면, 그는 서서히 조심스러운 진행을 재개했다. 결국 그들은 강의 한 지점에 닿았는데, 사방을 둘러보던 헤이워드의 눈길이 높은 강둑으로 인해 안 그래도 시커먼 강물에 보다 더 짙은 그림자를 드리우는 한 무리의 검은 물체에 닿았다. 그는 앞으로 더 나아가기를 망설이며 동행에게 알렸다.

「아.」 척후병이 태연한 표정으로 대답했다. 「인디언들이 말들을 숨겨 놓은 거요! 물에는 자취가 남지 않고, 저런 구멍 속 어둠이라면 올빼미 눈도 속일 수 있으니 말이오.」

일행은 모두 다시 만났고, 척후병과 새로운 동료들이 또 한 차례 의견을 나누었다. 그러는 동안, 알지도 못하는 숲 사람들의 신용과 재간에 운명을 맡긴 이들은 상황을 좀 더 찬찬히 돌아볼 여유를 가질 수 있었다.

강은 높고 험한 바위 사이에 흐르고 있었는데, 그 바위 중 하나는 카누가 기대어 있는 자리 위로 뻐쳐나와 있었다. 그 바위 위로 다시 높다란 나무들이 덮고 있었는데, 그 나무들은 절벽의 이마 정도까지 닿아 있었으므로, 마치 강이 깊고 좁은 골짜기를 통해 흐르는 것 같은 광경이 되었다. 멋지게 자라 있는 나뭇가지들과 들쭉날쭉한 나무 꼭대기는 별이 총총 떠 있는 하늘을 배경으로 여기저기 보였고, 그 아래는 마찬가지로 컴컴한 그늘이 드리우고 있었다. 그들 등 뒤로는 어둡고 울창한 숲의 윤곽선 때문에 강둑의 굽이까지만 보였다. 하지만 앞쪽으로는 그다지 멀지 않은 곳에서 물이 모여 동굴 속으로 흘러 들어가면서 둔중한 소리로 저녁 공기를 채우는 것 같았다. 실제로 그곳은 은신처로 적격이었다. 자매는 그 낭만적이면서도 한편으로는 섬뜩한 느낌을 주는 장관을 바라보며 안전한 곳에 왔다는 안도감을 느꼈다. 하지만 그들은 안내자들의 움직임으로 밤이 더해 준 야생의 매혹에 관한 사색에서 깨어나 실재하는 위험을 실감했다.

말들은 바위틈 여기저기 자라는 덤불에 묶어 두어 물속에서서 밤을 지내도록 했다. 척후병은 헤이워드와 우울한 동행에게 카누 앞쪽에 앉으라고 지시했고, 자신은 반대쪽에 훨씬 더 튼튼한 재료로 지은 배에 앉아 있는 사람처럼 꼿꼿하고 흔들림 없이 앉아 있었다. 인디언들은 조심스레 원래 있던 자리로 자신들의 자취를 되짚어 돌아가고 있었고, 척후병이 작대기를 바위에 대고 힘세게 밀자 작은 배는 급류 한가운데로 들어갔다. 한참 동안 그들이 떠가는 강물이 일으키는 가벼운 물거품과 빠른 물살 사이의 실랑이가 격렬하고 불안하게 느껴졌다. 작은 배가 성난 물살에 던져지게 될까 봐 손 하나 움직이지 못하고, 숨도 제대로 쉴 수 없을 만큼 두려웠던 승객들은 극심한 불안감 속에서 반짝이는 물을 바라보았다. 소용돌이가 배를 집어 삼켜 버릴 것이라고 생각한 것이 스무 차례나 되었지만, 조종사의 능숙한 솜씨에 카누는 급류를 헤쳐 나올 수 있었다. 길고, 힘겨운, 여인들의 눈에는 필사적인 노력을 경주한 끝에 사투가 끝났다. 폭포 아래 소용돌이에 휘말리기 직전이라는 생각에 앨리스가 베일로 눈을 가리는 순간, 카누는 수면과 같은 높이의 암반 옆으로 떠내려가 멈췄다.

「여기가 어딥니까? 이제 어떻게 하는 건가요?」 헤이워드는 척후병의 조종이 멈췄음을 알아차리고 물었다.

「글렌의 기슭이오.」 척후병은 폭포의 굉음 속에서 두려움 없이 큰 소리로 대답했다. 「이제 카누가 뒤집히지 않도록 조심해서 내린 다음, 우리가 온 길을 올라왔을 때보다 더 빨리 내려가는 거요. 강물이 좀 불었을 때는 거슬러 올라가기 어려운 급류요. 그리고 자작나무 껍질을 나무의 진으로 이어 붙여 만든 카누에 다섯이 타고 허둥지둥 내려오면 흠뻑 다 젖게 마련이고. 자, 모두 저 바위로 올라가시오. 나는 새를 잡아 오는 모히칸을 데려오겠소. 먹을 것이 지천인데 굶고 있으니 머리 가죽을 떼어 놓고 자는 게 낫지.」

일행은 반가운 마음으로 이 지시에 따랐다. 마지막 사람의 발이 바위에 닿자 카누는 세워져 있던 자리에서 방향을 바꾸었고, 장신의 척후병이 물 위를 떠가는 모습이 잠깐 보이더니 강 위로 펼쳐진 칠흑 같은 어둠 속으로 사라졌다. 안내인이 떠나고 나자 여행자들은 발을 헛디뎠다가는 사방에서 물이 쏟아져 들어올 것 같은 깊고 시끄러운 동굴에 빠져 버릴까 두려워 부서진 바위를 따라 움직여 보지도 못하고 막막한 심정으로 몇 분간 기다렸다. 하지만 그들의 긴장감은 곧 가셨다. 지금쯤 척후병이 동료들과 만났으리라 생각되기도 전에, 원주민들의 솜씨 덕분에 카누가 소용돌이로 돌아오더니 바위 옆으로 떠내려왔기 때문이다.

「이제 요새도 구했고, 병력과 보급품도 얻었군요.」 헤이워드가 신이 나서 말했다. 「그러니 몽캄과 그의 동맹에 저항할 수 있을 겁니다. 자, 말해 보십시오, 부지런한 척후병 양반. 본토에 이로쿼이라고 부르는 이들이 있습니까?」

「내가 그들을 이로쿼이라고 부르는 건, 다른 말을 쓰는 원주민은 전부 적으로 취급하기 때문이오. 혹시 그가 왕의 신민인 척해도 마찬가지요! 웹이 인디언에게서 신용과 정직함을 원한다면 델라웨어족을 데려오고, 욕심 사납고 거짓말 잘하는 모호크와 오네이다, 그리고 악당으로 가득한 여섯 부족은 그들과 잘 어울리는 프랑스군으로 보내라고 하시오!」

「그러면 쓸데없는 친구를 얻으려고 싸움 잘하는 친구를 버려야 하는데요! 델라웨어족은 도끼를 내려놓고 여자 취급을 받는 데 만족한다고 했습니다!」

「아아, 무도한 짓으로 그들에게 저런 조약을 맺게 한 네덜란드인들[20]과 이로쿼이는 부끄러운 줄 알아야지! 하지만 난 그들을 20년째 알아 왔고, 델라웨어족의 핏줄에 비겁자의 피가 흐른다고 하는 말을 거짓이라 생각하고 있소. 백인들은 그들을 해안에서 몰아냈고, 편히 자도 된다는 델라웨어 적들의 말을 믿고 있는 거요. 하지만 아니, 나는 그렇지 않소. 그렇게 말하는 자들은 내겐 모두 이로쿼이오. 그 부족의 성[21]이 캐나다에 있든, 뉴욕에 있든 말이오.」

델라웨어나 모히칸은 같은 민족에서 나온 부족이므로, 그들을 편드는 척후병의 고집이 쓸데없는 논쟁만 연장시킬 거라 여긴 헤이워드는 화제를 바꿨다.

「조약을 맺었든 맺지 않았든, 당신의 두 동료가 용감하고 조심성 많은 전사임을 잘 알고 있습니다! 우리의 적에 대해서 들은 것이나 본 것이 있습니까?」

「인디언은 보기 전에 느끼는 사람이오.」 척후병이 바위를 올라 사슴을 아무렇게나 던져 놓으며 말했다. 「밍고족이 다니는 길에서 야영할 때면 눈에 보이는 것 이외에도 다른 신호들을 믿소.」

「그들이 우리의 뒤를 밟고 있는 소리가 들립니까?」

「그렇다면 유감이겠지만, 여기서 제대로 싸우려면 상당한 용기가 필요할 거요. 하지만 내가 지나갈 때 말들이 늑대 냄

---

20 독자 여러분은 뉴욕이 본래 네덜란드의 식민지였음을 기억할 것이다.
21 뉴욕의 백인들은 인디언의 주요 촌락을 〈성(城)〉이라고 불렀다. 〈오네이다 성〉은 여기저기 흩어진 작은 촌락에 불과하지만, 일반적으로 이러한 명칭을 사용한다.

새를 맡은 것처럼 고개를 숙였던 건 부인하지 않겠소. 그리고 늑대란, 야만인들이 죽일 사슴 내장을 얻어먹으려고 숨어 있는, 인디언 주위를 떠도는 짐승이오.」

「발치에 그 사슴은 잊었습니까! 죽은 망아지 때문에 놈들이 온 거 아닐까요? 앗, 저건 무슨 소리지!」

「가엾은 미리엄.」 낯선 자가 중얼거렸다. 「네 새끼가 게걸스러운 짐승들의 먹잇감이 되다니!」 그러더니 끊이지 않은 폭포 소리 속에서 불쑥 목청을 돋운 그가 이렇게 노래했다.

> 이집트의 장자들을 그분께서 치셨네.
> 인간의 첫아이와 짐승의 첫 새끼도
> 오, 이집트여! 네 가운데 이적이 왔구나.
> 파라오에게, 그리고 그의 신하들에게도!

「주인이 망아지의 죽음을 잊지 못하는군.」 척후병이 말했다. 「하지만 말 못 하는 친구를 위해 인간이 말해 주는 건 좋은 일이오. 저 사람은 일어나야 하는 일은 일어나게 마련이라는 종교적인 믿음을 갖고 있으니, 그렇게 위안을 받으면 머지않아 인간의 목숨을 구하기 위해 네발 달린 짐승을 죽인 것이 이성적인 행동임을 받아들이게 될 거요. 소령님 말이 옳을지도 모르겠소.」 그는 헤이워드가 마지막으로 한 말의 취지로 돌아가 이렇게 말했다. 「그러니 더더욱 고기는 먹을 것만 잘라 내고 강물에 버려야 할 거요. 우리가 고기를 한 입 삼킬 때마다 계곡에서 울부짖는 늑대들이 있을 테니 말이오. 이로쿼이는 델라웨어족의 말은 전혀 알아듣지 못하지만, 늑대 우는 소리가 왜 나는지는 충분히 알아차린다오.」

척후병은 이렇게 말하면서 필요한 도구를 바삐 챙겼다. 그는 이야기를 끝내며 소리 없이 여행자들 옆을 지나 모히칸 곁으로 갔고, 모히칸들은 그의 의도를 본능적으로 재빠르게 알아차렸다. 셋은 물가에서 몇 피트 떨어진 자리, 몇 야드 높이로 솟아 있는 검은 수직 바위 절벽 앞으로 차례차례 사라지는 것 같았다.

6

옛날 시온에서 아름답게 흐르던 그 노랫가락들,
그는 그중 한 부분을 현명하게 고른다.
그러면 우리 함께 엄숙히 신을 섬깁시다, 그가 말한다.

번스, 「코터의 토요일 밤」 106~108행

헤이워드와 아가씨들은 이 알 수 없는 행동을 내심 불편한 마음으로 지켜보았다. 왜냐하면 비록 지금까지 그 백인의 행동이 나무랄 데 없었다고는 해도 그가 보여 주는 거친 도구들과 퉁명스러운 말투, 강하게 드러내는 반감에 그 동료들의 말없는 성격까지 방금 전 인디언에게 배신을 당해 놀란 그들의 마음에 불신을 일으키기 충분했다. 그때 일어나는 사건에 무관심한 것은 찬송가 선생뿐이었다. 튀어나온 바위에 앉아 한숨을 크게 내쉬며 영혼의 고통을 드러내는 것 이외에 그가 깨어 있음을 알려 주는 신호는 아무것도 없었다. 땅속에서 서로를 부르는 것처럼 숨죽인 목소리가 뒤이어 들려오더니, 갑자기 불꽃이 번쩍이며 그곳에 꽁꽁 감추어진 비밀이 드러났다.

바위의 좁고 깊은 동굴 반대쪽 끝은 바라보는 위치와 불빛의 성질 때문에 실제보다 훨씬 더 멀어 보였는데, 바로 그곳에 척후병이 앉아 소나무 햇불을 들고 있었다. 그 강한 불빛이 그의 강인하고 억센 외모와 복장을 그대로 비추었다. 햇빛 비치는 대낮에 보았더라면 낯선 옷차림과 강철같이 튼튼한 체격, 재빠르고 기민한 동작, 근육질의 외모를 감추어 주는 수수함이 눈에 띄었을 테지만, 횃불의 불빛은 그에게 낭만적인 야성을 부여해 주었다. 조금 떨어진 앞쪽에 웅카스가 몸 전체를 당당히 드러내고 서 있었다. 여행자들은 우아하고 거리낌 없는 태도와 동작을 타고난 모히칸 청년의 바르고 유연한 몸을 불안한 마음으로 바라보았다. 그의 몸은 백인과 같이 녹색의 술이 달린 사냥복으로 여느 때보다 많이 가리고 있었지만 검게 번득이는, 두려움을 모르는 두 눈은 무시무시하고도 냉정했고, 키가 훌쩍 커 도도해 보이는 몸매는 원주민답게 순수한 붉은빛이었으며, 고상한 윤곽선을 지닌 이마와 비율이 절묘한 머리는 정수리의 머리만 남기고 벗겨져 있었다. 헤이워드와 그의 동행은 인디언 안내인들의 독특한 생김새를 그제야 처음으로 볼 수 있었고, 젊은 전사의 사납지만 자존심 강하고 결연한 모습에 의심이 가시는 것을 느꼈다. 착각일 수도 있지만 그들은 그가 타고난 여러 재능을 이용해 배신을 저지를 사람이 아니라고 생각했다. 순진한 앨리스는 기적의 도움으로 보존된 그리스의 값진 유물을 쳐다보듯 그의 자유로운 분위기와 당당한 몸가짐을 바라보았다. 헤이워드는 타락하지 않은 원주민들 사이에 흔히 찾아볼 수 있는 완벽한 외양에 익숙했음에도 불구하고, 인간 가운데 가장 고귀한 이들의 흠잡을 데 없는 모습을 경이로운 마음으로 우러러보았다.

「저렇게 두려움 없고 관대한 모습의 청년이 보초를 서준다면 평화롭게 잘 수 있겠어요.」 앨리스가 속삭이며 말했다. 「정말이에요, 덩컨. 우리가 책에서 읽거나 사람들에게 전해 들은 잔인한 살인, 무시무시한 고문 장면은 저런 사람이 있는 자리에서 벌어질 리 없어요!」

「그건 분명 이 독특한 사람들이 지닌 보기 드물고 놀라운 천성입니다.」 그가 대답했다. 「저런 얼굴과 눈빛은 남을 속이기보다는 겁주기를 잘할 거라는 의견에는 동감입니다, 앨리스. 하지만 야만인의 행동 양식에 따르는 것 이외에 우리가 미덕이라고 여기는 것을 보여 줄 거라는 기대는 삼갑시다. 훌륭한 자질은 기독교인 사이에서도 몹시 드문 일이니, 인디언들에게도 특별하고 희귀한 일일 것입니다. 하지만 우리가 같은 인간으로서 공유하는 자질을 생각하면, 기독교인이나 인디언 어느 쪽도 훌륭한 품성을 지니지 못할 리 없습니다. 그러니 이 모히칸이 우리의 기대를 저버리지 않고 그의 생김새처럼 용감하고 변함없는 친구가 되어 주길 바랍시다.」

「이제 헤이워드 소령님께서 소령님답게 말씀하시는군요.」 코라가 말했다. 「이 자연의 피조물을 보고 그 검은 피부색을 잊지 않고 끄집어내시다니!」

이 말에 짧고 어색하게 이어지던 침묵을 가르며 그들에게 들어오라고 부르는 척후병의 고함 소리가 들려왔다.

「불빛이 너무 밝군.」 그들이 따르는 사이 척후병이 말했다. 「밍고족에게 우리가 있는 곳을 들킬 수 있겠소. 웅카스, 담요를 쳐서 놈들에게 어두운 쪽만 보이도록 해라. 영국군의 소령님에게 대접할 만한 저녁 식사는 아니지만, 강인한 파견 부대원들은 새를 잡아 날것으로, 그것도 맛[22]도 없이 먹는다고 들었소. 보다시피 우리한테는 소금도 충분히 있고 금세 끓일 수도 있소. 아가씨들이 앉는 마이호그기니[23] 의자처럼 훌륭하지는 않지만, 사사프라스 나뭇가지에 앉으면 될 겁니다. 기니

---

22 평민들의 대화에서 미국인들이 식사에 넣는 조미료를 〈맛relish〉이라고 불러 그 효과를 가리킨다. 이러한 방언은 말하는 사람의 상황에 따라서 몇 가지 의미로 자주 사용된다. 대부분은 자기들끼리 사용하는 것이고 다른 경우는 그 인물이 속해 있는 특정 계급만의 것이기도 하다. 현재의 경우, 척후병은 자신들이 다행히 갖고 있는 〈소금〉을 직접적으로 가리켜 이 말을 쓴 것이다.

23 마호가니를 잘못 알고 쓴 말이다 — 옮긴이주.

의 돼지[24]든 어느 다른 땅의 돼지든, 돼지 가죽에서 나는 냄새보다는 향기로운 냄새를 풍길 거요. 자, 이쪽으로 오시오, 모두들. 망아지 때문에 너무 슬퍼하지 마시오. 지은 죄도 없고 힘든 일도 겪지 않은 놈이잖소. 녀석이 죽어 준 덕분에 등이 쓰라리고 발이 지치도록 일한 우리들이 살 수 있을 거요.」

웅카스는 시키는 대로 했고, 호크아이의 말이 멈추자 폭포 소리는 멀리서 우르릉거리는 천둥소리처럼 들려왔다.

「이 동굴 안은 안전한 겁니까?」 헤이워드가 물었다. 「예상치 못한 위험은 없는 건가요? 무기를 가진 사람이 하나만 입구로 와도 우리를 잡을 수 있을 텐데.」

유령처럼 생긴 사람이 척후병 등 뒤의 어둠 속에서 불이 활활 타는 횃불을 들고 나와 그들의 은신처 안쪽을 향해 치켜들었다. 그 무시무시한 것이 밝은 데로 움직이자 앨리스가 조그만 비명 소리를 냈고, 코라도 벌떡 일어났다. 하지만 헤이워드의 한마디에 그들은 진정했다. 그는 그들의 동행 칭가치국으로, 담요 하나를 들어 보여 출구가 하나 더 있음을 알려 준 것이었다. 그는 횃불을 들고서 바위 사이의 깊고 좁은 틈을 넘어갔는데, 그것은 그들이 들어온 입구와 직각으로 나 있었으며 하늘 쪽으로 열려 있었다. 칭가치국은 그곳을 통해 연결되어 있는 두 번째 동굴로 들어갔는데, 그곳의 생김새는 첫 번째 동굴과 모든 세부적인 면이 똑같았다.

「칭가치국이나 나처럼 꾀 많은 여우는 구멍이 하나뿐인 굴에 들어갔다가 잡히는 일은 없소.」 호크아이가 웃으며 말했다. 「이곳이 얼마나 쓸모 있는 곳인지 쉽게 알 수 있을 거요. 바위는 검은 석회석인데, 누구나 알다시피 부드럽소. 덤불과 소나무가 드물어 어쩔 수 없지만 이 돌이라면 베개로 쓰기에

---

24 앞에서 마호가니와 혼동한 〈마이호그기니〉를 호크아이는 기니의 〈돼지 hog〉로 착각하고 있다 — 옮긴이주.

불편하지 않소. 흠, 폭포가 우리보다 몇 야드 아래에 있었는데, 한창때는 허드슨 강을 따라 흘러드는 어떤 폭포 못지않게 규칙적이고 장관이었지. 하지만 이 아름다운 아가씨들도 앞으로 배우게 되겠지만, 나이가 들면 외모는 타격을 입게 마련이오! 이곳은 아쉽게도 많이 변했소! 바위에는 틈이 가득하고, 어떤 곳은 다른 곳보다 더 부드러워 물이 구멍을 깊게 내어 몇 백 피트나 꺼지기도 했고, 여기저기 부서져 폭포에 모양새도 나빠지고 규칙성도 없어져 버렸으니.」

「그중 어느 지점에 우리가 있는 겁니까?」 헤이워드가 물었다.

「글쎄올시다, 프로비던스 호가 처음 정박을 시도했지만 물살이 너무 세어 정박할 수 없었던 자리 근처까지 왔소. 우리가 앉은 자리 양쪽 바위가 더 부드러우니 강의 가운데는 말라 바닥이 드러났고, 이렇게 구멍 두 개가 생겨 우리가 숨을 자리가 생긴 거요.」

「그럼 우리는 섬에 온 건가요?」

「그렇소! 우리 양쪽에 폭포가 있고, 그 위아래로 강이 흐르는 거요. 밝은 낮이었으면 이 바위 위로 올라가 물이 얼마나 제멋대로 흘러가는지 볼만했을 텐데! 폭포 물은 아무런 규칙도 따르지 않고 떨어지는데, 튀어 오르기도 하고, 다시 떨어지기도 하고, 건너뛰기도 하고, 퍼붓기도 하고, 어떤 곳에서는 물이 눈처럼 희고, 어떤 곳에서는 풀처럼 푸르고, 여기저기서 깊은 구멍으로 빠졌다가, 우르릉거리며 땅을 흔들기도 하고. 그러다가는 개울처럼 잔잔하게 좋은 소리를 내며 흐르다가 갑자기 소용돌이를 일으키고 오래된 바위에 홈을 내기도 하고 말이오. 마치 바위가 진흙처럼 보이지 않소. 이 강의 설계 전체가 잘못된 거 같소. 처음에는 고분고분 아래로 흐르기로 한 듯 부드럽게 흘러내리다가 방향을 틀어 바다를 보는 거요. 그러고는 숲을 떠나 소금물과 섞이기 싫다는 듯 뒤를 돌아보는 거지! 자, 아가씨! 목에 감고 있는 그 거미줄같이 섬세한 옷감도 내가 보여 드릴 곳에 비하면 그물처럼 거칠게 보일 겁니다. 그곳에서 강물은 질서를 떨치고 나와 온갖 것을 다 만들어 보겠다는 듯 오만 가지 형상을 다 지어 놓았으니 말이오. 하지만 그래 봐야 별거 아닙니다! 고집 센 사람처럼 한동안 자기 멋대로 굴던 강물이 그것을 지은 분의 손길에 다시 모여, 몇 야드 아래를 보면 꾸준히 바다로 흘러가고 있는 것이 보이니까 말이오. 세상을 처음 짓던 날 정해진 대로!」

청중은 글렌 폭포[25]의 소박한 묘사를 듣고서 은신처가 얼마나 안전한지 다짐받으면서, 그 야생의 아름다움에 대해서는 호크아이와는 다른 의견을 갖게 되었다. 하지만 그들은 자연의 아름다움에 대해 사색할 처지가 아니었다. 척후병은 이야기를 하는 동안에도 부러진 포크로 그 거친 강물의 특별히 고약한 지점을 가리킬 때가 아니면 조리를 계속 했으므로, 이제 그들은 자연 경관보다는 더 세속적이지만 절실한 저녁 식사에 관심을 기울이게 되었다.

말을 버릴 때 헤이워드가 용의주도하게 가져온 몇 가지 맛좋은 음식을 더하자 매우 훌륭해진 식사는 지친 이들에게 큰 활력을 주었다. 웅카스는 여인들을 돌봐 자신이 할 수 있는 온갖 사소한 일들을 위엄 있고도 우아하게 처리해 주었고, 특

---

25 글렌 폭포는 허드슨 강의 어귀, 혹은 슬루프 범선을 띄울 수 있는 지점으로부터 40~50마일 위로 올라간 지점에 있다. 척후병이 내놓는 이 그림처럼 아름다운 작은 폭포의 묘사는 충분히 정확하지만, 문명의 삶에 그 물을 이용하다 보니 그 아름다움이 크게 손상되었다. 바위섬과 두 개의 동굴은 폭포 바로 위를 가로지르는 교각을 지탱하고 있으므로 여행객들은 누구나 알고 있다. 호크아이의 안목을 설명하는 데 있어서, 남자들은 가장 즐겁지 않은 것을 항상 가장 귀하게 여긴다는 점을 기억해야 할 것이다. 따라서 새 나라가 생기면 옛 나라에서 큰 비용을 들여 유지하던 숲이나 다른 것들을 단지 〈개선한다〉는 관점에서 제거하는 것이다.

히 여인을 위해 시중을 드는 일을 전사에게 금하는 인디언 관습에서는 그것이 매우 신선한 일임을 잘 아는 헤이워드를 즐겁게 했다. 하지만 손님에게 환대를 베푸는 것은 그들 사이에서 신성한 일로 간주되었으므로 이처럼 남자의 체신을 버리는 일에 대해 언급하는 사람은 아무도 없었다. 그 자리에 식사를 하느라 바쁘지 않은, 자세히 관찰할 수 있는 사람이 있었다면 젊은 추장의 봉사가 전적으로 공평하지 않다고 여겼을지도 모른다. 즉, 앨리스에게 조롱박에 담은 시원한 물과 후추나무 옹이로 예쁘게 깎아 만든 쟁반에 사슴 고기를 담아 건넬 때도 그는 충분히 예의를 차리긴 했지만, 그녀의 언니에게 같은 일을 해줄 때는 그의 눈동자가 그녀의 화려한 외모에 머물렀으며 말도 건넸다. 그는 한두 차례 여인들의 주목을 끌기 위해 말을 해야 했다. 더듬거리며 영어를 썼지만 그 말은 충분히 이해할 수 있었으며 깊은 연구개음으로[26] 너무나 부드럽고 듣기 좋게 말했고 여인들은 놀라 감탄하며 고개를 들었다. 이처럼 예의 바른 행동 가운데 몇 마디 대화가 오갔으며, 그 덕분에 양측에 화기애애한 분위기가 조성되었다.

그사이 칭가치국의 엄숙한 태도는 바뀌지 않았다. 그는 불빛이 비치는 쪽에 앉아 있었기 때문에 손님들이 자주, 불편한 마음으로 그를 쳐다볼 때면 물감으로 그려 넣은 인위적인 문양 속에서 자연스러운 표정을 가늠할 수 있었다. 나이와 겪은 고생의 차이가 있긴 하지만, 부자가 매우 닮아 있는 것이 틀림없었다. 그의 사나운 표정은 이제 잠든 것 같았고, 대신 인디언 전사가 자신의 자질이 더 큰 목적을 위해 필요할 때가 아니면 그러듯, 그 자리에는 특유의 고요하고 멍한 평정 상태가 자리 잡고 있었다. 하지만 가무잡잡한 얼굴에 이따금 스쳐 지나가는 날카로운 빛으로 보아, 그가 흥분하기만 하면 적을

[26] 인디언 언어의 의미는 강조와 어조에 의해 많은 부분 결정된다.

위협하기 위한 무시무시한 도구를 있는 힘껏 사용할 것임을 쉽게 알 수 있었다. 다른 한편, 척후병의 재빠르게 움직이는 눈은 쉬는 법이 없었다. 그는 어떤 위기감도 막지 못할 기세로 열심히 먹고 마셨지만 어느 한순간도 경계를 늦추지 않았다. 물과 사슴 고기를 입에 댄 채 그가 멀리서 이상한 소리를 들은 것처럼 고개를 돌리는 것이 스무 차례는 되었는데, 이러한 동작으로 그의 손님들은 자신들이 처한 낯선 상황과 그 상황에 처하게 된 무서운 이유를 상기하게 되었다. 이렇게 자주 식사를 멈추고도 아무 말이 없었으므로, 그 때문에 생겨난 순간적인 긴장은 곧 사라지고 당분간은 잊혔다.

「자, 친구.」 호크아이는 식사가 끝나 갈 무렵 나뭇잎 아래서 작은 나무통을 꺼내 자기 옆에 앉아 그의 요리 솜씨에 매우 정당한 평가를 하며 먹어 대는 낯선 사람에게 건네면서 말했다. 「가문비나무 술을 좀 마셔 보시오. 그러면 망아지 생각은 사라지고 가슴속에 활력이 되살아날 테니까. 작은 망아지 한 마리가 우리 사이에 반감을 남기지 않기를 바라며 우정에 건배합시다. 이름이 뭡니까?」

「개멋, 데이비드 개멋이오.」 노래 선생은 숲 사람이 담가 둔, 향이 강하고 도수 높은 술로 슬픔을 씻어 낼 준비를 하며 말했다.

「정직한 선조들이 물려주신 좋은 이름이군. 나는 이름에 관심이 많지만, 이 점에 있어서는 기독교 전통이 야만인의 관습보다 훨씬 떨어진다 생각한다오. 내가 아는 사람 중 제일 겁쟁이는 리옹[27]이라고 하고, 그의 아내 페이션스[28]는 쫓기는 사슴이 5야드를 달리기도 전에 남의 귀가 따갑도록 고함을 질러 대거든. 인디언의 경우에는 이름이 양심의 문제요. 이름

---

27 〈사자〉라는 뜻이다 — 옮긴이주.
28 〈인내심〉이라는 뜻이다 — 옮긴이주.

은 그 사람에 보통 어울리지. 큰 뱀이라는 뜻의 칭가치국이 실제로 크든 작든 뱀은 아니지만 말이오. 하지만 그는 인간 본성의 구불구불한 곡절과 변화를 알고, 조용하며, 적을 기습한다는 뜻이지. 하는 일은 뭐요?」

「성가 합창을 가르치는 사람입니다.」

「오호라!」

「코네티컷 군대의 청년들에게 노래를 가르치지요.」

「그보다는 더 쓸모가 많은 일을 할 수 있을 거요. 숨어 있는 여우보다 더 조용히 해야 하는 녀석들은 가르치지 않아도 웃고 노래를 부르며 숲을 휘젓고 다니니. 활강포나 소총을 쓸 수 있소?」

「신께서 보우하사 사람 죽이는 도구를 만져 볼 일은 없었습니다!」

「나침반을 보고 수로와 산세를 종이에 그려 뒤따르는 사람들이 장소의 이름과 위치를 찾을 수 있게 할 수는 있지 않겠소?」

「그런 일은 하지 않습니다.」

「긴 거리도 단숨에 달릴 만한 다리를 가졌군! 장군에게 전갈을 전하러 다닐 수는 있을 거요.」

「있을 수도 없는 일입니다. 성스러운 음악을 가르치는 일 이외에는 아무것도 하지 않을 겁니다!」

「거참 신기한 소명이군.」 호크아이는 속으로 웃으며 중얼거렸다. 「다른 사람 목구멍에서 나오는 노랫가락을 개똥지빠귀처럼 흉내 내며 살다니. 저, 보시오. 그게 당신 재능이라면 총 쏘기나 다른 더 나은 일처럼 버려서는 안 될지도 모르겠소. 그럼 얼마나 잘하는지 한번 들어나 봅시다. 이 아가씨들이 마쿠아족이 움직이기 전, 아침 일찍 힘든 여정을 시작할 기력을 얻어야 할 시간이니 잘 자라는 인사로 말이오.」

「기쁜 마음으로 응하겠습니다.」 데이비드는 쇠테 안경을 고쳐 쓰고 애지중지 아끼는 책을 꺼내 곧 앨리스에게 넘기며 말했다. 「이처럼 위험한 하루를 보내고 저녁 기도를 올리는 것보다 더 적절하고 위로가 되는 일이 어디 있겠습니까!」

앨리스는 미소를 지었지만, 헤이워드를 의식하고는 얼굴을 붉히며 머뭇거렸다.

「마음대로 해요.」 그가 속삭였다. 「이런 순간에 다윗 왕과 이름이 같은 자[29]가 제안하는 대로 따르면 도움을 받을 수 있지 않을까요?」

그의 의견에 용기를 얻은 앨리스는 신심과 아름다운 소리에 예민한 감각이 시키는 대로 따랐다. 찬송가 책은 그들의 상황에 어울리는 노래를 내놓았는데, 이스라엘의 왕을 능가하려는 욕심을 버린 시인이 원만하고도 훌륭한 힘을 얻는다는 내용의 성가였다. 코라는 동생을 도와주려는 듯했고, 꼼꼼한 데이비드가 목청을 가다듬고 나자 성가는 악보를 따라 정확히 진행되었다.

분위기는 엄숙하고 장중했다. 이따금 노래가 여성들의 최고음에 다다르면 그들은 종교적 흥분에 찬송가 책을 높이 들어 올렸고, 그것을 다시 내리면 물 흐르는 소리가 그들의 선율에 공허한 반주처럼 들려왔다. 데이비드의 타고난 취향과 탁월한 음감이 동굴이라는 한정된 공간에 맞도록 소리를 통제하고 조정해, 동굴 안의 모든 틈과 균열 부분까지도 그들의 낭랑한 목소리로 가득 찼다. 인디언들은 바위에 시선을 고정시키고 돌로 굳어 버릴 것처럼 집중하며 경청했다. 하지만 턱을 손에 괴고 냉정한 무관심을 표명하던 척후병은 차츰 굳은 표정을 누그러뜨리더니 강철 같은 마음이 부드러워진 상태로, 어린 시절 식민지의 정착민 마을에서 이런 찬송가 소리를 종종 들었던 기억을 떠올렸다. 이리저리 움직이던 그의 눈이

29 데이비드는 다윗의 영어식 발음이다 ─ 옮긴이주.

젖어 들기 시작하더니, 찬송가가 끝날 무렵에는 오랫동안 말라 있던 샘에서 뜨거운 눈물이 흘러넘쳐 나약함의 증거보다는 비바람에 더 자주 젖어 온 두 뺨을 타고 내려왔다. 노래를 부르던 이들이 곧 사라질 것처럼 열심히 경청하던 곡조를 모두 음미하고 있을 때 바깥에서 인간의 것 같지도, 이 세상의 것 같지도 않은 비명 소리가 들려왔는데, 동굴 속뿐만 아니라 그 소리를 들은 사람들의 가슴속 가장 깊은 곳까지 침범해 들어왔다. 그렇게 무시무시하고 낯선 소리의 방해를 받아 물까지도 내달리기를 멈춘 듯, 그다음에는 깊은 정적이 이어졌다.

「무슨 소리죠?」 끔찍한 정적 끝에 앨리스가 중얼거렸다.

「뭡니까?」 헤이워드가 큰 소리로 다시 물었다.

호크아이도, 인디언들도 대답하지 않았다. 그들은 그 소리가 다시 불쑥 반복되기를 기다리는 것처럼 가만히 귀를 기울이고 있었다. 마침내 그들은 델라웨어 말로 열심히 이야기를 나눴고, 웅카스는 안쪽의 가장 깊이 감춰진 틈을 지나 조심스레 동굴을 나갔다. 그가 나가자 척후병이 먼저 영어로 말했다.

「그게 무엇인지, 혹은 무엇이 아닌지는 여기서는 알 수 없소. 이 숲을 30년 이상 돌아다닌 우리도 말이오! 인디언이나 짐승이 내는 소리 중에 내가 들어 보지 못한 소리는 없다고 믿고 있었소. 하지만 이 소리를 듣고 보니 내가 허영심 많고 잘난 척하는 인간이라는 걸 깨달았소.」

「그럼, 전사들이 적에게 겁을 주려고 내는 고함 소리는 아니란 건가요?」 코라는 불안해하는 동생과는 딴판으로 침착하게 베일을 두르며 일어났다.

「아뇨, 아닙니다. 이건 이상하고 기분 나쁜 소리이며, 인간이 내는 소리는 아닙니다. 전사의 함성이었다면 확실히 알 수 있었을 거요! 어, 웅카스!」 그는 젊은 추장이 돌아오자 델라웨어 말로 물었다. 「뭐가 있던가? 우리 불빛이 담요 밖으로 새어 나갔나?」

같은 언어로 한 대답은 짧고 분명한 것 같았다.

「밖에서는 아무것도 보이지 않는다는군.」 호크아이가 불만스러운 표정으로 고개를 저으며 말했다. 「은신처는 어둠 속에 있소! 필요한 사람들은 저쪽 동굴로 들어가서 잠을 청하시오. 해가 뜨기 한참 전에 출발해 밍고족이 아침잠을 자는 시간을 최대한 이용해 에드워드에 도착해야 하니.」

코라는 순종의 모범을 보이며 수줍음 많은 앨리스에게 그 말에 따라야 한다고 일렀다. 그러나 앨리스는 그 자리를 뜨기 전, 헤이워드에게 따라와 달라고 속삭였다. 웅카스는 그들이 지나가도록 담요를 들어 올려 주었고, 자매는 그에게 고맙다고 인사했다. 척후병은 사그라지는 불씨 앞에 손에 턱을 괴고 앉아 저녁 찬송 시간을 방해한 알 수 없는 소리에 대해 깊이 생각에 잠겨 있었다.

헤이워드는 횃불을 들고 있었고, 그 덕분에 새로운 거처의 좁은 입구에 희미한 빛이 밝혀졌다. 그는 그것을 편한 자리에 두면서 여인들과 함께 자리를 잡았고, 그러자 우호적인 에드워드 요새를 떠난 이후 처음으로 셋만 남게 되었다.

「여기 있어 줘요, 덩컨.」 앨리스가 말했다. 「그 끔찍한 소리가 아직도 귓전에 울리는 이런 곳에서 잘 수 없어요!」

「우선 이 요새가 안전한지 살펴본 다음에 나머지를 의논하도록 합시다.」 그가 대답했다.

그는 반대편과 마찬가지로 담요로 가려 놓은 동굴 끝의 입구로 다가가 두꺼운 장막을 걷고 폭포 쪽에서 흘러오는 신선하고 활력을 주는 공기를 들이마셨다. 강 한쪽은 깊고 좁은 골짜기를 통해 흐르는 물살로 인해 발치 아래 바위가 반들반들하게 닳았으므로 헤이워드가 생각하기에는 그곳에는 어떤 종류의 위험도 침범할 수 없을 것 같았다. 그 위로 몇 야드 높이에서 흘러내리는 물은 대단히 격렬하게, 불규칙적으로 쏟아지고, 튀고, 흘러갔다.

「자연이 이쪽으로는 뚫고 들어올 수 없는 장벽을 쌓아 두었군요.」 그는 검은 물살까지 내려가는 수직의 절벽을 가리키며 말한 뒤 담요를 내렸다. 「그리고 저 선하고 진실한 사람들이 앞쪽을 지키고 있으니, 우리 정직한 안내인의 조언을 믿지 말아야 할 이유는 없다고 여깁니다. 코라도 두 사람 모두 잠을 자두어야 한다는 데 동의할 겁니다!」

「당신의 의견이 옳다고 수긍해도 실천에 옮기지는 못하겠어요.」 앨리스 옆, 사사프러스 나뭇가지로 만든 쿠션을 깔고 앉은 언니가 대답했다. 「그 알 수 없는 비명 소리가 들리지 않았더라도, 잠을 쫓는 이유는 많아요. 대답해 보세요, 헤이워드. 숲 속의 이토록 숱한 위험 속 어디에, 딸들이 어떻게 있는지 알지 못하는 아버지의 불안을 우리가 잊을 수 있을까요?」

「그분은 군인이시니 숲에서 살아남을 가능성을 아실 겁니다.」

「그분은 아버지이시니 염려를 떨칠 수 없을 거예요.」

「아버지는 내 어리석은 행동에도 늘 상냥하셨는데! 내가 바라는 것을 모두 친절하게 들어주셨는데!」 앨리스가 흐느끼며 말했다. 「이렇게 위험한데 꼭 찾아뵙겠다고 한 건 우리만 생각하는 짓이었어, 언니!」

「이렇게 힘든 순간에 아버지께 동의해 주십사 조른 것이 성급한 짓이었을지 모르지만, 곤경에 빠진 아버지를 다른 이들이 모른 척할 때 적어도 딸들만은 아버지 편이라는 걸 보여 드리고 싶었어!」

「에드워드에 딸들이 도착했다는 이야기를 듣고, 그분의 가슴속에서 염려와 사랑이 갈등했습니다. 하지만 오랫동안 떨어져 있었기 때문에 더욱 애틋해진 사랑이 금세 우세했지요.

〈그들을 이끈 건 고결한 마음씨를 가진 코라의 용기네, 덩컨.〉 아버님은 이렇게 말씀하셨습니다. 〈그러니 좌절시키지 않겠네. 왕실의 자식을 돌보게 된다 하더라도, 그 아이가 우리 코라의 절반만큼만 용감해도 감사히 여기겠네〉라고 하셨어요.」

「제 이야기는 안 하시던가요?」 앨리스는 질투 어린 애정을 느끼며 물었다. 「막내 딸 엘시를 다 잊으신 건 아니겠죠!」

「그럴 리가 있나요.」 젊은이가 대답했다. 「제가 감히 옮길 수 없는 천 가지 애칭으로 당신을 부르셨어요. 하지만 아버님의 마음을 제대로 옮기기 위해 한 가지만 증명하지요. 한번은, 아버님께서 —」

덩컨이 말을 멈췄다. 그는 한동안 앨리스의 두 눈을 빤히 바라보았고, 앨리스 역시 아버지를 향한 사랑을 담아 그의 말을 기다리고 있었을 때, 좀 전과 똑같은 강렬하고 무시무시한 고함 소리가 공기를 채웠고, 덩컨의 말문이 막혔다. 숨도 쉴 수 없이 긴 적막이 이어졌고, 그동안 그들은 그 소리가 다시 반복되기를 두려운 마음으로 기다리며 서로를 바라보았다. 마침내 담요가 서서히 걷히더니 척후병이 단호한 표정이 사라지기 시작한 얼굴로 그 틈에 서 있었다. 척후병은 자신의 솜씨와 경험을 모두 동원해도 소용이 없을 것 같은 불가사의한 위험 앞에 선 사람 같았다.

7

그들은 잠들지 않는다.
저 절벽에 모인 무시무시한 자들,
그들이 앉아 있는 것이 보인다.

그레이, 「음유 시인」 I. 3, 43~45행

「더 이상 누워서 숨어 있다가는 우리를 위해 보내신 경고를 무시하는 셈이 되겠소.」 호크아이가 말했다. 「숲에서 저런 소리가 들리니 말이오! 이 아가씨들은 숨어 계셔도 되지만, 모히칸들과 바위 위를 살펴보러 갈 건데, 제60연대 소령님도 함께 가주면 좋겠소.」

「그렇게 위험한 상황인가요?」 코라가 물었다.

「저 괴상한 소리를 내어 정보를 전하는 자만이 우리가 얼마나 위험한지 알 겁니다. 허공에서 저런 경고 소리가 들려오는데 숨어만 있다면 신의 뜻을 어기고 반역하는 사악한 짓이라 여겨야죠! 노래나 부르며 소일하는 나약한 영혼도 저 소리에 놀라 〈싸우러 나갈 채비가 되었다〉고 하니 말입니다. 단순히 싸움이라면 우리 모두 능숙하니 쉽게 처리할 수 있을 겁니다. 하지만 저런 비명 소리가 하늘과 땅 사이 울려 퍼진다면 그건 전혀 다른 종류의 전쟁을 일으킬 겁니다!」

「우리가 두려워해야 할 이유가 초자연적인 이유에서 비롯한 것뿐이라면, 놀랄 일은 아니군요.」 침착한 코라가 말했다. 「적이 우리를 쉽게 정복하기 위해서 공포를 일으킬 새롭고 독창적인 방법을 고안해 낸 것이 아니라고 확신하시나요?」

「아가씨.」 척후병이 엄숙하게 말했다. 「나는 예민한 귀에 생사가 달린 사람으로서 이 숲에서 나는 소리를 30년간 들어 왔습니다. 표범의 울음소리, 개똥지빠귀의 노랫소리, 밍고족이 만들어 낸 악마 같은 소리 중 나를 속일 수 있는 것은 아무것도 없어요! 숲이 고통당할 때면 사람처럼 신음하는 소리를 들어 왔습니다. 껍질 벗긴 나무들의 가지에 바람이 불어와 내는 음악 소리를 종종 들어 왔습니다. 그리고 불붙은 나뭇가지가 부러질 때처럼 하늘을 가르는 번개가 불똥과 불꽃을 일으키는 소리도 들어 왔습니다. 하지만 이 모든 것이 피조물을 쥐고 장난치는 그분이 즐거움을 누리는 소리였습니다. 그런데 방금 들린 그 비명 소리는 모히칸들도, 십자가를 지니지 않는 백인인 나도 알 수 없는 것입니다. 따라서 우리는 그것이 우리를 위해 내려온 징조라고 생각합니다.」

「놀라운 일이군요!」 헤이워드가 권총을 원래 있던 자리에서 꺼내며 말했다. 「평화의 신호든 전쟁의 경보든, 살펴볼 일입니다. 앞장서십시오, 친구여. 나도 따르겠습니다.」

밖으로 나서자마자, 은신처의 답답한 공기 대신 폭포의 경사진 곳과 소용돌이에서 퍼져 나오는 시원하고 활력을 주는 공기가 불어온 덕분에 일행 모두는 이내 영혼이 맑아지는 고마운 경험을 했다. 묵직한 저녁 바람이 수면 위로 불어오더니, 폭포의 굉음을 동굴 쪽으로 몰아넣어 멀리 산 너머에서 우르릉거리는 천둥소리처럼 무겁게 만들었다. 달이 떠올랐고, 그 빛이 물 위 여기저기에 비치고 있었다. 그러나 그들이 서 있는 바위 끝은 아직 어둠에 덮여 있었다. 물 흐르는 소리와 이따금 변덕스럽게 불어오는 바람 소리 이외에 그곳은 한밤중의 외딴 곳답게 고요했다. 방금 들려온 소리의 연원을 설명해 줄 수 있는 생물의 흔적을 찾아 반대편 강가를 살피는 사람들의 노력은 허사였다. 불안한 마음으로 열심히 찾는 그들의 눈길은 이리저리 움직이는 달빛에 속아 벌거벗은 바위나 곧게 서서 움직이지 않는 나무들밖에 찾지 못했다.

「아름다운 저녁때의 어둠과 고요함뿐이군요.」덩컨이 속삭였다. 「다른 순간이었다면 이 고요한 경치에 얼마나 찬탄했을까요, 코라! 안전하다고 상상해 보세요. 그러면 지금 당신의 두려움을 키우고 있는 이 광경을 즐거운 마음으로 감상할 수 있을지도 모르니 —」

「쉿!」앨리스가 말을 막았다.

주의를 줄 필요는 없었다. 다시금 똑같은 소리가, 강바닥에서 솟아나 좁은 절벽 사이를 뚫고 나오듯 한 차례 들려오더니 숲을 가로질러 멀리까지 가서는 점점 잦아들었다.

「여기 있는 이들 중 저 소리의 정체를 아는 사람 있소?」마지막 메아리가 숲 속에서 사라지자 호크아이가 물었다. 「그렇다면 말해 보시오. 나로 말할 것 같으면, 이승의 소리는 아니지 싶으니!」

「그렇다면, 해답을 아는 사람이 여기 있습니다.」덩컨이 말했다. 「나는 저 소리를 잘 알고 있습니다. 전장에서, 군인의 삶에서 자주 마주치는 상황에서 종종 들었기 때문입니다. 저건 말이 고통을 당할 때 내는 비명 소리입니다. 괴로울 때 내는 경우가 더 많지만 두려울 때도 저런 소리를 냅니다. 내 말이 숲 짐승의 먹이가 되었거나, 피할 길 없는 위험에 닥친 것이 틀림없습니다. 동굴에서 들을 때는 알 수 없었지만, 밖에 나와 들어 보니 너무나 익숙한 소리입니다.」

척후병과 그의 친구들은 흥미롭다는 표정으로 이 간단한 설명을 경청했으며, 새로운 견해를 흡수함과 동시에 불쾌한 옛 견해를 지워 버렸다. 진실을 깨닫자 두 모히칸은 여느 때처럼 〈허!〉하는 감탄을 올렸고, 척후병은 잠시 아무 말 없이 생각하더니 이렇게 대답했다.

「그 말씀이 틀리다고 할 수 없겠소.」그가 말했다.「나는 말이 흔한 곳에서 태어났지만 말에 대해서는 아는 게 없으니 말이오. 강둑에서 늑대들이 나타나서 겁 많은 동물들이 사람에게 도와 달라고 힘껏 부르는 모양이오. 웅카스.」그는 델라웨어 말을 썼다.「웅카스, 카누를 타고 내려가서 놈들에게 횃불을 던져. 그러지 않으면 늑대들이 달려들어 내일 아침에 말이 남아 있지 않을까 염려되니까. 가뜩이나 빨리 움직여야 하는 때인데 말이지!」

청년은 그 말이 떨어지기가 무섭게 카누를 타고 강물을 따라 내려갔고, 그때 강가에서 숲 속으로 들어가는 기다란 늑대 울음소리가 들려왔다. 늑대들은 갑자기 나타난 무서운 것 때문에 스스로 먹잇감을 버리는 것 같았다. 웅카스는 본능적으로 재빠르게 카누를 멈췄고, 숲 사람들 셋은 낮은 목소리로 진지하게 또 한 차례 회의를 열었다.

「우리는 마치 별자리 방향을 잃고 며칠씩 태양을 보지 못한 사냥꾼 같군.」호크아이가 친구들에게서 돌아서며 말했다.「이제 다시 어디로 가야 할지 표식을 봤는데, 찔레 덤불 속에서 길을 만난 셈이오! 저 너도밤나무 아래 달빛이 드리운 그늘 속에 앉아 계시오. 그것이 소나무 그림자보다 더 짙으니. 그리고 주님께서 그다음에 무엇을 보내실지 기다려 봅시다. 이야기는 작은 목소리로 나누시오. 한동안 대화는 머릿속으로만 하는 것이 더 낫고, 더 현명한 일일 수도 있소만.」

척후병의 태도는 진지하고 엄숙했지만, 남자답지 못하게 염려하는 눈치는 더 이상 느낄 수 없었다. 그의 경험으로는 알 수 없었던 불가사의가 해결되면서 잠시 동안의 나약한 마음은 사라진 것이 분명했다. 그리고 이제 실제 상황의 모든 현실을 느끼고 있고, 굳건한 심성에서 나오는 기운을 발휘해 그것과 맞닥뜨릴 마음의 준비도 되어 있었다. 원주민 모두 그렇게 느낀 듯 그들은 강가 양쪽이 잘 보이지만 남의 시선으로부터 자신을 효과적으로 감출 수 있는 곳에 자리를 잡았다. 그런 상황에서 신중함을 지키려는 헤이워드와 그의 동행은 믿음직한 출처로부터 얻은 위기 대처법을 따라야 했다. 젊은이는 동굴에서 사사프라스 나뭇가지 더미를 끌어와 두 동굴을 가르는 틈에 넣고 거기 두 자매를 앉혔다. 그러자 자매는 화살로부터 보호받으면서 어떤 위험도 경고 없이 닥치지 않으리라는 사실에 안심할 수 있었다. 헤이워드는 동행과 위험할 정도로 목소리를 올리지 않고도 대화할 수 있는 가까운 곳에 자리 잡았다. 반면 데이비드는 숲 사람들을 따라 바위틈에 자리를 잡아 그의 둔한 팔다리가 시야를 가리지 않도록 했다.

이런 식으로 더 이상의 방해 없이 시간이 흘렀다. 달이 정점에 닿았고, 서로 끌어안고 평화롭게 잠든 자매의 예쁜 모습에 부드러운 빛을 수직으로 흘려 주었다. 덩컨은 그 아름다운 모습 앞에 코라의 커다란 숄을 덮어 준 뒤 자신도 바위에 머리를 기댔다. 데이비드는 깨어 있을 때라면 섬세한 발성 기관에 큰 충격이 될 소리로 코를 골기 시작했다. 곧 호크아이와 모히칸족만 빼고 모두가 견딜 수 없는 졸음으로 인해 의식을 잃었다. 하지만 용의주도한 보호자들의 경계심은 지치지도, 잠들지도 않았다. 그들은 바위처럼 버티면서, 좁은 강물의 양쪽에 늘어서 있는 나무들의 검은 경계선을 쉼 없이 살폈다. 그들은 소리를 내지 않았다. 아무리 유심히 살펴도 그들이 숨 쉬는 것을 알 수 없었을 것이다. 이같은 극도의 조심성은 경험에서 비롯한 것으로, 아무리 교활한 적이라 해도 쉽게 속일 수 있었다. 이 평화로운 상태는 특별한 변화 없이, 달이 지고 강의 굽이에 서 있는 나무 꼭대기에 부연 빛이 밝아 오면서 새벽을 알릴 때까지 계속되었다.

그제야 호크아이가 처음으로 움직였다. 그는 바위를 따라 기어가 깊은 잠에 빠진 덩컨을 흔들었다.

「떠날 시간이오.」 그가 속삭였다. 「아가씨들을 깨워 내가 카누를 끌고 오면 탈 준비를 하시오.」

「아무 일 없었습니까?」 헤이워드가 말했다. 「자느라 불침번을 서지 못했습니다.」

「모든 것이 자정처럼 고요했소. 조용히, 빨리 움직이시오.」

덩컨이 완전히 잠에서 깬 뒤 자고 있는 여인들에게서 숄을 걷었다. 그 움직임에 코라는 그를 쫓아내듯 손을 들었고 앨리스는 부드러운 목소리로 중얼거렸다. 「아뇨, 아뇨, 아버지. 우리는 버림받지 않았어요. 덩컨이 함께 있어요.」

「그래요, 순수한 아가씨.」 청년이 속삭였다. 「덩컨이 여기 있어요. 그리고 생명이 유지되거나 위험이 남아 있는 한 당신을 버리지 않아요. 코라! 앨리스! 일어나십시오! 출발할 시간입니다!」

놀라고 당황한 어린 아가씨의 요란한 비명 소리와 그 앞에 버티고 선 언니의 모습이 그가 받은 예상치 못한 대답이었다. 헤이워드에게서 말이 채 떨어지기도 전, 그의 몸속의 피를 모조리 원래 있었던 심장으로 되돌려 보낼 정도로 끔찍한 비명 소리가 났다. 근 1분간 지옥의 악마들이 튀어나와 그들을 사로잡고서 야만스러운 소리로 그 잔인한 성미를 드러내는 것 같았다. 그 비명 소리는 특별히 한 방향에서 나오는 것이 아니라 놀란 사람들이 쉽게 상상할 수 있듯 숲과 폭포의 동굴, 바위, 강바닥, 공중을 채웠다. 데이비드는 이 지옥 같은 혼란 속에서 두 귀를 손으로 막고 훌쩍 큰 키를 일으켜 세우며 외쳤다.

「이 시끄러운 소리가 어디서 오는 건가요? 인간이 저런 소리를 내다니 지옥문이 열렸나!」

반대쪽 강둑에서 밝은 불빛이 번쩍이며 열두 정의 소총이 재빨리 반응했고, 부주의하게 모습을 드러낸 불운한 찬송가 선생이 누워 자던 바위 위로 쓰러졌다. 모히칸족은 개멋이 쓰러지는 것을 보고 야만스러운 승리의 함성을 올리던 적들의 고함 소리를 분연히 맞받아쳤다. 소총 사격은 빠르고 가까웠으며 양쪽 모두 숙련되어 있어 적의 표적 안에서는 팔 한쪽도 드러내지 않았다. 덩컨은 도망만이 유일한 살 길이라고 생각하며 노를 젓는 소리에 귀를 기울였다. 강은 여느 때의 속도로 흘러갔지만 카누는 검은 물 위 어디에도 보이지 않았다. 그가 척후병이 자신들을 잔인하게 버렸다고 생각하는 순간, 호크아이의 치명적인 무기가 희생자를 발견하면서 총성이 울려 퍼졌고, 맹렬한 고함 소리와 고통의 비명 소리가 섞여 죽음을 알려 왔다. 이 가벼운 반격에 공격자들은 일시에 물러났고 차츰 그곳은 급습 이전처럼 조용해졌다.

덩컨은 개멋을 향해 달려갈 기회를 포착해 자매들을 지켜주던 좁은 틈 속에 그의 몸뚱이를 밀어 넣었다. 그다음 순간, 그들은 모두 비교적 안전한 장소로 모였다.

「가엾은 친구, 머리 가죽은 구했군.」 호크아이는 데이비드의 머리를 냉정히 쓰다듬으며 말했다. 「하지만 이 사람은 인간이 말 때문에 죽을 수도 있다는 증거요! 날뛰는 야만인들에게, 벌거벗은 바위 위에서 6피트의 살과 피를 내보이는 건 완전히 미친 짓이오. 살아서 달아날 수 있을지 모르겠소.」

「죽은 건 아닌가요?」 코라는 당연한 공포가 겉으로 보이는 담담함과 얼마나 치열하게 싸우고 있는지 보여 주는 쉰 목소리로 물었다. 「저 가엾은 사람을 위해 할 수 있는 일이 있을까요?」

「아뇨! 아뇨! 아직 심장에는 생명이 남아 있으니, 한참 자고 일어나면 그도 정신을 차리고서 진짜 죽을 시간이 올 때까지 더 현명한 사람이 될 겁니다.」 호크아이는 정신을 잃은 몸 뚱이를 한 차례 더 비스듬히 쳐다보면서 감탄할 만큼 정확한 손놀림으로 장전기에 탄환을 채웠다. 「저 사람을 데려가 사사프라스 나뭇가지 위에 눕혀, 웅카스. 더 오래 잘수록 더 좋을 거다. 이 바위 위에서 저런 모습을 제대로 감출 곳을 찾을 수 있을지 모르겠고, 이로쿼이족에게 노래는 도움이 되지 않을 테니까.」

「그렇다면 공격이 재개된다는 겁니까?」 헤이워드가 말했다.

「굶주린 늑대가 한 입에 만족할 것 같소! 그들은 한 사람을 잃었소. 동족을 잃고 기습당하면 다시 공격하는 것이 그들의 관습이오. 그러니 놈들은 다시 찾아와 우리를 포위하고 머리 가죽을 벗겨 갈 방법을 구할 거요. 우리의 희망은······.」 그는 지친 얼굴에 먹구름같은 불안의 그림자를 떠올리며 말했다. 「먼로가 지원군을 보내길 기다리며 바위를 지키는 것뿐이오! 신의 가호로 어서 빨리, 인디언의 풍습을 아는 지휘관이 오기를!」

「우리의 운명을 들었지요, 코라.」 덩컨이 말했다. 「그리고 당신 아버님의 염려와 경험 덕분에 우리에게 희망은 얼마든지 있다는 것도 아시겠지요. 자, 그럼 앨리스와 동굴 안으로 가서, 둘이 함께 저 운 나쁜 동지를 간호해 주세요.」

자매는 그를 따라 바깥쪽 동굴로 들어갔고, 데이비드는 한숨을 내쉬며 정신을 차리는 기미를 보이고 있었다. 자매를 부상당한 사람에게 데려다준 덩컨은 곧 떠날 채비를 했다.

「덩컨!」 그가 동굴 입구에 다다르자 코라가 떨리는 목소리로 외쳤다. 그가 돌아서 그녀를 바라보니 낯빛은 죽은 사람처럼 창백했고, 입술은 중대한 일을 말할 것처럼 떨리고 있었으므로 그는 곧장 그녀의 곁으로 돌아갔다. 「덩컨, 당신의 안전이 우리의 안전에 얼마나 중요한지 기억하세요. 당신이 아버지의 얼마나 소중한 신뢰를 받고 있는지, 당신의 신중한 행동과 주의에 얼마나 많은 것이 달려 있는지, 그러니까……」 그녀는 비밀을 털어놓는 듯 혈색이 되돌아와 관자놀이까지 새빨갛게 달아올라서는 이렇게 덧붙였다. 「당신이 먼로라는 이름을 가진 이들 모두에게 얼마나 소중한지 말이에요.」

「나의 삶에 대한 속된 애착에 무엇이든 더할 수 있다면……」 헤이워드가 자신도 모르는 사이 말없는 앨리스의 앳된 모습을 바라보며 말했다. 「그건 바로 그렇게 상냥한 격려의 말일 겁니다. 제60연대의 소령으로서, 우리의 정직한 군대는 나에게도 제 몫의 싸움을 해야 한다고 할 겁니다. 하지만 우리의 임무는 쉬울 겁니다. 저 잔인한 사냥개가 몇 시간만 다가오지 못하도록 하면 되니까요.」

그는 대답을 기다리지 않고 자매에게서 떨어져 나와 두 동굴 사이의 작은 틈에 몸을 숨기고 있는 척후병과 그의 동료들에게 갔다.

「이걸 명심해, 웅카스.」 헤이워드가 다가갔을 때, 척후병은 이렇게 말하고 있었다. 「넌 화약을 낭비하고 있어. 소총이 흔들려 겨냥하기 힘들다고! 화약을 조금만 넣고, 탄환을 가볍게 하고, 총신을 길게 두면 밍고에게서 비명 소리를 끌어내는 데 실패하는 일이 없다! 최소한 내 경험으로는 그렇지. 자, 모두들, 마쿠아[30]가 언제 공격할지 모르니 엄폐물로 갑시다!」

인디언들은 말없이 정해 놓은 자리로 돌아갔는데 그곳은 바위에 난 틈으로, 폭포 아래로 다가갈 수 있는 위치였다. 그 작은 섬 한가운데 야트막하고 왜소한 소나무 몇 그루가 뿌리

---

30 호크아이는 적을 여러 가지 이름으로 부른다. 밍고와 마쿠아는 경멸을 섞어 부르는 호칭이고, 이로쿼이는 프랑스인들이 붙인 이름이다. 서로 다른 부족이 서로에 대해 이야기할 때, 인디언들은 같은 이름을 쓰는 경우가 드물다.

를 내려 덤불을 이루고 있어서, 호크아이는 사슴처럼 재빠르게 그 속으로 뛰어들었고 민활한 덩컨이 그 뒤를 따랐다. 그들은 상황이 허락하는 한 그곳에 흩어져 있는 덤불과 바위 조각 속에 몸을 숨겼다. 그 위에는 둥근 바위가 드러나 있었는데, 양쪽으로 물이 튀어 앞에서 묘사한 대로 그 아래 심연으로 떨어져 내렸다. 해가 밝아 오자 반대편 강가는 더 이상 들쭉날쭉한 외곽선만 보이는 것이 아니라 숲 속까지 들여다보였고, 소나무가 드리운 어둑한 그림자 속에서 사물을 분간할 수 있었다.

불안한 마음으로 오랫동안 들여다보았지만 공격이 재개될 기미는 더 이상 없었고, 덩컨은 자신들의 공격이 생각보다 치명적이어서 적들을 효과적으로 물리친 거라고 생각하기 시작했다. 덩컨이 그 생각을 말하자 호크아이는 믿을 수 없다는 듯 고개를 저었다.

「소령님은 마쿠아의 기질을 모르시오. 머리 가죽도 내놓지 않고 마쿠아를 그렇게 쉽게 물리칠 수는 없소!」 그가 대답했다. 「오늘 아침에 소리를 지른 놈이 하나였다면, 사실은 마흔이 있었다는 뜻이오! 놈들은 우리의 수와 솜씨를 잘 알고 있으니 추적을 그렇게 일찍 포기할 리 없소. 쉿! 저기, 바위 위로 물이 튀는 걸 보시오. 저 위험한 악마들이 바위까지 헤엄쳐 와 재수 없게도 섬에 다다른 거요! 쉿! 숨으시오! 안 그러면 칼이 날아와 머리 가죽이 떨어져 나갈 테니까.」

헤이워드는 엄폐물에서 고개를 들고 무모함과 기술이 천재적으로 결합하여 연출해 낸 광경을 바라보았다. 강이 부드러운 바위의 끝을 닳게 해서, 첫 바위는 보통 폭포보다 완만하게 깎여 내려가 있었다. 섬의 머리와 만나는 물결의 흐름만을 안내자로 삼아, 그들의 끈덕진 적 일당은 물속에 뛰어들어, 성공만 한다면 이 지점에서 공격 목표에 쉽게 접근할 수 있다는 확신 아래 이쪽으로 헤엄쳐 내려왔다. 호크아이가 말을 멈추었을 때, 네 사람의 머리가 물 위에 떠올라 이쪽 바위에 걸린 통나무 위로 보였다. 아마도 그들은 그 통나무를 보고서 이 위험한 시도를 성공시킬 수 있으리라 생각했던 모양이다. 그다음 순간, 다섯 번째 사람이 섬에서 조금 벗어난 폭포의 녹색 가장자리로 떠내려가는 것이 보였다. 그 야만인은 안전한 곳으로 헤엄쳐 가서 물살의 도움을 받으려고 힘껏 버둥거렸고, 동료들의 손을 잡아 보려고 한 손을 뻗었지만, 소용돌이에 휩쓸리는 바람에 두 팔을 번쩍 들고 공중으로 튀어 올랐다가 눈알을 굴리며 그가 떠 있던, 깊게 아가리를 벌리고 있는 심연으로 곤두박질쳤다. 동굴에서는 절망적인 외마디 비명이 솟아났고, 다시 사방이 무덤처럼 고요해졌다.

덩컨이 느낀 최초의 인간적인 충동은 불운하고 가련한 그를 구하러 뛰어드는 것이었지만, 꿈쩍 않는 척후병의 강철 같은 손아귀에 잡혀 그 자리에서 움직일 수 없었다.

「밍고 놈들에게 우리 위치를 알려 다 죽일 셈이오?」 호크아이가 엄한 목소리로 따졌다. 「덕분에 화약을 아낀 셈이라 여기시오. 그리고 지금 화약은 쫓기는 사슴이 들이쉬는 숨처럼 귀하단 말이오! 권총의 뇌관을 확인하시오. 폭포의 연무 때문에 황이 젖는 경우가 많으니. 그리고 내가 총을 쏘아 놈들을 쫓을 때는 접전에 대비해 버티시오.」

그는 입에 손가락을 대더니 길고 새된 휘파람을 불었고, 그 소리는 모히칸들이 지키는 바위로부터 응답을 받았다. 덩컨은 그 신호가 퍼져 나갈 때 흩어져 있는 통나무 위로 삐져나온 머리들을 얼핏 보았지만, 그들은 그의 모습을 보더니 금세 다시 사라졌다. 그다음에는 낮게 바스락거리는 소리가 뒤에서 들려왔고, 덩컨이 고개를 돌리자 웅카스가 몇 발자국 뒤에서 곁으로 기어오고 있었다. 호크아이가 그에게 델라웨어 말로 이야기하자 젊은 추장은 매우 조심하면서도 흔들림 없이 냉정한 태도로 자리를 잡았다. 열에 들뜬 헤이워드에게는 견딜 수 없이 긴장되는 순간이었다. 하지만 척후병은 젊은 동료들에게 신중하게 화기를 쓰는 기술을 강의하기 적당한 기회라 여겼다.

「모든 무기 중에서……」 그가 말했다. 「총신이 길고, 나선 홈이 제대로 파인, 부드러운 금속제의 장총이 숙련된 손에 들어가면 가장 위험한 무기가 되지만, 그 장점을 모두 발휘하기 위해서는 강한 팔 힘과 예민한 시각, 뛰어난 판단력이 필요하지. 총포 상인이 엽총이나 짧은 기수의 —」

그는 웅카스의 낮지만 분명한 〈허〉라는 소리에 방해를 받았다.

「알아, 안다고!」 호크아이가 말을 이었다. 「적들이 기습하려고 모여들고 있소. 그러지 않으면 지저분한 등짝을 통나무 아래 붙이고 있을 뿐일 테니. 흠, 그러라고 하지.」 그는 부싯돌을 살피며 덧붙였다. 「앞장선 자는 죽으러 오는 것이 틀림없소. 그게 몽캄이 되어야 하겠지만!」

그 순간 숲은 또 한 차례 고함 소리로 가득 찼고, 그 신호와 함께 네 명의 야만인들이 통나무 뒤에서 튀어나왔다. 그 순간 헤이워드는 달려 나가 그들과 맞서고 싶은 마음이 간절했고, 어지러운 불안 역시 너무나 강렬했지만 척후병과 웅카스의 신중한 태도를 모범으로 삼았다. 그들을 갈라놓은 검은 바위 위로 적들이 높게 뛰어오르며 무시무시한 고함 소리와 함께 몇 야드 앞으로 다가오자, 호크아이의 장총이 덤불 사이에서 서서히 튀어나오더니 탄환을 쏟아 냈다. 맨 앞의 인디언은 화살에 맞은 사슴처럼 펄쩍 뛰더니 섬의 절벽 사이로 고꾸라졌다.

「자, 웅카스!」 척후병은 기민한 두 눈을 번득이며 장검을 뽑았다. 「마지막에 달려오는 시끄러운 놈을 맡아! 나머지 둘은 우리가 맡겠다!」

웅카스는 그의 말에 따랐다. 하지만 적 둘을 더 쓰러뜨려야 했다. 헤이워드는 호크아이에게 권총 한 자루를 주었고, 그들은 함께 적을 향해 약간 비탈진 내리막길을 달려갔다. 그들은 동시에 총을 쏘았고, 둘 다 성공하지 못했다.

「이럴 줄 알았어! 이렇다고 했잖아!」 척후병은 쓰디쓴 모멸감을 느끼며 쓸모없는 작은 도구를 폭포 위로 휘두르며 중얼거렸다. 「자, 와라, 이 잔인한 지옥의 개들아! 십자가를 믿지 않는 자를 만나라!」

그 말이 떨어지자마자 몸집이 거대하고 사나운 모습을 한 야만인 하나가 나타났다. 동시에 덩컨도 다른 야만인과 일대일의 백병전을 벌이게 되었다. 호크아이와 그의 적수는 익숙한 기술로 위험한 칼을 든 서로의 팔을 붙잡았다. 거의 1분 가까이 그들은 서로의 눈을 바라보았고, 차츰 근육의 힘을 쓰기 시작했다. 결국 백인의 단련된 근육이 원주민의 덜 훈련된 팔다리 힘을 제압했다. 후자의 팔에서 서서히 힘이 빠졌고, 척후병은 힘을 점점 더해 칼을 든 손을 적의 손아귀에서 빼내더니 그 날카로운 무기를 상대의 드러난 가슴부터 심장까지 밀어 넣었다. 그사이 헤이워드는 좀 더 위험한 사투를 벌이고 있었다. 그의 작은 칼은 첫 합에 부러져 버렸다. 그에게 다른 방어 도구가 없었기 때문에 그의 안전은 온전히 신체의 힘과 집중력에 맡겨졌다. 이러한 자질에 부족함이 없는 그였지만 상대 역시 만만치 않았다. 다행히 곧 적의 칼을 빼앗는 데 성공했고, 그 칼은 발치의 바위 위로 떨어졌다. 그 순간부터는 누가 먼저 어지러운 고도에서 그 옆의 폭포 동굴 속으로 상대를 밀어 떨어뜨리느냐를 놓고 벌이는 맹렬한 사투였다. 이어지는 싸움에서 그들은 가장자리까지 밀려났고, 덩컨은 거기서 최후의 일격을 가해야 했다. 두 투사들은 온 힘을 다했고, 그 결과 둘 다 절벽 가장자리까지 밀려갔다. 헤이워드는 목덜미에 상대의 손아귀를 느꼈고, 야만인이 같은 운명을 주겠다는 복수심으로 음험하게 웃는 것을 보았을 때, 그 가차 없는 힘에 몸이 서서히 굴복하는 것을 느꼈다. 청년은 그 순간 스쳐 지나가는 고통을 제대로 경험했다. 그 절체절명의 순간, 검은 손 하나와 번득이는 칼이 눈앞에 나타났다. 잘려 나간 인디언의 손목 힘줄로부터 피가 콸콸 쏟아져 나오자, 덩컨은 잡은 손을 놓았다. 웅카스의 팔이 덩컨을 안으로 끌어들이는 사이, 덩컨의 눈은 사납고 실망한 표정을 한 채 돌아올 수 없는 절벽으로 떨어지는 적의 두 눈에 고정되었다.

「엄폐물로! 엄폐물로!」 바로 그때 적을 해치운 호크아이가 외쳤다. 「살려면 엄폐물로! 아직 일은 절반밖에 끝나지 않았다!」

젊은 모히칸은 승리의 함성을 지르고 덩컨을 따라 싸우러 내려왔던 오르막을 올라가 바위와 덤불 속에 몸을 숨겼다.

8

그들이 앉아 있는 것이 보인다,
태어난 땅에 복수하려는 자들이.

그레이, 「음유 시인」 I. 3, 45~46행

척후병의 경고 소리가 이유 없이 나온 것은 아니었다. 조금 전에 전한 죽음의 전투가 일어나는 사이에는 어떤 인간의 소리도 폭포가 내는 굉음을 끊어 놓지 않았다. 그 결과를 지켜본 반대편 강가의 원주민들은 숨도 제대로 쉬지 못하고 긴장한 듯 보였지만, 싸우는 이들의 전세가 빠르게 바뀌고 위치도 신속하게 변하는 바람에 같은 편과 적에게 모두 위험할 수 있는 총을 발사할 수는 없었다. 하지만 싸움의 승패가 결정되는 순간 잔인하고 복수심에 가득 찬, 인간만이 지를 수 있는 거칠고 야만스러운 고함 소리가 터져 나왔다. 불꽃과 함께 소총이 연달아 발사되자, 마치 공격자들이 죽음의 전투장에 무기력한 분노를 쏟아붓듯 바위 너머로 납 탄환이 날아다녔다.

전투 내내 꿈쩍 않고 버티고 있던 칭가치국의 소총에서 흔들림 없고 침착한 응사가 이루어졌다. 웅카스가 지른 승리의 함성이 들려오자, 만족한 아버지는 한마디로 응답하며 목청을 돋웠다. 그 후에는 바삐 발사되는 그의 소총만이 그가 여전히 통로를 지키고 있음을 알렸다. 이런 식으로 눈 깜짝할 사이에 몇 분이 흘렀다. 공격자들의 소총은 요란한 소리로 말하기도 하고, 이따금 드문드문 이뤄지는 발포로 말하기도 했다. 포위된 사람들 주위의 바위와 나무, 덤불이 산산조각이 났어도 엄폐물이 매우 가까이 자리 잡고 꿋꿋이 지켜 준 덕분에 데이비드 이외의 부상자는 그때까지 아무도 없었다.

「화약을 바닥내라고 하지.」 안전하게 숨어 있는 곳을 스쳐 탄환이 계속해서 날아가는 동안 척후병이 말했다. 「다 끝나면 납을 꽤 많이 주워 모을 수 있겠소. 그리고 바위들이 살려 달라고 애걸하기 전에 놈들이 지쳐 나가떨어질 것 같으니! 웅카스, 장전을 지나치게 하면 총알을 낭비하게 돼. 그래서 반동이 센 소총에는 진짜 탄환이 들어 있는 법이 없지. 그 펄쩍거리는 놈을 흰 페인트 선 아래에 두라고 했지. 자, 네 탄환이 아슬아슬하게 빗맞았다면 그 위로 2인치는 더 나간 거야. 밍고족의 목숨은 아래로 깊숙이 자리 잡고 있다고 생각해. 사악한 뱀들을 재빨리 끝장내야 한다고.」

젊은 모히칸의 도도한 얼굴에 조용한 미소가 떠올랐고, 상대의 말뜻뿐만 아니라 영어를 알고 있음을 내비쳤다. 하지만 변명이나 대답은 하지 않았다.

「웅카스에게 판단력이나 솜씨가 부족하다고 비난할 수는 없습니다.」 덩컨이 말했다. 「그는 몹시 냉정하고 빠르게 내 목숨을 구했고, 그 빚을 결코 잊을 수 없는 친구가 되었습니다.」

웅카스는 몸을 조금 일으켜 세우더니 헤이워드에게 손을 내밀어 악수했다. 이렇게 우정을 나누며 지적인 표정을 주고받는 사이 덩컨은 자신의 야생 친구가 어떤 사람인지를 잊었다. 한편 이 젊은이들의 교류를 냉정하지만 따뜻한 마음으로 지켜보던 호크아이가 입을 열었다.

「숲에서의 목숨이란 친구 사이라면 종종 빚지게 될 수도 있는 거요. 나만 해도 전에 웅카스에게 그런 빚을 졌소. 내 기억에 이 아이가 나와 죽음 사이를 가로막아 준 것이 다섯 번은 되지. 세 번은 밍고족에게서, 한 번은 호리칸을 건널 때, 그리고 ─」

「저 총알은 다른 것보다 조준을 잘했군요!」 덩컨이 자기 옆의 바위에서 되튀는 탄환으로부터 자기도 모르게 몸을 움츠리며 외쳤다.

호크아이는 고개를 저으며 찌그러진 금속을 만져 보고는 살펴보았다. 「빗나간 납 탄환은 납작해지지 않는데! 이렇게 되려면 하늘에서 떨어져야겠군!」

웅카스의 소총이 조심스레 하늘을 가리키며 동료들의 눈길을 한 지점으로 이끌자 이내 의문이 풀렸다. 그들과 거의 정반대 지점, 강의 오른쪽 둑에 참나무 한 그루가 서 있었는데, 그것이 빈 공간을 찾다 앞으로 꽤 기울어지는 바람에 위쪽 나뭇가지가 그들 쪽 가까이 흐르는 강물 위로 드리워져 있었다. 삐죽삐죽한 나뭇가지를 거의 가려 주지 못하는 맨 꼭대기의 나뭇잎 사이로 야만인 하나가 몸을 반쯤 감춘 채 그들을 내려다보고 있었다.

「우리를 파멸시킬 수만 있다면 이 악마들은 하늘도 거역할 거다.」 호크아이가 말했다. 「마음대로 하라고 둬, 웅카스. 나무 양쪽에서 놈의 본성을 시험해 볼 때까지 말이야.」

웅카스는 척후병의 말이 끝날 때까지 기다렸다 소총을 발사했다. 참나무의 가지와 껍질이 하늘로 날아올라 바람에 흩날렸지만 인디언은 그 공격을 비웃으며 또 한 번 총을 쏘아 호크아이의 모자를 맞혀 떨어뜨렸다. 나무에 올라간 전사의 계획이 쉽게 성공하기를, 그리고 희생자들을 쉽게 포위하기를 바라며 야만인들은 한 차례 더 고함을 터뜨렸다.

「손을 봐줘야 되겠군!」 호크아이는 염려스러운 눈빛으로 주위를 둘러보며 말했다. 「웅카스, 아버지를 불러라. 저 약삭빠른 놈을 횃대에서 떨어뜨리려면 무기를 전부 동원해야 해.」

신호는 즉각 주어졌다. 호크아이가 총을 재장전하기 전 칭가치국이 다가왔다. 경험 많은 전사에게 아들이 위험한 적의 위치를 알리자 그의 입에서는 평소처럼 〈허〉 하는 감탄사가 나왔다. 그러나 그 후부터는 더 이상 놀람이나 위기감이 드러나는 표정을 찾아볼 수 없었다. 호크아이와 모히칸은 잠시 델라웨어 말로 열심히 의논하더니 신속히 짠 계획을 실행하기 위해 각자의 자리로 갔다.

참나무 위의 전사는 위치가 발각된 이후 더욱 빠르게 공격해 왔지만 효과가 없었다. 그의 몸이 드러나는 순간마다 소총을 쏴대는 재빠른 적들이 겨냥을 방해했기 때문이다. 하지만 전사의 총알은 웅크리고 있는 그들 한가운데에 떨어졌다. 복장이 눈에 띄는 바람에 헤이워드 곁으로 끊임없이 총알이 스치고 지나갔고, 그 바람에 팔을 약간 다쳐 피가 흘렀다.

결국 적들의 길고 끈질긴 경계에 과감해진 휴런은 좀 더 치명적인 공격을 시도했다. 모히칸의 기민한 눈에 나무줄기에서 몇 인치 떨어진 자리, 나뭇잎이 덜 빽빽한 곳에 부주의하게 드러난 휴런의 다리가 보였다. 그들의 총은 동시에 발사되었고, 다리를 다쳐 힘을 쓸 수 없게 된 야만인의 몸 일부가 보이게 되었다. 호크아이는 그 순간을 포착했고, 참나무 꼭대기를 향해 총을 쏘았다. 나뭇잎들이 크게 흔들렸다. 위험한 소총이 높은 곳에서 떨어졌고, 야만인은 여전히 필사적으로 나뭇가지를 잡고 무의미한 발버둥을 치며 공중에서 흔들리고 있었다.

「저자를 불쌍히 여겨 한 차례 더 쏴주십시오!」 덩컨은 인간이 그토록 끔찍한 위험에 처한 광경을 똑바로 쳐다보지 못하고 돌아서며 외쳤다.

「한 발도 쏠 수 없소!」 완고한 호크아이가 외쳤다. 「저자의 죽음은 이미 확실하고, 우리에겐 낭비할 화약이 없소. 인디언의 전투는 며칠씩 계속되기도 하니 말이오. 저들의 머리 가죽을 벗기느냐, 아니면 우리의 머리 가죽이 벗겨지느냐! 둘 중 하나요. 그리고 우리의 신은 가죽을 머리에 붙이고 싶은 욕구를 우리 본성으로 삼아 주셨소!」

이처럼 분명한 기준에 의거한 이 엄중하고 단호한 훈계에 더 이상 항의할 여지가 없었다. 그 순간부터 숲 속의 고함 소리는 끊겼고 사격은 줄었으며, 친구들과 적의 눈길은 모두 하늘과 땅 사이에 매달려 대롱거리는 인디언의 절망적인 상태에 꽂혀 있었다. 그의 몸뚱이는 바람에 따라 흔들렸다. 중얼거리거나 신음하는 소리가 들리지는 않았지만, 그가 우울한 표정으로 적들을 마주 볼 때면 그 온몸에 차가운 절망이 번져 있음을 멀리서도 알 수 있었다. 호크아이는 가엾은 마음에 세 차례나 총을 들었다가 분별력을 발휘해 내려놓았다. 결국 휴런의 손이 잡은 것을 놓치더니 힘없이 옆으로 떨어졌다. 다시 나뭇가지를 붙잡으려는 필사적인, 그러나 의미 없는 사투가 이어지더니 어느 순간 야만인이 미친 듯이 두 손으로 허공을 가르는 모습이 한순간 스쳤다. 번개조차도 호크아이의 총에서 튀어 나간 불꽃보다 빠르지는 않았을 것이다. 그의 사지가 떨리며 수축되어 고개가 가슴 쪽으로 떨어지더니 마치 납덩이같은 몸뚱이가 거품이 이는 수면을 가르며 물의 끊임없는 속도에 뒤덮였고, 결국 불운한 휴런의 모습은 영영 사라졌다.

중요한 우위를 점하게 되었지만, 승리의 함성은 들리지 않았다. 모히칸들도 말없이 공포를 느끼며 서로를 바라보았다. 숲에서는 외마디 비명이 터져 나오더니 다시 모든 것이 고요해졌다. 이 사건에 대해 유일하게 이성적인 판단을 내리는 것 같았던 호크아이는 순간적으로 저지른 나약한 행동에 고개를 저으며 자책하는 말을 내뱉었다.

「내 화약통에 남은 마지막 탄약이고, 주머니에 든 마지막 탄알이었는데, 애송이 짓이었어!」 그가 말했다. 「그놈이 살아서 떨어지든 죽어서 떨어지든 무슨 상관이라고! 어차피 금세 끝날 일이었는데. 웅카스, 카누로 내려가서 큰 화약통을 가져와. 그게 마지막 남은 탄약이고, 마지막 한 톨까지 필요할 거다. 내가 아는 밍고족이라면 그렇게 될 거야.」

모히칸 청년은 그 말에 따랐고, 호크아이는 주머니에 남은 쓸모없는 것들을 뒤집어 털어 버리며 또다시 불만스러운 표정을 지었다. 하지만 곧 웅카스는 귀를 찢는 듯 요란한 소리로 호크아이를 불렀는데, 덩컨처럼 그 말투에 익숙하지 않은 사람도 뜻밖의 재난이 또다시 일어났음을 짐작할 수 있었다. 동굴에 감춰 둔 소중한 보물을 염려하던 젊은이는 그렇게 몸을 노출하면 위험하다는 것도 새카맣게 잊고 벌떡 일어났다. 마치 집단 충동이라도 일어난 듯 동료들도 그 움직임을 따라 했고, 적의 산발적인 사격에도 전혀 해를 입지 않을 만큼 빠른 속도로 다 같이 동굴 틈으로 달려갔다. 예사롭지 않은 고함 소리에 자매들도 부상을 입은 데이비드와 함께 은신처에서 나왔고, 모두가 동시에 젊은 인디언 보호자의 몸에 밴 절제력을 뒤흔들어 놓은 재난의 정체를 알게 되었다.

바위 가까운 곳에 있던 그들의 작은 배가 마치 눈에 보이지 않는 손에 조종되는 듯 소용돌이를 지나 강의 급류를 향해 떠내려가고 있었던 것이다. 이 반갑지 않은 광경을 본 순간 호크아이는 본능적으로 소총을 겨누었지만 부싯돌의 밝은 불똥에 총신은 반응하지 않았다.

「너무 늦었어, 너무 늦었다고!」 호크아이는 쓰디쓴 실망감에 쓸모없는 무기를 떨어뜨리며 외쳤다. 「놈이 벌써 급류를 탔으니 화약이 있었다 해도 저 속도를 따를 순 없어!」

모험심 강한 휴런은 카누에 숨기고 있던 머리를 내밀었고,

카누가 물살을 타고 빠르게 흘러가는 사이 손을 흔들며 성공을 뜻하는 소리를 질렀다. 그의 고함 소리에 숲에서 함성과 웃음소리가 응답했고, 마치 기독교인의 영혼이 타락하는 것에 악마 쉰 명이 신성 모독으로 환호하는 것 같았다.

「악마 놈들, 웃을 테면 웃어라!」 호크아이는 튀어나온 바위에 앉으며 총을 발치에 떨어뜨리고 말했다. 「이 숲에 가장 빠르고 진실한 총 세 정이 있다 해도 삼나무 줄기 세 개, 작년에 만든 사슴 가죽 뿔피리나 다름없으니까!」

「어떻게 합니까?」 덩컨은 처음 느낀 실망감을 떨치고 보다 남자다운 기백을 발휘해 말했다. 「이제 어떻게 되는 건가요?」

호크아이는 손가락으로 정수리를 가리키는 것 이외에는 아무 말도 하지 않았지만, 그 행동은 너무나 의미심장해 그것을 본 사람이면 아무도 그 의미를 놓치지 않았을 것이다.

「설마, 설마 우리 상황이 그렇게 절망적일 리가!」 청년이 외쳤다. 「휴런은 아직 여기까지 오지 않았습니다. 동굴을 이용할 수 있을 겁니다. 놈들이 이리 넘어오지 못하게 할 수 있어요.」

「무엇으로 말이오?」 호크아이가 냉정하게 따져 물었다. 「웅카스의 화살이나 여인들이 흘리는 눈물로? 아무렴, 소령님은 젊고 부자인데다 친구도 많으니 그 나이에 죽기 어렵다는 건 나도 알고 있소! 하지만……」 그는 모히칸들을 흘깃 쳐다보며 말했다. 「우리는 십자가를 믿지 않는 사람들이란 걸 기억합시다. 그리고 정해진 시간이 닥치면 백인의 피도 마찬가지로 붉게 흐른다는 걸 이 숲의 원주민들에게 가르칩시다.」

덩컨은 상대의 눈길이 가리킨 곳으로 고개를 재빨리 돌리고 인디언들의 행동에서 최악의 사태가 왔음을 확인했다. 바위 위에 근엄한 자세로 앉아 있던 칭가치국은 이미 칼과 손도끼를 옆에 꺼내 두었고, 머리에서 독수리 깃털을 뽑아 한 가닥 머리카락을 쓰다듬어 최후의 혐오스러운 과정에 대비했다. 그의 표정은 깊은 생각에 잠긴 듯 평온했지만 검게 빛나는 두 눈은 차츰 맹렬한 전투의 기세를 잃고, 잠시 겪어야 한다고 예상한 변화에 어울리는 빛으로 바뀌었다.

「그렇게 절망적일 리가 없어요!」 덩컨이 말했다. 「지금 이 순간에도 원군이 오고 있을지 모른단 말입니다. 적은 보이지 않는데! 그들은 얻을 것도 없는데 너무 큰 위험이 따르는 전투에 질린 겁니다!」

「저 사악한 뱀들이 우리 앞으로 기어오는 데 1분이 걸릴지 한 시간이 걸릴지 알 수 없소. 하지만 놈들은 지금 이 순간에도 도사리고서 엿듣고 있소.」 호크아이가 말했다. 「그들은 올 것이고 우리에게 희망은 없소! 칭가치국……」 그는 델라웨어 말을 썼다. 「형제여, 우리는 마지막 전투를 함께 싸웠소. 밤을 낮처럼 만들 수 있고 샘물에서 피어오르는 연무와 구름이 나란히 흘러가게 할 수 있는 모히칸과 백인 현자가 죽음을 맞이하면 마쿠아는 승리할 것이오!」

「밍고의 여자들이 죽은 사내들을 앞에 두고 울게 합시다!」 인디언이 특유의 자부심과 꿋꿋한 단호함을 드러내며 대답했다. 「모히칸의 큰 뱀이 저들의 오두막에 도사리고 앉아, 아비가 돌아오지 않은 아이들의 울음소리로 저들의 승리를 더럽힐 거요! 눈이 녹은 이후로 열한 명의 전사가 저들 부족의 무덤에 묻히지 못하고 쓰러져 있어도 칭가치국이 입을 다물면 그 시신을 어디서 찾을지 아무도 모를 거요! 저들에게 가장 예리한 칼과 가장 빠른 손도끼를 꺼내라고 하시오. 그들의 가장 무서운 적은 자기 손 안에 있으니. 웅카스, 고귀한 나무줄기의 가장 꼭대기에 자라는 가지야, 비겁자들에게 서두르라고 해라. 그러지 않으면 마음이 약해져 여자가 될 테니!」

「그들은 죽은 자를 찾아 물고기 사이로 들어갔어요!」 젊은 추장이 낮고 부드러운 목소리로 대답했다. 「휴런족이 미끌거리는 뱀장어와 같이 떠다니고 있네요. 저들은 참나무에서 다 익은 과일처럼 떨어졌어요! 그래서 델라웨어족은 웃고 있죠!」

「그래그래.」 호크아이는 이처럼 원주민들의 특이한 대화를 귀 기울여 듣더니 중얼거렸다. 「저들이 인디언답게 분노했으니 마쿠아를 도발해 곧 끝장을 보겠군. 백인의 피를 지닌 나로 말할 것 같으면, 조롱도 하지 않고 악감정도 없이 내 피부색에 어울리게 죽겠어!」

「왜 죽는다는 거죠!」 그 순간까지 공포에 휩싸여 바위에서 꼼짝하지 않던 코라가 앞으로 나오며 말했다. 「길은 사방에 열려 있어요. 숲으로 달아나 신께서 지원군을 보내 주시길 기다려요! 가세요, 용감한 분들. 우리는 이미 여러분에게 너무 많은 신세를 졌어요. 우리의 절망적인 상황에 더 이상 당신들을 엮지 않겠어요!」

「저들이 숲으로 들어가는 길을 열어 놨다고 생각한다면 이로쿼이의 전략을 잘 모르시는 겁니다, 아가씨!」 호크아이가 받아치더니 곧 이렇게 덧붙였다. 「하류로 흘러가는 물살에 우리는 곧 저들의 총알도, 목소리도 닿지 않는 곳으로 휩쓸려 갈 겁니다.」

「그럼 강으로 가세요. 어째서 여기 머무르며 비정한 적들의 희생자를 늘리려는 거죠?」

「어째서라니!」 호크아이는 의기양양하게 주위를 둘러보며 말했다. 「양심에 찔리며 사느니 자부심을 느끼며 죽는 편이 남자에게는 더 낫기 때문이지요! 아이들을 어떻게 했느냐고 먼로가 묻는다면 우리는 뭐라고 대답한단 말입니까?」

「아버지께 빨리 도와 달라는 말을 전하려고 딸들은 두고 왔다고 하세요.」 코라는 진지한 태도로 호크아이에게 가까이 다가서며 대답했다. 「휴런이 그들을 북부의 숲에 가두었지만 기민하고 신속하게 대처하면 구할 수 있다고 전하세요. 만약 아버지의 도움이 늦는 것이 하늘의 뜻이라면, 아버지께 전해 주세요.」 코라의 목소리가 차츰 잦아들더니 목이 메는 소리가 이어졌다. 「저희의 사랑과 축복과 마지막 기도를 전해 주시고, 자식들의 단명을 슬퍼 마시고, 기독교인으로서 딸들을 다시 만날 날을 겸허한 믿음으로 기다리시라고 전해 주세요.」

호크아이의 풍상에 시달린 강직한 얼굴이 누그러지기 시작하더니, 코라가 말을 마치고나자 그 제안의 의미를 곱씹는 듯 턱에 손을 괴었다.

「아가씨의 말에 일리가 있군요!」 마침내 그의 꽉 다물려 있던 입술에서 튀어나온 말이었다. 「그래, 저들은 기독교인의 영혼을 가지고 있지. 인디언에게 옳고 정당한 일이, 십자가를 믿지 않지만 신의 섭리를 모른다고 주장할 수도 없는 사람에게는 죄악이 될 수도 있다. 칭가치국! 웅카스! 저 검은 눈의 여인의 말을 들었나!」

동료들에게 델라웨어 말로 이야기하는 그의 어조는 침착하고 신중했지만 매우 확고했다. 칭가치국은 매우 진지한 표정으로 경청했고, 일리가 있다고 느끼는 듯 곰곰이 생각하는 것 같았다. 그는 잠시 지체하더니 동의의 뜻으로 손을 흔들었고, 그 민족 특유의 강세를 담아 영어로 〈좋소〉라는 단어를 말했다. 그 후 칼과 손도끼를 다시 허리춤에 넣은 전사는 강둑에서 가장 많이 가려진 바위 끝으로 소리 없이 움직였다. 여기서 그는 잠시 멈춰 그 아래 숲을 의미심장한 표정으로 가리키더니 어느 길로 갈지 알리는 듯 자신의 부족 말로 몇 마디를 하고는 지켜보는 이들 눈앞에서 사라졌다.

호크아이는 담대한 여인 코라와 이야기하기 위해 출발을 늦췄다. 코라는 자신의 주장이 받아들여진 것을 보고 좀 더 가볍게 숨을 쉬고 있었다.

「지혜란 늙은이들뿐만 아니라 젊은이들에게 주어질 때도 있는 법입니다.」 그가 말했다. 「아가씨 말씀은 현명합니다. 더 좋은 말로 칭찬할 수도 있겠습니다. 만약 숲으로 들어가게 되면, 그러니까 잠시라도 더 버틸 수 있게 된다면 덤불 나뭇가지를 부러뜨리면서 가급적 넓게 발자취를 남기십시오. 인간의 눈으로 볼 수만 있다면 세상 끝까지라도 당신을 버리지 않고 따라갈 친구들을 믿으라는 겁니다.」

그는 애정을 담아 코라와 악수를 하고, 장총을 들고서 잠시 걱정스럽고 울적한 표정으로 바라본 뒤 다시 조심스레 치워 두고서 칭가치국이 방금 사라진 곳으로 내려갔다. 그는 잠시 바위를 붙잡고서 주위를 조심스레 살피고는 쓰디쓴 말투로 이렇게 덧붙였다. 「화약만 남아 있었다면 이런 치욕은 일어나지 않았을 텐데!」 잡은 손을 놓자 물이 그를 뒤덮었고, 그 역시 곧 보이지 않게 되었다.

모든 사람들의 시선은 웅카스에게 집중되었고, 그는 뾰족뾰족한 바위에 태연하고 냉정한 자세로 기대서 있었다. 잠시 뒤 코라가 강을 가리키며 물었다.

「당신 친구들이 보이지 않는데, 이제 아마 안전한 곳으로 갔을 거예요. 따라가야 되는 거 아닌가요?」

「웅카스는 남을 겁니다.」 모히칸 청년이 영어로 침착하게 대답했다.

「그러면 우리가 잡힐 위험은 커지고, 풀려날 기회는 줄어들어요! 가세요, 관대한 분.」 코라는 모히칸의 시선에 눈을 내리깔고 스스로의 힘을 직관적으로 느끼며 말했다. 「내가 말한 대로 아버지께 가셔서 가장 비밀스러운 소식을 가져온 연락책이 되어 주세요. 아버지께 딸들의 자유를 살 돈을 맡겨 달라고 하세요. 가세요. 당신이 가시는 것이 나의 바람이고 기도예요!」

젊은 추장의 침착하고 냉정한 표정이 우울하게 변했지만 그는 더 이상 지체하지 않았다. 그는 소리 없는 발걸음으로 바위를 가로지르더니 험한 물살 속으로 사라졌다. 그의 머리가 한참 아래쪽에서 물 위로 나왔다가 다시 사라지는 사이, 뒤에 남은 이들은 숨도 제대로 쉬지 못했다.

이 갑작스럽고도 일단은 성공으로 끝난 실험은 당시로써는 너무나 소중한 몇 분 사이에 이루어졌다. 웅카스를 마지막으로 바라본 뒤 코라는 돌아서서 떨리는 입술로 헤이워드에게 말했다.

「덩컨, 당신의 헤엄치는 솜씨가 뛰어나다고 자랑하는 것을 들었어요.」 그녀가 말했다. 「그러니 저 순수하고 믿음직한 이들이 보여 준 모범을 따르도록 하세요.」

「코라 먼로가 보호자를 믿는다는 것이 고작 이겁니까?」 청년은 슬프게 미소 지으며 신랄함을 담아 말했다.

「쓸데없는 말장난이나 그릇된 의견을 내놓을 때가 아니에요.」 그녀가 대답했다. 「모든 의무를 동등하게 생각해야 할 순간이죠. 여기서 우리에게 당신은 더 이상 도움이 되지 못해요. 하지만 당신의 소중한 생명을 아껴 다른, 더 가까운 친구들을 구할 수 있어요.」

그는 아무 대답도 하지 않은 채 마치 갓난아기처럼 자신의 팔에 매달려 있는 앨리스의 아름다운 모습을 안타깝게 바라보았다.

「생각해 보세요.」 코라는 두려움이 가져다준 아픔보다 더 날카로운 아픔을 견디느라 잠시 말을 멈추었다가 말을 이었다. 「우리에게 일어날 수 있는 최악의 사건은 죽음에 불과해요. 신께서 정하신 시간이 되면 누구나 치러야 할 일이죠.」

「죽음보다 더 한 악행도 있어요.」 덩컨이 쉰 목소리로 그녀의 재촉에 짜증 나는 듯 말했다. 「하지만 당신들을 위해 죽음을 각오한 사람이라면 그것은 막을 수 있지요.」
 코라는 설득을 멈추고 숄로 얼굴을 가린 채 거의 정신을 잃은 앨리스를 끌고 안쪽 동굴 가장 깊은 곳으로 들어갔다.

9

안심하고 즐거워하시오.
내 사랑, 그대의 맑은 이마에 걸려 있는
겁먹은 먹구름을 미소로 쫓아내시오.
그레이,「아그리파, 비극」 2장 196~197행

 정신없던 전투를 삼켜 사방을 에워싼 정적으로 모든 것이 갑자기 마술처럼 변해 버리자 헤이워드는 마치 흥분되는 꿈을 꾼 것처럼 머릿속이 뜨거웠다. 그가 목격한 모든 광경과 사건이 기억 속 깊숙이 박혀 있었지만 그것이 사실임을 스스로 납득하기 어려웠다. 빠른 물살에 몸을 맡기고 떠난 이들의 운명을 알지 못한 채 헤이워드는 그들의 위험한 계획이 행운을 겪는지, 불운을 겪는지 또는 무언가를 전해 줄 소리가 들려오는지 우선 열심히 귀를 기울였다. 하지만 아무 소리도 들리지 않았다. 웅카스가 사라지면서 모험가들의 흔적은 모두 사라졌으며 그들의 운명은 예측불허였다.

 이처럼 마음 졸이는 불안의 순간, 덩컨은 방금 전까지만 해도 그토록 절실했던 바위 뒤에서 나와 주위를 둘러보았다. 하지만 떠난 동료들의 안위를 알 수 없듯 숨어 있는 적들이 어떻게 다가올지도 알 수 없었다. 강가에 펼쳐진 숲에는 동물의 생명을 가진 모든 존재가 다시금 사라진 듯 느껴졌다. 숲의 천장을 뒤흔들던 고함 소리가 잦아들자 자연의 달콤한 향기 속에서 물결만이 바람에 따라 솟아올랐다가 가라앉았다. 죽은 소나무 꼭대기에 앉은 물수리 한 마리가 멀리서 먹잇감을 살피더니 높고 뾰족한 자리에서 날아올라 사냥감을 향해 덤벼들었다. 야만인들의 고함 소리에 시끄러운 울음소리를 멈추었던 어치 한 마리는 숲 속의 자기 땅을 되찾은 양 요란하게 목청을 높였다. 덩컨은 이 외로운 장소에 함께 하는 이 자연의 친구들에게서 희미한 희망을 발견했고, 다시금 성공을 확신하는 마음가짐으로 새로운 공격에 대비했다.

「휴런은 보이지 않아요.」그는 큰 상처를 입고 쓰러져 있는 데이비드에게 말했다. 「동굴로 몸을 숨기고 나머지는 신의 섭리에 맡깁시다.」

「기도와 감사로 목청을 높이며 어여쁜 두 처녀와 함께했던 기억이 납니다.」 정신을 제대로 차리지 못한 노래 선생이 말했다. 「그 이후로 내 죄를 무거운 마음으로 되짚어 보고 있습니다. 잠과 같은 상태에 빠져드는데, 불협화음이 귀를 찢을 듯했습니다. 마치 하늘에서 정한 때가 되어 자연이 그 조화를 잃어버린 것 같았습니다.」

「가엾은 친구! 실제로 당신의 때가 가까웠던 겁니다. 일어나 나와 함께 갑시다. 당신의 찬송가 소리 이외에 아무 소리도 들리지 않을 곳으로 들어갈 테니.」

「폭포 소리에 아름다운 곡조가 있고, 물 흐르는 소리는 달콤하게 들립니다!」 데이비드는 혼란스러운 듯 이마를 손으로 짚으며 말했다. 「공중에는 아직도 비명 소리와 울음소리가 가득하지 않습니까. 저주받은 자들의 영혼이 떠나며 ─」

「지금은 그렇지 않아요. 아니에요.」 마음이 급해진 헤이워드가 말을 잘랐다. 「그 소리는 멈췄습니다. 그리고 소리를 내던 자들도 신의 보우하심으로 사라졌다고 믿습니다! 물소리 이외에 모든 것이 고요하고 평화롭습니다. 그러니 안으로 들어가 당신이 그토록 원하는 노래를 불러도 됩니다.」

데이비드의 미소는 슬퍼 보였지만 스스로가 소중히 여기는 것에 대한 제안을 듣자 잠시나마 기쁜 표정이 드러났다. 그는 더 이상 지체하지 않고 지친 감각에 큰 만족감을 줄 곳으로 부축을 받아 들어갔고, 친구의 팔에 기대 동굴 입구를 지났다. 덩컨은 사사프라스 나뭇가지 더미로 입구에 구멍이 난 흔적을 꼼꼼히 감췄다. 그는 이 연약한 방어막에 의지하여 숲 사람들이 버리고 간 담요로 동굴 안쪽의 입구를 가렸다. 동굴의 바깥쪽에는 강 한쪽이 흘러가는 좁은 협곡에서 새어 들어오는 빛이 비추었고, 강물은 몇 야드 아래서 그 지류와 만나게 되었다.

「절망적인 위기 상황에서 투쟁이 아닌 굴복을 가르치는 원주민의 원칙이 마음에 들지 않습니다.」 덩컨은 손놀림을 바삐 하며 말했다. 「〈생명이 있는 한 희망이 있다〉는 우리의 격언이 군인의 기질에는 더 위로가 되고 잘 맞습니다. 코라, 당신에게는 쓸데없는 격려를 하지 않겠어요. 당신의 용기와 흔들리지 않는 이성이라면 여인에게 어울리는 모든 것을 알고 있을 테니까요. 하지만 당신의 품에서 떨며 울고 있는 소녀는 달래 줄 수 있지 않을까요?」

「이제 진정이 되었어요, 덩컨.」 앨리스가 언니의 품에서 고개를 들고 울면서도 침착한 표정을 지으려 애쓰며 말했다. 「이제 훨씬 더 진정이 되었어요. 여기 숨어 있으면 우리는 분명히 안전할 거예요. 아무도 모르게, 무사할 거예요. 우리를 위해 이미 너무나 많은 위험을 무릅쓴 저 관대한 사람들에게 모든 것을 믿고 맡길 거예요.」

「이제 착한 앨리스가 먼로의 딸답게 말하는군요!」 헤이워드는 동굴 바깥쪽으로 지나가다가 앨리스의 손을 꽉 잡아 주며 말했다. 「이렇게 용감한 두 여인 앞에서 영웅답게 행동하지 못하는 남자는 부끄러울 겁니다.」 그는 남은 권총을 떨리도록 꽉 쥐고 가늘게 찡그린 두 눈으로 침울한 절망을 드러낸 채 동굴 한가운데 앉았다. 「휴런이 만일 찾아온다 해도, 생각만큼 쉽게 여기까지 오진 못할 겁니다.」 그가 낮은 목소리로 중얼거렸다. 그리고 머리를 바위에 기댄 채 참을성 있게 결과를 기다리는 것 같았다. 그의 시선은 은신처의 열린 입구를 끊임없이 바라보고 있었다.

그의 목소리를 마지막으로 깊고 긴, 숨조차 제대로 쉴 수 없이 무거운 침묵이 이어졌다. 아침의 신선한 공기가 은신처로 스며들었고, 차츰 그 안에 숨어 있는 사람들의 영혼도 그 공기를 느꼈다. 1분, 또 1분이 지나면서 아무 일이 벌어지지 않자 희망이 있을지도 모른다는 느낌이 차츰 모든 이들의 가슴을 채웠지만 기대를 입 밖에 내는 순간 무시무시하게 무너져 버릴까 두려워 아무도 어떠한 말도 못 하고 있었다.

데이비드만이 이 다양한 감정에서 예외였다. 입구에서 스며드는 희미한 빛이 그의 수척한 얼굴 위를 지나 작은 찬송가 책을 비추었고, 그는 상황에 더 적절한 곡을 찾는 듯 책장을 넘기는 데 몰두하고 있었다. 그러면서 덩컨이 건넨 위로를 기억하고 있었을 것이다. 마침내 그의 끈덕진 노력이 보상을 얻은 모양이었다. 그는 설명도, 양해도 없이 〈와이트의 섬〉이라고 큰 소리로 선언하고는 성대에서 길고 감미로운 소리를 끌어내어 방금 말한 노래를 더욱 아름다운 목소리로 부르기 시작했다.

「위험하지 않을까요?」 코라가 검은 눈동자로 헤이워드 소령을 바라보며 물었다.

「가엾은 친구! 목소리가 너무 약해 폭포 소리 속에서 묻혀 들리지 않을 겁니다.」 대답이었다. 「게다가 동굴은 그의 편이 되어 줄 겁니다. 위험한 일은 아니니 그가 좋아하는 일을 하게 둡시다.」

「와이트의 섬!」 데이비드는 학생들의 속삭이는 소리를 멎게 하는 데 익숙한, 위엄 있는 태도로 주위를 둘러보며 다시 말했다. 「용감한 곡조에 엄숙한 가사입니다. 제대로 예의를 갖춰 들어요!」

자신의 지휘에 사람들이 따르기를 잠시 기다린 뒤, 그는 낮게 웅얼거리는 소리로 노래했다. 몸이 쇠약해져 가늘고 떨리는 목소리였지만 장엄함은 세 곱절이나 배가된 것 같았다. 그의 목소리는 듣는 사람의 귓전에 살그머니 들어오더니 이내 좁은 천장을 가득 메웠다. 아무리 몸이 약해도 망가뜨릴 수 없는 음색은 듣는 이들의 감각에 달콤한 영향력을 행사했다. 그 노래는 그가 같은 책에서 골랐던 다윗의 노래를 훨씬 능가했으며, 마음을 건드리는 소리로 구성된 화음은 듣는 이의 마음을 빼앗았다. 앨리스는 자기도 모르게 눈을 훔치며 눈물이 글썽거리는 눈으로 수척한 개멋을 바라보았는데, 그녀의 기쁜 표정은 꾸며 낸 것도, 감추고자 한 것도 아니었다. 코라는 다윗 왕과 같은 이름을 가진 그의 신실한 노력에 격려의 미소를 보냈고, 헤이워드도 이내 동굴의 입구를 줄곧 바라보던 엄중한 시선을 거두어 보다 부드러운 표정으로 데이비드의 얼굴을, 그리고 앨리스의 젖은 눈에서 흘러나온 빛을 바라보았다. 듣는 이들이 드러내는 공감이 음악 신봉자의 영혼을 흔들었고, 그의 목소리는 풍성함과 성량을 되찾으면서도 비밀스러운 매혹의 부드러움을 잃지 않았다. 그의 길고 풍부한 음색은 새로 얻은 힘을 최대한 발휘하면서 동굴 천장을 채웠다. 바로 그때 바깥에서 고함 소리가 터져 나왔고, 그러자 마치 심장이 말 그대로 목구멍까지 튀어 오른 것처럼 목소리를 막아 버리는 바람에 경건한 노래는 뚝 끊어졌다.

「우린 잡혔어!」 앨리스는 코라의 품으로 몸을 던지며 외쳤다.

「아직, 아직은 아니에요.」 놀랐으나 기죽지 않은 목소리로 헤이워드가 대답했다. 「섬 가운데서 나온 소리니 죽은 동료들을 보고 낸 소리일 겁니다. 우리는 아직 발각되지 않았으니 희망이 있어요.」

달아날 가망은 희박했고 절망적이다시피 했지만 자매는 덩컨의 말을 무시하지 않았고, 오히려 그 말에 힘을 얻어 조용히 사태의 추이를 기다렸다. 두 번째 고함 소리가 뒤따라 들려왔고, 웅성거리는 목소리가 섬의 위쪽 끝부터 아래쪽 끝까지 가득 메웠다. 그들이 동굴 위 벌거벗은 바위에 닿자 야만인의 승리의 고함 소리가 들려왔는데, 지독한 야만 상태의 인간만이 낼 수 있는 끔찍한 비명이었다.

그 소리는 그들을 사방에서 에워쌌다. 물가에서 누군가 동료를 불렀고, 언덕 위에서 대답이 들려왔다. 두 동굴 사이 틈의 깜짝 놀랄 만큼 가까운 위치에서 외침 소리가 들렸고, 깊은 계곡의 심연에서는 목쉰 고함 소리가 올라와 뒤섞였다. 게다가 바위 위로 야만인의 소리가 너무나 빨리 울려 퍼지는 바람에 마음을 졸이며 듣고 있는 사람들이 사방에서 그 소리가 들려오고 있다고 상상하기란 어렵지 않았다.

이 혼란 가운데, 감추어 놓은 동굴 입구 몇 야드 앞에서 승리의 함성이 솟아 나왔다. 헤이워드는 그것이 발각의 신호라 생각하고 모든 희망을 버렸다. 그러나 그것이 호크아이가 너무나 내키지 않는 표정으로 장총을 버렸던 장소 근처에서 들려온 소리임을 알아챘고, 절망은 사라졌다. 인디언 방언 속에서 캐나다 사투리 단어와 문장을 분간해 내기는 쉬웠다. 여러 사람의 목소리가 동시에 프랑스어로 〈라 롱그 카라빈!〉[31]이라고 외쳤고, 반대편 숲에서도 그 소리가 반향을 일으켰는데, 헤이워드는 적들이 유명한 사냥꾼이나 영국군 야영지의 척후병에게 그런 이름을 붙인다는 것을 잘 기억하고 있었고, 이제야

31 총신이 긴 장총이란 뜻이다 — 옮긴이주.

그것이 떠난 동료 호크아이를 가리키는 말임을 알게 되었다.

「라 롱그 카라빈! 라 롱그 카라빈! 라 롱그 카라빈!」 입에서 입으로 이 말이 전해지자, 그 무시무시한 주인의 죽음을 알려 주는 전리품 주위로 인디언 무리가 모여들었다. 이따금 야만스러운 환호 때문에 잘 들리지 않는 요란한 대화가 끝나자 그들은 다시 흩어져 적의 이름을 외쳐 댔다. 섬의 틈 어딘가에 감추어 놓았을 그의 시신을 찾아내자는 그들의 말을 헤이워드는 알아들을 수 있었다.

「지금……」 그가 떨고 있는 자매에게 속삭였다. 「지금이 중요합니다! 이번에 우리가 숨은 곳이 발각되지 않는다면 우리는 안전할 겁니다! 놈들 말을 들어 보면, 우리 친구들은 무사히 빠져나갔고, 두 시간만 기다리면 웹 장군이 보낸 병력을 만날 수 있을 겁니다.」

몇 분간 무서운 정적이 감돌았는데, 헤이워드는 그사이 야만인들이 더욱 철저히 구석구석 수색을 하고 있음을 알 수 있었다. 몇 차례 그들의 발이 사사프라스를 밟아 마른 나뭇잎에서 바스락거리는 소리를 냈고, 나뭇가지가 부러지는 소리도 났다. 결국 그 나뭇가지 더미가 뒤로 조금 밀리면서 담요의 한쪽 모서리가 떨어졌고, 희미한 빛이 동굴 안쪽까지 스며들어 왔다. 코라는 초조한 마음으로 앨리스를 끌어안았고, 덩컨은 벌떡 일어났다. 그 순간, 바위 한가운데에서 외침 소리가 나더니 동굴에 사람이 들어간 흔적이 있다는 말이 들려왔다. 금세 그들의 요란한 목소리는 그 비밀 장소 앞으로 모두 모이라고 외쳐 댔다.

두 동굴의 안쪽 통로는 너무 짧았기 때문에 덩컨은 더 이상 탈출이 불가능하다고 판단하고 데이비드와 자매 곁을 지나 앞으로 나섰다. 무시무시한 자들을 가장 먼저 대적하기 위해서였다. 그는 필사적인 마음으로 가차 없는 추적자들과 자신

사이에 겨우 몇 피트 정도 거리를 두고 쌓여 있는 나뭇가지 더미를 자기 쪽으로 가까이 옮겨 놓기도 하고, 절망한 나머지 뚫린 곳을 내다보며 그들의 움직임을 살피기도 했다.

그의 팔이 닿을 만큼 가까운 곳에 거구 인디언의 억센 어깨가 보였고, 동료들에게 지시를 내리는 그의 권위 있고 굵은 목소리가 들려왔다. 그 뒤로 반대편 동굴의 천장이 보였는데, 그곳에 가득 들어찬 야만인들은 호크아이가 지어 준 소박한 잠자리를 뒤지고 있었다. 데이비드의 상처에서 난 피가 사사프라스를 물들여 놓았고, 원주민들은 그것이 큰 부상임을 잘 알고 있었다. 그들은 이 성공의 흔적을 보고 잃어버렸던 발자취를 되찾은 사냥개처럼 짖어 댔다. 승리의 함성을 지른 후 그들은 동굴의 향기로운 잠자리를 해체해 나뭇가지를 가지고 바위의 틈으로 가서는 마치 그 나뭇잎이 오랫동안 증오하고 두려워한 사람을 감추고 있다는 듯 마구 흐트러뜨렸다. 사납고 야만스럽게 생긴 전사 하나는 그 나뭇가지를 들고 추장에게 다가가더니 거기 묻은 붉은 핏자국을 신이 나서 가리키고는 인디언의 고함 소리로 환호성을 올렸다. 헤이워드는 〈라 롱그 카라빈!〉이라는 말을 자주 반복하는 것으로 그 의미를 이해할 따름이었다. 환호가 끝나자 덩컨이 만들어 놓은 두 번째 동굴 입구 앞 작은 나뭇가지 더미 위에 던지고는 수색을 마쳤다. 다른 이들도 그 행동을 따랐다. 모두들 호크아이의 동굴에서 가져온 나뭇가지를 그곳에 던져 오히려 찾고 있는 표적의 안전을 지켜 주었다. 허술하다는 점이 그 방어물의 가장 큰 장점이 되어 준 셈이었다. 급하게 서두르느라 자기편들이 우연히 만들었다고 여긴 나뭇가지 더미를 흩어 놓을 생각은 아무도 하지 못했다.

외부의 압력에 담요가 다시 제자리를 잡고, 나뭇가지들이 그 무게에 의해 바위의 틈에 촘촘히 들어차자, 덩컨은 그제야 숨을 제대로 쉴 수 있었다. 그는 가벼워진 발걸음과 마음으로 동굴 가운데로 돌아와 강 옆의 입구를 볼 수 있는 원래 자리에 섰다. 그동안 인디언들은 충동적으로 목적을 바꾼 듯, 다 같이 원래 있던 섬 위쪽 자리로 거슬러 올라가는 발소리가 들려왔다. 거기서 또 한 차례 울부짖는 소리가 들려오는 것으로 보아, 그들이 죽은 동료들을 발견하고 그 시체 주위에 모인 것을 알 수 있었다.

덩컨은 그제야 동행들을 바라보았다. 그 상황을 견디기 힘들어하는 이들에게 자신의 불안한 표정이 더욱 큰 두려움을 줄까 봐 위기의 순간에는 제대로 바라볼 수 없었던 것이다.

「갔습니다, 코라!」 그가 속삭였다. 「앨리스, 그들이 돌아갔으니 우리는 살았어요! 저처럼 가혹한 적의 손아귀에서 우리를 구해 주신 하느님을 찬양해요!」

「그렇다면 감사를 올리겠어요!」 앨리스는 코라의 품에서 일어나 간절히 바위 위에 꿇어앉으며 말했다. 「늙은 아버지께서 눈물을 흘리지 않도록 해주신 하느님께, 제가 그토록 사랑하는 이들의 목숨을 구해 주신 하느님께 —」

헤이워드와 좀 더 침착한 코라는 자신도 모르게 감정에 북받친 앨리스의 행동에 공감하며 그녀를 바라보았고, 헤이워드는 경건한 신심이 앨리스처럼 아름다운 모습을 띤 적은 없을 거라고 마음속으로 생각했다. 앨리스의 두 눈은 감사로 빛났다. 아름다운 홍조가 다시 두 뺨을 물들였고, 그녀의 영혼은 언변을 통해 감사를 터뜨리고자 했다. 하지만 앨리스의 입술이 움직이려 할 때 갑작스럽게 섬뜩함이 닥쳐왔고, 나오려고 했던 말이 얼어붙었다. 그녀의 홍조는 죽음처럼 창백하게 질렸다. 부드럽게 젖어 있던 두 눈이 두려움에 굳어 버렸다. 하늘을 향해 맞잡고 쳐들었던 두 손은 아래로 뚝 떨어졌고, 손가락이 바들바들 떨렸다. 헤이워드는 앨리스가 가리킨 방향으로 고개를 돌렸고, 동굴의 출구 문턱을 이루고 있던 바위 바로 위에 도사리고 있는 르나르 수틸의 악랄하고 사나우며, 야만적인 표정을 발견했다.

그렇게 놀라운 순간에도 헤이워드는 평정을 잃지 않았다. 그는 인디언의 멍한 표정을 보고, 바깥의 밝기에 익숙한 두 눈이 어두침침한 동굴 속을 제대로 들여다볼 수 없음을 알 수 있었다. 그는 자연이 만들어 준 벽 뒤로 자신과 동행들의 몸을 숨길 생각까지 했다. 하지만 그 순간 야만인의 얼굴에 퍼뜩 떠오르는 표정이 그들이 발각되었음을 알려 주었다.

이 끔찍한 진실을 드러내는 희열과 잔인한 승리감의 표정은 견딜 수 없는 분노를 안겨 주었다. 뜨거운 혈기가 지닌 충동 이외에 모든 것을 잊은 덩컨은 권총을 겨누고 쏘았다. 총성은 마치 화산이 폭발하듯 동굴 안에 울려 퍼졌고, 계곡에서 흘러 들어오는 공기에 그 연기가 사라지자 배신한 안내인이 방금 전까지 자리 잡고 있던 곳은 텅 비어 있었다. 출구로 달려 나간 헤이워드는 검은 몸뚱이가 낮고 좁은 암반을 지나는 모습을 보았지만, 곧 시야에서 사라졌다.

바위 속에서 폭발음이 울려 퍼진 이후로 야만인들 사이에서는 무서운 정적이 이어졌다. 곧 르 르나르가 함성을 길고 또렷하게 올렸고, 그 소리가 들리는 거리 내의 모든 인디언들이 저마다 소리를 질러 답했다. 요란한 소음이 다시 한 번 섬 안에 넘쳐 났다. 덩컨이 미처 충격에서 벗어나기도 전에 그의 허약한 방어막은 바람에 흩어져 버렸고, 동굴 양쪽에서 달려든 인디언들이 그와 그의 동행을 은신처에서 밝은 태양 아래로 끌고 나갔다. 그들은 승리에 들뜬 휴런족에게 에워싸였다.

10

오늘 밤 망을 보느라 늦게 잠들어
내일 아침 늦잠을 잘까 두렵구나.
「한여름 밤의 꿈」 5막 1장 365~366행

이 갑작스러운 불운의 충격이 가시는 순간, 덩컨은 체포자들의 외양과 행동을 관찰하기 시작했다. 성공을 무자비하게 즐기는 원주민들과는 반대로, 휴런족의 우두머리들은 떨고 있는 자매뿐만 아니라 덩컨도 존중해 주었다. 부족의 일원들은 저마다 싸구려 장신구를 원하는 야만인의 눈빛으로 헤이워드의 군복에 붙어 있는 화려한 장식을 만져 보았지만, 폭력에 호소하기 전, 앞에서 말한 거구의 우두머리 전사가 권위 있는 목소리로 그들의 손을 저지했다. 헤이워드는 정해진 모종의 목적을 위해 자신의 목숨을 살려 두는 거라고 확신했다.

무리 가운데 허영심에 들뜬 젊은이들이 약점을 보인 반면, 경험 많은 전사들은 그들을 포위하는 것만으로는 만족할 수 없다는 듯 동굴 양쪽을 철저히 수색했다. 새로운 희생자를 더 찾을 수 없자, 부지런히 복수를 위해 움직이는 이들은 남자 포로에게 다가가 〈라 롱그 카라빈〉이라는 이름을 거칠게 불러 댔다. 덩컨은 그들이 거칠게 되풀이하는 질문의 뜻을 이해하지 못하는 척했고, 그의 동행들은 프랑스어를 몰랐기 때문에 일부러 속임수를 쓸 필요가 없었다. 그들의 끈덕진 태도에 지치기도 했고, 너무 완고하게 침묵을 지키다 그들의 분노를 살까 두렵기도 하여, 덩컨은 주위를 둘러보며 마구아를 찾았다. 마구아라면 점점 더 진지하고 위협적으로 변해 가는 질문에 대한 자신의 대답을 통역해 줄 수 있었기 때문이다.

마구아의 행동은 다른 인디언들과는 달랐다. 다른 이들이 호크아이의 보잘것없는 소지품을 약탈해 화려한 전리품을 얻겠다는 유치한 욕망을 채우거나 그 자리에 없는 주인을 찾아 잔인한 복수심을 드러내고 있었다면, 르 르나르는 포로들로부터 약간 거리를 두고 배신의 궁극적인 목적을 달성했다는 듯 고요하게 만족한 태도를 취하고 있었다. 얼마 전까지 안내인이었던 그의 눈과 마주치자 헤드워드는 그 사악하고 냉정한 표정에 두려움을 느껴 그 시선을 피하고 말았다. 하지만 얼굴을 돌린 채 혐오감을 억누르고 성공한 적을 향해 이렇게 말할 수 있었다.

「르 르나르 수틸은 훌륭한 전사이니 무기가 없는 약자에게 정복자들의 말을 전달해 달라는 부탁을 거절하지 않겠지.」 헤이워드가 내키지 않는 마음으로 말했다.

「숲길을 아는 사냥꾼이 어디 있는지 묻는 거다.」 마구아가 서툰 영어로 말하면서 어깨의 상처를 감싼 나뭇잎에 손을 얹고 흉포한 미소를 지었다. 「라 롱그 카라빈! 그는 총 쏘는 솜씨도 좋고, 눈을 감는 법도 없다. 하지만 백인 대장의 총처럼, 르 수틸을 죽일 수는 없지!」

「르 르나르는 용감한 자이니 전쟁에서 입은 상처나 그 상처를 준 사람을 기억하지 않아!」

「지친 인디언이 사탕나무에서 쉬면서 옥수수를 먹는 것이 전쟁이었나? 덤불에 적들을 가득 채운 게 누군가? 누가 칼을 뽑았나? 누가 혀로는 평화를 말하면서 심장은 피로 물들어 있나! 누가 마구아가 도끼를 땅에서 파냈다고 했나!」

덩컨은 마구아의 계획적인 배신을 언급해 반박하지도, 사과하며 반감을 버려 달라고 간청하지도 못한 채 입을 다물었다. 마구아는 잠시 기운을 써서 몸을 일으켰다가 다시 바위에 기대면서 더 이상의 대화도, 논쟁도 그만두겠다는 태도를 취했다. 성미 급한 야만인들은 그 짧은 대화가 끝나자마자 〈라 롱그 카라빈〉이라며 다시 고함을 지르기 시작했다.

「휴런족은 〈장총〉의 목숨을 원하고 있다. 그러지 않으면 그를 숨겨 준 이들의 피를 가질 거다!」

「그는 갔다. 도망쳤다. 이미 멀리 갔다.」

르나르는 싸늘한 경멸의 미소로 대답했다.

「백인은 죽으면 평화를 얻는다고 생각하지. 하지만 인디언은 적들의 영혼을 고문하는 법도 알고 있어. 그의 몸뚱이는 어디 있나? 휴런에게 놈의 머리 가죽을 보여라!」

「그는 죽지 않았다. 달아났지.」

마구아는 믿을 수 없다는 듯 고개를 저었다.

「그가 새처럼 날아갔단 말인가, 아니면 물고기처럼 숨을 쉬지 않고 헤엄쳤단 말인가! 백인 대장들은 책만 읽지 휴런을 바보로 아는군!」

「물고기는 아니지만, 〈장총〉은 헤엄을 칠 줄 안다. 화약이 떨어지자 휴런족이 볼 수 없을 때 강으로 헤엄쳐 갔다.」

「백인 대장은 왜 남았나?」 불신을 드러내며 인디언이 따졌다. 「돌덩이라서 가라앉는가, 아니면 머리 가죽이 거추장스러운 건가?」

「내가 돌덩이가 아니란 건, 폭포로 떨어져 죽은 너의 동료가 살아 있다면 대답해 줄 거다.」 분노한 젊은이는 인디언이 우러러볼 만큼 잘난 체하며 대답했다. 「백인은 비겁자만이 여자를 버린다고 생각한다.」

마구아는 이를 앙다물고 알아들을 수 없는 말을 중얼거리더니 이렇게 외쳤다.

「델라웨어 놈들도 덤불 속을 기어다니는 것 말고 헤엄을 칠 줄 아나? 〈르 그호 세르팡〉[32]은 어디 있나?」

캐나다식 이름을 듣고, 좀 전까지 같이 있던 동행이 자신보다는 적들에게 더 유명한 사람이었음을 알게 된 덩컨은 내키지 않는 마음으로 대답했다. 「그도 같이 강으로 내려갔다.」

「〈르 세르 아질〉은 여기 없나?」

「〈날쌘 사슴〉이라는 사람은 모르는데.」 덩컨은 기회를 잡아 조금이라도 더 시간 끌고자 말했다.

「웅카스 말이다.」 마구아는 영어 단어를 말하는 것보다 더 힘들여 델라웨어의 이름을 발음했다. 「그 백인이 어린 모히칸을 가리켜 〈달리는 엘크〉라고 부른다.」

「르 르나르, 우리가 쓰는 이름에 혼동이 좀 있군.」 덩컨은 이야기를 계속 끌어 보려는 심사로 말했다. 「프랑스어로 사슴은 〈댕〉이고, 〈세르〉는 수사슴이지. 엘크 사슴을 가리키는 정확한 말은 〈엘랑〉이네.」

「그렇지.」 인디언이 자기 말로 중얼거렸다. 「백인들은 여자처럼 수다를 떨지! 그들은 매사에 말을 두 가지씩 만들어 쓰지만, 인디언은 원하는 바를 전할 때만 목소리를 쓴다.」 그러고 그는 언어를 바꾸어, 고향 사람들이 알려 준 불완전한 용어를 고집하며 이야기했다. 「사슴은 빠르지만 약하다. 엘크는 빠르고 강해. 〈르 세르팡〉의 아들은 〈르 세르 아질〉이다. 그도 강을 뛰어넘어 숲으로 갔나?」

「젊은 델라웨어를 말하는 거라면, 그도 역시 물로 들어갔다.」

인디언이 탈출하는 방법에 있어서 불가능이란 없었으므로, 마구아는 그 내용이 사실임을 쉽게 받아들였고, 그걸로 그들을 포로라고 여긴다는 것을 더욱 확실히 알 수 있었다.

32 〈큰 뱀〉이라는 의미의 프랑스어이다 — 옮긴이주.

하지만 그의 동료들의 감정은 완전히 달랐다.

휴런족은 특유의 참을성 있는 태도로 이 짧은 대화의 결과를 기다렸다. 모두 점점 조용해지더니 모인 무리 전체가 정적에 휩싸였다. 헤이워드가 말을 멈추자 그들은 동시에 마구아를 향해 무슨 말인지 설명해 달라는 표정을 지었다. 통역자는 강을 가리켰고, 몇 마디 말과 동작으로 그 결과를 알렸다. 사실이 알려지자, 야만인들은 무시무시한 비명을 질러 대 얼마나 크게 실망했는지를 표했다. 몇 명은 노발대발하며 물가로 달려가 허공에 주먹질을 해댔고, 어떤 이들은 승리자인 자신들의 권리를 앗아 간 배신의 대가로 물에다 침을 뱉었다. 무리에서 힘이 센 몇 명은 손에 들어온 포로들을 향해 몸에 밴 자제력으로 맹렬한 감정을 억누르는 눈빛을 던졌다. 한두 명은 대단히 위협적인 몸짓으로 악감정을 표현했는데, 자매들의 성별도 아름다움도 그 분노를 막지는 못했다. 야만인의 검은 손이 앨리스의 어깨를 덮고 있는 풍성한 머리채를 낚아챘을 때, 젊은 군인은 그 곁으로 달려가려고 필사적으로 애썼지만 소용없었다. 머리를 장식하는 그 아름다운 머리카락을 앗아 갈 방법을 암시하듯, 칼 한 자루가 그녀의 정수리 위에서 원을 그렸다. 덩컨의 손은 묶여 있었고, 움직이려 할 때마다 무리를 지휘하는 힘센 인디언의 손아귀가 죔틀처럼 어깨를 꽉 눌렀다. 곧 엄청난 힘에 저항해 봐야 소용없음을 깨달은 그는 원주민들은 협박만 할 뿐 행동에 옮기는 일은 드물다고 나직이 말해 주어 여인에게 용기를 주었다.

자매의 걱정을 덜어 주기 위해 이처럼 위로의 말을 건넸을지언정 덩컨은 스스로를 속일 만큼 나약하지는 않았다. 그는 인디언의 지휘권에는 정해진 규칙이 없어서 윤리적으로 부여된 권리보다는 물리적인 힘에 의해 유지되는 경우가 많다는 사실을 잘 알고 있었다. 따라서 그들이 처한 위험은 그들을 에워싸고 있는 인디언의 수에 정확히 비례했다. 언제라도 어떤 경솔한 자가 죽은 친구나 친척의 이름으로 포로를 희생시키고자 한다면, 지휘자가 내린 단호한 명령도 어길 수 있었다. 그러므로 겉으로는 냉정하고 용감한 모습을 유지한 덩컨도 거친 인디언들이 자매에게 좀 더 가까이 다가간다거나, 어떤 공격도 견딜 수 없는 그들의 연약한 몸에 못마땅한 시선을 던질 때면 심장이 멎을 것 같았다.

그러나 인디언 우두머리가 전사들을 모아 의논을 하는 것을 보고 덩컨의 걱정은 크게 줄었다. 그들의 의논은 짧았고, 무리 대부분의 침묵으로 보아 만장일치의 결정으로 보였다. 말을 한 몇 사람이 웹의 막사 쪽을 가리키는 빈도로 보아, 그쪽에서 위험이 다가오는 것을 두려워하는 것이 분명했다. 그렇기에 빨리 결정을 내리고, 그 결과에 따라 행동할 것 같았다.

이 짧은 회의 시간 동안 헤이워드는 가장 큰 염려를 잠시 잊은 채 전투 후에도 매사에 신중하게 접근하는 인디언들의 태도에 감탄했다.

이미 말했듯이 이 섬의 위쪽 절반은 벌거벗은 바위였으며, 물에 떠내려온 통나무 몇 개가 흩어져 있는 것 이외에는 아무런 방어막이 없었다. 그들이 이 지점을 고른 것은 내려가기 위해서였고, 그래서 폭포를 돌아 숲을 통과해 카누를 밀고 왔던 것이다. 가장 뛰어난 전사 둘이 젓는, 무기들을 가득 실은 그 작은 카누의 가장자리에 열두 명의 인디언들이 매달리는 식으로 이 위험한 과정을 진행했다. 이러한 작전을 취한 덕분에 그들은 처음 모험을 감행한 이들에게 그토록 치명적이었던 우세한 수로 무기까지 들고 섬 머리에 도착할 수 있었다. 그들이 바위 위쪽에서 가벼운 카누를 끌다 바깥쪽 동굴 입구의 물가에 내려놓았을 때 덩컨은 그들이 그런 식으로 내려왔다는 것을 분명히 알 수 있었다. 카누가 준비되자마자 우두머리는 포로들에게 내려가 타라고 손짓했다.

저항은 불가능했고 항의는 무용지물이었기에 헤이워드는 앞장서서 카누에 타는 모범을 보였고 이내 자매와 그리고 여전히 무슨 영문인지 의아해하는 데이비드도 함께 앉았다. 휴런족은 소용돌이와 급류 사이의 작은 수로를 몰랐음에도 불구하고 그런 뱃길이 매우 익숙했으므로 큰 실수를 저지르지 않았다. 카누를 조종하는 일에 뽑힌 키잡이가 자리를 잡자 무리 전체가 강물로 뛰어들었고, 카누는 물살을 따라 움직였다. 몇 분 뒤 포로들은 전날 밤 도착했던 지점에서 거의 반대쪽에 해당하는 강의 남쪽 둑에 당도했다.

여기에서 또 한 차례 짧지만 진지한 의논이 있었고, 그 사이에 주인들에게 불운을 가져다준 말들이 숲에서 끌려 나와 다른 곳으로 옮겨졌다. 휴런족은 두 무리로 나뉘었다. 앞에서도 여러 차례 언급한 우두머리는 헤이워드의 말에 타더니 대부분의 사람들을 거느리고 강을 정면으로 마주하는 숲으로 들어갔고, 나머지 야만인들 여섯이 포로를 맡았는데, 대장은 르 르나르 수틸이었다. 덩컨은 불안한 마음으로 그들의 움직임을 지켜보았다.

덩컨은 평소와 다른 야만인들의 너그러운 태도를 보고 자신이 포로로서 몽캄에게 인도될 거라고 믿었다. 고통에 처한 자들의 생각은 잠드는 법이 드물고, 희망이 자극할 때보다 더욱 기발한 착상이 활발히 이루어지는 탓인지 그는 아버지로서 갖는 먼로의 감정이 그를 왕에 대한 의무에서 유혹해 내는 데 도움이 될 거라고 상상하기도 했다. 프랑스의 지휘관은 용감하고 진취적이었지만, 도덕적인 의무를 존중하지 않을 때도 많았으며 대체적으로 당시 유럽의 외교를 무시했던 정치 관행의 전문가로 여겨지기도 했기 때문이다.

하지만 포로들을 포위한 자들의 행동에 바삐 돌아가던 그의 기발한 추측은 사라지고 말았다. 거구의 전사를 따라간 자들은 호리칸 말미로 향하는 길로 접어들었고, 헤이워드와 동료들에게는 야만인 정복자의 손에 잡힌 절망적인 포로라는 사실 이외에 달리 기대할 것이 없어졌다. 최악의 상황을 알게 될까 불안했지만 이처럼 긴급한 상황에서 금의 힘을 시험해 보고 싶은 나머지 헤이워드는 혐오감을 억누르고 마구아에게 말을 걸었다. 앞으로 그 무리의 일을 지휘할 권위와 태도를 지닌 것처럼 구는 마구아에게 헤이워드는 최대한 상냥하게 마음을 터놓는 목소리로 말했다.

「마구아에게, 그처럼 훌륭한 대장에게 전할 이야기가 있다.」

인디언은 경멸하는 눈초리로 젊은 군인을 보며 대답했다.

「말하라. 나무에는 귀가 없다!」

「하지만 붉은 휴런족에게는 귀가 있다. 한 부족의 훌륭한 대장을 위한 이야기는 어린 전사들을 취하게 할 것이다. 마구아가 듣지 않는다면 왕의 장교는 입을 다물겠다.」

야만인은 어색한 손놀림으로 자매를 태우기 위해 말을 준비하던 동료들에게 아무렇지도 않게 무언가 말하고는, 한쪽으로 조금 움직이더니 조심스러운 손짓으로 헤이워드에게 따라오라고 했다.

「이제 말하라.」 그가 말했다. 「마구아가 들을 만한 이야기라면.」

「르 르나르 수틸은 캐나다 조상들이 준 명예로운 이름에 어울리는 자질을 증명했다.」 헤이워드가 말했다. 「그가 지혜로운 사람임을, 그리고 우리를 위해 해준 모든 일을 알게 되었고 보답할 때가 되면 그것을 기억할 것이다. 그렇다! 르나르는 훌륭한 추장일 뿐만 아니라 적을 속일 줄 아는 인물임을 증명했다!」

「르나르가 무슨 일을 했나?」 인디언이 차갑게 따졌다.

「무슨 일을 했느냐고 묻다니! 숲에는 적들이 가득 도사리고 있고, 뱀이 들키지 않고 달아날 수 없음을 그가 알지 못했나? 그렇다면, 그가 일부러 길을 잃어 휴런족들의 눈을 속인 것이 아닌가? 자신에게 푸대접을 하고 오두막에서 개처럼 쫓아낸 부족에게 돌아가는 척하지 않았나? 그리고 그가 원하는 것을 알게 된 우리는 거짓 표정을 지어 우리가 친구를 적으로 여긴다고 휴런이 생각하게끔 하지 않았나? 그런 것이 아니란 말인가? 르 수틸이 지혜롭게 동족의 눈을 가리고 귀를 막자, 그들은 예전에 그를 푸대접하고, 모호크족에게로 쫓아냈다는 것을 잊어버리지 않았나? 그리고 그들은 어리석게도 북쪽으로 떠나 버리고 포로와 함께 르 수틸을 강의 남쪽에 남겨둔 게 아닌가? 이때 르나르는 여우처럼 약삭빠르게 자신의 발자취를 되짚어 돈 많은 반백의 스코틀랜드 사람에게 딸을 데려다 줄 속셈이 아니었나? 그렇다, 마구아. 나는 모든 것을 지켜보았고, 그런 지혜와 정직한 행동을 어떻게 보답하면 좋을지 생각 중이다. 우선, 윌리엄 헨리의 대장은 그런 고마운 일에 호걸답게 보답할 것이다. 마구아의 메달[33]은 양철로 만든 것이 아니라 금으로 새긴 것이 될 거다. 그의 화약통에는 화약이 넘쳐 날 것이고, 주머니에는 호리칸의 자갈만큼 돈이 채워질 것이다. 그리고 사슴은 그의 손을 핥을 것이다. 그가 갖고 다니는 소총을 피해 봐야 소용없다는 것을 알 테니까! 나로 말할 것 같으면, 스코틀랜드인보다 더 큰 보답을 할 방법을 모르겠지만, 나는, 그렇다, 나는 ─」

「해가 뜨는 곳에서 온 젊은 대장은 무엇을 줄 건가?」 인디

---

33 백인들이 인디언 가운데 주요 인물에게 메달을 주어 그들의 미개한 장신구에 함께 걸치게 한 것은 오랜 관행이었다. 영국인들이 수여한 메달에는 왕의 모습이 찍혀 있으며, 미국인들이 준 메달에는 대통령의 모습이 찍혀 있다.

언이 가장 바라는 것들 하나하나 열거하기를 그만두고 싶은 헤이워드가 망설이자, 마구아가 재촉했다.

「소금 호수의 섬에서 흘러나오는 불의 물이 마구아의 오두막 앞으로 흐르게 해 그의 마음이 벌새의 깃털보다 더 가벼워지고, 그의 숨결은 인동덩굴보다 더 향기롭게 할 것이다.」

헤이워드가 솜씨 좋게 천천히 이야기를 진행하는 동안, 르 르나르는 진지하게 듣고 있었다. 르 르나르가 동족에게 속임수를 썼을 것이라는 말이 나오자, 듣고 있던 그의 표정이 조심스럽게 굳었다. 동족에게서 상처를 받았다고 믿는다는 암시에 르 르나르의 눈에서 걷잡을 수 없이 사나운 빛이 번득이자 헤이워드는 자신이 정곡을 찔렀다고 믿게 되었다. 복수심과 사례에 대한 욕심을 교묘하게 뒤섞어 자극하는 대목에 오자, 헤이워드는 적어도 인디언의 가장 깊은 관심을 끌어내는 데 성공했다고 여겼다. 자신이 던진 질문에 대한 대답에는 아무 반응을 하지 않았지만 듣고 있던 그의 표정으로 보아 헤이워드의 답이 대단히 유혹적이라는 것만큼은 분명했다. 휴런은 좀 더 곰곰이 생각하더니, 부상을 입은 어깨를 대충 감아 놓은 곳에 손을 대며 약간 강한 어조로 물었다.

「친구가 이런 상처를 내나?」

「〈라 롱그 카라빈〉이 적에게 그렇게 가벼운 상처를 낼까?」

「델라웨어족은 좋아하는 사람에게 뱀처럼 기어가 몸뚱이를 감고 공격하나?」

「〈르 그호 세르팡〉이 원하지 않을 때 자신의 발소리를 아무에게나 들려줄까?」

「백인 대장은 형제의 얼굴에 화약을 태우나?」

「그가 진심으로 죽이고 싶을 때 표적을 놓친 적이 있나?」

덩컨이 훌륭하게 연기하며 미소를 지었다.

간결한 질문과 즉각적인 대답이 오간 후 또 한참 동안 침묵이 흘렀다. 덩컨은 인디언이 망설이고 있음을 알 수 있었다. 승리를 완성하기 위해 다시 보상을 열거하려는데, 마구아가 요란한 손짓을 하며 말했다.

「됐다. 르 르나르는 현명한 대장이고, 그가 하는 일을 보면 알게 될 거다. 가서 입을 다물고 있어라. 마구아가 말하면 그때 답하라.」

헤이워드는 상대의 눈이 조심스레 다른 이들을 바라보고 있음을 깨닫고, 수상한 공모를 하는 것처럼 보이지 않도록 곧바로 물러났다. 마구아는 말에게 다가가 동료들이 부지런하고 꼼꼼하게 일하는 데에 만족하는 것처럼 굴었다. 그리고 헤이워드에게 자매를 도와 안장에 태우라고 손짓했다. 그는 특별한 동기가 있을 때가 아니면 영어를 쓰지 않았다.

더 이상 지체할 이유가 없었고, 덩컨은 비록 내키지 않았지만 따를 수밖에 없었다. 그는 야만인의 무서운 얼굴과 마주치는 것이 두려워 땅만 내려다보며 떨고 있는 여인들의 귓전에 아직 희망이 있다고 속삭여 주었다. 데이비드의 암말은 거구의 우두머리를 따르는 이들이 데려갔다. 그래서 그 주인과 덩컨은 걸어서 이동해야 했다. 덩컨은 이 상황이 싫지 않았다. 전체의 이동 속도를 늦출 수 있었기 때문이다. 그는 여전히, 숲 쪽에서 지원군이 달려오는 소리가 들리지 않을까 하는 헛된 희망을 버리지 못하고 에드워드 기지 쪽을 간절한 마음으로 바라보고 있었다.

모든 준비가 끝나자 마구아는 앞으로 나아가 직접 무리를 인솔하며 출발하자는 신호를 했다. 부상의 효과가 점점 덜해지며 현재 상황을 차츰 깨닫고 있는 데이비드가 그 뒤를 따랐다. 그다음 자매를 태운 말이 따랐고, 그 옆에 헤이워드가 섰는데, 인디언들이 그 측면을 지키고 서서 결코 경계를 늦추지 않고 행진을 감시했다.

헤이워드가 여인들을 위로하기 위해 혼잣말을 중얼거리거나 데이비드가 체념의 부끄러움을 드러내기 위해 가련하게 탄식할 때를 제외하고는 행진은 시종일관 침묵 속에서 계속됐다. 방향은 남쪽이었고, 윌리엄 헨리로 가는 길과는 거의 정반대 경로였다. 마구아가 승자들의 본래 결심을 지키는 것처럼 보이긴 했지만, 헤이워드는 자신이 던진 미끼를 그가 그리 쉽게 잊을 거라고는 생각하지 않았다. 그는 인디언의 구불구불한 길을 잘 알았기에, 속임수가 필요한 때의 이 길이 곧바로 목적지로 향하지 않을 수도 있다고 여겼다. 숲길은 고통스럽게 하염없이 펼쳐졌고, 여정이 끝날 조짐은 전혀 보이지 않았다. 헤이워드는 자오선에서 나뭇가지 사이로 빛을 내리쬐는 해를 바라보았고, 마구아가 도움이 될 곳으로 경로를 바꾸길 간절히 바랐다. 이따금 그는 조심스러운 마구아가 몽캄의 군대를 안전하게 지나기엔 어려울 거라 여겨, 잘 알고 있는 변경의 정착지 쪽으로 길을 선택한 것이 아닐까 상상했다. 그곳으로 가면 영국군의 훌륭한 장교 한 사람과 6개 민족 연합이 아끼는 친구 한 사람이 평소에 거처하는 집 이외에 많은 재산을 갖고 있었다. 윌리엄 존슨 경의 손에 인도되는 편이, 캐나다의 미개척지로 끌려가는 것보다는 훨씬 나았다. 하지만 윌리엄 경에게 가려고 해도 숲을 가로질러 먼 길을 가야 했으며, 한 발자국을 옮길 때마다 그는 전장에서 더 멀어지고, 따라서 자신이 맡은 근무지와 명예, 그뿐만 아니라 의무로부터 멀어지는 셈이었다.

  코라만이 척후병이 헤어질 때 한 말을 기억하고서 기회가 있을 때마다 팔을 뻗어 손에 닿는 나뭇가지를 옆으로 비틀어 놓았다. 그렇지만 인디언들의 감시 때문에 이처럼 손을 써두는 것이 어렵기도 하고 위험하기도 했다. 경계하는 눈초리와 마주칠 때면 코라는 깜짝 놀라는 척하면서 여자답게 손으로 얼굴을 가려 보이느라 목적을 이루지 못하곤 했다. 한 번, 단 한 번 코라가 제대로 성공했다. 커다란 옻나무 가지를 부러뜨리던 코라는 문득 생각이 들어 장갑을 떨어뜨려 놓았다. 그러나 감시자 하나가 뒤따라올 이들을 위해 남긴 이 흔적을 발견하고서 마치 그 나뭇가지에 동물이 하나 걸려들어 버둥거린 것처럼 보이기 위해 마구잡이로 부러뜨린 다음, 무서운 표정으로 손도끼에 손을 얹어 보였다. 그로 인해 지나간 흔적을 몰래 남기려는 시도는 완전히 끝나고 말았다. 게다가 인디언들이 두 무리로 나뉘어 말 발자국을 남겼으므로, 흔적을 남겨 도움을 구해 보려는 희망은 싹이 잘린 셈이었다.

마구아의 뚱한 침묵 속에 조금이라도 기대할 것이 있었다면 헤이워드는 조언을 해보았을 것이다. 하지만 마구아는 내내 뒤도 돌아보지 않았고, 한 마디도 하지 않았다. 오직 태양을 길잡이로 삼아 혹은 원주민의 지혜로만 알아볼 수 있는 흔적의 도움을 받아 정확한 본능과 새와 같은 방향 감각으로 소나무 말고는 아무것도 자라지 않는 땅을 지나고, 이따금 비옥한 작은 골짜기를 지나고, 시내와 강을 건너 굽이굽이 언덕을 넘었다. 그는 단 한 번도 망설이는 것 같지 않았다. 길이 보이든 보이지 않든, 사라지든 혹은 많은 사람들이 다녀서 뚜렷이 보이든 그의 속도나 확고한 태도에는 변화가 없었다. 피로도 그에게는 아무런 영향을 미치지 않는 것 같았다. 썩은 낙엽만 내려다보던 지친 여행자들이 가끔씩 눈길을 들면 그는 정면을 향해 머리를 꼿꼿이 세우고 나무 사이를 살피며, 빠른 걸음걸이로 정수리에 꽂은 가벼운 깃털을 휘날리며 걷고 있었다.

하지만 이 모든 근면과 속도에 목적이 없는 것은 아니었다. 물살이 센 개울이 흐르는 낮은 골짜기를 지나자 그는 갑자기 몹시 가파르고 오르기 힘든 언덕을 오르기 시작했고, 자매들은 뒤를 따르기 위해 말에서 내려야만 했다. 언덕의 정상에 오르자 그들은 나무가 별로 자라지 않는 편평한 곳을 발견했고, 마구아는 그 나무 한 그루 밑에 앉아 휴식을 취하기 시작했다. 모두에게 매우 필요한 휴식이었다.

11

내가 나의 동족을 용서한다면,
그들에게 저주가 내리기를.

「베니스의 상인」 1막 3장 51~52행

반가운 휴식을 위해 인디언은 가파른 피라미드 모양의 언덕을 골랐는데 사람이 만든 고대 무덤과 매우 비슷한, 아메리카의 계곡에서 자주 만나게 되는 그런 곳이었다. 문제의 그곳은 깎아지른 듯 가파르고 높았다. 그리고 대부분 그렇듯 정상은 편평했다. 그중 한 면은 유난히 험했다. 높고 가파른 모양 때문에 적을 방어하기가 쉽고 기습이 거의 불가능하다는 점 이외에는 휴식을 취하기에 좋은 점은 거의 없어 보였다. 시간과 거리상 불가능하다 여긴 헤이워드는 더 이상 구조를 기대하지 않았으므로, 그 상황을 무관심한 눈으로 바라보며 연약한 동행들을 위로하고 격려하는 데에만 전심을 다했다. 내려갠섯 말들은 언덕 꼭대기에 드문드문 나 있는 나뭇가지와 덤불의 잎을 뜯고 있었고, 헤이워드와 그 일행은 차양처럼 수평으로 가지를 뻗고 있는 너도밤나무 그늘 아래서 남은 식량을 나누어 먹었다.

빠르게 이동하는 중이었지만 인디언 하나가 길 잃은 새끼 사슴 한 마리를 화살로 잡았고, 꽤 큰 고깃덩어리를 휴식처까지 묵묵히 어깨에 메고 올라왔다. 그는 동료들과 함께 아무런 조리도 하지 않은 고기를 소화시킬 수 있는 만큼 먹어 치우기 시작했다. 마구아만 그 구역질 나는 식사에 참여하지 않고 동 떨어진 자리에 깊은 생각에 잠긴 채 앉아 있었다.

배고픔을 채울 수단이 있는데 절제하는 것은 인디언에게는 매우 드문 일이었기에, 결국 헤이워드도 그 낌새를 알아차렸다. 헤이워드는 휴런이 부하들의 감시를 피하기에 가장 적절한 방법을 궁리하고 있다고 믿고 싶었다. 휴런의 계획을 돕기 위해 제안을 내놓아 유혹을 강화하려는 생각에 그는 너도밤 나무 밑에서 일어나 별다른 목적 없이 주위를 걷는 척하다가 르 르나르의 곁으로 갔다.

「마구아는 캐나다인의 위험을 모두 피할 수 있을 만큼 햇볕을 쬐지 않았나?」 그는 서로의 속셈을 잘 안다고 확신하는 양 물었다. 「또 하룻밤이 지나 딸들을 잃었다는 슬픔으로 윌리엄 헨리의 대장이 마음을 냉정히 가지기 전에 그녀들을 만나게 된다면, 더없이 기쁜 마음에 더욱 후한 보답을 하지 않을까?」

「백인들은 아침이면 밤보다 자식을 덜 사랑하나?」 인디언이 차갑게 물었다.

「그렇지는 않지.」 헤이워드는 실수를 했다면 만회하려고 다급히 대답했다. 「조상의 무덤을 잊기도 하고 사랑하고 소중히 여기겠다고 약속한 이들을 기억하지 못할 때도 있지만, 백인 부모의 자식 사랑은 결코 죽지 않는다.」

「백발의 대장의 심장이 부드러워 여자가 낳아 준 아이 따위를 생각한다는 건가? 전사들에게 혹독하고 돌덩이 같은 눈빛을 보이는 그자가!」

「그는 게으르고 악한 자들에게는 혹독하지만 제정신으로 열심히 일하는 자들에게는 공정하고 인간적인 지휘관이다. 자식 사랑에 마음이 약한 부모들을 여럿 알지만, 딸에게 그보다 더 부드러운 마음을 가진 사람은 본 적이 없다. 마구아, 자네는 전사들 앞에 선 백발의 그를 보았지만, 나는 지금 자네의 손 안에 있는 딸들을 이야기하며 눈물을 글썽이는 그를 보았다!」

헤이워드는 조심스러운 인디언의 가무잡잡한 얼굴에 떠오른 표정을 어떻게 이해할지 몰라 말을 멈췄다. 처음에는 아버지의 마음에 대한 이야기를 들으며 약속한 보상을 떠올리는 것 같았다. 하지만 이야기를 이어 나가는 동안, 그의 기쁜 표정이 너무나 사나운 악의로 바뀌어 탐욕보다 더 악한 감정에서 비롯한 표정이 되었음을 부인할 수 없었다.

「가라.」 휴런은 순식간에 그 놀라운 표정을 억누르고 사신처럼 냉정한 얼굴로 말했다. 「검은 머리 딸에게 가서 마구아가 할 말이 있다고 전해라. 아버지는 딸의 약속을 기억할 것이니.」

그 딸의 약속이란 것을 미루어서는 안 된다고 재차 다짐하는 것으로 해석한 덩컨은 내키지 않지만 피로한 몸을 쉬고 있는 자매의 자리로 천천히 돌아가 코라에게 용건을 전했다.

「인디언이 바라는 것이 무엇인지 알죠?」 덩컨은 휴런이 기다리고 있는 곳으로 코라를 데려가며 말했다. 「화약과 담요를 후하게 내놓는다고 말해요. 그리고 독한 술도 저런 이들이 가장 높이 평가하는 것이죠. 당신 손으로 직접, 잘 알고 있는 우아한 모습으로 사례를 건네는 것도 나쁘지 않을 거예요. 코라, 잊지 말아요. 당신의 마음가짐과 말솜씨에 앨리스뿐만 아니라 당신의 목숨이 크게 걸려 있다는 것을.」

「헤이워드, 당신 목숨도 마찬가지예요!」

「내 목숨은 중요하지 않습니다. 그건 이미 왕에게 판 것이고, 힘만 있으면 어느 적이나 가져갈 수 있는 포상인걸요. 내게는 기다리는 아버지도 없고 운명을 슬퍼해 줄 친구도 별로 없으니까요. 그게 내 운명이라면 명예를 좇는 청년처럼 열렬한 마음으로 기다리겠어요. 쉿! 다 왔어요. 마구아, 자네가 이야기하고 싶어 하는 아가씨가 왔다.」

인디언은 자리에서 천천히 일어나더니 거의 1분간 어떤 말도, 동작도 하지 않았다. 그러더니 헤이워드에게 자리를 비켜 달라고 냉정하게 말했다.

「휴런이 여자에게 이야기를 할 때면, 그의 부족은 눈을 감는다.」

덩컨이 따르지 않고 머뭇거리자 코라가 침착한 미소를 지으며 말했다.

「들었죠, 헤이워드. 앨리스에게 가서 아직 살 수 있는 기회가 있다고 위로해 줘요.」

헤이워드가 떠나자 코라는 여자다운 목소리와 태도로 원주민을 향해 물었다. 「르 르나르는 먼로의 딸에게 무슨 용건이 있는지요?」

「잘 들어라.」 인디언은 코라가 최대한 자신의 말에 귀 기울이게 하려는 듯 한 손으로 그녀의 팔을 단단히 잡고 말했다. 코라는 그의 손아귀에서 팔을 빼내며 그 행동에 단호히, 그러나 말없이 저항했다. 「마구아는 호수의 인디언 휴런족 가운데 추장이자 전사로 태어났다. 그는 스무 번의 여름과 스무 번의 눈 내리는 겨울이 지나는 것을 보고서야 백인을 처음 보았지. 그리고 잘 지냈다! 그런데 그 캐나다의 조상들이 숲으로 들어오더니 불의 물을 마시는 법을 가르쳐 주었고, 그러자 그는 악인이 되었다. 휴런은 물소를 몰아내듯 그를 조상의 무덤에서 쫓아냈다. 그는 호숫가를 달려 그 하구를 따라 〈대포의 도시〉로 갔다. 거기서 그는 사냥을 하고 물고기를 잡고 지냈지만, 사람들은 그를 또다시 숲으로 쫓아내 결국 적의 품안으로 들어가게 되었다. 휴런으로 태어난 추장이, 결국 모호크의 전사가 된 거다!」

「전에도 들어 본 이야기예요.」 그가 자신의 상처를 돌아보며 북받친 감정을 진정시키고 말을 멈춘 사이, 코라가 말했다.

「르 르나르의 머리가 돌이 아닌 것이 그의 잘못인가? 누가 그에게 불의 물을 주었지? 누가 그를 악당으로 만들었나? 그건 바로 백인이야. 너와 같은 피부색을 가진.」

「얼굴색이 나랑 비슷하다고 해서 그렇게 생각 없고 방종한 인간들이 존재한다는 사실에 내가 책임을 져야 하나요?」 코라가 흥분한 야만인에게 침착하게 따져 물었다.

「아니, 마구아는 남자이고 바보가 아니다. 너 같은 자는 불타는 물에 입술을 대지 않아. 위대한 영혼이 네게 지혜를 주었으니까!」

「그렇다면 당신의 과실은 물론이고, 당신의 불행에 대해 내가 어떻게 해야 하죠?」

「잘 들어.」 인디언이 다시 진지한 태도로 돌아가 말했다. 「영국인과 프랑스인들이 싸움을 시작할 때, 르 르나르는 영국군의 편에서 모호크족의 부대를 공격해 자기 종족과 맞섰다. 백인들은 붉은 피부를 가진 이들을 사냥터에서 몰아냈고, 이제는 싸움을 하면 백인들이 지휘를 한다. 호리칸의 늙은 대장, 네 아버지는 우리 부대의 최고 대장이었다. 그는 모호크에게 이래라저래라 했고, 그러면 모호크는 그 말을 따랐다. 인디언이 불의 물을 마시고 자기 전사들의 오두막으로 들어가면 반드시 벌을 주겠다는 법도 그가 만들었다. 마구아는 어리석게 뜨거운 물을 마셨고 그 효과 때문에 먼로의 오두막으로 들어갔다. 그래서 반백의 그가 어떻게 했지? 딸이 말해 봐라.」

「그는 자신이 한 말을 잊지 않고, 정의를 지키기 위해 범법자를 처벌했죠.」 담대한 딸이 말했다.

「정의라!」 인디언은 몹시 사나운 표정으로 그녀의 단호한 얼굴을 노려보며 말했다. 「악을 만들어 놓고 그것 때문에 벌을 주는 것이 정의인가! 마구아는 제정신이 아니었다. 그가 한 말과 저지른 행동은 다 불의 물 탓이었다! 하지만 먼로는 그 말을 믿지 않았다. 휴런의 추장이 백인 전사들 앞에서 묶여 개처럼 채찍질을 당했다!」

코라는 아버지가 저지른 이 가혹한 처벌을 어떻게 변명하면 인디언을 달랠 수 있을지 몰라 입을 다물고 있었다.

「보라!」 마구아가 물감을 칠한 자신의 가슴을 겨우 가려 준 얇은 옥양목을 찢으며 말했다. 「이게 바로 칼과 총알에 생긴 상처다. 전사라면 이건 자신의 부족 앞에서 자랑할 수 있어. 하지만 반백의 대장은 휴런 추장의 등에 여자처럼 백인의 울긋불긋한 옷으로 가려야 할 자국을 남겼다.」

「인디언의 전사는 인내심이 많고, 그의 영혼은 육체가 겪는 고통을 느끼지도, 알지도 못한다고 생각했어요.」 코라가 말했다.

「치페와족이 마구아를 말뚝에 묶고 이 상처를 냈을 때……」 마구아는 깊은 상처를 가리키며 말했다. 「휴런인 나는 그들의 얼굴에 대고 웃어 주며 여자처럼 힘이 없다고 했다! 그때 그의 영혼은 구름 속에 있었다! 하지만 먼로의 채찍질을 당하자, 그의 영혼은 박달나무 아래로 떨어졌다. 휴런의 영혼은 취하는 법이 없다. 모든 것을 영원히 기억하지!」

「하지만 노여움을 풀어 줄 순 있죠. 내 아버지가 당신에게 이런 부당한 처벌을 내렸다면, 인디언은 겪은 상처를 용서한다는 걸 보여 주고, 딸들을 데려다 주세요. 헤이워드 소령이 말했듯이 —」

마구아는 고개를 내저어 코라의 입을 막았다. 그는 보상을 경멸했다.

「원하는 게 뭐죠?」 고통스러운 침묵이 흐른 뒤 코라는 이렇게 말했지만, 너무 낙천적이고 관대한 덩컨이 야만인의 계략에 잔인하게 속은 것이라는 확신이 자꾸만 밀려들었다.

「휴런이 원하는 건 선에는 선으로, 악에는 악으로 대하는 것이다!」

「그렇다면 먼로에게 받은 상처를 힘없는 딸들에게 갚겠다는 거군요. 그렇다면 차라리 그의 면전에 찾아가서 전사의 만족을 얻는 것이 더 남자답지 않을까요?」

「백인들의 총은 길고, 칼은 날카롭다!」 야만인은 사악하게 웃으며 받아쳤다. 「르 르나르가 먼로의 영혼을 손에 쥐고 있는데, 그자 부하들이 총을 겨누고 있는 곳에 가야 할 이유가 뭔가?」

「뜻하는 바를 말해 보세요, 마구아.」 코라는 평정심을 잃지 않으려 애쓰며 말했다. 「우리 포로들을 숲으로 데려가는 건가요, 아니면 더 큰 악행을 생각하고 있는 건가요? 당신의 상처를 아물게 해주고 마음을 누그러뜨릴 보답은 정녕 없나요? 적어도 연약한 내 동생은 풀어 주고 당신의 악감정을 내게 쏟아부어요. 그 애의 안전으로 재산을 얻고, 나 하나만 희생시켜 당신의 복수심을 만족시켜요. 두 딸을 다 잃게 된다면 늙은 아버지는 돌아가실지도 모르는데, 그렇다면 르 르나르는 무엇으로 만족할 건가요?」

「잘 들어라.」 인디언이 다시 말했다. 「검은 머리의 여자가 그녀의 조상들이 믿는 위대한 영혼을 걸고 거짓을 말하지 않겠다고 맹세한다면, 백인들은 호리칸에 돌아가 늙은 대장에게 무슨 일이 있었는지 알릴 수 있다.」

「무슨 약속을 하면 되죠?」 코라는 냉정하면서도 여인다운 위엄을 발휘해 은연중에 사나운 원주민보다 우위를 유지하며 물었다.

「마구아가 동족을 떠났을 때 그의 아내는 다른 추장에게 보내졌다. 그는 이제 다시 휴런과 친구가 되었고, 큰 호숫가에 있는 자기 부족의 무덤으로 돌아갈 것이다. 영국인 대장의 딸이 그를 따라가 영영 그의 오두막에서 살게 하라.」

그런 종류의 제안이 아무리 불쾌한 것이라 해도, 코라는 엄청난 혐오감을 억누르고 나약한 모습을 감추어 평정심을 유지하며 대답할 수 있었다.

「그렇다면 마구아는 자신을 사랑하지 않는 아내와 한 집에서 사는 데서 어떤 즐거움을 얻을 수 있죠? 민족도 피부색도 다른 아내와? 먼로에게서 금화를 받아 그것으로 휴런 처녀의 마음을 얻는 편이 나을 텐데.」

인디언은 1분 가까이 대답하지 않고 매서운 표정으로 코라의 모습을 노려보았는데, 그 흔들리는 눈빛에 코라는 처음으로 순결한 여인이라면 견딜 수 없는 표정을 마주했다는 느낌에 수치심을 느끼고 눈을 내리깔았다. 마지막 제안보다 더 충격적인 제안으로 귀를 더럽히게 될까 봐 코라가 두려움에 떨고 있을 때, 마구아의 음성이 깊은 악의를 띤 어조로 대답했다.

「휴런의 등에 채찍이 떨어질 때부터 그 고통을 복수할 여자를 어디서 구할지 알고 있었다. 먼로의 딸이 그가 마실 물을 길어 오고, 옥수수를 따고, 고기를 구울 것이다. 먼로의 몸은 그의 대포 사이에서 자겠지만, 그의 마음은 르 수틸의 칼이 닿는 곳에 있게 될 것이다.」

「괴물! 당신의 사악한 이름에 꼭 어울리는군요!」 자식으로서 분노를 참지 못하고 코라가 외쳤다. 「악마가 아니고서야 그런 보복을 어떻게 생각할까! 하지만 당신은 스스로의 힘을 과신하고 있어! 그래, 지금 당신 손에 잡힌 것이 바로 먼로의 마음이지! 그 마음은 당신의 악랄한 복수를 좌절시킬 거다!」

인디언은 이 대담한 저항에 무시무시한 미소로 답해 자신의 뜻에 변함이 없음을 알렸고, 대화는 영영 끝이라는 듯 가 보라는 손짓을 했다. 이미 경솔한 발언을 후회하던 코라는 따를 수밖에 없었다. 마구아가 곧바로 게걸스러운 동료들에게 다가갔기 때문이다. 헤이워드는 충격을 받은 코라 곁으로 달려와, 멀리서 열심히 지켜보던 대화의 결과를 물었다. 하지만 앨리스를 놀라게 하고 싶지 않았던 코라는 직접적인 대답을 피하고 표정만으로 성공하지 못했음을 알렸고 불안한 눈초리로 인디언들의 움직임을 주시했다. 목적지가 어디냐고 동생이 여러 차례 간절히 묻자 코라는 검은 무리를 가리킬 뿐 다른 대답은 하지 않았다. 충격받은 표정을 감추지 못하고 코라는 앨리스를 품에 안으며 이렇게 중얼거렸다.

「저기, 저길 보렴. 저들의 얼굴에서 우리의 운명을 읽어 봐. 두고 보면 알게 될 거야! 두고 보면!」

그 행동과 코라의 목이 멘 음성은 어떤 말보다 더 분명하게 상황을 설명해 주었고, 동료들의 시선을 그 자리로 재빨리 이끌었다. 그녀의 시선은 그쪽을 어찌나 뚫어져라 바라보았는지 말뚝으로 박아 놓은 듯 고정되어 있었다.

구역질 나는 식사를 마치고 짐승처럼 제멋대로 땅바닥에 누워 있는 야만인들 무리 쪽으로 다가간 마구아는 인디언 추장의 위엄을 발휘하며 말했다. 그의 첫마디에 인디언들은 몸을 일으키고 경의를 표하며 귀를 기울였다. 포로들은 원주민들이 손도끼를 날려 맞출 수 있는 거리에 있었음에도 불구하고 마구아가 그들만의 언어를 썼으므로, 인디언들이 대화를 할 때면 늘 사용하는 주요 손놀림만으로 대화 내용을 짐작할 따름이었다.

처음에는 마구아의 행동거지와 말이 냉정하고 진중한 것 같았다. 우선 동료들의 관심을 이끌어 낸 뒤 호수 쪽을 여러 차례 가리키는 것으로 보아 그들 조상의 땅, 먼 부족의 땅에 대해 이야기하는 것이라고 헤이워드는 짐작했다. 듣고 있던 인디언들은 자주 손뼉을 쳤고, 〈허!〉라는 감탄사를 터뜨리며 말하는 사람을 칭찬하고 서로를 쳐다보았다. 르 르나르는 솜씨 좋게 기회를 포착했다. 그는 넓은 사냥터와 행복한 마을을 버리고 멀고 힘겨운 길을 떠나 캐나다 조상들의 적과 싸우러 온 과정을 이야기했다. 그는 무리 가운데 전사의 이름과 그들의 몇 가지 장점, 민족을 위해 봉사한 일, 그들이 겪은 부상과 그들이 벗겨 낸 머리 가죽을 열거했다. 그가 한 사람, 한 사람을 언급할 때마다 —교묘한 인디언은 한 명도 빠뜨리지 않았다 — 우쭐해진 인디언들의 검은 얼굴은 기쁨에 빛났고, 손뼉을 쳐 그 말이 진실임을 확인시키는 것도 잊지 않았다. 차츰 르 르나르의 목소리가 줄어들었고, 그들의 성공과 승리를 열거하던 활기차고 당당한 어조가 사라졌다. 그는 글렌의 폭포를 묘사했다. 그 바위섬에는 동굴과 급류, 소용돌이가 있어서 난공불락이라고 설명했다. 그는 〈라 롱그 카라빈〉의 이름을 언급하고는 발치 아래 숲에서 받아친 시끄럽고 긴 고함 소리의 메아리가 사라지기를 기다렸다. 그는 젊은 군인을 가리키며 그의 손에 깊은 계곡으로 고꾸라져 떨어진 훌륭한 전사의 죽음을 설명했다. 하늘과 땅 사이에 매달려 모든 이들에게 엄청난 공포의 광경을 보여 준 동료의 운명뿐만 아니라, 나뭇가지에 매달려 겪은 상황, 그 결의와 죽음이 가져다준 공포도 재차 환기시켰다. 마지막으로, 동료가 어떻게 떨어졌는지 재빠르게 묘사한 뒤 그들의 용기와 가장 중요한 미덕을 고취하는 것도 잊지 않았다. 사건의 재연이 끝나자 그의 목소리는 다시 한 번 바뀌어 낮은 후두음으로 마치 구슬픈 노래를 부르는 듯한 소리를 냈다. 그는 이제 죽임을 당한 이들의 아내와 아이들에 대해 이야기했다. 그들의 가련한 처지와 신체적, 윤리적 고통과 멀리 있어 이 억울한 일에 보복하지 못하는 처지에 대해 이야기했다. 그러더니 엄청난 기운으로 목소리를 높여 이렇게 질문하며 연설을 마쳤다.

「휴런은 이런 일을 참아야 하는 개란 말인가? 물고기가 메노구아의 머리 가죽을 뜯어 먹었는데 그의 동족이 복수하지 못했다고 누가 그의 아내에게 전할 것인가? 누가 와사와티미의 어머니를, 그 꼬장꼬장한 노인을 결백한 심정으로 만날 것인가! 노인들이 머리 가죽은 어디 있느냐고 물으면 백인에게서 머리카락 한 올 얻어 오지 못했다고 어떻게 말할 셈인가! 여자들은 우리에게 손가락질할 것이다. 휴런의 이름에 오점이 남을 것이고, 그것이 핏속에 남을 것이다!」

그가 분노를 터뜨리며 숲에 그들뿐아니라 부족 전체가 모여 있다는 듯 고함을 질러 대자, 무슨 말인지 알아들을 수 없었다. 르 르나르의 연설의 성공 여부에 관심을 가진 모든 이들은 듣고 있는 인디언들의 표정을 매개로 그 결과를 알 수 있었다. 인디언들은 그의 우울과 한탄에 동정과 슬픔으로 화답했다. 그가 단언하면 맞장구로, 허세를 부리면 야만인의 기쁨으로 화답했다. 그가 용기에 대해 말하면 그들의 표정은 단호하게 호응했다. 그가 그들이 겪은 부상에 대해 이야기하면 그들의 눈은 분노로 이글거렸다. 그가 여자들의 경멸을 언급하면 그들은 수치심에 고개를 떨어뜨렸다. 하지만 그가 보복의 수단을 가리키자 인디언의 가슴에 전율을 일으키는 공감이 물결쳤다. 그것이 손 닿는 곳에 있다는 암시를 알아차리자마자, 무리 전체가 동시에 벌떡 일어나더니 무시무시한 고함 소리로 분노를 터뜨리며 칼을 뽑고 손도끼를 치켜들고서 포로들을 향해 달려들었다. 헤이워드는 자매들과 선두에 선 인디언 사이를 막고서 필사적인 힘으로 싸웠다. 예상하지 못한 저항에 마구아는 자제심을 찾고 빠른 말투와 요란한 손짓으로 무리의 관심을 다시 돌렸다. 그는 숙련된 말로 동료들을 진정시킨 뒤 희생자들의 고통을 연장시켜 주자고 했다. 그의 제안에 인디언들은 환호했고, 이를 재빨리 실행에 옮겼다.

힘센 전사 둘이 헤이워드에게 달려들었고, 다른 하나는 덜 민첩한 찬송가 선생을 맡았다. 하지만 포로 중 누구도 무의미하거나 필사적인 저항 없이 굴복하지는 않았다. 데이비드도 공격자를 땅에 쓰러뜨렸다. 하지만 곧 데이비드가 사로잡혔고, 인디언들이 힘을 합치고 나서는 헤이워드도 잡혔다. 그는 마구아가 휴런의 추락을 묘사하는 데 썼던 나무에 묶였다. 헤이워드는 제정신을 차리고, 자신들에게 모두 같은 운명이 기다리고 있음을 고통스럽게 확신했다. 오른쪽에는 코라가 마찬가지로 창백한 얼굴에 충격을 받은 표정이었지만 침착한 눈빛으로 적들의 행동을 읽고 있었다. 왼쪽의 앨리스는 실가지로 소나무에 묶였는데, 그렇게 묶인 탓에 떨리는 두 다리를 지탱하고 겨우 쓰러지지 않을 수 있었다. 그녀는 두 손을 모으고 기도하고 있었지만, 그들을 구할 수 있는 유일한 힘을 지닌 하늘을 올려다보는 대신, 아이처럼 간절히 덩컨의 표정을 살피고 있었다. 데이비드는 싸움을 마쳤다. 그는 자신이 처한 낯선 상황에 아무 말도 못 하고서 이 이상한 사건이 지니는 의미를 곱씹고 있었다.

휴런족의 복수는 새로운 국면으로 접어들었고, 그들은 수백 년간의 경험을 통해 전수된 야만적인 방법을 써서 그것을 실행에 옮길 준비를 시작했다. 몇 명은 말뚝을 세울 밧줄을 구했다. 하나는 불을 붙여 포로들의 살을 찌르기 위해 소나무를 쪼갰다. 그리고 또 다른 이들은 헤이워드의 팔을 나뭇가지에 매달기 위해 어린 두 나무의 꼭대기를 구부리고 있었다. 하지만 마구아의 보복은 더욱 음험하고 사악한 즐거움을 원했다.

정교한 재주가 부족한 이들이 보복당할 이들의 눈앞에서

저급한 고문을 준비하는 사이, 마구아는 코라에게 다가가 가장 악독한 표정으로 그녀를 기다리고 있는 운명에 대해 알려 주었다.

「하!」 마구아가 덧붙였다. 「먼로의 딸은 무슨 할 말이 있나? 르 르나르의 오두막에 눕기에는 너무 훌륭한 머리를 가졌다고 했겠다. 그 머리가 산에 굴러다니며 늑대의 노리개가 된다면 좋겠나? 먼로의 딸의 젖가슴을 휴런족 아이에게 물릴 수 없다고 했겠다. 인디언들이 거기다 침이나 뱉는 꼴을 보게 될 거다!」

「저 괴물이 무슨 소리를 하는 겁니까!」 놀란 헤이워드가 따져 물었다.

「아무것도 아니에요!」 단호한 대답이었다. 「저자는 야만인이에요. 잔인하고 무지한 야만인이라서 자신이 무슨 짓을 하는지도 몰라요. 우리는 죽기 전까지 저자의 참회와 용서를 구하는 기도를 올려요.」

「용서라!」 분노한 휴런은 코라의 말뜻을 제대로 알아듣지 못하고 외쳤다. 「인디언의 기억은 백인들의 무기보다 더 길다. 인디언의 자비심은 백인들의 정의보다 더 짧지! 말해 봐라. 내가 저 노랑머리를 아버지에게 보낸다면 너는 마구아를 따라 호수로 가서 그의 물을 길어 오고 옥수수 죽을 끓여 먹이겠나?」

코라는 혐오감을 억누르지 못해 그에게 저리 가라고 손짓했다.

「비켜 주시오.」 코라의 엄숙한 말투에 야만적인 인디언도 잠시 멈칫했다. 「당신 때문에 내 기도에 악감정이 생깁니다. 나와 내 하느님 사이를 가로막지 마시오!」

하지만 야만인의 얼굴에 잠시 떠올랐던 표정은 곧 사라지고, 비꼬는 표정으로 앨리스를 가리켰다.

「봐! 저 애가 울고 있잖아! 저 애는 아직 죽기에 이르다! 저 애를 먼로에게 보내 노년을 위로하게 하고, 노인네의 가슴속에 살아갈 힘을 줘!」

코라는 어린 동생을 쳐다보지 않을 수 없었고, 동생의 눈빛에서 자연의 섭리를 드러내며 간청하는 기색을 보았다.

「저 사람이 뭐라는 거야, 언니?」 앨리스의 떨리는 목소리가 물었다. 「나를 아버지께 보내라고 했어?」

언니는 강렬한 감정에 사로잡혀 갈등하는 표정을 짓더니 한참 만에 동생을 바라보았다. 비록 낭랑하고 침착한 어조는 잃었지만, 어머니처럼 부드러운 목소리로 입을 열었다.

「앨리스.」 코라가 말했다. 「휴런이 우리 목숨을 살려 준다고 한다. 아니, 우리 둘만이 아니야. 너뿐만 아니라, 우리의 소중한 덩컨을 우리 친구들에게, 아버지에게, 아이를 잃고 근심에 사로잡힌 아버지에게 돌려보내 주겠다고 한다. 내가 완강하고 버리기 힘든 자존심을 버리고, 만약 ─」

코라는 목이 메어 두 손을 맞잡고 고통 가운데 하늘의 지혜로부터 가르침을 구하는 듯 위를 바라보았다.

「말해 봐.」 앨리스가 외쳤다. 「어떻게 한다는 거야, 언니? 오, 그 제안을 내게 했더라면! 언니를 구해 늙은 아버지를 기쁘게 해드리고, 덩컨을 살려 낼 수 있었을 텐데! 나는 기쁘게 죽었을 거야!」

「죽는다고!」 코라가 좀 더 침착하고 단호한 목소리로 말했다. 「그건 쉬웠을 거야! 하지만 그게 아니란다. 그는 내게……」 코라는 그 제안이 가져다준 굴욕을 의식한 나머지 낮은 목소리로 말을 이었다. 「숲으로 따라오라 했어. 휴런의 거처로 가서, 거기 있으라고. 그러니까 그의 아내가 되라는 거야! 이제 말해 보렴, 앨리스! 내 소중한 아이야! 내 사랑하는 동생아! 헤이워드 소령님, 소령님도 마찬가지예요. 소령님의 조언으로 나의 연약한 판단력을 도와주세요. 그런 희생으로 생명을 구해야 하나요? 앨리스, 너라면 그런 희생을 치른 내 손에서 목숨을 받겠니? 그리고 소령님도요. 어떻게 해야 할지 알려주세요. 나를 위해 결정해 주세요. 내 결정은 당신에게 달렸으니.」

「내 어찌!」 놀라고 분노한 청년이 외쳤다. 「코라! 코라! 우리의 고통을 가지고 장난치지 말아요! 그 끔찍한 제안은 다시 입에 담지 마세요! 그런 것은 생각만으로도 수천 번의 죽음보다 지독합니다.」

「소령님의 대답은 이미 알고 있었어요!」 코라가 뺨을 붉히며 외쳤다. 그녀의 검은 눈은 여인의 망설임을 담고서 다시 한 번 반짝였다. 「앨리스는 어떠니? 네 뜻이라면 나는 불평 없이 따를 거야.」

헤이워드와 코라가 마음을 졸이며, 마음을 다해 귀를 기울였지만 대답은 들리지 않았다. 섬세하고 예민한 앨리스는 그 제안을 듣던 도중에 이미 기절할 것 같았다. 앨리스의 팔은 축 늘어져 있었고 손가락은 조금씩 떨리고 있었다. 고개는 가슴 위로 숙이고 있었으며, 몸 전체를 움직이지 못하지만 의식만은 또렷한 여성의 연약함을 아름답게 상징하는 존재처럼 나무에 기대어 있었다. 하지만 몇 분 뒤 앨리스의 머리가 불굴의 의지로 서서히 움직이기 시작했다.

「안 돼, 안 돼, 안 돼. 우린 함께 살았듯이 함께 죽어야 해.」

「그럼 죽어라!」 마구아가 그렇게 말한 앨리스를 향해 거칠게 손도끼를 던지고는, 가장 나약할 줄 알았던 상대의 단호한 태도에 분노를 참지 못 한 채 이를 갈았다. 도끼는 헤이워드 앞에서 바람을 가르더니 앨리스의 곱슬머리 몇 가닥을 자르고 머리 위의 나무에 박혔다. 그 광경에 덩컨은 격노했다. 그는 단번에 사력을 다해 자신을 묶고 있는 나뭇가지들을 꺾고 커다란 고함을 지르며 같은 공격을 반복하려는 야만인을 향해 달려들었다. 그들은 땅에 굴렀다. 헤어워드는 옷을 입고 있지 않은 야만인을 붙잡을 수 없었고, 야만인은 그의 손아귀에서 빠져나와 한쪽 무릎을 굽히고는 다시 일어나 거인의 몸무게로 헤이워드를 눌렀다. 헤이워드가 공중에서 번쩍이는 칼을 보고, 바람을 가르는 소리를 듣는 순간 날카로운 총소리가 들려왔다. 헤이워드는 가슴을 짓누르던 것에서 벗어났다. 적의 잔인한 표정이 멍하게 바뀌더니 낙엽 위로 고꾸라져 죽어 가는 듯했다.

12

광대 저는 갑니다, 주인님.
그리고, 주인님, 머지않아
주인님과 다시 만날 겁니다.

「십이야」 4막 2장 120~122행

자기편이 이렇게 갑자기 죽음을 맞이하는 광경에 휴런족은 대경실색하여 서 있었다. 자기편이 그렇게 가까이 있는데 적을 과감히 사살하는 정확한 명중 실력을 확인하면서, 〈라 롱그 카라빈〉이라는 이름이 저마다의 입에서 튀어나왔고, 거칠고 구슬프게 울부짖는 소리가 그 뒤를 이었다. 그 울음소리를 맞받은 것은 부주의한 무리가 무기를 쌓아 둔 조그만 덤불에서 튀어나온 커다란 고함 소리였다. 바로 다음 순간, 호크아이가 너무 급한 나머지 되찾은 총에 장전도 하지 않은 채 곤봉을 휘둘러 공중을 힘차게 가르며 달려오고 있었다. 그 전진이 대담무쌍하고 빨랐지만, 그를 지나쳐 빛처럼 빠른 속도로 힘차게 날아드는 형체가 그를 앞질러 버렸다. 그 형체는 휴런족 한가운데 버티고 서더니, 코라 앞에 서서 무서운 기세로 손도끼를 날리고 번득이는 검을 휘둘렀다. 눈 깜빡할 사이 이들의 예상치 못한 움직임을 뒤따라 죽음의 상징으로 몸을 장식한 형상이 그들 눈앞을 가로지르더니 위협적인 자세로 자리를 잡았다. 용감한 침입자들과 맞닥뜨린 야만스러운 고문자들은 움츠려들더니 독특한 감탄사와 함께 유명하고도 두려움을 일으키는 별명을 연발했다.

「르 세르 아질! 르 그호 세르팡!」

휴런족의 조심성 많고 재빠른 대장은 그렇게 쉽게 쓰러지지 않았다. 날카로운 두 눈으로 작은 평지를 둘러본 그는 한눈에 이 공격의 성격을 파악한 뒤, 행동과 목소리로 부하들을 독려하면서 위험천만한 긴 검을 뽑았다. 그러더니 커다란 함성과 함께 공격을 예상하고 있는 칭가치국을 향해 덤벼들었다. 이를 신호로 백병전이 벌어졌다. 어느 쪽도 화기를 갖고 있지 않았으므로 승패는 잔인한 방식으로 결정되었다. 방어할 무기가 없는 상태로 공격 무기로만 일대일의 싸움이 벌어졌다.

웅카스도 함성을 지르며 적에게 달려들어 단 한 차례 손도끼를 정확히 휘둘러 머리를 쪼개 놓았다. 헤이워드는 어린 나무에 박힌 마구아의 도끼를 뽑아 들고 사냥감을 찾아 달려나갔다. 이제 전사들의 수가 같아졌으니 저마다 적을 하나씩 맡았다. 공격은 회오리처럼 맹렬하고 번개처럼 빠르게 이루어졌다. 호크아이는 곧 다른 적에게 다가가 무시무시한 무기를 휘둘러 상대의 허약하고 서툰 방어를 제치고 쓰러뜨렸다. 헤이워드는 가까이 다가갈 때까지 미처 기다리지 못하고 손도끼를 던졌다. 도끼는 그가 고른 인디언의 이마에 맞았고, 그의 전진을 잠시 방해했다. 이처럼 약간 우세한 상황에 용기를 얻은 헤이워드는 성급하게 맨손으로 적에게 달려들었다. 한순간 그는 자신이 너무 성급했음을 깨달았다. 휴런이 필사적으로 휘둘러 대는 칼을 막느라 온 힘과 용기를 다해야 했기 때문이다. 이처럼 기민하고 조심스러운 적을 당해 내기가 버거워지자 헤이워드는 두 팔로 상대의 팔을 꽉 잡아 움직이지 못하게 했는데, 그나마도 오래 버티기가 너무 힘들었다. 이 급박한 순간, 곁에서 외침 소리가 들렸다.

「악당들을 말살하라! 저주받은 밍고 놈들을 살려 줄 필요 없다!」

그 순간 호크아이의 총 개머리판이 적의 머리를 내리쳤고, 적의 근육에서 힘이 빠지며 헤이워드의 손을 빠져나가 꼼짝 없이 뻗어 버렸다.

웅카스는 첫 번째 적의 머리를 쪼갠 뒤, 굶주린 사자처럼 다음 상대를 찾았다. 첫 공격에 유일하게 가담하지 않은 다섯 명째 휴런은 잠시 멈추더니 주위의 모두가 사투를 벌이는 광경을 보고는 무시무시한 복수심으로 달려들었다. 그는 승리의 함성을 지르며 아무런 방어 없이 서 있는 코라를 향해 날카로운 도끼를 내던졌다. 손도끼는 코라의 어깨를 스쳐 그녀를 묶고 있던 가지를 잘랐고 그 바람에 그녀는 달아날 수 있게 되었다. 코라는 야만인의 손아귀를 피한 뒤, 자신의 안위는 안중에 두지 않고 바로 앨리스에게 달려가 떨리는 손으로 동생이 묶여 있던 나뭇가지를 뜯어냈다. 괴물이 아니고서야 그처럼 선하고 순수한 사랑을 보면 잘못을 뉘우칠 마음이 생길 것이다. 하지만 휴런은 동정심이라고는 몰랐다. 코라의 어깨에 흩어진 풍성한 머리채를 낚아챈 그는 미친 듯이 동생을 붙잡는 손을 떼어 내고 거칠게 무릎을 꿇렸다. 야만인은 손으로 흘러내리는 곱슬머리를 잡아당겨 높이 치켜든 다음 신이 나서 음험하게 웃어 대며 희생자의 완벽한 머리 위로 칼을 휘둘렀다. 그러나 그는 이 순간을 즐기다가 기회를 잃고 말았다. 바로 웅카스가 그 광경을 본 것이었다. 그 자리에서 순식간에 날아오른 웅카스는 적의 가슴 위로 떨어져 그 자리에서 몇 야드나 떨어진 곳에 적을 쓰러뜨렸다. 이때의 충격으로 웅카스도 그 옆에 떨어졌다. 둘은 함께 일어나 싸우면서 저마다 피를 흘렸다. 승패는 곧 결정되었다. 웅카스의 단검이 휴런의 심장을 찌르는 순간, 헤이워드의 손도끼와 호크아이의 장총이 휴런의 머리를 때렸다.

 이제 〈르 르나르 수틸〉과 〈르 그호 세르팡〉의 접전 이외의 모든 싸움은 완전히 끝났다. 이 야만스러운 전사들은 이전의 전투에서 얻은 별명에 부합하는 자격을 지녔음을 훌륭하게 증명해 보였다. 둘은 상대에게 다가가더니 목숨을 겨냥한 빠르고 거친 공격을 재빨리 피했다. 갑자기 서로에게 달려든 그들은 달라붙어 땅에 쓰러져서는 두 마리의 뱀처럼 유연하고 부드럽게 서로의 몸을 뒤틀었다. 다른 승자들이 싸움을 마친 순간, 이 경험 많고 필사적인 투사들이 쓰러져 있는 자리에서는 피어오르는 흙먼지와 날아오르는 나뭇잎밖에 보이지 않았고, 그것은 회오리바람이 지나가는 것처럼 이 작은 평지의 가운데서 가장자리로 움직였다. 아버지에 대한 애정과 친구로서의 우정, 은인에 대한 감사라는 각기 다른 동기를 가진 헤이워드와 그 동료들은 동시에 달려가 전사들을 에워싼 흙먼지 구름 주위에 섰다. 웅카스는 아버지 적수의 심장을 찌르고자 칼을 꺼내 들었지만 소용없었다. 호크아이도 위협적인 장총을 겨눴지만 소용없었다. 헤이워드는 휴런의 팔다리를 잡아 보려 했지만, 손에서는 힘이 다 빠진 모양이었다. 흙과 피로 뒤덮인 전사들의 빠른 몸놀림이 둘을 하나로 묶어 놓은 듯했다. 사신과도 같은 모히칸의 모습과 휴런의 검은 몸뚱이가 눈앞에서 어찌나 빠르고 정신없이 움직이는지 세 사람은 어디에, 혹은 언제 공격을 감행해야 할지 알 수 없었다. 사나운 두 눈을 신화 속 바실리스크[34]의 두 눈처럼 흙먼지 사이로 번득이던 짧은 순간, 마구아는 적들 사이에서 이 싸움의 운명이 어떻게 될지 읽어 낼 수 있었다. 하지만 마구아가 자신에게 상납된 상대의 머리를 공격할 새도 없이, 칭가치국의 찡그린 얼굴이 보였다. 이런 식으로 그 싸움은 평지의 가운데서

---

34 시선으로 사람을 죽인다는 도마뱀처럼 생긴 괴물이다 — 옮긴이주.

가장자리로 옮겨 갔다. 웅카스가 칼을 찌를 기회를 포착했다. 불현듯 마구아가 잡은 손을 놓더니 뒤로 쓰러졌고 움직이지도, 숨을 쉬지도 않는 것 같았다. 그의 상대는 벌떡 일어나더니 승리의 함성으로 숲 전체를 쩡쩡 울렸다.

「델라웨어는 기뻐하라! 모히칸이 승리했다!」 호크아이는 다시 한 번 길고 무시무시한 총의 개머리를 들어 올리며 외쳤다. 「십자가를 지니지 않은 자가 마지막 공격을 한다 해도 명예를 빼앗기거나 머리 가죽을 벗길 권리가 없어지진 않겠지!」

그렇게 그 위험천만한 무기를 내려치려는 순간, 약삭빠른 휴런이 몸을 굴려 피해 절벽 가장자리로 내려가 단번에 야트막한 덤불 한가운데로 뛰어들었다. 적이 죽은 줄 알았던 델라웨어족은 놀라 탄성을 올림과 동시에 사슴을 만난 사냥개처럼 빠르고 힘차게 뒤따랐고, 척후병으로부터 새된 고함 소리를 듣더니 목적을 바꾸어 언덕 위로 돌아왔다.

「꼭 저 같은 짓이었어!」 밍고족에 관한 일이라면 강한 편견을 갖고 있어 타고난 정의감을 잊곤 하는 호크아이가 외쳤다. 「죽은 체 속임수를 쓰는 놈이라니! 정직한 델라웨어족이 정당히 패배했다면 가만히 누워 머리를 맞고 죽었을 텐데, 저 몹쓸 마구아는 산속의 짐승처럼 살려고 하는군. 가라고 해, 가라고 하라고. 저 혼자인데다 총도 활도 없고, 제 편인 프랑스로부터 한참 떨어져 있으니. 이빨 빠진 방울뱀처럼 한동안은 나쁜 짓을 못 할 것이고, 우리도 그사이 멀리 모래 평야까지 발자국을 남길 수 있으니. 봐라, 웅카스!」 그는 델라웨어 말로 덧붙였다. 「네 아버지는 벌써 머리 가죽을 벗기고 있구나! 우리도 돌아가서 남은 놈들을 살피는 게 낫겠다. 안 그러면 또 저들이 어치처럼 소리를 질러 대며 덤벼들지 모르니!」

정직하지만 무자비한 호크아이는 죽은 자들을 내려다보고 아무것도 느끼지 못하는 가슴에 긴 칼을 찔러 넣으며 말했다.

마치 동물의 시체를 대하듯 냉정한 태도였다. 이미 저항 없는 자들의 머리에서 승리의 상징을 잘라 낸 칭가치국은 그의 행동을 예상하고 있었다.

하지만 웅카스는 그 습관, 혹은 천성을 거부하고 본능적인 우아한 몸놀림으로 헤이워드와 함께 여인들을 도우러 달려갔고, 앨리스를 재빨리 풀어내어 코라의 품에 안겨 주었다. 이처럼 뜻밖에 목숨을 구하고 서로를 구한 자매의 가슴속에 빛나는, 모든 일을 주관하시는 전능자에 대한 감사는 이루 말할 수 없는 것이었다. 그들의 감사는 깊고 고요했다. 그들이 바친 온화한 영혼이 마음속 깊은 곳의 제단에서 밝고 순수하게 타올랐다. 그들의 되살아난 세속적인 감정은 말없이 서로를 열심히, 오랫동안 어루만지는 손길에서 드러났다. 앨리스가 일어나려다 코라의 곁에 주저앉더니 언니의 품에 몸을 던지고 그 비둘기 같은 눈동자에 희망의 빛을 담고서 늙은 아버지의 이름을 부르며 흐느꼈다.

「우린 살았어, 살았어!」 앨리스가 나지막이 말했다. 「사랑하는, 사랑하는 아버지의 품에 돌아갈 수 있게 되었어! 아버지의 마음은 슬픔에 찢어지지 않을 거야! 그리고 언니도, 내게는 어머니나 다름없는 언니도 살았어! 그리고 덩컨도.」 앨리스는 너무나 순수한 미소로 청년을 돌아보았다. 「우리의 용감하고 고결한 덩컨도 다치지 않고 살아났어!」

이 열렬하고 두서없는 말에, 코라는 대답 대신 앨리스를 부드럽게 끌어안을 따름이었다. 헤이워드는 이 애정에 겨운 광경에 눈물을 흘렸지만 남자로서 수치를 느끼지는 않았다. 전투에서 갓 돌아와 피범벅이 된 웅카스도 침착하게 아무런 동요를 느끼지 않는 구경꾼처럼 서 있었다. 그의 눈빛에서는 이미 사나움이 사라졌고, 지성보다 훨씬 더 고귀한 동정심이 자리 잡고 있어서, 그는 자기 민족보다 몇 백 년은 더 앞선 인물이 되었다.

 이처럼 동료들이 너무나 당연한 감정을 드러내는 동안, 이 천상의 광경을 해치고 있는 휴런들이 더 이상 평화를 방해할 힘을 가지지 못했음을 부지런히 확인하고 난 호크아이는 데이비드에게 다가가 그 순간까지 놀라운 인내심으로 견디고 있던 구속으로부터 풀어 주었다.

 「자.」 호크아이는 그를 묶은 마지막 나무줄기를 뒤로 던지며 외쳤다. 「이제 당신은 다시 팔다리를 자유롭게 움직일 수 있게 되었지만, 수족을 움직이는 데는 좀 더 정확한 판단력이 필요할 것 같소. 당신보다 오래 살지는 못했지만, 숲 속에서는 더 오래 산 사람의 조언에 기분이 상하지 않는다면 내 말을 잘 들어 보시오. 당신이 웃옷에 넣어 다니는 그 조그만 악기를 앞으로 처음 만나는 얼간이에게 팔고, 그 돈으로 쓸모 있는 무기를 사시오. 기마병의 권총 같은 거라도 말이오. 부지런히 주의해서 노력하면 어느 정도는 실력을 쌓을 수 있을 겁니다. 지금쯤이면 당신도 시체를 먹는 콘도르가 흉내지빠귀보다 나은 새라는 사실을 알게 되었을 거요. 적어도 콘도르는 사람의 눈앞에서 보기 싫은 것을 치워 주지만, 흉내지빠귀는 듣는 사람의 귀를 속이며 숲을 어지럽힐 뿐이니 말이오.」

 「전투에는 무기와 시체가 어울리지만, 승리의 감사에는 노래가 어울리지요!」 풀려난 데이비드가 대답했다. 「친구여……」 그는 호크아이를 향해 가녀린 손을 상냥하게 내밀고 눈물이 글썽이는 눈을 깜빡이면서 덧붙였다. 「하늘의 뜻이 심어 준 그 자리에 내 머리카락이 아직 붙어 있음에 당신에게 감사합니다. 비록 남들보다 반짝이지도, 곱슬거리지도 않지만 이 머리카락은 나에게 잘 어울린다고 늘 생각했거든. 내가 싸움에 직접 가담하지 않은 건, 마음이 내키지 않아서라기보다는 야만인들에게 묶였기 때문이라오. 당신은 용감무쌍하고 솜씨 좋게 이겨 주었으니 다른 중요한 의무를 다하기 전에 우선 감사의 인사를 드려야겠소. 당신이 기독교인의 찬양을 받을 만한 사람임을 보여 주었으니!」

「그 정도는 아무것도 아니고, 우리와 함께 지내다 보면 종종 보게 될 거요.」 찬송가 선생의 솔직한 감사 표현에 마음이 크게 누그러진 호크아이가 대답했다. 「내 옛 친구, 〈사슴 사냥꾼〉을 되찾았으니······.」 그는 총을 잡으며 이렇게 덧붙였다. 「이것만으로도 승리요. 저 이로쿼이족은 약삭빠르지만 무기를 손 닿지 않는 곳에 두는 바람에 낭패를 당한 거지. 웅카스와 그의 아버지가 여느 때처럼 인내심이 있었더라면, 총알 한 발이 아니라 세 발로 모조리 끝장낼 수 있었을 텐데. 저 달아난 악당과 그 편들을 전부 말이오. 하지만 이미 예정된 일이었고, 최선이었다고 해야지!」

「맞는 말입니다.」 데이비드가 대답했다. 「그게 바로 진정한 기독교 정신이지요. 구원을 받을 자는 구원을 받고, 저주를 받을 자는 저주를 받게 되는 거지요! 그것은 진실한 교리이고, 진정한 신자들에게는 가장 큰 위로가 되는 겁니다.」

자리를 잡고 앉아 마치 자식을 다루듯 장총을 어루만지며 상태를 점검하던 호크아이는 불쾌감을 애써 감추지 않고 상대를 올려다보며 말을 막았다.

「교리든, 아니든.」 억센 숲 사람은 이렇게 말했다. 「그건 악당들의 믿음이고, 정직한 자에겐 저주요! 저기 저 휴런을 쓰러뜨린 건 내 손이고, 내 눈으로 똑똑히 봤단 말이오. 하지만 목격자가 있지 않고서야 저 자식이 무슨 상을 받는다거나, 칭가치국이 최후에 지옥에 떨어질 거라는 말은 믿을 수 없소.」

「사냥꾼 양반에겐 그처럼 대담한 교리가 옳다는 증명서도, 그것을 뒷받침해 줄 약속도 없지 않습니까.」 그 시절, 그리고 특히 그가 살던 지역에서 유행하던, 계시의 간결함을 복잡하게 설명하려는 신학 학파를 신봉했던 데이비드가 외쳤다. 그러한 학파에 속한 이들은 신성이라는 도저히 알 수 없는 신비를 간파하고자 노력하면서, 신앙이 그 자체로 충분한 것이라고 주장했고, 이처럼 인간적인 교리를 연구하는 이들에게 말도 안 되는 부조리와 회의를 가져다주었다. 「당신의 신전은 모래 위에 세운 겁니다. 태풍이 불기만 하면 그것은 날아가 버릴 겁니다. 그처럼 가차 없는 주장을 하려면 설득력이 필요해요.」 체제를 신봉하는 이들이 다 그렇듯, 데이비드가 어휘를 사용하는 데 있어서 늘 정확한 것은 아니었다. 「성경의 어느 권, 어느 장에 나오는지 들어 보시오. 어디서 당신의 그런 주장을 뒷받침해 줄 구절이 나온답니까?」

「성경이라!」 호크아이는 경멸을 감추지 않고 말했다. 「내가 어머니 앞치마 자락이나 붙들고 징징거리는 꼬맹인 줄 아시오? 그리고 내 무릎에 놓인 이 훌륭한 장총이 거위 깃털인 줄 아시오? 내 황소 뿔은 잉크병이고, 가죽 주머니는 저녁 식사를 넣어 다니는 보따린 줄 아시오? 성경이라니! 비록 십자가는 지니지 않지만, 숲에서 싸우는 내가 책 따위와 무슨 상관이란 말이오! 나는 책이라고는 단 한 권밖에 읽지 않았고, 거기 적힌 글귀는 쉽고 당연해서 가르쳐 줄 사람도 필요 없었소. 비록 내 40년 동안 열심히 일하며 가르침을 받았다고 자랑할 수는 있지만.」

「그게 무슨 책이었습니까?」 데이비드는 상대의 말뜻을 제대로 알아듣지 못한 채 물었다.

「당신 눈앞에 펼쳐 놓은 것이오.」 호크아이가 대답했다. 「그리고 그 책을 쓴 신은 게으르지 않지. 책을 읽는 사람들 중에는 신이 있다고 믿는 이들이 있다고 들었소만! 내가 아는 거라곤, 인간이 정착지에서 신의 작품을 망쳐 놓아 숲 속에서는 분명한 일들이 상인들과 목사들 사이에서는 의심할 문제가 되었다는 것뿐이오. 의심하는 자들이 있다면 나를 따라 해가 뜰 때부터 질 때까지 굽이굽이 숲 속을 걸어 보라고 하시오. 그러면 선함에 있어서나, 그 힘에 있어서나 결코 동등해질 수 없는 존재에 가까워지려고 노력하는 건 가장 어리석은 짓임을 스스로 깨우칠 수 있을 테니 말이오.」

그 순간 데이비드는 자신과 논쟁하는 상대가 자연의 가르침으로부터 신앙을 얻은, 온갖 복잡한 교리를 피하는 논객임을 깨닫고 아무런 이익이나 신뢰를 끌어낼 수 없는 논쟁을 기꺼이 그만두었다. 호크아이가 말하는 동안 데이비드는 자리에 앉아 작은 책과 쇠테 안경을 재빨리 꺼내 들고서 신앙의 정통성에 대한 뜻밖의 공격이 아니었더라면 그토록 오래 미루지 못했을 의무를 시작했다. 사실 그는 이 대륙의 음유 시인으로서, 예전에는 공작이니 왕자니 하는 이들의 세속적인 영광을 위해 노래했던 뛰어난 시인들의 후예이되, 그 시대와 나라의 정신에 따라 노래하는 사람이었다. 이제 그는 방금 전 얻은 승리를 기념하고, 감사를 바치기 위해 노련한 기술을 쓸 준비를 갖췄다. 그는 호크아이가 조용해지기를 참을성 있게 기다린 뒤 시선을 들어 이렇게 말했다.

「친구들이여, 야만인들과 이교도들의 손에서 이처럼 구하심을 찬양하기 위해, 〈노샘프턴〉이라는 편안하고 엄숙한 곡을 함께 부릅시다.」

그는 고른 찬송가의 페이지와 번호를 말한 뒤, 교회에서 하듯 엄숙한 손놀림으로 조율관을 입술에 갖다 댔다. 하지만 그와 함께 노래하는 사람은 아무도 없었다. 두 자매는 이미 앞에서 말한 따뜻한 애정을 쏟아 놓으며 이야기하느라 바빴기 때문이다. 청중은 못마땅한 척후병 하나였지만, 그렇다 해서 데이비드를 가로막지는 못했다. 그는 실수도, 막힘도 없이 목청을 높여 찬송가를 끝까지 불렀다.

호크아이는 냉정한 손놀림으로 부싯돌을 맞추고 장총에 화약을 장전하면서 노래를 들었지만, 무대와 공감이라는 외적인 도움을 받지 못한 노랫소리는 그의 무딘 감정을 일깨우지 못했다. 음유 시인이라 해야 할지 아니면 다른 적당한 호칭이 있는지 몰라도, 데이비드가 그보다 더 무감한 청중 앞에서 재능을 발휘한 적은 없었다. 하지만 그 의도의 독실함과 진지함을 생각하면, 속세의 노래를 부른 시인 가운데 그 누구도 충성과 찬양을 받아 마땅한 저 왕위에 그토록 가까이 닿은 곡을 부른 사람은 없었을 것이다. 호크아이는 고개를 저으며 〈모가지〉와 〈이로쿼이〉 외에는 알아들을 수 없는 말을 중얼거리더니 휴런의 무기들을 살펴보러 갔다. 칭가치국도 자신과 아들의 총을 찾았다. 헤이워드와 데이비드도 무기를 얻었으며, 장전할 화약도 모자라지 않았다.

이들이 무기를 고르고 전리품을 나누고 나자, 호크아이는 움직여야 할 때가 왔다고 알렸다. 데이비드의 노래는 끝났고, 자매는 감정을 좀 가라앉힌 상태였다. 헤이워드와 웅카스의 도움을 받아 자매는 바로 죽임을 당할 뻔했던 곳을 향해 올랐던 길을 다시 내려갔다. 기슭에 내려오자 내러겐셋 말들이 덤불의 잎을 뜯어 먹고 있었다. 자매는 말에 올라탄 뒤, 가장 위험한 상황에서 한편임을 여러 차례 증명해 준 안내인의 움직임을 따라갔다. 하지만 길은 얼마 되지 않았다. 호크아이는 휴런들이 따라온 앞이 보이지 않는 좁은 길을 벗어나더니, 오른쪽으로 방향을 꺾어 덤불로 들어가서 졸졸 흐르는 시내를 건너고는 느릅나무 그늘 아래 좁은 골짜기에서 걸음을 멈췄다. 죽음을 맞이할 뻔했던 언덕 기슭과의 거리는 몇 로드 되지 않았고, 말들은 얕은 개울을 건너는 데만 도움이 되었다.

호크아이와 인디언들은 그 외딴 곳을 잘 아는 것 같았다.

그들이 총을 나무에 기대어 세워 놓고, 낙엽을 치우고 푸른 진흙을 파내자 맑고 깨끗한 샘물이 솟아올랐기 때문이다. 백인은 무슨 물건을 찾는 것처럼 주위를 둘러보았지만, 예상처럼 쉽게 발견할 수 없었다.

「저 조심성 없는 자식들, 모호크족이 투스카로라족과 오논다가족 친척들을 데리고 여기 와서 목을 축였군.」 그가 중얼거렸다. 「그러고서 바가지를 버렸어! 은혜를 모르는 놈들에게 도움을 주면 이렇게 된다니까! 주님께서 이 황량한 미개지 한가운데를 굽어보시고 그들을 위해 땅속에서 식민지 전체의 약제상에서도 구할 수 없는 맑은 샘물을 솟아오르게 하셨는데, 이 보라지! 그 자식들이 짐승처럼 흙을 밟아 온통 더럽혀 놨잖아!」

웅카스는 말없이 손을 들어 호크아이가 급한 성미 때문에 느릅나무 가지에서 찾지 못한 바가지를 내밀었다. 그는 그것을 물로 채우고는 땅이 더 단단하고 마른 곳으로 물러났다. 거기서 그는 몸을 식혔고, 고마운 마음으로 물을 들이켠 뒤 메고 있던 가방에서 휴런족이 남긴 음식을 꼼꼼히 확인했다.

「고맙네, 친구.」 그는 웅카스에게 빈 바가지를 돌려주며 말했다. 「이제 이 사나운 휴런들이 매복지 바깥에서는 어찌 사는지 한번 보자. 이것 봐라! 놈들은 사슴 고기의 어디가 더 좋은지 알고 있구먼. 이 땅 최고의 요리사처럼 안장을 잘라 내 구울 수도 있겠다고 하겠어! 하지만 저 이로쿼이는 완전히 야만인이니 모두 날것이군. 웅카스, 내 부싯돌을 받아 불을 피워라. 부드럽게 구운 고기를 한 입 먹고 나면 이런 오랜 여행 끝에 힘이 날 거다.」

안내인들이 열심히 식사 준비를 한다는 걸 알아차린 헤이워드는 자매들이 내리는 것을 도와준 뒤, 바로 얼마 전 격렬한 싸움을 치렀으니 잠시 휴식을 취하고 싶어 그들 곁에 자리를 잡았다. 조리가 진행되는 동안 헤이워드는 어떻게 그들이 그렇게 꼭 맞추어 뜻밖의 구조를 할 수 있었는지 묻게 되었다.

「어떻게 이렇게 빨리 올 수 있었던 겁니까? 그리고 어째서 에드워드 수비대의 도움을 받지 않은 겁니까?」

「만약 강굽이까지 갔더라면 당신들 시신에 낙엽을 덮어 주러 돌아올 순 있었어도, 목숨을 구할 수 없었을 거요.」 호크아이가 담담하게 대답했다. 「그럼, 그렇고말고. 요새까지 가느라 힘과 기회를 낭비하는 대신 우리는 허드슨 강둑 아래 숨어서 휴런의 움직임을 지켜보고 있었소.」

「그럼, 그 일을 모두 지켜본 거군요!」

「전부는 아니었소. 인디언의 눈이 밝아 속이기가 힘들어서 우리는 꼭꼭 숨어 있었지. 게다가 이 모히칸 녀석을 매복지에 숨겨 놓는 것도 어려운 일이었고. 아, 웅카스, 웅카스! 네 행동은 적을 추적하는 전사보다는 호기심 많은 계집에 가까웠어!」

웅카스는 잠시 그렇게 말한 사람에게 눈길을 돌렸지만, 말을 하지도 않고, 후회하는 기미도 보이지 않았다. 반대로 헤이워드는 모히칸 청년의 태도가 좀 사납거나 그게 아니면 경멸하는 게 아닌가 하고 생각했다. 웅카스는 여느 때처럼 백인 동료에게 갖고 있는 존경심과 이야기를 듣고 있는 사람들에 대한 예의를 지키느라 감정을 폭발시키지 않고 억누르고 있었다.

「우리가 잡히는 걸 봤습니까?」 헤이워드가 물었다.

「소리는 들었소.」 의미심장한 대답이었다. 「숲 속에서 살아온 사람이라면 인디언의 고함 소리는 언어나 다름없으니. 하지만 소령님 일행이 배에서 내렸을 때, 우리는 뱀처럼 나뭇잎 아래를 기어서 움직여야 했소. 그러다가 소령님 일행의 행방을 완전히 놓쳤는데 가까스로 인디언들이 죽이려고 묶어 놓은 걸 발견한 거요.」

「우리를 구한 건 신의 뜻입니다! 당신들이 길을 착각하지 않은 것만 해도 기적에 가까워요. 휴런들이 두 무리로 나뉘어 각자 말을 데리고 갔으니까요.」

「그렇지! 우리는 거기서 실마리를 잃어버렸고, 웅카스가 아니었더라면 뒤를 쫓지 못했을 거요. 하지만 우리는 숲으로 가는 길을 택했소. 야만인들이 포로를 데리고 그쪽으로 갈 거라고 판단했고, 그 판단이 옳았기 때문이오. 하지만 나뭇가지 하나 부러지지 않은 길을 한참을 뒤쫓다 보니 마음이 흔들렸소. 특히 발자국이 전부 다 가죽신이었으니 말이오.」

「그들은 우리에게 그들과 같은 신을 신겼습니다.」 헤이워드는 한쪽 발을 들어 가죽신을 내보였다.

「아! 놈들답게 치밀했군. 노련함으로 그런 잔꾀에 넘어가 추적을 포기하진 않았지만 말이오.」

「그렇다면 우리가 목숨을 구한 건 무엇 덕분입니까?」

「인디언 피가 섞이지 않은 백인으로서, 내가 부끄러워해야 할 능력 덕분이오. 비록 내가 더 많이 알아야 할 것 같지만, 그렇지 못한 문제에 관해 저 모히칸 녀석의 판단력이 뛰어난 덕분이고.」

「그것 참 희한한 일이군요! 그 이유를 설명해 주지 않겠습니까?」

「웅카스가 과감하게도 여인들이 탄 말이······.」 호크아이는 여인들이 타는 말에 호기심을 내비치며 이렇게 말했다. 「같은 쪽 다리를 동시에 땅에 디뎠다고 했소. 그건 곰을 제외한, 내가 아는 네발짐승의 걸음걸이와는 다른 것이었지! 하지만 내 눈으로 본 것처럼 늘 그렇게 걸어다니는 말이 있구려! 20마일이나 발자국을 쫓아왔으니 알 수 있었지.」

「저 동물의 장점이 바로 그겁니다. 녀석들은 프로비던스

플랜테이션 지역의 내러겐섯 해안에서 자라는데, 튼튼하고 부드러운 움직임으로 유명하지요. 하지만 저렇게 훈련받는 경우는 드뭅니다.」

「그럴지도, 그럴지도 모르겠군.」 호크아이는 그 설명을 열심히 귀담아들었다. 「내 비록 백인의 피를 가진 사람이지만, 사슴과 비버에 대해서는 짐 싣는 동물보다 더 잘 알지. 에핑엄 소령에겐 준마가 많이 있었지만, 저렇게 걷는 녀석은 본 적이 없소!」

「그렇습니다. 그러면 전혀 다른 성질을 가진 말을 높이 칠 테니까요. 하지만 이 말들은 훌륭하다는 평가를 받고 있어요. 이렇게 녀석들이 짊어지는 짐한테서 칭찬을 받지요.」

모히칸들은 불 언저리에서 하던 일을 멈추고 이야기를 듣다가 헤이워드가 말을 마치자 서로를 의미심장하게 바라보았다. 아버지는 놀란 탄성을 올렸다. 호크아이는 새로 얻은 지식을 소화하는 사람처럼 생각에 잠겨 있었고, 다시 한 번 신기한 눈빛으로 말들을 바라보았다.

「정착지에 가면 더욱 희한한 광경도 있을 것 같군!」 그가 한참 만에 입을 열었다. 「인간이 지배권을 얻고 나면, 자연은 서글프게 학대당할 테니. 하지만 한쪽으로 걷든 바로 걷든, 웅카스가 그 걸음걸이를 눈여겨봐 두었고, 그 발자국을 보고 부러진 덤불까지 갈 수 있었소. 말 발자국에 가까운 바깥쪽 가지는 여인이 꽃을 꺾을 때처럼 위쪽이 구부러져 있었지만, 나머지는 남자의 거센 손이 잡아 뜯은 것처럼 온통 엉망으로 꺾여 있는 곳이 있었소! 그래서 나는 그 약삭빠른 놈들이 꺾은 나뭇가지를 보고서, 사슴이 뿔로 가지를 찌른 것으로 우리가 착각하도록 나머지를 꺾어 놓은 거라는 결론을 내렸소.」

「그런 일이 있었다니, 정말 현명하군요!」

「그 정도 알아채는 거야 쉬운 일이지.」 호크아이는 특별히 현명한 행동은 아니었다고 일축했다. 「게다가 뒤뚱거리는 말과는 전혀 다른 문제였고! 그제야 밍고들이 이 샘물 쪽으로 온 거라는 생각이 들었소. 놈들은 여기 물이 얼마나 좋은지 잘 알고 있으니까!」

「여기가 그렇게 유명합니까?」 헤이워드는 밖에서 잘 보이지 않는 계곡의 짙은 갈색 흙으로 에워싸여 퐁퐁 솟아오르는 샘물을 더욱 호기심 어린 눈으로 바라보며 물었다.

「대호(大湖)의 남쪽과 동쪽으로 다니는 인디언이라면 이 물에 대해 모르는 경우가 드물지. 직접 한번 맛보시겠소?」

헤이워드는 바가지를 받고 물을 조금 마시더니 불만스럽게 얼굴을 찡그리며 던져 버렸다. 호크아이는 소리 없이 웃으며 흡족하다는 듯 고개를 저었다.

「아! 익숙한 맛을 원하시는군. 전에는 나도 소령님처럼 이 맛을 싫어했소. 하지만 입맛이 변하고 나니 사슴이 소금 핥기[35]를 좋아하듯이 나도 이 물 없이는 살 수가 없소. 백인들이 향료를 넣어 마시는 포도주도 인디언에게 이 물만큼 인기가 있진 않을 거요. 특히 몸이 좋지 않을 때면 말이오. 웅카스가 불을 피웠으니 이제 식사를 합시다. 갈 길이 머니 말이오.」

불쑥 자리를 바꿔 대화를 중단한 호크아이는 게걸스러운 휴런족이 남긴 식량을 그러모았다. 즉석에서 굽는 것으로 준비를 마치자, 그와 모히칸들은 특유의 부지런한 손놀림으로 말없이 소박한 식사를 했다. 그들은 끝없는 고생을 버텨 내기 위해 먹었다.

---

35 아메리카의 숲에 서식하는 동물 중에는 소금기 있는 물이 솟아나는 곳을 찾아다니는 것들이 많다. 그곳을 〈소금 핥기〉 또는 〈핥기〉라고 부르는데, 동물이 소금 입자를 얻기 위해서는 땅을 핥아야 하는 경우가 많기 때문이다. 이러한 곳은 사냥감이 그곳에 다가오기를 기다리는 사냥꾼들이 즐겨 찾는 곳이다.

이 반드시 필요한, 그리고 고마운 의무를 마치자 숲 사람들은 허리를 숙이고 소리 없는 외딴 샘물에서[36] 물을 오래도록 마셨다. 50년 뒤, 그 샘물과 그 자매 샘물 주위에는 전 세계의 부유하고 아름답고 재능 많은 이들이 건강과 즐거움을 찾아 무리를 지어 찾아올 것이었다. 호크아이는 출발을 알렸다. 자매는 다시 말에 올라탔다. 헤이워드와 데이비드는 소총을 들고 걸어서 뒤따랐다. 호크아이는 앞장섰고 모히칸들은 뒤를 맡았다. 그들은 좁은 길을 통해 북쪽으로 빠르게 움직였고, 치유의 힘을 가진 샘물은 주위의 시냇물과 섞였으며, 죽은 자들의 시신은 장례 의식도 없이 썩어 갔다. 숲의 전사들에게는 너무나 흔한 운명이니, 특별히 연민하거나 언급할 일도 아니다.

---

36 이 장면의 배경은 현재 볼스턴 마을이 있는 지점이다. 아메리카에서 가장 큰 온천 두 곳 중 하나다.

13

더 가까운 길을 찾아보겠소.

파넬, 「죽음에 관한 야경 시」 7행

호크아이가 고른 길은 모래 평지를 가로질렀고, 이따금 계곡이나 고지가 등장하기도 했는데, 그들이 바로 그날 오전 마구아를 안내인으로 삼아 지났던 곳이었다. 이제 해는 멀리 펼쳐진 산 너머로 기울었으며, 그들이 가는 길은 끝없는 숲 속이었으므로 더 이상 햇볕이 따갑지 않았다. 따라서 진행 속도는 꾸준했고, 석양이 지기 한참 전까지 상당한 거리를 이동할 수 있었다.

호크아이는 안내를 맡았던 야만인과 마찬가지로 보이지 않는 숲 속의 신호를 본능적으로 읽는 듯 속도를 늦추는 일이 거의 없었고, 걸음을 멈추고 생각하는 경우 역시 단 한 번도 없었다. 나무의 이끼를 곁눈질로 재빠르게 보고, 기울어져 가는 해를 이따금 올려다보거나 건너는 여러 물길을 찬찬히, 그러나 짧게 쳐다보는 것만으로 갈 길을 결정하고 어려움을 피했다. 그사이 숲의 색조가 변하더니 아치형의 윤곽을 강조해 주던 생생한 초록은 하루의 끝을 알리는 짙은 빛깔이 되었다.

태양 주위에 루비와 같은 후광을 이루는 찬란한 금빛이 나무 사이로 스며들거나 서쪽 언덕에서 멀지 않은 곳에 떠 있는 구름 가장자리가 노랗게 물드는 광경에서 자매가 눈을 떼지 못할 때, 호크아이가 불현듯 걸음을 멈추더니 아름다운 하늘을 가리키며 말했다.

「저건 인간에게 먹을 것과 휴식을 취하라는 신호요.」 호크아이의 말이었다. 「인간이 자연의 신호를 이해하고 공중의 새와 들판의 짐승에게서 교훈을 얻는다면 더 행복하고 현명해질 텐데! 하지만 우리는 달이 떠 있을 때 일어나 다시 이동할 테니 밤이 길지는 않을 거요. 내가 처음 사람의 피를 흘리게 한 첫 전투를 이 근처에서 벌이며 마구아와 싸웠던 기억이 납니다. 우리는 그 잔인한 놈들이 머리 가죽을 벗겨 가지 못하도록 돌로 벽을 쌓아 두었소. 내 생각이 옳다면, 왼쪽으로 몇 로드만 더 올라가면 나올 거요.」

강인한 사냥꾼은 동의든 반대든, 어떤 대답도 기다리는 기색 없이 어린 밤나무가 빽빽이 자라는 숲으로 쑥 들어가더니 발자국을 내디딜 때마다 전에 알던 무엇을 찾으려는 사람처럼 땅을 거의 뒤덮고 있는 무성한 가지들을 헤쳤다. 그의 기억은 틀리지 않았다. 마치 찔레처럼 엉켜 있는 덤불을 뚫고 몇 백 피트 정도 들어간 그는 야트막한 푸른 언덕을 발견했고, 그 꼭대기에 허물어진 돌집을 찾았다. 이 조악한 폐가는 위급할 때 급조했다가 위험이 사라지면 내버리는 건물 가운데 하나였고, 이제는 숲 한가운데 찾는 이도 없이, 그리고 그곳을 세우게 했던 상황과 함께 사람들의 기억에서 망각되면서 조용히 무너져 내리고 있었다. 이처럼 사람들이 그곳을 지나갔으며 고군분투했음을 알려 주는 기념물은, 한때 적대적인 지역을 분리시켜 주었던 광활한 밀림 도처에 아직도 남아 식민지 역사를 전하는 일종의 유적이 되었고, 주위의 음울한 배경과 잘 어울린다.[37] 나무껍질로 얹은 지붕은 무너져 흙과 섞인 지 오래였으나, 급히 세운 굵은 소나무 기둥은 비록 무게를 버티지 못하고 기우뚱해지기는 했어도 여전히 그 자리에 서 있었고, 남아 있는 건물 전체도 아슬아슬하게 서 있었다. 헤이워드와 동행은 그렇게 낡은 건물에 가까이 가기를 주저했지만, 호크아이와 인디언들은 두려움을 느끼지 않았을 뿐만 아니라 흥미를 드러내며 낮은 벽 안쪽으로 들어갔다. 호크아이가 순간순간 옛일을 기억하며 호기심 가득한 눈빛으로 폐허 안팎을 살피는 동안, 칭가치국은 델라웨어의 언어로 정복자의 자부심을 갖고서 젊은 시절 그 외딴 곳에서 가담했던 접전의 역사를 아들에게 짤막하게 전했다. 승리감과 함께 그의 음성에서 느껴지는 한 가닥 애수는 언제나 그렇듯이 부드럽고 낭랑했다.

그사이 자매는 반가운 마음으로 말에서 내려 시원한 저녁 공기와, 숲 짐승 이외에는 아무도 침범할 수 없어 보이는 안전한 공간에서의 휴식을 즐길 채비를 했다.

「우리의 휴식 장소가 좀 더 외딴 곳이어야 하지 않을까요?」 간단히 조사를 마친 호크아이에게 조심성이 더 많은 헤이워드가 물었다. 「이보다 좀 더 알려지지 않은, 인적이 드문 곳이어야 될 것 같습니다.」

37 몇 년 전, 작가는 온타리오 호숫가에 있는 오스위고 요새의 폐허 근처에서 사냥을 했다. 사냥감은 사슴이었고, 내륙으로 거의 50마일까지 곧게 뻗어 있는 숲으로 들어갔다. 뜻밖에도 그는 숲 속에서 6~8개의 사다리가 모여 있는 광경을 맞닥뜨렸다. 거칠게 만든 사다리였고 대부분이 썩어 있었다. 그런 곳에 그런 도구가 그렇게 많이 필요했던 까닭이 궁금해서, 그는 근처에서 농장을 운영하는 노인을 찾아갔다. 1776년 전쟁 중, 오스위고 요새는 영국군이 점령했다. 그 요새에 기습 공격을 하기 위해 원정대가 숲 2백 마일을 지나왔다. 미국인들은 요새에서 1~2마일 떨어진 그 지점에 도착했을 때 자신들의 공격이 예상되어 차단당할 위험이 크다는 사실을 알게 되었다. 그들은 성곽 공격용 사다리를 던져두고 급히 퇴각했다. 그 사다리가 30년간 던져둔 그 자리에 그대로 남아 있었던 것이다.

「이 돌집을 세웠던 사람 중 살아 있는 사람은 얼마 없소.」 호크아이가 생각에 잠겨 느릿느릿 대답했다. 「모히칸과 모호크가 직접 벌인 전쟁의 싸움을 기록한 책을 만들거나, 이야기를 쓰는 일도 드물고 말이오. 그 당시 어렸던 나는 델라웨어족과 함께 싸우러 나갔지. 그들이 억울하게 핍박받는 민족임을 알고 있었기 때문이지. 40일 밤낮 동안 놈들이 이 통나무 주위에서 우리의 피를 보려고 덤벼들었소. 이 폐가는 당신도 기억하다시피 인디언도, 기독교인도 아닌 내가 설계해 짓기도 한 것이었소. 델라웨어족이 이 일을 거들었고, 우리는 양쪽 숫자가 거의 비슷해질 때까지 잘 싸워 그 사냥개 같은 놈들을 전멸시켰소. 그래서 자기편의 운명을 알리러 돌아간 놈은 하나도 없었소. 그렇지, 그렇지. 그때 나는 어려서 피를 처음 보았고, 나처럼 영혼을 가진 이들이 맨땅에 쓰러져 짐승에게 찢기거나 비를 맞아 백골이 된다고 생각하니 견딜 수 없었소. 그래서 내 손으로 시신을 바로 거기, 당신들이 앉아 있는 그 자리에 묻었소. 인간의 뼈로 쌓은 곳이기는 하나, 앉기 편할 거요.」

헤이워드와 자매는 풀이 자란 무덤에서 벌떡 일어났다. 바로 얼마 전까지 무시무시한 광경을 보았음에도 불구하고, 자매는 죽은 모호크족의 무덤에 그처럼 가까이 있다는 사실에 공포감을 억누르기 어려웠다. 사방의 잿빛, 어둠이 내린 풀밭, 가장자리의 덤불과 그 너머 구름 위까지 뻗어 고요히 숨쉬는 듯 보이는 소나무들, 광활한 숲의 죽음 같은 적막감이 하나가 되어 그런 느낌을 심화시켰다.

「그들은 죽었으니 해를 끼치지 못할 거요.」 호크아이가 그들의 놀란 표정에 쓸쓸한 미소를 짓고서 손을 흔들었다. 「이제 함성을 지르지도, 손도끼를 던지지도 못할 테니! 그리고 그들을 거기 눕히는 데 일조했던 모든 이들 중에 여태 살아 있는 건 칭가치국과 나뿐이오! 모히칸의 형제들과 가족은 우리 편이 되었고, 그중 남아 있는 이들은 당신 눈앞의 저들뿐이니.」

듣고 있던 사람들의 두 눈은 그 인디언들의 가련한 운명에 동정심을 느끼며 저도 모르게 그쪽을 바라보았다. 그들은 컴컴한 돌집 안에 서 있었고, 아들은 용맹과 미덕을 오랫동안 존경해 온 이들의 이름을 기리는 이야기를 아버지로부터 듣느라 진지하게 집중하고 있었다.

「델라웨어는 평화로운 민족인 줄 알았는데요.」 헤이워드가 말했다. 「그리고 그들은 직접 전쟁을 벌이는 법이 없다고 생각했고요. 자기 땅의 방어도 당신이 죽인 바로 그 모호크족에게 맡겼으니까요!」

「사실이긴 하지만…….」 호크아이가 대답했다. 「하지만 따지고 보면 사악한 거짓말이오. 그런 동맹은 오래전, 원주민들이 사는 땅의 권리를 빼앗고 무장 해제시키려는 네덜란드인들의 계략에 의해 이뤄진 것이거든. 같은 민족이긴 하지만 모히칸은 영국인들과 만나 어리석은 협상을 하지 않고 자신들의 체면을 지켰소. 델라웨어도 자신의 어리석은 짓을 깨닫고 나서는 그렇게 했고. 저들이 바로 위대한 모히칸족의 추장이오! 한때 그의 일족은 개울을 건너지도, 언덕을 넘지 않고도, 지금 올버니 패터룬이 갖고 있는 땅보다 더 넓은 곳에서 사슴 사냥을 할 수 있었지. 하지만 그들의 후손에게 남은 것이 무엇이오! 신께서 선택하시면 자기 몸을 눕힐 땅은 찾을 수 있겠지. 친구가 곁에 있어 시신이 쟁기질에 걸리지 않도록 깊이 파묻어 줄 수 있다면 말이오!」

「됐습니다!」 헤이워드는 그러한 화제가 평화를 깨뜨릴 토론으로 진행될까 염려스러워 이렇게 말했다. 당장 여인들을 보호하기 위해서는 그들 사이의 평화가 반드시 필요했던 것이다. 「먼 길을 왔고, 우리 중 여러분처럼 피로도, 나약함도 모르는 체력을 자신 사람은 없습니다.」

「남자의 근육과 골격이라면 이 정도는 해내야지.」 호크아이는 칭찬에 솔직한 기쁨을 드러내며 자신의 근육질 팔다리를 훑어보았다. 「정착지에 가면 나보다 더 크고 무거운 사람들은 있을지 몰라도, 한 번도 쉬지 않고 50마일을 걸어가며 사냥감을 놓치지 않는 사람을 찾으려면 도시 전체를 며칠씩 뒤져야 할 거요. 하지만 살과 피가 항상 같은 것은 아니고, 아가씨들은 오늘 그런 일을 보고 겪었으니 쉬고 싶을 거요. 웅카스, 샘을 치워라. 네 아버지와 나는 아가씨들이 덮을 밤나무 어린 가지와 풀과 나뭇잎 침상을 준비할 테니.」

대화가 멈췄고 호크아이와 동료들은 안내받는 이들이 편안하고 안전하게 쉴 수 있도록 준비를 갖췄다. 오래전 원주민들이 그곳을 임시 요새로 만든 이유였던 샘물에서 나뭇잎을 치우자 맑은 물이 솟아나와 푸른 봉분에 흘러내렸다. 그 집 한구석은 이슬을 막아 주는 지붕이 덮여 있어서 그 아래 향기로운 덤불과 낙엽을 깔고 자매가 자도록 했다.

부지런한 숲 사람들이 이렇게 일하는 동안, 코라와 앨리스는 원해서라기보다는 의무감에서 식사를 함께 했다. 그리고 그들은 벽 뒤로 들어가 지난 하루 동안의 은혜에 감사 기도를 올리고, 밤새 신의 가호가 계속되기를 기원한 다음 향기로운 침상에 몸을 눕히고, 온갖 일이 떠오르고 염려됨에도 불구하고 이내 잠들었다. 그들의 잠은 자연이 요구하는 것이었고, 내일의 희망이 그 잠을 더욱 달콤하게 만들어 주었다. 헤이워드는 그들이 자는 곳 옆, 건물 밖에서 불침번을 설 준비를 했다. 하지만 그의 의도를 알아차린 호크아이는 담담히 풀밭에 몸을 눕히며 칭가치국을 가리켰다.

「이런 불침번을 서기에 백인의 눈은 너무 무겁고 어둡지!

저 모히칸이 보초 노릇을 할 거요. 그러니 우리는 자둡시다.」

「지난밤에는 내가 불침번을 게을리 했으니……」 헤이워드가 말했다. 「더욱 군인다운 여러분에게 잠이 더 필요합니다. 그러니 내가 지키는 동안 모두 휴식을 취하도록 하세요.」

「만약 제60연대 백인들의 막사에서 프랑스인들 같은 적을 상대하고 있다면 소령님보다 더 훌륭한 불침번이 필요 없겠지만……」 호크아이가 말했다. 「어둠 속, 숲 한가운데서 소령님의 판단력은 아이처럼 어리석을 것이고, 그 기민함도 소용없을 것이오. 그러니 웅카스와 나를 따르시오. 편히 자두는 게 좋소.」

헤이워드는 자신이 이야기를 하는 사이, 정말로 인디언 청년이 봉분 가장자리에 휴식 시간을 최대한 활용하려는 듯 몸을 눕혔고, 데이비드도 그의 모범을 따랐다는 사실을 확인했다. 힘겨운 행진 동안 부상으로 인한 열이 더 높아진 데이비드는 말 그대로 목소리조차 낼 수 없는 상태였다. 쓸데없는 말씨름을 더 이상 계속하고 싶지 않아 헤이워드도 건물의 통나무에 등을 기대고 반쯤 드러누운 자세를 취하며 따르는 척했지만, 속으로는 자신이 맡은 소중한 이들을 먼로의 품에 안겨 줄 때까지 눈을 감지 않겠다고 결심하고 있었다. 설득이 성공했다고 믿은 호크아이는 곧 잠에 빠져들었고, 그 외딴 곳의 고적함만큼이나 깊은 적막이 사방에 내려앉았다.

한동안 헤이워드는 감각을 깨우고서 숲에서 나오는 가느다란 소리에 신경을 곤두세울 수 있었다. 저녁 어스름이 자리 잡고 별들이 하늘에서 반짝이면서 시야는 더욱 뚜렷해졌다. 그는 풀밭에 누워 잠든 동료들의 모습을 보고, 똑바로 앉아 나무처럼 꼼짝 않고 버티고 있는 칭가치국의 모습도 확인할 수 있었다. 몇 피트 거리에서 잠든 자매의 부드러운 숨소리뿐, 지나가는 바람에 나뭇잎 바스락거리는 소리조차 들리지 않았다. 하지만 한참이 지나자 쏙독새의 구슬픈 노랫소리가 부엉이의 신음 소리와 섞여 들려왔다. 그는 졸린 눈을 들어 이따금 하늘의 별을 바라보았고, 그러다 감은 눈으로 별을 보았다고 상상하기도 했다. 이따금 잠이 깰 때마다 헤이워드는 불침번을 서는 동료의 모습을 덤불로 착각했다. 그의 머리는 어깨로 떨어지고, 그러다가 땅에 기댔다. 마침내 그의 전신이 긴장을 풀어 느슨해졌고 깊은 잠에 빠져서는 자신이 옛날 기사가 되어 구출한 공주의 막사 앞에서 불침번을 서고 있는 꿈을 꾸었다. 그는 이와 같은 충성과 노력으로 공주의 사랑을 받게 될 거라고 기대했다.

지친 헤이워드가 이처럼 잠든 지 얼마나 되었는지 알 수 없었지만 꿈조차 잊어버리고 자고 있을 때 누군가 어깨를 가볍게 치는 바람에 깨어났다. 이 작은 신호에 깨어난 그는 스스로 부가한 의무를 기억하며 혼란스러운 마음으로 벌떡 일어났다.

「누구요?」 그는 늘 차고 있던 칼을 쥐며 물었다. 「말하시오! 친구요, 적이오?」

「친굽니다.」 칭가치국이 낮은 목소리로 대답했다. 그는 나무 사이로 그들의 야영지까지 부드러운 빛을 흘리고 있는 밝은 것을 가리키더니, 서툰 영어로 덧붙였다. 「달이 떴고, 백인의 요새는 아주, 아주 멀어요. 프랑스인들의 눈이 자느라 감겨 있을 때 움직여야 합니다!」

「맞습니다! 친구들을 깨우고, 말에 안장을 올리세요. 저는 제 동행들을 깨울 테니까요.」

「우린 일어났어요, 덩컨.」 안쪽에서 앨리스의 낭랑한 목소리가 말했다. 「개운하게 자고 났으니 빨리 이동할 수 있어요. 하지만 소령님은 긴 하루 동안 피로가 쌓였는 데도 우리를 위해 긴 밤 내내 망을 보셨죠!」

「그보다는, 나는 망을 보았지만 내 눈은 날 배신했다고 해 두지요. 두 번이나 내가 맡은 일을 감당할 능력이 없다는 걸 증명했군요.」

「아뇨, 덩컨, 그러지 말아요.」 앨리스가 미소를 띠고 건물 안에서 달빛 아래로 걸어 나오며 말했다. 푹 쉬고 난 앨리스의 모습은 너무나 아리따웠다. 「당신은 스스로를 돌보는 데 부주의한 사람이지만, 남을 위해서는 지나치게 세심하다는 걸 알고 있어요. 조금 더 머물면서 더 휴식을 취하면 안 될까요? 당신과 저 용감한 분들이 잠시 눈을 붙이는 사이, 코라 언니와 저는 기꺼이, 기쁜 마음으로 망을 보겠어요.」

「수치심이 내 졸음을 쫓아낼 수 있다면, 나는 다시는 눈을 붙일 수 없을 겁니다.」 앨리스의 순수한 얼굴을 바라보며, 청년이 불편한 마음으로 말했다. 하지만 염려하는 앨리스의 상냥한 얼굴에서, 그는 자신의 추측을 확인시켜 줄 증거를 전혀 찾을 수 없었다. 「나의 부주의한 행동으로 당신을 위험으로 이끌어 놓고는, 군인답게 잠자리도 지켜 주지 못했으니까요.」

「덩컨 자신 이외에는 그런 질책을 할 사람은 아무도 없어요. 자, 가서 주무세요. 그리고 믿으세요. 우리가 비록 나약한 여자이지만, 절대 망보기를 게을리 하지 않을 테니까요.」

칭가치국이 탄성을 올리고, 그 아들이 우뚝 멈춰 고개를 돌린 덕분에 헤이워드는 더 이상 자신의 실책을 늘어놓지 않아도 되었다.

「모히칸이 적의 소리를 들었군!」 모든 이들과 함께 잠에서 깨어 뒤척이던 호크아이가 속삭였다. 「바람결에 위험의 냄새를 맡은 거요!」

「신이시여!」 헤이워드가 탄식했다. 「제발, 피는 충분히 흘렸습니다!」

헤이워드는 그렇게 말하면서도 소총을 들고, 여인들을 보호하기 위해 기꺼이 목숨을 내놓아 가벼운 실책을 만회하고자 앞으로 나섰다.

「먹을 것을 찾아 숲을 돌아다니는 동물일 겁니다!」 모히칸을 놀라게 한 나지막한 소리가 멀리서 다시 들려오자, 그가 이렇게 속삭였다.

「쉿!」 조심성 많은 호크아이가 말했다. 「인간이오. 인디언에 비하면 내 감각이 둔하지만, 이젠 나도 발소리를 알 수 있소. 저 발 빠른 휴런이 몽캄의 외곽 부대에 도착해 우리를 뒤쫓아 온 것이오. 이 자리에 더 이상 사람의 피를 뿌리고 싶지 않지만……」 그는 주위를 에워싼 흐릿한 광경을 불안한 기색으로 살피며 덧붙였다. 「해야 한다면 해야지! 웅카스, 말들을 집 안으로 데려가라. 그리고 친구들이여, 뒤따라 들어가시오. 비록 낡고 오래되었지만, 차폐막이 되어 줄 것이오. 곧 소총 탄환이 날아올 테니.」

곧 그 말에 따라 모히칸들은 내려겠섯 말을 끌고 들어갔고, 모두가 숨을 죽이고 모였다.

다가오는 발소리가 이내 뚜렷해져 그 정체가 무엇인지 의심할 여지가 없어졌다. 곧 인디언 방언으로 서로 부르는 목소리가 더해졌고, 호크아이는 헤이워드에게 그것이 휴런족의 말이라고 확인해 주었다. 그들이 말이 서 있던 집 주위 덤불에 도착하자, 그 순간까지 쫓아온 발자국을 놓쳐 당황한 것이 분명했다.

목소리로 보아 스무 명이 그 자리에 모여 요란하게 저마다의 의견과 조언을 내놓는 것 같았다.

「놈들은 우리의 약점을 알고 있소.」 헤이워드 곁, 짙은 어둠 속에 서서 통나무 사이의 틈으로 내다보던 호크아이가 속삭였다. 「아니면 저렇게 계집 같은 걸음걸이로 늑장을 피울 리가 없지. 저 도마뱀 소리를 들어 보시오! 놈들은 혀는 두 개씩, 다리는 하나씩밖에 없는 모양이군!」

전투에서는 용감한 군인이었던 헤이워드도 이처럼 아슬아슬한 순간에는 호크아이 특유의 냉정한 논평에 뭐라 대답할 수가 없었다. 그는 소총을 더욱 단단히 쥐고 달빛에 보이는 광경을 점점 더 불안한 마음으로 지켜볼 뿐이었다. 그 다음에는 권위 있는 굵은 목소리가 들려왔고, 그 명령 혹은 조언에 경의를 표하는 듯 침묵이 뒤따랐다. 나뭇잎이 바스락거리는 소리와 마른 나뭇가지가 꺾이는 소리로 보아, 야만인들이 잃어버린 발자국을 찾기 위해 갈라지는 것이 분명했다. 쫓기는 이들에게는 다행히도, 은은하게 퍼지는 달빛이 아치형의 숲을 밝혔고, 그 그림자 속에 있는 것은 드러나지 않았다. 수색은 허사로 끝났다. 그들이 덤불로 들어온 길이 너무 짧고 갑작스러워서 발자국이 전부 숲에 가려진 덕분이었다.

그러나 얼마 되지 않아 야만인들이 덤불을 두드리면서 차츰 그곳을 에워싸고 있는 빽빽한 밤나무 묘목 가장자리로 다가오는 소리가 들렸다.

「오고 있어요!」 헤이워드가 통나무 틈으로 소총을 밀어 넣으려고 하면서 중얼거렸다. 「다가오면 쏩시다!」

「어둠 속에 있도록 하시오.」 호크아이가 대답했다. 「부싯돌을 치는 소리나 황의 냄새만 나도 저 굶주린 늑대들이 한꺼번에 덤벼들 거요. 야만인들을 잘 알고, 전쟁을 알리는 함성이 터져 나오면 물러서는 법이 없는 모히칸의 경험만으로 머리 가죽 벗기는 전투를 벌여야 한다면 신께서 기뻐하시겠소?」

헤이워드가 뒤를 돌아보니 자매는 건물 한쪽 구석에서 바들바들 떨고 있었고, 모히칸들은 공격이 필요할 때면 언제든지 나아가겠다는 태세로 두 기둥처럼 버티고 서 있었다. 그는 다시 바깥을 내다보며 초조함을 억누르고 사태의 추이를 말없이 기다렸다. 그 순간 덤불이 열렸고, 무기를 든 키 큰 휴런이 공터로 몇 발자국 들어왔다. 그는 고요한 집과 그 위를 비추는 달을 보더니 놀람과 함께 호기심을 드러냈다. 주로 놀란 감정을 표현하는 인디언들의 탄성을 올리더니 낮은 목소리로 동료 하나를 불렀다.

숲의 자식들은 잠시 나란히 서서 무너져 가는 집을 가리키며 알아들을 수 없는 말로 대화를 나눴다. 그들은 천천히 조심스레 다가오면서, 호기심을 주체할 수 없는 놀란 사슴처럼 순간순간 걸음을 멈추고 건물을 살폈다. 그중 하나의 발이 불현듯 봉분에 닿았고, 그는 허리를 숙이고 그것이 무엇인지 살폈다. 그 순간 헤이워드는 호크아이가 칼집에서 칼을 꺼내고 장총의 총구를 내리는 것을 보았다. 헤이워드도 그 동작을 따라 이제 피할 수 없어 보이는 싸움의 준비를 갖췄다.

야만인들이 어찌나 가까이 다가왔는지 말이 조금이라도 움직이거나, 숨이라도 평소보다 크게 쉬면 도망자들의 존재를 알아차릴 수 있을 것 같았다. 하지만 그 봉분이 무엇인지 알고 나자 휴런족의 관심은 다른 쪽으로 향했다. 그들은 경외심과 존경심을 나타내듯 낮고 엄숙한 목소리로 대화를 나눴다. 그러더니 조용한 벽에서 유령이라도 나올 것처럼 폐가에서 눈을 떼지 않고 조심스레 뒷걸음질 쳐 조용히 덤불 속으로 사라졌다.

호크아이는 장총 개머리판을 땅에 대고 긴 한숨을 내쉬며 작은 소리로 말했다.

「아! 이번에는 죽은 자를 공경하는 마음이 놈들 목숨을 구했고, 더 나은 사람들의 목숨도 구했군!」

헤이워드는 잠시 동료를 쳐다보았지만, 대답은 하지 않은 채 더 관심이 가는 이들을 지켜보았다. 휴런족 둘이 덤불을 나가자 추적자들이 전부 그들 주위에 모여 이야기를 듣고자 하는 것 같았다. 처음 들려왔던 떠들썩한 말소리와는 전혀 다른, 진지하고 엄숙한 분위기로 몇 분간 말소리가 들리더니, 점점 잦아들어 멀어지다가 마침내 숲 속으로 사라졌다.

호크아이는 그들이 내는 소리가 완전히 사라졌다고 칭가치국이 확인해 줄 때까지 기다린 후, 헤이워드에게 말을 데려나와 자매들을 태우라고 손짓했다. 그러고는 부서진 문을 통해, 들어온 방향과 반대 방향으로 살그머니 나갔다. 고요한 무덤과 허물어져 가는 폐가가 부드러운 달빛을 벗어나 어두운 숲에 가려지는 광경을, 자매는 몰래몰래 뒤돌아보았다.

14

문지기 *Qui est là*(누구시오)?

잔 라 퓌셀 *Paisans, pauvres gens de France*(농민들, 프랑스의 가련한 이들입니다).

「헨리 4세」 1부 3막 2장 13~14행

돌집으로부터 빠르게 움직여 숲 깊숙이 들어갈 때까지 그들은 탈출에만 전념한 나머지 귓속말조차 주고받지 않았다. 호크아이는 다시 앞장섰지만, 적들과 자신 사이에 안전한 거리를 두었지만 그 주위의 숲 지형을 전혀 모르기 때문에 이전보다 발걸음을 더욱 신중히 했다. 그는 여러 차례 걸음을 멈추고 모히칸들과 의논하면서 하늘의 달을 가리키고 나무의 껍질을 세심히 관찰했다. 이렇게 잠깐씩 멈출 때면 헤이워드와 자매들은 위험으로 인해 두 배는 예민해진 감각을 동원해 적이 가까이 있다는 조짐이 들려오는지 귀를 기울였다. 그러한 순간이면 드넓은 땅이 모두 영면에 든 것처럼 느껴졌다. 멀리서 이따금 들려오는 졸졸 흐르는 물소리 이외에는 숲 전체는 아무런 소리도 내지 않았다. 새도 짐승도 인간도 모두 잠든 모양이었다. 물론 그 넓은 숲 속에 인간이 혹시라도 있었다면 말이다. 하지만 중얼거리듯 희미하게 들리는 개울물 소리는 안내인들에게 방향을 알려 주었고, 그들은 곧 그쪽을 향해 나아갔다.

작은 개울가에 도착하자 호크아이는 다시 한 번 걸음을 멈추더니, 가죽신을 벗고는 헤이워드와 데이비드에게도 따라 하라고 일렀다. 그들은 물속으로 들어갔고 근 한 시간 동안 개울 바닥을 걸어 발자국을 남기지 않았다. 그들이 낮고 구불구불한 물길에서 나와 다시 모래가 깔린 숲으로 들어설 무렵, 달은 이미 서쪽 지평선을 뒤덮고 있는 커다란 먹구름 속으로 사라진 후였다. 여기서부터 호크아이는 다시 길을 잘 아는지, 확신에 차 부지런히 움직였다. 길은 곧 더욱 험해졌지만 산이 점점 더 가까워졌고 골짜기 부근에 당도했음을 알 수 있었다. 갑자기 호크아이가 걸음을 멈추더니 모두 다가오기를 기다려 이렇게 말했다. 비록 낮고 조심스러운 어조였지만 그 덕분에 고요하고 어두운 중에 들리는 그의 말은 더욱 엄숙하게 느껴졌다.

「숲에서 통로를 알아내고, 소금 핥기와 물길을 찾는 것은 쉽소. 하지만 이곳을 본 사람이라면 저 고요한 나무들과 헐벗은 산 속에 강력한 부대가 쉬고 있다는 걸 누가 알 수 있겠소!」

「드디어 윌리엄 헨리에 가까이 온 겁니까?」 헤이워드가 호크아이에게 다가서며 말했다.

「아직 멀고 고된 길이 남았고, 거기까지 가려면 이제부터가 가장 큰 고비요. 보시오.」 호크아이가 나무 사이에 있는 작은 연못의 잔잔한 수면에 별이 비치는 곳을 가리키며 말했다. 「저기가 바로 〈피의 연못〉이오. 그리고 지금 내가 서 있는 곳은 여러 번 다닌 곳일 뿐 아니라 해가 뜰 때부터 질 때까지 적과 싸운 곳이기도 하지.」

「아! 그렇다면, 저 부옇고 칙칙한 물이 바로 그 싸움에서 쓰러진 용자들의 무덤이로군요! 그 이름은 들어 봤지만, 와 본 적은 없습니다!」

「우린 하루에 저 네덜란드 프랑스인과[38] 세 차례나 전투를 벌였지!」 헤이워드의 말에 대한 대답이라기보다는 혼잣말처럼 호크아이는 말했다. 「그는 매복지로 행군하던 우리와 맞닥뜨리자 진격을 막고자 사슴 쫓듯 우리를 호리칸 호숫가까지 몰아냈지. 그래서 우리는 쓰러진 나무 뒤에 모여 윌리엄 경의 휘하에서 다시 공격했고. 바로 그 일로 그는 윌리엄 경이라는 작위를 받았소. 그리고 우리는 그날 아침 당한 치욕을 제대로 돌려주었소! 수백 명의 프랑스인들이 그날 마지막 태양을 보았으니. 그리고 놈들의 지휘관, 디스카우도 우리 손에 어찌나 갈가리 찢겼는지 더 이상 작전을 수행하지 못하고 귀국할 수밖에 없었소.」

「고귀한 설욕전이었군요!」 헤이워드는 젊은 혈기에 들떠 외쳤다. 「그 명성은 일찍이 남쪽의 우리에게도 전해졌습니다.」

「그렇지! 하지만 거기서 끝나지 않았소. 나는 윌리엄 경의 부탁을 받고 에핑엄 소령의 명령을 받아 프랑스군의 측면 포위를 위해 나섰고, 허드슨 강의 요새까지 진격했소. 바로 여기, 산자락이 시작되는 곳에서 지원군을 만났고, 그들을 이끌고는 그날의 살육이 아직 끝나지 않았다는 사실을 전혀 모르고 식사 중이던 적에게로 갔소.」

「기습 공격을 했군요!」

「배고픔만 생각하는 자들에게 죽음이 놀라운 일이나 되겠소! 그날 아침, 그들의 잔인한 공격으로 친구나 친척을 잃지 않은 우리 병사는 하나도 없었으니, 우리 역시 숨 돌릴 틈이 없었소. 전투를 끝내고 죽은 자와 죽어 가는 자를 저 작은 연못에 던졌소. 땅 밑에서는 물이 솟아나지도 않는 듯, 저 물이 피로 붉게 물드는 광경을 이 눈으로 보았지.」

「편리하기도 하고, 군인에겐 평화로운 무덤이 되었겠군요!

---

38 프랑스군으로 참전한 독일인, 바론 디스카우를 가리킨다. 이 이야기의 배경으로부터 몇 년 전, 이 장교는 조지 호숫가에서 뉴욕, 존스타운의 윌리엄 존슨 경에게 격퇴되었다.

그럼, 이 변경에서 여러 차례 참전하셨습니까?」

「나 말이오?」 호크아이는 자부심에 장신의 몸을 꼿꼿이 세웠다. 「이 언덕 중에 내 총 쏘는 소리가 울리지 않은 곳은 드물고, 호리칸 호수부터 강 사이에 적군이든 짐승이든 〈사슴사냥꾼〉이 죽인 상대가 쓰러지지 않은 곳은 단 1제곱마일도 없을 거요. 저기 저 무덤은 소령님 말씀대로 조용하긴 하지만, 그건 전혀 다른 문제요. 저 병영에 가면 사람 몸에 숨이 붙어 있는 한 묻어서는 안 된다고 하는 이들이 있소. 하지만 그날 밤 서두르느라 산 사람이 누구고 죽은 사람이 누군지 의무병들이 확인할 시간조차 없었지. 쉿! 저 연못가에 걸어 다니는 것이 보이지 않소?」

「이렇게 적적한 숲 속에 우리처럼 집 없이 돌아다니는 것이 또 있을까요.」

「집이나 보금자리를 원하지 않은 채 낮이면 물속에서 지내고 밤이슬도 아랑곳없는 존재라면 그렇겠지!」 호크아이가 대답하며 헤이워드의 어깨를 어찌나 꽉 잡던지, 헤이워드는 평소에 그토록 용감한 자신이 미신적인 공포에 사로잡혔다는 것을 알 수 있었다.

「맙소사! 사람의 형상을 하고서 다가오는군! 모두들, 누군지 모르니 공격 준비를 하시오.」

「*Qui vive*(누구시오)?」 마치 저승에서 들려오는 것처럼 그 고요하고 외딴 곳에서 단호하고 빠른 목소리가 튀어나왔다.

「뭐라는 거요?」 호크아이가 말했다. 「인디언 말도, 영어도 아닌 걸!」

「*Qui vive*(누구시오)?」 같은 목소리가 묻더니 재빨리 무기를 덜컥거리며 위협적인 태도를 취했다.

「*France*(프랑스요).」 헤이워드가 나무 그늘에서 연못가를 향해 보초병의 몇 야드 앞으로 걸어 나가며 외쳤다.

「*D'où venez-vous — où allez-vous d'aussi bonne heure*(어디서 온 사람이며, 이런 시간에 어디로 가는 거요)*?*」 보초병은 옛 프랑스 사람의 억양으로 물었다.

「*Je viens de la découverte, et je vais me coucher*(길을 떠났다가 이제 쉴 곳을 찾습니다).」

「*Etes-vous officier du roi*(당신은 왕의 병사요)*?*」

「*Sans doute, mon camarade, me prends-tu pour un provincial! Je suis capitaine de chasseurs*(그렇고 말고요, 동료여. 식민지로 가고 있습니다! 나는 사냥꾼 연대의 대위인데) — 헤이워드는 전선의 연대 이름임을 알고 있었다 — *j'ai ici, avec moi, les filles du commandant de la fortification. Aha! tu en as entendu parler! je les ai fait prisonnières près de l'autre fort, et je les conduis au général*(요새 지휘관의 따님들을 모시고 있습니다. 아! 큰일 날 뻔했습니다! 따님들이 포로로 잡힐 뻔했는데, 지금은 아버지께 모셔 가고 있지요).」

「*Ma foi! mesdames, j'en suis fâché pour vous*(저런! 아가씨들이 큰일 날 뻔했군요)……」 젊은 병사는 모자에 손을 얹으며 감탄했다. 「*mais — fortune de guerre! vous trouverez notre général un brave homme, et bien poli avec les dames*(하지만, 전쟁의 운명이란 그런 것이죠! 우리 대장님은 좋은 분이고, 아가씨들께 친절히 대해 주실 겁니다).」

「*C'est le caractère des gens de guerre*(군인들께서는 그렇더군요).」 코라가 놀랄 만큼 침착하게 말했다. 「*Adieu, mon ami, je vous souhaiterais un devoir plus agréable à remplir*(안녕히 계세요, 친구분. 좀 더 편안한 임무를 맡게 되길 바랄게요).」

병사는 코라의 상냥한 말에 고개 숙여 인사했고, 헤이워드가 프랑스어로 작별 인사를 건네고 나서 그들은 조심스레 전진했다. 그들이 적군이라고는 의심도 못한 보초병은 고요한 연못가를 거닐면서 여인을 보고 떠오른 것인지, 혹은 자신의 먼 고향, 아름다운 프랑스를 추억하게 된 것인지 이런 노래를 흥얼거렸다.

「*Vive le vin, vive l'amour*(포도주여 영원하라, 사랑이여 영원하라).」

「말을 알아들어 다행이오!」 그곳에서 좀 떨어지고 나자, 호크아이가 다시 총을 옆구리에 끼며 속삭였다. 「불쾌한 프랑스 놈인 줄 알았는데, 싹싹하고 친절한 놈이라 다행이었소. 아니면 저 고향 사람들 사이에 그의 뼈도 묻혔을 테니 말이오.」

그 순간, 그 연못 무덤에 떠돌던 죽은 자의 영혼이 내는 소리처럼 길고 낮은 신음 소리가 들려왔다.

「필시 사람이었는데!」 호크아이가 말했다. 「혼령이 무기를 그렇게 단단히 잡고 있을 순 없지!」

「분명 사람이었지만, 그 가엾은 자가 아직도 이승에 있는지는 잘 모르겠군요.」 헤이워드가 주위를 돌아보고 칭가치국이 없는 것을 확인한 뒤 말했다. 전보다 더 약한 신음 소리가 들리더니, 물에 묵직한 것이 가라앉는 소리에 이어, 그 무시무시한 연못의 가장자리는 태초부터 깨어난 적이 없다는 듯 사방에 정적이 이어졌다. 그들이 아직 무슨 일인지 몰라 머뭇거리고 있을 때 덤불에서 나오는 칭가치국의 모습이 보였다. 그는 그들과 합류하며 한 손으로 불운한 프랑스인 청년의 피가 뚝뚝 떨어지는 머리 가죽을 허리춤에 끼운 다음, 다른 손으로는 그의 피를 뿌린 칼과 손도끼를 제자리에 꽂았다. 그러더니 훌륭한 행동을 한 사람처럼 자기 자리를 도로 잡았다.

호크아이는 장총 한쪽 끝을 땅에 세우고 다른 쪽에 두 손을 얹고서 아무 말 없이 생각에 잠겨 있었다. 그러더니 우울한 표정으로 머리를 흔들며 이렇게 중얼거렸다.

「백인이라면 잔인하고 비인간적인 행동이었겠지. 하지만

인디언의 재능이자 천성이니 거부해서는 안 된다고 생각해! 하지만 구대륙에서 건너온 명랑하고 어린 소년 대신, 저주 받을 밍고족에게 일어난 일이었으면 좋았겠군!」

「그만하세요!」 헤이워드는 자매가 출발이 미뤄진 이유를 알게 될까 염려스러워 이렇게 말하고 호크아이와 비슷한 생각으로 혐오감을 눌러 보고자 했다. 「이미 일어난 일이고, 비록 일어나지 않았더라면 더 좋겠지만, 바꿀 수 없는 일입니다. 이제 적군의 보초가 나와 있는 곳에 들어온 거죠? 이제 어떻게 하면 좋겠습니까?」

「그렇소.」 호크아이는 다시 몸을 일으키며 말했다. 「그 일에 대해 생각하긴 이미 늦었소! 그렇지, 프랑스군이 요새 주위로 잔뜩 모여들었으니 우리는 바늘구멍을 찾아 그들을 지나가야 할 것이오.」

「하지만 그럴 시간이 없어요.」 헤이워드는 부연 하늘에 달이 지는 광경을 올려다보며 말했다.

「시간이 없지!」 척후병이 되풀이해 말했다. 「두 가지 방법이 있소만, 신의 가호가 없다면 결코 성공할 수 없소!」

「시간이 촉박하니 어서 말씀해 보십시오.」

「하나는, 아가씨들을 말에서 내리게 하고, 말을 초원에 풀어놓는 거요. 모히칸을 앞장세운 뒤 보초를 가로질러, 시체를 넘어 요새로 들어가는 것이오.」

「그럴 수는 없습니다, 그럴 수 없어요!」 여인들을 위할 줄 아는 헤이워드가 말을 잘랐다. 「군인이라면 그런 식으로 밀어붙일 수 있지만, 저런 아가씨들을 호위할 때는 안 됩니다!」

「그렇지, 저렇게 연약한 발로 헤치고 나가기엔 유혈이 낭자한 길이 될 거요!」 척후병 역시 내키지 않는 마음으로 대답했다. 「하지만 남자라면 그것도 거론해야 한다고 생각했소. 그렇다면, 돌아서 저들의 보초선 바깥인 서쪽으로 돌아 산으로 들어가야 되겠소. 거기서 당신들을 숨기고, 몽캄의 돈을 받는 사냥개들이 앞으로 몇 달 동안 냄새를 맡지 못하게 해주겠소.」

「그렇게 합시다, 당장.」

더 이상 말이 필요 없었다. 호크아이는 〈따라오시오〉라고만 명령하고는 방금 절체절명의, 위험한 상황으로 들어왔던 길을 따라 움직였다. 그들의 행진도 방금 전의 대화와 마찬가지로 조심스럽게, 소리 없이 이루어졌다. 어느 순간 지나가던 순찰병이나 숨어 있던 전초병이 튀어나올지 알 수 없었기 때문이다. 다시 연못 가장자리로 조용히 걷고 있을 때, 헤이워드와 척후병은 그 으스스한 광경을 흘깃거렸다. 그들은 소리 없는 연못가를 걷고 있던 사람의 모습을 찾아보았지만 허사였고, 이따금 잔물결이 치는 소리만이 방금 전 목격한 잔인한 행동을 상기시켜 주었다. 하지만 모든 음울한 광경이 지나는 것처럼, 그 연못 역시 어둠 속으로 사라지며 등 뒤의 검은 풍경과 섞여 들었다.

호크아이는 곧 되짚어 나가던 길에서 벗어나 좁은 평원의 왼쪽 가장자리로부터 산을 향해 다가갔으며, 산의 높고 뾰죽뾰죽한 꼭대기가 드리우는 그림자 안에서 빠른 걸음으로 동행을 이끌었다. 길은 험해졌다. 골짜기가 이러저리 갈라져 있었고 땅 위는 바위로 울퉁불퉁했기 때문에 그들의 진행은 그만큼 더뎠다. 사방에 황량하고 검은 언덕이 가로막아 안전한 느낌을 주어 걷는 데 드는 힘이 어느 정도 상쇄되었다. 마침내 그들은 가파르고 험난한 산길을 오르기 시작했는데, 바위와 나무 사이를 꼬불꼬불 감아 도는 길이라서 숲에서 생존하는 방법을 오랫동안 배워 온 이들을 따라 바위를 피하거나 나무에 의지해야 했다. 서서히 계곡 바닥으로부터 오르는 동안, 동이 틀 것처럼 어둠이 엷어지기 시작하더니 사물의 본래 색이 뚜렷해지기 시작했다. 그들이 산의 헐벗은 쪽에 자라는 나무들 사이에서 나와 정상에 자리 잡고 있는 이끼가 자라는 편평한 바위를 만나자, 호리칸 계곡의 반대편에 있는 언덕의 푸른 소나무 위로 동이 텄다.

척후병은 자매를 말에서 내리게 한 뒤 말들의 재갈과 안장을 벗기고 그 위의 얼마 안 되는 덤불과 나뭇잎을 뜯게 했다.

「가서 자연이 주는 먹이를 찾아라.」 그가 말했다. 「그리고 이 산속에서 굶주린 늑대의 먹이가 되지 않게 조심해라.」

「이제는 말이 필요 없습니까?」 헤이워드가 물었다.

「자, 직접 눈으로 확인하시오.」 척후병이 산의 동쪽 꼭대기로 다가가며 다른 이들에게도 따르라고 손짓했다. 「여기서 몽캄의 막사 안을 훤히 들여다보듯 사람 마음을 들여다보기가 쉽다면, 위선은 사라지고 밍고족의 계략은 실패하며 델라웨어족의 정직함은 승리할 거요.」

절벽 가장자리에 닿자 그들은 척후병의 주장이 사실이며, 이렇게 유리한 위치로 안내한 그의 뛰어난 선견지명을 한눈에 알 수 있었다.

그들이 서 있는 산은 높이가 1천 피트쯤 되었는데, 원뿔 모양으로 호수의 서쪽 가장자리를 따라 여러 마일에 걸쳐 호수 너머로 뻗어 나가 다른 봉우리들과 만난 다음, 여기저기 상록수가 점점이 자라는 바윗덩어리가 되어 캐나다까지 이어졌다. 발치 바로 아래는 호리칸 호수의 남쪽 가장자리가 산에서 산으로 널찍한 반원형을 이루고 있었는데 호숫가는 폭이 넓고 기다란 줄 모양으로 불균일하게 이어지다가 약간 높은 평지로 솟아올라 있었다. 그렇게 어지러운 높이에서 보니 북쪽으로 맑고 좁은 〈성스러운 호수〉가 숱한 후미로 움푹 들어갔고, 그 주변엔 환상적인 갑(岬)으로 장식되어 있으며, 셀 수 없이 많은 섬들이 점점이 놓여 있었다. 몇 리그 멀리 떨어져서 보니 호수 바닥은 산속에 가려지거나 가벼운 아침 공기에 피어오르는 짙은 안개에 휩싸여 있었다. 그러나 언덕 마루 사이 좁은 틈을 통해 그 순수하고 맑은 물이 북쪽으로 뻗어가 멀리 챔플래인 호수와 만나기 전의 모습을 볼 수 있었다. 남쪽으로는 앞에서도 자주 언급한 울퉁불퉁한 평지가 펼쳐져 있었다. 그쪽으로 몇 마일에 걸쳐 산지가 보이지 않지만, 산이 솟았다가 우리가 이 모험가들과 함께해 온 편평한 모래땅으로 이어지는 광경이 멀리 보이기는 했다. 호수와 계곡 반대편으로 뻗어 있는 두 산맥을 따라, 사람이 살지 않는 숲에서는 마치 감춰진 오두막에서 흘러나오는 연기처럼 연무가 소용돌이를 그리며 피어올라서는 내리막길을 따라 서서히 움직여 저지대의 안개와 섞였다. 계곡 위에는 눈처럼 흰 구름 한 덩어리가 떠 있었고, 그 아래 고요한 〈피의 연못〉이 자리 잡고 있었다.

호숫가 바로 옆, 동쪽보다는 서쪽 가장자리에 가까운 곳에는 윌리엄 헨리의 넓은 동쪽 성벽과 야트막한 건물들이 보였다. 가장 큰 요새 두 곳이 호수 위에 버티고 있는 것처럼 보였고, 깊은 해자와 넓은 습지가 요새의 다른 면과 모서리를 지켰다. 그곳 주위로는 적당한 간격을 두고 나무들을 베어 버렸지만, 맑은 호수가 부드럽게 흘러가거나 거친 바위가 산맥의 불규칙한 윤곽으로부터 튀어나와 있는 곳을 제외하면 푸른 초목이 자라고 있었다. 정면 여기저기 보초병이 흩어져서 지친 표정으로 여러 적으로부터 요새를 지키고 있었다. 벽 안쪽을 내려다보니 야간 보초로 졸음에 겨운 사람들이 있었다. 요새와 직접 면해 있는 남동쪽에는 튀어나온 바위 위에 참호로 에워싼 막사가 있었는데, 호크아이는 그곳을 가리키며 바로 얼마 전 허드슨 강을 떠난 부속 연대가 와 있다고 설명했다. 숲에서 남쪽으로 조금 떨어진 곳에서 샘물에서 솟아나는 순수한 연무와는 쉽게 구별할 수 있는 검은 연기가 여러 군데

피어오르고 있었고, 척후병은 그것이 바로 적이 그쪽 방향으로 배치되어 있다는 증거라고 헤이워드에게 알려 주었다.

하지만 젊은 군인이 가장 관심을 가진 것은 호수의 서쪽 가장자리, 남쪽 끝부분과 매우 가까운 지점이었다. 그가 서 있는 자리에서는 그 같은 군대가 지내기에는 너무 좁아 보이지만, 실제로는 호리칸 호숫가에서 산기슭까지 몇 백 야드나 되는 기다란 땅에 하얀 막사와 만 명을 수용할 야영지의 부대시설이 보였다. 이미 전면에는 포대가 배치되어 있었고, 위에서 구경하는 이들이 그토록 다른 감정을 지니고 마치 지도처럼 펼쳐져 있는 광경을 내려다보는 와중에도 그 계곡에서는 포성이 솟아올랐고, 천둥 같은 메아리를 울리며 동쪽 언덕을 따라 퍼져 나갔다.

「저 아래 사람들도 막 아침을 맞고 있군.」 척후병이 생각에 잠겨 조심스럽게 말했다. 「보초들은 포성에 맞춰 자는 이들을 깨울 생각이고. 이미 늦어 버렸소! 몽캄이 벌써 숲 속을 저주받을 이로쿼이로 채워 놓았소!」

「정말 그렇군요.」 헤이워드가 대답했다. 「하지만 우리가 들어갈 수 있는 방법은 없습니까? 그러다 잡히는 것이 인디언 손에 다시 들어가는 것보다는 훨씬 낫습니다.」

「보시오!」 척후병이 이렇게 외치는 바람에 코라도 아버지의 부대 쪽을 바라보게 되었다. 「사령관 관저의 저 대포에서 돌이 튀어나가는 걸 말이오! 아! 이 프랑스 놈들이 저 튼튼한 건물을 순식간에 산산조각 내겠군!」

「헤이워드, 위험한 광경을 이렇게 바라만 보고 있으니 어지럽군요.」 위험에 굴하진 않아도 염려스러운 마음에 딸이 말했다. 「몽캄에게 가서 허락을 요구해요. 부모에게 효도하겠다는 자식을 거부하진 않을 거예요!」

「머리에 머리카락이 붙은 채로 그 프랑스인의 막사까지 가기도 어려울 겁니다.」 척후병이 퉁명스럽게 말했다. 「저 호숫가에 있는 배 1천 척 중에 빈 것이 하나만 있다면, 해볼 수도 있을 거요. 하! 저기 안개가 몰려오면 낮이 밤으로 바뀌고, 인디언의 화살이 대포보다 더 위험해질 테니 곧 포격은 끝날 거 같소. 자, 당신들도 같은 의견으로 따를 생각이라면, 내가 나서리다. 저기 자작나무 덤불 가장자리에 도사리고 있는 밍고의 개들을 쫓아 버리고 저 막사 안으로 꼭 들어가고 싶소.」

「동의합니다!」 코라가 단호히 말했다. 「그런 일이라면 어떤 위험도 무릅쓰고 따르겠어요!」

척후병은 솔직하고 상냥한 미소를 띠고서 그녀에게 대답했다.

「아가씨처럼 죽음을 두려워하지 않고, 강한 팔다리와 기민한 눈을 가진 남자가 1천 명만 있었으면 좋겠소! 그렇다면 일주일도 안 되어서 사냥개나 굶주린 늑대처럼 짖어 대는 저 프랑스 놈들을 자기네 굴로 돌려보낼 수 있을 거요. 하지만…….」 그는 다른 사람들을 쳐다보며 말했다. 「안개가 저렇게 빨리 다가오고 있으니 평원에 내려가 그 안개에 몸을 숨기려면 시간이 없소. 기억하시오. 내게 무슨 일이 생기거든, 바람이 왼쪽 뺨에 불어오는 방향으로 움직이시오. 아니, 그저 모히칸들을 따르시오. 밤이건 낮이건 냄새로 길을 알아낼 수 있는 이들이니.」

그는 그들에게 따라오라고 손을 흔든 뒤 빠르지만 조심스러운 발걸음으로 가파른 절벽을 내려갔다. 헤이워드는 자매를 도와주었고, 몇 분 후 그들은 모두 그토록 힘들고 어렵게 올랐던 산을 거의 다 내려올 수 있었다.

호크아이가 선택한 길을 따라간 이들은 곧 평지에 다다랐고, 그곳은 요새의 서쪽 외곽에 위치한 출격구 맞은편이었다. 출격구는 호크아이가 걸음을 멈추고 헤이워드가 따라오기를 기다린 지점으로부터 약 반 마일 정도 떨어져 있었다. 그들은 간절한 마음을 안고서 예상대로 호수 위를 덮고 있던 안개가 지형에 따라 이동해 적의 막사를 두텁게 에워싸기를 기다려야 했다. 모히칸들은 그사이에 숲으로 살그머니 나아가 주위를 살필 수 있었다. 그들과 약간의 거리를 두고 척후병이 따라가 그들이 보고 온 내용을 먼저 듣고 주위의 지형에 대해 조금이나마 파악하고자 했다.

하지만 금세 얼굴을 붉히고 화를 내며 돌아와서는 그다지 상냥하지 않은 말투로 실망감을 토로했다.

「여기, 저 약삭빠른 프랑스 놈들이 우리가 갈 길에다 경계병을 세워 두었소.」 그가 말했다. 「인디언이랑 백인을. 우리는 안개를 틈타 지나갈 때 저들 사이로 지나가게 될 거요!」

「위험을 피해 돌아갈 수 없습니까?」 헤이워드가 물었다. 「지나가서 다시 길로 접어들면 안 될까요?」

「안개 속에서 행진을 하다 길을 벗어난 다음에 언제, 어떻게 되돌아갈지 누가 알겠소! 호리칸 호수의 안개는 평화로운 담뱃대나 모깃불에서 나오는 연기와는 다르단 말이오!」

그가 말하고 있을 때 쿵 하는 소리가 들리더니 대포알 하나가 덤불로 들어와 묘목에 맞은 뒤 그 반동에 더욱 세게 땅에 부딪쳤다. 인디언들은 곧장 끔찍한 소식을 전하는 전령의 수행원처럼 뒤따라 왔고, 웅카스는 손짓을 곁들여 델라웨어 말로 열심히 이야기했다.

「그럴지도 모르지.」 웅카스의 이야기가 끝나자 척후병이 중얼거렸다. 「중병을 치통처럼 가볍게 여겨선 안 되는 법이니까. 그럼, 갑시다. 안개가 깔리고 있으니.」

「잠깐!」 헤이워드가 외쳤다. 「우선 계획을 설명해 주십시오.」

「빨리 움직여야 하고, 승산도 별로 없지만, 아무것도 안 하는 것보다는 낫소. 여기 보이는 이 대포알이······.」 척후병은 발로 그 고철 덩이를 걷어차며 덧붙였다. 「요새로부터 날아와 땅에 떨어졌으니 그것이 만든 자국을 찾는 거요. 말은 이만 됐고, 따라오시오. 아니면 길을 가는 도중에 안개가 걷히고 양쪽 부대의 표적이 될 테니.」

말보다 행동이 급하다는 말에 헤이워드는 정말로 위기가 닥쳤음을 깨닫고 앞장선 호크아이의 희미한 모습에서 눈을 떼지 않은 채 자매 사이에 서서 그들을 이끌었다. 호크아이가 안개에 대해서 과장한 것이 아님을 곧 알 수 있었다. 20야드도 채 움직이지 않았지만, 서로의 모습조차 구별하기 어려워졌기 때문이다.

그들은 왼쪽으로 돌았다가 곧바로 다시 오른쪽으로 꺾었고, 헤이워드가 우군의 진영으로 절반쯤 왔다고 생각했을 때, 20피트 가까이에서 누군가 부르는 소리가 들려왔다.

「*Qui va là*(누굽니까)?」

「계속 가시오!」 척후병은 다시 한 번 왼쪽으로 길을 꺾으며 속삭였다.

「계속 가요!」 헤이워드도 되풀이해 말했다. 하지만 질문은 점점 위협적으로 여남은 번쯤 반복되었다.

「*C'est moi*(나요).」 헤이워드는 돕던 이들을 이끈다기보다는 질질 끌다시피 하면서 외쳤다.

「*Bête! qui? moi*(짐승 같은 놈! 누구냐? 나라니)*!*」

「*Ami de la France*(프랑스의 친구요).」

「*Tu m'as plus l'air d'un ennemi de la France, arrête! ou pardieu je te ferai ami du diable. Non! feu, camarades, feu*(오히려 프랑스의 적 같은데. 중지하라! 아니면 네놈을 친구 같은 악마로 만들어 주마. 안 돼! 발사. 동료들이여, 발사하라)*!*」

그 명령에 따라 안개 속은 50정의 머스킷 폭발음으로 소란스러웠다. 다행히 조준이 맞지 않아 총알은 도망자들의 방향과 다른 쪽으로 날아갔다. 하지만 그것은 매우 가까워서 데이비드와 여인들의 익숙하지 않은 귀에는 총알이 바로 옆을 스치고 지나간 것처럼 느껴졌다. 외침 소리가 다시 나왔고, 다시 발사할 뿐만 아니라 추적하라는 명령이 똑똑히 들려왔다. 헤이워드가 들은 말의 내용을 전하자 호크아이는 걸음을 멈추고 빨리 결정을 내려 단호히 말했다.

「우리도 공격합시다. 놈들은 그것이 출격이라고 생각하고 후퇴할 거요. 아니면 보강 병력을 기다리거나.」

계획은 좋았지만 효과는 없었다. 공격 소리를 듣는 순간, 호숫가에서 숲의 가장 끝까지 평지 전체가 머스킷이 덜컥거리는 소리로 살아난 것 같았다.

「병력 전체를 이쪽으로 불러 모아 전면 공격을 일으킬 것 같습니다.」 헤이워드가 말했다. 「친구여, 당신과 우리의 목숨을 위해 전진하십시오!」

척후병은 그에 따르고 싶었지만, 그 순간 마음이 급해졌고, 그 바람에 방향이 바뀌어 길을 잃고 말았다. 그는 뺨 양쪽을 이리저리 돌려보았지만 소용없었다. 양쪽 모두 차갑게 느껴졌다. 이 곤경의 순간 웅카스가 대포알 자국을 발견했다. 인접한 개밋둑 세 곳 사이가 갈라져 있었다.

「어디 보자!」 호크아이는 허리를 숙여 방향을 확인한 뒤 곧 앞으로 걸어갔다.

외침 소리, 욕설, 서로를 부르는 소리, 머스킷 총성이 사방에서 빠르고도 끊임없이 들려오는 것 같았다. 불현듯 반대편에서 강한 섬광이 번쩍이더니 안개가 위로 몰려 올라갔고, 대포 몇 발이 평야를 가로질러 날아왔다. 굉음을 받아치는 산의 굵직한 메아리도 울려 퍼졌다.

「요새에서 온 겁니다!」 호크아이가 뒤로 휙 돌아서며 외쳤다. 「그리고 우리는 얼간이처럼 마쿠아족의 칼이 기다리는 산속으로 달려가고 있었습니다.」

 실수를 확인한 순간부터 그들은 모두 열심히 반대쪽으로 되짚어갔다. 헤이워드는 코라의 부축을 기꺼이 웅카스에게 맡겼고, 코라는 고마운 도움을 금세 받아들였다. 분기탱천하여 그들을 뒤쫓는 자들의 발소리가 분명히 들려왔고, 시시각각 그들을 죽이거나 생포하겠다고 위협하고 있었다.

「*Point de quartier, aux coquins*(악당들을 살려 주지 말라)!」 작전을 지시하듯, 열심히 뒤쫓던 추적자가 외쳤다.

「꿋꿋이 버티며 태세를 갖추라, 나의 용감한 제60연대여!」 갑자기 위에서 목소리가 들려왔다. 「적을 대할 준비를 하라. 낮게 쏘고, 비탈을 휩쓸어라!」

「아버지! 아버지!」 안개 속을 꿰뚫는 목소리였다. 「저예요, 앨리스예요! 아버지의 막내, 엘시예요! 오, 멈추고 딸들을 구해 주세요!」

「중지!」 앞서 말한 사람이 아버지의 근심 어린 목소리로 외쳤고, 그 소리는 숲까지 닿아 메아리쳤다. 「그 애다! 신께서 아이들을 돌려보내셨다! 출격구를 열어라. 전장으로! 제60연대여, 전장으로! 방아쇠를 당기지 말라! 내 딸들이 죽는다! 검으로 저 프랑스 개들을 쫓아내라!」

 덩컨은 녹슨 경첩이 삐걱이며 문이 열리는 소리를 들었고, 그 소리를 따라 달려가다가 검붉은색 군복을 입은 병사들의 긴 행렬이 재빨리 비탈로 향하는 것을 보았다. 덩컨은 그들이 바로 자신의 소속인 제60연대임을 알아보고, 그들의 선두로 재빨리 달려가 뒤쫓던 추적자들을 흔적도 남기지 않고 전멸시켰다.

 한순간 코라와 앨리스는 예상치 못한 상황에 떨며 망연자실 서 있었다. 하지만 둘 중 누구 한 사람이 입을 열기도 전 거대한 체구의 군인이, 세월과 복무에 머리는 희끗희끗해졌으나 그로 인해 군인으로서의 기백이 사라졌다기보다는 부드러워진 모습으로 안개 속에서 튀어나와 그들을 끌어안았고, 창백하고 주름진 뺨에 뜨거운 눈물을 흘리며 스코틀랜드 특유의 억양으로 외쳤다.

「주여, 감사드립니다! 위험이 닥친다 하더라도, 이제 주님을 위해 일할 준비를 마쳤습니다!」

15

그렇다면 우리 들어가서 그의 용건을 들어 봅시다.
저 프랑스인이 한 마디 꺼내지 않아도
내 쉽게 짐작해서 맞힐 수 있겠지만.

「헨리 5세」 1막 1장 95~97행

그 후 며칠은 궁핍과 혼란, 포위의 위험에 시달리며 지나갔고, 이러한 위협을 가하는 병력을 당해 낼 만한 수단이 먼로에게는 없었다. 웹 장군과 허드슨 강가에서 졸고 있는 그의 군대는 동포가 겪고 있는 고생을 완전히 잊은 것 같았다. 몽캄은 통로가 되어 주는 숲에 야만인들을 가득 채웠고, 거기서 들려오는 고함 소리와 함성은 영국군의 막사에 울려 퍼지며 이미 그 위험이 실제보다 더 크다고 여기게 된 이들의 마음을 얼어붙게 했다.

하지만 포위된 이들은 그러지 않았다. 오히려 지휘관들의 말에 활기를 얻고, 그 모범에 자극을 받은 그들은 지휘관의 엄격한 성품에 어울리는 열의를 갖고 용기를 내어 그 명성을 유지해 냈다. 적과 대면하고자 야생의 숲을 뚫고 행군하며 겪은 고생에 만족하는 것처럼, 프랑스 장군은 그 유명한 지도력에도 불구하고 인접한 산지를 내버려 두었다. 거기에서라면 포위된 자들을 무사히 몰살시킬 수 있었을 것이므로 이후에 벌어진 전쟁이었더라면 그곳을 한시도 버려 두지 않았을 것이다. 이처럼 고지대를 무시하거나, 그곳을 오르는 고생을 두려워하는 태도는 당시 전쟁 특유의 약점이라 부를 수도 있다. 그것은 인디언들이 산에 오르기를 반대한 탓이었으며, 전투의 특징과 밀림의 상황으로 인해 요새가 드문 데다가 대포 같은 것은 무용지물이기 때문이었다. 이 같은 태도에서 비롯한 부주의함이 독립 전쟁에서는 더욱 심화되었고, 그로 인해 프랑스는 티콘데로가[39] 요새를 잃고, 버고인 장군의 부대가 당시 미국의 심장부로 진입하도록 문을 열어 준 셈이었다. 무지라 불러야 할지 외곬이라 불러야 할지, 산지를 이처럼 방치하는 것은 돌이켜 보면 놀라운 일이다. 디파이언스 산과 마찬가지로, 그곳을 오르기 힘들다는 생각은 다분히 과장된 것으로, 지금 이 같은 결정이라면 기지에서 작업을 계획하는 공병대의 평판이나 그곳을 지켜야 하는 장군의 평판에 치명적인 오점을 남겼을 것이다.

여행객이나 환자 혹은 자연의 아름다움을 애호하는 지금 여기서 묘사하려는 곳에 정보나 건강, 즐거움을 찾아 사두마차를 타고 달려오거나, 혹은 위험한 문제에 정치 생명을 걸었던 어느 정치가의[40] 지휘 하에 설치한 인공 호수를 따라 배를 타고 찾아올 때면, 자신의 조상들이 그 언덕을 넘었다거나 혹은 마찬가지로 배를 타고서 같은 물살을 헤치고 왔었다는 사실은 상상하기 어려울 것이다. 단 한 정의 중화기를 옮긴 것만으로 승리를 얻은 셈이었다. 게다가 접근성이 떨어져 필요한 화약을 조달할 수 없다면, 기껏 옮겨 놓은 대포도 쓸모없는 고철 덩어리에 불과했다.

이처럼 불리한 상황은 윌리엄 헨리를 방어하던 결의에 찬 스코틀랜드인의 운명을 심하게 압박하고 있었다. 적은 고지

---

39 뉴욕 시에서 프랑스인들의 정착지 몬트리올로 가는 길목에 위치한 마을이다 — 옮긴이주.

40 1828년 뉴욕 주지사로 사망한 드 위트 클린턴을 가리킨다.

를 방치해 두었지만, 그 대신 포대를 평지에 배치해 열심히, 노련하게 활용했다. 포위된 이들은 이 공격에 맞서 숲 속 요새의 불완전하고 급한 준비에 맞서 대항할 수 있을 따름이었다.

자신이 가담한 지 나흘째인 포위 닷새째 오후가 되어서야 휴전 협상이 이루어졌고, 헤이워드 소령은 그 덕분에 호수의 요새 방어물까지 걸어가 시원한 공기를 마시며 포위 상황을 살필 수 있었다. 제방 위에서 보초를 서는 초병 하나를 제외하면 그는 혼자였다. 일시적인 휴전 상태 덕분에 포병들도 휴식을 취하러 들어갔기 때문이었다. 저녁 시간은 기분 좋게 고요했으며 맑은 호수에서 불어오는 산들바람은 상쾌하게 마음을 진정시켜 주었다. 대포의 굉음과 총성이 멎자 자연의 여신도 그 순간 가장 부드럽고 매혹적인 모습을 보여 주는 것 같았다. 태양은 기후와 계절에 어울리는 따가운 빛으로 압박하는 대신 아름다운 석양빛을 발하고 있었다. 산의 녹음은 신선하고 아름다웠으며, 태양 아래로 옅은 연무가 퍼지면서 보다 부드러운 빛에 물들거나 그늘에 감추어져 있었다. 호리칸이 품고 있는 숱한 섬 가운데는 물에 잠긴 것처럼 가라앉은 것도 있었고, 녹색 벨벳을 깐 작은 언덕처럼 솟아나 있는 것도 있었다. 그 가운데서 공격군의 병사들이 평화롭게 배를 젓거나 유리처럼 맑은 물 위에서 조용히 고기를 낚고 있었다.

정적이며 동시에 활기찬 광경이었다. 자연에 속한 모든 것은 아름답거나 장엄했다. 반면 인간의 기분과 움직임에 따라 결정되는 것들은 활기에 넘치고 흥겨웠다.

작고 깨끗한 깃발 두 개가 내걸렸다. 하나는 요새의 철각 부분에, 또 하나는 공격군 최전방의 포대에 걸려 있었다. 휴전의 상징은 전사들의 행동뿐 아니라 감정에도 영향을 미치는 것 같았다. 그 뒤에는 영국과 프랑스의 큰 깃발이 비단 천을 펄럭이며 걸려 있었다.

명랑하고 경솔한 프랑스군 청년 1백여 명이 자갈 많은 호숫가에 나와 그물을 던지고 있었는데, 그곳은 요새에 소리 없이 버티고 있는 대포의 사정거리 안쪽이었지만 아랑곳없었다. 그들이 올리는 함성과 즐거운 노랫소리가 동쪽의 산에서 메아리가 되어 울려 퍼졌다. 호수의 물장난을 즐기러 뛰어드는 이들이 있는가 하면, 그들 민족답게 지치지 않는 호기심을 갖고 인근의 산에 오르는 이들도 있었다. 하지만 포위된 자들의 망을 보는 이들과 포위된 이들은 이 모든 여가 활동과 오락에서 제외되어 구경만 하고 있었다. 실제로 여기저기서 보초병이 노래를 부르거나, 숲의 소굴에서 야만인들까지 끌어들여 춤판을 벌이기도 했다. 간단히 말해, 모든 것이 잔인하고 보복적인 전쟁의 위험과 고난에서 빼낸 시간이라기보다는 흥겨운 축제 날에 가까운 광경이었다.

헤이워드는 생각에 잠겨 이 광경을 잠시 바라보고 서 있다가, 앞에서 언급한 출격구의 완만한 경사에서 발소리가 들려오자 시선을 돌렸다. 그는 요새 쪽으로 걸어가다가 호크아이가 프랑스 장교에게 잡힌 채 요새로 들어가는 모습을 보았다. 호크아이는 지치고 근심에 찬 모습이었고, 적의 손에 잡힌 것을 견딜 수 없는 몰락이라 느끼는 듯 절망적인 표정이었다. 손에는 그가 아끼는 무기도 없었고, 두 팔은 사슴 가죽 끈으로 등 뒤에서 묶여 있었다. 전령의 도착을 감추기 위해 지휘관이 도착하는 척하는 것은 그 무렵 너무 자주 일어나는 일이라서 헤이워드가 처음 무심히 그들을 바라보았을 때는 비슷한 임무를 띤 장교일 거라고 예상했다. 그러나 강건하지만 풀 죽은 장신의 남자가 누군지 확인하고 나자, 헤이워드는 놀라 빤히 쳐다보다가 비탈을 따라 내려갔다.

그러나 다른 이들의 목소리가 그의 관심을 끌어갔고, 순간 그는 하던 일을 모조리 잊어버렸다. 그 둑의 안쪽에서, 자매들이 그와 마찬가지로 바람도 쐬고 기분 전환을 하러 흉벽을 따라 걸어 나오고 있었던 것이다. 평원에서 오로지 두 자매의 안위를 지키기 위해 그들과 헤어졌던 그 가슴 아픈 순간 이후로 세 사람은 만나지 못했던 것이다. 헤이워드는 근심과 피로에 지쳐 있던 그들과 헤어졌었다. 이제 그들은 불안하기는 해도 꽃처럼 싱그럽게 아름다웠다. 그런 상황이라면, 청년이 그들에게 다가가기 위해 다른 모든 것을 잠시 잊어버려도 놀랄 일은 아니었다. 하지만 그는 순수하고 어린 앨리스의 목소리에 겁을 먹고 말았다.

「아! 배신자! 비겁한 기사! 전장에서 여인들을 버리다니!」 앨리스가 외쳤다. 「여기서 우리는 며칠째, 아니 몇 백 년째, 당신이 우리 발치에 엎드려 그렇게 비겁하게 뒷걸음질 친 것을, 아니, 꽁무니를 빼고 달아난 것을 잊어달라고 애원하길 기다리고 있었어요! 당신은 정말이지 우리의 친구 척후병의 말을 빌자면, 쫓기는 사슴보다 더 빨리 달아나 버렸으니까요!」

「앨리스가 감사와 축복을 전하고 있다는 거, 알고 계시죠.」 그보다 진지하고 사려 깊은 코라가 덧붙였다. 「사실, 우리는 소령님이 왜 딸들과 그 아버지의 감사를 받아야 할 자리에서 그렇게 단호하게 사라져 버렸는지 잘 알고 있어요.」

「아버님께서 말씀해 주실 거라 생각했어요. 비록 내가 두 사람 곁에 없었다 하더라도, 두 사람의 안전을 잊어버린 건 아니라고.」 청년이 대답했다. 「저기 마을 오두막을 얻어 내는 것이 급선무였거든요.」 그가 인근의 참호로 에워싼 막사를 가리키며 말했다. 「저곳을 얻어 내는 것은 이 요새와 그 안에 든 것을 손에 넣는 거나 마찬가지였어요. 우리가 헤어진 이후로 밤낮 저기서 지냈어요. 내 임무라 믿었기 때문이지만…….」 그는 억울함을 제대로 감추지 못하고서 이렇게 덧붙였다. 「군인다운 행동이라 믿었던 것이 그렇게 여겨질 줄 알았더라면,

그곳에서 지낸 이유 중 하나는 수치심이었겠군요.」

「헤이워드! 덩컨!」앨리스가 얼굴을 반쯤 돌린 그의 표정을 읽기 위해 허리를 숙였고, 그러자 금발 한 가닥이 상기된 그녀의 얼굴에 붙어 눈에 고이던 눈물을 감추어 줄 뻔했다.「이 어리석은 말이 당신을 아프게 했다면 앞으로 영원히 입을 다물겠어요! 우리가 당신의 봉사를 얼마나 칭송했는지, 그리고 얼마나 깊이, 열렬히 감사했는지 코라가 말해 줄 수 있어요!」

「그렇다면 코라가 그 사실을 증명해 주겠습니까?」헤이워드는 기쁨의 미소로 얼굴에서 먹구름을 걷어 내며 외쳤다.「진지한 언니는 뭐라고 할 겁니까? 숙녀들을 호위하는 기사의 의무를 게을리 한 것은 군인의 의무를 다하기 위함이었다고 변명해 줄 겁니까?」

코라는 곧바로 대답하지 않고, 호리칸 호수를 바라보며 얼굴을 돌렸다. 그녀가 검은 눈동자를 자신에게로 돌리자, 청년은 그 눈빛에 어려 있는 번민을 보고 상냥한 염려 이외의 모든 생각을 잊어버렸다.

「몸이 좋지 않군요, 친애하는 먼로 양!」헤이워드가 외쳤다.「당신이 괴로워하는 사이에 쓸데없는 말장난이나 하다니!」

「아무것도 아니에요.」코라는 여인답게 그가 내민 손을 거절하며 대답했다.「순진하지만 열렬한 마음을 가진 제 동생처럼 삶의 밝은 면을 볼 수 없다는 건……」코라는 동생의 팔을 가볍게, 하지만 애정 어린 손길로 잡으며 덧붙였다.「경험 탓이거나, 타고난 불행이겠죠.」그녀는 의무감에 약한 모습을 떨쳐 버리기로 결심한 듯 말했다.「주위를 돌아보세요, 헤이워드 소령님. 그리고 아버지의 명예와 군인으로서의 명성을 가장 큰 행복으로 여기는 딸에게, 앞으로의 전망에 대해 말씀해 보세요!」

「아버님께서 통제할 수 없는 상황이니, 그분의 명예와 명성에는 아무런 흠도 남지 않을 겁니다.」 헤이워드가 따뜻하게 대답했다. 「하지만 그 말을 들으니 내 임무가 생각나는군요. 아버님을 뵙고 방어에 대해 새로 내리신 결정을 들어야 합니다. 고귀한 코라, 신께서 당신을 축복하시기를.」 코라는 그에게 선뜻 손을 내밀었지만, 입술은 떨리고 있었고 뺨은 차츰 잿빛으로 질려 갔다. 「무슨 일이 일어나더라도, 당신은 여성의 명예를 빛나게 한 인물이 될 겁니다. 앨리스, 작별을.」 경의를 담았던 그의 어조가 부드럽게 바뀌었다. 「작별을, 앨리스. 곧 다시 만납시다. 승리를 축하하는 자리에서 말입니다!」

청년은 두 사람의 대답을 기다리지 않고, 풀이 자라는 층계를 내려가 재빨리 그들의 아버지를 만나러 갔다. 헤이워드가 막사로 들어가자, 먼로는 불안한 태도로 좁은 건물 안을 성큼성큼 걸어 다니고 있었다.

「내가 보자고 할 줄 알았나 보군, 헤이워드 소령.」 그가 말했다. 「지금 막 면회를 요청하려고 했는데.」

「제가 그렇게 추천했던 전령이 프랑스군의 포로가 되다니, 유감입니다! 그의 충성을 의심할 일은 없겠지요?」

「〈롱 라이플〉의 충성심은 나도 잘 알고 있네.」 먼로가 대답했다. 「그리고 의심할 여지도 없고. 하지만 여느 때 그를 따르던 행운이 결국 그를 버린 모양이네. 몽캄이 그를 잡아서는, 그 민족의 저주받은 예의범절에 따라 〈내가 그 친구를 얼마나 귀중히 여기는지 알고 있으니 그를 붙잡아 둘 생각은 할 수 없다〉는 헛소리를 하면서 그를 보냈네. 사람에게 불운을 전하는 아주 음흉한 방법이 아닌가, 덩컨 헤이워드 소령!」

「하지만, 장군과 원군은?」

「들어오면서 남쪽을 봐도 그들이 아직 안 보이지 않았나!」 늙은 군인은 쓰디쓰게 웃으며 말했다. 「저런! 저런! 자네는 정말 성미가 급하군. 장군에게 느긋하게 행군할 시간을 줘야지!」

「그럼 오고 있는 겁니까? 척후병이 그렇게 말했습니까?」

「언제? 그리고 어느 경로로? 그 얼간이 같은 척후병이 그 말을 빼먹었네! 게다가 서신이 있었던 모양이야. 이 사안에서 유일하게 마음에 드는 건 그것뿐이네. 자네가 호의를 갖고 있는 몽캄 후작이 — 내 장담하는데 그자는 그런 작위를 한 다스는 사들였을 거네 — 여하튼 그가 평소에 하는 행실로 보아 서신에 적힌 소식이 나쁜 소식이었더라면 필시 우리한테 알렸을 것이니!」

「그럼, 그들이 전령은 풀어 주고 서신을 갖고 있다는 말씀입니까?」

「그렇네, 그렇게 했지. 자네가 〈착한 성품〉이라고 부른 덕분이라네. 아마도 그 자식의 할아비는 무용이라는 고귀한 학문을 가르치는 작자였을 거다!」

「하지만 척후병은 뭐라고 하던가요? 그에게도 눈과 귀와 혀가 있으니 말입니다! 그가 구두로는 무슨 보고를 했습니까?」

「아! 소령, 물론 그에게 이목구비가 없지 않으니 보고 들은 이야기를 모조리 전할 수 있지. 그 내용은 이러하네. 허드슨 강가에 국왕의 요새가 있는데, 요크 공을 기려 에드워드라고 부르며, 거기에는 무기를 잘 갖춘 군인이 가득하다는 것이네!」

「하지만 우리를 구하기 위해 움직일 조짐이나 의도는 전혀 없다는 겁니까?」

「조석으로 행군은 하고 있지만, 아직은 아무 움직임이 없네. 하지만 그곳의 얼간이들 중 하나가 자칫 화약을 잘못 떨어뜨렸다 하면 일촉즉발의 상황이 되는 거지! 덩컨, 자네도 절반은 스코틀랜드인이니 내 말이 무슨 뜻인지 알겠지」[41] 그는 신랄하게 비꼬는 말투에서 갑자기 진지한 말투로 바꾸더

---

41 먼로는 여기서 스코틀랜드에서 자주 쓰는 속어를 쓰고 있다 — 옮긴이주.

니, 곰곰이 생각하는 표정으로 말했다.「하지만 그 서신에는 뭔가 들어 있을 거야. 들어 있는 것이 분명하고, 알면 좋은 내용일 텐데!」

「속히 결정을 내려야 합니다.」헤이워드는 이처럼 지휘관의 기분이 바뀌는 사이 더 중요한 용건을 말할 수 있어 다행이라 여겼다.「사령관님, 오랫동안 버틸 수는 없을 거라는 사실을 감출 수 없습니다. 그리고 유감이지만, 요새에서도 상황은 마찬가지인 것 같습니다. 대포 절반 이상이 부서졌습니다.」

「그러지 않을 리가 있겠나! 호수에서 건진 것도 있고 이곳을 발견한 이래 숲에서 녹슬고 있었던 것도 있으니! 게다가 어떤 것은 아예 대포도 아니지, 사병의 장난감일 뿐! 소령, 자네는 이 야생 숲 한복판에 왕립 군수 공장을 지을 수 있을 것 같나? 대영 제국에서 3천 마일이나 떨어진 이곳에!」

「벽이 무너져 내리는 소리가 들려오고, 식량도 떨어지고 있습니다.」지휘관이 이처럼 또 분노를 터뜨리는 데도 불구하고 헤이워드는 이야기를 계속했다.「병사들에게도 불만과 불안의 기색이 역력합니다.」

「헤이워드 소령.」먼로가 나이와 계급에 어울리는 위엄을 갖추고 젊은 부하에게 말했다.「내 국왕 폐하의 군대에서 반세기를 복무하며 반백이 되었는데, 자네가 말한 내용과 우리의 힘든 상황을 모른다면 그 세월이 다 헛되겠지. 하지만 모든 것이 무기 탓이라 하더라도, 우리 탓도 있네. 지원군이 와 준다는 희망이 있는 한 호숫가에 모인 자갈돌을 갖고 싸워야 한다 하더라도 나는 이 요새를 지킬 생각이네. 그러니 우리에게 필요한 건 그 편지이고, 런던 공작이 우리에게 대리인으로 두고 간 웹의 의도를 알아야 하네.」

「그 문제에 대해서는 제가 도와 드릴 수 있습니다.」

「소령, 그렇지. 몽캄 후작이 예의를 차린답시고 보루와 자신의 막사 사이에서 직접 만나자고 청해 왔네. 추가 정보를 전하기 위한 거라고 하더군. 그자를 만나 불필요한 염려를 드러내는 것은 현명하지 못한 처사인 것 같으니, 장교인 자네를 내 대리인으로 보내겠네. 스코틀랜드의 신사들은 이 세상 어느 나라 사람에게든 제대로 예의를 지키지 않으면 안 되니 말이네!」

헤이워드는 국가의 사절로서 중대사를 의논하는 큰 임무를 맡는다는 생각보다는, 상관을 대신하는 일이라고 생각해 기꺼이 동의했다. 긴 밀담은 계속되었고, 헤이워드는 사령관의 경험과 기민한 성품으로부터 자신이 맡게 된 일에 대해 좀 더 파악하고 난 후 막사를 떠났다.

헤이워드는 요새 사령관의 대리자로서만 행동할 뿐이었으므로, 대치한 부대의 대장 사이 만남에 갖추어야 할 의전은 당연히 생략되었다. 휴전 협정은 여전히 발효 중이었고, 북소리와 함께 헤이워드는 조그만 백기를 들고 지시를 받은 지 10분 만에 출격구를 나섰다. 프랑스의 장교가 앞에 나와 의례를 갖추어 맞이했고 곧 프랑스군을 통솔하는 유명한 군인과 대면하게 되었다.

적의 장군은 고위 장교들과 함께 젊은 대리인을 맞이했고, 함께 전장에 나온 서너 부족의 원주민 추장들도 줄지어 서 있었다. 헤이워드는 추장들을 재빨리 훑어보다가 마구아가 그 특유의 교활한 표정으로 침착하지만 무뚝뚝하게 노려보는 눈빛과 맞닥뜨리곤 걸음을 흠칫 멈췄다. 젊은 그의 입에서는 작은 탄성까지 흘러나왔다. 하지만 곧 자신의 임무와 그 자리를 기억해 내고 모든 감정을 억누르며 이미 그를 맞이하러 한 발자국 앞으로 나와 있는 적군의 지휘관을 바라보았다.

이때 몽캄 후작은 한창때의 나이였으며, 또한 승승장구하고 있었다. 그러나 그처럼 부러움을 살 만한 상황에서도 그는 상냥했으며, 기사다운 용기와 예의 바른 태도로 유명했다. 그리고 그 용기 덕분에 꼭 2년 뒤 그는 에이브러햄 평원에서 목숨을 내던지게 된다. 마구아의 적대적인 표정에서 눈을 돌린 헤이워드는 미소를 짓고 있는 프랑스 장군의 세련된 모습과 고귀하고 군인다운 태도를 반가운 마음으로 바라보았다.

「*Monsieur*(소령).」 장군이 말했다. 「*J'ai beaucoup de plaisir à — bah! où est cet interprête*(만나서 반갑소 — 아! 통역관이 어디 갔지)?」

「*Je crois monsieur, qu'il ne sera pas nécessaire*(장군님, 통역은 필요 없을 것 같습니다).」 헤이워드가 겸손히 대답했다. 「*Je parle un peu Français*(저도 프랑스어를 할 수 있습니다).」

「*Ah! j'en suis bien aise*(아! 그거 편리하군).」 몽캄은 친근하게 헤이워드의 팔을 잡고서 사람들에게 들리지 않는, 막사 안쪽으로 안내했다. 「*Je déteste ces fripons-là, on ne sait jamais sur quel piè, on est avec eux. Eh, bien! monsieur*(저 악당들이 싫거든. 저자들과 있으면 속셈을 알 수가 없소. 아, 잘됐군! 소령)!」 그는 계속 프랑스어로 이야기를 했다. 「사령관을 만났다면 자랑스러웠겠지만, 당신처럼 유명하고 친절한 장교를 보내는 것이 적절하다 생각하셨다니 반갑소.」

상대의 어떤 계략에도 국왕의 이익을 잊지 않기로 영웅적인 결심을 했음에도 불구하고, 헤이워드는 그 칭찬에 기분이 좋아져 고개 숙여 인사했다. 몽캄은 잠시 생각을 정리하는 듯하더니 이야기를 진행했다.

「당신의 사령관은 용감한 사람이고, 나의 공격을 격퇴할 자격이 있소. 하지만 소령, 용기보다는 인류애를 생각해야 할 때가 아니오? 그 역시 다른 자질 만큼이나 영웅의 자질이라고 생각하오만!」

「인류애와 용기를 분리할 수 없다고 생각합니다.」 헤이워드는 미소를 지으며 대답했다. 「장군님께서 인간애를 자극할 동기는 충분히 있지만, 용기를 발휘하라고 격려할 필요는 없을 것 같군요.」

몽캄도 답례로 고개를 살짝 숙여 인사했지만, 그것은 상대가 말한 내용에 대한 행동이라기보다는 자동으로 나오는 습관적인 반응 같았다. 잠시 생각하더니 그는 이렇게 덧붙였다.

「나의 망원경을 통해 본 것이 틀렸을 수도 있고, 내 예상보다 당신의 보루가 우리 포격에 더 버텨 낼 수도 있소. 우리의 병력에 대해 아시오?」

「여러 가지 추산이 나왔습니다만…….」 헤이워드는 태연히 말했다. 「가장 높게 예상해도 2만을 넘지는 않습니다.」

프랑스인은 입술을 깨물더니 헤이워드의 생각을 읽으려는 듯 뚫어지게 바라보았다. 그러더니 그는 특유의 의욕적인 태도로, 실제보다 두 배인 그 예상이 옳다고 인정하려는 듯 이야기를 계속했다.

「소령, 그건 우리 병사들의 조심스러운 움직임을 서투르게 칭찬하는 것 같소. 하지만 아무리 노력해도 병력 수를 감출 수는 없소. 이 숲 속에서는 가능하다고 생각할지 모르지만 말이오. 인간애에 대한 호소에 귀를 기울이기에는 너무 이르다고 생각하겠지만…….」 그는 미소를 지으며 덧붙였다. 「소령처럼 젊은 사람은 용기를 잃지 않는다고 생각하겠소. 그런데, 사령관의 딸들이 저 요새를 지은 후에 도착했다고 들었소만?」

「사실입니다, 장군님. 하지만, 따님들이 우리의 작전을 약화시키기는커녕 몸소 용기의 모범이 되고 있습니다. 몽캄 장군님처럼 뛰어난 군인을 격퇴하는 데 결의만이 필요하다면, 저는 기꺼이 윌리엄 헨리의 방어를 그 큰 따님에게 맡기겠습니다.」

「우리 살리 지족의 법률에 〈프랑스의 왕은 창에 쓸 재목을 지팡이로 쓰지 않을 지어다〉라는 현명한 조항이 있소.」 몽캄이 약간 오만한 태도로 건조하게 말했다. 하지만 금세 이전의 솔직하고 편안한 태도로 돌아가더니 이처럼 덧붙였다. 「모든 고결한 자질은 부모로부터 물려받는 것이긴 하나, 앞에서도 말했듯 용기에는 한계가 있고 인간애를 잊어서도 안 될 것이오. 소령, 항복 협정을 맺으러 온 것이라고 믿소만?」

「그런 조치가 필요하다고 여길 정도로 우리의 방어가 허약하다 생각하셨습니까!」

「그런 식으로 방어를 연장시켜 저기 붉은 친구들을 짜증내게 만든 건 유감으로 생각하오.」 몽캄은 상대의 질문에 대답하지 않고, 엄숙하고 조심스러운 표정으로 서 있는 인디언들에게 시선을 보내며 말했다. 「지금도 저들을 전투에 내보내지 않는 것이 어렵소.」

헤이워드는 입을 다물었다. 그가 바로 얼마 전 겪은 위험과, 같이 위험을 겪었던 연약한 여인들의 모습이 고통스럽게 떠올랐다.

「*Ces messieurs-là*(저들은)······.」 기회를 포착했다고 여긴 몽캄이 말했다. 「화가 나면 대단히 무섭소. 저들이 얼마나 힘들게 분노를 참고 있는지 설명할 필요는 없을 것이오. 아, 좋소, 소령! 그렇다면 조건에 대해 이야기해도 되겠소?」

「장군님께서 윌리엄 헨리의 위력과 그 수비대의 결의를 착각하신 것 같습니다!」

「퀘벡 이전에 함락시키지 못한 보루는 단 하나 뿐이었는데, 2천3백 명의 용감한 군인들이 지키는 흙 보루였소.」 간결한 대답이었다.

「우리의 보루는 분명 흙이고, 다이아몬드 곶처럼 바위 위에 세운 것도 아닙니다. 하지만 그들은 물가에 서서 디스카우와 그의 군대를 파멸시켰습니다. 여기서 몇 시간 거리에 강력한 군대가 있으니, 그들도 우리를 도울 거라 믿습니다.」

「6천 내지는 8천 명이 지휘관의 현명한 판단하에 전장으로 나서기보다는 보루에 남아 있지.」 몽캄은 더욱 냉담한 태도로 대답했다.

과대평가한 것이 분명한 병력을 몽캄이 냉정하게 언급하자, 이번에는 헤이워드가 초조한 심정으로 입술을 깨물 차례였다. 두 사람은 말없이 생각에 잠겨 있었는데, 몽캄이 상대가 온 것은 오로지 항복의 조건을 제시하기 위함이라 여겼다는 투로 대화를 재개했다. 반면 헤이워드는 프랑스의 장군이 도중에 낚아챈 서신을 통해 알게 된 사실이 뭔지 알아보고자 다양한 미끼를 던지기 시작했다. 하지만 두 사람의 책략은 모두 실패했다. 헤이워드는 그 후로도 한참 동안 아무런 성과 없는 대화를 나눈 뒤, 적의 수장이 지닌 예의와 재능은 높이 평가하게 되었으나 알고자 한 사실에 대해서는 전혀 수확이 없는 채로 물러났다. 몽캄은 막사 입구까지 그를 따라 나오면서 중간 지점에서 사령관끼리 만나자는 제안을 다시 내놓았다.

그들은 헤어졌고, 헤이워드는 앞서와 마찬가지로 수행을 받아 프랑스군 전초 기지로 돌아갔다. 거기서 그는 요새로 곧장 들어가 사령관을 찾았다.

16

에드가 전쟁을 하기 전에 이 편지를 뜯어보십시오.

「리어 왕」 5막 1장 40행

헤이워드 소령이 들어가자 먼로는 딸들과 함께 있었다. 앨리스는 아버지의 무릎에 앉아 섬세한 손가락으로 희끗희끗한 머리카락을 헤집고 있었다. 그리고 아버지가 그녀의 장난에 인상을 찡그리는 척할 때마다, 그 노여움을 달래기 위해 앨리스는 붉은 입술을 주름진 이마에 눌러 댔다. 코라는 옆에서 침착하고 즐거운 구경꾼 노릇을 하면서, 그녀 특유의 모성애로 어린 동생의 어리광을 바라보고 있었다. 이미 겪은 위험뿐만 아니라 곧 닥쳐올지도 모르는 위험까지도 이처럼 단란한 즐거움 속에서는 잠시 사라진 것 같았다. 짧은 휴전 기간이 가장 순수하고 고상한 애정을 나누는 데 할애된 듯 했다. 헤이워드는 도착을 보고하기 위해 미리 알리지 않고 들어왔다가 한동안 한쪽에 비껴서서 즐거운 마음으로 몰래 그 광경을 지켜보았다. 하지만 바지런한 앨리스의 시선이 거울에 비친 그의 모습을 곧 알아보고는 얼굴을 붉히며 아버지 무릎에서 일어나 외쳤다.

「헤이워드 소령님!」

「그 녀석은 왜?」 아버지가 물었다. 「프랑스 놈한테서 뭐 좀 알아보라고 보냈는데. 아, 소령! 자네는 젊고 빠르군! 자, 너는 나가거라! 너처럼 조잘조잘 말 많은 말괄량이가 따라다니지 않아도 군인한테는 성가신 일이 많은 법이니!」

코라는 숙소 안에 자신들이 함께 있는 것이 좋지 않다고 판단하자 곧장 일어났고, 앨리스는 웃으며 언니를 뒤따랐다. 먼로는 청년이 맡은 일의 결과를 묻는 대신 뒷짐을 지고 생각에 잠긴 사람처럼 머리를 숙이고 방 안을 걸어다녔다. 한참만에야 그는 아버지의 애정을 담은 눈을 들고 말했다.

「저 애들은 훌륭한 딸이네, 헤이워드. 누구라도 자랑할 만하지!」

「지금은 따님들에 대한 제 의견을 물으실 때가 아닙니다, 먼로 대령(大領).」

「그렇지, 그렇지.」 성급한 노인이 말을 잘랐다. 「도착하던 날, 자네는 그 문제에 대해 마음을 털어놓고 이야기하려고 했었지. 하지만 나는 국왕의 적이 초대도 받지 않고 찾아오겠다는 와중에 혼인을 축복하거나 결혼에 대한 농담을 하는 것은 늙은 군인에게 어울리지 않는 짓이라고 여겼지. 하지만 내 생각이 틀렸네, 덩컨. 내가 틀렸어. 이제 자네 말을 들어 보고 싶네.」

「대령님, 그렇게 말씀하시니 반갑기는 하지만, 지금 당장은 몽캄이 보낸 전갈이 있습니다.」

「그 프랑스 놈과 그의 후원자들은 전부 악마나 만나라고 하게!」 조급한 노익장이 외쳤다. 「놈은 아직 윌리엄 헨리의 주인이 아니고, 앞으로도 그렇게 될 리는 없네. 웹이 자기 의무만 다한다면 말일세. 그러하네, 소령! 먼로가 자기 가족에 관한 의무를 다하지 못할 만큼 힘든 상황은 아니지 않은가! 자네 모친은 내 절친한 친구의 외동딸이었네, 덩컨. 세인트루이스의 기사들이 전부 출격구에 모여 머리에 프랑스의 수호

성자를 얹고 한마디 하자고 졸라도, 자네 말을 먼저 들을 것이네. 설탕 통으로 사들일 수 있는 기사 작위에다, 두 푼짜리 후작 작위라니! 티슬 훈장은 위엄과 오랜 유풍을 상징하는 훈장이지! 그거야 말로 〈네모 메 임푸네 라케시트〉[42]지! 자네의 조상들은 그런 분들이었고, 스코틀랜드 귀족의 상징이었네, 덩컨.」

상관이 프랑스 장군의 전갈을 무시하며 악의적으로 기뻐한다는 사실을 깨달은 헤이워드는 오래 버티지도 못할 심술에 맞장구쳐 주기가 싫었다. 그래서 그 문제에 대해 최대한 무관심한 척 대답했다.

「아시다시피, 사령관님, 저는 사위가 될 수 있는 영광을 얻게 해달라고 부탁드리기까지 했습니다.」

「그렇지, 자네 말을 참 쉽게 하는군! 하지만 한 번 물어보세, 소령. 그 애한테도 그렇게 쉽게 알아들을 수 있도록 말했나?」

「제 명예를 걸고, 그러지 않았습니다.」 덩컨이 진심을 다해 대답했다. 「제가 그런 목적으로 상황을 이용했다면, 저를 믿어 주신 분에 대한 배신이었을 겁니다!」

「헤이워드 소령, 자네의 생각은 신사답고 훌륭한 것이네. 하지만 코라 먼로는 지나치게 조심스럽고 고상하고 잘난 아이라 아버지 보호조차 필요 없다고 여긴다네.」

「코라 말씀이십니까!」

「그렇지, 코라! 먼로의 딸에 대해 이야기하는 것이 아닌가, 소령?」

「저, 저, 저는 그녀의 이름을 거론하신 줄 몰랐습니다.」 덩컨이 더듬거리며 말했다.

「그렇다면, 내 허락을 받아 누구와 결혼하기를 바랐던 건

---

42 *nemo me impune lacessit*. 스코틀랜드의 티슬 훈장의 모토이며, 〈아무도 벌받지 않고서는 나를 상하게 하지 못하리라〉는 의미이다 — 옮긴이주.

가, 헤이워드 소령.」 대령은 감정이 상해 몸을 일으켜 세웠다.

「또 한 분 더, 역시 아름다운 따님이 계시지 않습니까.」

「앨리스라고!」 그녀의 언니 이름을 말했을 때 덩컨이 놀란 것처럼 그 아버지 역시 놀라며 외쳤다.

「제가 바란 것은 그쪽이었습니다, 사령관님.」

청년은 전혀 예상하지 못한 쪽으로 흘러간 이 대화의 예사롭지 않은 결과를 말없이 기다리고 있었다. 몇 분 동안 먼로는 방 안을 휘적휘적 걸어 다니며 딱딱한 얼굴 표정을 실룩거렸고, 그의 마음은 온통 머릿속의 생각에 골몰하는 것 같았다. 한참만에야 그는 헤이워드 앞에 서더니 상대의 눈을 응시하며, 떨리는 입술로 말했다.

「덩컨 헤이워드, 자네의 혈관 속에 흐르는 피 때문에 자네를 사랑해 왔네. 자네의 훌륭한 자질 때문에 사랑해 왔고. 자네가 내 딸을 행복하게 해주리라 생각했기 때문에 사랑해 왔네. 하지만 내가 그토록 염려하는 것이 사실이라면, 이 모든 사랑은 미움으로 바뀔 것일세!」

「제 행동이나 생각이 그런 변화를 일으킬 법하다면, 신께서 막아 주실 겁니다!」 젊은이는 꿰뚫을 듯 바라보는 상대의 시선에 조금도 위축되지 않고 외쳤다. 먼로는 자신의 가슴속에 감추어 둔 감정을 덩컨이 이해할 수 없을 거라고 말하는 대신 상대의 변함없는 표정에 마음이 누그러져 훨씬 부드러워진 목소리로 말했다.

「자네는 내 아들이 되고 싶다지만, 이 아버지라 부를 사람의 내력을 모르고 있지, 덩컨. 앉게. 내 간략히 이 굳은 가슴의 상처를 알려 주겠네.」

그즈음 몽캄의 전갈은 그것을 들어야 하는 사람에게나 전해야 하는 사람에게나 모두 잊혔다. 둘은 의자를 끌어당겨 앉았고 대령이 슬픈 듯 생각에 잠겨 있는 사이, 청년은 예의를 갖추어 주목하는 표정과 자세로 조급한 마음을 억눌렀다. 대령이 입을 열었다.

「이미 우리 집안이 유서 깊고 명망 있다는 사실은 알고 있겠지, 헤이워드 소령.」 먼로가 말했다. 「하지만 거기 어울리는 재산을 가진 것은 아니라네. 아마 내가 어느 지주의 외동딸, 앨리스 그레이엄과 약혼했을 때 자네와 비슷했을 것이네. 하지만 그녀의 아버지는 내가 가난하다는 이유로 우리 사이를 못마땅하게 여겼지. 그래서 나는 정직한 사내가 해야 할 일을 했네. 그 아가씨와 파혼해 주고, 입대해 외국으로 떠났지. 여러 곳을 다녔고, 이곳저곳에서 피를 흘리다가 서인도 제도까지 가게 되었네. 거기서 나는 곧 내 아내가 되어 코라를 낳을 사람과 사귀게 되었네. 그곳 섬에 사는 신사와 어느 부인의 딸이었는데……」 대령은 당당히 말했다. 「그 부인은 불행히도 부유한 사람들의 요구를 들어주기 위해 비천한 노예가 되었던 불운한 계급의 후손이었네! 그렇지, 스코틀랜드는 외국인들과 무역 거래를 하는 사람들과 부자연스럽게 엮이니 그런 저주스러운 일이 자주 따라다니지. 하지만 내 딸아이를 바라보며, 그 아비의 분노가 얼마나 큰지 가늠할 수 있는 사람이 있겠는가! 흥! 헤이워드 소령, 자네도 그 불운한 이들이 자네보다 열등한 민족이라 여기는 남부에서 태어나지 않았는가?」

「유감스럽지만, 그건 사실입니다, 사령관님.」 덩컨이 더 이상 당혹스러운 마음에 눈을 내리깔고 있을 수 없어 말했다.

「그래서 내 딸을 경멸하는군! 헤이워드 집안의 피를, 그 애가 아무리 예쁘고 정숙해도 그처럼 천한 피와 섞일 수 없다는 건가?」 분노한 아버지는 맹렬히 따졌다.

「하늘이 보우하사 그런 억울한 편견은 버려 주십시오!」 덩컨은 이렇게 대답했지만, 그와 동시에 자신의 본성에 깊이 뿌리박고 있던 것처럼 느껴지는 그 감정을 의식하기도 했다.

「먼로 대령님, 막내 따님의 상냥함과 아름다움, 매력을 아신다면 이런 부당한 누명을 씌우지 않고도 제 뜻을 이해하실 겁니다.」

「자네 말이 옳네.」 대령은 상냥한, 혹은 누그러진 목소리로 돌아가 말했다. 「그 애는 그 나이 때, 슬픔을 알기 전의 제 엄마와 꼭 닮았지. 죽음이 처와 나를 갈라놓고 난 후 나는 결혼으로 부유해져 스코틀랜드로 돌아갔네. 그랬더니 그 가련한 천사가 자신을 잊을 수도 있었던 사내를 위해 20년이나 독신으로 살았다니, 믿을 수 있겠나, 덩컨! 그뿐만이 아니었네. 그녀는 내가 신의를 저버린 일도 눈감아 주었고, 모든 걸림돌이 사라졌다면서 나를 남편으로 맞아 주었네.」

「그래서 앨리스의 어머니가 되신 것이군요!」 덩컨의 열렬한 태도는, 먼로가 그때처럼 추억에 몰두해 있지 않았다면 위험했을지도 모른다.

「그렇지.」 대령이 말했다. 「그러고는 그 축복에 비싼 값을 치렀네. 하지만 이제는 성녀가 되어 천국에 있네, 소령. 그렇게 축복받은 이를 슬퍼하며 무덤에서 발걸음을 떼지 못하는 건 어울리지 않는 짓이네. 내 비록 그녀와 1년밖에 살지 못했지만 말이야. 희망 없는 연모에 사로잡혀 그녀의 젊음이 시들어가는 모습을 지켜본 이에게, 참으로 짧은 행복이었지!」

대령의 괴로움이 너무나 강렬한 나머지 헤이워드는 위로의 말 한 마디조차 꺼내지 못했다. 먼로는 두 눈에서 굵은 눈물을 바닥까지 줄줄 흘리며 회한 가득한 표정으로 누군가 함께 있다는 사실을 완전히 잊은 채 앉아 있었다. 한참만에야 그는 기억에서 불쑥 되돌아온 것처럼 몸을 움직였다. 일어나 방을 한 바퀴 돌고 나더니 군인다운 위엄으로 헤이워드에게 다가와 물었다.

「헤이워드 소령, 몽캄 후작으로부터 내게 전할 내용이 있지 않나?」

덩컨은 깜짝 놀라 당황스러운 목소리로 거의 잊고 있었던 전갈을 바로 전했다. 헤이워드가 서신의 내용을 알아내고자 시도할 때마다 프랑스 장군이 교묘하고 정중하게 요리조리 피했던 것이나, 분명하지만 듣기 좋은 소리로 적에게 그 서신을 직접 받지 않는다면 영영 받지 못하리라는 사실을 알려 준 것은 깊이 생각하지 않아도 알 수 있는 일이었다. 덩컨이 전하는 내용을 자세히 듣는 동안 아버지의 격양된 감정은 맡은 임무 앞에서 차츰 사라졌고, 이야기를 끝낸 헤이워드 앞에는 군인의 자부심에 상처를 받은 노병만이 서 있었다.

「그만하게, 헤이워드 소령!」 분노한 대령이 외쳤다. 「프랑스의 예절에 대한 설명은 책 한 권을 쓰고도 남겠으니! 그러니까 그 신사가 나를 만나자고 불러 내가 유능한 대리인을 보냈더니 — 덩컨, 자네가 아직 어리지만 그만한 인물이니 말일세 — 그랬더니 그자가 수수께끼로 대답을 내놓았단 말이군!」

「대령님, 그가 대리인을 못마땅하게 여겼을지도 모릅니다. 그가 재차 초대한 상대는 하급자가 아닌 사령관이니까요.」

「흠, 소령, 대리인이란 그 임무를 맡긴 사람의 권력과 위엄을 모두 대신하는 사람 아니던가! 그가 먼로랑 이야기를 하고 싶다니! 그자의 병력이 우세해 항복을 권고한다 해도 우리가 얼마나 꿋꿋이 버티고 있는지 보고 싶어 한다면 원하는 대로 해주지! 그렇게 한다고 잘못될 일은 없을 걸세.」

척후병이 가져온 서신의 내용을 빨리 알아내는 것이 가장 중요하다고 믿은 덩컨은 기꺼이 그렇다고 맞장구쳤다.

「그가 우리의 무심한 태도를 보면 그렇게 자신만만하게 굴지 못할 것이 분명합니다.」 그가 말했다.

「그 말이 맞네. 그가 대낮에 돌격대의 모습으로 보루에 찾아왔으면 좋겠군. 그렇다면 적의 상태를 확인하는 데 가장 믿을 만한 방법이 될 것이고, 그가 고른 방법보다 훨씬 더 좋을 텐데. 자네의 무슈 보방이 술책을 쓰는 바람에, 전쟁의 아름다움과 남자다움에 대단히 큰 타격을 받았네. 우리 조상님들은 그 따위 과학이나 따지는 겁쟁이들과는 전혀 다르셨지!」

「옳은 말씀일지도 모르지만, 대령님. 이제 우리는 술책은 술책으로 물리쳐야 합니다. 대담 문제에서 어떤 점이 마음에 드십니까?」

「두려울 것 없이, 지체하지 않고 그 프랑스인을 만나겠네. 국왕 폐하의 신하답게 빨리 움직여야지. 헤이워드 소령, 가서 음악을 연주시키고, 누가 갈 것인지 알리는 전령을 보내게. 호위병 몇 명과 따라가겠네. 왕을 지키는 명예로운 일을 담당한 자에겐 그것이 어울리니. 그리고 잘 듣게, 덩컨.」 두 사람뿐인데도 먼로는 목소리를 낮추어 말했다. 「이 모든 일 배후에 배신이 기다리고 있을 경우에 대비해 방책을 마련해 두는 것이 좋을 걸세.」

젊은이는 이 명령에 따르기 위해 거처에서 나섰다. 날이 어두워지고 있었으므로, 그는 지체 없이 서둘러 필요한 준비를 갖췄다. 서너 종대의 행렬을 준비하고, 깃발을 든 심부름꾼을 보내 요새의 사령관이 가고 있다고 알리는 데는 몇 분밖에 걸리지 않았다. 덩컨이 이 일을 마치고서 호위병을 이끌고 출격구로 가보니 상관은 그가 오길 기다리고 있었다. 군대가 출발할 때면 으레 갖추는 절차를 마치자마자 대령과 젊은 부하는 호위병과 함께 요새를 나섰다.

그들이 1백 야드 정도 걸어갔을 때, 협의에 나선 프랑스 장군을 호위하는 군인들이 포위군과 요새 사이를 흐르는 개울 바닥을 이루고 있던 빈 통로에서 나오는 모습이 보였다. 자신의 요새를 떠나 적과 마주하는 순간부터 먼로는 당당한 태도로 군인다운 걸음걸이와 표정을 취했다. 몽캄의 모자에 꽂혀 흔들리는 하얀 깃털을 본 순간 먼로의 눈은 반짝이기 시작했고, 딱 벌어진 근육질의 몸에서는 나이가 느껴지지 않았다.

「병사들에게 정신 바짝 차리라고 하게, 소령.」 그는 덩컨에게 목소리를 낮춰 말했다. 「그리고 저 루이라는 작자의 신하와 함께 있을 때는 아무도 안전할 수 없으니 부싯깃과 부싯돌을 잘 챙기라고 하게. 그리고 저자들에게 우리의 수비가 튼튼하다는 것도 보여 줘야지. 내 말 잘 알겠나, 헤이워드 소령!」

그 순간 프랑스인들이 다가오며 내는 북소리가 들려왔고, 그러자 곧장 양측은 백기를 든 전령을 먼저 내보냈으며, 조심성 많은 스코틀랜드인 대령은 호위병을 바로 뒤에 세우고 걸음을 멈췄다. 이 가벼운 인사가 끝나자마자, 몽캄은 빠르면서도 우아한 걸음걸이로 앞으로 나오더니 먼로를 향해 새하얀 깃털이 땅에 닿도록 머리를 숙여 인사했다. 먼로의 태도가 당당하고 남자답기는 했지만, 프랑스 후작처럼 편안하고 세련된 몸가짐은 부족했다. 그들은 잠시 동안은 말없이 호기심과 흥미가 어린 눈빛으로 서로를 바라보기만 했다. 잠시 후 계급도 높고, 만남을 먼저 청한 몽캄이 먼저 침묵을 깨뜨렸다. 평범한 인사를 몇 마디 건네고 난 그는 덩컨을 보고 미소를 띠며 계속 프랑스어로 말했다.

「소령께서도 우리와 함께 하시다니 매우 반갑소. 소령과 함께 있으면 마치 나 역시 영어로 말하는 것처럼 대화가 잘 통하니 통역은 필요 없겠소.」

덩컨이 칭찬에 감사하다고 인사할 때, 몽캄은 상대와 마찬가지로 옆에 꼭 붙어 있던 호위병에게 이렇게 말했다.

「*En arrière, mes enfants — il fait chaud, retirez-vous un peu*(제군, 뒤로 조금만, 날씨가 더우니 물러나 주시오).」

헤이워드 소령도 이처럼 상대를 믿는다는 뜻을 보여 주는 행동을 따르려다가, 평지 쪽을 훑어보니 주위를 에워싼 숲에서 호기심 가득한 구경꾼처럼 바라보고 있는 숱한 야만인들이 보이자 마음이 불편해졌다.

「몽캄 후작께선 우리의 상황이 다르다는 점을 쉽게 인정하시겠지요.」 그가 사방에 보이는 위험한 적들을 향해 가리키며 약간 당혹스러운 마음으로 말했다. 「우리가 호위병을 물리친다면, 적진에 들어와 있는 셈이나 마찬가지입니다.」

「소령, 그대의 안전은 〈프랑스의 신사〉의 신용에 맡긴 셈이오.」 몽캄이 과장된 몸짓으로 손을 가슴에 얹어 보이며 말했다. 「그거면 충분할 거요.」

「그렇습니다. 뒤로 물러나 있게.」 덩컨은 호위병을 지휘하는 장교에게 말했다. 「말소리가 들리지 않는 곳으로 물러나 명령을 기다리게.」

먼로는 불편한 심경을 드러내며 이 움직임을 지켜보았다. 그리고 즉각적인 해명도 요구했다.

「불신을 드러내지 않는 것이 이익 아닙니까?」 덩컨이 반박했다. 「몽캄 후작이 우리를 지켜 주겠다고 약속하기에 병사들에게 좀 물러나 달라고 했습니다. 그의 다짐을 우리가 믿는다는 것을 보여 주기 위해서 입니다.」

「괜찮을지도 모르지만, 나는 저 후작이라는 작자들에게 별 믿음이 없네. 저자들의 귀족 부모는 너무 흔해 빠져서 진정으로 명예를 지켜 낼 것 같지가 않거든.」

「대령님, 우리가 유럽과 아메리카에서 공히 뛰어난 공훈으로 이름을 날린 군인을 상대한다는 것을 잊으셨군요. 그와 같은 명성을 가진 군인이라면 걱정할 것 없습니다.」

대령은 알았다는 손짓을 했지만 딱딱하게 굳은 표정은 여전히 고집스럽게 불신을 드러냈는데, 그가 그렇게 믿지 않는 것은 현재의 조짐 탓이 아니라 그의 타고난 경멸에서 비롯된 것이었다. 몽캄은 이처럼 속닥거리는 대화가 끝나기를 참을성 있게 기다렸다가, 더 가까이 다가가 회의 주제를 꺼냈다.

「소령, 그대의 상관에게 이 회동을 갖자고 한 것은······.」 몽캄이 말했다. 「대령이 이미 왕의 명예를 위해 필요한 일은 다 했으며, 이제 인류애를 지킬 때라고 설득할 수 있으리라 믿었기 때문이오. 대령의 저항이 용감했으며, 희망이 있는 한 계속되었다고 내 영원히 증언할 거요.」

이 말을 통역하자, 먼로는 충분히 예의를 지키며 위엄 있게 대답했다.

「제가 그런 증언의 덕을 아무리 많이 볼 수 있다 하더라도, 승리한다면 더 큰 가치가 있을 겁니다.」

덩컨이 그 대답을 전하자 프랑스 장군은 미소를 지었다.

「지금은 용기라 칭찬하며 인정하는 일도, 쓸데없는 고집으로 폄하될 수 있습니다. 내 막사에 오셔서 병력을 직접 보고 저항이 무용함을 확인하시겠습니까?」

「프랑스 국왕을 잘 섬기고 있다는 건 압니다.」 덩컨이 통역을 마치자마자, 꿈쩍 않는 스코틀랜드인이 대답했다. 「하지만 이 몸이 섬기는 국왕 폐하의 병력도 막강하고 충성스럽습니다.」

「하지만 우리에게 다행스럽게도 가까이에 없지요.」 몽캄은 열중하여 말하느라 통역을 기다리지 않고 계속했다. 「전쟁에는 운명이 있고, 용자는 적을 마주할 때와 마찬가지로 용기를 내어 그 운명을 맞는 법입니다.」

「몽캄 후작께서 영어를 이렇게 잘하시는 줄 알았다면, 서툰 통역을 하지 않아도 되었을 텐데요.」 덩컨이 지금까지 통역해 온 것에 대해 짜증을 느끼며 딱딱하게 말했다.

「유감이오, 소령.」 프랑스인은 검은 뺨을 붉히며 대답했다. 「외국어를 듣는 것과 말하는 것은 천지 차이오. 그러니 계속도와주시오.」 그는 잠시 말을 멈추었다가 이렇게 덧붙였다. 「이 언덕 덕분에 그대들의 요새를 얼마든지 정찰할 수 있습니다. 그대들이 처한 불리한 상황을 잘 알고 있어요.」

「프랑스 장군께 망원경으로 허드슨 강까지 볼 수 있는지 물어보게.」 먼로가 당당히 말했다. 「그리고 웹의 군대가 언제, 어디서 도착할지 알고 있는지도 물어보고.」

「웹 장군이 직접 통역하게 하시지요.」 약삭빠른 몽캄이 불쑥 봉투가 열린 서신을 먼로에게 내밀며 말했다. 「그걸 보시면 그의 진격이 우리 군대에 그다지 당황스러운 일이 되지 못하리라는 사실을 알게 되실 겁니다.」

대령은 덩컨의 통역을 기다리지도 않고 내민 종이를 받았고, 그 태도는 그가 그 내용을 얼마나 중요하게 여기는지 보여 주었다. 대령이 종이에 적힌 내용을 읽는 동안, 군인다운 자부심을 드러내던 표정이 사라지며 침통한 얼굴로 변해 갔다. 입술이 떨리기 시작했고, 손에 쥐고 있던 종이를 떨어뜨린 그는 단방에 희망을 잃은 사람처럼 고개마저 떨어뜨렸다. 덩컨은 땅에서 편지를 주워, 허락도 구하기도 전에 그 잔인한 내용을 한눈에 읽었다. 그들의 상관은 버티라고 조언하기는커녕 신속히 투항할 것을 권하며 단 한 명의 지원병도 보낼 수 없다고 했다.

「속임수가 아니야!」 덩컨이 편지지 안팎을 살피며 외쳤다. 「웹의 서명이 여기 있고, 도중에 포착한 서신이 분명하군요!」

「그자가 나를 배신했어!」 먼로가 쓰디쓴 목소리로 말했다. 「그자가 불명예를 모르던 곳에 치욕을 가져왔군. 내 흰머리에 수치심이 내려앉았네.」

「그런 말씀 마십시오!」 덩컨이 소리쳤다. 「아직 우리는 요새의 주인이고, 명예를 지켜야 합니다! 적군이 너무 비싼 값을 치렀다 생각할 만큼 우리 목숨을 팔면 됩니다!」

「소령, 고맙네!」 대령이 기운을 차리며 말했다. 「자네가 다시 한번 먼로의 임무를 깨닫게 해주었군. 돌아가서 저 성벽 뒤에 우리가 누울 무덤을 파세!」

「여러분.」 몽캄이 큰 관심을 드러내며 그들 쪽으로 한 걸음 나왔다. 「이 편지로 인해 루이 드 생베랑이 용사들의 의지를 꺾고, 자신에게 명예롭지 못한 평판을 남길 거라고 생각한다면 잘 모르시는 겁니다. 돌아가기 전에 내가 내놓는 조건을 들어 보십시오.」

「저 프랑스인이 뭐라고 하나.」 대령이 엄격한 목소리로 물었다. 「본부에서 서신을 가져온 척후병을 사로잡은 일을 이용하고 있나? 소령, 저자가 말로 적에게 겁을 주려 한다면 이곳의 포위를 해제하고 에드워드로 가봐야 할 걸세!」

덩컨은 몽캄의 말을 설명했다.

「몽캄 후작, 말씀하십시오.」 덩컨이 말을 마치자 대령이 좀 더 침착하게 덧붙였다.

「이제 요새를 지키는 건 불가능합니다.」 관대한 적이 말했다. 「내 주인의 이익을 위해서 요새를 무너뜨려야 합니다. 하지만 대령과 용감한 전우들에 대해서라면, 군인이 중요하게 여기는 것들은 모두 허락할 겁니다.」

「우리의 깃발은?」 헤이워드가 물었다.

「영국으로 가져가 왕에게 보이시오.」

「무기는!」

「그것도 가져가시오. 그걸 가장 잘 쓸 군인은 그대들이니.」

「행군은? 이곳의 인도는?」

「모두 그대들에게 가장 영예로운 방식으로 하시오.」

덩컨이 대령에게 이 이야기를 전하자 대령은 놀랐고, 그처럼 뜻밖의 보기 드물게 관대한 대우에 큰 감동을 받았다.

「가게, 덩컨.」 그가 말했다. 「이 후작과 함께 가게. 진정한 후작이로군. 가서 함께 모든 절차를 정하게. 내 결코 기대하지 않았던 두 가지 일을 늙어서야 보게 되는군. 우군의 편을 들지 않으려는 영국인, 그리고 정직한 나머지 유리한 상황에서 이익을 보지 못하는 프랑스인이라니!」

대령은 다시 고개를 푹 숙이는 자세로 요새로 천천히 걸어 돌아감으로써, 초조하게 기다리는 요새의 병사들에게 불운한 소식을 미리 전달했다.

예상치 못한 충격을 받은 먼로의 자부심은 회복되지 못했다. 그 순간부터 그의 결연한 성격에는 변화가 생겼고 그 변화는 무덤까지 그를 따라갔다. 덩컨은 항복 조건을 정하기 위해 남았다. 그날 밤 첫 불침번은 그가 다시 요새로 들어가 대령과 단둘이 의논한 후 다시 그곳을 나오는 모습을 보았다. 그리고 나자 휴전이 선언되었다. 먼로는 아침까지 적에게 그곳을 넘겨주고, 무기와 깃발 그리고 명예를 그대로 지니고서 떠나겠다는 조약에 서명했다.

17

우리는 씨줄을 엮습니다. 실을 잣습니다.
직물을 짭니다. 작업이 끝납니다.

그레이, 「음유 시인」 III. 1, 98, 100행

호리칸의 미개척지에 주둔하고 있던 두 부대는 유럽의 아름다운 들판에서 만난 사람들처럼 1757년 8월 9일 밤을 보냈다. 패자들은 조용히 침울한 표정으로 힘없이 있었던 반면 승자들은 승리를 축하했다. 그러나 슬픔과 기쁨 모두에는 한계가 있는 법이다. 아침 경비대가 나오기 한참 전부터도 저 끝없는 숲의 정적을 깨뜨리는 것은 전방 부대의 젊은 군인이 신이 나서 질러 대는 환호성이나, 정해진 시각까지는 적군의 접근을 엄중히 금지하기 위해 요새에서 위협하는 소리뿐이었다. 이처럼 이따금 터져 나오는 협박 소리도 하루가 시작되기 전 나른한 시간이 되자 들려오지 않았고, 그 기간 동안 귀를 기울인 사람이 있었다면 〈성스러운 호수〉 가장자리에서 잠든 이들 이외에 무장한 군인이 그곳에 있다는 증거를 얻지 못했을 것이다.

바로 이처럼 깊은 정적이 감도는 시간, 프랑스 막사의 널찍한 천막 입구를 감추고 있는 천이 걷히더니 그 아래서 한 남자가 나왔다. 그는 숲의 싸늘한 습기를 막기 위한 것이지만 모습을 감추는 역할도 하는 외투로 몸을 감싸고 있었다. 그는 프랑스군 사령관의 취침 시간을 지키는 척탄병으로부터 경례를 받으며 거침없이 작은 천막들을 가로질러 윌리엄 헨리 방향으로 걸어갔다. 이 정체불명의 사람이 숱한 보초를 만날 때마다 그의 신속한 대답이면 충분한 모양이었다. 그는 더 이상의 질문을 받지 않고 통과할 수 있었다.

그처럼 여러 차례, 짧게 방해를 받은 것을 제외하면 그는 막사의 중앙에서부터 가장 앞쪽의 전초 부대까지 소리 없이 움직여 적의 요새에서 가장 가까운 곳에서 보초에게 다가갈 수 있었다. 그가 가까이 접근하자 같은 질문이 나왔다.

「*Qui vive*(누구요)?」

「프랑스요.」대답이었다.

「*Le mot d'ordre*(암호는)?」

「승리.」그는 아주 가까이 다가가 속삭이듯 대답했다.

「좋습니다.」보초는 머스킷을 어깨에 얹으며 대답했다.「일찍 나오셨군요!」

「경계를 늦추지 말아야지, 병사.」상대는 외투 자락을 내려 병사의 얼굴을 빤히 쳐다보고는 영국의 요새로 걸어가며 말했다. 병사는 깜짝 놀라 떨리는 손으로 무기를 다시 앞으로 내밀고 대단히 정중히 인사했다. 그리고 앙다문 이 사이로 중얼거리며 자기 자리로 걸어 돌아갔다.

「정말 경계를 늦추면 안 되겠군! 상등병이 잠을 자지 않는 상황이니!」

장교는 놀란 보초에게서 튀어나온 말을 못 들은 척 계속 걸었다. 그리고 호숫가 아래쪽인 요새 서쪽 보루의 위험스러울 정도로 가까운 지점까지 주저 없이 나아갔다. 구름에 가려진 달빛은 사물의 모양을 외곽선만 드러낼 정도로 흐릿하게 비추고 있었다. 그는 조심스레 나무줄기에 몸을 기대고 서서 한참 동안 캄캄하고 조용한 영국 요새를 주의 깊게 지켜보고 있었다. 요새를 바라보는 그의 시선은 호기심 혹은 그저 할 일이 없어서 하는 구경이 아니었다. 여기저기로 시선을 옮겨 가며 군대에 관해 잘 아는 눈빛으로 살폈는데, 의심의 기색이 역력했다. 그는 한참 만에 만족한 표정을 지었다. 아침이 밝아 오기를 기대하는 듯 동쪽 산꼭대기를 초조하게 바라본 뒤 발걸음을 돌리려는데 요새의 가장 가까운 모서리에서 작은 소리가 들려와 그는 멈춰 섰다.

누군가 누벽 가장자리로 다가오는 것이 보였고, 그는 거기서 멀리 프랑스군의 막사를 바라보고 있었다. 그도 마찬가지로 동이 트기를 조급하게 기다리는 듯, 벽에 몸을 기대 동쪽으로 머리를 돌리고 마치 물속에 펼쳐진 하늘처럼 수천 개의 별을 반사하고 있는 잔잔한 호수를 바라보았다. 이 울적한 분위기와 시간을 감안해 영국군 누벽에 기대 생각에 잠긴 남자의 당당한 체구를 보며 그 사람의 정체가 누구인지 지켜보던 사람은 분명히 알 수 있었다. 그는 경계심에서 그리고 동정심에서 나서지 않고 가만히 있었다. 조심스레 나무 반대쪽으로 움직이고 있는데 또 다른 소리가 들려와 다시 한 번 발걸음을 멈추게 되었다. 낮고 작게 들리는 물결치는 소리에 이어 자갈이 서로 부딪치는 소리가 났다. 그 순간 검은 형체가 호수에서 나오더니 아무 소리 없이 그가 서 있는 곳에서 몇 피트 떨어진 육지로 살그머니 올라가는 광경이 보였다. 소총 한 정이 거울처럼 잔잔한 호수 사이에서 서서히 올라왔다. 총이 발사되기 전, 그의 손이 안전장치를 잡았다.

「허!」 그처럼 희한하게, 예상치 못한 방법으로 배신행위를 방해받은 야만인이 외쳤다.

프랑스군 장교는 아무런 대답 없이 인디언의 어깨에 손을 얹고 아무 말 없이 멀리 끌고 갔다. 누군가를 죽이려고 총을 겨누던 상대라 그 자리에서 대화를 하다가는 위험할 수도 있기 때문이었다. 외투를 젖혀 자신의 제복과 가슴에 달린 생루이의 십자가를 드러낸 몽캄이 엄격한 목소리로 물었다.

「이게 무슨 짓인가! 영국군과 캐나다 아비 사이의 싸움이 끝났다는 걸 내 아들이 모른단 말인가?」

「휴런족은 어쩌란 말입니까?」 야만인이 서툰 프랑스어로 대답했다. 「머리 가죽 하나 얻지 못했는데 백인들끼리 화해를 하다니!」

「하! 르 르나르 수틸! 방금 전까지만 해도 적이었던 친구 치고는 열의가 지나친 것 같군! 르 르나르가 영국군 수비대를 공격하고 난 뒤 해가 몇 번이나 떴나?」

「해가 어디 있습니까!」 야만인이 부루퉁한 목소리로 따져 물었다. 「산 뒤에 있지요. 그래서 아직 어둡고 춥습니다. 하지만 태양이 다시 나오면 밝고 따뜻해지지요. 르 수틸은 부족의 태양입니다. 그와 그의 부족 사이에는 구름과 산이 첩첩이 놓여 있었습니다. 하지만 이제 그는 빛을 발하고, 하늘이 맑습니다!」

「르 르나르가 부족 사람들에게 권력을 갖고 있다는 건, 내 잘 알지.」 몽캄이 말했다. 「어제까지만 해도 그들의 머리 가죽을 벗기려고 했는데, 오늘 그들은 모닥불에 모여 앉아 그의 말을 듣고 있으니!」

「마구아는 대추장입니다!」

「그렇다면 새로운 친구에게 어떻게 대해야 하는지를 가르치는 것으로 그 지위를 증명하게!」

「캐나다의 추장들이 청년들을 숲으로 데려와 흙집에서 대포에 불을 붙인 까닭은 뭡니까?」 교활한 인디언이 물었다.

「정복하기 위해서지. 내 주인이 이 땅의 주인이고, 자네 아비는 저 영국인 패잔병들을 몰아내라는 명령을 받았네. 하지만 그들이 떠나기로 했으니 이제는 적이라 부르지 않을 걸세.」

「좋습니다. 마구아는 피로 적시기 위해 도끼를 들었습니다. 지금은 도끼가 깨끗합니다. 붉게 물들면 그때 내려놓겠습니다.」

「마구아는 프랑스를 배신하지 않겠다고 서약했지. 소금의 호수 건너 왕의 적들이 곧 그의 적이네. 그리고 그의 친구는 곧 휴런의 친구이고.」

「친구라!」 인디언이 경멸하는 표정으로 대답했다. 「마구아의 아버지가 도움을 주십시오.」

자신이 모은 호전적인 부족에 영향력을 행사하려면 권력이 아니라 이해가 필요하다고 생각한 몽캄은 상대방의 요청에 마지못해 응했다. 야만인은 프랑스 사령관의 손가락을 자기 가슴에 있는 깊은 상처에 갖다 대더니 흥분해서 물었다.

「내 아버지가 이건 알고 계십니까?」

「어느 전사가 모르겠는가! 납 탄환 자국이 아닌가.」

「그리고 이것도!」 평소에 걸치고 다니는 캘리코 망토를 벗은 그는 등을 내보였다.

「아들아, 이건! 슬픈 상처구나. 누가 이런 짓을 했지?」

「마구아가 영국군 천막에서 깊이 잠들어 있을 때, 막대기가 이런 자국을 남겼습니다.」 야만인은 공허한 웃음소리를 내며 분노를 감추지 않았다. 그러다 갑자기 웃음을 그치고 위엄을 차리고는 이렇게 덧붙였다. 「가십시오, 젊은이들에게 이제 평화라고 알리십시오! 르 르나르 수틸은 휴런의 전사에게 말할 줄 알고 있으니!」

더 이상 이야기를 주고받을 생각도, 어떤 대답을 기다릴 생각도 없이 야만인은 소총을 옆구리에 끼고는 소리 없이 막사를 지나 자신의 부족이 기다리는 숲으로 갔다. 걸어가는 동안 몇 야드마다 보초가 막았지만, 그는 병사들이 부르는 소리를 완전히 무시하고 침울한 표정으로 계속 걸었다. 인디언의 완고하고 무모한 용기만큼이나 그 표정과 걸음걸이를 잘 알고 있던 병사들은 그의 목숨을 살려 주었다.

몽캄은 통제할 수 없는 아군의 방금 드러낸 난폭한 성미를 곱씹어 생각하며 한참 더 울적한 기분으로 그 자리에 머물렀다. 무시무시한 광경이 그의 명성에 이미 한 차례 오점을 남겼는데, 지금 이 상황도 두려울 정도로 그때와 비슷하다는 생각이 들었다. 사색하는 동안 몽캄은 목적을 위해서는 어떤 수단을 써도 상관없다고 여기는 그들의 막중한 책임감과 인간의 힘으로는 통제할 수 없는 상황의 위험성을 또렷이 인식하게 되었다. 하지만 승리의 순간에 그런 생각은 나약함을 드러내는 짓이라고 생각하며 떨쳐 버렸고, 막사로 되돌아가면서 부대에게 기상 신호를 보내라는 명령을 내렸다.

프랑스군의 북소리는 요새의 심장부에서부터 울려 퍼졌다. 활기찬 군악이 길고 가늘게 떨리며 계곡을 채웠다. 막사에서 가장 늦게 일어난 병사가 자기 자리를 잡을 때까지, 승자들의 나팔 소리는 신나고 즐겁게 울려 댔다. 하지만 영국군 나팔수들이 가느다란 신호를 부는 순간, 프랑스군의 군악은 조용해졌다. 그 사이에 동이 텄고, 프랑스군이 사열하여 장군을 맞이할 때 눈부신 햇살이 번쩍이는 군대를 향해 내리쬐고 있었다. 그러자 이미 모두가 알고 있는 승리가 공식적으로 선언되었다. 요새의 문을 지키는 데 선발된 병사들이 지휘관 앞에서 종대로 행진했다. 그들이 다가온다는 것이 알려지자 주인 교체에 필요한 준비를 갖추라는 명령이 내려졌고, 각 요새의 무장 감시하에 곧바로 실행에 옮겨졌다.

영국 군대에서는 전혀 다른 장면이 연출되고 있었다. 경고 신호가 나오자마자 모두 급히 떠날 준비를 갖췄다. 병사들은 침통한 표정으로 텅 빈 꾸러미를 어깨에 걸쳤고, 각자의 자리에 섰다. 그들은 마치 지난 전투의 흥분이 가시지 않아 이처럼 군대 간의 절차를 지키는 와중에도 자부심에 상처를 입히는 불명예를 보복할 기회만을 원하는 사람들 같았다. 여자들과 아이들은 얼마 있지도 않은 짐을 들고 여기저기 뛰어다니며 보호해 줄 사람을 찾기도 했다.

먼로는 결연하지만 침울한 표정으로 조용한 군대 사이에 나타났다. 남자답게 불운을 견디려는 노력에도 불구하고 이 예상치 못한 충격이 가슴 깊이 상처를 남긴 것이 분명했다.

그가 조용히, 하지만 뚜렷이 드러내는 슬픔에 덩컨은 감동을 받았다. 그는 자신의 임무를 마치고서 대령 곁에 다가가 무엇을 도울지 물었다.

「내 딸들.」 짧지만 분명한 대답이었다.

「아! 그들의 출발 준비를 아직 갖추지 않았단 말씀입니까?」

「오늘 나는 일개 병사일 뿐이네, 헤이워드 소령.」 대령이 말했다. 「여기 보이는 모두가 똑같은 내 자식들이라네.」

덩컨은 더 이상 듣지 않았다. 그는 귀중한 시간을 허비하기 전에 먼로의 거처로 달려가 자매를 찾았다. 그들은 출발 준비를 이미 마치고 야트막한 입구 문턱에 서서 그곳이 가장 안전할 것임을 본능적으로 깨닫고 모여들어 요란하게 울고 있는 여인들에게 에워싸여 있었다. 코라의 뺨은 창백했고 표정은 불안했지만 결연한 태도는 사라지지 않았다. 하지만 앨리스의 빨갛게 충혈된 눈은 얼마나 오랫동안 심하게 울었는지 보여 주었다. 두 사람은 청년을 보고 반가움을 숨기지 않았다. 이번만큼은 언니가 먼저 입을 열었다.

「요새는 잃었지만……」 코라가 우울한 미소로 말했다. 「하지만, 우리의 명예는 남을 거라 믿어요!」

「그 어느 때보다도 밝게 빛날 겁니다! 하지만 먼로 양, 다른 사람을 생각할 때가 아니라 여러분 자신을 챙길 때입니다. 군대의 관례와, 당신도 그토록 중시하는 자긍심을 지키기 위해 아버님과 나는 당분간 군대와 함께 있어야 하니까요. 그러니 이렇게 혼란스럽고 예측할 수 없는 상황에 두 사람을 제대로 보호해 줄 사람을 어디서 구할지!」

「아무도 필요 없어요.」 코라가 대답했다. 「이런 시기에 저런 아버지의 딸을 누가 감히 해치거나 모욕하겠어요!」

「두 사람을 두고 가지 않겠습니다.」 청년은 급히 주위를 둘러보며 말했다. 「왕을 지키는 최고 연대의 사령관의 명령이라 해도 마찬가지입니다! 기억하세요, 우리 앨리스는 코라 당신처럼 강하지 않으니, 앨리스가 지금 얼마나 두려워하는지는 신만이 아실 겁니다.」

「그 말씀이 맞을지도 몰라요.」 코라가 다시, 전보다 훨씬 더 슬퍼 보이는 미소를 지으며 대답했다. 「들어 보세요. 운명이 우리에게 가장 필요한 친구를 이미 보냈으니.」

덩컨은 귀를 기울이더니 그녀의 말뜻을 곧 알아차렸다. 동부 지역에서 잘 알려진 나지막하고 진지한 성가 소리가 들려오자, 그는 곧바로 원래 지내던 병사들이 비우고 나간 옆 건물의 거처를 찾아갔다. 데이비드가 그곳에서 늘 아껴 온 유일한 수단을 이용해 신심을 쏟아 내고 있었다. 덩컨은 그의 손의 움직임으로 노래가 끝날 때까지 기다리더니 어깨에 손을 얹어 주의를 끌고서 몇 마디로 부탁을 전했다.

「그렇다 하더라도……」 젊은이의 말이 끝나자, 이스라엘 왕의 성실한 제자는 이렇게 대답했다. 「그 아가씨들은 예쁘고 목소리도 고우니, 그토록 힘든 일을 함께 겪어 낸 우리가 평화 시에도 서로 돕는 것이 좋겠지요. 영광의 노래로 끝나는 아침 기도를 마치면 곧 그들과 함께 하겠습니다. 혹시 한 곡 함께 부르겠습니까? 단순한 박자에, 곡조는 〈사우스웰〉인데.」

그러더니 데이비드는 작은 책을 내밀고는 방해할 수 없는 꿋꿋한 태도로 노래를 새로 시작하더니 끝마쳤다. 헤이워드는 기꺼이 노래가 끝날 때까지 기다렸다. 데이비드가 안경을 벗고 책을 제자리에 넣는 것을 보며 말했다.

「아가씨들에게 무례한 의도로 가까이 다가가거나 용감한 아버지의 불행을 놓고 모욕하거나 조롱하는 사람이 없도록 하는 것이 당신의 임무입니다. 그리고 아가씨들의 가사를 돌봐 주는 것이 두 번째 임무가 될 겁니다.」

「그러지요.」

「인디언이나 적군의 낙오자들이 침입할 수도 있습니다. 그런 경우에는 항복 조건을 상기시키고 그들의 행동을 몽캄에게 보고하겠다고 위협하세요. 한마디면 충분할 겁니다.」

「그게 안 된다면, 여기 도움이 될 것이 있지요.」 데이비드는 소심해 보이기도 하고 당당해 보이기도 하는 태도로 책을 꺼내 보였다. 「여기 든 말씀을 제대로 강세를 두어 외치면, 아무리 제멋대로인 인간도 입을 다물게 될 겁니다.」

「이방인은 어째서 광폭하게 분노하는가!」

「됐습니다.」 헤이워드가 데이비드의 노래를 가로막으며 말했다. 「무슨 말씀인지 알겠습니다. 이제 각자 맡은 일을 할 때입니다.」

개멋은 흔쾌히 동의했고, 둘은 함께 여인들을 찾았다. 코라는 새로운, 그리고 약간은 독특한 보호자에게 적어도 예의를 갖추었다. 하얗게 질려 있던 앨리스의 얼굴도 조금 밝아졌고, 헤이워드의 배려에 감사했다. 덩컨은 상황이 허락하는 한 최선을 다했으며 자매에게 위험에 대해서는 몰라도, 안정감을 주는 데는 그만하면 충분할 거라고 했다. 그는 허드슨 강으로 몇 마일만 행진하고 나면 곧 군대에서 나와 그들을 지켜 주겠다는 뜻을 기꺼이 밝혔다.

그때 출발 신호가 들려왔고, 영국군은 종대의 선두부터 움직이기 시작했다. 그 소리에 자매는 흠칫 놀랐고, 주위를 둘러보니 흰옷을 입은 프랑스의 척탄병들이 벌써 요새의 문에 자리를 잡고 있었다. 갑자기 거대한 구름이 지나가는 느낌에 고개를 들어 보니 커다란 프랑스 국기가 나부끼고 있었다.

「가자.」 코라가 말했다. 「여긴 영국군 장교의 딸들이 있을 곳이 아니다!」

앨리스는 언니의 팔을 잡았고, 두 사람은 행렬에서 벗어나 움직이는 무리에 섞였다.

문을 나갈 때 그들의 지위를 알게 된 프랑스 장교들이 고개를 숙여 경례했지만, 그녀들의 응답을 강요하지는 않은 조심스러운 태도였다. 짐을 실을 수 있는 동물을 비롯한 모든 탈것에는 병자와 부상자가 타고 있었으므로, 코라는 그들의 자리를 빼앗느니 걷기로 결심했다. 팔다리가 잘리거나 쇠약한 병사들 가운데에도 미개척지에서 탈것을 구할 수 없어 종대 끝에서 힘겹게 걸어가야 하는 이들도 많았다. 하지만 모두가 움직이고 있었다. 병자들과 부상자들은 신음하며, 그들의 동료들은 말없이 침울하게, 여인들과 아이들은 정체를 알 수 없는 두려움에 휩싸여 걷고 있었다.

어찌할 줄 모르고 염려하던 무리가 요새의 방어벽을 떠나 탁 트인 평원으로 나아가자 주위의 풍경이 한눈에 들어왔다. 오른쪽으로 조금 떨어진 약간 뒤쪽에는, 경비대가 요새를 확보하자마자 몽캄이 배치한 프랑스군이 대기하고 있었다. 그들은 조심스러운 눈빛으로 패자들의 행진을 말없이 관망하며 군인의 명예를 지켜 주기로 한 조건을 어기지 않고, 불운한 적에게 조롱이나 모욕을 건네지 않았다. 3천 명에 가까운 영국인들의 무리는 평원을 서서히 가로질러 중앙으로 향했고, 허드슨 강 쪽으로 가는 길이 키 큰 나무들의 숲과 만나는 지점에 모여들면서 점점 사람들의 간격이 좁아졌다. 넓게 펼쳐진 숲의 가장자리를 따라 먹구름처럼 몰려든 야만인들이 적의 이동을 지켜보면서 우월한 군대의 존재와 규제로 인해 먹잇감에 덤벼들지 못하는 독수리처럼 멀찌감치 도사리고 있었다. 몇 명은 패군의 종대 쪽으로 다가가 불만에 가득한 표정으로 뒤따르기도 했다. 하지만 아직은 조심스럽게 움직이는 이들을 지켜보기만 할 뿐이었다.

헤이워드가 앞장선 선두가 이미 좁은 길에 접어들어 보이지 않게 되었을 때, 코라는 한 무리의 낙오자들이 싸우는 소리를 들었다. 게으름을 부리던 시골뜨기 하나가 자신의 계급을 포기하고 싸 온 짐을 도둑맞음으로써 명령 불복종의 대가를 치르고 있었다. 그 남자는 덩치도 컸고 욕심이 많아 자신의 재산을 순순히 내놓지 않았다. 양쪽 사람들이 모두 개입했는데, 한쪽은 도둑질을 막고자 했고, 한쪽은 돕고자 했다. 성난 목소리로 싸우는 소리가 커지자 바로 1분 전만 해도 여남은 명이었던 인디언들이 순식간에 마술처럼 1백여 명으로 늘어났다. 바로 그때 동족들 사이에 마구아의 모습이 나타나 그 무시무시하고 매끄러운 말솜씨로 웅변하는 광경이 코라의 눈에 띄었다. 여자들과 아이들 무리는 걸음을 멈추고 놀라 떨고 있는 새처럼 꼼짝 못 했다. 하지만 인디언은 곧 욕심을 채웠고, 사람들은 다시 서서히 앞으로 움직였다.

야만인들은 그제야 뒤로 물러나 더 이상 적을 괴롭히지 않고 보내기로 한 듯했다. 하지만 여자들의 화려한 색 숄이 어느 야만스럽고 무지한 휴런의 눈길을 사로잡았다. 그러더니 조금도 망설임 없이 그것을 잡으려고 다가섰다. 여자는 숄을 아껴서가 아니라 공포에 질려서, 숄로 아이를 감싸 바짝 끌어안았다. 코라가 하찮은 물건을 줘버리라고 조언하려는 사이 야만인이 숄을 포기하는 대신 비명을 지르는 아이를 엄마의 품에서 떼어 냈다. 주위의 탐욕스러운 손에 모든 것을 내맡기고, 엄마는 아이를 되찾으려 달려 나갔다. 인디언은 음험한 미소를 지으며 아이를 거꾸로 잡고 머리 위로 들고는 한 손을 뻗어 교환의 뜻을 밝혔다.

「여기, 여기, 저것도, 뭐든지, 다 줄게!」 여자는 숨이 넘어갈 듯 외치면서 떨리는 손으로 옷에 붙은 것들을 전부 떼어 내어 건넸다. 「다 가지고 내 애를 내놔!」

야만인은 쓸모없는 숄이 이미 다른 인디언의 손에 들어간 것을 알아차리고는 누더기는 무시한 채 잔인한 표정으로 아이 머리를 바위에 쳐버렸고 시신을 아이 엄마의 발치에 내던졌다. 한순간 아이 엄마는 절망을 상징하는 석상처럼 우뚝 서서 방금 전까지 품에서 미소를 짓고 있던 아이의 믿기지 않는 모습을 내려다보았다. 그러고는 눈을 들어 신께서 그 사악한 짓을 한 자를 저주하길 기다리는 듯 하늘을 바라보았다. 하지만 그녀는 그런 기도를 올리는 죄를 짓지 않아도 되었다. 실망감에 분노하며 피에 흥분한 그 휴런이 고맙게도 그녀의 머리에 손도끼를 내리찍어 준 덕분이었다. 아이 엄마는 쓰러져 죽어 가면서도 살아 있을 때와 똑같이 애절한 사랑으로 아이를 끌어안았다.

그 위험한 순간, 마구아는 손을 입에 가져가 섬뜩하고 무서운 함성을 올렸다. 흩어져 있던 인디언들이 익숙한 함성을 듣고는 인간의 것이라고 믿을 수 없는 고함 소리를 평원과 숲 전체에 내질렀다. 그 소리를 들은 사람은 최후의 심판을 알리는 나팔 소리를 들은 것처럼 공포에 심장이 멎을 것 같았다.

그 신호에 숲에서 2천 명 이상의 야만인들이 튀어나오더니 본능적인 민첩한 몸놀림으로 평원에 몸을 던졌다. 그다음 이어진 끔찍한 공포는 깊이 생각하기 두려운 것이었다. 무시무시하고 혐오스러운 죽음이 사방에서 벌어지고 있었다. 저항은 살인자들을 더욱 자극할 뿐이어서 희생자들이 반감을 드러낼 기력을 잃은 지 한참이 지났는데도 맹렬한 공격을 가했다. 홍수처럼 피가 쏟아졌다. 원주민들은 그 피를 보고 더욱 달아올라 미친 듯 날뛰더니, 무릎을 꿇고 앉아 희열에 들떠 소름끼치는 모습으로 땅에 붉게 흐르는 피를 마시기도 했다.

훈련받은 병사들은 재빨리 한데 뭉쳐 최전선을 형성함으로써 공격자들을 위압하고자 했다. 그 실험은 어느 정도는 성공했지만, 이미 너무 많은 병사들이 야만인들을 달래고자 손에 들고 있던 빈 머스킷을 내어 준 뒤였다.

그런 상황에서는 그 누구도 시간을 가늠할 여유가 없었다. 자매가 공포에 질렸고, 어쩔 줄 모르고 한 자리에 우뚝 선 지 10분이 지났는지, 혹은 매우 긴 시간이 지났는 지 알 수 없었다. 첫 번째 공격 후 비명을 질러 대는 여자들이 주위를 에워싸고 몰려들자, 두 자매는 도망칠 수 없었다. 두려움과 죽음으로 대부분의 여자들이 흩어지고 나니 적이 손도끼를 휘두르는 곳 말고는 빠져나갈 길이 없었다. 그 순간 앨리스는 프랑스군 쪽을 향해 평원을 가로질러 가는 아버지의 모습을 보았다. 그는 항복 조건에 있었던 호위를 허술히 한 데 대해 항의하기 위해 온갖 위험을 무릅쓰고 몽캄에게 찾아가던 중이었다. 50개의 번쩍이는 도끼와 쇠창이 그의 목숨을 위협했지만 미쳐 날뛰던 야만인들도 그의 지위와 침착한 태도에는 경의를 표했다. 위험한 무기들은 대령의 팔 옆을 스치고 지나가거나 위협만 가한 뒤 용기를 잃은 듯 저절로 쓰러지곤 했다. 다행히 마구아는 대령이 방금 떠난 자리에서 희생자를 찾고 있었다.

「아버지, 아버지, 저희 여기 있어요!」 앨리스는 아버지가 멀지 않은 거리에서 자신들을 보지 못하고 지나가자 이렇게 외쳤다. 「저희를 구하러 와주세요, 아버지! 그러지 않으면 저흰 죽어요!」

그 외침 소리는 돌로 만든 심장이라도 녹일 만큼 애처로웠지만 대답은 들려오지 않았다. 사실, 단 한 차례, 노장은 그 소리를 들은 듯 걸음을 멈추고 귀를 기울였다. 하지만 앨리스는 정신을 잃고 쓰러졌고 코라는 지치지 않는 다정한 태도로 축 늘어진 동생 곁에 주저앉았다. 먼로는 실망해 고개를 젓더니 자신이 맡은 임무를 처리하기 위해 나아갔다.

「아가씨.」 비록 힘도 쓸모도 없지만 자신에 대한 신뢰를 저버릴 꿈도 꾸지 못한 데이비드가 말했다. 「이건 악마의 축제이니, 기독교인들이 어물거릴 곳이 아닙니다. 어서 일어나 달아납시다!」

「가세요.」 코라는 의식을 잃은 동생을 보며 말했다. 「목숨을 구하세요. 제게 선생님은 더 이상 도움이 될 수 없습니다.」

데이비드는 그 말과 함께 코라가 보여 준 짧고 명확한 손짓에 담긴 확고한 결의를 이해했다. 그는 사방에서 지옥의 의식을 벌이고 있는 검은 형체들을 잠시 바라보더니 몸을 점점 꼿꼿이 세우고 가슴을 펴자, 온몸으로 그가 느낀 감정을 당당하고 힘차게 전하는 것 같았다.

「유대인 소년이 수금(竪琴)과 찬송의 가사로 사울의 사악한 영혼을 길들일 수 있었다면, 여기서 음악의 힘을 시험해 보는 것도 잘못된 일은 아닐 것이다.」

그러더니 그는 가장 높은 고음을 써서 그 잔인한 전장의 소음 속에서도 강렬하게 들리는 곡조를 쏟아 냈다. 보호자 없는 자매의 옷을 빼앗고 머리 가죽을 도려낼 생각으로 달려든 야만인이 한둘이 아니었지만 이 기이한 인물이 그 자리에 뿌리를 내린 듯 꿈쩍 않고 서 있는 광경에 걸음을 멈추고 귀를 기울였다. 놀람은 곧 감탄으로 바뀌었고, 인디언들은 다른, 덜 용감한 희생자를 찾아 나서며 백인 전사가 단호하게 부르는 죽음의 노래에 만족감을 드러냈다. 성공에 고무되고 현혹된 데이비드는 전력을 다해 계속해서 성가를 부르며 자신의 노래가 성스러운 힘을 발휘한다고 믿었다. 멀리 있던 야만인은 익숙하지 않은 소리를 듣더니 저속한 무리를 건드리는 대신 자신의 명성에 어울리는 희생자를 찾아 달려왔다. 그건 바로 마구아였고, 그는 옛 포로들을 다시 만나자 기쁨의 탄성을 올렸다.

「이리 와.」 그가 더러운 손으로 코라의 옷자락을 잡았다. 「휴런의 오두막 문은 아직 열려 있다. 여기보다는 그곳이 낫지 않은가?」

「저리 가라!」 코라가 끔찍한 생각에 눈을 가리며 외쳤다.

인디언은 비웃으며 피가 뚝뚝 떨어지는 손을 쳐들고 대답했다. 「이 피는 붉지만, 백인의 혈관에서 나온 것이다!」

「괴물 같으니! 당신의 영혼이 이 피를, 이 피바다를 만들었어. 당신의 영혼이 이 지경을 만든 거라고.」

「마구아는 위대한 추장이다!」 희열에 들뜬 야만인이 외쳤다. 「검은 머리는 그의 부족으로 갈 것이다!」

「턱없는 소리! 원한다면, 죽이고 복수를 끝내라!」

그는 잠시 망설이더니 정신을 잃은 앨리스의 가벼운 몸을 집어 들고는 평원을 가로질러 숲으로 들어가 버렸다.

「안 돼!」 코라는 그의 뒤를 미친 듯이 따라가며 외쳤다. 「아이를 내놔! 이 악당! 무슨 짓을 하는 거냐!」

마구아는 듣지 않았다. 아니, 그는 자신이 가진 힘을 알고, 그 힘을 버리지 않기로 마음먹었다.

「잠깐, 아가씨, 잠깐만요.」 개멋이 제정신을 잃은 코라를 불렀다. 「성스러운 힘이 느껴지고 있으니, 곧 이 무시무시한 광란이 진정될 겁니다.」

코라가 그 말을 듣지 않는다는 사실을 깨달은 충성스러운 데이비드는 다시 목청을 높여 노래를 부르며, 긴 팔을 휘둘러 박자를 맞추면서 미친 듯이 달려가는 언니를 뒤쫓았다. 그들은 달아나는 자들과, 다친 자들, 죽은 자들을 뚫고 평원을 가로질렀다. 사나운 휴런은 자신과 손에 든 희생자로 족했다. 코라는 야만인들의 공격을 받고 여러 차례 쓰러졌지만, 놀란 원주민들이 미친 영혼에 사로잡혔다고 믿는 독특한 인물이 뒤따라 준 덕분에 무사할 수 있었다.

당장 위험을 피하고 추적을 따돌릴 줄 아는 마구아는 낮은 골짜기를 통해 숲으로 들어갔고, 거기서 여행자들이 바로 얼마 전 버린 내려갠섯 말들을 발견했다. 말들은 마찬가지로 사납고 악의 가득한 표정을 가진 야만인의 손에 잡힌 채 마구아가 나타나길 기다리고 있었다. 앨리스를 말에 얹은 그는 코라에게도 타라고 손짓했다.

체포자의 존재가 일으키는 공포에도 불구하고, 평원에서 벌어지는 잔인한 살육에서 벗어났다는 안도감도 없지 않았다. 코라는 말에 올라탔고, 간절한 바람과 애정을 담아 동생을 향해 팔을 뻗자 휴런조차도 거부할 수 없었다. 그래서 그는 코라와 같은 말에 앨리스를 앉힌 뒤, 고삐를 잡고 숲으로 깊이 들어갔다. 죽일 가치도 없는 존재로 완전히 무시당한 채 버려졌음을 깨달은 데이비드는 그들이 버린 말의 안장에 올라타고서 험한 길이 허락하는 한 추적을 계속했다.

곧 오르막길이 시작되었고, 정신을 잃은 앨리스가 말의 움직임에 깨어나려 했지만 코라는 동생을 염려하면서도 이동 방향을 알기 위해 평원에서 들려오는 생생한 비명 소리에 귀를 기울이느라 알아차리지 못했다. 하지만 편평한 산꼭대기에 올라 동쪽 절벽에 다가가자, 코라는 이전에 상냥한 척후병의 안내로 전에 이미 와보았던 그곳을 알아보았다. 마구아는 그곳에서 그들을 내리게 했고, 그들은 공포와 뗄 수 없는 호기심으로 인해 산 아래에서 벌어지는 구역질나는 광경을 내려다보지 않을 수 없었다.

잔인무도한 행위는 여전히 계속되고 있었다. 사방에서 포위된 사람들은 무자비한 공격자들을 피해 달아나고 있었고, 기독교 왕의 군대는 도저히 알 수 없는 냉담한 표정으로 버티고 서 있었으며 그리하여 그들의 지휘관이 지닌 깨끗했던 문장(紋章)에 지울 수 없는 오점을 남겼다. 탐욕이 복수를 마칠 때까지 사신이 휘두르는 칼도 멈추지 않았다. 결국 부상자의 비명과 그들을 공격한 살인자들의 고함 소리가 차츰 잦아들더니, 공포의 비명이 멈추고 승리에 들뜬 야만인들의 요란하고 기다란 함성만이 남게 되었다.[43]

---

43 이 불운한 사건에서 쓰러진 사람의 수는 5백에서 1천5백 명으로 추산된다.

18

아, 아무 말씀이나 하시오.
내키시면 명예로운 살인자라고 말씀해 주시오.
이 모든 짓을 증오심이 아니라 명예심으로 했으니.
「오셀로」 5막 2장 294~295행

앞의 장에서 자세히 묘사하기보다는 부차적으로 언급한 저 잔인하고 비인간적인 장면은 〈윌리엄 헨리의 학살〉이라는 이름으로 식민지 역사에 기록되어 있다. 이 사건은 프랑스 사령관의 명성에 워낙 깊은 오점을 남겼기 때문에 그가 명예롭게 요절한 이후에도 완전히 지워지지 않았다. 이제 세월이 흐르며 그 흔적은 희미해졌고, 몽캄이 에이브러햄 평원에서 영웅답게 죽었다는 사실을 아는 수천 명의 사람들은 그가 지닌 도덕적 용기엔 결함이 있었으며, 그것이 없다면 그 누구인들 진정으로 위대할 수는 없다는 걸 배워야 한다. 바로 이 빛나는 사례로부터 인간의 위대함이 지니는 한계를 증명하기 위해 관대한 마음과 고상한 예법, 기사도 정신이 섬뜩한 이기심 아래에선 쉽게 사라질 수 있다는 것을 보여 주기 위해, 온갖 사소한 점에서는 위대했지만 원칙이 정책보다 우월하다는 것을 증명할 필요가 있을 때는 부족한 사람이 있었음을 세상에 알리고자 숱한 글이 집필되었다. 그러나 그 일은 우리의 권한에서 벗어나는 문제이고, 역사도 사랑과 마찬가지로 그 주인공들에게 상상의 오라를 씌워 주는 경향이 있으니 루이 드 생베랑은 후세에 자신의 나라를 용감하게 지켜 낸 영웅으로 보일 뿐, 오스위고와 호리칸의 호숫가에서 보여 준 잔인한 무관심은 망각될지도 모른다. 시의 여신이 지닌 이 약점을 깊이 아쉬워하는 마음으로, 우리는 그녀의 성스러운 영역에서 벗어나 우리가 맡은 소박한 천직으로 돌아가고자 한다.

요새 점령 후 사흘 째 되는 날이 저물어 가고 있었지만, 이 이야기는 아직도 독자들을 〈성스러운 호수〉에 붙잡아 두어야 한다. 마지막으로 보았을 때 보루 주위에는 폭력과 소란이 가득했다. 이제 그곳에는 정적과 죽음만이 에워싸고 있었다. 피로 얼룩진 정복자들은 떠난 후였다. 그리고 바로 얼마 전까지만 해도 승리한 부대의 즐거운 환호성이 울리던 그들의 막사는 조용하고 텅 빈 오두막이 모인 도시처럼 펼쳐져 있었다. 요새는 검은 연기를 올리는 폐허가 되었다. 검에 그을린 나무판자, 폭파된 중화기의 파편, 부서진 벽돌들이 흙무더기 위에 엉망으로 흩어져 있었다.

계절에도 놀라운 변화가 일어났다. 앞을 분간할 수 없는 수증기 덩어리 때문에 태양이 온기를 잃었고, 8월의 맹렬한 더위에 그을린 사람들은 때 이른 11월의 추위 앞에서 몸을 움츠리고 있었다. 언덕 위에서 북쪽으로 움직이던 새하얀 안개가 끝없이 어둑한 장막처럼, 거친 태풍과 함께 되돌아오고 있었다. 하늘을 가득 비추던 거울 같은 호리칸의 수면은 사라졌다. 그 자리에는 더러워진 호수에서 오염 물질을 밀어내려는 듯 성난 초록 물결이 가장자리를 때리고 있었다. 맑은 샘물은 영험한 힘을 지니고 있었다. 하지만 거기에 비치는 것은 불길한 하늘에서 떨어진 음울한 기운뿐이었다. 그곳을 온통 에워싸 그 가혹한 광경을 가려 주는 축축하고 텁텁한 공기는 사라졌고, 북쪽의 공기가 너무나도 순전하고도 맹렬하게 호수를 가로질러 덮쳐 오는 바람에 눈으로 볼 수 있는 것도, 상상력으로 지어낼 수 있는 것도 남아 있지 않았다.

매서운 추위는 번갯불이 낫질이라도 한 것처럼 평원의 풀들을 잘라 냈다. 하지만 황폐한 땅 가운데 여기저기에서 짙푸른 덤불이 자라고 있었다. 인간의 피로 비옥해진 땅이 가장 먼저 낸 결실이었다. 더 밝은 빛과 온화한 기후에서 보았다면 그곳 전체의 광경이 인생이라는 알레고리를 그린 그림처럼, 모든 것이 매우 거칠지만 명암이 강조해 주는 구석조차 없는 진정한 빛깔을 드러내고 있었다.

매서운 바람이 지나가면 마른 풀이 한 가닥씩 날아올랐다. 거친 바위산은 메마른 모습을 뚜렷이 드러냈고, 끝없이 펼쳐진 텅 빈 하늘을 바라보아 위안을 구하려는 시도조차도 자욱하게 몰려다니는 안개 때문에 좌절되었다.

바람은 불규칙하게 불었다. 이따금 땅 위를 무겁게 쓸고 지나가 죽은 자들의 싸늘한 귀에 신음 소리를 속삭이는 것 같다가도, 곧 쇳소리를 내며 불어 올라 나뭇잎과 가지들을 공중에 날리면서 숲으로 들어가기도 했다. 때아닌 소나기에 굶주린 까마귀 몇 마리가 바람과 싸우기도 했지만, 아래에 바다처럼 펼쳐진 푸른 숲만 지나면 놈들은 반갑게 달려들어 무시무시한 잔치를 벌였다.

한마디로 황폐하고 쓸쓸한 광경이었다. 불경스럽게도 거기 들어간 사람은 모두 가차 없는 죽음의 공격에 쓰러지는 것 같았다. 하지만 통행금지는 끝났다. 그 경치를 망가뜨린 데 일조한 만행을 저지른 자들이 떠난 이후 처음으로 살아 있는 사람들이 그곳에 다가왔기 때문이다.

앞에서 말한 날, 해가 지기 한 시간쯤 전 다섯 명의 사람들이 허드슨 강으로 가는 길과 숲이 만나는 지점 나무 사이에서 나타나 폐허가 된 보루 쪽으로 나아갔다. 처음에는 그 무서운 곳에 들어가는 것이 꺼려지고 그 끔찍한 사건이 다시 일어날까 두려운 듯 그들의 발걸음은 느리고 조심스러웠다. 발걸음이 가벼운 인물 하나가 원주민처럼 경계하는 태세와 동작으로 앞장서서 걸어갔다. 그는 언덕이 나올 때마다 올라서서 정찰하고, 손짓으로 동료들에게 가장 적당한 길을 가리켰다. 뒤에서 따르는 사람들도 숲 속의 전투에 필요한 경계심과 통찰력이 부족한 것은 아니었다. 그중 한 명 역시 인디언이었는데 한쪽 측면으로 약간 움직이더니 아주 작은 위험 신호도 읽을 줄 아는 눈으로 숲 가장자리를 살폈다. 나머지 세 명은 백인이었지만, 미개척지에서 후퇴하는 부대 가장자리를 지키는 위험한 일을 위해 기능과 색깔을 맞춘 옷을 입고 있었다.

호숫가로 가는 동안 끊임없이 등장하는 무시무시한 광경에 대한 반응은 그 무리를 구성한 인물들의 성격만큼이나 제각기 달랐다. 맨 앞에 선 청년은 가벼운 발걸음으로 평원을 지나며 마주치는 망가진 시신을 슬쩍 바라보았지만, 감정을 드러내고 싶지 않아도 그것이 발휘하는 갑작스럽고 강렬한 영향력을 떨쳐 버리기에는 경험이 너무나 부족했다. 하지만 그의 인디언 동료는 그런 점에 있어서는 더 우월했다. 그는 침착하게 목적의식을 잃지 않고, 오랜 훈련만을 통해서만 가능한 평온한 눈빛으로 죽은 자들을 지나쳤다. 백인들의 마음에 일어나는 느낌도 슬픔이라는 점에서는 같았지만, 저마다 달랐다. 반백의 머리에 주름진 얼굴, 군인다운 태도와 걸음걸이를 지닌 사람은 나무꾼의 복장으로 변장했음에도 불구하고 전쟁을 오랫동안 경험해 본 티가 났으며, 여느 것보다 더 무서운 광경을 만나면 언제든지 큰 신음 소리를 내는 것을 부끄러워하지 않았다. 그의 뒤를 따르던 젊은이는 몸을 떨었지만, 동료를 생각하며 감정을 억누르는 것 같았다. 그들 가운데 맨 뒤에서 따라오던 사람만이 누군가의 시선을 의식하거나 두려워하지 않고서 진심을 드러내는 것 같았다. 그는 흔들릴 줄 모르는 두 눈과 근육으로 가장 끔찍한 광경을 보았지만, 증오심이 너무나 격렬하고 깊은 나머지 적들이 한 짓에 얼마나 큰 저항심을 느끼는지 드러났다.

독자 여러분은 이 각각의 성격을 접하고 나면 모히칸과 그들의 백인 친구인 척후병이 먼로와 헤이워드와 함께 모였음을 쉽게 알 수 있을 것이다. 실제로 이 무리는 딸들을 찾아 나선 아버지가 그들의 행복을 깊이 염려하는 청년, 그리고 앞에서 이미 능력과 충성심을 증명해 낸 용감하고 믿음직한 숲 사람들과 함께 모여 결성한 것이었다.

앞에서 움직이던 웅카스가 평원의 한가운데에 닿자 소리를 질러 동료들을 모았다. 젊은 전사는 한데 엉켜 죽어 있는 여인들을 보고 걸음을 멈추었던 것이다. 그 광경이 자아내는 역겨운 공포에도 불구하고 먼로와 헤이워드는 썩고 있는 시체 무더기로 달려가 그들이 찾고 있는 이들의 옷이 알록달록한 누더기 옷가지 사이에 보이는지 살폈다. 아버지와 연인은 확인한 후 곧 마음을 놓았다. 하지만 두 사람은 다시 두 자매의 생사를 모른다는 괴로움에 시달려야 했고, 그것은 끔찍한 진실을 알게 되는 것만큼이나 견디기 어려운 일이었다. 그들이 그 애처로운 시체 더미 옆에 말없이 생각에 잠겨 서 있을 때 척후병이 다가왔다. 분노한 표정으로 비통한 광경을 바라보던 그는 그 평원에 들어선 이후 처음으로 소리를 내어 알아들을 수 있게 말했다.

「내 고약한 전장을 여러 번 경험했고 숱한 살육을 보아 왔지만 이곳처럼 악마의 소행이 분명한 광경은 본 적이 없소! 복수는 인디언에게 내재한 감정이고, 나를 아는 사람은 내가 십자가를 믿지 않는다는 것을 누구나 알고 있지만, 이 말은 해둬야 되겠소. 여기 하늘이 내려다보이는, 이 황량한 미개지에서까지 작용하는 신의 권능에 맹세하건대, 그 프랑스 놈들이 다시 한 번 사정거리에 들어오는 일이 있다면, 부싯돌에 불이 붙고 화약이 타는 한 장총 한 정은 가만있지 않을 거요! 내 손도끼와 칼은 그 본래 주인이었던 칭가치국과 웅카스가 쓰도록 맡기지. 칭가치국, 당신 생각은 어떻소?」 그는 델라웨어 말로 덧붙였다. 「휴런 놈들이 눈이 쌓일 무렵 제 여자들에게 이 일을 자랑하겠소?」

모히칸 추장의 검은 얼굴에 혐오감이 스쳐 지나갔다. 그는 칼집에서 칼을 뽑더니, 호크아이가 분노하라고 자극한 것을 모르는 사람처럼 침착한 표정으로 그 광경으로부터 돌아섰다.

「몽캄! 몽캄!」 그보다 자제심이 떨어지는 척후병이 깊은 증오심을 드러내며 외쳤다. 「인간의 한계를 지니지 않은 이들이 인간이 살아서 한 모든 행동을 한눈에 보고 알아내는 때가 온다고들 하지. 이 평원을 보고 그 영혼을 심판받을 자에게 저주가 있으라! 허, 내 백인이지만 저기 태어날 때 갖고 있던 머리 가죽이 없는 인디언이 쓰러져 있군! 델라웨어여, 저자를 보시오. 어쩌면 당신의 잃어버린 일족일지도 모르니. 그렇다면 용감한 전사답게 장례를 치러 주어야 할 거요. 세가모어여, 당신 눈빛을 보니 알 수 있소. 가을바람이 피비린내를 날려 보내기 전에 휴런이 이 일의 대가를 치르게 될 것임을!」

칭가치국이 처참하게 찢어진 시체에 다가가 뒤집어 보더니 6개 부족, 혹은 민족 연합 가운데 하나의 표식을 발견했다. 그들이 〈민족 연합〉이라는 이름을 얻은 것은 영국군 일원으로 싸우면서 자기 부족에게 너무나 잔인하고 적대적으로 군 결과였다. 칭가치국은 그 메스꺼운 것을 발로 밀어 놓더니 짐승의 시체를 본 것처럼 무표정한 얼굴로 돌아섰다. 척후병은 그 행동의 의미를 알아차리고 매우 조심스레 자기 갈 길을 걸어가며 프랑스 사령관에 대한 비난을 계속했다.

「엄청난 지혜와 끝없는 권력을 가진 존재만이 인간을 대량으로 학살하지.」 그가 덧붙였다. 「그 존재만이 심판이 필요하다는 것을 아니냐. 창조주의 피조물 중에 다른 것보다 잘난 게 어디 있나? 나는 처음 잡은 걸 다 먹기 전에 또 사슴을 잡는 짓은 죄악이라고 생각하는데. 행군을 하거나 매복을 준비하는 게 아니라면 말이야. 전사 몇 명이 백병전을 하며 싸우다 죽는 것과는 전혀 다른 문제이지. 그들이 총이나 도끼를 손에 들고 죽는 건, 백인이든 인디언이든 자연이 선사한 운명이니까. 웅카스, 이리 와서 저 까마귀가 밍고족을 뜯어 먹게 해줘라. 내 자주 봤으니 까마귀들이 오네이다의 살을 좋아한다는 걸 알고 있지. 저 새도 자연이 선사한 식욕을 채우게 해주는 게 좋은 일이다.」

「흠.」 모히칸 청년은 일어나더니 앞을 빤히 바라보았고, 그 소리와 행동에 까마귀는 다른 먹잇감을 찾으러 날아갔다.

「왜 그러는 거냐, 애야?」 척후병이 달리기 시작하려는 표범처럼 몸을 낮추며 속삭였다. 「신께서 늑장부리는 프랑스 놈에게 약탈거리를 찾아보라고 보내셨구나. 오늘 〈사슴 사냥꾼〉한테 보기 드문 과녁이 생겼다!」

웅카스는 아무런 대답도 하지 않고 그 자리에서 뛰어나가더니 그다음 순간 덤불 한 곳에서 뛰어나오며 코라의 녹색 승마용 베일 조각을 흔들어 보였다. 모히칸 청년의 그 행동과 손짓, 외침 소리에 모두가 즉시 주위로 모여들었다.

「내 딸!」 먼로는 그것을 보자마자 미친 듯이 외쳤다. 「내 딸을 돌려줘!」

「웅카스가 도울 겁니다.」 마음을 움직이는 짧은 대답이었다.

간결하지만 진심을 담은 다짐도 아버지는 듣지 못한 듯 천 조각을 으스러져라 쥐고는 두려움이 가득한 눈초리로 덤불 사이를 살폈다. 거기서 밝혀질지도 모르는 비밀이 그에게는 두렵기도 하고, 궁금하기도 했다.

「여긴 죽은 사람이 없습니다!」 헤이워드가 외쳤다. 「폭풍이 여기로는 지나가지 않은 모양입니다!」

「그건 저 위의 하늘만큼 분명한 사실이군.」 척후병이 담담한 목소리로 대답했다. 「하지만 아가씨든 아가씨를 앗아 간 자들이든 이 덤불을 지나갔소. 나도 그 예쁜 얼굴을 가리던 천은 기억하니까. 웅카스, 네 생각이 맞다. 검은 머리 아가씨가 여길 지나간 게야. 그리고 겁에 질린 사슴처럼 숲으로 달아났지. 달아날 줄 아는 사람은 죽임을 당하지 않지! 아가씨가 남긴 발자국을 찾자. 인디언의 눈에는 벌새가 공중에 남긴 흔적도 보이니까 말이야!」

모히칸 청년은 그 말을 듣더니 재빨리 달려 나갔고, 척후병이 미처 말을 마치기도 전에 숲 가장자리에서 성공을 알리는 소리가 들려왔다. 초조한 마음으로 그곳에 닿은 이들은 너도밤나무의 아래쪽 가지에 또 한 조각의 베일이 펄럭이고 있는 것을 보았다.

「조심, 조심.」 척후병은 마음이 급한 헤이워드 앞을 긴 총으로 가로막으며 말했다. 「이제 어떻게 하면 되는지 알고 있지만, 남겨진 흔적을 망가뜨려서는 안 될 거요. 성급하게 한 발자국을 잘못 디디면 몇 시간을 낭비하게 되기도 하니까. 하지만 이제 흔적을 찾았소. 그것만큼은 부인할 수 없는 사실이오!」

「고맙네, 고마워! 훌륭한 청년이여!」 먼로가 외쳤다. 「그렇다면 그 아이들이 어디로 달아나 어디에 있는가?」

「아가씨들이 간 길은 경우에 따라 달라집니다. 둘이서 간 거라면, 원을 그리며 걸어 십여 마일 반경 안에 있을 겁니다. 하지만 휴런이나 프랑스군의 인디언에게 잡힌 거라면 지금쯤 캐나다 국경 근처까지 갔을지도 모릅니다. 하지만 상관없습니다!」 사려 깊은 척후병은 상대가 불안에 사로잡혀 실망하는 기색을 보고 말했다. 「여기 모히칸들과 제가 자취를 찾았으니 믿으십시오. 수백 마일이 떨어진 곳에 있다 하더라도 찾아낼 테니까요! 조심해라, 웅카스. 너도 정착지 사람만큼이나 조급하구나. 그 가벼운 발걸음은 희미한 흔적만 남긴다는 걸 잊었느냐!」

「흠!」 숲 가장자리에 낮게 자란 덤불 사이로 구멍이 난 것을 살피는 데 열중하던 칭가치국이 탄성을 올렸다. 그는 몸을 일으켜 세우더니 끔찍한 독사를 본 사람 같은 태도로 아래쪽을 가리켰다.

「여기 남자의 발자국이 뚜렷하게 남았군요!」 허리를 숙여 그곳을 들여다본 헤이워드가 외쳤다. 「이 웅덩이 가장자리에 자국이 분명하게 났습니다. 그들은 잡힌 거예요!」

「숲에서 굶어 죽느니 그 편이 낫지.」 척후병이 말했다. 「게다가 발자국도 더 많이 있을 거요. 이달 안에 모히칸들과 내가 놈들의 오두막에 들어가게 된다는 데 부싯돌 쉰 개와 비버 털가죽 쉰 장을 맞바꾸는 내기라도 하겠소! 웅카스, 잘 들여다보고 어떤 가죽신인지 알아봐라. 그건 구두가 아니고 가죽신이 분명하니까.」

모히칸 청년은 허리를 굽히고 발자국을 보더니 그 주위에 흩어져 있는 낙엽을 걷어 내고는 금전 문제에 의심이 많은 요즘 시대에 대금업자가 수상쩍은 차용 증서를 살피듯 꼼꼼히 살펴보았다. 한참만에야 그는 관찰 결과에 만족한 듯 무릎을 펴고 일어났다.

「음, 그래.」 척후병이 물었다. 「발자국이 뭐라고 알려 주나? 그 흔적을 보고 알아낸 것이 있는가?」

「르 르나르 수틸입니다!」

「하! 이번에도 그 사나운 악마로군! 〈사슴 사냥꾼〉이 그자를 누그러뜨리기 전까지는 날뛰며 돌아다니는 것을 막을 수 없겠어.」

헤이워드는 내키지 않는 마음으로 이 정보가 사실임을 받아들이고, 다음과 같이 말함으로써 의심이라기 보다는 희망을 드러내 보였다.

「가죽신은 서로 아주 비슷하니, 혹시 착각한 것일 수도 있지 않겠습니까.」

「가죽신이 서로 비슷하다고! 사람 발이 다 비슷하다고 말씀한 것이나 다름없소. 어떤 발은 길고 어떤 발은 짧고, 어떤 발은 폭이 넓고 어떤 발은 좁고, 어떤 발은 발등이 높고 어떤 발은 발등이 낮고, 어떤 발은 발가락이 안으로 굽었고 어떤 발은 바깥으로 굽었다는 것을 우리가 모두 알고 있는데도 말이오! 책이 서로 다르듯, 가죽신도 서로 다 다르지. 모든 사람의 타고난 장점을 살리도록 가장 좋은 모양으로 만들기 때문이오. 웅카스, 나도 한번 보자. 책이든 가죽신이든 한 사람보다는 두 사람이 의견을 내놓는다 해서 나쁠 것이 없으니.」 척후병은 허리를 숙여 관찰하더니 곧 이렇게 덧붙였다. 「네 말이 맞다, 웅카스. 지난번 추적 때 자주 보았던 자국이로구나. 그리고 이 친구는 기회가 있으면 술을 마실 게다. 인디언 중에 술을 마시는 자는 본연의 야만인보다 항상 더 넓은 발가락 자국을 남기지. 백인이나 인디언이나 술주정뱅이는 여기적거리며 걷는 재주가 있다니까! 길이와 폭도 꼭 같구나! 추장, 이것을 보시오. 우리가 글렌에서 건강에 좋은 샘물까지 이 성가신 놈들을 추적할 때 당신도 발자국을 여러 번 재지 않았소.」

칭가치국도 합세해 잠시 살피고 일어나더니 고요한 표정으로 이렇게만 말했다.

「마구아.」

「그렇소, 이건 확실해. 그렇다면 여기에 검은 머리와 마구아가 지나간 거요.」

「그럼 앨리스는요?」 헤이워드가 물었다.

「그 아가씨의 흔적은 아직 없소.」 척후병이 나무들과 덤불, 땅을 자세히 살피며 말했다. 「이게 뭔가! 웅카스, 저기 가시덤불에 매달려 있는 것을 가져와라.」

인디언이 그 말에 따르자 척후병은 그 물건을 받더니 높이 들고서 소리 없이, 하지만 한껏 웃었다.

「이건 그 찬송가 선생이 불어 대던 무기가 아닌가! 이제 그의 발자국도 얻게 될 것 같군. 웅카스, 이제 6피트 2인치의 키로 휘청거리는 인간을 떠받칠 만큼 긴 구두 자국을 찾아봐라. 그자가 꽥꽥거리는 소리를 멈추고 그보다 나은 일을 따라갔으니, 그 친구도 함께 있을 거라는 희망이 생기는구나.」

「그가 최소한 맡은 일에 책임을 다했군요.」 헤이워드가 말했다. 「그리고 코라와 앨리스에게 친구도 함께 있는 셈이고.」

「그렇지.」 호크아이가 총을 내려놓고 거기 기대며 경멸하는 표정으로 말했다. 「노래를 불러 주겠지! 그가 저녁으로 먹을 사슴을 잡을 수 있겠소, 너도밤나무에 낀 이끼를 보고 방향을 알 수 있겠소, 아니면 휴런의 목을 딸 수 있겠소? 그게 아니라면 그가 처음 만나는 개똥지빠귀[44]가 두 아가씨들의 가장 똑똑한 친구가 되어 줄 거요. 흠, 얘야, 어디 그런 흔적은 보이지 않느냐?」

「여기 구두를 신은 사람의 발자국과 비슷한 것이 있습니다. 우리 친구의 것일까요?」

---

44 아메리카의 흉내지빠귀가 가진 힘은 널리 알려져 있다. 하지만 진짜 흉내지빠귀는 뉴욕 주처럼 북쪽에서는 발견되지 않는다. 그곳에는 그다음으로 뛰어난 두 가지 종류의 흉내지빠귀가 있다. 척후병이 자주 언급하는 개똥지빠귀와 보통 호랑지빠귀라고 부르는 새가 그것이다. 이 두 새는 나이팅게일이나 종달새보다 뛰어나지만, 대체적으로 미국의 새는 유럽의 새보다 노랫소리가 아름답지 않다.

「나뭇잎을 살짝 만지시오. 그러지 않으면 모양이 흐트러질 테니! 그거! 그것은 검은 머리 아가씨의 발자국이오. 그처럼 큰 키에 당당한 외모를 가진 사람의 것 치고는 작소! 찬송가 선생이라면 뒤꿈치만 해도 그만한 크기가 될 거요!」

「어디! 내 딸의 발자국 좀 봅시다!」 먼로가 덤불을 헤치고 나오더니 애정 가득한 표정으로 거의 지워진 그 자국을 내려다보았다. 자국을 남긴 발걸음이 가볍고 빠르기는 했어도 그 흔적은 뚜렷했다. 늙은 군인은 차츰 침침해지는 눈으로 그것을 살폈다. 구부린 허리를 한참 동안 펴지 않는 것을 보고 헤이워드는 그가 뜨거운 눈물로 딸의 발자국을 적시고 있음을 알 수 있었다. 척후병에게 할 일을 알려 주면서 주의를 딴 데로 돌려, 애써 짓고 있던 표정을 언제라도 무너뜨릴 것 같은 고통을 잊어 보려고 청년은 이렇게 말했다.

「이제 이렇게 확실한 흔적을 얻었으니, 행군을 시작합시다. 이런 때라면 잡혀 있는 이들에게는 한순간도 긴 세월처럼 느껴질 겁니다.」

「가장 날쌘 사슴이라고 가장 멀리 달리는 건 아니오.」 시야에 보이는 여러 발자국에서 눈을 떼지 않은 채 호크아이가 대답했다. 「사나운 휴런과 검은 머리 그리고 노래 선생이 지나간 건 알 수 있지만, 노랑머리에 파란 눈의 아가씨는 어디에 있는 거요? 아직 어리고 언니처럼 대담하지는 않지만 보기에 아름답고, 대화하기에 유쾌한 상대요. 그녀에게 지켜 줄 친구가 아무도 없단 말이오?」

「신께 맹세코 수백 명의 친구들이 있습니다! 지금 우리는 그녀를 추적하는 것이 아닙니까? 일단 저는 그녀를 찾을 때까지 수색을 멈추지 않을 겁니다!」

「그렇다면 우리는 다른 길로 움직여야 할지도 모르겠소. 그녀는 이 길로 지나가지 않았기 때문이오. 그녀의 발걸음이 아무리 작고 가볍다 하더라도.」

그 순간 수색을 개시하려던 열의를 모두 잃어버린 듯 헤이워드는 뒤로 물러났다. 상대의 기색이 이처럼 갑자기 변한 것에는 상관없이 척후병은 잠시 생각하더니 말을 이었다.

「이 숲 속에 이런 발자국을 남길 수 있는 여인은 검은 머리나 그녀의 동생뿐인데! 검은 머리는 여기 있었다는 것을 알 수 있지만, 나머지의 흔적은 어디로 간 걸까? 좀 더 추적해 보고 아무것도 나타나지 않는다면 평원으로 돌아가 다른 흔적을 찾아봐야 하겠소. 가자, 웅카스. 마른 낙엽을 잘 살펴보거라. 나는 덤불을 살필 테고, 네 아버지는 땅을 자세히 훑어볼 테니까. 갑시다, 친구들. 해가 산을 넘어가고 있소.」

「내가 할 수 있는 일은 없습니까?」 불안한 헤이워드가 물었다.

「소령님이 말이오!」 인디언 친구들과 함께 이미 자신이 내린 명령에 따라 맞춰 나가던 척후병이 되풀이해 말했다. 「그렇소, 소령님은 우리 뒤에서 따라오면서 발자국을 밟지 않도록 조심하시오.」

얼마 가지 않아 인디언들이 걸음을 멈추더니 보통 때보다 자세히 땅 위의 흔적을 살피는 것 같았다. 부자가 함께 대상을 바라보며 빠르고 큰 소리로 이야기를 주고받더니 기쁨을 매우 솔직하게 드러내며 서로를 바라보았다.

「작은 발을 찾아냈소!」 척후병은 더 이상 발자국을 살피지 않고 앞으로 나아가며 외쳤다. 「이게 뭔가! 이곳에 복병을 숨겨 놓았군! 아니, 변경에서 가장 정확한 총에 맹세코 말하는데, 여기 또 한쪽으로 치우친 말들이 지나갔소! 이제 비밀은 전부 밝혀졌고, 모든 것이 자정의 북극성처럼 분명하오. 그렇소, 여기서 그들이 말에 올랐소. 저기 말들을 나무에 매어 두고 기다리고 있었던 것이오. 저기 북쪽으로 캐나다까지 이어지는 큰길로 간 거요.」

「하지만 앨리스, 둘째 먼로 양의 발자국은 없지 않습니까.」 덩컨이 말했다.

「방금 웅카스가 땅에서 방금 들어 올린 반짝이는 장신구가 그걸 증명해 주지 않소. 애야, 그걸 이리 넘겨 봐라. 우리가 볼 수 있도록.」

헤이워드는 그것이 앨리스가 곧잘 걸고 다니던 장신구임을 곧 알 수 있었고, 그 무시무시한 학살의 날 아침 연인의 새하얀 목덜미에 매달려 있던 모습을 잊을 수 없었다. 그는 그 소중한 보석을 손에 쥐었다. 그 보석은 어디로 갔는지 의아해하며 땅바닥을 찾아보는 척후병의 눈앞에서 사라져 덩컨의 두근거리는 심장에 꼭 붙어 있었다.

「휴우!」 실망한 호크아이가 총 끝으로 낙엽을 긁어 보기를 그만두며 말했다. 「시력이 약해지는 것은 늙는 징조가 분명해. 그렇게 번쩍이는 장신구가 보이지 않는다니! 흠흠, 하지만 아직도 연기를 뿜어 대는 총신을 들고도 겨냥을 잘할 수 있으니 나와 밍고족 사이의 분쟁을 해결하는 데는 충분하다. 내 그것을 가져다 원래 주인한테 돌려준다면 좋을 것 같긴 하다. 지금부터 넓은 세인트로런스, 혹은 오대호 전체가 우리 사이에 놓여 있고, 그 먼 길을 따라잡아 주인에게 돌려주는 일이 될 테니까.」

「그럴수록 우리의 행진을 늦춰서는 안 되겠군요.」 헤이워드가 대답했다. 「어서 갑시다.」

「젊은 피와 뜨거운 피는 거의 같다고들 하지. 우리는 다람쥐 사냥을 하거나 사슴을 호리칸으로 모는 것이 아닌, 밤낮을 계속 걸어 사람의 발이 거의 닿지 않았으며 책에서 배운 지식으로는 무사히 지날 수 없는 야생의 숲을 건널 거요. 인디언은 모닥불을 피워 놓고 모여 담배를 피우고 나서야 그런 여정을 떠날 거요. 그리고 내 비록 백인이지만 그 풍습이 신중하고 현명하다고 여겨 따르고 있소. 그러니 우리는 돌아가서 옛 요새의 폐허에 모닥불을 피우고 밤을 지낸 뒤 아침에 상쾌한 마음으로 준비를 갖추고서 시작할 거요. 시끄러운 여자들이나 의욕만 가득한 아이들이 아닌, 진정한 남자답게 말이오.」

헤이워드는 척후병의 태도로 보아 입씨름을 해봐야 소용없음을 깨달았다. 먼로는 최근 벌어진 엄청난 불행에 거의 넋을 잃었고, 아주 새롭고 강한 자극이 있어야만 정신을 차릴 것 같았다. 청년은 필요한 도움을 주기 위해 노장의 팔을 부축하며, 평원으로 돌아가는 길을 되짚어가기 시작한 인디언들과 척후병의 발자국을 따랐다.

19

살라리노 하지만, 그가 재산을 잃는다 해도, 자네가 그의 살을 빼앗지는 않을 거라 믿네. 그걸 무엇에 쓰겠는가?
샤일록 그걸로 낚시 미끼를 삼으려는 것이지. 물고기가 다른 것은 물지 않아도, 내 복수는 물 테니까.

「베니스의 상인」 3막 1장 51~54행

그들 일행이 윌리엄 헨리의 폐허에 들어섰을 때, 저녁의 어스름 때문에 그곳은 더욱 황량하게 느껴졌다. 척후병과 그의 동료들은 재빨리 그곳에서 밤을 지낼 준비를 했다. 그들의 진지하고 엄숙한 태도는 바로 직전에 목도한 드문 공포가 그들의 단련된 감정에 까지도 얼마나 큰 영향을 주었는지 보여 주었다. 웅카스는 검게 그을린 벽에 판자 몇 개를 받쳐 두었다. 그곳에 덤불을 살짝 덮자, 하룻밤 묵을 잠자리로 충분해 보였다. 젊은 인디언은 일을 마치고는 엉성한 오두막을 가리켰다. 소리 없는 손짓의 의미를 이해한 헤이워드는 부드럽게 먼로를 안내해 안으로 들어갔다. 덩컨은 딸들을 잃은 노인을 슬픔과 단둘이 놓아두고 곧 밖으로 나왔다. 경험 많은 친구가 권한 대로 잠을 자기에는 너무 흥분한 상태였던 것이다.

호크아이와 인디언들이 불을 피우고 말린 곰 고기로 소박한 저녁 식사를 하는 동안 젊은이는 호리칸 호수가 내려다보이는 무너진 요새를 찾아가 보았다. 바람은 잦아들었고 호수의 물결은 보다 규칙적이고 차분하게 모래사장을 때리고 있었다. 광폭한 추적에 지친 듯 구름도 흩어지고 있었고, 지평선 위에는 검은 먹구름이 모여 있는 반면 호수 위의 구름은 가볍게 모여 있었다. 산꼭대기 위에는 떼를 지어 날아가다 흩어진 새처럼 몇 조각이 떠 있었다. 여기저기 붉고 밝은 별은 떠다니는 구름을 뚫고서 어둠침침한 하늘에 밝은 빛을 비추어 주었다. 주위를 에워싸고 있는 산속은 캄캄한 어둠이 자리 잡기 시작했고 평원은 지친 세입자들의 잠을 방해하는 저주나 속삭임 없이, 버려진 넓은 집처럼 펼쳐져 있었다.

으스스할 정도로 과거와 똑같은 이곳의 풍경을, 덩컨은 한참 동안 정신이 팔린 채 서서 지켜보았다. 그의 눈길은 인디언들이 앉아 있는 빛나는 모닥불 주위의 둔덕 밑에서 하늘에서 사라지지 않는 희미한 별빛으로 옮겨 갔다가는, 죽은 자들이 쉬고 있는 음울한 공간처럼 펼쳐져 있는 어둠에 오랫동안 불안하게 꽂혀 있었다. 그는 곧 그곳에서 알 수 없는 소리가 났다고 상상했는데, 너무나 불분명하고 은밀한 소리라서 그 본질뿐만 아니라 그 존재마저 불확실하다고 여겼다. 두려움이 부끄러워진 청년은 호숫가로 향하는 움직이는 수면 위에 희미하게 반짝이는 별들로 시선을 돌렸다. 하지만 그의 몹시 예민한 귀는 뭔가 위험이 도사리고 있다고 경고하려는 듯 달갑지 않은 의무를 다했다. 결국 재빠른 발소리가 어둠 속을 향하는 것이 확실히 들렸다. 더 이상 불안을 억누를 수 없어진 덩컨은 낮은 목소리로 척후병에게 둔덕에서 내려와 자신이 있는 곳으로 와보라고 청했다. 호크아이는 한쪽 팔에 총을 메고 그 말에 따랐는데 어찌나 태연하고 침착한지 그들이 처한 상황이 얼마나 불안한지 잘 알고 있었음을 보여 주었다.

「들어 보세요.」 호크아이가 조심스레 다가오자 덩컨이 말했다. 「평원에서 숨죽인 소리가 들려오는데, 몽캄이 정복지에서 완전히 철수한 게 아닐지도 모릅니다.」

「그렇다면 눈보다 귀가 더 밝은 것이지.」 태연한 척후병은 금방 곰 고기 한 조각을 어금니 사이에 끼우고서, 입으로 두 가지 일을 하는 사람처럼 굵은 목소리로 천천히 말했다. 「그가 타이에 있는 것을 내가 직접 보았소. 당신네가 상대하는 프랑스인들은 영리한 짓을 하고 나면 돌아가서 성공을 축하하며 여자들과 춤을 추거나 노는 것을 좋아하니까 말이오.」

「나는 모릅니다. 인디언은 전쟁 중에 자는 일이 드무니, 휴런 하나가 부족이 떠난 뒤 남아 있을 수도 있죠. 불을 끄고 지키는 것이 좋겠습니다. 들어 보세요! 내가 말한 소리가 이겁니다.」

「인디언이 무덤 주위에 매복하는 일은 드물지. 수단을 가리지 않고 죽이기도 하지만, 인디언은 피가 뜨겁고 흥분해 있을 때가 아니면 머리 가죽으로 만족하는 경우가 보통이오. 인디언들은 영혼이 완전히 사라진 망자에게 적대감을 잊고 자연으로 돌아가 쉬도록 해주는 법이오. 영혼 말이 나왔으니, 소령님. 인디언의 천국과 우리 백인의 천국이 하나이며 같다는 의견을 갖고 계시오?」

「분명해, 분명해요. 또 소리가 들렸어요! 아니면 너도밤나무 꼭대기에서 나뭇잎이 바스락거리는 소리입니까?」

「나로 말할 것 같으면······.」 호크아이는 헤이워드가 가리킨 방향을 잠시 멍하니 무관심한 태도로 쳐다보았다. 「천국은 행복한 곳이라고 믿소. 그리고 인간은 그 기질과 재능에 따라 그곳에서 만족할 테고. 인디언은 옛이야기에 나오는 엄청난 사냥터를 발견하게 될 거라고 믿는 것이 옳다고 판단하오. 또한 그런 점에서 기독교를 믿지 않는 사람이 시간을 보낼 때 —」

「또 들렸어요!」 덩컨이 말을 잘랐다.

「네, 네. 먹을 것이 부족하거나, 먹을 것이 많을 때면 늑대는 대담해지는 거요.」 태연한 척후병이 말했다. 「또 시간과 불빛만 있으면, 그 말들 중에서 어떤 놈을 잡을지 고르기도 할 거요. 다시 죽음 뒤의 삶에 관한 이야기로 돌아갑시다, 소령님. 정착지에서 목사들이 천국은 안식처라고 설교하는 것을 들었소. 하지만 인간은 즐거움에 대해 저마다 다른 생각을 갖고 있단 말이오. 내 신의 섭리는 존중하며 말하는데, 나는 목사들이 설교나 하는 집에 갇혀서는 즐거움을 찾지 못할 거요. 움직이고 쫓는 것을 좋아하는 사람으로 타고났으니 말이오.」

소리의 정체를 알게 된 덩컨은 정찰병이 이야기하고자 하는 주제에 좀 더 관심을 갖고서 말했다.

「죽음이라는 큰 변화를 겪고 난 다음의 감정은 알기 어렵죠.」

「야외에서 살아온 사람에게는 정녕 큰 변화가 일어나야 설교나 듣는 천국에서 즐거움을 찾게 될 거요.」 그 문제에 전념하고 있는 척후병이 대답했다. 「허드슨 강 상류에서 아침을 먹고, 모호크족이 지르는 고함 소리가 들리는 곳에서 잠드는 사람에게는 말이오! 하지만 우리가 자비로운 주인을 섬기게 된다고 생각하면 위안이 되오. 비록 우리 사이에 광활한 미개지가 펼쳐져 있고 그의 방식대로 따라야 하더라도 말이오. 저게 뭐지?」

「말씀하신 늑대들이 달리는 소리 아닙니까?」

호크아이는 천천히 고개를 젓더니 덩컨에게 모닥불의 불빛이 닿지 않는 지점으로 따라오라고 손짓했다. 이처럼 조심스럽게 피하고 나더니, 척후병은 정신을 바짝 집중하여 자신을 그토록 깜짝 놀라게 하며 반복되는 낮은 음의 소리를 오랫동안 집중하여 들었다. 하지만 그의 노력은 허사인 것 같았다. 한참 지난 뒤 덩컨에게 이렇게 귓속말을 했기 때문이다.

「웅카스를 불러야 되겠소. 저 녀석은 인디언의 감각을 가졌으니 숨어 있는 것의 소리를 들을 수 있을 거요. 백인인 나는 타고난 한계를 부인할 수 없으니 말이오.」

아버지와 낮은 목소리로 대화를 나누던 모히칸 청년은 부엉이 울음소리를 듣고 깜짝 놀라 벌떡 일어나더니 그 소리가 난 곳을 찾아 어두운 둔덕 쪽을 바라보았다. 척후병이 그 소리를 몇 분 동안 반복했고, 덩컨은 웅카스가 조심스레 다가오는 것을 보았다.

호크아이는 델라웨어의 언어로 원하는 바를 아주 짧게 설명했다. 웅카스는 자기를 부른 사실을 알자마자 풀밭에 납작 엎드렸는데, 덩컨의 눈에는 소리도, 움직임도 없었다. 젊은 전사가 꼼짝도 하지 않는 것에 놀란 데다가 원하는 정보를 얻기 위해 능력을 사용하는 방식이 궁금하기도 해서 헤이워드는 몇 발자국 다가가 검은 물체가 보이는 곳에 몸을 숙인 뒤 눈을 떼지 않고 바라보았다. 그러나 곧 웅카스가 사라졌으며, 자신이 둔덕의 울퉁불퉁한 부분의 윤곽선을 바라보고 있었음을 깨달았다.

「모히칸은 어떻게 된 겁니까?」 놀라 뒤로 물러서며 덩컨이 척후병에게 물었다. 「그가 엎드리는 것을 본 곳이 여기였고, 아직 여기 있을 거라고 굳게 믿었는데!」

「쉿! 작게 말씀하시오! 밍고는 눈치 빠른 족속이니 어떤 귀가 듣고 있는지 알 수 없소. 웅카스는 평원으로 나갔고, 이 주위에 마쿠아가 있다면 그들과 대등한 적수를 만나게 될 거요.」

「몽캄이 인디언들을 모두 철수시킨 것이 아니라고 생각하시는군요! 우리 동료들에게도 알려 무기를 준비하게 합시다. 여기 우리는 다섯이고, 적과 싸우는 데 익숙합니다.」

「생명을 중히 여긴다면, 아무 말도 마시오! 저 추장을 보시오. 위대한 인디언 추장처럼 불가에 앉아 있지 않소! 어둠 속에 숨어 있는 놈이 있다 해도, 저 사람의 모습으로는 우리가 위험이 닥쳤다고 여기는지 전혀 모를 것이오!」

「하지만 발견되면, 그는 죽게 될 겁니다. 저 불빛 때문에 너무 잘 보여 가장 먼저 확실한 희생자가 될 거예요!」

「소령님 말씀이 옳다는 건 부인할 수 없소.」 척후병은 평소보다 불안한 태도로 대답했다. 「하지만 어쩌겠소! 수상쩍은 모습을 하나만 보여도 미처 준비하기도 전에 공격을 받을 수 있단 말이오. 저 사람도 내가 웅카스를 부른 것을 보고 우리가 눈치를 챈 것을 알고 있소. 밍고의 흔적을 찾고 있다고 전하겠소. 그는 인디언의 본성에 따라 움직일 것이오.」

척후병은 손가락을 입에 대고 나지막하게 쉭쉭거리는 소리를 냈다. 그 소리에 덩컨은 뱀이 나타난 줄 알고 옆으로 몸을 피하려고 했다. 칭가치국은 혼자서 생각에 잠겨 있는 사람처럼 머리를 괴고 있더니 이름을 알고 있는 동물의 경고를 듣는 순간 몸을 꼿꼿이 세우고는 사방을 빠르고 꼼꼼히 살폈다. 이 갑작스럽고도 무의식적인 움직임 후 놀라거나 불안한 표정은 싹 사라졌다. 그는 손이 닿는 자리에 있던 총을 건드리지도, 쳐다보지도 않았다. 편안히 쉬기 위해 허리춤에 느슨히 묶여 있던 손도끼는 땅에 떨어지기까지 했으며, 몸은 휴식을 위해 신경과 근육을 이완하려는 사람처럼 축 늘어지는 것 같았다. 약삭빠르게도 원래의 자세로 돌아가면서, 마치 팔을 바꾸려던 것처럼 턱을 괸 손만 바꾼 그는 인디언 전사 이외에는 아무도 실행에 옮길 수 없는 침착함과 용기를 드러내며 사태의 추이를 기다렸다.

예리함이 부족한 사람의 눈에는 이 모히칸 추장이 자는 것처럼 보이겠지만 그의 콧구멍이 커졌고, 청각 기관을 돕기 위해서인 듯 머리는 한쪽으로 약간 돌아갔으며, 시력이 닿는 범위 내의 모든 대상을 재빠른 눈으로 끊임없이 살피고 있다는 것을 헤이워드는 알 수 있었다.

「저 고귀한 친구를 보시오!」 호크아이가 헤이워드의 팔을 잡으며 속삭였다. 「섣부른 표정 하나, 움직임 하나가 우리의 계획을 망치고 저 악당들의 손에 우리를 ─」

소총의 불빛과 발사음이 그의 말을 가로막았다. 헤이워드가 놀란 눈으로 바라본 지점에는 불꽃이 가득 튀었다. 다시 보니 혼란 가운데 칭가치국이 사라지고 없었다. 그 사이 척후병은 참전 준비를 마친 사람처럼 총을 겨누고 적이 모습을 드러내는 순간을 초조하게 기다렸다. 하지만 칭가치국의 목숨을 노린 단 한 번의 시도가 실패하자 공격은 끝난 것 같았다. 멀리서, 정체를 알 수 없는 몸뚱이가 지나가면서 덤불이 바스락거리는 소리가 한두 번쯤 들린 것 같았다. 또 잠시 후 늑대들이 자신의 영역에 침입자들이 지나가기 전에 〈질주하는〉 소리도 들려왔다. 초조하고 숨 가쁜 공백 끝에 누군가 물에 뛰어드는 소리가 들려왔고, 그 직후 총소리가 이어졌다.

「웅카스요!」 척후병이 말했다. 「녀석은 좋은 총을 갖고 있소! 아비가 아이의 말을 알아듣듯이 나도 소리를 들으면 어떤 총인지 알 수 있소. 내가 더 좋은 것을 얻기 전에 저걸 썼으니까.」

「이게 무슨 뜻인가요?」 덩컨이 물었다. 「우리는 감시당하고 저격당하는 것 같습니다.」

「저기 흩어져 있는 나뭇조각을 보니 좋은 의도는 아니었음을 알 수 있지만 아무런 해도 입히지 못했음을 저 인디언이 증명해 줄 거요.」 척후병이 다시 총을 메고 다시 모닥불이 비추는 자리에 나타난 칭가치국을 따라가며 말했다. 「어떻소, 추장! 밍고 놈들이 진정 우리를 공격한 거요, 아니면 전투 언저리에 남아 있다가 죽은 자들의 머리 가죽을 벗겨 가서는 백인들과 용감하게 싸웠다며 도마뱀처럼 여자들에게 자랑을 하려는 거요?」

칭가치국은 매우 조용히 원래 자리로 돌아와서는 총알에 맞은 관솔을 살펴볼 때까지 아무 대답도 하지 않았다. 그가 그 총알을 맞았더라면 치명적이었을 것이다. 그는 손가락 하나를 보이도록 치켜들더니 한 마디로 대답했다.

「하나요.」

「그럴 줄 알았소.」 호크아이는 자리에 앉으면서 중얼거렸다. 「게다가 웅카스가 총을 쏘기 전에 호수를 다 건너왔으니, 그놈이 모히칸 둘과 백인 사냥꾼의 발자국을 따라 엄청난 매복을 해냈다며 거짓말을 떠들어 대겠지. 이런 데서 쓸모없는 존재나 다름없는 장교들은 빼고 말이오. 흠, 그러라고 하지, 그러라고 해. 어느 민족에나 정직한 사람들이 항상 있지만 마쿠아 가운데는 드물다는 것을 하늘도 아시니! 그 악당 놈이 쏜 탄환이 당신 귀에 스쳤소, 추장.」

칭가치국은 총알이 맞힌 곳을 침착하고 무관심하게 바라보고는 그처럼 사소한 일로는 흔들리지 않는 평정 상태로 돌아갔다. 그제야 웅카스는 그들 옆으로 와서는 아버지처럼 무관심한 표정으로 불가에 앉았다.

헤이워드는 이 몇 가지 움직임을 깊은 호기심과 경이로운 마음으로 지켜보았다. 숲 사람들에게는 남들이 모르는 정보 교환 수단이 있는 것 같았으며, 헤이워드는 자신이 지닌 감각을 예민하게 가동해 보아도 그것을 파악해 낼 수는 없을 것 같았다. 아마 백인 청년이었다면 어두운 평원에서 일어난 일을 열심히, 요란하게 전달하고 과장하려 했을 텐데 이 젊은 인디언 전사는 행동이 스스로 말하도록 두는 데 만족하는 눈치였다. 사실 그것은 인디언이 자신의 역량을 자랑할 순간도, 계기도 아니었다. 헤이워드가 묻지 않았더라면 그 문제에 대해서 단 한 마디의 말도 나오지 않았을 것이다.

「우리 적은 어떻게 되었나, 웅카스?」 덩컨이 물었다. 「자네 총소리가 들려왔으니, 총알을 낭비한 것이 아니기를 바라네.」

젊은 추장은 사냥복 상의를 들추더니 승리의 상징으로 가져온 머리 가죽을 말없이 보여 주었다. 칭가치국은 그 머리 가죽에 손을 대더니 잠시 꼼꼼히 살펴보았다. 곧 그것을 내려놓고 강렬한 표정으로 혐오감을 드러내며 외쳤다.

「오네이다!」

「오네이다라고?」 인디언 동료들과 거의 비슷한 무감정한 상태로 그 일에 대한 관심을 급속히 잃고 있던 척후병이 평소와는 달리 매우 궁금한 표정으로 그 전리품을 확인하러 다가왔다. 「이런, 만약 오네이다족이 우리의 뒤를 밟고 있다면, 우리는 사방에서 악마들에게 몰린 셈이오! 백인의 눈에는 이 가죽이 다른 인디언 가죽과 다를 바 없어 보이지만, 추장은 이것이 밍고의 머리에서 벗긴 것이라고 했소. 마치 이 가죽이 책의 낱장이고 머리카락이 글자라도 되듯 저 가엾은 악당 놈의 부족 이름을 쉽게 알아냈소. 야만인이 그리스도를 믿는 백인 가운데 가장 현명한 자도 알지 못하는 언어를 읽어 낼 수 있는데, 그 백인들의 학식을 자랑하는 권리는 어디서 난 것인지! 애야, 너는 저놈이 어느 민족이라고 하겠느냐?」

웅카스는 눈을 들어 척후병을 바라보며 작은 목소리로 대답했다.

「오네이다요.」

「또! 인디언 하나가 말하면 보통 사실이지. 하지만 다른 인디언도 동의하면 그건 바로 복음이나 마찬가지요!」

「저 가엾은 자는 우리를 프랑스인으로 착각했군요!」 헤이워드가 말했다. 「같은 편의 목숨을 앗아 가려 하지는 않았을 텐데요.」

「그가 몸에 색을 칠한 모히칸을 휴런으로 착각했다니! 소령님은 흰 군복을 입은 몽캄의 척탄병을 붉은 군복을 입은 영국군과 착각할 가능성이 있소?」 척후병이 물었다. 「아니, 아니오. 그놈은 상대를 알고 있었소. 큰 착오가 있었던 것도 아니오. 델라웨어족과 밍고족 사이가 그다지 좋지 않았으니, 그들 부족은 백인의 싸움에서 누구하고든 싸울 수 있소. 그런 의미에서 나 또한 오네이다족이 내 군주이자 주인인 폐하를 섬긴다 하더라도, 운 좋게 그놈들을 마주치기만 한다면 별 망설임 없이 총을 쏠 거요.」

「그렇다면 우리의 협정을 어기는 일이 되고, 당신의 인격에도 걸맞지 않은 일이 될 겁니다.」

「한 사람이 어떤 민족과 많이 교류하다 보면…….」 호크아이가 말을 이었다. 「그리고 만약 그 민족이 정직하며, 악당이 아니라면 그들 사이에는 우애가 생겨날 거요. 사실 백인의 간사함 때문에 내 편이냐, 네 편이냐 하는 문제로 부족들이 큰 혼란에 빠진 것은 사실이오. 그래서 같은 말을 쓰는 휴런족과 오네이다족이 서로의 머리 가죽을 벗기고, 델라웨어족은 서로 갈라졌소. 그중 소수는 그들의 강가, 평의회의 모닥불 주위에 머물며 밍고족과 함께 싸우고 있는 반면, 대다수는 마쿠아족에 대한 적개심으로 인해 캐나다로 떠났소. 그래서 모든 것이 무질서에 빠지고 전쟁의 균형 역시 모조리 깨졌소. 하지만 인디언의 천성이란 정책이 바뀔 때마다 변할 리 만무하오! 그러니 모히칸과 밍고 사이의 우애란 여느 백인들과 뱀 사이의 그것과 매우 비슷할 것이오.」

「그 말을 들으니 아쉽군요. 우리 구역의 원주민들은 우리가 공정하고 너그럽다 여겨 이 전쟁에서 완전히 우리 편이 되었다고 믿었는데 말입니다.」

「글쎄올시다, 누구나 자기편 싸움의 명분이 옳다고 여기는 것이 인간의 본성이라고 생각하오만. 나로 말할 것 같으면, 정의를 사랑하오. 그러므로 밍고족을 증오한다고 말하지는 않을 거요. 그렇게 말하는 것은 나의 피부색과 종교에 어울리지 않을 테니 말이오. 다만, 저기 도사리고 있던 오네이다를 죽이는 데 내 총이 아무런 도움을 주지 못했던 오늘 밤 때문에 그를 향해 총을 쏘게 된 거라고 다시 말하기만 할 거요.」

자신의 설명이 상대의 의견에 어떤 영향을 주었든지 간에 스스로 만족한 듯 정직하고 준엄한 숲 사람은 논쟁을 중단하고 불 언저리에서 돌아왔다. 숲에서 벌이는 전쟁에 적응하지 못한 헤이워드는 그처럼 교활한 공격이 또 이루어질까 봐 불안한 마음에 벽 쪽으로 돌아갔다. 하지만 척후병과 모히칸들은 달랐다. 종종 보통 사람들이 믿을 수 없는 힘을 지닌 그 정확하고 단련된 감각은 위험을 감지하고 나자 오히려 마음에 확신과 다짐이 생겼다. 금세 모여 앉아 앞으로의 진행을 의논할 준비를 하는 것을 보니, 셋 중 누구 하나도 자신들의 안전을 의심하는 것 같지 않았다.

호크아이가 말한 민족, 그리고 심지어 부족의 혼란은 그 시기에 가장 강했다. 언어는 물론 공통된 기원이 마련해 주는 커다란 결속은 여러 곳에서 단절되었다. 그로 인해 — 6개 민족 연합에 속하는 이들인 — 델라웨어족과 밍고족은 같은 대열에서 싸우게 되었으며 후자 쪽이 자신들과 같은 뿌리라고 믿는 휴런의 머리 가죽을 벗기려 들게 된 것도 그로 인한 결과 중 하나였다. 델라웨어족은 그 안에서도 나뉘었다. 조상들의 것이었던 땅에 대한 애착으로 모히칸의 추장은 에드워드에서 일하는 작은 무리의 추종자들과 함께 영국군의 깃발 아래 남았지만, 그 민족의 대다수는 몽캄의 동맹으로 전투 중인 것으로 알려져 있었다. 이 이야기에서 이미 충분히 전하지 못했다 하더라도, 델라웨어나 레나페가 바로 그 다수의 원조이자 아메리카의 동부 및 북부 주 대부분의 주인이며, 모히칸족은 유서 깊고 명예로운 이들로 간주되었다는 사실을 독자 여러분은 아마 알고 계실 것이다.

이처럼 서로 반목하는 야만의 여러 인종 사이에서 척후병과 그의 동료들의 행동 방침을 결정하는 과정은, 친구에게 무기를 들이대게 하고, 천적과 한편이 되어 싸우도록 만드는 이 세세하고 정교한 이해관계에 대한 정통한 지식을 바탕으로 했다. 덩컨도 인디언 관습에 대해서 알고 있었으므로 모닥불을 다시 피운 이유와 호크아이를 포함한 전사들이 그토록 근엄하고 단정한 모습으로 그 연기 속에 모여 앉아 있는 까닭을 이해할 수 있었다. 그곳 내부의 모습을 구경하면서도 외부의 위험을 지켜볼 수 있는 위치에 자리를 잡은 그는 최대한 인내심을 갖고 결과를 기다렸다.

잠시 이야기가 끊어진 사이 칭가치국이 파이프에 불을 붙였는데, 그 대통은 무른 돌을 정교하게 조각한 것이고 부리는 속이 빈 나무로 만든 것이었다. 마음을 가라앉혀 주는 담배 향기를 충분히 빨아들인 뒤, 그는 파이프를 척후병에게 건넸다. 이런 식으로 침묵 속에서 파이프를 서너 번쯤 주고받더니 두 사람 중 하나가 입을 열었다. 그러고 추장이 가장 나이가 많고 지위가 높은 사람으로서 고요하고 점잖은 몇 마디로 당면한 문제에 관해 제안을 내놓았다. 척후병이 그 말에 대답하며 의견에 반대하자 칭가치국은 다시 설명했다. 젊은 웅카스는 호크아이가 정중히 의견을 물을 때까지 말없이 경청하기만 했다. 헤이워드는 그들의 태도로부터 부자가 한쪽을 지지하는 한편 백인은 다른 의견을 갖고 있음을 알 수 있었다. 대화에 차츰 열기가 오르더니 의논하는 이들의 감정이 어느 정도 드러나 분명해졌다.

평화로운 토론에 열의가 더해지긴 했지만 제아무리 점잖은 기독교인들의 모임이나 심지어 목사들만의 모임이라 할지라도 이들이 토론을 진행하며 견지하는 자제심과 예의를 보았다면 큰 교훈을 얻었을 것이다. 웅카스의 말도 그 아버지의 보다 원숙한 지혜에서 나온 말과 똑같이 받아들여졌다. 그리고 조급함을 드러내는 일 없이 모두가 이미 말한 내용에 대해 몇 분간 조용히 숙고한 뒤에야 그다음 이야기를 진행했다.

모히칸의 언어는 매우 직설적이며 자연스러운 손짓을 수반하므로 헤이워드는 큰 어려움 없이 논의의 흐름을 따라갈 수 있었다. 반면 척후병의 의견은 모호했다. 백인에게 내재한 허세를 다 버리지 못한 그는, 모든 계급의 앵글로-아메리카인들이 흥분하지 않았을 때 드러내는 냉정하고 기교 없는 태도를 견지했기 때문이다. 인디언들이 숲에 난 발자국을 묘사하는 빈도로 보아 육로로 추적하자고 주장하는 반면, 호크아이는 호리칸 호수를 반복해 가리키는 것으로 보아 물을 건너가자고 하는 것이 분명했다.

어느 모로 보나 호크아이의 주장이 밀리고 있었고, 인디언들의 의견으로 결정되려는 순간 그는 벌떡 일어나 냉담한 태도를 떨쳐 버리고 갑자기 인디언의 방식을 따르며 원주민의 웅변 기술을 모두 활용했다. 한 손을 들어 태양을 가리키고, 목표를 이루는 데 필요한 날 수를 반복해 표현했다. 그러더니 바위와 수로 사이의 길고 힘든 길을 묘사했다. 잠들어 아무것도 모르고 있는 먼로의 나이와 쇠약한 상태도 분명히 표현되었다. 척후병이 손바닥을 펼쳐 〈펼친 손〉이라는 별명을 언급했을 때, 덩컨은 자신도 거론되고 있음을 알아차렸다. 〈펼친 손〉이란 그의 후한 성격 덕분에 우호적인 부족 사이에서 얻은 이름이었던 것이다. 그리고 카누의 가볍고 우아한 움직임과 쇠약하고 지친 이의 힘겨운 발걸음이 대조적으로 묘사되었다. 그는 오네이다의 머리 가죽을 가리키며 빨리 그리고 자취를 남기지 않는 방식으로 출발해야 한다는 사실을 강조하며 말을 마쳤다.

모히칸들은 말하는 사람의 감정을 반영하는 표정으로 엄숙하게 경청했다. 확신이 차츰 그 영향력을 발휘했고, 호크아이의 말이 끝날 무렵에는 그의 한 마디, 한 마디에 칭찬을 의미하는 감탄사가 뒤따랐다. 간단히 말해 웅카스와 그의 아버지는 이전의 의견을 버리고 호크아이의 방식을 관대하고 솔직하게 받아들이게 되었다. 만약 그들이 어느 위대한 문명 민족의 대표였다면, 이런 식으로 거리낌 없이 의견을 바꾸어 일관성을 무너뜨리는 것은 자신들의 정치적 파멸을 가져왔을 것이다.

논의 중이던 문제가 결정되는 순간 토론과 그에 관련된 모든 것이 결과만을 제외하고 모두 망각되는 것 같았다. 호크아이는 인디언들의 눈빛에서 자신의 승리를 읽어 내려 한 번 둘러보는 일도 없이 꺼져 가는 불씨 앞에 기다란 몸을 뻗고 편안히 잠들었다.

여태까지 남들의 이익을 위해 많은 시간을 쓴 모히칸들은 그제야 자신들의 문제를 들여다볼 시간을 가질 수 있었다. 인디언 추장의 근엄하고 의젓하고 엄격한 표정을 벗어 버린 칭가치국은 아들에게 애정을 담아 부드럽고 장난스러운 목소리로 이야기를 건넸다. 웅카스는 아버지의 친근한 분위기를 반갑게 맞았고, 척후병의 숨소리가 잠들었음을 알리자 그 두 사람의 태도는 완전히 바뀌었다.

이처럼 웃고 애정을 나누며 대화할 때 그들의 언어가 지닌 아름다움은 직접 들어 보지 못한 사람들에게 설명할 길이 없다. 그들의 목소리가 지닌 음역, 특히 젊은이의 그것은 가장 낮은 저음에서 여성적이다시피 부드러운 어조에 이르는 경이로운 목소리였다. 아버지의 두 눈은 아들의 유연하고 독창적인 움직임을 따르며 기쁨을 드러냈고, 그는 아들의 작지만 전염성 있는 웃음에 항상 마주 웃었다. 이처럼 부드럽고 자연스러운 감정의 지배를 받는 추장의 누그러진 표정에서는 잔인함의 흔적을 찾아볼 수 없었다. 그의 몸에 그린 죽음의 장식은 지나가는 곳을 파괴하고 황폐화시키겠다는 욕망의 포고라기보다는 죽음을 흉내 낸 위장처럼 보였다.

한 시간 가량 애정을 주고받은 뒤, 칭가치국은 불쑥 모포를 머리에 쓰고 몸을 맨땅에 눕히며 자겠다는 뜻을 밝혔다. 웅카스의 명랑한 말소리는 뚝 끊어졌다. 그는 타고 있는 장작이 아버지의 발치에 온기를 전할 수 있도록 조심스레 모아 놓은 뒤, 폐허 속에서 머리 눕힐 곳을 찾았다.

이 경험 많은 산 사람들의 태도에서 안전하다는 확신을 다시금 얻은 헤이워드는 곧 그들의 본보기를 따랐다. 밤이 가기 전 이 무너진 요새의 한가운데 누운 그들은 주위의 평야에서 뼈가 이미 희게 바래기 시작한 숱한 시신들만큼이나 깊은 잠에 빠진 것 같았다.

20

알바니아의 땅이여! 내 눈으로
그대를 바라보게 하라, 그대, 야만인들의 바위 투성이 유모여!
바이런, 「차일드 해럴드의 순례」 제2곡 32연 5~6행

호크아이가 잠든 이들을 깨우러 왔을 때, 하늘에는 아직도 별들이 총총 떠 있었다. 먼로와 헤이워드가 외투를 옆으로 밀치며 일어나자 호크아이는 그들이 밤을 보낸 조악한 은신처의 입구에서 낮은 소리로 둘을 부르고 있었다. 밖으로 나간 둘은 옆에서 기다리고 있는 척후병을 보았고, 그들 사이에 오고 간 아침 인사는 기민한 지휘자의 조용히 하라는 손짓뿐이었다.

「기도는 마음속으로 하시오.」 그들이 다가오자 척후병이 속삭였다. 「당신들이 기도를 올리는 그분은 모든 언어를 다 아시니. 입으로 하는 말뿐만 아니라 마음속으로 하는 말도. 다만 한 마디도 입 밖에 내지는 마시오. 가련한 찬송가 선생의 예를 보았듯이 백인의 목소리가 숲 속에서 들려 좋은 경우는 드무니 말이오. 갑시다.」 그는 요새 바깥으로 나가며 말했다. 「이쪽 구덩이로 들어가면 돌멩이와 나뭇조각만 밟도록 주의하시오.」

그의 동행들은 그 말에 따랐지만, 이처럼 세심히 주의하는 이유는 알 수 없었다. 요새의 삼면을 에워싸고 있는 낮은 구

덩이에 들어가자 요새가 무너져 통로를 거의 막아 놓은 것을 알 수 있었다. 하지만 주의와 인내심을 발휘해 척후병의 뒤를 따라 호리칸 호숫가의 모래밭에 닿았다.

「저기 남은 흔적은 후각을 이용해야만 추적할 수 있소.」 힘겹게 온 길을 되돌아보며 척후병이 만족한 목소리로 말했다. 「풀은 달아나는 자들을 배신하지만, 가죽신은 나무와 돌에 자국을 남기지 않소. 만약 두 분이 전투화를 신었다면 걱정스러운 일이었겠지만 사슴 가죽을 충분히 준비해 두면 바위는 안전하게 밟고 다닐 수 있소. 카누를 육지로 더 가까이 밀어라, 웅카스. 이 모래는 버터처럼 모호크족한테 발자국을 그대로 보일 테니. 살살, 살살 해라, 얘야. 카누가 물가에 닿아서는 안 된다. 그러면 저 악당 놈들이 우리가 어느 길로 떠났는지 알 테니까.」

청년은 주의를 잘 따랐다. 척후병은 폐허에서 카누까지 널빤지를 대고 두 장교들에게 타라는 신호를 보냈다. 일을 마치자 모든 것을 꼼꼼히 예전의 혼란 상태로 복귀시킨 호크아이는 자취 하나 남기지 않고서 박달나무로 만든 배에 올라탔다. 인디언들이 요새에서 꽤 멀리 노를 저어 동쪽 산지에서 호수의 유리 같은 수면 위에 드리운 넓고도 어두운 그림자 속으로 들어갈 때야 비로소 아무 말 없던 헤이워드가 물었다.

「왜 이렇게 몰래, 빨리 떠난 겁니까?」

「오네이다의 피가 지금 우리가 떠가는, 이렇게 순수한 물을 더럽힐 수 있다는 걸 안다면······.」 척후병이 대답했다. 「대답은 쉽게 알 수 있을 거요. 웅카스가 죽인 그 도마뱀 같은 자를 잊은 거요?」

「그럴 리가요. 하지만 그는 혼자였다고, 죽은 사람을 두려워할 까닭은 없지 않습니까!」

「그렇지, 그는 혼자였소! 하지만 그처럼 많은 전사를 가진 부족의 인디언이 피를 흘리면, 곧 부족 가운데 누군가가 죽음의 비명을 올리는 법이오.」

「하지만, 같은 편 부족의 분노를 산다 하더라도 먼로 대령님의 권위를 내세우면 우리는 몸을 지킬 수 있습니다. 특히 그자의 죽음은 자기 잘못이었으니 말이지요. 천국에서 이런 일이 있었다면, 그렇게 사소한 이유로는 우리의 노정이 한 발자국도 바뀌지 않았을 거라 믿습니다.」

「그의 신성한 주인, 왕이 그 자리에 서 있었다고 한들 그 작자의 총알이 비켜 나갔을 것 같소?」 완고한 척후병이 대답했다. 「만약 백인의 말 한마디가 인디언의 본성에 그렇게 강력한 영향력을 줄 수 있다면, 캐나다인들의 지휘관인 저 대단하신 프랑스인이 휴런의 손도끼를 묻어 버리지 못한 까닭은 무엇이오?」

헤이워드의 대답은 먼로의 신음 소리에 가로막혔다. 하지만 나이 든 친구의 슬픔에 대한 예우로 잠시 말을 멈춘 뒤 다시 화제로 돌아갔다.

「몽캄 후작은 신과 만나서 그 실책에 대한 대가를 치르겠지요.」 청년은 엄숙히 말했다.

「그래, 그렇소. 소령님 말씀은 종교와 정직을 바탕으로 하니 일리가 있소. 백인 연대를 부족들과 죄수들 사이에 보낼 수 있다고 해서 화난 야만인에게 〈이보게〉라고 시작하는 말로 마음을 누그러뜨리게 하고 칼과 총을 못 쓰게 할 수 있다는 뜻은 아니오.」 척후병이 빠른 속도로 멀어져 가는 윌리엄 헨리의 흐릿한 호숫가 쪽으로 얼굴을 돌리고 그 특유의 미소를 지으며 말했다. 「나는 우리 사이에 물을 두었소. 그리고 저 작자들이 물고기와 친구가 되어 누가 이 물 위로 노를 저어 갔는지 알아내지 않는 한, 그들이 어느 길로 갈지 마음을 정하기 전에 우리는 이 호리칸의 길이만큼 그들과 거리를 둘 수 있게 될 거요.」

「앞에도 적, 뒤에도 적이 있다면 우리의 여정은 위험할 겁니다!」

「위험이라!」 호크아이가 침착하게 말했다. 「아니, 반드시 위험하진 않소. 기민한 귀와 빠른 눈을 가지고 적보다 몇 시간 빨리 앞설 수 있으니. 설사 총을 쏜다 해도, 이 변경 근방에서 그 누구보다 총 솜씨가 뛰어난 세 명이 여기 있소. 그러니 위험하진 않을 거요. 하지만 위험을 재빨리 밀어내야 하는 상황이라고 볼 순 있소. 작은 충돌이나 접전이 일어나 시간을 지체할 순 있겠지만, 그건 항상 훌륭한 엄폐물이 있고, 화약이 충분한 경우일 것이오.」

헤이워드가 위험하다고 판단하는 기준은 척후병과 어느 정도 달랐을 수도 있다. 카누가 몇 마일 더 나아가는 동안, 그는 대답 없이 조용히 있었다. 날이 막 저물 때 그들은 호수가 좁아지는 곳[45]에 접어들었고, 그 숱한 작은 섬 사이를 빠르고 조심스럽게 지나갔다. 몽캄이 군을 통솔하여 돌아간 곳도 바로 이 길이었는데 이 모험가들은 몽캄이 후위 부대를 보호하

---

45 조지 호수의 아름다움은 미국의 모든 여행객에게 잘 알려져 있다. 주위의 높은 산과 그 외 인위적인 장식에 있어서는 스위스나 이탈리아의 멋진 호수보다 못하지만, 호수의 형태와 물의 맑기는 그곳의 호수와 충분히 맞먹는다. 그리고 그 섬들의 수와 모습은 스위스나 이탈리아의 유명한 호수를 훨씬 능가한다. 30마일이 안 되는 길이에 수백 개의 섬이 있다고 한다. 두 개의 호수를 연결하는 좁은 폭의 구간에는 섬 사이의 폭이 몇 피트밖에 안 되는 경우가 자주 있을 정도로 많은 섬이 모여 있다. 호수 자체의 폭은 1백 마일에서 3백 마일에 이른다. 뉴욕 주는 호수가 많고 아름답기로 유명하다. 그 경계 가운데 한 곳에는 드넓은 온타리오 호수가 자리 잡고 있으며, 챔플레인 호수도 다른 경계를 따라 1백 마일이나 펼쳐져 있다. 오네이다, 카유가, 캐넌다이과, 세네카, 조지 호수는 모두 길이가 30마일이나 되며, 그보다 작은 호수들은 셀 수 없이 많다. 이러한 호숫가에는 대부분 아름다운 마을이 형성되어 있으며, 증기선이 다니는 곳들도 많다.

고 낙오자들을 데려오기 위해 인디언들을 매복시켜 놓았음을 알고 있었다. 따라서 소리 없이 신중하게 그 통로로 다가갔다.

칭가치국은 노를 치워 놓았고, 웅카스와 척후병은 구불구불 복잡한 수로를 따라 가벼운 배를 몰며 갑작스레 달려들지 모르는 위험을 향해 한 발자국씩 전진했다. 카누가 전진하는 사이 추장의 눈은 조심스레 섬과 섬, 덤불과 덤불을 살폈다. 섬이 줄어드는 곳에서는 좁은 호수를 내려다보는 숲과 벌거벗은 바위를 예리한 눈으로 살폈다.

이 위험한 상황을 살피면서도 동시에 경관의 아름다움에 감탄하던 헤이워드가 자신의 경계심이 괜한 것이었다고 생각하려는 순간, 칭가치국의 신호가 있었고 노가 멈췄다.

「허!」 아버지가 카누 가장자리를 가볍게 두드려 위험이 닥쳤음을 알리자마자 웅카스는 탄성을 올렸다.

「뭐요?」 척후병이 물었다. 「바람이 불지 않는 것처럼 잔잔하고, 몇 마일이나 멀리 보이는 호수에는 점점이 떠다니는 물새의 검은 머리 말고는 아무것도 보이지 않소만.」

인디언은 엄숙한 태도로 노를 들어 그의 시선이 향하던 곳을 가리켰다. 덩컨의 눈길도 그쪽으로 따라 움직였다. 그들의 몇 로드 앞에 야트막한 나무들이 자라는 섬 하나가 더 있었지만, 사람의 발이 닿은 적 없는 듯 고요하고 평화로워 보였다.

「땅과 물뿐 아무것도 보이지 않습니다.」 그가 말했다. 「참 아름다운 풍경이군요!」

「쉿!」 척후병이 가로막았다. 「그렇소, 추장. 당신이 하는 일에는 항상 이유가 있지! 저건 그림자뿐이지만 별로 자연스럽지 않소. 소령님, 섬에서 솟아나는 연무가 보이시오? 저건 엷은 구름이 피어나는 것 같으니, 안개라는 말은 맞지 않소.」

「물에서 솟아나는 수증기입니다!」

「그건 어린아이도 알 수 있소. 하지만 그 아래쪽에 퍼져 있는 더 검은 연기를 따라 개암나무 덤불 속으로 들어가 보면 무엇이 있겠소? 저건 불에서 피어오른 연기요. 내 보기에는 불길을 약하게 죽여 놓은 것 같군.」

「그럼 저쪽으로 나아가 의문을 해소합시다.」 조급한 덩컨이 말했다. 「저만한 땅에 모일 수 있는 이들이면, 수가 많을 리 없으니까요.」

「인디언의 잔꾀를 책에서 배운 규칙이나 백인의 지혜로 판단한다면, 죽음까지는 당하지 않더라도 엉뚱한 길로 빠진다고는 여길 거요.」 호크아이가 특유의 날카로운 눈으로 그곳의 조짐을 살피며 말했다. 「우리에게는 두 가지 선택뿐이오. 하나는 휴런을 추적하는 일을 모두 포기하고 돌아가는 것이고 ―」

「안 됩니다!」 헤이워드가 그 상황에 맞지 않게 꽤 큰 소리로 외쳤다.

「흠흠.」 호크아이는 조급증을 참으라고 급히 손짓하며 이야기를 이어 나갔다. 「나 역시 소령님과 마찬가지 생각이오. 하지만 내 경험 많은 사람이니, 전부 이야기하는 것이 옳다고 여겼소. 그러면 우리는 밀고 나아가고, 만약 인디언이나 프랑스 놈들이 호수가 좁아지는 곳에 지키고 있다면 이 높은 산속으로 들어가는 거요. 내 말에 일리가 있소, 추장?」

인디언은 노를 물에 담그고 카누를 앞으로 저어 가는 것 이외에는 아무런 대답도 내놓지 않았다. 카누를 조종하는 일을 맡은 그의 결의는 움직임에서도 여실히 드러났다. 그들은 모두 노를 열심히 저었고, 몇 분 후 지금까지 보이지 않던, 섬의 북쪽 가장자리를 모두 바라볼 수 있는 곳에 닿았다.

「어느 모로 보나 저기 그들이 있군!」 척후병이 속삭였다. 「카누 두 척과 연기라니! 저놈들은 아직 연무 때문에 앞이 보이지 않는 거요. 아니면 이미 저주 받을 함성이 들려왔을 텐데 말이오. 자, 여러분. 우리는 저들의 사정거리를 이미 벗어나고 있소.」

그 순간 잔잔한 수면을 때리는 총알을 쏘아 대는 익숙한 소총 소리와 섬에서 들려오는 귀를 찢는 듯한 고함 소리가 그의 말을 막으며 발각을 알려 왔다. 그다음 서너 명의 야만인들이 카누로 달려오더니 물 위에서 춤을 추듯 추격을 시작했다. 앞으로 닥칠 전투를 알리는 이 무시무시한 예고에도, 세 안내인의 표정이나 움직임에는 아무런 변화가 없었으며, 다만 서로 움직임을 맞추어 노를 더욱 길게 저었으며 작은 배는 살아 제 의지대로 움직이는 동물처럼 앞으로 튀어나갔을 뿐이다.

「멈추시오, 추장.」 노를 젓던 호크아이가 왼쪽 어깨 너머로 냉정하게 돌아보며 말했다. 「딱 이 위치가 좋소. 저 휴런들에게는 사정거리가 이렇게까지 되는 무기가 아직 없소. 하지만 〈사슴 사냥꾼〉의 총신은 믿을 수 있으니.」

척후병은 모히칸들에게 요청한 거리를 충분히 유지할 수 있도록 한 다음, 노를 옆에 치워 두고 그 무서운 소총을 들어 올렸다. 세 차례 그는 총을 어깨에 올렸다가, 동료들이 발포를 예상할 때면 다시 내리며 적이 조금 더 가까이 오도록 해 달라고 인디언들에게 청했다. 마침내 그의 정확하고 세심한 눈이 만족한 듯 왼팔을 총신에 얹고 서서히 총구를 들었는데, 그때 뱃머리에 앉아 있던 웅카스의 탄성이 발포를 다시 한 번 연기시켰다.

「뭐냐, 애야?」 호크아이가 물었다. 「네 그 말로 휴런 한 놈의 목숨을 구했다. 무슨 이유였느냐?」 웅카스는 조금 앞쪽, 바위 많은 호숫가 쪽을 가리켰고, 거기서 또 한 척의 전쟁 용 카누가 그들 앞으로 곧바로 튀어나오고 있었다. 상황이 급박하고 위험해졌다는 사실은 달리 말할 필요도 없이 분명했다. 척후병은 총을 내려놓고 노를 다시 잡았고, 칭가치국은 카누의 뱃머리를 서쪽 호숫가 쪽으로 조금 움직여 새로운 적과의 거리를 늘리고자 했다. 그사이 후미에서 뒤쫓는 이들도 신이 나서 외쳐 대는 고함 소리로 그들의 존재를 재확인시켰다. 이 혼란스러운 광경은 넋을 놓고 있던 먼로까지 깨웠다.

「육지의 바위 쪽으로 갑시다.」 그는 경험 많은 군인답게 말했다. 「그리고 야만인과 싸웁시다. 나나 내게 속한 모든 이들이 다시는 루이의 종놈들을 믿지 않도록 신께서 보호하시기를!」

「인디언 전쟁에서 이기려면······.」 척후병이 대답했다. 「자만심을 버리고 원주민에게서 배워야 합니다. 추장, 배를 육지 쪽으로 붙이시오. 저놈들을 돌아가면 아마 놈들은 길게 돌아 우리를 추적하려고 할 거요.」

호크아이의 예상은 적중했다. 휴런들은 추적에서 뒤처질 것 같다고 판단하더니 곧바로 따라오는 대신 점점 비스듬히 움직였고, 얼마 지나지 않자 두 척의 카누가 2백 야드 거리를 두고 평행하게 나아가고 있었다. 이제는 전적으로 속도의 문제였다. 가벼운 배들의 진행 속도가 어찌나 빠른지, 속도에 선체가 흔들리고 있었다. 아마도 이런 상황에는 모두가 노를 저어야 했기 때문에 휴런이 곧바로 화기를 쓰지 않았을 것이다. 도망자들은 힘을 너무 많이 썼기 때문에 그 속도를 오래 유지할 수 없었고, 추적자들은 수적으로 우세했다. 덩컨은 척후병이 도주를 도울 방법을 찾는 듯 자신을 불안한 표정으로 바라보는 것을 알아차렸다.

「햇볕을 조금 피합시다, 추장.」 강인한 호크아이가 말했다. 「한 놈이 총을 쏘려고 하고 있소. 한 사람이 뼈만 다쳐도 우리는 모두 머리 가죽을 잃게 될 거요. 태양을 조금 피하면 섬이 우리 사이를 가로막아 줄 거요.」

그 조치는 유용했다. 그들 앞에 길고 야트막한 섬이 자리 잡고 있었고, 그쪽으로 다가가자 뒤쫓던 카누는 도망치는 이들이 접어든 쪽의 반대쪽으로 나아갈 수밖에 없었다. 척후병과 그 동료들은 이 기회를 놓치지 않고, 덤불이 시야를 가려준 순간 이전에도 경이로웠던 노력을 배가했다. 두 척의 카누는 마치 전속으로 달리는 준마처럼 섬을 돌아 나왔고, 도망자들이 앞장섰다. 그사이에 위치는 바뀌고, 간격은 더 좁아졌다.

「웅카스, 휴런의 카누 중에서 이걸 고르다니 너는 박달나무로 만든 배 모양에 대해 잘 아는구나.」 최후의 탈출을 앞둔 초조한 기색보다는 경주에서 앞선 데 대한 만족감에 미소를 지으며 척후병이 말했다. 「놈들이 다시 전력으로 노를 젓고 있고, 우리는 총신과 충성스러운 눈 대신 납작한 나무판자에 의지해 머리 가죽을 지키고자 하고 있으니 여러분, 힘차게 젓도록 합시다!」

「총을 쏘려고 합니다.」 헤이워드가 말했다. 「이렇게 일직선상에 있으니 빗맞을 리가 없겠습니다.」

「그럼 카누 바닥에 엎드리시오.」 척후병이 말했다. 「소령님과 대령님, 그러면 표적이 훨씬 줄어들 거요.」

헤이워드는 미소를 지으며 대답했다.

「그러면 전사들이 공격을 받고 있는데 가장 상급자가 숨어버리는, 나쁜 예가 될 겁니다!」

「주여! 주여! 저것이 바로 백인의 용기입니다!」 척후병이 외쳤다. 「그리고 그 용기란, 그들이 갖고 있는 숱한 생각과 마찬가지로 이성으로 뒷받침된 것이 아니지요. 추장이나 웅카스, 그리고 기독교를 믿지 않는 나조차도, 접전에서 엄폐물의 소용을 놓고 왈가왈부할 것 같소? 부대 전체가 산개전을 해도 소용이 없을 텐데? 엄폐물 없는 개간지에서 전투를 늘 한다면, 프랑스인들이 무엇 때문에 퀘벡을 세웠겠소?」

「그 말씀이 모두 사실입니다만······.」 헤이워드가 대답했다. 「그래도 우리의 관습 때문에 당신의 바람대로 따를 수 없습니다.」

휴런의 일제 사격이 그 대화를 방해했고, 총알이 스쳐 지나가는 동안 덩컨은 웅카스가 고개를 돌려 자신과 먼로를 쳐다보는 것을 보았다. 적이 가까이 있고 스스로도 큰 위험에 처했음에도 불구하고, 그 젊은 전사의 표정에는 사람들이 그처럼 무의미하게 스스로를 노출시키고자 한다는 사실에 대한 놀라움 이외에는 아무런 감정도 드러나지 않았다. 칭가치국은 백인들의 생각을 더 잘 아는 것 같았다. 뱃길을 조종하며 바라보던 대상에 고정했던 시선을 한 번도 돌리지 않았기 때문이다. 곧 총알 하나가 추장이 들고 있던 가벼운 노를 맞혔고, 그러자 노가 앞으로 한참 날아갔다. 또 한 차례 총을 쏠 기회를 잡은 휴런족에게서 고함 소리가 터져 나왔다. 웅카스는 자신의 노로 물에 호를 그렸고, 카누가 빠르게 움직이는 사이 칭가치국은 노를 다시 잡아 그것을 높이 쳐들며 모히칸의 함성을 올리고서 다시 온 힘과 기술을 다해 중대한 임무를 계속했다.

뒤의 카누에서 〈르 그호 세르팡〉, 〈라 롱그 카라빈〉, 〈르 세르 아질〉이라는 소리가 요란하게 터져 나왔고, 그러면서 추적자들은 새롭게 열의를 다지는 것 같았다. 척후병은 왼손으로 〈사슴 사냥꾼〉을 머리 위로 쳐들며 적을 향해 흔들어 보였다. 야만인들은 고함을 질러 그 모욕에 답하고 곧 사격을 재개했다. 총알이 호수에 우수수 떨어졌고, 하나는 그들이 탄 작은 배를 뚫기도 했다. 이런 절체절명의 순간에도 모히칸에게서는 아무런 감정의 동요가 드러나지 않았으며, 굳은 표정에는 희망도 경계도 찾아볼 수 없었다. 하지만 척후병은 다시 고개를 돌리고 소리 없이 웃으며 헤이워드에게 말했다.

「저놈들은 총소리 듣기를 좋아할 뿐, 춤추는 카누에서 진정 조준할 줄 아는 눈은 밍고에게 없소! 저 멍청한 놈들이 배를 한 놈에게만 맡겨 놓았으니, 아무리 못해도 저놈들이 2피트를 갈 때 우리는 3피트를 갈 수 있겠소!」

동료들처럼 거리 계산을 할 만큼 마음이 편안하지 않았던 덩컨도, 그들의 월등한 기술과 적들의 딴전 덕분에 자신들이 앞서 나가고 있다는 것이 눈에 보이자 반가웠다. 휴런은 곧 다시 사격했고, 총알 하나가 호크아이의 노에 맞았지만 타격을 입지는 않았다.

「괜찮을 거요.」 척후병은 호기심 어린 눈으로 살짝 금 간 곳을 살피며 말했다. 「이걸로는 우리처럼 천국의 진노와 맞서 싸워 본 사내들은 고사하고 갓난아이의 살갗도 다치게 못했을 거요. 자, 소령님, 이 납작한 나무판을 맡아 준다면 내 〈사슴 사냥꾼〉을 대화에 넣어 보이다.」

헤이워드는 노를 잡고서 기술을 대신할 열의로 최선을 다해 젓기 시작했고, 그 사이 호크아이는 총의 뇌관을 살폈다. 그러고 재빨리 조준하더니 발사했다. 앞선 카누의 뱃머리에 있던 휴런도 같은 목적으로 몸을 일으켰다가 뒤로 나자빠지며 총을 물속에 빠뜨렸다. 하지만 놀라 버둥거리면서도 순식간에 다시 일어났다. 동시에 그의 동료들은 노 젓기를 멈췄고, 뒤쫓던 두 척의 카누가 서로 부딪치며 엉켜 꼼짝 못 하게 되었다. 칭가치국과 웅카스는 그 사이에 속도를 붙였고, 덩컨 역시 끈기 있게 젓기를 계속했다. 부자는 그제야 서로에게 침착한 시선을 던지며 사격에서 다친 곳이 있는지 물었다. 그토록 다급한 순간에는 누구도 비명이나 탄성을 질러 사고를 알리지 않았을 것임을 알고 있었기 때문이다. 추장의 어깨에서는 커다란 핏방울이 떨어지고 있었고, 웅카스의 눈이 그 광경에 꽤 오랫동안 머문다는 것을 깨달은 그는 손으로 물을 좀 떠서 자국을 씻어 내는 간결한 태도로 부상이 가볍다는 것을 밝혔다.

「살살, 살살 하시오, 소령님.」 총을 새로 장전한 척후병이 말했다. 「장총이 솜씨를 보여 주기에 이미 너무 멀어졌소. 그리고 저 악당 놈들이 회의를 하고 있잖소. 놈들이 사정거리 안에 들어오게 하시오. 내 눈은 믿을 만하니. 그러면 저놈들의 총알이 기껏해야 살갗에 스치는 사이 〈사슴 사냥꾼〉은 세 번 만에 둘의 목숨을 앗아 간다고 장담하겠소.」

「정작 우리가 할 일은 잊고 있습니다.」 부지런한 덩컨이 대답했다. 「제발 이 기회를 이용해 적과의 거리를 늘립시다.」

「내 아이들을 돌려주시오.」 먼로가 쉰 목소리로 말했다. 「더 이상 아비의 고통을 무시하지 말고, 아이들을 내게 돌려주시오!」

상관의 지시에 오랫동안 습관적으로 따라 온 척후병의 몸에는 순종의 미덕이 배어 있었다. 멀리 있는 카누들을 마지막으로 한 번 더 아쉽게 바라본 그는 총을 던져 두고 지친 덩컨에게서 노를 받아 피로를 모르는 팔로 젓기 시작했다. 그의 노력으로 모히칸들의 도움을 받아 금세 헤이워드가 다시 한 번 편하게 숨을 쉴 수 있을 만큼 적들과의 사이를 벌렸다.

호수는 넓어졌고, 그들이 가는 길에는 전처럼 높고 험한 산들이 늘어서 있었다. 섬의 수는 줄어들어 쉽게 피할 수 있게 되었다. 노 젓기는 보다 규칙적이 되었고, 무시무시한 접전을 막 마친 그들은 그처럼 다급하고 필사적인 상황 때문이라기보다는 재미 삼아 한다는 듯 태연한 표정으로 속도를 내고 있었다.

조심스러운 모히칸은 목적지인 서쪽 호숫가를 따르는 대

신 몽캄이 군대를 이끌고 들어간 것으로 알려진 가공할 만한 티콘데로가 요새가 있는 산지 쪽으로 방향을 잡았다. 어느 모로 보나 휴런은 추적을 포기한 것 같았으므로 지나치게 주의할 까닭은 없어 보였다. 하지만 호수의 북쪽 끝 가까이에 있는 후미에 닿을 때까지 조심스러운 움직임은 유지되었다. 여기서 호숫가로 카누를 끌어내고 모두가 육지에 내렸다. 호크아이와 헤이워드는 그 옆 절벽에 올랐고, 호크아이는 그 아래 펼쳐진 물을 살펴보더니 몇 마일 떨어진 갑에 떠 있는 작고 검은 물체를 가리켰다.

「보이시오?」 척후병이 물었다. 「자, 소령님이 이 야생의 숲에서 백인의 경험에만 의지해 길을 찾아나가야 한다면, 저 점을 무엇이라 생각하겠소?」

「거리와 크기만 아니라면 새라고 생각하겠군요. 살아 있는 생물일 수 있습니까?」

「저건 훌륭한 박달나무로 깎은 카누이고, 용맹하고 솜씨 좋은 밍고들이 노를 젓고 있소! 신의 섭리 덕분에 숲에 사는 이들은 정착지에 사는 사람에게는 필요 없는 시력을 갖게 되었지만, 인간의 기관으로는 이 순간 우리를 에워싸고 있는 위험을 모두 알아낼 수 없소. 저놈들은 저녁 식사를 하러 가는 척하지만, 어두워지는 순간 사냥개처럼 우리의 자취를 쫓기 시작할 거요. 저들을 따돌리지 않으면 르 르나르 수틸을 찾는 것은 포기해야 할 거요. 이 호수는 때때로 유용하지. 특히 승부를 물에서 본다면 말이오.」 척후병은 염려스러운 표정으로 주위를 둘러보며 계속 말했다. 「하지만 호수 위에는 몸을 감출 곳이 없으니 물고기가 아니면 숨을 곳이 없소. 정착지들이 강 두 곳에서 멀리까지 퍼져 나가 나무들을 베어 내면 숲이 어떻게 될지 아무도 알 수 없소. 사냥에서도, 전쟁에서도 그 묘미가 사라지겠지.」

「충분한 이유가 없다면, 잠시라도 지체하지 맙시다.」

「저 카누 위의 바위를 따라 솟아오르는 연기가 마음에 들지 않소.」 주의를 딴 데로 돌린 척후병이 그 말을 막았다. 「내 목숨을 걸고 말하는데, 우리 말고도 다른 자들이 저것을 보고 그 의미를 알 테니! 흠, 말해 봐야 소용없는 일이니 움직입시다.」

호크아이는 망보던 곳에서 물러나 깊은 생각에 빠져 호숫가로 내려갔다. 그는 동료들에게 관찰한 결과를 델라웨어 말로 전했고, 짧고 진지한 토론이 이어졌다. 토론이 끝나자 세 사람은 즉각 새로운 결심을 실행에 옮기기 시작했다.

그들은 카누를 물에서 들어 올려 어깨에 메었다. 그러고 가능한 넓고 뚜렷한 자국을 내며 숲으로 전진했다. 그들은 곧 물줄기를 만나 건넜고, 널찍한 바위를 만날 때까지 계속 나아갔다. 발자국이 보이지 않을 거라고 여긴 지점에서 그들은 매우 조심스럽게 뒤로 걸어 개울까지 되짚어갔다. 그러고 작은 개울물 속에서 걸어 호수까지 간 다음 곧 카누를 다시 띄웠다. 낮은 지대가 그들을 갑으로부터 가려 주었고, 호숫가에는 조밀하게 웃자란 덤불이 상당한 폭으로 에워싸고 있었다. 이 천연의 엄폐물이 지켜 주는 가운데, 그들은 참을성 있게 노를 저어 갔고, 척후병이 다시 배에서 내려도 안전하다고 알리는 위치에 닿았다.

저녁이 되어 사물을 분간하기 어려울 정도로 잘 보이지 않을 때까지 휴식이 계속되었다. 그러곤 다시 야음을 틈타 소리 없이, 열심히 서쪽 호숫가를 향해 나아갔다. 그들이 나아가고 있는 쪽의 험한 산들이 덩컨에게는 모두 비슷해 보였지만, 모히칸은 숙련된 노잡이의 자신감과 정확성을 과시하며 정해 놓은 은신처로 들어갔다.

그들은 배를 들고 숲으로 들어가 덤불 밑에 단단히 감추어 놓았다. 모험가들은 무기와 짐을 챙겼고, 척후병은 먼로와 헤이워드에게 자신과 인디언들이 마침내 출발할 준비를 마쳤다고 알렸다.

21

거기서 사람을 발견한다면, 그는 벼룩의 죽음을 맞이할 것이오.
「윈저의 즐거운 아낙들」 4막 2장 150~151행

그들이 내린 곳은 오늘날까지도 미국에 사는 이들에게 아라비아의 사막이나 타타르의 초원만큼이나 알려지지 않은 지역의 가장자리였다. 그곳은 거친 불모의 땅이었으며, 챔플레인의 지류와 허드슨, 모호크, 세인트로런스 강의 지류를 가르는 곳이기도 하다. 이 이야기가 진행되던 시절 이후로 진취적인 기상은 그 주위에 부유하고 활기 넘치는 정착지를 세웠지만, 그 안쪽의 야생림은 사냥꾼이나 야만인 이외에 그 누구도 들어가 본 적이 없는 것으로 알려졌다.

하지만 호크아이와 모히칸들은 이 광활한 야생의 숲과 계곡을 자주 가로질렀으므로 그곳의 부족과 어려움에 익숙한 사람들답게 주저 없이 그 속으로 뛰어들었다. 여러 시간 동안 별을 보고 혹은 물길을 따라 힘겹게 나아가던 중 척후병이 중지를 외치고 인디언들과 잠시 의논하더니 불을 피우고 바로 그 자리에서 밤을 보낼 준비를 했다.

보다 경험 많은 친구들의 본보기를 따르고, 그들의 자신감을 흉내 내던 먼로와 덩컨은 불안한 심정이 들기는 했지만 두려움 없이 잠들었다. 이슬이 증발하고 태양이 연무를 흩어 내며 숲에 강렬하고 밝은 빛을 흘릴 무렵 그들은 이동을 재개했다.

몇 마일을 나아가자 앞장선 호크아이의 움직임이 더욱 신중하고 조심스러워졌다. 자주 걸음을 멈춰 나무를 살피며, 개울을 건널 때도 물의 양과 속도, 색을 꼼꼼히 확인했다. 자신의 판단을 믿지 못할 때면 칭가치국의 의견을 자주, 진지하게 구했다. 이처럼 의논하는 중 헤이워드는 관심을 갖고 경청하면서도 참을성을 가지고 말없이 서 있는 웅카스를 보았다. 그는 젊은 추장에게 의견을 묻고 싶은 강한 충동을 느꼈다. 하지만 침착하고 위엄 있는 태도를 보니 그도 자신처럼 연장자들의 현명함과 지력에 온전히 의지하고 있음을 알 수 있었다. 한참 뒤 척후병은 영어로 그 당혹스러운 상황에 대해 설명하기 시작했다.

「휴런들이 향하는 길이 북쪽이라는 사실을 알아냈으니, 그들이 계곡을 따라 허드슨 강과 호리칸 호수의 물을 사이에 두고 캐나다의 수원지까지 도달할 계획이라는 것은 쉽게 판단할 수 있었소. 거기서 프랑스인들의 땅 한가운데로 들어갈 수 있으니 말이오. 하지만 여기, 스캐룬 호수 가까이까지 왔는데 발자국을 하나도 찾을 수가 없소! 인간의 천성은 약하니 우리가 제대로 뒤를 밟지 못한 것일 수도 있소.」

「하늘이여, 그런 착각으로부터 보호하시기를!」 덩컨이 외쳤다. 「온 길을 되돌아가면서 더욱 기민한 눈으로 살펴보도록 합시다. 웅카스는 이런 곤경에 조언해 줄 말이 없습니까?」

젊은 모히칸은 아버지를 한 번 쳐다보았을 뿐 조용하고 조심스러운 태도를 유지하면서 입을 다물고 있었다. 칭가치국은 그 표정을 알아차리고는 손짓으로 말해 보라고 했다. 허락이 떨어지는 순간 웅카스가 내보이던 엄숙한 평정심은 번득이는 총명함과 기쁨으로 바뀌었다. 그는 사슴처럼 앞으로 튀어 나가 몇 야드 앞, 지면이 조금 솟아 있는 곳에 오르더니 얼마 전 무거운 동물이 지나가며 파헤쳐 놓은 것처럼 흙이 드러난 부분에 신 나는 표정으로 섰다. 전원의 눈길이 그 예상치 못한 움직임을 따르고서 젊은이가 보여 주는 의기양양한 태도의 의미를 읽어 냈다.

「발자국이로군!」 척후병이 그 자리로 나아가며 외쳤다. 「저 아이는 나이에 비해 눈썰미가 좋고 똑똑해.」

「그걸 알면서 그렇게 오래 가만히 있다니 참 특이한 사람이군요.」 그 옆에 바짝 붙어 서 있던 덩컨이 중얼거렸다.

「허락 없이 말했다면 그게 더 놀라운 일일 거요! 그럼, 그럼. 책에서 배움을 얻고, 읽은 책장의 수로 지식을 측정하는 백인 젊은이는 자기 지식으로 달리기하듯 아버지를 앞설 수 있다고 자만하지. 하지만 경험이 선생인 곳에서는 살아온 햇수로 학자의 가치가 결정되고, 그에 따라 경의를 표하는 법이오.」

「보세요!」 웅카스가 남북으로 양쪽에 난 뚜렷한 발자국을 가리키며 말했다. 「검은 머리는 서리가 내리는 쪽으로 갔습니다.」

「어느 사냥개가 이렇게 아름다운 냄새를 쫓은 적이 있겠소.」 척후병은 웅카스가 가리킨 길을 향해 튀어 나가며 대답했다. 「우린 운이 좋소, 운이 매우 좋아. 걱정 없이 추적할 수 있겠소. 아, 여기 소령님의 뒤뚱거리는 말 두 마리가 다 있군. 이 휴런 놈은 백인 장군처럼 이동하네! 판단력을 잃고 미쳤나! 바큇자국도 한번 잘 찾아 보시오, 추장!」 그는 새로운 만족감에 웃어 대며 뒤를 돌아보았다. 「좀 있으면 그 얼간이가 마차를 타고 가겠군. 변경 지대에서 제일 눈 밝은 세 사람을 뒤에 두고 말이오.」

척후병의 활기와 40마일 이상을 단축시킨 추적의 놀라운 성공은 모두에게 조금씩 희망을 전했다. 그들의 진행은 속도도 빨랐을 뿐 아니라 넓은 도로를 따라 가는 여행객처럼 자신만만했다. 바위나 개울, 보통보다 단단한 흙이 그들이 쫓던 단서의 고리를 자를 때면 척후병의 밝은 눈이 멀리서도 발자국을 되찾았고 결코 시간을 아깝게 낭비하는 법이 없었다. 마구아가 계곡을 통해 이동해야 한다고 생각한 덕분에 그들의 진행 속도는 훨씬 더 빨라졌다. 그러한 마구아의 결정은 이 노정의 대체적인 방향을 확실히 밝혀 주었기 때문이다. 그렇다고 그 휴런이 적 앞에서 후퇴할 때 원주민들이 누구나 사용하는 기술을 무시한 것도 아니었다. 개울이나 지형이 허락할 때마다 위장 발자국이나 갑작스러운 방향 선회가 자주 있었다. 하지만 추적자들은 속지 않았고, 속임수로 시간이나 거리를 잃기 전에 곧 자신들의 착각을 알아차렸다.

한낮이 되자 그들은 스캐룬 호수를 지났고 곧 석양을 따라 걷게 되었다. 어느 언덕으로부터 급류가 굽이치는 계곡으로 내려간 뒤, 갑자기 르 르나르의 일행이 걸음을 멈춘 곳에 닿았다. 샘 주위에 불 꺼진 나뭇조각과 사슴 고기 찌꺼기가 흩어져 있었고, 말들이 나뭇잎을 뜯어 먹은 자국도 분명히 보였다. 약간 떨어진 곳에서 작은 나무 그늘을 발견한 헤이워드는 거기서 코라와 앨리스가 휴식을 취했으리라 믿고 애틋한 마음으로 그곳을 살펴보았다. 하지만 그곳의 땅은 밟혀 있었고 남자들과 말들의 발자국이 그 주위에서 뚜렷이 보이더니 갑자기 그 흔적이 사라져 버렸다.

내러겐셋 말들의 발자국을 따르는 것은 쉬웠지만, 그들의 안내인도 먹을 것을 찾는 것 이외에는 달리 목적도 없이 방황한 것 같았다. 마침내 웅카스는 아버지와 함께 말이 간 길을 따르다가 그들이 아주 최근까지 있었던 흔적을 발견했다. 그는 그 실마리를 따르기 전 동료들에게 전했고, 동료들이 이 상황을 놓고 의논하는 사이 청년은 말 두 마리를 끌고 다시 나타났다. 녀석들은 며칠씩이나 마음대로 뛰어다닌 듯 안장이 망가지고 장식이 더러워져 있었다.

「이게 무슨 뜻일까요?」 덤불과 나뭇잎 속에서 무시무시한 비밀이 드러나기라도 할 듯 창백한 얼굴로 주위를 둘러보던 덩컨이 말했다.

「우리 행진이 막다른 골목에 다다랐고, 적의 땅에 들어와 있다는 뜻이오.」 척후병이 대답했다. 「저놈이 다급했거나 여인들이 말을 데려가길 원했다면, 그 머리 가죽을 벗겼을지도 모르지. 하지만 바짝 추격하는 적도 없고 말들도 이렇게 흉하니, 그는 머리카락 하나 상하게 하지 않았을 거요. 소령님 걱정을 알고 있소. 그리고 그렇게 생각할 이유가 있다는 건 우리 백인이 부끄러워해야 할 거요. 하지만 아무리 밍고족이라 하더라도 손도끼로 죽일 것도 아닌데 여자를 학대할 거라고 여긴다면, 인디언의 본성이나 숲의 규칙을 모르는 셈이오. 그럼, 그렇지. 프랑스 수하의 인디언들이 이 산속에 말코손바닥사슴을 잡으러 왔다는 말은 들은 적이 있고, 우리는 그들의 야영지 가까이 다가가고 있소. 그들이 그러지 말라는 법도 없지 않소? 이 산중에서는 언제라도 타이의 포격 소리가 들려올 수 있소. 프랑스 놈들이 왕의 땅과 캐나다 땅에 새로운 경계를 긋고 있으니 말이오. 말들이 여기 있는 건 사실이지만, 휴런족은 떠났소. 그러니 그들이 떠난 길을 찾도록 합시다.」

호크아이와 모히칸들은 진지하게 그 일에 착수했다. 직경 3백~4백 피트의 원을 정한 다음 한 사람, 한 사람이 각자의 구역을 맡았다. 하지만 그렇게 관찰해도 아무런 성과가 없었다. 발자국은 여럿이었지만 모두 그곳에서 나가려는, 생각 없이 돌아다닌 사람들의 발자국처럼 보였다. 다시 척후병과 그 동료들은 천천히 차례로 줄을 지어 휴식처 주위를 돌더니 다시 아무런 성과 없이 가운데 모였다.

「이렇게 교묘한 짓은 악마의 소행이오!」 동료들의 실망한 표정을 보더니 호크아이가 외쳤다. 「추장, 다시 돌아가 샘에서 시작해 땅을 샅샅이 살펴야 되겠소. 그 휴런 놈이 자기 부족한테 자국을 남기지 않는 발을 가졌다고 떠벌리지 못하도록!」

척후병은 스스로 모범을 보이며 새로운 열의를 갖고 조사에 착수했다. 나뭇잎 하나 그냥 넘기지 않았다. 나뭇가지를 치우고, 돌을 들어 보았다. 인디언들은 이런 물건을 자주 엄폐물로 쓰면서 참을성과 열심을 가지고 디딘 발자국을 모두 감추는 것으로 유명했기 때문이다. 하지만 아무것도 찾아내지 못했다. 결국 몸이 재빨라 자신이 맡은 구역에서 가장 빨리 수색을 마친 웅카스는 샘에서 흘러나오는 탁한 개울에 흙을 긁어 내 그 방향을 바꾸어 놓았다. 그리고 둑 아래 좁다란 개울 바닥이 너무나 금세 말라 버리는 것을 예리하고 호기심 많은 눈으로 지켜보았다. 이내 젊은 전사의 입에서 성공을 알리는 환호성이 터져 나왔다. 모두가 그 자리로 달려갔고, 웅카스는 젖은 흙에 찍힌 가죽신 자국을 가리켰다.

「저 아이는 명예로운 모히칸이 될 거요!」 호크아이가 과학자가 매머드의 엄니나 마스토돈의 갈비뼈를 발견했을 때처럼 경탄에 가득한 눈빛으로 그 자국을 보며 말했다. 「그리고 휴런에겐 옆구리를 찌르는 가시가 될 것이고. 하지만 저건 인디언의 발자국이 아니로군! 뒤꿈치에 무게가 너무 쏠려 있고, 춤을 추며 뛰어다니는 프랑스 놈들처럼 발가락이 네모났으니! 웅카스, 돌아가서 찬송가 선생의 발 크기를 알려 다오. 저 바위의 맞은 편, 언덕 쪽에 그 자국이 깔끔하게 나 있는 것을 찾을 수 있을 게다.」

청년이 심부름을 하는 사이 척후병과 칭가치국은 그 자국을 세심히 살폈다. 크기로 보아 척후병은 그 발자국이 가죽신으로 갈아 신은 데이비드의 것이라고 거침없이 선언했다.

「이제 르 수틸의 솜씨를 본 것처럼 확실히 모두 알 수 있겠군.」 그가 덧붙였다. 「목구멍과 발에 재능을 주로 받은 저 찬송가 선생을 앞장서게 했고, 나머지는 그의 발자국을 밟아 형태를 흉내 낸 것이었소.」

「하지만……」 덩컨이 외쳤다. 「그들의 발자국은 보이지 않습니다.」

「여인들 말이오.」 척후병이 말했다. 「그 악당이 추적자들을 전부 물리칠 수 있다고 생각한 곳까지 여인들을 운반할 방법을 찾은 것이오. 멀리 가지 않아 그들의 작은 발자국을 다시 보게 될 거라, 내 장담하오.」

그리고 모두 개울을 따라 전진하며 규칙적인 발자국을 조심스레 살폈다. 물은 곧 낮은 계곡으로 흘러들었지만, 산 사람들은 양쪽의 땅을 살피며 발자국이 그 아래 있다는 사실에 만족하며 앞으로 나아갔다. 반 마일 이상이 지나서야 개울은 넓적하고 마른 바위 주위에 모였다. 여기서 그들은 걸음을 멈추고 휴런들이 다른 길로 벗어나지 않았는지 확인했다.

그렇게 한 것은 다행이었다. 예민하고 민활한 웅카스가 곧 이끼에서 발자국 하나를 발견했기 때문이다. 인디언이 우연히 디딘 발자국 같았다. 이로써 알게 된 방향으로 나아가던 그는 주위의 덤불로 들어가 샘에 닿기 전에 보았던 것처럼 뚜렷한 발자국을 발견했다. 또 한 차례 청년은 고함 소리로 행운을 알렸고, 수색은 종료되었다.

「그렇지, 인디언의 판단력으로 계획한 것이니 백인의 눈을 속일 수 있었소.」 척후병이 그곳에 모인 일행에게 말했다.

「계속 갈까요?」 헤이워드가 물었다.

「천천히, 천천히. 길은 알고 있지만 상황을 살피는 것이 좋소. 이것이 내가 배운 것이오, 소령님. 그리고 그 가르침을 등한시하면 신의 섭리를 펼쳐 보인 손에서 배울 기회가 거의 없는 법이오. 모든 것이 분명하지만 한 가지만 그렇지 않은데, 그놈이 여인들을 이동시킨 방법이오. 아무리 휴런이라지만 그들의 연약한 발이 물에 닿게 하지는 않았을 터인데.」

「이것이 그 문제를 설명하는 데 도움이 되겠습니까?」 나뭇가지로 얼기설기 만들어 실가지로 묶어서 쓴 뒤, 쓸모없어지자 옆에 버려둔 손수레 같은 것을 가리키며 헤이워드가 말했다.

「그렇소!」 호크아이가 반가워하며 외쳤다. 「놈들이 발자국을 감추기 위해 이런 것을 만드느라 몇 시간을 썼겠군! 흠, 그들이 별 소용도 없는 일에 이런 식으로 하루를 낭비한 것도 알고 있소. 여기 가죽신 세 켤레가 있고, 두 켤레는 크기가 작은 거요. 인간이 이처럼 작은 발로 걸어다닐 수 있다니 놀라운 일이구려! 웅카스, 사슴 가죽 끈을 건네다오. 이 발 크기를 잴 테니. 세상에, 이건 아이의 발보다 크지 않군. 그 아가씨들은 키도 크고 보기 좋았는데 말이오. 신께서 재능을 선사하는 데 불공평한 것은 나름의 현명한 이유가 있기 때문이지. 가장 훌륭한 재능을 부여받아 만족한 우리도 그건 인정해야 하는 법!」

「내 딸들의 연약한 몸은 이런 고생을 감당하기 힘들 거요!」 먼로가 아버지의 애정 어린 시선으로 딸들의 가벼운 발자국을 바라보며 말했다. 「여기서 쓰러져 있는 그 애들을 발견하게 될 거요.」

「거기 대해서는 걱정할 일이 없습니다.」 척후병은 고개를 천천히 저으며 말했다. 「따님들의 발걸음은 가볍지만 흔들림 없고 정연합니다. 보세요, 발꿈치가 땅에 잘 닿지도 않았습니다. 그리고 저기, 검은 머리 아가씨가 나무뿌리를 피해 조금 뛰어오른 흔적도 있습니다. 그래요, 제가 알기로 둘 중 누구도 정신을 잃을 상태는 아닙니다. 한편, 찬송가 선생의 발자국을 보면 발이 아프고 다리가 지치기 시작했습니다. 저기,

미끄러진 자국도 있지요. 여기서 그는 비틀거렸습니다. 그리고 저기에서도, 마치 눈신을 신고 걸어간 것 같군요. 그렇소, 목만 사용하는 사람이라 다리를 제대로 단련하지 못했던 것이지요!」

이 숙련된 산사람은 이처럼 부인할 수 없는 증언을 내놓으며, 마치 그 사건을 직접 목격한 것처럼 확실하고 정확하게 진실에 도달했다. 이러한 다짐에 용기를 얻고 단순하면서도 분명한 증거에 만족한 이들은 잠시 멈춰 급히 식사를 하고 다시 출발했다.

식사가 끝난 뒤, 척후병은 지는 해를 바라보더니 헤이워드와 여전히 강인한 먼로가 전신의 근력을 다해 뒤쳐지지 않을 정도의 속도로 밀어붙였다. 그들은 앞에서 말한 계곡 바닥을 따라 지나가고 있었다. 휴런들은 더 이상 발자국을 감추려고 하지 않았기 때문에 발자국을 찾느라 지체하지 않아도 되었다. 그러나 한 시간이 채 지나기 전, 호크아이의 속도는 눈에 띄게 줄었고 그의 머리도 이전처럼 앞을 똑바로 바라보는 대신 위험이 닥치는 것을 의식하는 듯 의심스러운 표정으로 주위를 살폈다. 그는 곧 다시 걸음을 멈추더니 일행이 모두 다가오기를 기다렸다.

「휴런의 냄새가 나는 것 같소.」 그가 모히칸들에게 말했다. 「저 나무 꼭대기들 너머는 하늘이 탁 트인 곳인데 우리는 그들의 야영지에 너무 가까이 다가가고 있소. 추장, 당신은 저 언덕 오른쪽으로 도시오. 웅카스는 시냇물을 따라 왼쪽으로 돌고, 나는 발자국을 따를 테니. 만일 무슨 일이 생기면 까마귀 소리를 세 번 내어 부를 거요. 저기 죽은 참나무 바로 위에 그 새 한 마리가 날아가는 것을 보았소. 그 역시 우리가 야영지에 다가왔다는 신호요.」

인디언들은 대답 없이 각자의 길로 떠났고, 호크아이는 두 신사와 함께 조심스레 나아갔다. 헤이워드는 그처럼 힘겹게, 불안한 마음으로 추적해 온 적들을 어서 보고 싶은 마음에 호크아이 옆에 따라붙었다. 그의 동료는 그에게 늘 그렇듯이 덤불이 자라는 숲 가장자리로 몰래 숨어서 기다리라고 했다. 한쪽으로 가 의심스러운 신호들을 살피고자 했기 때문이다. 덩컨은 그 말에 따랐고 곧 새롭고도 진귀한 광경을 내려다볼 수 있는 곳에 서게 되었다.

넓은 땅의 나무들이 벌목으로 쓰러져 있었고, 부드러운 여름 늦은 오후의 햇볕이 그 공터에 내리쬐어 숲의 잿빛과 아름다운 대조를 이루고 있었다. 덩컨이 서 있던 곳으로부터 가까운 곳에서 개울이 작은 호수가 되어 산과 산 사이의 저지대를 거의 채우고 있었다. 이 넓은 호수에서 떨어지는 물은 너무나 규칙적이고 부드러운 폭포를 이루어, 자연이 만든 것이라기보다는 인간이 만든 것 같았다. 그 호숫가에는 1백 개쯤 되는 흙집이 있었고, 물이 둑에서 넘친 것처럼, 호수 안에도 집이 서 있었다. 험한 날씨를 막아 주기 위한 둥근 지붕은 원주민들이 보통의 거처에 들이는 것보다 더 많은 노력과 통찰력을 들인 것이었다. 그들이 사냥과 전쟁을 목적으로 임시로 거처하는 곳을 지을 때는 그러한 노력을 덜 들인다. 간단히 말해, 그 마을 혹은 도시에서는 백인들이 일반적으로 인디언들이 지니고 있다고 생각하는 것 이상의 기술과 솜씨를 엿볼 수 있었다. 그곳은 버려진 것 같았다. 적어도 덩컨은 한동안 그렇게 생각했다. 하지만 한참 만에 그는 서너 명의 사람들이 엎드려 기면서 그쪽으로 다가오는 것을 보았는데, 뭔가 무겁고 무시무시한 기계를 끌고 오는 것 같았다. 그 순간 마을에서 검게 보이는 머리 몇 개가 나타나더니 그곳 전체가 사람들로 북적이는 것처럼 보였지만, 모두 지붕에서 지붕으로 어찌나 빨리 옮겨 다니는지 그들의 기분이나 용무를 살필 기회가 없었다. 이 의심스럽고 이해할 수 없는 움직임에 놀란 그가 까마귀 울음소리를 내려는데, 바로 옆에서 나뭇잎이 바스락거리는 바람에 다른 쪽으로 시선을 돌리게 되었다.

그는 깜짝 놀라 본능적으로 몇 발자국 물러나다가 1백 야드 정도 앞에 서 있는 낯선 인디언을 발견했다. 그 순간 정신을 차린 그는 소리를 내는 대신 가만히 서서 상대의 움직임을 조심스레 관찰했다.

한순간 침착하게 관찰한 결과, 덩컨은 자신이 발각되지 않았음을 확신할 수 있었다. 그 원주민 역시 덩컨과 마찬가지로 마을과 그곳의 비밀스러운 움직임을 살피는 데 정신이 팔려 있었다. 얼굴에 물감으로 기괴한 가면을 그려 놓아서, 그의 표정을 읽을 수는 없었다. 하지만 덩컨은 그 표정이 야만스럽다기보다는 우수에 젖어 있다고 여겼다. 그의 머리는 여느 경우와 마찬가지로 정수리만 남겨 놓았으며, 거기에 매의 날개 깃털 서너 개가 매달려 있었다. 그의 몸에는 낡은 캘리코 망토가 반쯤 감겨 있었고, 그 아래는 소매가 넓어 움직이기 편하도록 되어 있는 여느 셔츠만 입고 있었다. 드러난 맨다리에는 찔레에 긁힌 처량한 상처가 가득했다. 하지만 발에는 훌륭한 사슴 가죽 신을 신고 있었다. 전체적으로 그의 모습은 쓸쓸하고 가련해 보였다.

덩컨이 가까이 있는 사람을 호기심 가득한 눈초리로 관찰하고 있을 때 척후병이 소리 없이 조심스럽게 그 곁으로 다가왔다.

「그들의 정착지, 혹은 야영지에 도착한 것이 보이시죠.」 젊은이가 속삭였다. 「우리가 전진하는 데 매우 곤란한 위치에 야만인 하나가 서 있습니다.」

호크아이는 깜짝 놀라더니 동료가 가리키는 대로 낯선 자를 보더니 총을 아래로 내렸다. 그는 위험한 총구를 아래로 내리고는 긴 목을 뽑아 더욱 날카롭게 관찰하고자 했다.

「저 녀석은 휴런이 아닌데.」그가 말했다. 「캐나다의 어느 부족도 아니오! 하지만 옷차림을 보면 백인을 약탈하며 지낸 것을 알 수 있소. 그렇지, 몽캄이 침략을 위해 온 숲을 뒤져 시끄럽고 잔인한 악당들을 한데 모은 거요! 저자가 총이나 활을 어디에 두었는지 아시오?」

「무기는 없는 것 같습니다. 사악한 사람 같지도 않아요. 그가 물가에서 피신하고 있는 동료들에게 경고를 전달하지 않는 한 두려워할 이유는 별로 없는 것 같습니다.」

척후병은 헤이워드를 바라보더니 놀란 표정을 감추지 않았다. 그러더니 그는 입을 크게 벌리고 마음껏 웃어 댔는데, 다만 오랫동안 위험이 가르쳐 온 대로 소리를 내지는 않았다. 〈물가에서 피신하고 있는 동료들이라!〉고 헤이워드의 말을 되뇌더니 이렇게 덧붙였다. 「정착지에서 공부하고 소년 시절을 보낸들! 어쨌든 저자는 다리가 기니 믿을 수 없소. 소령님이 총으로 겨누고 있는 사이 내가 덤불 사이로 돌아가 생포하겠소. 절대 쏘지는 마시오.」

척후병이 덤불에 몸을 반쯤 묻은 순간, 헤이워드는 손을 뻗어 그를 붙잡고 물었다.

「당신이 위험에 처해도 총을 쏘면 안 되나요?」

호크아이는 그 질문을 어떻게 받아들여야 될지 모르는 사람처럼 그를 잠시 바라보았다. 그리고 고개를 끄덕이고는 소리 없이 웃으며 이렇게 대답했다.

「소대 전체를 쏘시오, 소령님.」

그다음 순간 그는 나뭇잎 속에 몸을 감췄다. 덩컨은 초조함을 느끼며 몇 분을 기다리다가 척후병을 다시 보았다. 그는 옷 색깔이 거의 같은 땅바닥을 기어 포로 뒤쪽으로 향하고 있었다. 그러고는 포로의 몇 야드 뒤에서 소리 없이 천천히 몸을 일으켰다. 바로 그때, 물에서 시끄러운 소리가 들려왔고, 덩컨은 1백여 명의 검은 몸뚱이가 한꺼번에 물에 뛰어드는 순간을 놓치지 않을 수 있었다. 그는 소총을 쥐고서 다시 옆에 있는 인디언을 바라보았다. 아무것도 모르는 그는 놀라는 대신, 마찬가지로 호기심을 가지고 호숫가에서 벌어지는 일을 구경하는 듯 목을 뽑고 있었다. 그사이 호크아이가 손을 들어 올렸다. 하지만 특별한 이유 없이 손은 거두어졌고, 그 손의 주인은 다시 한 번 오랫동안 소리 없이 즐거워했다. 호크아이는 그 특유의 웃음을 멈추고 희생자의 목덜미를 잡는 대신, 어깨를 톡톡 두드리더니 큰 소리로 외쳤다.

「어쩐 일이오, 친구! 비버에게 노래를 가르칠 셈이오?」

「그렇다면······.」 대답이 곧장 나왔다. 「그들에게 재능을 키울 힘을 주신 신께서 찬양할 목소리도 주실 것 같군요.」

22

보텀 모두 모였나?
퀸스 준비 다 됐어. 이것 참 연습하기에
  훌륭하고 편리한 곳이로군.

「한여름 밤의 꿈」 3막 1장 1~3행

헤이워드가 얼마나 놀랐는지, 작가의 설명 없이도 독자께서 더 잘 상상할 수 있을 것이다. 그가 숨어 있는 인디언들이라고 여긴 이들은 갑자기 네발 달린 동물들로 바뀌었다. 호수는 비버의 연못으로, 폭포는 그 부지런하고 솜씨 좋은 짐승들이 쌓은 댐으로 그리고 적으로 의심한 이는 친구이자 찬송가 선생, 데이비드 개멋으로 바뀌었다. 데이비드의 존재는 자매들에 관한 뜻밖의 희망을 불러일으켜 주어서 젊은이는 한시도 지체하지 않고 숨어 있던 자리에서 이 장면의 두 주인공들을 향해 달려 나갔다.

호크아이의 들뜬 기분은 쉽게 가라앉지 않았다. 그는 달리 격식을 갖추지 않고, 거친 손으로 유연한 개멋을 잡아 빙빙 돌리더니 휴런들이 그의 차림새를 멋지게 바꿔 놓았다고 여러 차례 칭찬했다. 그는 데이비드의 손을 잡아 차분한 그의 두 눈에서 눈물이 찔끔 날 정도로 꽉 쥐고서는 이 새로운 상황이 마음에 들기를 바란다고 했다.

「비버들 사이에서 목청 연습 수업을 열 생각이었군!」 그가 말했다. 「저 약삭빠른 악마들은 지금 들리는 것처럼 꼬리로 박자를 맞출 수 있으니 절반은 이미 아는 셈이오. 게다가 박자도 아주 잘 맞췄지. 아니면 〈사슴 사냥꾼〉이 녀석들 가운데 첫 번째 소리를 냈을지도 모르니까. 나는 글도 읽고 쓸 줄 알면서도 경험 많은 늙은 비버보다 어리석은 자들을 알고 있소. 하지만 저 동물들은 꽥꽥거리는 소리 말고는 벙어리나 마찬가지니! 자, 그럼 이런 노래는 어떻게 생각하시오?」

데이비드는 예민한 귀를 닫아 버렸고, 까마귀 울음소리가 무슨 의미인지 아는 헤이워드조차도 갑자기 들려오는 새소리에 새가 어디 있는지 찾아보려고 하늘을 올려다보았다.

「보시오.」 척후병은 신호에 따라 이미 다가오고 있는 나머지 사람들을 가리키며 웃었다. 「이건 타고난 미덕을 가진 음악이오. 이 음악은 칼과 손도끼는 물론이고, 훌륭한 소총 두 정을 내게 가져다주잖소. 어쨌든 당신은 안전하니, 아가씨들은 어떻게 되었는지 말해 보시오.」

「그들은 이교도의 포로가 되었습니다.」 데이비드가 말했다. 「영혼은 크게 고통받고 있지만, 몸은 편안하고 안전합니다.」

「두 사람 모두요?」 마음이 조급한 헤이워드가 물었다.

「그렇습니다. 여행은 힘겹고 양식은 부족했지만, 그렇게 포로가 되어 먼 땅으로 끌려감으로써 입은 감정적인 피해 이외에는 불평할 일이 거의 없었습니다.」

「그렇게 말해 준 자네에게 축복이 있기를!」 떨고 있던 먼로가 외쳤다. 「그렇다면 내 딸들을 흠 없이, 잃어버렸을 때와 똑같은 천사의 모습 그대로 되찾을 수 있겠군!」

「아가씨들을 되찾기가 쉬울지는 모르겠습니다.」 데이비드가 의심스러운 표정으로 대답했다. 「이 야만인들의 대장은 전능자가 아닌 그 어떤 권력자도 길들일 수 없는 사악한 정신의 소유자입니다. 제가 자나 깨나 노력해 보았지만 노랫소리도, 말도 그의 영혼을 감화할 수 없는 것 같으니까요.」

「그놈은 어디 있소?」 척후병이 불쑥 물었다.

「오늘 젊은 수하들과 말코손바닥사슴을 사냥하고 있습니다. 내일은 저 숲으로 들어가 캐나다 국경으로 더 다가갈 거라고 하더군요. 큰 아가씨는 저 검은 바위 봉우리 너머에 사는 사람들에게 인도됐고, 작은 아가씨는 휴런족의 여자들과 지내도록 했는데, 여기서 2마일밖에 안 되는 고원 지대입니다. 화재로 나무들이 잘려 그들이 지낼 장소가 되어 준 곳이지요.」

「앨리스, 상냥한 앨리스!」 헤이워드가 중얼거렸다. 「그녀가 언니 곁에서 위로를 받지 못하다니!」

「그렇습니다. 하지만 찬양과 감사의 성가를 불러 고통 속의 영혼을 달랠 수 있으니, 아가씨는 괴로워하지 않았습니다.」

「앨리스가 음악을 원하던가요?」

「엄숙하고 진지한 음악을 원하더군요. 제가 온갖 노력을 다했음에도 불구하고, 아가씨들은 웃기보다 우는 때가 많았던 것이 사실입니다만. 그런 순간에는 성가를 강요하지 않습니다. 하지만 만족스러운 대화를 나누는 기분 좋고 편안한 시간도 많이 있었고, 그럴 때면 야만인들의 귀에도 마음을 고양시키는 우리의 노랫소리가 흘러들어 갔지요.」

「그런데 당신은 어떻게 감시 없이 돌아다닐 수 있었지요?」

데이비드는 수줍고 겸손한 표정을 지어 보이더니 조심스럽게 대답했다.

「저 같은 무지렁이가 칭찬을 들을 일은 없습니다만……. 우리가 지나온 피비린내 나는 전장의 끔찍한 상황에서는 찬송가의 효과가 없었지만, 이교도의 영혼에게는 그 영향력이 되살아나 저는 이렇게 풀려났습니다.」

척후병은 웃으며 이마를 의미심장하게 두드렸다. 다음과 같은 그의 설명이 희한하게 관대한 그런 처사를 더욱 만족스럽게 설명해 주었다.

「인디언들은 실성한 사람을 해치는 법이 없소. 그런데 이렇게 길이 열렸을 때 어째서 온 길로 돌아가 — 다람쥐도 그 정도는 할 수 있으니 길을 못 찾지는 않았을 텐데 — 에드워드 기지에 소식을 알리지 않았던 거요?」

척후병은 자신의 억세고 강인한 천성만 떠올리고는 데이비드에게 어떤 상황에서든 해내기 힘든 일을 강요했다. 하지만 데이비드는 유순한 태도를 유지하며 이렇게 대답했다.

「기독교인이 사는 곳을 다시 찾아가면 내 영혼은 기쁘겠지요. 하지만 내 발은 내게 맡겨진 여인들의 영혼을 따라 우상을 섬기는 땅으로 들어가고자 했습니다. 그들이 포로로 잡혀 슬픔에 휩싸여 있으니 한 발자국도 되짚어 돌아갈 수 없었지요.」

데이비드의 수사로 가득한 언어를 잘 알아들을 수는 없었지만 그의 진지하고 침착한 눈빛과 정직한 표정은 놓치기 쉽지 않았다. 웅카스는 더 가까이 그의 곁으로 다가가 칭찬하는 표정으로 바라보았고, 그의 아버지는 여느 때처럼 간결한 감탄사로 만족감을 표현했다. 척후병은 고개를 저으며 이렇게 말했다.

「주께서는 저 사람이 목청을 키우는 데만 전력을 다하고 다른 더 뛰어난 재능을 등한시하도록 의도하지 않으셨던 게지! 하지만 저 사람은 파란 하늘, 아름다운 숲에서 교육을 얻었어야 할 때, 어느 어리석은 여자의 손아귀에 들어간 게야. 자, 친구여. 당신이 갖고 있는 그 소리 내는 것을 불쏘시개로 쓸 생각이었지만, 이걸 받아 한번 잘 불어 보시오!」

개멋은 자신이 맡은 엄숙한 역할에 어울린다 생각하는 기쁜 표정을 활짝 지어 보이며 조율관을 받아들었다. 그 기능을 자신의 목소리와 비교하며 반복해서 확인하고는 그 음색이 그대로 유지된 데 만족한 그는 자주 언급했던 그 조그만 찬송가에서 가장 긴 곡 가운데 하나를 골라 몇 소절까지 진지하게 연주해 보였다.

하지만 헤이워드는 그와 같이 포로가 되었던 이들의 과거와 현재 상태에 대해 질문을 계속 늘어놓아 그 신성한 의도를 방해했다. 그의 태도는 이야기를 시작하면서 격한 감정을 드러냈을 때보다는 침착해졌다. 데이비드는 아쉬운 눈으로 자신의 보물을 바라보았지만 대답할 수밖에 없었다. 특히 존경받는 아버지가 도저히 무시할 수 없는 강한 관심을 가지고 질문에 동참했기 때문이다. 척후병도 적당한 기회가 나올 때마다 관련된 질문을 던졌다. 이런 식으로 이따금 질문이 중단될 때 데이비드는 되찾은 악기 소리로 채웠고, 추적자들은 그들의 중대한 목적, 즉 자매를 되찾는 일을 해내는 데 도움이 될 만한 중요한 정황을 확보했다. 데이비드가 전한 이야기는 간단했으며, 몇 가지 안 되는 사실이었다.

마구아는 후퇴하기에 안전한 순간이 될 때까지 산에서 기다렸다가 하산 후 호리칸의 서쪽을 따르는 길을 택해 캐나다 쪽으로 갔다. 솜씨 좋은 휴런은 그 길에 익숙했고, 당장 뒤쫓은 위험한 존재가 없다는 것을 알았으므로 그들의 속도는 피로해질 정도가 아니었다. 데이비드의 꾸밈없는 말을 들어 보니 데이비드의 존재는 환영받기보다는 마지못해 용인되었던 듯했다. 마구아조차도 위대한 영혼이 머릿속을 방문한 이들에 대한 인디언들이 품은 존경심에서 예외는 아니었다. 밤이면 숲의 습기로 부상을 당하지 않도록 포로들에게 세심한 신경을 써서 보호했지만 탈출을 막기 위해 경계하기도 했다. 마구아는 이미 본 대로 샘에서 말들을 풀어 주었다. 그리고 그 길이 멀고 외딴 곳임에도 불구하고 그들이 후퇴하는 곳을 지키기 위해서 앞에서 언급한 술책을 사용했다. 부족민들의 야영지에 도착한 마구아는, 인디언의 방침에 따라 포로들을 갈라놓았다. 코라는 근처 계곡에 잠시 지내는 부족에 보내졌지만, 데이비드는 그 부족의 관습과 역사에 대해 아는 것이 없어 그 이름이나 특징에 대해 만족할 만한 정보를 전혀 제공해 주지 못했다. 데이비드는 그들이 최근의 윌리엄 헨리 공격에는 참가하지 않았고, 휴런들과 마찬가지로 그들도 몽캄과 같은 편이며, 우연히 그처럼 가깝고 불미스러운 접촉을 하게 된 호전적인 야만인들과 조심스럽지만 상냥하게 대화를 나누었다는 사실밖에 알지 못했다.

모히칸들과 척후병은 그가 띄엄띄엄 전하는 불완전한 이야기에 차츰 더 흥미를 드러내며 경청했다. 코라가 맡겨진 부족의 특징에 대해 설명하려는데, 척후병이 불쑥 이렇게 물었다.

「그들의 칼 모양을 보았소? 영국식이었소, 아니면 프랑스식이었소?」

「그런 허황한 것에는 관심을 두지 못했고, 그 아가씨들을 위로하느라 바빴습니다.」

「언젠가 야만인의 칼을 허황된 것으로 치부하지 못할 때가 올 거요.」 척후병이 상대방의 둔한 태도를 강하게 경멸하며 말했다. 「그들이 옥수수로 식사를 했소? 혹시 부족의 토템이 무엇이었는지 알고 있소?」

「옥수수라면, 여러 차례 넉넉히 먹었습니다. 그 낟알을 우유에 넣으니 먹기에도 좋고, 속도 편하더군요. 토템이라면 뜻을 잘 모르겠지만, 혹시 인디언의 음악을 의미하는 것이라면 물어볼 필요가 없습니다. 그들은 찬양에 함께하는 법이 없었고, 미신을 믿는 자들 중에서 가장 불경스러운 작자들 같았으니까요.」

「바로 그 점에서 당신은 인디언의 본성과 맞지 않는 거요. 밍고조차도 살아 있는 신만 섬기거든! 이렇게 말하기 부끄럽지만, 백인들이 자신의 조물주라 믿는 이의 상 앞에서 인디언 전사들까지 고개를 숙이게 하는 것은 사기요. 그렇소. 물론 인디언들도 악한 신들의 뜻 역시 거역하지 않으려 하지만, 누군들 이길 수 없는 상대에겐 그러지 않겠소? 그들은 위대하고 선한 영에게서만 은혜와 도움을 구하거든.」

「그럴지도 모릅니다.」 데이비드가 말했다. 「하지만 그들이 물감으로 그린 기이하고 환상적인 상을 보았고, 그들은 그것을 섬기고 돌봤습니다. 특히 음란하고 불쾌한 형상이 있더군요.」

「뱀이었소?」 척후병이 재빨리 물었다.

「비슷했습니다. 천하게 기어다니는 거북이였습니다!」

「허!」 모히칸 둘이 동시에 외쳤다. 척후병은 중대하지만 반갑지 않은 사실을 알아낸 사람처럼 고개를 저었다. 그러자 모히칸 아버지가 델라웨어의 말로 이야기를 시작했는데, 그의 침착하고 위엄 있는 태도에 그 말을 알아듣지 못하는 사람들마저도 주의를 기울였다. 그의 손짓은 강렬하고 힘이 넘쳤다. 한번은 그가 팔을 높이 올렸다가 내렸는데, 그 행동에 가벼운 외투의 주름이 흔들렸고 손가락이 가슴에 닿으며 의미를 확고히 하는 것 같았다. 덩컨의 시선은 그 행동을 쫓았으며, 방금 언급한 동물이 추장의 가무잡잡한 가슴에, 희미하지만 푸른 잉크로 아름답게 그려져 있음을 알아차렸다. 넓은 지역에 퍼져 있던 델라웨어 부족이 뿔뿔이 흩어졌다는 이야기가 그에게 불현듯 떠올랐고, 거의 참을 수 없이 조마조마한 마음으로 발언 기회를 기다렸다. 그러나 그의 바람을 예상한 척후병이 이렇게 말했다.

「신의 뜻에 따라 우리에게 이로울 수도, 불리할 수도 있는 상황이오. 추장은 델라웨어족의 높은 신분이며 그 거북이들의 위대한 추장이오! 찬송가 선생이 말한 사람들 중 그들이 있다는 건 분명하오. 그리고 저 사람이 노래를 불러 대는 데 쓰는 목청의 절반만 분별 있는 질문을 하는 데 썼더라면, 우리는 그들의 전사 수를 알 수 있었을 것이오. 전체적으로 보았을 때, 우리가 들어가는 곳은 위험할 거요. 친구가 등을 돌리고 나면 머리 가죽을 벗겨 가려는 적보다 더 잔인한 마음을 품게 되는 법이니 말이오!」

「설명해 주십시오.」 덩컨이 말했다.

「이건 오래된, 우울한 전통이고 나는 별로 생각하고 싶지 않소. 악행은 대부분 흰 피부를 가진 자들이 저질렀기 때문이오. 하지만 그것은 결국 손도끼를 제 형제에게 던지게 했고, 밍고와 델라웨어가 같은 길을 걷도록 했소.」

「그럼 코라가 함께 지내는 이들이 그들일지도 모른다는 겁니까?」

척후병은 그렇다고 고개를 끄덕였지만, 괴로운 문제를 더이상 거론하고 싶지 않은 눈치였다. 초조해진 덩컨은 자매를 구출하기 위해 성급하고 무모한 계획을 세우고 있었다. 먼로는 멍한 상태를 떨치고 반백의 머리와 그가 살아 낸 세월이라면 거절해야 할 젊은이의 허황한 계획을 듣고 있었다. 하지만 척후병은 연인이 열의를 발휘하도록 잠시 참아 주고 있다가, 가장 냉정한 판단력과 극단의 용기를 요하는 일이므로 어리석은 만용은 버려야 한다고 설득할 방법을 찾았다.

「이 사람에게 다시 돌아가게 하여 그들 거처 근처에서 돌아다니다 여인들에게 우리가 가고 있다고 알린 다음, 다시 이 사람을 신호로 불러 내 의논하는 것이 좋겠소.」 그가 덧붙였다. 「친구여, 까마귀 소리와 쏙독새 소리의 차이는 아시오?」

「지저귀는 소리가 듣기 좋은 게 쏙독새이죠.」 데이비드가 대답했다. 「음조가 부드럽고 서글프고요. 박자는 좀 빠르고, 안 맞지만.」

「프레리도그[46] 이야기를 하는 것 같군.」 척후병이 말했다.

_{46 북미 대평원에 서식하는 설치류 동물이다 — 옮긴이주.}

「놈이 우는 소리가 좋으면, 그걸 신호로 삼으시오. 그럼, 쏙독새 우는 소리가 세 번 반복되는 것을 듣거든, 그 새가 ―」

「잠깐만.」 헤이워드가 말을 막았다. 「내가 같이 가겠습니다.」

「소령님이!」 놀란 호크아이가 외쳤다. 「해 뜨고 지는 걸 보기가 지겨워졌소?」

「휴런에게도 자비심이 있다는 것을 데이비드가 증명하고 있습니다.」

「그렇소, 하지만 데이비드는 제정신 박힌 사람이라면 흉내도 내지 못할 노래를 부르지 않소.」

「나도 실성한 사람이나 바보나 영웅을 연기할 수 있습니다. 사랑하는 여인을 구하기 위해서라면 뭐든 할 수 있어요. 더 이상 반대하지 마세요. 이미 마음을 굳혔으니.」

호크아이는 놀라 말없이 젊은이를 바라보았다. 기술과 실력을 존중하여 지금까지 그의 명령에 따라왔던 덩컨이 이제 상관의 자세로 돌아가 쉽게 거부할 수 없는 태도를 취했다. 덩컨은 모든 충고를 거부하는 뜻으로 손을 흔들며 더욱 단호한 어조로 말했다.

「변장할 도구가 있으면, 나를 바꿔 주시죠. 당신이 도와준다면 나도 변장할 수 있어요. 무엇으로든 바꿔 주세요. 광대도 좋습니다.」

「신의 강한 손이 이미 만들어 놓은 분에게 어떤 변화가 필요한지 나 같은 자가 말할 입장은 아닙니다.」 불만스러운 표정으로 척후병이 중얼거렸다. 「부하들을 전쟁에 내보낼 때 대령님 편에서 싸우는 자들이 언제, 어디에서 우군을 만날 수 있을지 알도록 최소한 야영지를 정해 두는 것이 신중하지 않습니까?」

「들어 보세요.」 덩컨이 말을 잘랐다. 「포로들을 충실하게 따라간 이분에게서 민족은 다르지 않아도 두 부족으로 나뉘었다고 들었습니다. 델라웨어의 한 지파라고 여기는 이들의 손에 여러분이 〈검은 머리〉라고 부르는 아가씨가 있습니다. 다른 아가씨는 우리가 적으로 삼은 휴런과 있고. 나이와 지위로 보았을 때, 나는 후자의 모험에 맞습니다. 그러니 여러분이 친구들과 큰 아가씨의 구출에 대해 의논하는 동안 나는 둘째를 구하거나, 죽겠습니다.」

그의 두 눈에는 젊은 군인의 기상이 빛났고, 몸가짐도 그에 따라 당당해졌다. 인디언의 기술에 노련해 이 시도가 얼마나 위험한지 잘 아는 호크아이도 이 갑작스러운 결의를 어떻게 꺾어야 할지 알 수 없었다. 어쩌면 그 제안에 그 자신의 강인한 천성과 어울리는 점이 있었을지도 모른다고 생각했다. 필사적인 모험에 대한 애정은, 그의 경험과 함께 점점 커져, 위기와 위험이 자신의 존재를 향유하는 데 필수 불가결한 조건이 될 정도였으니 말이다. 덩컨의 계획에 반대하는 대신 그는 불현듯 기분을 바꾸어 그 실행에 함께하겠다고 나섰다.

「갑시다.」 호크아이가 기분 좋은 미소를 지으며 말했다. 「잡아먹을 수사슴은 목을 베어야지, 따라가서는 안 되는 법! 칭가치국은 그림 그리기 좋아해 빛바랜 건초 색깔의 수탉처럼 생긴 산을 그리고 손에 닿을 것 같은 하늘을 칠하는 공병 장교의 아내만큼 물감을 많이 갖고 있고, 그걸 쓸 줄도 알고 있소! 저 통나무에 앉으시오. 그러면 내 장담하는데 저 추장은 여러분을 원하는 대로 광대로 만들어 줄 거요.」

덩컨은 그 말에 따랐고, 대화를 귀담아듣고 있던 모히칸은 곧 작업에 착수했다. 그가 속한 인종의 모든 섬세한 예술에 숙련된 그는 솜씨 좋고 재빠르게 원주민들이 친근하고 익살맞은 기질의 증거로 여길 환상적인 영상을 그려 냈다. 비밀스러운 호전성으로 해석될 수 있는 선은 모두 세심하게 피했다. 반면 우호적으로 여겨질 수 있는 표현을 추구했다. 간단히 말해 그는 전사의 모습을 희생시켜 우스꽝스러운 인물을 만들어 냈다. 이 같은 치장이 인디언 사이에서 드문 것은 아니었다. 덩컨은 옷차림으로도 충분히 변장하고 있었으므로, 그의 불어 실력이라면 티콘데로가에서 찾아와 같은 편의 부족 사이에서 돌아다니는 사기꾼으로 충분히 여겨질 만했다.

덩컨의 치장이 충분하다고 생각되자, 척후병이 여러 가지 조언을 해주었다. 신호를 합의하고, 모두 성공했을 때 만날 장소도 미리 정해 두었다. 먼로와 그의 젊은 친구의 작별은 그보다 우울했다. 먼로는 멍한 표정으로 헤어졌는데, 그의 정신 상태가 건강했더라면 따뜻하고 정직한 천성이 결코 그런 태도를 허락하지 않았을 것이다. 척후병은 헤이워드를 한쪽으로 데려가더니 먼로는 칭가치국에게 맡겨 안전한 곳에 두고, 그와 웅카스는 델라웨어라 생각되는 사람들 사이에서 추적을 계속할 생각이라고 알렸다. 다시 한 번 주의와 조언을 알려 주더니, 엄숙한 태도와 따뜻한 마음으로 다음과 같이 말해 덩컨을 깊이 감동시켰다.

「그럼 이제 신께서 그대를 축복하시길 바라겠소! 소령님은 내가 좋아하는 영혼을 갖고 계시오! 그것은 젊은이, 특히 뜨거운 피와 강인한 심장을 가진 이의 재능이기 때문이오. 하지만 자기 말이 옳다고 생각할 만한 근거를 지닌 이 사람의 말을 믿으시오. 밍고의 지략을 능가하고 그 기세를 이기려면 최고의 용기와 책에서 배운 것 이상의 날카로운 지혜가 필요할 것이오. 신께서 축복하시기를! 휴런들이 소령님의 머리 가죽을 벗긴다면, 강인한 전사 둘을 데리고 있는 이의 약속을 믿으시오. 그들은 그 승리를 전원의 목숨으로 되갚게 될 거요! 신의 섭리가 그대의 선한 계획을 돕기를. 그리고 악당들을 이기기 위해서는 백인에게 익숙하지 않은 짓을 해도 정당하다는 사실을 기억하시오.」

덩컨은 내키지 않아 하는 훌륭한 동료와 뜨거운 악수를 나누었고, 다시 한 번 나이 든 친구를 부탁하고서 그 역시 성공을 기원한 뒤 데이비드에게 가자고 손짓했다. 호크아이는 활기 넘치고 모험심 강한 젊은이를 잠시 감탄하는 눈빛으로 바라보았다. 그러고는 의심스럽다는 듯 고개를 젓더니 남은 이들을 이끌고 숲 속의 은신처로 들어갔다.

덩컨과 데이비드는 비버들이 사는 공터를 곧바로 가로질러 그들의 연못 가장자리를 따르는 길을 택했다. 덩컨은 다급한 위기 상황에서 전혀 도움이 안 될 사람과 단둘이 남자, 그제야 자신의 임무가 얼마나 어려운 것인지 처음으로 깨닫기 시작했다. 해가 지면서 사방에 펼쳐져 있는 황량하고 야만적인 황무지가 주는 우울함이 더해졌고, 가득 차 있는 것 같은 작은 오두막의 정적에서는 두려움까지 느껴졌다. 그 훌륭한 가옥과 그곳에 사는 현명한 이들이 놀라울 정도로 꼼꼼히 대비해 놓은 것을 보니, 이 광활한 미개지의 동물조차도 그의 이성에 못지않은 본능을 지녔다는 생각이 들었다. 그는 자신이 그토록 성급하게 맡은 대등하지 못한 싸움에 불안감을 느낄 수밖에 없었다. 그러다 빛나는 앨리스의 모습이 떠올랐다. 앨리스의 고통, 앨리스에게 닥친 위험. 그러자 그가 처한 상황의 모든 위험을 잊을 수 있었다. 그는 데이비드를 격려하며, 젊은이답게 가볍고 씩씩한 걸음걸이로 전진했다.

그들은 연못 주위로 거의 반원을 그린 뒤 수로에서 벗어나 땅이 약간 솟은 곳으로 오르기 시작했다. 30분이 채 지나지 않아 그들은 또 다른 공터 가장자리에 닿았는데 그곳 역시 비버들이 남긴 흔적으로 가득했다. 그 현명한 동물들은 무슨 일인지 그곳을 버리고 지금 지내는 더 나은 곳으로 옮겨 갔던 모양이었다. 덩컨은 나무가 자라 가려진 길에서 벗어나고 싶지 않다는 매우 자연스러운 느낌에 잠시 망설였고, 위험한 실험을 개시하기 전 내심 온 힘이 필요할 것임을 의식하며 기운을 그러모으려는 사람처럼 걸음을 멈추고 있었다. 그 상태에서 잠시 재빨리 주위를 둘러봄으로써 얻을 수 있는 정보를 모았다.

빈터 맞은편의 개울물이 바위에 부딪치는 지점 근처의 좀 더 높은 지대에 통나무와 나뭇가지 그리고 흙을 섞어 조악하게 만든 오두막이 50에서 60채가량 보였다. 그것들은 아무런 규칙 없이 배치되어 있었고, 단정하고 아름답게 지으려는 생각은 거의 없었던 듯했다. 특히 단정함과 아름다움이라는 점에서 방금 전의 마을에 비해 매우 뒤떨어졌기 때문에, 첫 번째보다는 덜 놀라운 사실이 등장할 것이라 기대하고 있었다. 흐릿한 어스름과 오두막 앞에 높다랗게 자라는 풀숲 속에서 스물, 혹은 서른 명의 사람들이 저마다 일어났다가 다시 땅에 묻히듯이 가라앉았는데 기대감은 전혀 가시지 않았다. 덩컨은 이들을 어찌나 갑자기, 그리고 급히 보았던지, 살과 피라는 평범하고 세속적인 재료로 만든 피조물이라기보다는 검게 번득이는 유령이나 그 외의 초자연적 존재로 느꼈다. 한순간 깡마르고 벌거벗은 몸뚱이가 양팔을 허공에 마구 흔드는 것이 보이더니 갑자기 사라져 버려, 그것이 채웠던 공간에는 아무것도 보이지 않았다. 그 인물이 불쑥 다른 먼 곳에 나타났거나, 아니면 똑같이 신비로운 분위기의 다른 존재가 대신해 나타난 것 같았다. 동행이 머뭇거리는 것을 본 데이비드는 그 시선이 향하는 방향을 좇았고, 헤이워드의 기억을 되살리는 말을 했다.

「여긴 경작하지 않은 비옥한 땅이 많습니다. 그리고 자화자찬이라는 죄를 저지르지 않고 덧붙이자면, 내가 여기 머문 짧은 기간 동안 찬양을 들려주어 좋은 씨앗이 길가에 많이 뿌려졌지요.」

「이 부족은 농사짓는 기술보다는 사냥감을 쫓아다니기를 더 좋아하죠.」 놀라운 대상을 계속 바라보며, 덩컨이 멍하니 대답했다.

「찬양을 위해 목청을 돋우는 건 영혼의 노동이라기보다는 기쁨이지요. 하지만 저 아이들은 주어진 재능을 아깝게 학대합니다! 저런 나이에 저렇게 찬송의 재능을 타고난 아이들은 어디서든 보기 드뭅니다. 하지만 저런 식으로 그 재능을 경시하는 이는 필시 아무도 없을 거예요. 여기서 사흘 밤을 보내며 세 번이나 꼬마들을 모아 찬송을 함께 부르도록 했지만, 그 애들은 내 영혼이 섬뜩해지는 함성과 포효만 질러 댔답니다!」

「누구 이야기를 하는 겁니까?」

「저 악마의 아이들 말입니다. 저 쓸데없는 헛짓으로 소중한 시간을 허비하는 아이들이오. 아! 스스로를 저버린 이들은 훈육의 가치를 잘 모릅니다! 자작나무가 이리 흔히 자라는데도 회초리를 찾아볼 수 없지요. 신께서 주신 소중한 축복을 이런 고함 소리를 내는 것에 허비하는 것도 내 눈에는 놀라울 일이 아니지요.」

데이비드는 바로 그 순간 어린 아이들의 무리가 온 숲을 울려 대며 내지르는 비명 소리에 귀를 막았다. 그리고 덩컨은 자신의 미신을 비웃듯 입술을 비틀며 단호히 말했다.

「갑시다.」

찬송가 선생은 귀를 막은 손을 떼지 않고서 그 말에 따랐고, 둘은 함께 데이비드가 〈이방인들의 막사〉라 부르는 곳을 향해 나아갔다.

23

> 그러나 사냥감이 될 짐승은
> 추적의 특권을 요구할 수 있고,
> 우리가 사냥개를 풀어놓기 전, 활시위를 당기기 전,
> 수사슴에게 도망칠 공간과 시간을 내주지만
> 어슬렁거리던 여우가 어디서, 어떻게, 언제,
> 덫에 걸렸는지 도살되었는지, 누가 상관이나 했을까.
> 스콧, 「호수의 여인」 칸토 4, 30, 14~19행

원주민들의 거처에서는 교육받은 백인들처럼 무장하여 자신들의 거처를 망보는 경우가 드물다. 위험이 다가오기 전 미리 그 위험을 감지하는 인디언은 숲이 보내는 신호를 잘 아는데다 보통은 가장 두려운 것들로부터 멀고 험난한 길이 가로막아 주는 덕분에 안전하게 쉰다. 하지만 우연한 행운으로 보초들의 감시를 피할 방법을 찾아낸 적이 있다면, 가옥 가까이에서 망을 보는 보초는 없다는 사실을 알게 되었을 것이다. 이 같은 일반적인 관행에 덧붙여, 프랑스에 우호적인 부족들은 얼마 전에 이루어진 공격의 위력을 잘 알고 있어서 영국에 속하는 적대적인 민족들로부터 당장 위험이 닥칠 일은 없다고 여겼다.

그러므로 덩컨과 데이비드가 앞에서 언급한 것처럼 장난을 치는 아이들에게 에워싸였을 때, 아무도 그들이 다가오고 있다는 조짐을 전혀 알아차리지 못했다. 그러나 그들이 발견되자마자 아이들 전체가 동시에 귀를 찢는 경고의 함성을 올렸다. 그리고 그들은 마치 마술처럼 방문객들의 시야에서 사라졌다. 벌거벗은 황갈색 꼬마들의 몸뚱이는 그 시각, 시든

목초의 색과 너무나 잘 섞여 흙이 정말로 그들을 삼켜 버린 것 같았다. 하지만 덩컨이 놀라 주위를 더욱 자세히 둘러보면 시선이 닿는 곳마다 까맣고, 재빠르게 요리조리 움직이는 눈알이 보였다.

이처럼 갑작스러운 예고에 더 성숙한 어른들의 감시를 상상하고 의욕을 잃은 젊은 군인은 한순간 후퇴하고자 했다. 하지만 머뭇거리기에는 너무 늦었다. 아이들의 고함 소리에 십 수 명의 전사들이 가까운 오두막 문에 나타났고, 그들은 한 떼를 지어 검고 야만스러운 모습으로 불시에 자신들을 찾아온 이들이 더 가까이 다가오기를 심각한 표정으로 기다리고 있었다.

그곳에 익숙해진 데이비드가 사소한 장애물로는 방해하지 못할 만큼 확고한 발걸음으로 앞장서서 바로 그 오두막으로 들어갔다. 나무껍질과 가지로 얼기설기 지은 곳이기는 했지만, 마을의 중심부로서 영국 지역의 접경에 잠시 지내는 동안 회의와 모임을 갖는 곳이었다. 덩컨은 그곳 문지방에 모여 있는 검고 강력한 야만인들을 스쳐 지나며 태연한 표정을 지어 보이기가 어려웠다. 하지만 자신의 생명이 정신 상태에 달려 있음을 의식하고는 뒤를 바짝 쫓아가고 있는 동행의 분별력을 믿었다. 그처럼 사납고 무자비한 적들과 직접 마주하자 그는 피가 얼어붙는 것 같았다. 그러나 오두막 한가운데로 들어설 때까지 나약함을 드러내지 않고 감정을 잘 통제했다. 신중한 개멋의 모범을 따라 덩컨은 오두막 한구석에 쌓여 있는 향기로운 나뭇가지 한 묶음을 집어 들고서 소리 없이 그곳에 앉았다.

손님이 지나가자마자 지켜보던 전사들은 입구에서 물러나 주위를 에워싸고는 낯선 사람이 위엄을 지키며 입을 여는 순간을 참을성 있게 기다렸다. 멀리에는 더 많은 수가 이 허름

한 건물을 받치고 있는 수직 기둥에 느긋하게 몸을 기대 서 있었고, 나이도 많고 지위도 가장 높은 추장들 서너 명은 조금 앞으로 나와 땅바닥에 앉아 있었다.

그곳에는 횃불이 활활 타오르고 있었는데 공기의 흐름에 따라 흔들리면서 이 사람 저 사람, 이것저것을 붉게 비추었다. 덩컨은 그 불빛에 의지해 주인들의 표정에서 자신을 어떻게 받아들이는지 읽어 보려 했다. 그러나 마주한 사람들의 냉랭한 표정에서 읽어 낼 수 있는 것은 별로 없었다. 앞쪽의 추장들은 경의를 표하는 것일 수도 있지만, 불신으로도 보일 수 있는 태도로 땅만 바라보았지 그에게는 시선도 보내지 않았다. 눈에 띄지 않는 곳에 선 남자들은 그렇게 삼가는 태도를 보이지 않았다. 덩컨은 곧 그들이 비밀스러운 시선으로 자신의 생김새와 복장을 하나하나 뜯어보고 있다는 사실을 감지했다. 표정이 드러내는 감정, 손짓, 그림의 선 하나하나, 옷차림 모두, 말없이 그냥 넘어가지 않았다.

마침내 머리는 희끗희끗하지만 강건한 팔다리와 확고한 걸음걸이로 여전히 청년의 몫을 해낼 수 있음을 보여 주는 한 사람이, 눈에 띄지 않은 채 관찰하고자 자리 잡았던 한쪽 구석에서 나와 입을 열었다. 그는 와이언도트, 혹은 휴런의 말을 썼다. 따라서 그의 말은 헤이워드가 알아들을 수 없었지만, 말에 수반된 몸짓으로 보아 화를 낸다기 보다 예의를 지키며 말을 하는 것 같았다. 헤이워드는 고개를 젓고 대답할 줄 모른다는 몸짓을 했다.

「형제들 중 프랑스어나 영어를 쓰는 이는 없습니까?」 덩컨은 고개를 끄덕이는 이가 있는지 주위를 둘러보며 프랑스어로 물었다.

그의 말뜻을 이해하려고 여러 사람이 고개를 돌렸지만 대답하는 이는 아무도 없었다.

「슬픈 일이군요.」 덩컨은 통달한 프랑스어를 아주 쉽게, 천천히 말했다. 「이 현명하고 용감한 민족이 〈위대한 군주〉가 쓰는 언어를 이해하지 못한다니 말입니다. 붉은 전사들이 그분을 이렇게 무시한다는 것을 알면 마음이 무거워지실 겁니다!」

길고 엄숙한 침묵이 이어지는 가운데 몸의 동작이나 눈짓 하나도 그 말에 대한 감정을 비치지 않았다. 침묵이 이곳 주인들 사이에서 미덕임을 아는 덩컨은 그 순간을 반갑게 이용해 자신의 생각을 정리했다. 한참만에야 그에게 앞서 말을 걸었던 전사가 캐나다의 언어로 딱딱하게 물었다.

「우리의 위대한 아버지가 백성들에게 말을 걸 때는 휴런의 말을 쓰는가?」

「그분은 자식들의 피부색이 붉든, 검든, 희든, 차이를 두지 않으십니다.」 덩컨이 요점을 피하며 대답했다. 「하지만 그분은 용감한 휴런에게 만족하십니다.」

「전령들이 닷새 전 양키들의 머리에서 벗겨 낸 가죽 수를 알려 드릴 때, 그분은 어떻게 말하셨는가?」

「그들은 그분의 적이었습니다.」 덩컨은 자기도 모르게 몸을 떨며 말했다. 「그리고 필시 잘했다고 하셨겠지요. 나의 휴런들이 매우 용맹하다고.」

「우리의 캐나다 아버지는 그렇게 생각하지 않았다. 인디언들에게 포상을 내리는 대신, 눈을 뒤집었다. 그는 죽은 양키들만 보고 휴런은 보지 않았다. 그것은 무슨 뜻인가?」

「그처럼 위대한 추장은 말보다 생각이 많습니다. 그는 자신을 뒤쫓는 적이 없기를 바랍니다.」

「죽은 전사의 카누는 호리칸에 뜨지 않을 거다.」 야만인이 우울한 목소리로 대답했다. 「그의 귀는 우리와 같은 편이 아닌 델라웨어 말만 듣는데, 그들은 그의 귀를 거짓말로 채우고 있다.」

「그럴 리 없습니다. 보세요, 그는 병을 낫게 하는 기술을 가진 저를 큰 호수의 붉은 휴런에게 보내면서 아픈 자가 있는지 물었습니다!」

덩컨이 지어낸 특징을 밝히자 또 다시 침묵이 이어졌다. 그의 말이 진실인지 거짓인지 알아보기 위해 지적이고 예리한 모두의 눈이 그에게 향했고, 그 대상은 결과를 기다리며 몸을 떨었다. 하지만 앞에서 말한 인디언 덕분에 그는 다시 마음을 놓았다.

「캐나다의 약삭빠른 자들도 살갗에 그림을 그린다.」 휴런이 냉정한 목소리로 말했다. 「그들은 자기 얼굴이 희다고 자랑한다고 들었다.」

「인디언 추장이 백인 아버지 사이에 들어오면, 물소 가죽옷을 벗고 자신에게 건네는 셔츠를 입습니다. 나의 형제들이 내게 이 그림을 그려 주었으니, 그린 채로 있습니다.」

나지막한 칭찬 소리가 그 말이 호의적으로 받아들여졌음을 알렸다. 나이 지긋한 추장이 환영한다는 손짓을 했고, 그의 동료 대부분이 손을 내밀고 짤막한 기쁨의 탄성을 올렸다. 덩컨은 가장 중대한 시험은 지나갔다고 믿고 좀 더 자유롭게 숨을 쉴 수 있었다. 그리고 이미 가짜 직업을 뒷받침할 단순하고 그럴 듯한 이야기를 준비해 두었기 때문에 성공할 가망은 더욱 밝아졌다.

손님이 방금 한 선언에 대해 적당한 대답을 내놓기 위해 생각을 정리하는듯 잠시 침묵이 흐르는 중 또 다른 전사가 일어나 말할 태세를 갖췄다. 그의 입술이 벌어지려는 순간 낮지만 무시무시한 소리가 숲에서 들려왔고, 곧이어 높고 날카로운 비명 소리가 가장 길고 구슬픈 늑대 울음소리와 대등해질 때까지 울려 퍼졌다. 이 갑작스럽고 무시무시한 방해에 덩컨은 그렇게 무서운 울음소리의 효과 이외에는 모든 것을 잊고 자리에서 벌떡 일어났다. 동시에 전사들은 하나같이 오두막에서 빠져나갔고, 여전히 숲을 쩡쩡 울리고 있는 그 무시무시한 소리를 누를 만큼 시끄러운 고함 소리가 바깥에 가득 퍼졌다. 더 이상 가만히 있을 수 없었던 청년은 자리에서 일어나 그 거주지 안에 생명을 가진 모든 것들이 뒤죽박죽으로 섞인 무리 한가운데 섰다. 남자들, 여자들, 아이들, 노인들, 약자들, 민첩하고 강한 자들, 모두가 밖으로 나와 있었다. 시끄럽게 소리를 지르는 이들도 있었고, 미친 듯 기뻐하며 손뼉을 치는 자들도 있었으며, 모두가 예상외의 사건에 야만적인 기쁨을 드러내고 있었다. 처음에는 그 혼란에 놀랐던 헤이워드도 곧 이후에 이어지는 상황에서 추이를 알아챌 수 있었다.

하늘에는 아직도 석양의 빛이 충분히 남아 있었고, 빈터에서 숲으로 들어가는 여러 갈래의 길이 나 있음을 알려 주는, 나무 꼭대기 사이사이 빈 곳이 보였다. 그중 한 곳 아래에 일렬로 늘어선 전사들이 숲으로부터 서서히 거처로 다가왔다. 맨 앞의 사람은 짧은 막대기를 들고 있었는데, 나중에 보니 사람의 머리 가죽 서너 개가 매달려 있었다. 덩컨이 들었던 무시무시한 소리는 백인들이 〈죽음의 인사〉라고 부르는 것이었다. 그 반복되는 소리는 자신의 부족에게 적의 죽음을 알리는 것이었다. 헤이워드가 알고 있는 것은 거기까지였다. 그는 그제야 대화를 방해한 것이 승전한 전사들의 뜻밖의 귀환이었음을 알았고 그 덕분에 시기적절하게 자신에게 향한 관심이 다른 쪽으로 돌려진 것에 마음속으로 축하하면서 모든 불쾌감을 잠재웠다.

새로 도착한 전사들은 오두막에서 몇 백 피트 떨어진 곳에서 걸음을 멈췄다. 죽은 자들의 울음소리와 승자의 승리감을 모두 나타내고자 하는 그들의 구슬프고도 무시무시한 고함 소리는 완전히 멈췄다. 그들 중 하나가 그 요란한 고함 소리보다 더 잘 알아들을 수는 없지만, 전혀 소름 끼치지 않는 목소리로 크게 말했다. 그렇게 전달된 소식에 야만인들이 보여 준 열광이 어떤 것인지 설명하기는 어렵다. 순식간에 야영지 전체가 엄청난 야단법석과 소동의 장으로 변했다. 전사들은 칼을 뽑아 휘두르며 두 줄로 나란히 서서 오두막까지 이어지는 길을 만들었다. 여자들은 곤봉이나 도끼 등 닥치는 대로 무기를 들고서 곧 시작될 잔인한 놀이에 가담할 준비를 했다. 아이들도 예외는 아니었다. 도구를 제대로 들지도 못하는 아이들조차 아버지의 허리춤에서 손도끼를 꺼내들고 그 행렬에 끼어서는 부모가 보여 주는 야만스러운 행동을 흉내 냈다.

  빈터 주위 여기저기에 나뭇가지들이 쌓여 있었고, 경계하는 눈빛의 나이 든 여자 하나가 앞으로 일어날 일을 충분히 비추어 주도록 불을 붙이고 있었다. 불꽃이 솟아오르자 그 빛은 석양의 빛보다 더 강렬해 사물을 더욱 뚜렷하고 무시무시한 형상으로 보여 주었다. 그 장면 전체는 검고 높다란 소나무로 틀을 짜 넣은 인상적인 그림이 되었다. 방금 도착한 전사들이 가장 뒤쪽의 배경이 되었다. 그보다 좀 앞에는 남자 둘이 서 있었는데, 앞으로 일어날 일의 주인공으로 뽑힌 것 같았다. 불빛이 그들의 표정을 뚜렷이 보여 줄 만큼 강하지는 않았지만, 둘은 매우 다른 감정에 지배받고 있는 것이 분명했다. 한 사람은 꼿꼿이 허리를 펴고 확고히 서서 영웅처럼 운명을 맞이할 준비를 갖추고 있는 반면, 다른 한 사람은 공포 혹은 수치심에 얼어붙은 듯 고개를 숙이고 있었다. 씩씩한 덩컨은 앞의 영웅다운 이에게 존경심과 동정심을 느꼈지만, 감정을 드러낼 기회는 얻지 못했다. 덩컨은 그의 아주 작은 움직임까지도 자세히 바라보았다. 균형이 잘 잡히고 활동적인 몸매의 섬세한 선을 살피면서, 그는 고결한 결의를 세운 인간의 능력이 그처럼 혹독한 시련을 겪어 낼 수 있다면, 전자의 그 젊은 포로의 위험한 질주 속 성공을 기대할 수도 있을 것이라고 믿어 보기로 노력했다. 그는 그 광경에 대한 관심이 너무나 강해 숨도 제대로 쉴 수 없는 상태에서 휴런들이 모인 사이로 불식간에 다가갔다. 바로 그때 고함 소리가 들려왔고, 전보다 훨씬 더 요란한 비명이 터져 나오며 짧은 정적이 깨졌다. 두 희생자 중 고개를 숙이고 있던 자는 계속 움직이지 않았다. 하지만 다른 하나는 그 소리에 사슴처럼 힘차고 빠르게 뛰어올랐다. 예상대로 늘어서 있는 적들에게 달려드는 대신 그는 위험한 종대로 들어가더니 미처 일격을 가할 새도 없이 아이들의 머리 위를 건너뛰어 순식간에 바깥쪽의 더 안전한 입지를 차지했다. 이 기술은 모인 이들의 시끄러운 저주를 맞이했고, 흥분한 사람들 전부가 질서를 깨뜨리고 마구잡이로 흩어졌다.

여남은 개의 장작더미가 그곳을 밝게 비추었고, 마치 사악한 악마들이 잔인무도한 의식을 위해 모인, 부정하고 초자연적인 경기장의 형국이 되었다. 이승의 존재가 아닌 것처럼 보이는 형체들이 눈앞에 기어다녔고, 뜻을 알 수 없는 미치광이 같은 몸짓이 허공을 갈랐다. 불길보다 뜨거운 야만인들의 흥분은, 불길이 비추는 그들의 번득이는 표정만 보아도 무시무시할 정도로 분명했다.

이처럼 앙심을 품은 적들이 모여 있는 가운데, 도망자에게는 숨 쉴 틈도 허락되지 않았다. 그가 숲에 닿았을 것 같은 짧은 순간, 체포자들은 모두 달려 나가더니 그를 다시 가차 없는 가해자들 가운데로 몰고 왔다. 그는 다시 사슴처럼 휙 돌더니 화살처럼 빠르게 불길 기둥을 뚫고 그들 사이를 무사히 지나 빈터 맞은편에 나타났다. 거기에서도 나이 많고 교활한 휴런 몇 명과 마주쳤다. 그는 다시 한 번 다수의 무지 속에서 안위를 구하듯 사람들 사이로 뛰어들었고 잠시 시간이 지났는데, 그동안 덩컨은 그 활달하고 용감한 젊은이가 달아났다고 믿었다.

인간들의 형상이 검은 덩어리가 되어 말로 형언할 수 없는 혼란 속에 엎치락뒤치락하는 것 이외에는 아무것도 알아볼 수 없었다. 팔들, 번득이는 칼들, 무시무시한 몽둥이들이 보였지만 공격은 마구잡이로 이루어지는 것 같았다. 여자들의 귀를 찢는 비명과 전사들의 맹렬한 고함 소리의 무시무시한 효과는 한층 커졌다. 덩컨은 이따금 언뜻언뜻 가벼운 몸뚱이가 필사적으로 뛰어올라 허공을 가르는 모습을 보았으며, 그 포로가 여전히 놀라운 활력을 유지하고 있기를 믿기보다는 간절히 바랐다. 갑자기 인디언들이 뒤로 물러나더니 덩컨이 서 있는 자리로 다가왔고, 뒤쪽에 있던 사람들이 앞쪽의 여자들과 아이들을 밀어 쓰러뜨렸다. 혼란 속에서 그 이방인은 다시 나타났다. 그러나 인간의 힘은 그처럼 혹독한 시련을 더 이상 견딜 수 없었다. 포로도 그 사실을 의식하고 있었다. 그는 잠시 사람들 사이가 벌어진 틈을 타 전사들 사이에서 달려 나와 숲으로 달아나려는 필사적인, 그리고 덩컨이 보기에는 최후의 시도를 감행했다. 도망자는 덩컨에게서는 아무런 위험도 감지하지 않은 듯 달아나며 그의 몸에 부딪치다시피 했다. 힘을 아끼고 있던 키가 훤칠하고 강한 휴런 하나가 그를 바짝 따라 달리더니 팔을 들어 치명타를 가했다. 덩컨은 한 발자국 앞으로 나아갔고, 그 충격에 달리던 야만인은 잡으려는 포로보다 몇 발자국이나 앞으로 튕겨 나가 쓰러졌다. 포로는 생각보다 더 빠른 행동으로 이 기회를 포착했다. 그는 덩컨의 눈앞에서 유성처럼 빠르게 돌아섰다. 그다음 순간 덩컨이 정신을 차리고 포로가 어디 있는지 둘러보니 그는 중앙 오두막 문 앞에 서 있는 작은 기둥에 조용히 기대어 있었다.

그의 도주에서 자신이 기여한 바로 인해 치명적인 타격을 입게 될까 두려워진 덩컨은 지체 없이 그곳에서 피했다. 그는 처형에 실망한 여느 군중처럼 우울하고 부루퉁한 표정으로 오두막으로 다가가는 사람들을 뒤따랐다. 호기심, 혹은 그보다는 더 훌륭한 감정에서 그는 이방인에게 다가갔다. 포로는 보호가 되어 주는 기둥에 한쪽 팔을 얹고, 숨을 헉헉거리며 몰아쉬었지만, 힘들어하는 기색은 조금도 드러나지 않았다. 부족이 회의를 통해 그 운명을 정할 때까지, 그의 신변은 보호받게 되었다. 하지만 그곳에 모인 자들의 감정에서 짐작한다면 그 결과를 예측하기란 어렵지 않았다.

공격을 피하는 데 성공한 이방인에게 여인들은 실망감을 드러내며 휴런에게 알려진 욕설이란 욕설은 모두 퍼부었다. 그들은 그의 노력을 모욕하고, 그의 발이 손보다 나으며, 활이나 칼을 쓸 줄 모르는 대신 날개가 필요할 거라고 비아냥거렸다. 이 모든 소리에 포로는 대꾸하지 않았다. 그는 위엄과 경멸을 뒤섞은 태도를 견지하는 것으로 만족했다. 공격을 피해 낸 그의 운만큼이나 평온한 태도에 분개한 그들의 말은 알아들을 수 없는 소리가 되더니, 귀를 찢는 비명 소리로 이어졌다. 바로 그때, 모닥불을 붙이던 교활한 여자가 무리를 헤치고 나오더니 포로 앞에 자리를 잡았다. 늙고 쪼그라진 그 할멈은 인간의 잔꾀를 뛰어넘는 교활함을 지녔음이 분명했다. 가벼운 옷을 뒤로 젖힌 그녀는 길고 앙상한 팔을 뻗더니, 그 조롱의 대상이 더 잘 알아들을 수 있는 레나페 언어로 이렇게 외쳤다.

「봐라, 이 델라웨어!」 노파는 그의 면전에 삿대질을 하며 말했다. 「네 족속은 계집들뿐이고, 네 손에는 총보다는 호미가 더 잘 어울린다! 네 계집들은 사슴의 어미들이다. 하지만 너희들 가운데 곰이나 살쾡이, 뱀이 태어난다면 네놈들은 달아날 게다! 휴런의 여자들이 너희에게 속치마를 만들어 주고,

남편감도 찾아 주마.」

 이 공격에 야만스러운 웃음이 터져 나왔는데, 젊은 여자들의 부드럽고 음악적인 웃음소리가 늙고 적대적인 할멈의 갈라진 목소리와 희한하게 어울렸다. 이방인은 이런 도발에 흔들리지 않았다. 머리는 꿈쩍하지 않았고, 오만한 그의 눈이 이 광경을 말없이 무뚝뚝하게 바라보는 전사들 쪽으로 움직일 때를 제외하면 여자들의 존재를 의식하는 기색도 없었다.

 포로의 자제심에 분이 난 노파는 손을 허리에 대고 무시하는 자세로, 본 작가의 글재주로는 제대로 전달할 수 없는 소리를 새로이 쏟아부어 댔다. 하지만 그 도발은 허사였다. 그 부족에서는 욕설의 대가로 유명한 그녀가 입에 거품을 물고 분을 내며 몰아붙였음에도, 이방인은 근육 하나 꼼짝하지 않았기 때문이다. 그의 무관심은 다른 구경꾼들에게도 옮아가기 시작했다. 아이에서 갓 성년이 된 청년 하나는 희생자 앞에서 손도끼를 휘두르고, 그 여자의 모욕에 공허한 허세를 덧붙여 도와 보았다. 그러자 포로는 불쪽으로 고개를 돌리더니 그 풋내기를 쳐다보았는데, 경멸보다는 우월한 종류의 감정을 드러내는 표정이었다. 그러고는 다시 조용히 기둥에 기대 있는 태도로 돌아갔다. 그렇게 자세를 바꾸는 사이, 덩컨은 상대를 꿰뚫어 보는 웅카스의 확고한 시선과 마주할 수 있었다.

 놀라 숨이 막히고, 친구의 위기에 마음이 초조해진 헤이워드는 그 표정에 몸을 움츠렸는데 이유는 알 수 없지만 그 표정이 포로의 최후를 재촉할까 봐 몸을 떨었다. 하지만 그런 우려를 할 까닭은 없었다. 바로 그때 분노한 무리 속으로 한 전사가 들어왔다. 근엄한 몸짓으로 여자들과 아이들에게 비키라고 지시한 그는 웅카스의 팔을 잡고 평의회 오두막 문쪽으로 다가갔다. 추장들과 가장 뛰어난 전사들도 따라갔고,

불안한 헤이워드도 위험한 관심을 끌지 않고서 그 사이에 껴들 수 있었다.

참석한 이들이 그 지위와 부족 내 영향력에 따라 배석하는 데 몇 분이 걸렸다. 이전의 문답 때에서와 매우 비슷한 순서로, 연장자와 지위 높은 추장들이 넓은 방의 횃불이 환하게 비추는 자리를 차지했고, 나이가 어리고 지위가 낮은 이들은 뒤쪽에 자리를 잡고서 칠을 한 검은 얼굴의 윤곽선을 드러내 보였다. 오두막 한가운데, 별 한두 개가 반짝이는 것이 보이는 구멍 바로 아래 웅카스가 차분하면서도 고상하고 침착한 모습으로 서 있었다. 그를 사로잡은 이들도 그의 당당하고도 오만한 태도를 놓치지 않았고, 그들은 확고한 목적의식을 잃지 않으면서도 그 낯선 이방인의 대담함을 우러러보는 눈빛을 자주 던졌다.

덩컨이 지켜보는 가운데 그의 친구 웅카스와 함께 나서서 필사적으로 속도를 겨루었던 그 인물의 경우는 달랐다. 그는 그 요란한 야단법석이 벌어지는 내내 추적에 가담하지 않고서 수치와 치욕을 드러내는 표정으로 조각상처럼 버티고 서 있었다. 그를 반기는 손 하나 없고, 그의 움직임을 주시하는 눈 하나 없었지만 마치 운명에 쫓기는 사람처럼, 그리고 그 운명에 저항하지도 않는 사람처럼 그 역시 오두막으로 들어왔다. 헤이워드는 내심 그 역시 아는 사람이 아닐까 하는 심정으로 기회가 생기자마자 그의 얼굴을 보았지만, 낯선 사람의 얼굴이었고, 더욱 알 수 없는 점은 휴런 전사의 모든 특징을 갖고 있다는 것이었다. 그러나 부족과 섞이지 않고 홀로 따로 앉아 있었으며 가급적 작은 공간만 차지하고 싶은 듯 비굴하게 몸을 움츠리고 있었다. 사람들 모두가 저마다 제자리를 잡고 조용해지자, 앞서 독자 여러분께 소개한 잿빛 머리카락의 추장이 레니 레나페의 언어로 소리 높여 말했다.

「델라웨어여, 계집 족속의 일원이지만 자네는 남자임을 증명했다. 자네에게 식량을 주겠으나, 휴런과 함께 먹고 자는 친구가 되어야 한다. 내일 아침, 마지막으로 이야기를 할 때까지 편히 쉬어라.」

「이레 일 밤낮 동안 휴런의 뒤를 밟느라 굶고 지냈소.」 웅카스가 냉랭하게 대답했다. 「레나페의 자손은 먹느라 늑장을 부리지 않고 바른 길을 밟는 법을 알고 있소.」

「내 젊은이 둘이 자네 동료를 쫓고 있다.」 잘난 체하는 포로의 말을 못들은 척, 추장이 다시 말했다. 「그들이 돌아오면 우리의 현자들이 자네에게 말할 것이다. 살 것인지, 죽을 것인지.」

「휴런에겐 귀가 없나?」 웅카스가 경멸하는 어조로 외쳤다. 「당신들에게 잡힌 뒤, 이 델라웨어는 귀에 익은 총성을 두 차례 들었소! 당신들의 젊은이들은 돌아오지 않을 거요.」

이 대담한 단언에 잠시 침울한 정적이 이어졌다. 모히칸이 척후병의 무서운 장총을 가리켜 한 말임을 이해한 덩컨은 몸을 앞으로 내밀고서 정복자들이 어떤 표정을 짓고 있는지 살폈다. 하지만 추장은 이렇게 비꼬는 것으로 만족했다.

「레나페가 그렇게 솜씨가 좋다면, 가장 용감한 전사 하나가 여기 잡힌 이유가 뭔가?」

「달아난 비겁자의 뒤를 밟다가 덫에 걸린 거요. 약은 비버도 잡힐 수는 있는 법이니!」

웅카스는 이렇게 대답하면서 따로 떨어져 서 있는 휴런을 손가락으로 가리켰지만, 그 이상은 그처럼 비열한 대상을 아는 척하지 않았다. 그 대답과 웅카스의 태도에, 듣고 있던 이들은 요란하게 웅성거렸다. 그의 짧은 손가락질이 가리킨 인간을 향해 모두의 못마땅한 눈빛이 꽂혔고, 무리 사이에서 나지막하게 위협적으로 중얼거리는 소리가 들려왔다. 그 불길한 소리가 바깥문까지 닿자 여자들과 아이들이 무리로 밀고 들어왔고, 어깨와 어깨 사이에 빈틈 하나 없이 호기심 가득한 인간의 검은 얼굴로 가득 차게 되었다.

그사이, 가운데 앉아 있던 나이 많은 추장들이 짤막짤막 끊어지는 문장으로 서로 이야기를 나누었다. 말하는 사람의 뜻을 간결하고 강력하게 전달하지 않는 말은 한 마디도 없었다. 다시 한 번 길고 엄숙한 침묵이 자리 잡았다. 참석한 모든 이들은 그것이 중대한 판결을 예고하는 엄숙한 전조임을 알고 있었다. 바깥쪽을 에워싼 이들은 제대로 보려고 발뒤꿈치를 들고 서 있었다. 죄인조차도 깊은 감정에 빠져 수치심을 잊고서 모여 있는 추장들을 향해 불안하고 심란한 눈빛을 던지며 절망한 표정을 드러냈다. 한참 만에 자주 거론되었던 나이 많은 전사가 입을 열어 침묵을 깨뜨렸다. 그는 땅바닥에서 일어나더니 꼼짝 않는 웅카스를 지나쳐서 근엄한 태도로 죄인 앞에 자리를 잡았다. 그 순간, 앞서 말한 노파가 횃불을 들고 천천히 춤을 추듯 원 가운데로 들어오면서 주문 같은 알아들을 수 없는 소리를 중얼거렸다. 노파의 존재는 완전히 침입자인 셈이었지만, 아무도 막지 않았다.

노파는 웅카스에게 다가가면서 그의 모습과 그의 얼굴에 떠오른 아주 작은 표정까지도 모두 드러낼 기세로 횃불을 들고 있었다. 모히칸은 꿋꿋하고 오만한 태도를 유지했다. 그의 눈은 호기심 어린 노파의 표정을 마주하기는커녕, 시야를 가로막는 장애물을 꿰뚫고 장차 앞날을 내다보듯 가만히 먼 곳을 응시했다. 노파는 살펴본 것에 만족했는지, 살짝 기쁜 표정을 지으며 돌아섰고, 자기 부족의 죄인에게도 똑같은 실험을 할 생각이었다.

휴런 청년은 전쟁을 위해 몸에 칠을 하고 있었고, 옷가지는 거의 걸치지 않고 있었으며 보기 좋은 몸매를 지녔다. 그 불빛에 사지와 관절이 모두 드러났고, 덩컨은 그것들이 억누를 수 없는 고통에 꿈틀거리는 것을 보고서 두려움에 질려 돌아섰다. 노파가 그 가련하고 수치스러운 광경을 보고 낮은 비명을 지르자, 추장이 손을 뻗어 그녀를 부드럽게 밀어냈다.

「구부러지는 갈대여.」 그는 젊은 죄인의 이름을 부르고는 그들의 언어로 이렇게 말했다. 「위대한 영혼이 너를 보기 좋게 만들어 주셨지만, 너는 태어나지 않는 편이 나았겠다. 네 혀는 마을에서는 요란하지만 전장에서는 조용하다. 내 젊은 이들 중에 너보다 도끼를 말뚝에 더 깊이 박는 이는 없다. 하지만 영국인들에게 도끼를 그렇게 가볍게 던지는 이도 없다. 적은 네 등짝만 보았지 네 눈을 바라본 적이 없다. 그들이 세 차례나 너를 불렀지만, 너는 매번 응하지 않았다. 네 이름은 네 부족의 입에 다시 오르지 않을 것이다. 이미 네 이름은 잊혔다.」

추장이 간결한 문장을 천천히 말하는 동안 죄인은 상대의 지위와 나이에 대한 경의의 표시로 고개를 들었다. 그 표정에서는 수치와 공포, 자존심이 드러났다. 내면의 고민으로 수축된 그의 눈이 명예를 목숨처럼 여기는 이들을 둘러보았고, 한순간 자존심이 기선을 제압했다. 그는 일어나더니 가슴을 드러내고는 냉혹한 판관이 이미 내밀고 있던 번득이는 칼을 가만히 쳐다보았다. 그 무기가 서서히 그의 가슴을 찌르는 동안, 그는 마치 죽음이 예상만큼 무섭지 않다는 사실에 기쁜 듯 미소를 짓더니 웅카스의 단호하고 꿋꿋한 발치에 무겁게 쓰러졌다.

노파는 요란한 고함을 지르며 횃불을 땅에 내리쳐 사방을 어둠에 묻었다. 구경꾼들이 모두 몸을 떨며 오두막에서 밀려 나갔고, 덩컨은 자신과 아직 발작하고 있는 인디언 재판의 희생자만이 그곳에 남은 모양이라고 생각했다.

24

현자는 이렇게 말했다. 왕들은 지체 없이
평의회를 해산시키고, 그 우두머리는 따르라.

포프, 「일리아드」 제2권 107~108행

순간, 젊은이는 착각했음을 깨달았다. 손 하나가 그의 팔을 강하게 잡았고, 웅카스의 나지막한 목소리가 귓전에 들려왔다.

「휴런족은 개 같은 자들입니다! 비겁자의 피를 보았다고 전사가 떠는 법은 없습니다. 〈잿빛 머리〉와 추장은 안전하고, 호크아이의 총은 잠들지 않습니다. 가시오. 웅카스와 〈펼친 손〉은 이제 모르는 사람들입니다. 그걸로 충분합니다.」 헤이워드는 좀 더 그의 말을 듣고 싶었지만, 친구가 문 쪽으로 부드럽게 밀며 두 사람의 대화가 발각되면 위험할 것이라고 주의를 주었다. 필요에 의해 내키지 않는 마음으로 서서히 굴복한 그는 그곳을 떠나 근처에 돌아다니는 무리와 섞였다. 빈터에서 잦아들고 있는 모닥불이 조용히 돌아다니는 어두운 인물의 형체에 희미한 빛을 드리웠다. 그리고 이따금, 더 밝은 빛이 오두막 안을 비추면 휴런의 시체 옆에서 여전히 꼿꼿이 자리 잡고 있는 웅카스의 모습이 보였다.

일단의 전사들이 곧 그곳에 다시 들어가더니, 시신을 메고 나와 근처의 숲으로 들어갔다. 이렇게 소동이 일단락되고나자, 덩컨은 아무런 관심도 받지 않은 채 오두막 사이를 돌아다니며 위험을 무릅쓰고 찾으러 온 그녀의 흔적을 찾고자 애썼다. 동료들과 다시 만나고 싶었다면 지금 상황에서 쉽게 달아날 수 있었을 것이다. 하지만 앨리스에 대한 끊임없는 불안에 더해, 거기 비해 약하기는 하지만 웅카스의 운명에 대한 관심도 새롭게 생겨나는 바람에 덩컨은 그 자리를 떠날 수 없었다. 그는 오두막 이곳저곳을 돌아다녔고 실망감을 느끼면서 마을 한 바퀴를 다 돌았다. 아무 소용 없는 질문을 그만두고, 평의회 오두막으로 돌아가 데이비드를 찾아 질문을 하여 앨리스의 행방에 대한 의문을 해결하기로 결심했다.

평의회 오두막으로 가기 위해 판사의 자리와 처형 장소였던 곳을 지나가던 그는 흥분이 이미 가라앉았음을 알게 되었다. 다시 제자리를 차지한 전사들은 고요히 담배를 피우고 있었고, 최근 호리칸 호수의 수원 쪽으로 원정을 다녀오던 중 겪은 중요한 사건 이야기를 주고받고 있었다. 덩컨이 돌아온 것을 본 그들은 그의 정체와 그가 찾아온 의심스러운 상황을 기억해 낼 법도 했지만 눈에 띄는 변화는 없었다. 그때로서는 좀 전에 일어났던 무시무시한 사건이 덩컨에게 유리하게 작용했고, 그처럼 예상치 못했던 사건의 혜택을 입은 것이 다행이라 여기기도 어렵지 않았다.

그는 망설이는 내색 없이 오두막으로 걸어 들어가 주인들의 태도와 어울리도록 엄숙하게 자리를 잡았다. 재빨리 눈길을 돌려 찾아보니 웅카스는 여전히 그 자리에 남아 있었지만 데이비드는 다시 나타나지 않았음을 알 수 있었다. 웅카스에 대해서는, 젊은 휴런 청년 하나가 손 닿는 곳에 앉아 주시하는 것 이외에는 아무런 구속도 없었다. 좁은 문 한쪽에 해당하는 기둥에 무기를 든 전사 하나가 기대고 서 있기는 했지만 말이다. 그것을 제외하면 어느 모로 보나 포로는 자유로운 것 같았다. 하지만 대화에 참여할 수 없었고, 생명과 의지를 지닌 사람이라기보다는 섬세하게 지은 조각상 같은 태도를 취하고 있었다.

헤이워드는 바로 직전 그의 주위를 에워싼 사람들이 무시무시한 형벌을 내리는 것을 직접 보았으므로 주제넘게 나서서 위험을 자초할 생각은 없었다. 그의 진짜 정체가 밝혀지는 순간 죽음을 맞게 될지도 모르는 상황에서 그는 말하기보다는 입을 다물고 사색에 잠겨 있는 편을 택했다. 이처럼 현명한 결심에도 불구하고 그를 맞이한 주인들의 생각은 다른 모양이었다. 그가 조금 그늘진 곳에 자리를 잡은 지 얼마 지나지 않아 프랑스어를 쓰는 나이 든 전사 하나가 이렇게 말을 걸어 왔다.

「나의 캐나다 아버지는 자식을 잊지 않는다!」 추장이 말했다. 「나는 그에게 감사한다. 내 젊은이 가운데 하나의 아내에게 악령이 들었는데, 솜씨 좋은 이방인이 그를 쫓아낼 수 있는가?」

헤이워드는 그런 경우 인디언들 사이에서 실시하는 의식을 약간은 알고 있었다. 그는 이 상황이 자신의 목적을 이루는 데 도움이 될 수도 있음을 바로 파악했다. 하지만 바로 자신이 원하는 대답을 요구하는 제안을 입 밖에 내기는 어려웠다. 자신이 맡은 가상의 인물의 위엄을 유지해야 함을 알기에, 감정을 억누르고서 알기 어려운 말을 적당히 섞어 대답했다.

「영혼에도 차이가 있습니다. 지혜의 힘에 굴복하는 것이 있는가 하면, 지나치게 센 것들도 있습니다.」

「내 형제는 위대한 치료사다!」 약삭빠른 야만인이 말했다. 「시도해 보겠는가?」

헤이워드는 동의의 손짓으로 대답했다. 휴런은 그 다짐에 만족해 다시 담배를 피우기 시작했고, 움직일 적기를 기다리고 있었다. 초조해진 헤이워드는 그처럼 겉모습을 위해 많은 것을 희생하는 야만인들의 냉혹한 관습을 내심 저주하면서 추장과 마찬가지로 무관심한 태도를 유지하고 있었다. 사실, 추장은 고통당하고 있는 여인의 가까운 친척이었다. 몇 분이 느리게 흘러갔고, 경험주의를 신봉하는 모험가가 그 단 몇 분을 한 시간 같다고 느낄 때 휴런은 담뱃대를 내려놓더니 병자의 오두막으로 안내하려는 듯 옷을 양쪽으로 걷어 올렸다. 바로 그때, 강인한 체격을 한 어느 전사가 문을 가로막더니 모인 이들 사이로 조용히 걸어 들어와 덩컨을 가려 주던 나지막한 덤불 끝에 앉았다. 덩컨은 초조한 마음으로 곁에 앉은 이를 쳐다보았는데, 자신이 마구아의 바로 곁에 앉아 있음을 깨닫고는 주체할 수 없는 공포에 소름이 돋는 것을 느꼈다.

이 솜씨 좋고 무시무시한 추장의 갑작스러운 귀환이 휴런의 출발을 지연시켰다. 불을 껐던 담뱃대 서너 개에 불이 다시 붙었다. 그 사이 새로 들어온 자는 말 한 마디 없이 손도끼를 허리춤에서 꺼내 놓은 뒤 담뱃대를 채우고 나서 관을 통해 그 연기를 들이마시기 시작했고, 마치 이틀 동안이나 힘겨운 사냥을 나간 적이 없는 양 무관심한 표정이었다. 덩컨에게는 이 10분이 마치 10년처럼 느껴졌다. 전사들은 아무 말 없이 흰 연기에 휩싸여 있었다.

「잘 오셨소!」 마침내 한 사람이 말을 꺼냈다. 「친구께서는 사슴을 찾았소?」

「젊은이들이 제 짐을 못 이겨 비틀거리더군요.」 마구아가 대답했다. 「〈구부러지는 갈대〉에게 사냥 길을 따라가 보라고 하십시오. 사슴들을 만날 테니.」

금지된 이름이 발설되자 깊고 두려운 침묵이 이어졌다. 불순한 연기를 동시에 마신 것처럼 모두의 입에서 담뱃대가 떨어졌다. 연기가 작은 소용돌이를 이루며 그들 머리 위로 피어

올라서는 오두막 지붕에 난 구멍을 통해 빠르게 흘러나갔고, 그 아래에서는 연기가 사라지자 검은 얼굴이 모두 또렷이 보였다. 전사들의 눈길은 대부분 바닥을 향하고 있었다. 하지만 몇몇 재능이 부족한 젊은 자들은 가장 존경받는 추장 두 명 사이에 앉아 있는 흰 머리의 인디언 쪽으로 번득이는 눈알을 굴렸다. 이 인디언의 태도나 옷차림에는 눈에 띌 만한 점이 없었다. 단지 원주민의 태도치고는 좀 우울한 표정이었다. 주위 사람들과 마찬가지로, 그도 1분 이상 시선을 땅에 내리깔고 있었다. 하지만 그는 마침내 주위를 흘깃 살펴보고는 모두의 시선을 받고 있음을 알아차렸다. 그러자 그는 일어나 주위의 적막 속에서 목청을 올렸다.

「거짓말이오!」 그가 말했다. 「내겐 아들이 없소! 그렇게 불린 자는 잊어버렸소. 그의 피는 희고, 휴런의 핏줄에서 나온 것이 아니었단 말이오. 그 사악한 치페와족이 내 여자를 속여 낳게 한 자였소! 대령(大靈)께서는 위센터시의 가족이 망할 거라 하셨소. 그의 종족의 악행이 그와 함께 죽는다는 사실을 아는 자는 행복할 거요! 이제 마쳤소.」

비겁한 인디언 청년의 아버지였던 그는 청중의 눈빛에서 자신의 극기심을 칭찬하는 기색을 찾기라도 하는 듯 주위를 둘러보았다. 하지만 그 부족의 엄격한 관습은 그 약한 노인에게 너무 지나친 것을 요구했다. 그의 눈빛은 길고 당당한 그의 웅변과 맞지 않았고, 주름진 얼굴의 모든 근육은 고통으로 일그러지고 있었다. 씁쓰름한 승리를 즐기기 위해 잠시 서 있던 그는 모두의 시선에 속이 뒤집히는 듯 돌아서더니 담요로 얼굴을 가리고서 오두막에서 나갔다. 인디언의 소리 없는 걸음걸이로 그는 자신과 같은 처지의 늙고 처량하고 자식 없는 이의 동정을 구하러 갔다.

성품의 장단점은 대대로 물려받는 것이라고 믿는 인디언들은 말없이 그가 떠나도록 두었다. 추장들은 청년들이 방금 목격한 나약함으로부터 관심을 거두어들이도록, 보다 교양 있는 이들이 본받을 만한 품위 있는 태도와 밝은 목소리로 새로 온 마구아에게 말했다.

「델라웨어들이 꿀통을 쫓는 곰처럼 내 마을 주위를 어슬렁거리고 있소. 하지만 휴런이 잠드는 법은 없으니!」

천둥을 알리며 어둠을 드리운 구름도 이렇게 외치는 마구아의 이마보다 더 검지는 않았다.

「호수의 델라웨어가!」

「아니오. 저들의 강에서 아녀자의 치마를 입는 자들 말이오. 그중 하나가 이곳을 지나가고 있었소.」

「내 청년들이 그의 머리 가죽을 벗겼소?」

「그의 다리는 튼튼했지만, 팔은 손도끼보다는 호미가 어울렸소.」 추장은 꼼짝 않는 웅카스의 모습을 가리키며 말했다.

마구아는 증오할 이유가 그토록 많은 민족의 포로가 누군지 보기 위해 여자처럼 호기심을 드러내는 대신 당장 잔꾀나 말재주가 필요 없을 때면 그러하듯 사색에 잠긴 태도로 계속 담배를 피웠다. 죽은 청년의 늙은 아버지가 전한 사실에 내심 놀랐으면서도, 그는 보다 적절한 때를 노려 아무 질문도 하지 않았다. 충분한 간격을 둔 후에야 그는 담뱃대에서 재를 떨어내고 손도끼를 허리춤에 끼우고 쥔 다음, 처음으로 뒤에 서 있던 죄수 쪽으로 눈길을 던졌다. 멍하니 서 있는 것처럼 보이지만 경계심을 늦추지 않았던 웅카스는 그 움직임을 알아차리고 불쑥 빛이 나는 쪽으로 돌아섰고, 두 사람의 시선이 마주쳤다. 근 1분 가까이 이 대담하고 용맹한 둘의 영혼이 서로를 가만히 응시하며 서 있었고, 둘 다 마주한 매서운 시선에 조금도 위축되지 않았다. 웅카스의 몸은 더욱 커졌고 궁지에 몰린 호랑이처럼 콧구멍을 벌름거렸다. 그의 자세는 너무나 뻣뻣하고 단호해서 부족의 호전적인 신을 그려 낸 섬세하고 완벽한 조각상으로 바뀐 것처럼 느껴지기도 했다. 꿈틀거리는 마구아의 표정이 더 유순하게 느껴졌다. 그 표정에서 차츰 반항의 빛이 사라지는 대신 사악한 기쁨이 자리 잡았고, 폐부 깊은 곳으로부터 숨을 내쉬며 큰 소리로 외쳤다.

「르 세르 아질!」

그 유명한 별명이 나오자 전사는 모두 벌떡 일어났고, 본심을 드러내지 않는 원주민들에게서 놀란 기색이 역력히 드러나는 짧은 순간이 있었다. 증오와 존경을 동시에 받는 그 이름을 모두가 한목소리로 되풀이했고, 그 소리는 오두막 바깥까지 퍼져 나갔다. 입구 주위에 있던 여자들과 아이들도 메아리치듯 그 말을 따라 외쳤고, 새되고 구슬픈 고함 소리가 이어졌다. 그 소리가 아직 끝나지 않았을 때, 남자들 사이의 흥분이 완전히 가라앉았다. 참석한 모두가 경솔한 태도가 부끄러운 듯 앉았지만, 그들의 호기심 가득한 눈초리가 자기 부족 가운데 가장 훌륭하고 당당한 전사를 상대로 용맹을 증명해 온 포로를 살피기를 멈추기까지는 한참 더 걸렸다.

웅카스는 승리를 즐겼지만, 시대와 민족을 막론하고 경멸의 상징으로 통하는 조용한 미소로 승리감을 드러내는 데 만족했다. 마구아는 그 표정을 알아보고 팔을 들어 포로를 향해 흔들었다. 그의 팔찌에 달려 있던 가벼운 은장식이 흔들렸고, 그는 복수심에 불타는 어조의 영어로 외쳤다.

「모히칸, 죽어라!」

「치유의 강물도 죽은 휴런을 되살리진 못할 거다!」 웅카스가 노랫소리 같은 델라웨어 말로 되받아쳤다. 「거친 강물이 그들의 뼈를 씻어 갔으니! 그들의 사내들은 계집 같다. 계집들은 울어 대고. 가라. 휴런의 개들을 모아 와서 전사를 구경시켜라. 냄새가 역겹다. 비겁자의 피 냄새가 풍기니!」

마지막 말은 깊은 상처를 남겼고, 쉽게 낫지 않았다. 휴런 가운데 포로가 말하는 이방의 말을 이해하는 이들이 많았으며, 그중 하나가 마구아였다. 이 약삭빠른 야만인은 가만히 쳐다보더니 금세 자신이 점한 우위를 알아차렸다. 어깨에 걸쳤던 가벼운 가죽옷을 벗은 그는 팔을 뻗어 위험하지만 기교로 가득한 웅변을 시작했다. 그가 이따금 보이는 약한 모습과 부족을 떠났다는 사실로 인해 부족 사람들에게 미치는 영향력이 줄기는 했지만, 그 용기와 웅변가로서의 명성은 무시할 수 없었다. 그는 청중 없이는 말하는 법이 없었고, 그의 의견을 좇아 뜻을 바꾸는 사람들이 반드시 생겼다. 그가 타고난 능력은 복수심에 더욱 자극을 받았다.

그는 글렌 섬에서 있었던 공격을 다시 늘어놓았다. 그의 부하들의 죽음, 가장 위험한 적의 탈출. 그는 자신의 수중에 들어온 포로들을 끌고 간 산의 생김새와 위치를 설명했다. 그 처녀들에 대해 그가 품었던 잔인한 의도와 그의 악의에 대해서는 언급하지 않고 〈라 롱그 카라빈〉 일당의 급습과 그 사태의 파국으로 재빨리 넘어갔다. 여기서 그는 말을 멈추고 죽은 자들을 추모하는 척했지만 사실은 자신이 시작한 이야기가 미친 효과를 확인하기 위함이었다. 여느 때와 마찬가지로 모두의 시선이 그에게 꽂혀 있었다. 모두가 꼼짝 없이 주의를 집중하고 있어서 마치 숨 쉬는 조각상처럼 보였다.

마구아는 그때까지 또렷하고 강렬하고 높았던 목소리를 낮추고, 죽은 자들의 장점을 나열했다. 인디언의 공감을 살 만한 자질은 하나도 빼놓지 않았다. 하나는 추적에서 실패하는 법이 없었다고 말했다. 또 하나는 적을 추적하는 동안 지치는 법이 없었다고 말했다. 한 명은 용감했고, 또 한 명은 관대했다고 말했다. 간단히 말해 그는 암시를 잘 활용해 얼마 안 되는 민족 모두의 심금을 울리고 마음을 공명시키고자 했다.

「내 젊은이들의 유골이 휴런의 무덤에 있소? 그렇지 않다는 걸 알 것이오. 그들의 영혼은 해가 지는 곳으로 떠났고, 이미 드넓은 강을 지나 행복한 사냥터에 도착했소. 하지만 그들은 먹을 것도, 총이나 칼도, 가죽신도 없이 태어날 때처럼 헐벗고 가난한 상태로 떠났소. 이것이 옳은 일이오? 그들이 죽은 뒤 그 영혼이 굶주린 이로쿼이나 사내답지 못한 델라웨어처럼 의로운 자들의 땅에 들어갈 것이오? 아니면, 그들이 손에는 무기를 들고, 몸에는 옷을 걸치고 친구들을 만날 것이오? 우리 조상들께서 와이언도트족의 꼴을 보고 무엇이라 생각하겠소? 조상들은 그 자손들을 못마땅한 눈으로 바라보며 떠나라고 할 것이오. 치페와족의 한 사람이 여기 휴런의 이름을 가지고 왔소. 형제들이여, 우리는 죽은 자들을 잊어서는 안 되오. 인디언은 기억하기를 멈추는 법이 없소. 우리는 이 모히칸의 어깨에 그가 비틀거릴 때까지 짐을 지우고, 우리의 젊은이들의 뒤를 따라 보내야 하오. 그들은 우리에게 도움을 청하고 있소. 비록 우리 귀에 들리지 않아도 그들은 잊지 말아 달라고 말하고 있소. 이 모히칸의 영혼이 짐을 지고 고생하는 것을 보면 그들은 우리의 마음을 알게 될 것이오. 그러면 그들은 행복하게 지낼 것이오. 그리고 우리 자식들은 〈우리 아버지들이 친구에게 했듯이, 우리도 그렇게 해야 한다〉고 말할 것이오. 양키가 무엇이오! 우리가 많은 양키를 죽였지만 아직도 이 땅은 창백한 낯빛으로 가득하오. 휴런의 이름을 더럽힌 오점은 인디언의 핏줄에서 나온 피로만 감출 수 있소. 이 델라웨어 놈을 죽게 합시다.」

웅변가의 강렬한 언어와 단호한 어조로 전달된 이 연설의 효과는 너무나도 분명했다. 마구아는 청중의 타고난 연민과 종교적인 미신을 교묘하게 뒤섞었고, 이미 관습에 따라 자기 동족의 영혼을 달래기 위해 희생자를 만들 준비를 갖춘 인디언들의 마음은 복수심에 불타 인간성을 흔적도 없이 상실하고 말았다. 특히 거칠고 흉포한 모습을 지닌 한 전사는 웅변가의 말에 눈에 띄게 관심을 기울였다. 매번 감정이 바뀔 때마다 표정이 바뀌더니 무서운 악의에 찬 표정이 되었다. 마구아가 말을 마치자 그는 일어나더니 악마의 고함을 질렀고, 갈고 닦아 놓은 작은 도끼를 머리 위로 던지는 것이 횃불 불빛에 언뜻 보였다. 그의 동작과 고함 소리가 너무나 갑작스러워 아무도 그 잔인한 의도를 막을 수 없었다. 그의 손에서 밝은 빛이 번득였고, 동시에 검고 강력한 선이 그것을 가로막는 것 같았다. 전자는 날아가는 손도끼였다. 후자는 그 명중을 막기 위해 튀어나간 마구아의 팔이었다. 추장의 빠르고 기민한 동작이 너무 늦은 것은 아니었다. 예리한 무기는 웅카스의 머리에 달려 있던 전쟁용 깃털을 자르고, 무시무시한 기계에서 쏘아올린 것처럼 오두막의 약한 벽을 뚫고 지나갔다.

덩컨은 그 위협적인 행동을 보고서, 친구를 위해 희생하겠다는 결의가 선, 심장이 튀어나올 것 같은 심정으로 벌떡 일어났다. 공격이 실패했음을 확인한 그의 공포는 존경심으로 바뀌었다. 웅카스는 감정보다 우월함을 드러내는 표정으로 적의 눈을 똑바로 쳐다보고 있었다. 대리석상도 이 갑작스럽고 악의적인 공격에 그가 취한 표정보다 더 냉정하고 침착하며 안정된 표정을 지을 수는 없을 것이다. 그러더니 마치 적수의 기술 부족을 불쌍히 여기듯, 웅카스는 미소를 지으며 자신의 언어로 경멸하는 말을 몇 마디 중얼거렸다.

「안 돼!」 마구아가 포로의 안전을 확인한 뒤 말했다. 「밝은 대낮에 놈의 수치를 밝혀야 하오. 놈의 살이 떨리는 것을 여자들이 보지 못하면 우리의 복수는 애들 장난이 될 것이오. 가시오, 놈을 적막한 곳으로 데려가시오. 델라웨어 놈이 다음 날 죽음을 앞두고 밤에 잘 수 있는지 두고 봅시다!」

포로를 지키는 임무를 맡았던 젊은이들은 곧바로 포로의 팔을 나무껍질로 묶더니 오두막에서 끌고 나가 깊고 불길한 적막이 감도는 곳으로 갔다. 열린 문 앞에 웅카스가 섰을 때, 비로소 그의 단호한 발걸음이 멈칫했다. 그는 돌아섰고, 주위에 둘러 선 적들을 훑어보는 오만한 눈초리로부터 희망을 완전히 버리지 않았음을 내비치는 그의 표정을 읽어 낸 덩컨은 반가운 마음을 느꼈다.

마구아는 성공에 만족했는지 아니면 내심 품고 있는 생각에 너무 몰두한 탓인지 의문이 들어도 더 깊이 캐묻지 않았다. 겉옷을 벗어 접어 끌어안은 뒤, 바로 곁에 있던 덩컨에게 큰 해를 가할 수도 있는 문제를 더 이상 고민하지 않은 채 그 자리를 떠났다. 점점 차오르는 증오심에도 불구하고, 타고난 굳은 결의와 웅카스를 염려하는 불안한 마음에 헤이워드는 그처럼 위험하고 간교한 적이 사라진 데 큰 안도감을 느꼈다. 연설이 일으킨 흥분은 차츰 가라앉았다. 전사들은 다시 제자리에 앉았고, 다시금 구름 같은 연기가 오두막을 채웠다. 근 30분가량 한 마디도 들리지 않았고, 곁눈질 한 차례도 없었다. 성급하게 행동하면서도 또한 자제심이 강한 그들 사이에서는 폭력과 동요가 지나가면 진지하게 명상에 잠겨 침묵하는 것이 보통이었다.

덩컨에게 도움을 요청했던 추장이 담배를 다 피우고 나더니 마침내 떠날 움직임을 보였다. 손가락 하나를 까닥여 의사로 보이는 자에게 따라오라는 신호를 했다. 덩컨은 연기구름 속을 헤치고 나갔고, 마침내 여름 저녁의 선선하고 상쾌한 공기를 마시게 되어 여러 모로 기뻤다.

헤이워드가 이미 뒤져 보았지만 실패한 오두막 사이로 가는 대신, 그의 동행은 옆으로 돌더니 임시 마을에 인접한 산기슭을 향해 곧장 나아갔다. 기슭에 잡목림이 에워싸고 있어서 구불구불하고 좁은 오솔길을 따라가야 했다. 소년들은 빈터에서 다시 장난치기 시작했고, 사냥 놀이를 했다. 사냥감을 최대한 사실적으로 만들기 위해, 아이들 중 가장 대담한 하나가 우듬지 더미에 다 타지 않은 장작 몇 개를 옮겨다 놓았다. 그 모닥불 가운데 하나가 밝게 빛나 추장과 덩컨의 길을 밝혀 주었고, 그 거친 곳을 더욱 황량하게 느끼도록 해주었다. 그들은 민둥민둥한 바위 하나로부터 조금 떨어진 입구에서 풀이 자라는 빈터로 들어가 그곳을 가로지르고자 했다. 바로 그때 모닥불에 새 땔감이 들어가더니 그 먼 곳까지 엄청난 불빛이 퍼져 나왔다. 그 불빛은 산의 하얀 표면에 닿았고, 그들 앞에 불쑥 일어나는 정체불명의 검은 존재를 비췄다.

인디언은 앞으로 계속 나아가야 할지 알 수 없는 듯 걸음을 멈추고 동행이 곁으로 다가오도록 했다. 처음에는 정지한 것처럼 보이던 커다란 검은 공이 덩컨으로서는 이해할 수 없는 모습으로 움직이기 시작했다. 다시 불빛이 밝아졌고, 그 물체는 더욱 뚜렷이 보였다. 그제야 덩컨도 그 동물이 앉아 있는 것 같으면서도 비스듬한 모습으로 상체를 계속 움직이는 것을 보고 곰이라는 것을 알아챘다. 곰은 요란하고 맹렬하게 으르렁거렸고 번득이는 눈알이 보이는 순간도 있었지만 그 이외에는 특별히 공격의 징후가 보이지 않았다. 적어도 그 휴런족 추장은 조심스레 살핀 뒤 이 독특한 침입자의 의도를 확인한 듯, 조용히 계속 걸었다.

동물이 인디언 사이에서 길들여지는 경우가 종종 있음을 아는 덩컨은 부족과 잘 지내는 곰 한 마리가 먹을 것을 찾아 덤불에 들어온 것이라고 믿으며 동행을 따랐다. 그들은 무사히 곰을 지나쳤다. 그 괴물과 거의 닿을 만큼 가까이 지나쳐야 했지만, 낯선 방문객을 조심스레 살피던 휴런족 추장은 더 살피는 데 일각도 낭비하지 않았다. 그러나 헤이워드는 후방 공격에 대비해 마지막까지 경계하면서 뒤를 돌아보지 않을 수 없었다. 그 동물이 그들의 발걸음을 따라오는 것을 알고 나자, 그의 불편한 마음은 전혀 가시지 않았다. 그가 말을 할 수도 있었겠지만, 그 순간 인디언이 나무껍질로 만든 문을 옆으로 밀치더니 산속의 동굴로 들어갔다.

그처럼 쉬운 후퇴 방법을 만난 덩컨은 그를 따라 들어간 뒤, 고마운 마음으로 얇은 문의 입구를 막았는데, 그때 곰이 그 문을 잡아당기는 힘이 손에 느껴졌고, 곰의 덩치에 통로가 곧바로 어두워졌다. 그들은 바위의 틈에 난 곧고 긴 통로에 서 있었는데, 곰과 마주치지 않고 피신하기란 불가능했다. 상황을 최대한 이용해 청년은 안내자와 가급적 가까이 붙어서 앞으로 전진했다. 곰은 그의 뒤를 바짝 쫓아오며 으르렁거렸고, 한두 차례는 굴속으로 더 들어가는 것을 막으려는 듯 커다란 발로 그의 몸을 건드리기도 했다.

헤이워드가 이처럼 특별한 상황을 얼마나 견뎠는지 알 수 없지만, 다행히 곧 안도할 수 있었다. 앞쪽에 불빛이 보였고 곧 그것이 흘러나온 곳에 당도했기 때문이다.

바위 속의 커다란 구멍이 여러 주거 공간에 해당하는 모양새를 대충 갖추고 있었다. 나눠진 방은 단순했지만, 돌과 나뭇가지, 나무껍질을 정교하게 섞어 만든 곳이었다. 위에 뚫린 구멍으로 낮에는 햇빛이 들어왔고, 밤이면 모닥불과 횃불이 태양을 대신했다. 휴런족은 여기로 귀중품 대부분을, 특별히 자기 민족에게 속한 것들을 가져다 놓았다. 그리고 여기, 초자연적 능력의 희생자라 믿는 그 병든 여인도 옮겨다 놓았다. 그녀를 괴롭히는 자가 오두막의 나뭇가지로 지은 벽보다는 이 암벽을 뚫고 들어오기 더 어려울 것이라는 생각에서 취한 행동이었다. 덩컨과 안내자가 들어간 곳은 따로 장만한 그녀의 거처였다. 안내인은 여인들로 에워싸여 있는 그녀의 침상으로 다가갔고, 그중에서 사라진 친구 데이비드를 발견한 헤이워드는 깜짝 놀랐다.

가짜 의사는 자신에게 그 환자를 고칠 능력이 없음을 한눈에 알 수 있었다. 그녀는 앞에 모여 있는 이들에게 아무 관심도 없이, 고통을 의식하지 못하는 것이 다행이라는 듯 마비 상태로 누워 있었다. 헤이워드는 자신의 연기가 실패하는지 성공하는지 관심을 가질 수 없을 정도로 아픈 사람을 상대하는 것이 유감스럽지 않았다. 속임수를 쓴다는 사실로 인한 작은 양심의 가책은 곧 가셨고, 음악의 힘을 증명하고자 하는 시도에 그의 솜씨를 기대하는 사람이 있다는 것을 알고서, 적절한 기분으로 제 몫을 다하기 위해 생각을 가다듬기 시작했다.

손님들이 들어올 때 노래를 통해 영혼을 쏟아 낼 채비를 하고 있던 개멋은 잠시 지체한 뒤 목청을 돋워 찬송가를 부르기 시작했는데, 신앙이 이런 상황에서 효험이 있다면, 그 노래가 기적을 행하리라는 믿음에서였다. 인디언들은 그가 제정신이 아니라고 여기며 끝까지 노래를 부르도록 해주었고, 덩컨 역시 그런 식으로 지체되는 것이 반가워 조금도 방해할 생각이 없었다. 그가 부른 곡조의 마지막 가락이 잦아들자 헤이워드는 인간의 목소리 같기도 하고, 사자(死者)의 목소리 같기도 한 소리가 뒤에서 자꾸 들려오는 것을 알아챘고 곧 놀라 옆으로 비켜섰다. 그가 돌아보니 동굴 끝 어둑한 곳에 그 덥수룩한 괴물이 앉아 있었다. 잠시도 가만 있지 못하는 몸뚱이가 불안하게 흔들리는 사이, 그것은 방금 부른 노래의 곡조와 좀 비슷한 소리를 낮게 으르렁거렸다.

그토록 기이한 메아리가 데이비드에게 미친 영향은 설명하기보다는 상상에 맡기는 편이 낫겠다. 너무 놀란 그는 사실을 의심하듯 눈을 번쩍 떴고, 목소리가 뚝 끊어졌다. 모종의 중요한 정보를 헤이워드에게 전달하려던 감춰진 계획은 공포와 매우 유사하지만, 경외심이라고 믿고자 한 감정 때문에 그의 기억에서 사라졌다. 그는 홀린 듯 〈그녀는 가까이에서 기다리고 있습니다〉라고 크게 외친 뒤 재빨리 동굴을 떠났다.

25

스넉 사자 역의 대사를 썼어요? 그렇다면, 부탁이니 내게 그 역을 맡겨 주세요. 나는 머리가 나쁘니까요.
퀸스 연습 없이도 할 수 있을 거야. 으르렁거리기만 하면 되니까.

「한여름 밤의 꿈」 1막 2장 66~69행

이 장면에는 엄숙함과 더불어 우스꽝스러움이 기묘하게 뒤섞여 있었다. 데이비드가 그곳에서 나가는 순간, 그 동물의 지치지 않는 움직임은 계속되었지만 그 곡조를 흉내 내려는 어이없는 시도는 멈췄다. 개멋의 가사는 그의 나라 말이었고, 덩컨에게는 거기 뭔가 감추어진 의미가 있는 것 같다고 여겼지만 그 자리에서 암시한 바를 밝히는 데 도움을 주는 것은 아무것도 없었다. 그러나 그 문제에 관한 모든 추측은 추장에 의해 금세 끝나 버렸다. 추장은 병자의 침상으로 다가가더니 이방인의 솜씨를 구경하려고 모여든 여인들을 모두 물리쳤다. 그의 지시에 여인들은 내키지 않았지만 무조건 따랐고, 닫힌 문 바깥에서 천연의 통로를 따라 울려 퍼져 들어오던 나지막한 메아리 소리가 그치자, 그는 정신을 잃은 딸을 가리키며 이렇게 말했다.

「이제 형제에게 그 능력을 보이게 하시오.」

이렇게 변장한 자신의 직무를 실행에 옮길 수밖에 없게 된 헤이워드는 조금이라도 지체하다가는 위험해질까 조심했다. 좋은 생각을 내기 위해 그는 인디언 주술사들이 무지와 무능을 감추기 위해 사용하는 주문과 기묘한 의식을 시작할 준비를 했다. 네발 달린 짐승으로부터 맹렬한 소리가 들려와 방해받지 않았더라면 그처럼 생각이 뒤죽박죽 헝클어진 상태에서 곧 치명적인 실수를 저지르거나 의심을 사게 되었을 것이다. 서너 차례 계속해 보려고 했지만, 그럴 때마다 알 수 없는 반대에 맞닥뜨렸고, 그러한 방해가 반복될 때마다 더욱 거칠고 위협적이 되었다.

「교활한 자들이 시샘하는 것이오.」 휴런이 말했다. 「나는 가겠소. 형제여, 이 여인은 내 가장 용감한 청년 중 하나의 아내요. 그녀를 정당히 고쳐 주시오. 평화가 있기를.」 그는 불만에 가득한 짐승에게 조용히 하라고 손짓하면서 이렇게 덧붙였다. 「나는 간다.」

추장은 말한 대로 행동했고 덩컨은 그 거칠고 황량한 곳에 아무것도 못하는 병자 그리고 사납고 위험한 짐승과 함께 남겨졌다. 또 한 번의 메아리 소리가 인디언이 동굴을 떠났음을 알릴 때까지, 그 짐승은 곰의 특징이라고들 하는 기민한 태도로 그 움직이는 소리를 들었고 곧 덩컨 앞으로 다가와 자리를 잡고서 사람처럼 자연스럽게 몸을 일으켰다. 청년은 공격에 대비할 무기로 쓸 것을 찾아 초조하게 주위를 살폈다.

하지만 그 동물의 기분이 갑자기 바뀐 것 같았다. 불만스럽게 으르렁거리거나 성난 내색을 하는 대신, 이상한 발작에 사로잡히기라도 한 듯 덥수룩한 몸뚱이를 부르르 떨었다. 커다랗고 거친 발톱이 달린 발이 벌어진 주둥이 주위를 건드렸다. 헤이워드가 그 움직임을 뚫어져라 바라보는 사이, 무시무시한 머리가 한쪽으로 떨어지고, 그 자리에 특유의 즐거운 표정을 솔직하게 드러내고 있는 척후병의 정직하고 강인한 모습이 나타났다.

「쉿!」 헤이워드가 놀라 소리치려 하자, 조심스러운 호크아이가 말했다. 「종자들이 이 주위에 있으니 주술에 어울리지 않는 소리가 나면 그들이 한데 몰려들 거요!」

「이 가면극이 다 무슨 뜻입니까? 왜 이렇게 무모한 모험을 한 겁니까!」

「아! 이성과 계산은 종종 우연에 좌우되는 법이오.」 척후병이 대답했다. 「하지만 이야기란 언제나 처음부터 전달해야 하는 법이니 모두 차근차근 알려 드리겠소. 우리가 헤어진 뒤 나는 지휘관과 추장을 에드워드의 요새보다 휴런의 공격에는 더 안전한, 비버가 둥지로 쓰던 곳에 데려다 놓았소. 북서부의 인디언들은 아직 별로 장사꾼이 없다 보니 계속 비버를 숭배하고 있소. 그다음 웅카스와 나는 약속대로 다른 야영지로 떠났소. 그 녀석을 보셨소?」

「얼마나 다행인지 모르겠습니다! 그는 지금 포로로 잡혀 해가 뜨는 대로 죽게 되었습니다.」

「녀석의 운명이 그러지 않을까 걱정이 되더라니.」 척후병은 자신감과 기쁨이 줄어든 어조로 말했다. 하지만 이내 다시 타고난 확고한 목소리로 이야기를 이어 나갔다. 「그의 불운이 내가 여기 온 진정한 까닭이오. 그런 녀석을 휴런에게 버릴 수는 없는 법이니! 놈들이 〈날쌔게 달리는 엘크〉와 내 별명, 〈롱 카라빈〉을 같은 처형대에 묶는다면 놈들이 아주 즐거워하겠군! 하지만 내게 왜 그런 이름을 붙여 줬는지 알 수 없소. 〈사슴 사냥꾼〉의 재주와 소령님의 캐나다 카라빈 성능 사이에는 점토암과 부싯돌만큼 닮은 구석이 없는데 말이오!」

「이야기는 나중에 듣겠습니다.」 초조해진 헤이워드가 말했다. 「휴런들이 언제 돌아올지 모르니까요.」

「두려워할 것 없소. 정착지에서 돌아다니는 사제들처럼, 주술사에게도 시간이 많이 필요하니까. 선교사가 두 시간 동안 설교를 해도 방해하는 사람이 없듯이, 우리도 방해받을 일은 없소. 흠, 웅카스와 나는 귀환하는 악당들과 마주쳤소. 녀석은 척후병 노릇을 하기에는 너무 앞서 나갔소. 아니, 그 문제에 관해서는 아직 피가 뜨거워 그러니 나무랄 일이 아니지. 그리고 결국 휴런 중에 한 놈이 겁쟁이라서 달아나다 그를 급습당하게 한 거요!」

「그자는 비겁함에 큰 값을 치렀습니다!」

척후병은 자기 목을 긋는 손짓을 해 보이더니, 〈무슨 뜻인지 알겠소〉라는 듯 고개를 끄덕였다. 그다음 그는 좀 더 잘 들리지만, 이해하기 쉽지 않은 언어로 이렇게 말했다. 「녀석을 잃은 다음, 짐작하시다시피 나는 휴런족에게 달려들었소. 저 밖에서 만난 놈들과 나 사이에 몇 차례 난투극이 있었지만 별것 아니었소. 그래서 놈들을 쏜 다음, 더 이상 소동을 피우지 않고 오두막으로 꽤 가까이 다가갔소. 운이 좋았는지 나는 그 부족의 가장 유명한 주술사들이 사탄과의 대 결투를 벌이기 위해 옷을 입고 있는 곳에 당도했소. 지금 보니 신께서 특별히 주관하신 일인데 그걸 내가 왜 운이라고 여겼는지. 나는 정확하게 머리를 한 방 갈겨 놈을 잠시 뻗게 한 다음 더 이상 소동을 막기 위해 저녁으로 먹을 호두 한 조각을 남겨 놓고서 어린 두 나무 사이에다 묶어 두었소. 그러고 놈의 장신구를 빌려다 작전을 진행하기 위해 곰 역할을 맡은 거요.」

「정말 연기를 잘 하시더군요! 곰이 보았다면 그 연기에 부끄러워졌을 겁니다.」

「이런, 소령님.」 칭찬을 들은 호크아이가 대답했다. 「숲 속에서 그렇게 오래 배워 놓고 그런 동물의 천성이나 움직임을 흉내 내지 못한다면 모자란 학생이지! 스라소니나 표범 같은 놈이라면 소령님이 칭찬해 마땅한 연기를 선보였을 거요! 하지만 그렇게 둔한 동물을 흉내 내는 건 그리 놀랄 일이 아니오. 그렇게 따지자면 곰의 연기를 지나치게 과장할 수는 있겠지! 그렇소, 맞소. 자연이란 그 모습 그대로보다 지나치게 과장하기가 쉽다는 사실을 모든 배우가 아는 건 아니지. 아직 우리가 할 일이 남아 있소! 여인은 어디 있소?」

「아무도 모릅니다. 마을의 오두막은 다 살펴보았지만 그 부족에서는 어떤 흔적도 찾을 수가 없었어요.」

「찬송가 선생이 떠나면서 뭐라고 노래했는지 들었잖소. 〈그녀는 가까이에서 기다리고 있습니다〉라고.」

「이 불행한 여인을 암시하는 줄 알았습니다.」

「그 얼간이가 겁을 먹어서 메시지를 정확하게 전하지 못했지만, 그보다 깊은 뜻을 전했소. 여기는 정착지 전체를 갈라놓을 만한 벽이 있소. 곰은 기어올라야 하지. 그러니 내가 저들을 살펴보겠소. 바위 속에 꿀통을 숨겨 놓았을지 모르는데, 나는 알다시피 단것을 좋아하는 동물이니까.」

척후병은 뒤를 돌아보며 자신의 비유에 웃어 대면서 둔한 동작으로 동물 연기를 하며 벽을 기어올랐다. 하지만 꼭대기에 오르는 순간, 그는 조용히 하라는 손짓을 하더니 재빨리 미끄러져 내려왔다.

「그녀가 여기 있소.」 그가 속삭였다. 「저 문 옆에 말이오. 시련을 겪은 영혼을 위로하는 말을 건넬 수도 있었지만, 이런 괴물을 보면 실성할 수도 있으니까. 말이 나왔으니 말인데, 소령님도 칠을 하니 그다지 반가운 모습은 아니구려.」

재빨리 밖으로 나가려던 덩컨은 그렇게 기를 꺾는 소리를 듣고는 바로 물러섰다.

「그렇게 불쾌합니까?」 그는 억울한 표정으로 물었다.

「늑대가 도망치거나 군인이 공격하다 돌아설 정도는 아니오. 하지만 소령님이 더 보기 좋은 모습을 하고 있던 때를 알고 있소. 인디언 여자들은 지금 그 모습을 싫어하지 않겠지만, 백인의 피를 지닌 처녀라면 소령님의 원래 모습을 더 좋아 할 거요. 보시오.」 그는 바위에서 물이 새어 나와 그 옆의 틈으로 흘러나가기 전 맑은 샘을 이룬 곳을 가리키며 덧붙였다. 「추장이 그려 준 것을 쉽게 지울 수 있소. 돌아오시면 새로 장식을 해드리리다. 정착지 멋쟁이가 장신구를 바꾸는 것처럼, 주술사가 치장을 바꾸는 것은 흔한 일이오.」

세심한 호크아이는 더 이상 길게 설명할 필요가 없었다. 그가 말을 끝내기도 전에 이미 덩컨은 물로 얼굴을 씻고 있었기 때문이다. 무섭거나 흉한 자국은 순식간에 지워졌고, 청년은 다시 자연이 선사한 모습으로 돌아왔다. 이렇게 연인과 재회할 준비를 한 그는 동료가 가리킨 통로로 급히 사라졌다. 척후병은 뿌듯한 표정으로 그 뒷모습을 바라보며 고개를 끄덕였고, 행운을 비는 뜻을 중얼거렸다. 그러고 아주 냉정하게 휴런의 저장고 상태를 살폈다. 그 동굴은 여러 가지 용도로 쓰였지만 사냥감을 넣어 두는 곳이기도 했다.

멀리서 비추는 희미한 빛밖에 안내자가 없었지만, 연인에게 그것은 북극성이나 다름없었다. 그 빛의 도움으로 그는 윌리엄 헨리 지휘관의 딸처럼 중요한 포로를 안전하게 가두는 — 동굴의 다른 구획에 불과하지만 — 희망의 안식처로 들어갈 수 있었다. 불행한 요새의 약탈품이 아무렇게나 흩어져 있었다. 그 뒤죽박죽 가운데 그는 창백하고 불안해하며 겁에 질려 있었지만 사랑스러운 그녀를 발견했다. 데이비드가 그녀에게 그의 방문을 미리 알려 준 후였다.

「덩컨!」 그녀는 스스로의 목소리에 놀라 떨며 외쳤다.

「앨리스!」 덩컨은 트렁크와 상자, 무기와 가구 사이를 아무렇게나 내달려 그녀 곁으로 갔다.

「날 절대 버리지 않으리란 걸 알고 있었어요.」 앨리스는 낙심한 얼굴에 잠시 환한 빛을 밝히며 그를 올려다보았다. 「그런데 혼자로군요! 이렇게 잊지 않아 준 것은 감사하지만, 당신이 혼자이진 않길 바랐는데요.」

앨리스가 떠느라 일어설 수 없는 상태를 지켜본 덩컨은 부드럽게 그녀를 앉히고서 여기 기록해 온 사건 가운데 중요한 내용을 이야기해 주었다. 앨리스는 숨죽이고 들었다. 청년은 듣는 이가 자책하지 않도록 조심하느라, 가볍게 아버지의 고통을 전했지만, 딸은 전에 울어 본 적 없는 이처럼 양 뺨에 눈물을 줄줄 흘렸다. 덩컨이 부드럽게 위로하자 곧 감정에 북받쳤던 앨리스도 진정했고, 고요한 상태를 유지하진 못했어도 주의를 기울여 끝까지 이야기를 경청했다.

「그러니, 앨리스.」 그가 덧붙였다. 「아직 희망이 남아 있다는 걸 알겠죠. 우리의 경험 많고 소중한 친구인 척후병의 도움을 받아 이 야만인들로부터 달아날 방도를 구할 수 있을지 모르니, 최대한의 용기를 발휘해야 합니다. 기억해요. 당신이 존경하는 아버지의 품으로 가고 있다는 걸. 그리고 당신의 행복뿐만 아니라, 아버지의 행복도 당신의 용기에 달려 있다는 걸.」

「절 위해 그토록 고생하신 아버지를 위해 달리 어쩔 수 있겠어요!」

「그리고 날 위해서도요!」 청년은 양손에 쥔 그녀의 손을 부드럽게 누르며 말했다.

그 말에 순진하게 놀란 그녀의 표정은 덩컨으로 하여금 좀 더 숨김없이 솔직하게 감정을 표현해야 한다는 필요성을 느끼게 했다.

「지금 이곳은 이기적인 목적으로 당신을 붙잡아 놓을 장소도 상황도 아니지만, 내 마음은 당신에 대한 애정을 떨치고 싶지 않아요! 고통은 사람들을 가장 가까이 묶어 준다고 하지 않습니까. 당신으로 인해 우리가 함께 겪은 고통 덕분에, 당신을 생각하는 마음은 당신 아버님과 나 사이에 차이가 없어졌습니다.」

「친애하는 코라 언니는요, 덩컨? 코라 언니도 잊지 않았겠죠!」

「그럴 리가요! 아뇨, 여인의 실종을 그처럼 슬퍼한 일도 없었을 겁니다. 아버님께서는 자식을 차별하실 줄 몰랐습니다. 하지만 나는, 앨리스, 내게 그녀의 가치가 당신만큼은 아니라는 것을 불쾌하게 느끼지는 —」

「그렇다면, 언니가 얼마나 훌륭한 사람인지 모르는군요.」 앨리스가 손을 빼내며 말했다. 「언니는 당신에 대해 늘 가장 소중한 친구처럼 말하는데!」

「나도 기꺼이 그녀를 그런 존재로 믿겠어요.」 덩컨이 황급히 대답했다. 「그녀가 그보다 더 중요한 존재가 되기를 바랄 수도 있어요. 하지만, 앨리스, 당신에 대해서는, 아버님께 그보다 훨씬 더 가깝고 소중한 관계를 도모하게 해주십사 부탁드렸습니다.」

앨리스는 바들바들 떨었고, 고개를 한쪽으로 돌린 순간 여성에게서 흔히 발견되는 감정에 굴복하는 것 같았다. 하지만 금세 다시 자신의 처신을 통제하는 주인이 되었다. 비록 애정을 통제하지는 못했다 할지라도 말이다.

「헤이워드.」 앨리스는 그를 똑바로 쳐다보며 순수하게 마음을 의지하는 표정으로 말했다. 「더 이상 절 재촉하기 전에, 아버지의 곁에서 신성한 허락을 받도록 해주세요.」

「더 이상은 말해서는 안 되겠지만, 더 이상 참을 수도 없었어요.」 청년이 대답하려고 하는데, 누군가 어깨를 가볍게 두드렸다. 그가 일어나 돌아서자 눈앞에 마구아의 검은 몸과 악이 가득한 얼굴이 보였다. 목구멍 깊숙이에서 울리는 그 야만인의 웃음소리는 그 순간 덩컨에게 악마의 무시무시한 위협처럼 들렸다. 그때 불쑥 치미는 맹렬한 충동에 따랐다면,

그는 휴런에게 몸을 던져 사투를 벌이며 운을 시험했을 것이다. 하지만 아무런 무기도 없고 그 약삭빠른 적이 어떤 원군을 데리고 왔는지 알지 못했으므로 더욱 소중해진 존재의 안위를 책임진 덩컨은 그런 무모한 마음이 들자마자 버렸다.

「목적이 뭐죠?」 앨리스가 수줍게 팔짱을 끼며 헤이워드를 위해 두려움을 감추고 평소 자신을 사로잡은 자를 맞이할 때처럼 냉정하고 쌀쌀맞은 태도로 말했다.

신이 난 인디언은 다시 엄숙한 표정을 지었지만, 청년의 이글이글 타오르는 눈빛을 마주하자 조심스레 뒤로 물러났다. 그리고 잠시 포로들을 가만히 바라보더니 옆으로 비켜서서 덩컨이 들어왔던 문과 다른 문을 가로질러 통나무 하나를 떨어뜨렸다. 그제야 도저히 이길 수 없는 상황이라 믿은 덩컨은 앨리스를 품에 끌어안고 그녀와 함께라면 후회하지 않을 운명을 맞이할 채비를 갖추었다. 마구아는 당장 폭력을 쓸 생각은 아니었다. 그의 첫 번째 행동은 새로운 포로를 놓치지 않으려는 것이었다. 그는 자신이 이용한 비밀 통로로 달아날 희망을 완전히 차단할 때까지 그 동굴 가운데 꼼짝하지 않고 서 있던 이들에게 눈길조차 주지 않았다. 그의 모든 움직임을 주시하고 있던 헤이워드는 아무리 꿋꿋이 앨리스의 나약한 몸을 끌어안고 있었지만, 자존심도 강하고 이미 단념한 상태이기도 했기에 그처럼 여러 차례 당해 온 적에게 살려 달라고 청하지 않았다. 목적을 달성한 마구아가 다가와 영어로 이렇게 말했다.

「백인들은 약삭빠른 비버를 잡을 때 덫을 이용하지만, 붉은 인디언들은 양키를 잡는 법을 안다!」

「휴런, 네 멋대로 해라!」 자신의 목숨에 두 사람의 생명이 달려 있음을 잊은 헤이워드가 흥분하여 외쳤다. 「너와 네 복수는 모두 경멸받을 것이니!」

「백인이 처형대에서도 이런 소리를 할까?」 마구아가 그 말을 하며 보인 비웃음은 상대의 결의를 얼마나 불신하는지 알 수 있었다.

「네 면전에든 네 족속들 앞에서든 마음대로 해라!」

「르 르나르 수틸은 위대한 추장이다!」 인디언이 받아쳤다. 「그는 청년들을 데려와 고문당하는 백인이 얼마나 용감하게 웃을 수 있는지 보여 줄 테다.」

그가 돌아서며 덩컨이 들어온 통로로 나가려는데, 으르렁 거리는 소리가 그를 머뭇거리게 했다. 문 앞에 곰이 나타나서는 양옆으로 흔들며 특유의 몸짓을 하고 있었다. 마구아는 병든 여인의 아버지처럼 곰의 정체를 확인하려는 듯 잠시 노려보았다. 그리고 곧 자기 부족의 저급한 미신을 믿지 않았으므로, 주술사의 잘 알려진 의상임을 알아채자마자 냉정한 모습으로 지나치려고 했다. 하지만 으르렁거리는 소리가 더욱 위협적으로 커지자 다시 멈춰 섰다. 그러더니 더 이상 지체하지 않기로 결심한 듯 결연히 앞으로 나아갔다. 그 가짜 동물은 앞으로 조금 나섰다가, 천천히 문 쪽으로 뒷걸음치더니 다시 통로에 다가가 뒷발로 몸을 일으켰고, 진짜 동물처럼 앞발로 허공을 휘저었다.

「어리석은 것!」 추장은 휴런족의 말로 외쳤다. 「아이들이나 여자들과 놀아라. 남자들에게는 어리석은 짓을 하지 마라.」

그 돌팔이 주술사를 지나치면서 그는 허리춤의 칼이나 손도끼로 위협하려는 시늉조차 하지 않았다. 불현듯 그 동물은 팔을, 아니 다리를 뻗더니 그 유명한 〈곰의 포옹〉[47]과 겨룰 만큼 힘차게 그를 잡아 끌어안았다. 헤이워드는 숨 쉬는 것도 잊을 만큼 호기심을 느끼며 호크아이의 편에서 그 과정을 지켜보았다. 처음에 척후병의 강철 같은 근력이 적의 양팔을 꽉

---

47 곰이 상대를 끌어안아 공격하는 방법이다 — 옮긴이주.

잡는 것을 본 순간 앨리스를 끌어안았던 손을 놓고 그에게 달려 나가 꾸러미를 묶는 데 썼던 가죽신 끈으로 적을 꼼짝 못하게 붙들었다. 팔다리, 발을 가죽끈으로 스무 번 겹쳐 묶는 데 기록적으로 짧은 시간이 걸렸다. 무시무시한 휴런을 완전히 묶고 나자 척후병은 손을 놓았고, 덩컨은 꼼짝할 수 없어진 적을 바로 눕혔다.

이 갑작스럽고도 놀라운 작전이 진행되는 내내 마구아는 자신보다 훨씬 더 강한 자의 손아귀에 들어갔음을 확인할 때까지 거칠게 반항했지만, 한 마디도 내뱉지 않았다. 자신의 행동을 요약 설명하는 뜻으로 호크아이가 동물의 덥수룩한 가면을 벗고 그의 주름진 진실한 외모를 드러내자 휴런도 침착성을 잃고 변함없는 한 마디를 내뱉었다.

「허!」

「아! 목소리를 찾았군!」 차분한 정복자가 말했다. 「그렇다면 우리를 망하게 하지 못하도록 자네 입을 막아야겠어.」

지체할 시간이 없기에 척후병은 필요한 대비책을 곧장 실행에 옮겼다. 인디언의 입을 막고 나자, 〈적은 전투력을 상실했다〉고 간주해도 될 만한 안전한 상태가 되었다.

「저놈이 어느 곳으로 들어왔소?」 꼼꼼한 척후병이 작업을 마치더니 물었다. 「소령님이 지나간 뒤로 내 곁으로는 아무도 지나가지 않는데 말이오.」

덩컨은 마구아가 들어온 문을 가리켰다. 그곳에는 장애물이 너무 많이 막고 있어서 그곳을 통해서는 재빨리 달아날 수 없었다.

「아가씨를 데려오시오.」 그의 친구가 말했다. 「다른 출구를 통해 숲으로 들어가야 하니.」

「그럴 순 없습니다!」 덩컨이 말했다. 「그녀는 두려움에 사로잡혀 아무것도 할 수 없습니다. 앨리스, 내 사랑 앨리스, 일어나세요. 이제 도망쳐야 할 때랍니다. 소용없군요! 앨리스는 듣기는 해도 따르지 못해요. 가십시오, 고결하고 소중한 친구여. 당신은 목숨을 구하고, 저는 운명에 버려 두십시오!」

「모든 추격에는 끝이 있고, 모든 재난에는 교훈이 있는 법!」 척후병이 대답했다. 「자, 아가씨를 그 인디언의 옷으로 덮으시오. 작은 몸을 모두 감싸시오. 아니, 그 발은 이 황야와 어울리지 않소. 그건 아가씨를 배신할 거요. 모두, 빠짐없이. 그리고 아가씨를 안고 따르시오. 나머지는 내게 맡기시오.」

덩컨은 동료의 말에 용기를 얻은 듯 열심히 따랐다. 호크아이가 말을 마치자, 그는 가벼운 앨리스를 품에 안고서 척후병의 뒤를 따랐다. 그들은 병든 여인이 그대로 혼자 있는 것을 보고, 천연의 통로로 재빨리 이동해 입구로 갔다. 그들이 작은 작은 나무껍질 문으로 다가가자, 바깥에서 중얼거리는 소리가 들렸고 병자의 친구와 친척들이 모여 다시 들어오라는 호출을 끈기 있게 기다리고 있었음을 알 수 있었다.

「내가 입을 열면 말이오.」 호크아이가 속삭였다. 「백인의 언어인 영어로 말을 할 것이고, 저들이 적이 침입했음을 알게 될 것이오. 소령님은 소령님의 말로 우리가 동굴에 악령을 가뒀고, 약초 뿌리를 찾으러 숲으로 여인을 데려간다고 하시오. 이건 타당한 일이니 소령님이 지닌 모든 잔꾀를 다 발휘하시오.」

밖에 있던 사람이 안에서 일어나는 일을 듣고 있는듯, 문이 조금 열렸고, 척후병은 지시를 멈출 수밖에 없었다. 맹렬하게 으르렁거리는 소리에 엿듣던 사람은 달아났고, 그러자 척후병은 문을 홱 열어젖히더니 곰처럼 그 자리를 떴다. 덩컨은 그의 뒤를 따랐고, 곧 스무 명의 염려로 가득한 친지들 사이에 섰다.

무리가 조금 뒤로 물러나며 병자의 아버지와 남편처럼 보이는 자가 다가갈 수 있도록 해주었다.

「형제는 악령을 쫓아내셨소?」 전자가 물었다. 「품에 안은 것은 무엇이오?」

「따님입니다.」 덩컨이 엄숙하게 말했다. 「병은 물러났습니다. 그것은 아직 바위 속에 갇혀 있습니다. 나는 이 여인을 멀리 데려가 차후로 병이 들지 않도록 기운을 북돋우겠습니다. 다시 해가 떠오르면 따님은 젊은이의 오두막에 돌아갈 것입니다.」

아버지가 이방인의 말을 휴런의 언어로 통역하자 낮게 중얼거리던 소리는 만족감을 드러냈다. 추장도 덩컨에게 계속하라고 손짓하면서 단호한 목소리와 고양된 태도로 이렇게 말했다.

「가시오, 나는 남자이니 저 바위에 들어가 악령과 싸우겠소!」

헤이워드가 추장의 말에 기꺼이 따르고, 모인 이들을 이미 지나 걸어가는데, 불쑥 튀어나온 다음과 같은 소리가 발걸음을 세웠다.

「내 형제가 미쳤는가!」 그 목소리가 외쳤다. 「그가 이토록 잔인한가! 그는 병마를 만날 것이고, 그것이 그에게 들어갈 것이다. 그가 그 병마를 쫓아낸다면 그것이 다시 딸을 따라 숲으로 갈 것이다. 아니, 내 아이들을 밖에서 기다리게 하고, 그 악령이 나오면 몽둥이로 때리게 하라. 놈은 약삭빠르니 싸워야 할 상대가 얼마나 많은지 알면 산속에 숨을 것이다.」

이 독특한 경고는 원하는 효과를 발휘했다. 아버지와 남편은 동굴에 들어가는 대신 손도끼를 들고서 병자를 괴롭히는 상상 속의 악령에게 복수할 채비를 갖추고 서 있었고, 여자들과 아이들은 같은 뜻으로 덤불에서 나뭇가지를 꺾고, 돌 조각을 쥐었다. 이것을 호기로 삼아 가짜 주술사들은 사라졌다.

호크아이는 그때까지 인디언의 미신을 이용했지만, 그와

동시에 현명한 추장들은 그러한 것에 의존하기보다는 묵인해 주는 편임을 모르지 않았다. 그는 당시의 위급한 상황에서 시간이 얼마나 중요한지 잘 알고 있었다. 적의 어리석음이 어느 정도이든 그것이 그의 계획에 얼마나 도움이 되어 주든, 인디언의 약삭빠른 천성에 조금이라도 의심을 일으키면 치명적인 결과를 초래할 수 있었다. 따라서 그는 인디언과 마주칠 가능성이 가장 적은 길을 선택해, 마을을 뚫고 지나가는 대신 그 주위를 돌아가기로 했다. 잦아드는 모닥불 불빛에 멀리 전사들이 오두막을 여기저기 돌아다니는 모습이 보였다. 아이들은 짐승 가죽으로 지은 잠자리에 들기 위해 놀이를 그만두었고, 그처럼 여러 가지 중대한 일이 벌어진 저녁의 혼란과 흥분이 가시면서 이미 고요한 밤이 시작되고 있었다.

앨리스는 신선한 바깥 공기 덕분에 기운을 차렸고, 정신력보다는 체력이 약해진 것이었으므로 무슨 일이 일어난 것인지 설명해 줄 필요는 없었다.

「이제 걷게 해주세요.」 숲으로 들어가자, 덩컨의 품에서 빨리 벗어나지 못한 것이 부끄러워할 일이 아닌데도 얼굴을 붉히며 앨리스가 말했다. 「이제 정말 다 나았어요.」

「아뇨, 앨리스. 너무 쇠약해져 있어요.」

아가씨는 품에서 벗어나려고 부드럽게 저항했고, 헤이워드는 소중한 짐을 내려놓을 수밖에 없었다. 곰을 연기하는 이는 사랑하는 여인을 안고 있는 사람이 얼마나 달콤한 감정을 느끼는지 전혀 알지 못했고, 앨리스를 괴롭힌 수치심이라는 감정 역시 잘 알 수 없었을 것이다. 오두막에서 적절히 떨어진 곳에 이르자, 호크아이는 걸음을 멈추고 자신이 잘 아는 문제에 대해 이야기했다.

「이 길을 따라가면 개울이 나올 거요. 그 북쪽 둑을 따라 폭포를 만날 때까지 가시오. 오른쪽 언덕을 올라가면, 다른 사람들이 피운 모닥불을 볼 수 있을 거요. 거기로 가서 보호해 달라고 하시오. 그들이 진짜 델라웨어족이라면 안전할 거요. 저 아가씨와 함께 멀리 달아나기는 불가능하니까 말이오. 12마일도 채 가지 못해서 휴런 놈들이 뒤따라와 우리 머리 가죽을 벗겨 갈 수도 있소. 가시오, 신의 가호가 함께하시길.」

「당신은요!」 헤이워드가 놀라 물었다. 「여기서 헤어질 순 없습니다!」

「휴런 놈들이 델라웨어의 자랑거리를 붙잡아 두고 있소. 고귀한 모히칸의 마지막 후손이 그들 손아귀에 있단 말이오!」 척후병이 대답했다. 「그를 위해 무슨 일을 할 수 있을지 살펴보겠소. 소령님, 만일 그들이 소령님의 머리 가죽을 벗겼다면, 내가 장담한 대로 그 가죽에 붙은 머리카락 개수만큼 저 악당들을 쓰러뜨려 주겠소. 하지만 저 젊은 추장이 처형대에 매달리게 되면, 인디언들은 십자가를 지니지 않는 자가 어떻게 죽는지도 보게 될 거요!」

덩컨은 그 강인한 호크아이가, 어찌 보면 양자라 부를 수도 있는 아이를 더 아긴다는 분명한 사실에 섭섭한 마음이 든 것은 아니었으나, 그래도 그러한 상황에서 무모한 시도를 하겠다는 그를 말려야 한다고 생각했다. 앨리스도 헤이워드를 도왔고, 호크아이에게 그처럼 성공할 가능성이 적은 희박한 결심을 버리라고 설득했다. 하지만 그들의 웅변과 말솜씨는 소용없었다. 척후병은 귀를 기울여 들었지만 초조해했다. 다음과 같이 대답하는 그의 어조에 앨리스는 곧 입을 다물었고, 헤이워드도 더 이상의 충고가 얼마나 무익한지 알 수 있었다.

「젊은이에게는 아버지와 아들 사이보다 남녀 사이를 더 가까이 묶어 주는 감정이 있다고 들었소.」 그가 말했다. 「그럴지도 모르겠소. 나는 내 피부색을 한 여인들이 사는 곳에 살아 본 적이 거의 없으니 말이오. 정착지에서는 자연의 선물이 그러할 수도 있겠지! 소령님은 이 아가씨를 데려오기 위해 생명과 소중한 모든 것을 걸었고, 나는 그 아래 그런 성향이 깔려 있다고 생각하고 있소. 나로 말할 것 같으면, 그 녀석에게 소총이 무엇인지 가르쳤소. 그리고 녀석은 가르친 보답을 잘 해 왔소! 숱한 전투에서 그의 곁에서 싸워 왔소. 그리고 한쪽 귀로 녀석의 총소리를 듣고, 다른 쪽으로 추장의 총소리를 듣는 한 우리 뒤에 따라오는 적이 있을 수 없음을 알고 있소. 사철 주야로 우리는 함께 숲 속을 돌아다니며 같은 음식을 먹고 서로 망을 보는 사이에 잠을 잤소. 그리고 웅카스가 잡혀갔다는 말이 들리기 전, 내가 여기 왔소. 피부색이 어떠하든 우리 모두를 다스리는 분은 하나뿐이오. 그리고 나는 그분을 증인으로 부르겠소. 저 모히칸 소년이 친구가 없어 죽게 된다면, 이 땅에서 신의는 사라진 것이고, 〈사슴 사냥꾼〉은 찬송가 선생의 나팔처럼 무기력해진 것임을 확인하라고 말이오!」

덩컨은 척후병의 팔을 놓았고, 척후병은 오두막을 향해 척척 돌아갔다. 사라지는 그의 모습을 잠시 바라본 뒤, 연인과 만났지만 슬픔에 잠긴 헤이워드와 앨리스는 멀리 델라웨어 족의 마을로 함께 떠났다.

26

보텀 나도 사자 역을 하게 해줘요.

「한여름 밤의 꿈」 1막 2장 70행

    호크아이는 숭고한 결심을 했음에도 불구하고, 자신이 초래할 온갖 어려움과 위험을 잘 알고 있었다. 야영지로 돌아가면서 그의 예리하고 숙련된 지력은 적의 경계와 의심에 대적할 방법을 열심히 찾았다. 적들도 그보다 조금도 열등하지 않다는 것을 그는 잘 알고 있었다. 그 자신의 안위를 위해서라면 맨 먼저 희생시켰을 마구아와 주술사의 목숨을 살려 준 것은 다름 아닌 그의 피부색이었다. 그런 행동이 인디언의 천성에는 아무리 잘 맞는다 해도, 척후병은 그것이 순수한 백인의 혈통을 지닌 이의 후손임을 자랑하는 자에게는 전혀 어울리지 않는다고 여겼기 때문이다. 따라서 그는 포로들을 묶어 놓은 실가지와 미신의 힘을 믿고서 오두막 한가운데로 곧장 나아갔다.

    건물로 다가가면서 그의 발걸음은 더욱 신중해졌고, 주의 깊은 눈길은 호의적이든 적대적이든, 어떤 낌새도 놓치지 않았다. 다른 오두막보다 조금 앞선 곳에 버려진 오두막이 한 채 있었는데, 나무나 물 같은 중요한 요건을 만족시키지 못했기 때문인지 반쯤 짓다 그만둔 것이었다. 하지만 그 틈으로 약한 불빛이 비추고 있었고, 불완전한 구조에도 불구하고 그 안에 사람이 있음을 알려 주었다. 척후병은 큰 공격을 시작하기 전 적의 태세를 미리 알아보려는 성실한 장군처럼 그쪽으로 향했다.

자기가 흉내 내는 동물의 자세를 취한 호크아이는 안을 들여다볼 수 있는 작은 구멍으로 기어갔다. 그곳은 데이비드 개멋이 지내는 곳이었다. 신심 깊은 찬송가 선생은 슬픔과 염려, 신의 섭리에 대한 순종적인 믿음을 모두 가지고 돌아와 있었다. 척후병이 그 볼품없는 사람을 발견한 순간 데이비드는 비록 흉내 낸 동물이긴 하지만, 바로 그 척후병에 대한 깊은 사색에 잠겨 있었다.

데이비드는 과거에 일어난 기적을 신앙심으로 맹신하긴 했지만, 자기 시대의 윤리를 관할하기 위해 초자연적인 힘이 직접 관여한다고 믿는 것은 삼갔다. 다시 말해 발람의 염소가 말을 할 줄 안다는 것은 무조건 믿어도, 곰이 노래를 할 줄 아는 것은 좀 의심스러웠던 것이다. 하지만 자신의 정확한 귀로 후자의 경우를 확인했던 것이다! 그의 분위기와 태도 어딘가에는 완전히 혼란에 빠졌음을 드러내는 것이 있었고 척후병은 이를 알아차렸다. 데이비드는 우울한 사색에 빠진 자세로, 머리를 팔에 괴고서 작은 모닥불에 이따금 나뭇가지를 넣어가며 앉아 있었다. 음악 선생의 옷차림은, 세모난 비버 털로 벗어진 머리를 감추고 있다는 점 이외에는 좀 전에 묘사한 것으로부터 변한 것이 없었으며, 그를 사로잡은 자들의 욕심을 자극할 만한 것이 아무것도 없었다는 뜻이었다.

상대가 병든 여인의 침상 곁을 황급히 떠났던 것을 기억한 영리한 호크아이는 그처럼 진지한 사색의 주제에 관해 추측하는 바가 없는 것도 아니었다. 우선 오두막을 한 바퀴 돌아 그곳이 외딴 곳이며, 거기 살고 있는 사람의 특징으로 보아 손님이 찾아오지 않으리라는 사실을 확인한 뒤, 호크아이는 작은 문으로 들어가 개멋 앞에 나타났다. 개멋과의 사이에 모닥불이 놓여 있었다. 호크아이가 맞은편에 자리 잡고 1분 가까이 흐르는 동안 두 사람은 말없이 서로를 바라만 보고 있었다. 그 갑작스러운 놀라움은, 데이비드의 신앙과 결의 — 냉정함이라고는 말하지 않겠다 — 가 감당하기에 너무 큰 것이었다. 그는 음악으로 영혼을 달래 보겠다는 시도에서 더듬거리며 조율관을 찾았다.

「검고 신비한 괴물이여!」 그는 떨리는 손으로 안경을 쓰고는 곤경에 처했을 때 항상 찾는 찬송가를 찾았다. 「네 정체나 의도는 알지 못한다. 하지만 네가 교회의 가장 겸허한 일꾼과 그의 권리를 생각한다면, 이스라엘 청년이 영감을 받아 쓴 가사를 듣고 회개하라.」

곰이 덥수룩한 몸을 흔들더니 익숙한 목소리가 대답했다.

「나팔 무기는 내려놓고 그 목청에 겸손함을 가르치시오. 싸움이 벌어질 지금 당장으로선 다섯 마디의 쉽고 명료한 영어면 족하니.」

「정체가 뭐요?」 데이비드는 원래의 의도를 실행에 옮길 생각을 잊고, 숨을 헐떡이며 물었다.

「당신 같은 사람이오. 당신처럼 곰이나 인디언과는 피가 섞이지 않은 자이지. 손에 쥐고 있는 그 어리석은 악기를 건넨 사람을 이렇게 빨리 잊었단 말이오?」

「이럴 수가 있습니까?」 데이비드는 상황을 파악하자 한숨을 내쉬며 물었다. 「이방인과 함께 지내며 여러 가지 놀라운 일을 보았지만, 이만한 일은 없었습니다!」

「자, 자.」 호크아이는 친구에게 확신을 주기 위해 본래의 모습을 드러내며 말했다. 「여인들만큼 희지는 않지만, 하늘의 바람과 태양이 선사한 것이 아닌 붉은 기운이라고는 없는 살

갖을 보시오. 이제 앞으로의 계획을 세웁시다.」

「우선 그 처녀와 용감하게 그녀를 찾아온 청년 이야기를 해주십시오.」 데이비드가 말했다.

「아, 그들은 저 악당 놈들의 손도끼로부터 다행히 벗어났소! 그런데 웅카스가 어디 있는지 알고 있소?」

「그 청년은 사로잡혀 있는데, 죽게 될 것 같습니다. 그처럼 훌륭한 청년이 전도받지 못하고 죽어야 하다니 심히 안타까워 좋은 찬송가를 찾아서 ―」

「안내해 줄 수 있소?」

「어렵지 않습니다.」 데이비드가 머뭇거리며 대답했다. 「하지만 당신의 모습을 보면 그가 슬픔을 덜기보다는 더할까 두렵군요.」

「말은 그만하고, 앞장서시오.」 호크아이는 다시 얼굴을 가리고 재빨리 오두막을 나서며 말했다.

척후병은 동행이 실성한 척 군 덕분에 친해진 문지기의 도움을 받아 웅카스를 찾기로 했다. 문지기는 영어를 조금 할 수 있었기에 데이비드가 종교적인 대화를 위해 고른 상대였다. 그 휴런이 새로 사귄 친구의 뜻을 얼마나 이해했는지는 알 수 없는 노릇이지만, 독점적인 관심은 문명 속의 인간만큼이나 야만인에게도 기분 좋은 일이었으므로 앞에서 말한 효과를 발휘했던 것이다. 척후병이 단순한 데이비드에게서 이런 세세한 사항을 얼마나 교묘하게 캐냈는지 일일이 반복할 필요도 없고, 앞으로 이야기를 진행하며 독자에게 충분히 설명하게 될 테니 그가 모든 상황을 어떻게 파악하고 어떤 지시를 내렸는지 알 필요도 없다.

웅카스가 갇혀 있던 오두막은 마을 한가운데, 누구의 눈에도 띄지 않을 뿐 아니라 접근하거나 도망치기에 어려운 위치에 자리 잡고 있었다. 하지만 몸을 감추거나 하는 짓은 호크아이의 방식이 아니었다. 그는 변장과 곰 흉내를 유지하면서 그곳까지 곧바로 가는 가장 눈에 띄는 길을 선택했다. 하지만 그 시각은 그가 원하지도 않는 방어막을 제공해 주었다. 아이들은 이미 깊이 잠들었고, 여자들과 대부분의 전사들도 밤을 보내기 위해 오두막으로 돌아간 뒤였다. 전사 네댓 명만 문 앞에서 웅카스를 지키며 포로의 행동거지를 조심스레 자세히 살피고 있었다.

가장 유명한 주술사의 가면을 쓴 사람과 동행한 개멋의 모습에 그들은 길을 내주었다. 하지만 그 자리를 뜰 생각은 없어 보였다. 반면 그런 이들이 찾아와 무슨 신기한 일을 벌일 것인지 관심이 커진 것이 분명했다. 척후병은 휴런족의 언어를 말할 수 없었기 때문에, 전적으로 데이비드에게 대화를 맡겨야 했다. 데이비드가 단순하기는 했지만, 스승의 바람을 기대 이상으로 충족시키며 지시를 잘 따랐다.

「델라웨어족은 계집들이오!」 데이비드는 말을 조금 알아들을 줄 아는 야만인에게 이렇게 외쳤다. 「내 어리석은 동포, 양키들이 그들에게 손도끼를 들고서 캐나다의 조상들을 공격하라고 하자, 그들은 자기들이 남자란 걸 잊어버렸소. 내 형제들은 〈르 세르 아질〉이 치마를 갖다 달라고 하는 것을 듣고 싶소? 그리고 그가 말뚝에 묶여 휴런족 앞에서 우는 꼴을 보고 싶소?」

강력한 동의의 어조로 전달된 〈허〉라는 감탄사는 그 야만인이 그토록 오랫동안 증오하고 두려워한 적이 나약함을 드러내는 모습을 목격할 때 느낄 만족감을 미리 알려 주었다.

「길을 비켜 주면, 주술사가 놈을 공격할 거요! 내 형제들에게 그렇게 말해 주시오.」

휴런은 데이비드의 말뜻을 동료들에게 설명했고, 그들은 그런 잔인한 행위에서 발견하는 만족감을 함께 느끼며 경청했다. 그들은 입구에서 조금 물러나며 주술사로 여긴 사람에게 들어가라고 손짓했다. 하지만 곰은 거기 따르는 대신, 자리에서 꿈쩍하지 않고서 으르렁거렸다.

「주술사는 주술의 강한 영향에 형제들이 함께 당해 용기를 잃을까 봐 염려하고 있소.」 데이비드는 알아차린 내용을 전했다. 「더 뒤로 물러나야 되겠소.」

자신에게 벌어질 수 있는 가장 엄청난 재난일 수 있는 그런 불행이 닥칠까 봐 휴런족은 뒤로 물러나 말소리는 들리지 않지만 오두막 입구를 잘 볼 수 있는 위치에 섰다. 안전해진 상황에 만족한 듯 척후병은 자리에서 일어나 천천히 안으로 들어갔다. 포로만이 있는 그곳은 고요하고 침울했으며, 음식을 익히는 데 쓰인 뒤 꺼져 가는 모닥불의 불씨로 밝혀져 있었다.

안쪽을 차지하고 있던 웅카스는 질긴 실가지로 손과 다리가 아프도록 단단히 묶인 채 비스듬히 기대어 있었다. 모히칸 청년에게 무시무시한 상대가 처음 나타났을 때도 그는 동물 쪽을 한 번도 쳐다보지 않았다. 안을 훔쳐보는 이가 없도록 데이비드를 문 앞에 두고 온 척후병은 둘만 있다는 것을 확인할 때까지 가면을 벗지 않는 것이 신중한 행동이라 여겼다. 처음에는 적들이 자신을 괴롭히기 위해 진짜 동물을 보냈다고 여긴 모히칸 청년은 헤이워드가 곰과 그토록 닮았다고 여긴 그 행동에서 확실한 결점을 발견하고 곧 곰이 아님을 알아냈다. 눈썰미 있는 웅카스가 자신의 연기를 얼마나 낮게 평가했는지 몰랐더라면 호크아이는 그 여흥거리를 좀 더 계속했을 것이다. 하지만 청년의 눈빛에 드러난 경멸의 기색을 보고 척후병은 망신스러운 짓을 그만두었다. 따라서 데이비드가 미리 정해 놓은 신호를 하자, 오두막에서는 사납게 으르렁거리는 곰 소리 대신 낮은 쉿소리가 들렸다.

웅카스는 그처럼 경멸스럽고 불쾌한 상대를 시야에서 없애고 싶은 듯, 눈을 감고 오두막 벽에 몸을 기댔다. 하지만 뱀 소리가 들리는 순간 그는 몸을 일으켜 고개를 숙이고 주위를 돌아보고는 사방을 살피다가 강렬한 주문에 걸려 꼼짝 못하게 된 듯 서 있는 덥수룩한 괴물을 쳐다보았다. 또 한 차례 그 소리가 반복되었는데, 그 동물의 입에서 나온 것이 분명했다. 다시 한 번 청년의 눈이 오두막 안을 살피더니 원래의 자리로 돌아가 소리 죽인 낮은 음성으로 외쳤다.

「호크아이!」

「줄을 풀어 주시오.」 바로 그때 다가온 데이비드에게 호크아이가 말했다.

찬송가 선생은 명령에 따랐고, 웅카스의 손발이 자유로워졌다. 동시에 마른 동물 가죽이 흔들리더니 척후병이 본 모습으로 일어났다. 모히칸은 친구가 의도한 바를 직관적으로 이해한 모양이었다. 그의 혀도, 머리에 꽂은 깃털도 더 이상 놀란 징후를 드러내지 않았다. 호크아이는 간단히 털가죽의 끈을 풀어 변장을 벗더니, 길고 번득이는 칼을 뽑아 웅카스의 손에 쥐여 주었다.

「휴런족이 밖에 있다.」 그가 말했다. 「준비를 갖추자.」

동시에 그는 그날 저녁 적들 사이에서 선보인 무용의 결실인 비슷한 무기에 손을 얹었다.

「가요!」 웅카스가 말했다.

「어디로?」

「터터스족에게요. 그들은 우리 조상의 후예예요!」

「그렇구나.」 척후병은 마음이 혼란스러워지면 쓰곤 하는 영어로 말했다. 「네 핏줄에도 같은 피가 흐르겠지만, 시간과 거리 때문에 그 빛이 좀 바뀌었다! 문을 지키고 있는 밍고 놈들은 어쩌란 말이냐! 놈들은 여섯인데, 이 찬송가 선생은 없는 셈이니.」

「휴런족은 잘난 척만 해요.」 웅카스가 경멸하는 목소리로 말했다. 「놈들의 〈상징〉은 말코손바닥사슴이라고요. 게다가 뛰는 속도는 달팽이 같고요. 델라웨어는 거북이의 자손이지만 사슴보다 더 빨라요!」

「그래, 애야. 네 말에 일리가 있다. 그리고 짧은 거리에서는 네가 인디언 전체를 이길 거라고 의심치 않아. 그리고 2마일 직선거리라면 너는 놈들이 옆 마을에 닿기도 전에 이미 완주해 숨을 고르고 있겠지! 하지만 백인은 다리보다는 팔이 튼튼하단다. 나로 말할 것 같으면, 휴런이나 더 나은 자와 머리로는 싸울 수 있지만, 경주에는 자신이 없구나.」

이미 앞장설 태세로 문 앞에 다가갔던 웅카스는 몸을 움츠리더니 다시 오두막 안쪽으로 돌아갔다. 생각에 몰두하느라 그 움직임을 알아차리지 못한 호크아이는 동료보다는 자신에게 계속 중얼거리고 있었다.

「따지고 보면, 다른 사람을 위해 한 사람을 묶어 놓는 짓은 이성적이지 못하지. 그러니 웅카스, 너는 달려라. 나는 다시 가죽을 뒤집어쓰고서 속력 대신 기지를 믿어 볼 테니.」

모히칸 청년은 아무 대답도 하지 않고 조용히 팔짱을 끼더니 오두막 벽을 지지하는 수직 기둥에 몸을 기댔다.

「흠.」 척후병이 그를 올려다보며 말했다. 「왜 늑장을 부리느냐. 놈들이 너를 쫓는 동안에 내게는 시간이 충분할 거다.」

「웅카스도 남을 거예요.」 침착한 대답이었다.

「무엇 때문에?」

「아버지의 형제와 함께 싸우고 델라웨어의 친구와 함께 죽기 위해서요.」

「애야.」 호크아이는 강철 같은 손아귀로 웅카스의 손을 꼭 쥐며 말했다. 「네가 날 두고 가는 것은 모히칸이 아니라 밍고

같은 짓이겠지. 하지만 젊은이들은 누구나 삶을 사랑한다는 걸 아니, 사랑하라고 제안해야 한다는 생각이 들었다. 흠, 전쟁에서 용기로 할 수 없는 일은 계략으로 해야지. 이 가죽을 입어라. 너도 나만큼은 곰 시늉을 잘할 테니까.」

그들 각자의 능력에 대해 웅카스가 내심 어떤 의견을 갖고 있었든, 그의 엄숙한 표정에서는 자신이 더 낫다는 뜻은 전혀 드러나지 않았다. 그는 말없이 신속하게 그 동물 가죽을 입고는 나이 많은 동행이 시키는 다음 일을 기다렸다.

「자, 친구여.」 호크아이는 데이비드에게 말했다. 「당신은 숲 속의 방편에 익숙하지 못하니 옷을 갈아입으면 큰 도움이 될 거요. 자, 내 사냥복을 입고 모자를 쓰고, 당신의 담요와 모자는 내게 주시오. 찬송가 책과 안경, 악기도 내게 맡겨야 할 거요. 더 나은 때 다시 만나게 되면 고맙다는 인사와 함께 이것들을 돌려받게 될 거요.」

데이비드는 그 교환으로 여러 모로 이익을 얻지 못했다 할지라도 금세 그 물건들을 내놓아 후하다는 칭찬을 들었다. 호크아이는 그 빌린 옷가지를 입었다. 불안한 눈초리를 안경으로 가리고 비버의 털로 머리를 가리자, 비록 체격은 비슷하지 않아도 별빛 아래서는 쉽게 찬송가 선생으로 보일 것 같았다. 이런 준비를 마치자마자 척후병은 데이비드에게 마지막으로 지시 사항을 일러두었다.

「당신은 겁이 많은 편이오?」 그는 해결책을 구하기 전, 상황을 적절히 이해하기 위해 대놓고 물었다.

「내가 하는 일은 평화로운 일이고, 내 성품은 자비와 사랑에 어울린다고 감히 믿고 있지만……」 데이비드는 자신의 남자다움을 그런 식으로 대놓고 공격하는 데 약간 짜증을 느끼며 대답했다. 「내가 아무리 큰 곤경에 빠진다 해도 주님에 대한 믿음을 잃어버렸다고 할 수 있는 사람은 없습니다.」

「야만인들이 속았음을 깨달았을 때, 당신은 가장 큰 위험에 처할 거요. 그때 머리를 맞지 않는다면, 당신이 제정신이 아니라는 사실이 보호해 줄 것이고, 천수를 다하고 죽을 수 있을 거요. 여기 남아 어둠 속에 앉아서 인디언들이 속았음을 알아차릴 때까지 웅카스의 역할을 하면 결정의 때가 올 거요. 그러니 도망을 칠 것인지, 여기 남을 것인지 직접 결정하시오.」

「그렇다 하더라도.」 데이비드가 단호하게 말했다. 「나는 델라웨어의 편에서 지낼 겁니다. 그는 나를 위해 용감하고 너그럽게 싸워 주었으니, 나도 그를 위해 이 일과 그 이상을 하겠습니다.」

「남자다운 말이오. 만약 더 현명한 가르침을 받았다면, 당신은 더 나은 전사가 되었을 것이오. 머리를 숙이고 다리에 힘을 주시오. 그 모습을 보면 사실이 너무 빨리 발각될 수 있으니. 가급적 조용히 하고, 말을 할 때면 불쑥 소리를 지르시오. 그러면 인디언들이 이 모든 일을 당신이 벌인 것이 아님을 알겠지. 그럴 리는 없다고 믿지만 혹시라도 놈들이 당신 머리 가죽을 벗겨 간다면, 웅카스와 나는 그 행동을 잊지 않고, 진정한 전사와 믿음직한 친구답게 복수할 것을 믿어도 좋소.」

「잠깐!」 데이비드는 그들이 떠나려는 것을 알아차리고서 말했다. 「내 비록 보잘것없는 사람이나 복수의 원칙을 가르치지 않는 이를 따르고 있습니다. 그러니 내가 죽더라도 나를 위해 희생자를 만들지 말고 나를 죽인 자들을 용서해 주십시오. 그리고 그들을 혹시 기억한다면, 그들의 계몽과 영원한 안식을 기도해 주십시오!」

척후병은 머뭇거리며 생각에 잠긴 듯했다.

「숲의 법칙과는 다른 원리가 있구려! 하지만 정당하고 고귀한 것이오!」 그는 무거운 한숨을 내쉬었는데, 아마 그가 오래전에 버린 신분을 아쉬워하며 내쉰 한숨 가운데 하나였을 것이다. 「당신이 같은 기독교인을 대하듯 인디언을 대하기가 늘 쉬운 것은 아니지만, 나 역시 그렇게 하고 싶소. 신께서 당신을 축복하시길 바라겠소, 친구여. 상황을 충분히 따져 보면 많은 것이 타고난 재능과 유혹의 힘에 따라 결정되지만, 영원을 바라보며 사는 당신의 직관도 크게 틀리지 않다고 믿고 있소.」

이렇게 말한 척후병은 돌아서서 데이비드의 손을 따뜻하게 잡았다. 그렇게 우정의 나눈 뒤, 그는 새로운 곰 연기자와 함께 곧 오두막을 나섰다.

휴런족의 눈앞에 나서자마자, 호크아이는 데이비드의 뻣뻣한 몸놀림을 흉내 내면서 박자를 맞추듯 팔을 휘두르고 찬송가를 부르는 시늉을 했다. 다행히 그들의 귀가 이렇게 낭랑한 소리에 숙련되지 않았기에 망정이지, 그러지 않았다면 이 딱한 시도는 분명히 발각되고 말았을 것이다. 야만인들이 모여 있는 위험한 곳을 지나가야 했고, 그들이 가까이 다가오자 척후병의 목소리는 더욱 커졌다. 바로 앞에서 영어를 하는 휴런이 팔을 내밀더니 찬송가 선생을 세웠다.

「그 델라웨어의 개 말이다!」 그가 몸을 숙여 침침한 빛에서 상대의 표정을 살피며 물었다. 「그가 겁을 내던가? 휴런족이 그의 신음 소리를 듣게 되겠나?」

곰에게서 너무나 사납고 자연스럽게 으르렁거리는 소리가 들리자 젊은 인디언은 손을 놓더니 그 옆에 서 있는 것이 진짜 곰이 아니라는 사실을 확인하려는 듯 물러났다. 약삭빠른 적에게 목소리가 탄로 날까 두려웠던 호크아이는 반가운 마음으로 말을 끊었다가 보다 세련된 사람들 사이에서는 〈열창〉이라고 불렀을 만한 괴성을 질러 댔다. 하지만 실제로 그 목소리를 들은 자들 사이에서 그것은 그가 실성했음을 확인시켜 주는 증거에 불과했다. 인디언들은 동시에 물러났고, 주술사와 그의 조수가 지나가도록 해주었다.

웅카스와 척후병이 오두막을 지나가는 동안 위엄 있고 침착한 보조를 유지하기 위해서는 보기 드문 용기가 필요했다. 곧 알아차렸듯, 두려움보다는 호기심이 훨씬 더 강한 그들은 주술의 효과를 확인하기 위해 오두막으로 다가가고 있었기 때문이다. 데이비드가 조금이라도 분별없거나 초조한 움직임을 했다가는 발각될 것이고, 척후병의 안전을 확보하기 위해서는 시간이 반드시 필요했다. 그가 지나가며 계속하는 것이 현명하다고 여기고 낸 소리 때문에 호기심 많은 구경꾼들이 여러 오두막 문 앞에 나타났다. 그리고 한두 차례 어두운 표정의 전사가 미신 탓인지 경계심 탓인지 그들 앞길을 가로질러 지나갔다. 하지만 그들을 막는 것은 없었다. 어두운 시각이었고, 대담한 시도는 큰 도움이 되었다.

모험가들이 마을을 완전히 벗어나, 안전한 숲을 향해 빠르게 다가가는 사이 웅카스가 갇혀 있던 오두막에서 크고 긴 고함 소리가 솟아 나왔다. 모히칸은 일어나더니, 마치 그가 연기하던 곰이 필사적인 시도를 하려는 듯 가죽을 벗어 던졌다.

「잠깐!」 척후병이 친구의 어깨를 잡더니 말했다. 「다시 소리를 지르게 두자! 저건 놀란 소리일 뿐이다.」

더 기다릴 필요는 없었다. 그다음 순간 요란한 고함 소리가 바깥의 하늘과 마을 전체를 채우며 울려 퍼졌기 때문이다. 웅카스는 가죽을 벗고서 아름다운 비율의 모습으로 돌아왔다. 호크아이는 그의 어깨를 가볍게 두드리고 미끄러지듯 앞장서서 나갔다.

「이제 저 악마들더러 우리를 쫓으라고 하자꾸나!」 척후병은 덤불 아래서 필요한 장비와 장총 두 정을 꺼내 웅카스에게 하나를 건네며 말했다. 「적어도 두 놈은 그러다 죽게 될 테니.」

사냥감을 마주할 태세를 갖춘 사냥꾼처럼 각자의 총을 쥔 그들은 앞으로 달려 나가더니 곧 고요하고 캄캄한 숲 속으로 자취를 감췄다.

27

안토니우스 내 기억하겠네.
시저가 이렇게 하라고 하면, 그렇게 된다는 것을.
「줄리어스 시저」 1막 2장 9~10행

앞에서 본 것처럼 웅카스를 가둬 둔 오두막에 모여 있던 야만인들의 호기심은 주술에 대한 두려움을 이겼다. 그들은 두근거리는 가슴으로 모닥불의 흐릿한 빛이 빛나는 틈으로 조심스레 들어갔다. 잠시 그들은 데이비드의 모습을 포로의 모습으로 착각했지만, 호크아이가 예측했던 바로 그런 일이 벌어졌다. 기다란 몸의 사지를 그렇게 한데 모으고 있기가 힘들어진 찬송가 선생은 차츰 다리를 뻗다가 한쪽 발이 불똥에 닿아 피하게 되었던 것이다. 처음에 휴런족은 델라웨어가 주술로 인해 변한 거라고 믿었다. 하지만 데이비드가 지켜보는 사람이 있는 줄 모르고서 고개를 돌려 포로의 오만한 모습 대신 그 단순하고 온화한 얼굴을 드러내자 아무리 속기 쉬운 원주민에게도 더 이상 의심할 여지가 없었다. 그들은 함께 오두막으로 몰려 들어가 포로를 마구잡이로 만져 보고는 이내 속았음을 알아차렸다. 그때 도망자들이 첫 번째 들은 소리를 낸 것이다. 그리고 그다음 광기와 분노에 찬 복수의 고함 소리가 이어졌다. 친구들이 도망쳤음을 감추어 주려는 결심이 굳었음에도 불구하고, 데이비드는 자신의 최후가 닥쳤다고 믿을 수밖에 없었다. 찬송가와 악기가 없는 그는 그런 경우에는 틀리는 일이 드문 기억에 의존해 높다랗고 열렬한 곡조를 쏟아 내며 장례의 노래 첫 구절을 불러 저승으로 편안히 건너가고자 했다. 인디언들은 당연히 그의 실성한 상태를 기억하고 밖으로 달려 나가 앞서 말한 대로 마을 사람들을 깨웠다.

원주민 전사는 자면서도 싸울 태세를 갖추고 있다. 그러므로 사람들을 깨우는 소리가 들리자마자 2백 명의 사람들이 일어나 전투, 혹은 추적할 채비를 갖췄다. 탈출 소식이 다 알려졌고, 부족 전체가 평의회 오두막에 모여 초조한 마음으로 추장들의 지시를 기다렸다. 이처럼 지혜가 필요한 때 약삭빠른 마구아의 존재를 빼놓을 수 없었다. 그의 이름이 언급되었고, 그가 나타나지 않았다는 사실에 모두 놀라운 표정으로 두리번거렸다. 그러자 그의 오두막에 찾아간 심부름꾼이 그가 어디 있는지 알아보았다.

그사이 청년 가운데 가장 빠르고 신중한 이들이 수상한 이웃인 델라웨어족이 아무런 음모도 꾸미지 않는지 확인하기 위해 몸을 숨기고 찾아가 보라는 명령을 받았다. 여자들과 아이들은 여기저기 뛰어다녔으며 한마디로 말해 마을 전체가 다시금 거칠고 야만스러운 혼란에 휩싸였다. 하지만 차츰 무질서의 징후는 사라졌고 몇 분 만에 가장 나이 많고 존경받는 추장들이 오두막에 모여 진지하게 의논했다.

수군거리는 소리가 몇몇 사람들이 다가오고 있음을 알려 왔고, 그렇게 온 사람들은 이 놀랍고 기이한 사건을 설명해 줄 정보를 전할 이들로 여겨졌다. 밖에 모인 이들이 길을 터 주자 전사 몇 명이 척후병이 오랫동안 가둬 둔 주술사를 데리고 안으로 들어갔다.

휴런족 가운데는 그자의 능력을 맹목적으로 믿는 이들도 있는가 하면, 그가 협잡꾼이라고 여기는 이들도 있어 그 평가가 제각각이었음에도 불구하고, 모두 그의 말을 매우 신중하게 경청했다. 그의 짧은 이야기가 끝나자 병든 여인의 아버지가 앞으로 나오더니 간결한 몇 마디로 자신이 아는 내용을 전했다. 이 두 사람의 이야기는, 야만인이 그 특유의 약삭빠른 머리로 내놓는 이어지는 질문에 적당한 방향을 제시했다.

아무렇게나 흐트러진 무리가 동굴로 달려가는 대신, 추장 가운데 가장 현명하고 단호한 열 명이 선발되어 조사에 착수했다. 한시도 지체할 수 없었으므로 선정이 이루어지는 순간 선발된 사람들은 동시에 일어나더니 말없이 출발했다. 입구에 도착하자 앞서 도착한 젊은이들이 연장자에게 길을 터주었고, 다수의 이익을 위해 헌신할 마음의 준비가 되어 있기도 하지만 동시에 자신이 상대할 존재가 지닌 힘을 내심 의심하는 심정으로 전사들은 함께 천장이 낮고 어두운 통로를 따라 들어갔다.

동굴의 바깥쪽 방은 고요하고 적막했다. 〈백인 의사〉라는 자가 숲으로 데려나갔다고 했지만, 병든 여인은 평소처럼 그대로 누워 있었다. 아버지가 전한 이야기와 이처럼 명백히 상충되는 일이 벌어지자 모든 사람들이 그를 쳐다보았다. 말없는 비난에 짜증이 나고, 이처럼 이해할 수 없는 상황에 내심 마음이 괴로워진 추장은 침상 옆으로 다가가 그 실체를 의심하는 듯, 믿을 수 없다는 표정으로 살펴보았다. 딸은 죽어 있었다.

당연한 감정이 잠시 자리 잡았고, 늙은 전사는 슬픔에 눈을 가렸다. 북받친 감정을 다스리고 난 그는 동료들을 마주하고 시체를 가리키며 자기 부족의 언어로 말했다.

「우리 청년의 아내가 떠났소! 대령(大靈)께서 그 아이들에게 화가 나신 것이오.」

그 슬픈 소식에 모두 엄숙히 침묵했다. 잠시 후, 나이 든 추장 하나가 말을 하려는데 옆의 방에서 검게 보이는 물체 하나가 그들이 모인 방 가운데로 굴러 들어왔다. 그것의 정체를 알지 못한 그들은 모두 조금 뒤로 물러났고, 그 물체가 불빛을 받아 비틀어졌지만 여전히 맹렬하고 부루퉁한 마구아의 모습으로 나타날 때까지 놀란 표정으로 쳐다보기만 했다. 마구아의 얼굴이 드러나자 모두 놀라 탄성을 올렸다.

하지만 추장이 처한 상황이 사실대로 알려지자 몇 개의 칼이 등장하여 그의 사지와 입을 재빨리 풀어 주었다. 휴런은 일어나 굴을 나서는 사자처럼 몸을 흔들었다. 그는 한 마디도 하지 않았지만, 발작적으로 칼 손잡이를 만지작거리면서 보복의 첫 번째 대상을 찾고 있기라도 하다는 듯, 눈을 내리깔고서 모인 이들을 훑어보았다.

그 순간 웅카스와 척후병 그리고 데이비드조차도 그의 팔이 닿지 않는 곳에 있었던 것은 다행이었다. 그때라면 잔인함에 있어서 아무리 뛰어난 능력이 있다 해도, 숨통을 막다시피 한 마구아의 맹렬한 분노가 부추기는 행동에 맞서 그들의 죽음을 막아 낼 수는 없었을 테니 말이다. 사방에 같은 편의 얼굴만 보이자 그 야만인은 쇠줄을 갈듯 이를 갈고는 분풀이를 할 곳이 없어 삼키고 말았다. 이 같은 분노는 그곳에 있던 모두가 지켜보았고, 이미 광기에 가까워진 노기를 더 자극하지 않도록 아무 말 없이 몇 분을 보냈다. 하지만 적당한 시간이 흐르자 그중 가장 연장자가 이렇게 말했다.

「내 친구가 적을 찾았군! 그가 가까이 있다면, 휴런족이 복수를 할 것이다!」

「그 델라웨어를 죽이시오!」 마구아가 천둥 같은 목소리로 외쳤다.

또 한 차례 길고 의미심장한 침묵이 이어졌고, 전과 마찬가지로 같은 인물이 조심스레 입을 열었다.

「그 모히칸은 발이 빨라 멀리 달려 나갈 수 있겠지만, 우리 젊은이들이 추적하고 있소.」

「그가 달아났소?」 마구아는 폐부 깊숙한 곳에서부터 으르렁거리는 목소리로 물었다.

「우리 중에 사악한 영혼이 함께 있었고, 그 델라웨어가 우리의 눈을 가렸소.」

「사악한 영혼이라!」 마구아는 조롱하듯 말했다. 「놈은 휴런족을 숱하게 죽인 영혼이오. 내 청년들을 〈뒤집히는 강〉에서 죽이고, 〈치유의 샘〉에서 머리 가죽을 벗겨 가고, 르 르나르 수틸의 손목까지 묶은 영혼이오!」

「누구를 가리키는 말이오?」

「흰 살갗 속에 휴런의 심장과 잔꾀를 지닌 놈, 〈라 롱그 카라빈〉 말이오.」

그처럼 무시무시한 이름이 언급되자 듣던 이들 사이에서 평소와 같은 반응이 나왔다. 하지만 생각할 시간이 주어지고, 전사들은 무섭고도 대담한 적이 그들 야영지의 한가운데 있었다는 사실을 기억하자 놀라움 대신 무시무시한 분노를 느꼈고 그 직전까지 마구아의 가슴을 괴롭혔던 맹렬한 감정이 동료들에게도 옮아 갔다. 그중 몇몇은 분해 이를 갈았고, 어떤 이들은 고함을 쳐서 감정을 폭발시켰으며, 증오의 대상을 때리기라도 하듯 허공에 주먹질을 해대는 이들도 있었다. 시간이 흐르자 이처럼 폭발시킨 분노도 이내 가라앉았고, 그들이 보통 움직이지 않을 때면 취하는 잠잠하고 침울한 자제 상태가 되었다.

충분히 생각한 난 마구아는 태도를 바꾸어 그처럼 중대한 사안에 대해 위엄 있게 대응할 줄 아는 사람처럼 굴었다.

「내 부족 사람들에게 돌아갑시다.」 그가 말했다. 「그들이 우리를 기다리고 있소.」

그의 동료들은 말없이 동의했고, 야만인 일당은 모두 함께 동굴을 떠나 평의회 오두막으로 돌아갔다. 자리를 잡고 나자 모두가 자신을 쳐다보는 것을 느낀 마구아는 만장일치로 있었던 일을 설명하는 임무가 자신에게 주어졌음을 알았다. 그는 일어나 거짓이나 감춤 없이 이야기를 전했다. 덩컨과 호크아이가 함께 벌인 사기는 물론 모두 밝혀졌다. 부족 가운데 미신을 가장 신봉하는 이들에게도 더 이상 이 사건의 정체에 대해 의심할 여지는 없어졌다. 그들이 모욕과 수치, 불명예를 당했고 속았음이 명백해졌다. 그가 이야기를 마치고 자리에 돌아가자 전사들을 비롯해 듣고 있던 부족 모두가 적의 뻔뻔함과 성공에 모두 놀라 서로를 쳐다보았다. 하지만 다음 생각할 사안은 복수의 수단과 기회였다.

도망자들을 쫓기 위해 추격자를 더 보냈고 추장들은 열심히 의논했다. 나이 많은 전사들이 여러 가지 방법을 줄줄이 내놓았고, 마구아는 말없이 그 모든 내용을 귀담아들었다. 그 약은 야만인은 교묘한 술수와 자제심을 되찾았으며 평소처럼 조심스럽고 요령 있게 목적을 추구했다. 할 말이 있는 이들의 의사를 모두 들은 뒤에야 자신의 의견을 내놓을 채비를 갖췄다. 추격자 중 몇몇은 이미 돌아와서, 그때까지의 추적으로는 적이 인접한 그들의 우방, 델라웨어족의 야영지에 피신한 것만큼은 분명하다고 알려 왔고, 그의 의견에는 더욱 무게가 실리게 되었다. 이처럼 중대한 정보를 얻은 마구아는 동료들을 위해 신중하게 계획을 내놓았고, 그의 웅변과 지략으로 보아 예상할 수 있듯이 아무런 반대 없이 채택되었다. 그 의견과 목적은 다음과 같이 요약되었다.

여기는 법이 드문 정책에 따라, 자매는 휴런 마을에 닿자마자 헤어졌음을 이미 밝힌 바 있다. 마구아는 앨리스를 잡아 놓으면 코라 역시 가장 효과적으로 잡아 두는 셈임을 이미 알고 있었다. 그러므로 그들이 헤어질 때 앨리스는 자신에게 가까운 곳에 두었고, 코라는 그들과 한편인 부족에게 맡겨 두었다. 이는 일시적인 방편이었고, 인디언들이 변함없이 지키는 규칙을 따름과 동시에 이웃 부족의 비위를 맞춰 주기 위한 것이기도 했다.

야만인의 마음속에서 잠드는 법이 드문 복수심에 끊임없이 자극받으며, 마구아는 여전히 자신이 내내 갖고 있던 사적인 이익을 추구했던 것이다. 젊은 시절 그가 저지른 어리석고 불충한 짓이 길고 고통스러운 참회로 상쇄되고서야 그는 노인들의 신뢰를 충분히 얻을 수 있었다. 그러한 신뢰가 없다면 인디언 부족 내에서 권위란 있을 수 없었다. 이처럼 미묘하고 힘든 상황에서 약삭빠른 마구아는 자신의 영향력을 강화할 수단을 하나도 놓치지 않았고, 가장 다행인 것은 그가 강력하고 위험한 이웃 부족들의 환심을 사두었다는 점이었다. 그가 시도한 결과는 예상 그대로 들어맞았다. 휴런족도 인간들로 하여금 자신의 재능을 남들이 평가하는 만큼 평가하도록 하는 자연의 법칙으로부터 전혀 예외일 수 없었기 때문이다.

이처럼 모두를 생각하는 척 허울만 희생하는 와중에도, 마구아는 자기 개인의 목적을 잊지 않았다. 그 목적은 예상하지 못한 사건으로 좌절되었고, 포로를 모두 놓쳐 버렸으며, 그는 이제 직전까지만 해도 자신의 뜻에 따라야 했던 이들에게 부탁해야 하는 처지가 되었다.

추장 가운데 몇 명은 델라웨어족을 급습할 심오하고도 위험천만한 계획을 내놓고서, 그들의 야영지를 확보해 포로들을 되찾자고 했다. 그들 자신의 명예, 이익, 죽은 동포의 평화와 행복을 지키려면 재빨리 복수에 희생시킬 상대를 찾아야 한다고 모두 동의했기 때문이다. 하지만 그처럼 위험하고 의심스러운 계획은 마구아가 쉽게 포기시킬 수 있었다. 그는 평소대로 솜씨 좋게 그 위험과 오류를 드러냈다. 반대하는 충고로 모든 장애물을 제거한 다음에야 그는 자신의 생각을 내놓았다.

그는 듣는 이들의 동료애를 칭찬함으로써 주목을 끌며 말을 시작했다. 휴런족이 치욕적인 사건을 벌주는 데 있어서 용기와 힘을 보여 준 여러 사례를 열거한 다음, 지혜의 미덕을 늘어놓았다. 그는 비버와 다른 동물들의 차이를 주장함으로써 그 자질을 찬양했다. 마지막으로 그는 특히 휴런과 다른 종족 사이의 차이를 설명했다. 신중하게 행동해야 한다고 충분히 훈계한 다음, 부족이 처한 상황에 그 지혜를 어떻게 활용할지 밝히기 시작했다. 그는 한편으로, 그들의 손도끼를 붉게 물들인 이후로 그들을 못마땅하게 여겨 온 백인 아버지, 캐나다 총독을 염두에 두어야 한다고 말했다. 또 한편, 그들 자신처럼 수가 많고 서로 다른 언어를 쓰며, 이해관계도 다르고, 적대적인 관계에 있는, 위대한 백인 추장에게 끌고 가 치욕을 주고 싶은 민족 역시 염두에 두어야 한다고 했다. 그다음 그는 필요한 것들에 대해, 과거의 봉사에 대해, 그들이 당연히 기대할 수 있는 선물에 대해, 그들이 제대로 된 사냥터와 고향 마을에서 얼마나 멀리 떨어져 있는지에 대해, 그리고 이처럼 중대한 상황에서는 더욱 신중하고 편향되지 않아야 한다는 사실에 대해 말했다. 노인들이 그의 신중한 계획에 찬성하는 반면, 더 사납고 뛰어난 전사들이 이 교활한 술책을 경멸하는 표정으로 듣고 있음을 알아차리자, 그는 약삭빠르게도 그들이 가장 좋아하는 주제로 돌아갔다. 그는 이 지혜의 결실은 적들을 상대로 결국 완전히 승리하는 것이 되리라고 과감하게 선언했다. 그는 적절히 주의만 한다면 그 성공으로 말미암아 그들이 마땅히 증오할 대상 모두의 파멸로 이어질 것이라고 음험하게 암시하기도 했다. 간단히 말해 그는 호전성과 기교, 분명한 것과 애매한 것을 적절히 뒤섞어 양쪽의 성향을 모두 만족시켰고, 양쪽 모두 자신의 의도를 뚜렷이 이해한다 말할 수 없는 상황에서 그들에게 희망을 심어 주었다.

그와 같은 상태를 이뤄 낼 수 있는 웅변가 혹은 정치가는 후대에서는 어떤 취급을 받든 당대에는 인기를 누리기 마련이다. 모두들 그가 말한 내용에는 더 큰 뜻이 감춰져 있다고 인식했으며, 그 감춰진 의미는 저마다의 성미에 맞는 것이라고, 혹은 저마다의 소망에 맞는 것이라고 믿었다.

이처럼 만족스러운 상황에서 마구아의 수완이 통한다는 사실은 놀라운 일이 아니다. 그들 부족은 신중하게 행동하기로 합의하였고, 그처럼 현명하고 지적인 방책을 내놓은 추장의 관할에 모든 일을 맡기자고 한목소리로 동의했다.

마구아는 이제 모든 잔꾀와 계획을 동원할 하나의 커다란 목표를 얻었다. 그가 민족에게서 잃었던 지지 기반은 완전히 회복되었고, 심지어 이 문제를 처리할 우두머리 자리까지 차지했다. 사실, 그는 그들의 통치자였다. 그가 인기를 유지하는 한, 그 부족이 적대적인 곳에서 계속 지내는 동안에는 특히 그 어떤 군주도 그만한 독재를 누릴 수는 없었다. 따라서 의논하는 시늉을 집어치우고, 그는 자신의 중대한 직무에 필요한 권위를 발휘했다.

추격자들은 정보를 구해 오도록 여러 방향으로 파견되었다. 첩자들은 델라웨어족의 야영지에 다가가 살피라는 명령을 받았다. 전사들은 자신의 임무가 곧 시작될 것이라는 통고를 받고서 오두막으로 돌아갔다. 여자들과 아이들은 조용히 있는 것이 의무라는 경고를 받고 잠자리에 들었다. 이처럼 몇 가지 조치를 취하고 난 마구아는 마을을 돌아다니면서 여기저기 자신이 찾아와 준 것에 으쓱해할 사람들을 찾아다녔다. 그는 친구들의 신뢰를 확인하고, 동요하는 이들을 진정시키며 모두를 만족시켰다. 그는 자기 오두막을 찾았다. 그 추장이 쫓겨날 때 버린 아내는 이미 죽었다. 자식은 없었다. 그는 가족 없이 오두막 한 곳에 살았다. 사실 그곳은 데이비드가 발견했던, 다 쓰러져 가는 외딴 오두막이었고, 데이비드는 몇 번 만났을 때 오만한 우월감에 무시하면서 봐준 상대였다.

계획을 착수하는 일이 끝나자, 마구아는 그곳으로 돌아갔다. 하지만 다른 이들이 자는 동안 쉬지도, 쉴 생각을 하지도 않았다. 새로 선출된 추장의 움직임을 지켜볼 만큼 호기심 많은 사람이 있었다면 그가 오두막 구석에 앉아 오두막에 들어간 순간부터 다시 전사들이 모이기 전까지 앞으로의 계획을 생각하고 있었음을 알 수 있었을 것이다. 이따금 오두막 틈으로 바람이 불어 들어왔고, 모닥불에서 잦아들던 불꽃이 그 침울한 표정의 은둔자를 가냘프게 비췄다. 그런 순간이면 그 검은 야만인을 죄를 꾸며 내고 악행을 계획하는 사탄이라 여기기도 어렵지 않았을 것이다.

동이 트기 한참 전, 전사들이 차례로 마구아의 외딴 오두막에 들어왔고 곧 스무 명이 되었다. 모두가 소총과 전쟁에 필요한 도구를 들고 있었지만, 평화 시의 치장을 하고 있었다. 이 사나워 보이는 자들의 등장은 눈에 띄지 않았다. 모두 모일 때까지 몇 명은 그늘진 자리에 앉았고, 몇몇은 조각상처럼 꼼짝하지 않고 서 있었다.

마구아가 일어나더니 앞장서며 따라오라고 손짓했다. 그들은 〈인디언 종렬〉이라는 유명한 명칭을 얻은 순서대로 지도자를 성실히 따랐다. 영혼을 뒤흔드는 전쟁에 참전하는 다른 이들과는 달리, 과감한 행동으로 금세 사라지는 명성을 얻고자 하는 전사라기보다는 미끄러지듯 사라지는 한 떼의 유령처럼 아무도 모르게 살그머니 야영지를 떠났다.

델라웨어족의 야영지로 곧바로 통하는 길을 따르는 대신,

마구아는 부하들을 이끌고 구불구불 흐르는 개울과 비버들이 지어 놓은 작은 호수를 따라 한참 내려갔다. 그들이 그 지혜롭고 부지런한 동물들이 만들어 놓은 공터에 들어서자 동이 트기 시작했다. 가죽옷에 여우 털을 달고 있던, 옛 옷차림을 되찾은 마구아는 비버를 상징하는, 혹은 토템으로 여겨지는 추장을 보았다. 그토록 강력한 동족 사회에서 이 추장에게 자신의 존경심을 증명하지 않고 지나간다면 신성 모독이 될 것이었다. 따라서 그는 걸음을 멈추고, 그보다 더 지적인 존재를 향해 이야기하듯 상냥하고 절친한 말투로 말을 걸었다. 그는 그 동물들을 친척이라 부르고, 욕심 많은 장사꾼들이 인디언들에게 비버의 목숨을 앗으라고 종용하는 와중에 자신이 지켜 준 덕분에 그들이 해를 입지 않았음을 재차 확인시켜 주었다. 그는 계속해서 돕겠다고 약속하고는 고마운 줄 알라고 훈계했다. 그다음 그는 자신이 맡은 임무에 대해 이야기하고, 충분히 조심스럽게 완곡하게 표현했지만, 그들이 지닌 지혜를 조금만 친척에게 나눠 달라고 부탁했다.[48]

이처럼 독특한 연설을 하는 동안, 그의 동료들은 그 옳은 말에 자신들도 감명을 받은 듯 엄숙한 태도로 경청했다. 한두 차례 수면에서 검은 물체가 일어나는 것이 보였고, 휴런은 자신의 연설이 헛되지 않았다고 생각하며 기쁜 표정을 지었다. 그가 연설을 마치는 순간, 커다란 비버 한 마리의 머리가 흙벽이 크게 망가져 빈집이라 여긴 오두막 문에서 튀어나왔다. 이처럼 보기 드문 신뢰의 표시를 보고 웅변가는 아주 좋은 징조라 여겼다. 그리고 비버가 조금 서둘러 물러나긴 했지

---

48 이처럼 동물에게 말을 늘어놓는 것은 인디언 사이에서 자주 벌어지는 일이다. 그들은 종종 희생자들에게도 이런 식으로 말을 걸고서, 그들이 고통당하면서 용기나 그 반대를 드러낼 때 비겁하다고 비난하거나 결의를 촉구한다.

만 감사와 칭송을 아낌없이 퍼부었다.

전사의 부족애를 만족시키는 데 충분한 시간을 낭비했다고 여긴 마구아는 다시 출발 신호를 했다. 인디언들이 동시에 움직였고, 여느 사람의 귀에 발소리 하나 들리지 않게 되었을 때, 그 근엄한 비버가 다시 둥지에서 고개를 내밀었다. 휴런족 가운데 하나가 뒤를 돌아보았다면, 그 동물이 사람의 이성을 갖고 있다고 착각할 만큼 진지하고 흥미로운 표정으로 자신들을 지켜보는 광경을 보았을 것이다. 사실, 그 네발 달린 짐승의 행동은 너무나 특이하고 똑똑해 보여 아무리 경험 많은 관찰자라도 그 행동을 설명하기 어려웠을 것이다. 마구아 일행이 숲으로 들어가고 난 뒤 오두막에서 완전히 나온 동물이 털 가면을 벗고 칭가치국의 근엄한 모습을 드러내는 것을 확인하기 전까지는 말이다.

28

부탁이니 짧게 하세요. 아시다시피, 지금은 제가 바쁜 시간이니까요.
「헛소동」 3막 5장 4~5행

앞서 그렇게 자주 언급되었으며, 휴런의 임시 마을에 매우 가까이 살고 있었던 델라웨어 부족, 내지는 그 부족 절반은 휴런과 비슷한 수의 전사를 모을 수 있었다. 이웃과 마찬가지로 그들도 몽캄을 따라 영국 국왕의 영토로 들어왔고, 모호크족의 사냥터를 크게 침략하고 있었지만, 원주민 사이에서 자주 발견되는 신중한 태도를 견지해 가장 필요한 순간에 원조를 보류하는 것이 가장 적절하다고 여기고 있었다. 프랑스인들은 동맹 측의 이 같은 변절을 여러 가지로 설명했다. 하지만 그들이 한때 6개 민족 연합에 의존하도록 한 옛 조약을 지키다 보니 이전 주인과 맞닥뜨리는 것이 내키지 않았기 때문이라는 것이 대다수의 의견이었다. 그 부족 스스로는 도끼가 무뎌졌으며 그것을 갈 시간이 필요하다고 대사를 통해 몽캄에게 알리는 것으로 충분하다 여겼다. 캐나다의 분별 있는 사령관은 판단 착오로 우군을 적으로 바꾸느니 소극적인 우군을 갖는 편이 낫다고 여겼다.

앞에서 설명했듯 마구아가 소리 없이 일당을 이끌고 비버의 서식지에서 숲으로 들어가던 아침, 태양이 델라웨어족의 야영지에 떠오르자 사람들은 모두 평소 하던 일에 착수한 듯 바삐 움직이기 시작했다. 여자들은 오두막 사이를 뛰어다니며 아침 식사를 준비하기도 하고 자신에게 필요한 위로를 구하기도 했지만, 대부분은 친구들과 황급히 몇 마디를 속삭이느라 걸음을 멈추곤 했다. 전사들은 무리를 지어 모여서 대화보다는 생각에 몰두했고, 의견을 견주어 보는 사람들처럼 몇 마디씩 주고받기도 했다. 오두막 사이에서는 추격에 필요한 도구가 잔뜩 보였다. 여기저기에서, 전사들은 숲 동물 이외에는 아무런 적도 마주칠 일이 없는 시기로서는 드물게 주의를 기울여 무기를 살피고 있었다. 그리고 이따금 무리 전체의 눈길이 마을 한가운데 크고 고요한 오두막을 향해 동시에 움직이곤 했다. 마치 그들이 공통으로 생각하는 대상이 거기 들어 있는 것 같았다.

이런 장면이 펼쳐지는 사이, 문득 한 남자가 마을의 기반을 형성하는 넓적한 바위 반대쪽 끝에 등장했다. 그는 무기도 갖고 있지 않았고, 치장은 타고난 외모에서 풍기는 엄격함을 더하기보다는 감하는 편이었다. 델라웨어족이 모두 바라보이는 곳에 다다른 그는 걸음을 멈추고 무기를 하늘을 향해 던진 다음 가슴에 떨어지도록 함으로써 우호의 뜻을 나타냈다. 마을 사람들은 낮게 환영 인사를 중얼거리며 그의 인사에 화답했고, 우호를 표시하며 그가 다가오도록 했다. 이런 다짐으로 확인을 받자, 검은 피부의 사람은 바위가 지어 준 입구에서 붉게 물든 아침 하늘을 배경으로 잠시 서 있다가 오두막들이 서 있는 한가운데로 걸어 들어가기 시작했다. 그가 걷는 동안, 팔과 목에 건 장신구의 가벼운 은장식과 사슴 가죽신에 매단 작은 종이 짤랑거리는 소리밖에 들리지 않았다. 그는 다가오면서 지나치는 사람에게 여러 차례 예의 바르게 인사했지만, 그 상황에 여인들의 도움은 중요하지 않다는 듯 눈길조차 주지 않았다. 거만한 행동거지들로 보아 추장이 분명한 무리에 닿자, 이방인은 걸음을 멈췄고, 그제야 델라웨어족은 눈앞에 선 민첩하고 꼿꼿한 인물이 유명한 휴런의 추장, 르 르나르 수틸임을 알 수 있었다.

그는 엄숙하고 고요하며 신중한 응대를 받았다. 앞에 서 있던 전사들은 옆으로 비켜 그들 가운데 가장 인정받는 달변이며, 북부 원주민들 사이에서 생겨난 모든 언어를 할 줄 아는 이에게 길을 터주었다.

「휴런의 현자를 환영합니다.」 말 잘하는 델라웨어가 마쿠아족의 언어로 말했다. 「호슷가의 형제들과 함께 〈수카투시〉[49]를 드시러 오셨군요!」

「그렇습니다.」 마구아는 동부의 왕자처럼 위엄 있게 고개를 숙이며 대답했다.

추장은 손을 내밀어 상대의 팔목을 잡았고, 그들은 한 차례 더 따뜻한 인사를 나눴다. 그러고 나자 델라웨어는 손님에게 자기 오두막에 가서 함께 아침 식사를 하자고 청했다. 초대는 받아들여졌고, 두 전사는 서너 명의 노인들과 함께 조용히 걸었다. 나머지 사람들은 그처럼 보기 드문 방문의 이유를 알고 싶은 마음이 간절했지만, 표정이나 말로 조급함을 드러내지는 않았다.

그 후 이어진 짧고도 간소한 식사 시간 동안 대화는 지극히 신중하게 오갔고 마구아가 최근 가담했던 사냥에서 있었던 일만 화제가 되었다. 참석한 모두가 그 방문에는 뭔가 비밀스러운, 아마도 자신들에게 중요한 목적이 있음을 잘 알고 있었음에도 불구하고, 전부 그것이 너무나 당연하다는 표정을 짓고 있었다. 모두의 허기가 가시고, 여자들이 쟁반과 호리병박을 치우자 양 진영은 미묘하게 머리싸움을 할 준비를

---

49 옥수수와 콩을 빻아 만든 음식. 백인들에게도 많이 이용되는 것이다. 여기서 옥수수란 인디언 옥수수인 *maize*를 가리킨다.

마쳤다.

「위대한 캐나다 아버지의 얼굴이 다시 휴런의 자식들을 향하셨습니까?」 말 잘하는 델라웨어 사람이 물었다.

「언제 그렇지 않은 적이 있습니까?」 마구아가 대답했다. 「그분은 내 부족을 〈가장 사랑하는 이들〉이라고 부릅니다.」

델라웨어는 거짓인 줄 알면서도 숙연히 고개를 숙여 보이고는 이렇게 말했다.

「댁의 젊은이들이 쓰는 손도끼는 매우 붉게 물들었습니다!」

「그렇습니다. 하지만 이제는 깨끗해졌고, 무뎌지고 있습니다. 양키들이 죽었고, 델라웨어는 우리의 이웃이니까요!」

상대는 그 우호적인 칭찬에 손짓으로 고마움을 표하고는 가만히 있었다. 그러자 문득 생각났다는 듯 마구아가 그 대학살을 암시하며 물었다.

「내 포로가 형제들에게 수고를 끼치던가요?」

「그녀는 환영받고 있습니다.」

「휴런과 델라웨어 사이의 길은 가깝고 열려 있습니다. 그녀가 형제들에게 수고를 끼친다면 내 여자들에게 보내십시오.」

「그녀는 환영받고 있습니다.」 델라웨어의 추장은 다시 한 번 힘주어 대답했다.

당황한 마구아는 몇 분 동안 입을 다물고 있었지만, 코라를 도로 데려가려는 시도를 꺼내자마자 맞닥뜨린 반발은 모른 척했다.

「젊은이들은 산속 델라웨어의 거처를 떠나 사냥하러 갔습니까?」 한참 만에 그가 말을 이었다.

「레나페는 자신들의 언덕을 다스리고 있습니다.」 상대가 조금 오만하게 대답했다.

「그건 좋은 일입니다. 정의가 인디언의 주인이니! 왜 그들이 서로를 향해 손도끼를 겨누고 칼을 갈아야 합니까! 꽃 피는 봄에 찾아오는 제비만큼 백인들이 많지 않습니까?」
「그렇지!」듣고 있던 서너 명이 동시에 외쳤다.
 마구아는 자신의 말에 델라웨어의 감정이 누그러지기를 잠시 기다린 뒤, 덧붙였다.
「숲에서 낯선 가죽신을 보지 못했습니까? 내 형제들이 백인의 발자국을 찾지 못했습니까?」
「나의 캐나다 아버지는 언제쯤 찾아오신답니까?」상대가 대답을 회피하며 말했다.「그분의 자손들이 뵙고 싶어 합니다.」
「대추장께서 오시면 인디언들과 그 오두막에서 담배를 피우기 위함입니다. 휴런족도 그분을 환영한다고 합니다. 하지만 그 양키들은 좋은 무기와 지치지 않는 다리를 가지고 있습니다! 우리 젊은이들은 델라웨어 마을 근처에서 양키의 흔적을 보는 꿈을 꾸었고!」
「레나페가 잠들어 있지는 않을 겁니다.」
「좋습니다. 눈을 뜨고 있는 전사는 적을 볼 수 있으니.」상대의 허를 찌를 수 없음을 알게 된 마구아는 다시 한 번 화제를 바꾸어 보았다.「내 형제를 위해 선물을 가져왔습니다. 그들 부족은 싸움을 좋아하지 않으니 전쟁에 나서지 않으려 했습니다. 하지만 그 친구는 그들이 살던 곳을 기억하고 있습니다.」
 이렇게 선심을 밝히고 난 약삭빠른 추장은 일어나더니 선물을 펼쳐 놓아 주인들의 눈을 휘둥그렇게 만들었다. 그것은 주로 윌리엄 헨리에서 학살한 여인들에게서 약탈한 시시한 장신구였다. 싸구려 물건을 나누는 데 있어서도, 약삭빠른 휴런은 교묘한 솜씨로 누구에게 무엇을 줄 것인지 정했다. 그는 값어치가 많이 나가는 것을 가장 뛰어난 전사 둘에게 주었는데, 그중 하나는 그를 맞이한 사람이었으며, 그들보다 못한 이들에게 건넨 선물에는 몹시 시의적절한 칭찬을 곁들여 불평의 여지를 남기지 않았다. 간단히 말해, 이 모든 과정에 실리와 아첨이 즐겁게 뒤섞였으므로, 칭송과 솜씨 좋게 뒤섞은 후한 선물을 내놓은 사람은 상대의 눈빛만 보아도 그것이 발휘하는 효과를 금세 읽어 낼 수 있었다.

마구아 편에서 이처럼 잘 판단하여 교묘하게 선수를 치자 즉각적인 결과가 나왔다. 델라웨어는 엄숙한 태도를 벗고 훨씬 더 온화한 표정을 지었다. 특히, 그를 맞이한 주인은 한동안 흡족한 표정으로 자신의 몫을 살펴보더니 다음과 같이 힘주어 말했다.

「내 형제는 현명한 추장입니다. 환영합니다!」

「휴런족은 친구인 델라웨어족을 사랑합니다.」 마구아가 응수했다. 「그러지 않을 이유가 없지 않습니까! 그들은 같은 태양 아래 살 것이고, 죽은 후에 그 의인들은 같은 땅에서 사냥할 것입니다. 인디언들은 친구가 되어 백인들을 밝은 눈으로 살펴야 합니다. 내 형제는 숲에서 첩자들의 자취를 보지 못했습니까?」

〈단단한 심장〉이라는 뜻의 이름을 지니고, 프랑스어로는 〈르 쾨르 뒤르〉라는 별명을 지닌 그 델라웨어는 뜻을 굽히지 않는 완고한 태도를 잃어버렸다. 그 때문에 그는 그처럼 의미심장한 호칭을 얻게 되었는지도 모른다. 그의 표정은 눈에 띄게 누그러지더니 좀 더 직설적으로 대답했다.

「이곳 주위에 낯선 가죽신 자국이 있었습니다. 내 오두막까지 다가와 있었지요.」

「내 형제가 그 개들을 쫓아냈습니까?」 마구아는 추장이 좀 전까지 취하던 애매모호한 태도는 잊어버리고 물었다.

「그럴 수는 없습니다. 레나페의 자손들에게 이방인은 언제나 환영이니까요.」

「이방인이라면 모르겠지만, 첩자는 아니지 않습니까!」

「양키들이 여인을 첩자로 보냅니까? 휴런 추장은 전장에 여인을 데려가지 않는다고 하지 않았습니까?」

「거짓말을 한 것이 아닙니다. 양키들이 척후병을 내보냈습니다. 그들이 내 오두막에 들어왔지만, 아무에게도 환영받지 못했습니다. 그래서 그들은 델라웨어족에게 달아났습니다. 그들은 델라웨어가 친구라고 하고, 그들의 마음은 캐나다의 아버지로부터 돌아섰다고 하니까요!」

이 언질은 급소를 찔렀고, 더 진보한 사회에서라면 이렇게 말한 마구아를 유능한 외교관이라고 불렀을 것이다. 델라웨어는 앞서 변절을 저질렀던 탓에 프랑스 동맹 사이에서 많은 비난을 받았고, 그들은 이제 앞으로 무슨 일을 하든지 질시와 불신을 받게 될 것이라고 예상했다. 큰 통찰력이 없는 사람도 그들이 앞으로 움직일 때마다 큰 편견에 희생되리라 쉽게 짐작할 수 있었다. 멀리 있는 마을과 사냥터, 수백 명의 여인들과 아이들, 병력에 필요한 도구들이 모두 프랑스의 영토 안에 있었던 것이다. 따라서 이처럼 놀라운 선언을 들은 이들은 마구아가 의도한 대로, 경악까지는 아니더라도 불만을 느끼기는 했을 것이다.

「아버지께 내 얼굴을 보게 하십시오.」 르 쾨르 두르가 말했다. 「아무런 변화를 발견하지 못하실 겁니다. 젊은이들이 전쟁에 나가지 않은 것은 사실입니다. 그들은 그러고 싶어 하지 않았습니다. 하지만 그들은 위대한 백인 추장을 사랑하고 존경합니다.」

「그의 가장 큰 적이 그 자식의 야영지에서 먹고 잔다는 소식을 듣는다면, 그분이 그렇게 생각하시겠습니까! 망할 양키가 당신의 모닥불 옆에서 담배를 피운다는 소식을 들으면! 그의 친구들을 그토록 많이 죽인 그 백인이 델라웨어족 사이를 드나든다고 하면! 그만두시오. 내 캐나다의 아버지는 얼간이가 아니니!」

「델레웨어가 두려워하는 양키가 어디 있습니까?」 상대가 받아쳤다. 「내 젊은이들을 죽인 자가! 내 위대한 아버지의 숙적이!」

「라 롱그 카라빈 말입니다.」

델라웨어의 전사들은 그 유명한 이름을 듣고 깜짝 놀라며, 프랑스의 동맹 인디언들 사이에서 그토록 유명한 자가 그들의 수중에 들어왔음을 그제야 알았다는 사실을 드러냈다.

「형제께서는 무슨 말입니까?」 르 쾨르 뒤르가 놀란 나머지 평소 그들 부족이 내보이는 냉담한 태도와는 전혀 다른 어조로 물었다.

「휴런은 거짓말하는 법이 없습니다.」 마구아는 오두막 한쪽에 고개를 기울이며 냉정히 말했고, 웃옷을 걷어 검은 가슴을 내밀었다. 「델라웨어에게 포로를 세도록 하십시오. 그 피부가 붉지도 희지도 않은 자를 찾게 될 테니.」

긴 침묵이 이어졌다. 추장은 동료들과 따로 의논했고, 부족 가운데 높은 이들을 더 부르기 위해 심부름꾼을 보냈다.

전사들이 들어올 때마다 마구아가 방금 전한 중대한 정보를 차례로 알게 되었다. 모두가 놀란 표정을 지었고, 그럴 때면 늘 하듯 목구멍 깊숙한 곳에서 울려 나오는 탄성을 올렸다. 그 소식은 입에서 입으로 전해져 그 야영지 전체에 큰 소란이 벌어졌다. 여자들은 일손을 멈추고서 의논하는 전사들의 입에서 나오는 말에 귀를 기울였다. 소년들은 놀이를 그만두고 겁 없이 아버지들 사이를 돌아다니면서 증오하는 적의 만용에 대해 짧게 튀어나오는 감탄사를 듣고는 호기심에 가득 찬 눈초리로 쳐다보았다. 간단히 말해, 그때만큼은 모든 일이 중단되었다. 부족 전체가 자신들만의 방식으로 감정을 터놓고 표현하는 데 몰두하느라 다른 모든 일을 팽개쳐 두었다.

흥분이 조금 가시자 노인들은 그처럼 민감하고 당혹스러

운 상황 아래 부족의 명예와 안전을 위해 어찌해야 할지 진지하게 의논했다. 이러한 움직임이 벌어지고, 모두가 동요하는 가운데 마구아는 자기 자리를 지켰을 뿐만 아니라, 원래 잡았던 오두막 한쪽 자리에서 그 결과에 아무 관심이 없다는 듯 꼼짝 않고 무관심한 표정을 유지했다. 하지만 그의 기민한 눈은 그곳 주인들이 앞으로 어떤 조치를 취할 것인지에 대한 암시를 단 하나도 놓치지 않았다. 상대해야 하는 사람들의 천성을 잘 알고 있었기 때문에 마구아는 그들이 결정할 조치를 모두 예상했다. 많은 경우, 그들이 자신들의 의도를 알기도 전에, 마구아가 먼저 알고 있었다고 해도 과언이 아니었다.

델라웨어족의 평의회는 짧았다. 그것이 끝나자 모두가 부산을 떨면서 부족의 엄숙하고 공식적인 모임이 곧 이어질 것임을 알렸다. 그런 회의는 드물었고 지극히 중대한 경우에만 소집되므로, 여전히 멀찌감치 앉아 사태를 음험하게 관찰하던 휴런은 자신이 계획한 최종적인 결과가 나올 것임을 알 수 있었다. 그러므로 그는 오두막에서 나와 소리 없이 야영지 앞, 전사들이 이미 모이기 시작한 곳으로 걸어갔다.

여자들과 아이들을 포함해 모두가 그가 간 자리로 모이는 데 30분 정도 걸렸을 것이다. 이처럼 엄숙하고 드문 회의에 필요하다 여겨지는 준비를 갖추느라 지체된 것이었다. 하지만 델라웨어가 야영지를 세운 산의 꼭대기 위로 해가 떠오르자 대부분은 자리를 잡고 앉았다. 나무들이 이룬 윤곽선 뒤에서 흘러나온 태양의 밝은 빛은 그 어느 때보다도 엄숙하고 신중하며, 깊은 관심을 지닌 사람들의 무리를 비췄다. 그 사람들의 수는 약 1천을 넘었다.

그처럼 진지한 야만인들의 모임에서는 성급하게 앞서 이름을 날리기 위해 자신의 평판을 좋게 하려는 욕심으로 듣는 사람들을 분별없는 토론으로 몰아가는 이는 찾을 수 없다.

그와 같은 경거망동을 한 자는 일찌감치 몰락을 겪게 되었다. 회의 주제를 사람들 앞에 소개하는 것은 나이와 경험이 가장 많은 이들의 몫이었다. 그런 이가 조치를 결정할 때까지 아무리 무용이 뛰어나거나 재능이 타고나 훌륭하거나 웅변으로 유명한 자라 해도 조금도 방해할 수 없었다. 그때, 말할 특권을 지닌 노전사는 사안의 심각성이 부담스러운 듯 아무 말도 하지 않았다. 그 지체는 회의에 항상 수반되는 의도적인 침묵보다 훨씬 길었다. 하지만 초조해하거나 놀란 표정은 아무리 어린 아이라도 얼굴에서 드러나지 않았다. 모두가 땅을 바라보고 있지만, 이따금 시선을 들어 악천후의 공격을 막아 줄 것이 없다는 점을 제외하면 주위의 다른 오두막과 하등 다를 바 없는 한 오두막을 쳐다보는 이가 있기는 했다.

마침내 사람들을 혼란시키는 낮은 중얼거림이 들려왔고, 부족 전체가 동시에 벌떡 일어났다. 그 순간 문제의 오두막 문이 열리더니 거기서 나온 세 사람이 천천히 회의 장소로 다가왔다. 그들은 모두, 참석자 가운데 최고령자보다 더 나이가 많았다. 동료들에게 부축을 받고 있던 가운데 사람은 인간에게는 드문 햇수를 살아 왔다. 한때 삼나무처럼 키가 크고 꼿꼿했던 그의 몸은 1세기 이상의 세월로 인해 굽어 있었다. 탄력 있고 가벼운 인디언의 발걸음 대신 땅을 한 치씩 느릿느릿 걸어야 했다. 그의 검고 주름진 얼굴은 길고 하얀 머리카락과 기이하고도 확연한 대조를 이루었고, 그 머리카락은 깎은 지 여러 세대가 지난 듯 어깨에 무성하게 흩어져 있었다.

부족민들의 호감과 그들에게 행사하는 영향력으로 보았을 때 족장이라 불러야 할 이 사람의 옷차림은 호화롭고 강렬했지만, 부족의 소박한 옷차림을 엄격히 따르고 있었다. 그의 웃옷은 최고급 가죽이었으며, 털을 깎아 낸 뒤 앞서 이룬 여러 공적을 상형 문자로 그려 놓았다. 그의 가슴에는 두툼한 은과 한두 개의 금으로 된 훈장이 가득 달려 있었는데, 평생 동안 여러 기독교인 세력가들에게서 받은 것이었다. 팔찌와 발찌도 차고 있었는데, 발찌는 보석으로 만든 것이었다. 전쟁에 나선 지 오래되어 머리카락을 기르고 있던 머리에는 눈처럼 흰 머리카락과 대조되는, 새카맣게 염색한 타조 깃털 세 개 사이에 반짝이는 장신구가 달린 일종의 관이 씌워져 있었다. 그의 손도끼는 거의 은으로 뒤덮여 있었고, 칼의 손잡이는 순금처럼 번쩍였다.

이 존경받는 인물이 일으킨 반가움과 기쁨의 동요가 조금 가라앉자마자, 모두가 〈태머넌드〉라는 이름을 속삭였다. 마구아는 이 현명하고 공정한 델라웨어의 명성을 종종 들은 적이 있었다. 그에 관한 소문에 따르면, 대령과 비밀리에 회동하는 능력이 있다고도 했고, 그래서 그가 오래전 살던 영역을 빼앗은 백인들 사이에서는 광활한 제국의 수호성인[50]이라는 설까지 퍼졌다. 그렇기에 휴런의 추장은 자신의 운명에 깊은 영향력을 행세할 결정을 내릴 사람의 모습을 좀 더 가까이에서 볼 수 있는 자리를 향해, 사람들 무리에서 열심히 앞으로 나아갔다.

노인의 눈은 인간의 이기심이 작용하는 바를 너무 오랫동안 지켜본 데 지친 듯 감겨져 있었다. 그의 피부색은 더 짙고 검어 주위 사람들과 달랐다. 검은 빛깔은 복잡하지만 아름다운 형상을 이루는 섬세하고 어지러운 선을 온몸에 문신해 생겨난 것이었다. 휴런이 가까이에 있어도, 그는 소리 없이 지켜보고 있는 마구아에게 눈길을 주지 않았고 곁에서 부축하

---

50 미국인들은 가끔 자신들의 수호성인을 가리켜, 여기서 소개하는 유명한 추장의 이름의 변형인 〈테머네이〉라고 부르기도 한다. 태머넌드의 성품과 능력에 대해서 전하는 이야기는 여러 가지가 있다.

는 이들에게 기댄 채 상석으로 나아가 부족 한가운데, 제왕의 위엄과 아버지의 태도를 견지하며 자리를 잡고 앉았다.

이승이 아닌 다른 세상에 속하는 이로부터 이처럼 뜻밖의 방문을 받은 부족민들은 무엇에도 비길 수 없는 존경과 애정을 보냈다. 적절히 점잖은 침묵이 흐른 뒤, 추장들이 일어나 족장에게 다가갔고, 그들은 경건한 태도로 그의 손을 자신들의 머리에 얹어 축복을 구하는 듯했다. 젊은이들은 그의 옷을 만지거나 가까이에서 그처럼 나이 많고, 공정하며, 용맹한 이 주위의 공기를 마시는 것만으로도 만족했다. 젊은 전사들 중 가장 뛰어난 이들 이외에는 누구도 그에게 다가갈 생각을 하지 못했다. 대다수 군중은 그처럼 깊은 존경과 사랑을 받는 이의 모습을 바라보는 것만으로도 충분한 행복이라 여겼다. 이처럼 애정과 존경을 표하고 나자 추장들은 다시 서너 곳의 자리로 나뉘어 물러났고, 야영지 전체는 침묵에 휩싸였다.

잠시 지체한 뒤 태머넌드의 나이 든 수행원이 작은 소리로 지시를 내리자 젊은이 몇 명이 무리를 떠나 그토록 많은 관심의 대상이 되었던 오두막으로 들어갔다. 몇 분 뒤 그들이 다시 나오더니 이처럼 엄숙한 준비를 일으킨 사람들을 재판석으로 호위해 왔다. 사람들은 길을 터주었고, 그들이 다시 들어가자 길이 닫히더니 둥근 공터에 많은 사람들이 빽빽이 모여든 형세가 되었다.

29

집회 참석자가 자리를 잡자 다른 이들 위로 일어난
아킬레스가 인간의 왕에게 다음과 같이 말했다.

포프, 「일리아드」 2권 77~78행

코라는 죄수들 사이에서 앞장서서 언니의 부드러운 애정을 담아 앨리스의 팔짱을 끼고 있었다. 사방에 모인 야만인들의 무시무시하고 위협적인 모습에도 불구하고 고결한 마음을 지닌 그 처녀는 자기 자신을 염려하기는커녕 떨고 있는 앨리스의 창백하고 불안한 얼굴에 시선을 고정시키고 있었다. 그들 바로 옆에는 헤이워드가 그처럼 불확실한 순간, 가장 사랑하는 여인에 더 쏠리는 마음을 거의 드러내지 않은 채 둘 모두를 모두 바라보고 있었다. 호크아이는 처한 상황이 아무리 비슷하다 하더라도 동행의 신분이 더 높다는 사실을 잊지 않고 경의를 표하기 위해 조금 뒤에 물러나 있었다. 웅카스는 거기에 없었다.

다시 정적이 자리 잡고 여느 때처럼 긴 침묵이 이어진 다음, 족장 양 옆에 자리 잡았던 노추장 둘 중 하나가 일어나더니 매우 분명한 영어로 소리 높여 물었다.

「죄수 중 누가 라 롱그 카라빈인가?」

덩컨도 척후병도 대답하지 않았다. 하지만 전자는 소리 없이 모여 있는 검은 이들을 둘러보다가 사악한 마구아의 얼굴에 시선이 닿자 한 걸음 뒤로 물러났다. 그는 이 약삭빠른 야만인이 그 상황에 뭔가 알 수 없는 일을 해놓았음을 금세 깨닫고 그 음험한 계획의 실행을 막기 위해서라면 뭐든지 하기로 결심했다. 인디언들의 즉결 처벌을 목격한 적이 있는 그는 자신의 동료가 그 대상으로 뽑힌 것이 아닐까 두려워졌다. 궁리할 겨를도 없이 궁지에 몰린 그였지만 불현듯이 자신에게 어떤 위험이 닥치더라도 소중한 친구를 감춰 주기로 결심했다. 그가 말을 꺼내려 할 때, 더 크고 또렷한 목소리로 같은 질문이 반복되었다.

「우리에게 무기를 주시오.」 덩컨은 오만하게 대답했다. 「그리고 저 숲에 우릴 내놓으시오. 우리의 행동이 대신 말해 줄 테니!」

「이자가 우리 귀를 채웠던 그 전사로군!」 추장은 공훈이나 우연, 미덕이나 범죄로 악명을 얻은 사람을 처음 보았을 때 떨치기 어려운 종류의 호기심으로 헤이워드를 바라보면서 말했다. 「백인이 무슨 일로 델라웨어의 야영지에 왔는가?」

「필요한 것이 있어 왔소. 먹을 것과 은신처, 친구를 찾아서 말이오.」

「그럴 리가. 숲에는 사냥감이 가득한데. 전사의 머리는 구름 없는 하늘 이외에 은신처가 필요 없고, 델라웨어는 양키의 친구가 아니라 적이오. 입은 말했지만, 그 대답은 마음이 담긴 진실이 아니오.」

어떻게 진행해야 할지 알 수 없어진 덩컨은 입을 다물고 있었지만, 주고받는 대화를 가만히 경청하던 척후병이 흔들림 없는 걸음으로 앞으로 나왔다.

「라 롱그 카라빈을 부르는데 내가 대답하지 않은 까닭은 수치심 때문도, 두려움 때문도 아니었소.」 그가 말했다. 「그 어느 것도 정직한 사람의 몫은 아니기 때문이오. 하지만 나는 친구들이 그 재능을 잊지 않는 사람에게 밍고족이 이름을 지어 줄 권리는 허락하지 않겠소. 특히, 〈사슴 사냥꾼〉은 카라빈이 아니라 홈이 난 총신을 가리키는 말이니 그 호칭은 거짓말이오. 하지만 내가 바로 부모에게서 너대니엘이라는 이름을 얻고, 강가에 사는 델라웨어족에게서 호크아이라는 경칭을 얻고, 이로쿼이족에게서는 당사자의 허락 없이 〈장총〉이라고 불리는 자요.」

그 순간 그때까지 덩컨을 진지하게 살피던 참석자 전원의 눈길이 유명한 별명의 주인이라며 새롭게 나선 사람의 꼿꼿하고 강철 같은 몸을 바라보았다. 원주민 사이에서도 드물기는 하지만 사기꾼이 없는 것은 아니었기에, 그처럼 큰 명예의 주인임을 주장하는 자가 둘이라고 해서 그다지 대단한 일은 아니었다. 하지만 델라웨어의 공정하고 엄격한 의도에 있어서는 그 사안에 관한 한 결코 착오가 없어야 했다. 노인 몇 명은 따로 의논을 하더니, 그 문제를 놓고 손님을 심문하기로 결정한 모양이었다.

「형제는 내 야영지에 뱀이 기어들어 왔다고 했습니다.」 추장이 마구아에게 말했다. 「그가 누굽니까?」

휴런은 척후병을 가리켰다.

「현명한 델라웨어가 늑대의 울음소리를 믿소!」 오랜 숙적의 사악한 의도를 더욱 확신한 덩컨이 외쳤다. 「개는 거짓말하는 법이 없지만, 늑대가 언제 진실을 말한다 했소!」

마구아의 눈이 번득거렸지만 문득 평정심을 유지해야 한다는 사실을 깨달은 그는 인디언들의 지혜가 논란의 순간 진짜를 가려낼 것이라 확신하고 말없이 돌아섰다. 그의 생각은 틀리지 않았다. 짧은 의논 뒤, 신중한 델라웨어는 다시 그를 향해 매우 신중한 언어로 추장들의 결정을 알려 왔기 때문이었다.

「형제는 거짓말쟁이라 불렸습니다.」 추장이 말했다. 「친구들은 화가 났습니다. 하지만 그들은 그가 진실을 말했음을 증명할 겁니다. 죄수들에게 총을 주고 누가 그인지 증명하도록 하십시오.」

마구아는 자신을 믿지 못해 나온 것임을 잘 알고 있는 그 방법을 칭찬으로 받아들이는 척하고서 자신의 진실이 척후병과 같이 솜씨 좋은 저격수에 의해 증명될 것이라는 사실에 만족해 동의를 표했다. 친구이지만 경쟁자가 된 이들의 손에 무기가 쥐어졌고, 그들은 서 있는 자리에서 앉아 있는 사람들을 사이에 두고, 50야드 정도 떨어진 나무 그루터기에 우연히 놓여 있던 질그릇을 명중시키라는 명령을 받았다.

헤이워드는 마구아의 진정한 음모를 밝힐 때까지 속임수를 유지하기로 결심했지만, 척후병과 경쟁한다는 생각에 내심 미소를 지었다. 그는 소총을 최대한 조심스럽게 들고, 목표물을 서너 차례 겨눈 뒤 발사했다. 총알은 그릇에서 몇 인치 떨어진 나무를 맞혔고, 훌륭한 총 솜씨를 증명하는 것이라 여긴 이들이 모두 만족하며 탄성을 올렸다. 호크아이조차 예상보다 낫다는 듯 고개를 끄덕였다. 하지만 성공한 저격수와 경쟁하려는 뜻을 보이는 대신, 생각에 잠긴 사람처럼 소총에 기대 1분 이상 가만히 서 있었다. 총을 갖다 준 인디언 청년이 어깨를 두드리면서 몹시 엉망인 영어로 다음과 같이 깨우자 그는 눈을 떴다.

「백인이 저걸 이길 수 있나?」

「그럼, 휴런!」 척후병은 오른손으로 짧은 소총을 들더니 마치 갈대라도 든 것처럼 손쉽게 마구아를 향해 흔들었다. 「그렇다, 휴런. 나는 지금 너를 쏠 수 있고, 그 어떤 힘도 그걸 막을 수 없다! 네 심장에 총알을 박기로 마음먹었다면, 하늘 위의 독수리가 비둘기를 잡는 것보다 더 손쉽게 지금 이 순간 너를 처치했을 것이다! 왜 그러지 않는가! 왜! 내 피부색이 부여한 자질이 그것을 막기 때문이고, 온화하고 무고한 사람들의 머리에서 악을 초래할 수 있기 때문이다! 그러니 네 영혼이 신이라는 존재를 안다면, 그에게 감사해라. 그럴 만한 충분한 이유가 있으니!」

척후병의 붉은 얼굴, 성난 눈빛, 분기탱천한 모습에 그의 말을 들은 모두가 내심 경외심을 느꼈다. 델라웨어족은 기대감에 숨을 멈췄다. 하지만 마구아는 적의 관용을 불신하면서도 뿌리라도 내린 듯 사람들 틈에 낀 채 꼼짝하지 않고 서 있었다.

「맞히시오.」 척후병 곁에 선 델라웨어 청년이 다시 말했다.

「맞히긴 뭘 맞히나, 얼간아! 뭘!」 호크아이는 더 이상 마구아를 쳐다보지 않았지만 화가 치밀어 총을 흔들어 대며 외쳤다.

「백인이 주장하는 대로 그 전사라면, 표적을 더 가까이 명중하게 하라.」 노추장이 말했다.

척후병은 껄껄 웃어 헤이워드를 깜짝 놀라게 하더니, 그 총을 뻗은 왼손에 툭 떨어뜨리고는 쏘았고, 총알의 충격 탓인지 그릇은 산산조각이 나서 사방으로 흩어졌다. 그와 거의 동시에 그가 경멸하듯 떨어뜨린 소총이 땅에 닿는 소리가 들려왔다.

이처럼 기이한 광경이 처음 일으킨 반응은, 보는 이의 마음을 온통 빼앗는 경탄이었다. 그리고 사람들 사이에 낮게 퍼지던 웅성거림이 점점 커지더니 마침내 구경꾼들이 느낀 감정과 정반대의 소리를 지르게 되었다. 그처럼 전례 없는 솜씨에 만족감을 드러내는 이들도 있었지만, 대다수는 그 명중이 우연의 결과라고 믿고 싶어 했다. 헤이워드도 자신의 주장에 도움이 되는 그 의견을 재빨리 지지했다.

「그건 우연이었소!」 그가 외쳤다. 「조준을 안 하고 쏠 수 있는 사람은 없소!」

「우연이라!」헤이워드가 속임수를 쓰려는 속셈을 전혀 알지 못하고서, 무슨 수를 써서라도 자신의 정체를 밝혀내려고 작정한 호크아이가 외쳤다. 「저기 있는 휴런도 그걸 우연이라고 생각하나? 그에게 총을 하나 더 주고, 우리를 엄폐물 없이 마주하게 한 다음, 신의 섭리나 우리 두 눈으로 결투의 끝을 확인하게 하라! 소령님, 당신에게 제안하는 게 아니오. 우리는 같은 주인을 섬기니까.」

「저 휴런이 거짓말쟁이라는 건 분명합니다.」헤이워드가 냉정하게 말했다. 「그가 당신더러 라 롱그 카라빈이라고 하는 걸 당신도 듣지 않았습니까.」

늙은 델라웨어가 다시 한 번 개입하지 않았더라면 자신의 정체를 밝히겠다는 고집에서 호크아이가 어떻게 맹렬한 주장을 펼쳤을지 알 수 없는 일이었다.

「구름에서 내려온 매는 원할 때 돌아갈 수 있소.」그가 말했다. 「총을 주시오.」

이번에 척후병은 소총을 탐욕스럽게 잡았다. 마구아도 저격수의 움직임을 질시 가득한 시선으로 쳐다보았지만 더 이상 염려할 이유가 없었다.

「그럼 이제 이 델라웨어족 앞에서 누가 더 나은지 증명하도록 하지.」척후병은 그토록 숱한 치명상을 가해 온 손가락으로 자기 총의 개머리를 톡톡 두드리며 말했다. 「소령님, 저기 나무에 매달려 있는 조롱박이 보일 거요. 당신이 변경에 적합한 저격수라면 저 껍질을 맞혀 보여 주시오!」

덩컨은 표적을 살피고서 다시 시험에 나설 준비를 했다. 조롱박은 인디언들이 흔히 쓰는 작은 그릇이었고, 작은 소나무의 죽은 가지에 사슴 가죽 끈으로 매달려 있었으며 거리는 족히 1백 야드였다. 자존심이란 감정은 참으로 기이한 것이라 젊은 군인은 야만인 심판의 동의를 얻어 봐야 아무 쓸모가 없음을 알면서도 이기고 싶은 마음에 그 시합의 동기를 불현듯 잊어버렸다. 그의 솜씨가 무시당할 만한 것은 아님을 이미 증명했으니, 그는 최고의 실력을 보여 주고자 했다. 목숨이 거기 달려 있다 하더라도, 덩컨의 조준이 그보다 더 신중할 수는 없었을 것이다. 그는 총을 쏘았다. 그러자 서너 명의 인디언 청년들이 앞으로 달려 나가더니 총알이 표적 바로 옆의 나무에 박혔다고 외쳤다. 전사들은 모두 기뻐 환성을 올렸고, 그의 경쟁자의 움직임을 향해 눈길을 돌렸다.

「그 정도면 영국군에겐 충분할 수도 있겠지!」 호크아이는 다시 한 번 소리 없이, 그러나 크게 웃었다. 「하지만 내 총이 그렇게 목표물을 자주 놓쳤다면, 지금은 숙녀들의 장갑이 되어 있는 족제비 여러 마리가 아직도 숲에서 돌아다니고 있을 거요. 그리고 최후의 심판을 받으러 떠난 밍고족도 여럿 오늘까지도 여기저기 돌아다니며 악행을 저지르고 있을 테고. 호리병 주인인 여인네가 오두막에 또 호리병을 갖고 있길 바라겠고. 이제 저긴 물을 담을 수 없을 테니!」

척후병은 그렇게 말하면서 기폭제를 흔들고 총을 기울이더니 한 걸음 물러나 천천히 총구를 땅에서 들었다. 그 행동은 차분하고 한결같으며, 하나의 목표에 고정되어 있었다. 완벽한 높이가 되자, 총과 사람이 하나로 깎은 석상인 듯 떨림이나 움직임 없이 멈춰 있었다. 그렇게 정지한 순간, 총은 번득이는 불꽃과 함께 그 내용물을 쏘아 냈다. 다시 인디언 청년들이 달려 나갔지만, 서둘러 찾아본 뒤 총알의 흔적이 어디에도 보이지 않는다고 실망한 표정으로 전했다.

「가시오.」 노추장이 척후병에게 강한 불쾌감을 드러내며 말했다. 「당신은 개의 가죽을 쓴 늑대요. 나는 양키〈장총〉과 이야기하겠소.」

「아! 당신이 부른 그 총을 갖고 있었다면, 조롱박을 부수는 대신 저 끈을 맞혀 박을 떨어뜨렸을 거요!」 호크아이는 상대의 태도에 아무렇지도 않은 표정으로 대꾸했다. 「바보들, 이 숲 속 명사수의 총알을 찾으려거든, 목표물 주위에서 찾을 것이 아니라 그 속에서 찾아야지!」

인디언 청년들은 곧 그 뜻을 알아차렸다. 그가 이번에는 델라웨어 언어로 말했기 때문이다. 그들은 나무에서 조롱박을 떼어 내 높이 들고는 그 위쪽 가운데, 보통 입구로 쓰는 구멍으로 총알이 들어간 뒤 바닥에 낸 구멍을 내보이면서 환호성을 올렸다. 이 뜻밖의 광경에 참석한 모든 전사의 입에서 기쁨의 탄성이 요란하게 튀어나왔다. 그것으로 의문은 풀렸고, 호크아이에게 위험한 명성의 주인 자리를 주었다. 헤이워드에게 다시 돌아갔던 호기심과 찬탄 어린 시선은 마침내 척후병의 풍상을 겪은 모습을 향했고, 그는 곧 주위를 둘러싼 단순하고 소박한 사람들에게 주된 관심의 대상이 되었다. 이 갑작스럽고 시끄러운 동요가 조금 가라앉자 노추장은 심문을 재개했다.

「어째서 내 귀를 막으려고 했소?」 그가 덩컨에게 물었다. 「어린 표범과 고양이를 구별 못 할 줄 알다니, 델라웨어가 바보란 말이오?」

「당신들은 아직도 저 휴런이 지저귀는 새라는 걸 모르지 않소.」 덩컨이 원주민들의 비유적인 표현을 써보고자 이렇게 말했다.

「좋소. 우리는 누가 사람들의 귀를 막을 수 있는지 알아낼 거요, 형제여.」 추장이 마구아를 쳐다보며 덧붙였다. 「델라웨어족이 듣고 있소.」

이렇게 목적을 밝히라는 요청을 직접 받은 휴런은 일어나더니 둥글게 모인 사람들 사이로 대단히 신중하고 위엄 있는 태도로 걸어가서는 죄수들과 마주하고 연설할 태세를 취했다. 하지만 입을 열기 전, 그는 표현을 청중의 수준에 맞추려는 듯 모여 있는 사람들의 진지한 얼굴을 천천히 훑어보았다. 그는 호크아이에게 정중한 적의를, 덩컨에게 사그라지지 않는 증오를 드러낸 뒤, 비명을 질러 대는 앨리스에게는 눈길조차 주지 않았지만, 단호하고 당당하지만 아름다운 코라의 모습에 시선이 닿자 뭐라 정의하기 어려운 표정으로 잠시 머물렀다. 음험한 의도로 가득 찬 그는 대부분의 청중이 모두 알아듣는 캐나다의 언어로 말했다.

「인간을 만든 대령께서는 그들에게 서로 다른 색을 입히셨소.」 약삭빠른 휴런이 말했다. 「게으른 곰보다 더 검은 이들도 있소. 그분은 그들이 노예가 되어야 한다고 했소. 그리고 그들에게 영원히, 비버처럼 일하라고 했소. 남풍이 불 때면 그들이 젓는 큰 카누가 떠다니는 큰 소금 호수의 가장자리를 따라 물소처럼 신음하는 소리가 들려올 거요. 그는 어떤 이들에게 숲의 흰 담비보다 더 창백한 얼굴을 주었소. 이들에게는 장사꾼이 되라고 하셨소. 여자들에게는 개처럼 굴고, 노예에게는 늑대처럼 구는 자들이지. 그분은 이들에게 비둘기의 천성을 주셨소. 지치지 않는 날개, 어리고, 나무에 달린 이파리보다 많은 수, 그리고 이 땅을 삼켜 버릴 식욕을 주셨소. 그분은 그들에게 야생 고양이의 거짓 울음소리 같은 혀를 주셨고, 토끼 같은 심장과 — 여우가 아니라 — 멧돼지의 잔꾀를, 사슴 다리보다 긴 팔을 주셨소. 그는 혀로 인디언의 귀를 막고 있소. 심장은 전사들에게 자신의 전쟁을 치르도록 돈을 지불하라고 가르치고 있소. 잔꾀는 이 땅의 물자를 모으는 법을 알려 주고 있소. 그리고 그의 팔은 소금물의 가장자리로부터 큰 호수의 섬까지 땅을 그러모으고 있소. 그는 탐욕으로 인해 병들고 있소. 신께서 충분히 주셨는데도 그는 모든 것을 원하고 있소. 백인들이란 그런 자들이오. 대령께서는 어떤 자들의 살갗을 저기 태양보다 더 밝고 붉게 만드셨소.」 마구아는 지평선의 뿌연 안개 틈으로 빛을 밝히고 있는 붉은 태양을 엄숙하게 가리키며 말했다. 「그리고 그분께서는 이들을 원하는 대로 만드셨소. 그분께서는 이들에게 이 섬을 만든 그대로, 나무로 뒤덮히고 사냥감으로 가득한 채 주셨소. 바람이 공터를 만들었고 태양과 비가 열매를 익게 했으며, 눈이 감사를 가르쳤소. 그들에게 이동할 길이 무슨 필요가 있겠소! 그들은 언덕 사이를 볼 수 있었는데! 비버들이 일할 때면 그들은 그늘에 누워 지켜보았소. 여름이면 바람이 더위를 식혀 주었고, 겨울이면 털가죽이 따뜻하게 지켜 주었소. 그들이 서로 싸웠다면, 남자임을 증명하기 위함이었소. 그들은 용감했소. 공정했소. 그리고 행복했소.」

여기서 그는 말을 멈추고 자신의 이야기가 듣는 이들의 마음에 감동을 주는지 알아보고자 주위를 둘러보았다. 모든 이들이 스스로가 자신의 민족이 당한 부당한 처우를 바로잡을 수 있으며, 그럴 용의가 있다고 느끼는 듯 시선을 그에게 고정시키고, 고개를 꼿꼿이 들고, 콧구멍을 벌름거리고 있었다.

「대령께서 붉은 자식에게 다른 혀를 주셨다면……」 그는 나지막하고, 고요하며, 우울한 목소리로 다음 말을 이었다. 「모든 동물들이 그들의 말을 알아들을 수 있도록 하기 위함이었소. 그분께서는 어떤 이들을 친척인 곰과 함께 눈밭에 두셨소. 어떤 이들은 행복한 사냥터로 가는 길목, 석양 가까이에 두셨소. 어떤 이들은 커다란 호수 주위의 땅에 두셨소. 하지만 가장 훌륭하고 가장 큰 사랑을 받는 자들에게는 소금 호숫가를 주셨소. 내 형제들이 그렇게 사랑받은 민족의 이름을 아시오?」

「레나페였소!」 스무 명의 열렬한 목소리가 합창했다.

「레니 레나페였소.」 마구아는 고개를 숙여 예전의 위대한 민족에게 경의를 표하는 척하면서 대답했다. 「그것은 바로 레나페의 부족이었소! 태양은 짠물로부터 떠올라 단물 속으로 졌고, 그들의 눈으로부터 숨는 법이 없었소. 하지만 어째서 숲 속의 휴런인 내가 현자들의 부족에게 자신의 전통을 전해야 하는 것이오? 어째서 그들에게 상처를, 과거의 위대함을, 그 업적과 영광을, 그 행복을, 그리고 패배와 치욕과 불행을 전해야 하는 것이오? 그들 중에서는 그 모든 것을 지켜본 자가, 그것이 진실임을 아는 자가 아무도 없소? 이제 마치겠소. 내 심장이 납처럼 굳었으니 혀가 움직이지 않소. 듣기만 하겠소.」

연설자의 목소리가 뚝 끊어지자 모든 사람들의 얼굴과 눈이 동시에 존경받는 태머넌드를 향했다. 그가 자리를 잡고부터 바로 그 순간까지 입은 다물어져 있었고, 살아 있다는 조짐은 한 가지도 나타나지 않았다. 약한 몸을 구부리고 앉은 채, 척후병의 솜씨가 확실하게 증명된 그 과정 내내 주위의 정황을 알아차리지 못하는 것 같았다. 그러나 마구아의 적절히 조절된 목소리에 그가 의식하고 있음이 나타났고, 한두 차례는 경청하듯 고개를 들기도 했다. 하지만 그 교활한 휴런이 자신의 부족 이름을 대자 노인은 눈꺼풀을 들더니 유령의 얼굴에서나 볼 수 있을 것 같은, 멍하고 의미 없는 표정으로 사람들의 무리를 바라보았다. 그리고 그가 몸을 일으키려 하더니 보좌들의 부축을 받아 쇠약하나 위엄 있는 자세로 일어섰다.

「누가 레나페의 후손을 부르는가!」 그가 숨 쉬는 소리조차 들리지 않는 침묵 속에서 무시무시한 저음으로 말했다. 「누가 지나간 일들을 말하는가! 알은 구더기가 되고, 구더기는 파리가 되어 죽지 않는가! 어째서 델라웨어에게 지나간 영광을 말하는가! 남아 있는 것에 대해 신께 감사하는 편이 낫느니라.」

「그는 와이언도트족의 사람입니다.」 마구아가 상대가 서 있는 엉성한 연단에 가까이 다가가며 말했다. 「태머넌드의 친구이지요.」

「친구라고!」 태머넌드는 중년의 그에게 그토록 매서운 눈빛을 선사하는 엄격한 표정으로 이맛살을 어둡게 찌푸리며 되풀이해 말했다. 「밍고가 이 땅을 다스리는가! 무슨 일로 휴런이 여기 왔는가?」

「정의를 위해서입니다. 그의 포로들이 형제들에게 있어서, 자기 것을 찾으러 왔습니다.」

태머넌드는 보좌 한 사람에게 고개를 돌려 간략한 설명을 들었다. 그러고는 잠시 주의 깊게 상대를 바라보았다. 그다음 내키지 않는 저음의 목소리로 말했다.

「정의는 위대한 영의 법칙이다. 자손들아, 이방인에게 먹을 것을 주라. 그리고 휴런이여, 네 것을 가지고 떠나라.」

이 엄숙한 판결을 내린 뒤 족장은 자리에 앉더니 세상에 보이는 것보다는 자신의 오랜 경험이 남긴 기억이 더 즐거운 듯, 다시 눈을 감았다. 이와 같은 명령에 거역은커녕 군소리를 중얼거릴 만큼 무모한 델라웨어는 한 명도 없었다. 그 말이 떨어지자마자 네댓 명의 젊은 전사들이 헤이워드와 척후병 뒤로 다가오더니 가죽끈을 빈틈없이 빠르게 감아 그 자리에서 결박했다. 헤이워드는 거의 정신을 잃은 소중한 연인에게 신경을 쓰느라 그들의 의도를 알아차리지 못했다. 호전적인 델라웨어가 더 월등한 인종이라 여기는 척후병조차 저항하지 않고 서 있었다. 하지만 앞서 오고 간 대화를 알아들을 수 있었다면 척후병의 태도는 그렇게 소극적이지 않았을 것이다.

마구아는 자신의 목적을 이루기 위해 나서기 전 의기양양한 표정으로 모인 이들을 둘러보았다. 남자들이 저항할 수 없음을 확인한 후, 그는 가장 소중하게 여기는 여인을 쳐다보았다. 코라가 너무나 차분하고 확고한 시선으로 그 시선을 마주보자, 그의 결의가 흔들렸다. 그러나 예전의 책략을 기억한 그는 앨리스를 전사의 품에서 일으켜 세운 뒤, 헤이워드에게 따르라고 손짓하고는 에워싼 사람들에게 길을 터달라고 했다. 하지만 코라는 그의 예상과는 달리 족장의 발치로 달려가 소리 높여 이렇게 외쳤다.

「공정하고 존경스러운 델라웨어족장님, 족장님의 지혜와 힘에 자비를 구합니다! 자신의 잔인한 욕심을 채우고자 족장님의 귀를 거짓으로 채운 저 약고 잔인한 괴물의 말을 듣지 마십시오. 오랫동안 사셨고, 세상의 악행을 지켜보신 족장님은 불쌍한 자들로부터 저자의 악행을 막아 주는 법을 아실 겁니다.」

노인이 힘겹게 눈을 뜨더니 한 번 더 사람들을 올려다보았다. 탄원자의 애원하는 목소리가 그의 귀를 채우는 사이, 그의 눈은 천천히 그녀 쪽으로 움직이고는 가만히 응시했다. 코라는 두 손을 모아 가슴에 얹고 경건한 숭배를 드러내는 표정으로, 늙었으나 당당한 그의 얼굴을 올려다보며 아름다운 조각상처럼 무릎을 꿇고 있었다. 태머넌드의 표정이 차츰 변하더니 그 멍한 빛 대신 감탄이 자리 잡았고, 한 세기 전에 숱한 델라웨어들에게 젊은 열정을 전하던 그 총명함이 빛을 발했다. 도움 없이, 그리고 힘도 들이지 않고 일어난 그는 듣는 이들을 놀라게 할 만큼 단호한 목소리로 물었다.

「너는 누구냐?」

「여자입니다. 족장님이 미워하시는 양키 족속의 여자입니다. 하지만 족장님께 해를 끼친 적도 없고, 족장님의 사람들을 상하게 할 수도 없는 여자이며, 이렇게 도움을 구하고 있습니다.」

「말해 보라, 자손들아.」 족장은 무릎을 꿇고 앉은 코라에게서 눈을 떼지 않은 채, 주위 사람들을 가리키며 쉰 목소리로 말했다.「델라웨어가 어디에서 지냈는가?」

「이로쿼이족의 산속, 호리칸의 맑은 샘 너머입니다.」

「내 강물을 마지막으로 마셔 본 이후로 뜨거운 여름이 여러 차례 지나갔다.」 현자가 말을 이었다.「미쿠온[51]의 자손들은 가장 공정한 백인이다. 하지만 그들은 목이 말라 그것을 자기 것으로 가져갔다. 그들이 아직도 우릴 따라다니고 있는가?」

「저희는 아무것도 따르지 않습니다. 아무것도 탐내지 않습니다.」 코라가 대답했다.「저희는 원치 않는 포로가 되어서 이곳에 끌려왔습니다. 그리고 저희들끼리 평화롭게 떠나게 해 달라는 허락만을 구합니다. 족장님께서는 이 민족의 아버지이자 판관이시며, 예언자가 아니십니까?」

「나는 오랫동안 살아온 태머넌드다.」

「족장님의 부족 가운데 하나가 이곳 변경에서, 백인 추장의 지배를 받은 지 7년이 되었습니다. 그는 올바르고 공정한 태머넌드와 형제 같은 사이라고 주장했습니다. 그 백인 추장은 〈네 아비를 위해 가거라, 너는 자유다〉라고 했습니다. 그 영국 전사의 이름을 기억하십니까?」

「기억한다. 내가 어린아이였을 때 있었던 일이지.」 족장은 오랜 세월을 또렷이 기억하며 대답했다.「나는 바닷가 모래사장에 서서 백조보다 더 흰 날개를 달고, 독수리 여러 마리보다 더 넓은 배가 떠오르는 태양으로부터 다가오는 광경을 보았지.」

「아뇨, 아뇨. 그렇게 먼 시절 이야기가 아닙니다. 족장님의

---

51 델라웨어는 윌리엄 펜을 미쿠온이라고 불렀고, 그는 그들 부족을 다룰 때 폭력이나 부당한 처사를 쓴 적이 없었으므로 그의 평판은 격언이 되어 남아 있다. 미국인은 자기 민족의 근원에 대해 자랑스러워하고 있으며, 이는 아마도 세계사에 전례 없는 일이겠지만, 펜실베이니아와 저지 사람들은 다른 주의 원주민보다 자신의 조상을 더욱 높이 평가할 만하다. 그들은 그 주의 본래 주인들에게 어떤 부당한 짓도 하지 않았기 때문이다.

가장 어린 전사도 기억하는 시절, 제 혈족이 족장님의 혈족에게 도움을 주었던 일을 말씀드리는 겁니다.」

「양키와 네덜란드인이 델라웨어족의 사냥터를 놓고 싸웠던 일 말인가? 그렇다면 태머넌드가 추장이었고, 백인들의 번갯불에 화살을 내려놓았던 —」

「그렇게 오래된 일도 아닙니다.」 코라가 말을 막았다. 「어제 일을 말씀드리는 겁니다. 그것을 잊으셨을 리는 없겠지요!」

「레나페의 자손들이 세상을 통치하던 것은 바로 어제 일이었다!」 노인은 애수에 젖어 말했다. 「숲의 멩위족은 추장들을 위해 소금 호수의 물고기들과 새들, 동물들을 잡아 왔지!」

코라는 실망하여 고개를 숙였고, 잠시 쓰디쓴 기분으로 억울함에 몸서리쳤다. 그리고 화려한 얼굴과 빛나는 눈을 들고서, 족장의 초자연적인 음성에 못지않은, 영혼을 꿰뚫는 어조로 말했다.

「말씀해 보십시오. 태머넌드께서는 아버지입니까?」

노인은 늙은 얼굴에 인자한 미소를 떠올리며, 상석에서 그녀를 내려다보더니 모인 사람들 전체를 서서히 훑어보면서 대답했다.

「한 부족의 아버지이지.」

「제 자신을 위해서는 아무것도 구하지 않겠습니다. 족장님과 족장님의 자손들처럼.」 코라는 가슴에 손을 꼭 모으고, 어깨에 아무렇게나 흩어져 있는 검고 윤이 나는 머리 타래에 붉어진 뺨이 거의 가려질 때까지 고개를 숙이고서 말을 이어 나갔다. 「제 조상님들의 저주가 그 자손들에게 무겁게 내려졌습니다! 하지만 저 아이는 지금까지 노한 하늘의 무서움을 알지 못했습니다. 저 아이는 이제 살날이 얼마 남지 않은 늙고 약한 분의 딸입니다. 저 아이를 사랑하고 저 아이한테서 기쁨을 찾는 이들이 아주 많습니다. 그리고 저 아이는 저 악인에게 희생되기에는 너무 선하고 소중한 아이입니다.」

「나는 백인이 교만하고 굶주린 족속임을 알고 있다. 그들이 이 땅의 소유권을 주장할 뿐만 아니라 자기들 가운데 가장 치졸한 자가 인디언의 족장보다 낫다고 한다는 것을 알고 있다. 그들이 피가 눈처럼 희지 않은 여자를 자기 오두막에 데려가려 할 때, 그들의 개와 까마귀가 짖어 대고 울곤 했다.」 늙은 족장은 수치심에 이마를 땅에 닿도록 숙이고 있는 코라의 상처 받은 영혼에는 아랑곳없이 계속했다. 「하지만 그들이 대령의 면전에서 너무 시끄럽게 잘난 척하지 말도록 하라. 그들은 해가 뜰 때 이 땅에 왔지만, 해가 질 때면 떠나야 할 것이다! 내 종종 메뚜기가 나뭇잎을 갉아 먹는 것을 보았지만, 꽃 피는 계절은 언제나 돌아왔다!」

「그렇습니다.」 코라는 정신을 잃었다가 되살아난 듯 길게 숨을 내쉬더니 빛나는 베일을 젖히고, 시체처럼 새하얗게 질린 얼굴과 정반대로 빛나는 눈을 들어 말했다. 「하지만 어째서 우리에게 묻지도 못하게 하는 것입니까! 족장님 앞에 불려 나오지 않은, 족장님의 부족 사람이 하나 더 있습니다. 저 휴런이 의기양양하게 돌아가기 전, 그의 말을 들어 주십시오.」

태머넌드가 믿을 수 없다는 표정으로 둘러보는 것을 보고, 그의 동료 하나가 말했다.

「뱀 같은 자입니다. 양키의 돈을 받고 움직이는 인디언이라 하여 고문하려고 잡아 두었습니다.」

「그를 불러라.」 현자가 말했다.

태머넌드는 다시 한 번 자리에 기댔고, 젊은이들이 그의 짧은 명령을 따르기 위해 나가자 어찌나 깊은 침묵이 자리 잡았는지 부드러운 아침 바람결에 나뭇잎이 흔들리는 소리가 주변 숲에서 또렷이 들려왔다.

30

내 뜻을 거스르려면, 당신의 법은 때려치우시오!
베니스의 법령은 아무런 효력이 없소!
나는 공정하오. 대답하시오. 내게 그걸 줄 거요?
「베니스의 상인」 4막 1장 101~103행

초조하게 흘러가는 몇 분 동안, 정적을 깨는 사람의 소리는 없었다. 곧 사람들 무리가 갈라지고 닫히더니 웅카스가 그 한가운데 서 있었다. 자신들의 지력의 원천인 현자의 모습을 호기심 어린 눈으로 바라보던 모든 이들은 포로의 꼿꼿하고 유연하며 흠잡을 데 없는 모습에 내심 감탄하였다. 그가 처한 상황도, 그에게만 집중된 관심도 그 모히칸 청년의 평정을 깨뜨리지 못했다. 그는 주위를 찬찬히 관찰하면서 조심성 많은 어린아이의 호기심 어린 시선만큼이나 침착한 눈빛으로 추장들의 얼굴에 드러난 적개심 가득한 표정을 마주했다. 이처럼 당당하게 주변을 살피던 가운데 마지막으로 태머넌드의 모습이 보이자, 그는 다른 모든 대상을 잊어버린 듯 시선을 고정시켰다. 그러고 천천히, 소리 없는 걸음걸이로 나아가 현자의 발치에 자리를 잡았다. 추장 가운데 하나가 족장에게 그가 다가왔음을 알릴 때까지, 그는 주의를 예리하게 살피면서도 아무 말 없었다.

「저 포로는 어느 말로 신께 이야기하는가?」 족장은 눈을 감은 채 물었다.

「조상들과 마찬가지로, 델라웨어의 말을 씁니다.」웅카스가 대답했다.

이 갑작스러운 뜻밖의 대답에 사자가 처음 성을 냈고, 그의 분노를 예고할 때 내는 포효 소리와 비교해도 좋을 만한 낮고 맹렬한 고함 소리가 사람들 사이를 가로지르며 튀어나왔다. 그것은 현자에게도 강한 영향을 주었지만, 다른 방식으로 드러났다. 그는 그처럼 부끄러운 광경을 지워 버리려는 듯한 손으로 눈을 가리고서 특유의 저음으로 방금 들은 대답을 반복해 말했다.

「델라웨어라! 레나페의 부족들이 평의회의 모닥불에서 쫓겨나 이로쿼이의 산속에서 깨어진 사슴 무리처럼 흩어지는 모습을 다 지켜보았다! 낯선 민족의 도끼가 계곡의 나무를 베어 냈지만, 하늘에서 내린 바람이 그냥 지나치는 것을 보았다! 산속을 뛰어다니는 짐승들과 나무 위를 날아다니는 새들이 인간의 오두막에서 사는 것을 보았다. 하지만 자기 부족의 야영지에 독사처럼 몰래 숨어들 만큼 천한 델라웨어는 본 적이 없다.」

「노래하는 새들이 부리를 열었고, 태머넌드께서는 그 노래를 들으셨습니다.」웅카스는 노랫소리 같은 목소리로 부드럽게 대답했다.

현자는 놀라더니 흘러가는 음악처럼 금세 사라져 버리는 소리를 들으려는 듯 고개를 갸우뚱했다.

「태머넌드가 꿈을 꾸고 있는가!」그가 외쳤다.「지금 들리는 것이 누구의 목소리인가! 겨울이 되돌아갔는가! 레나페의 자손에게 여름이 돌아왔는가!」

델라웨어의 예언자 입에서 튀어나온 이 알 수 없는 말에 경건하고 예의 바른 침묵이 이어졌다. 백성들은 그 알아들을 수 없는 말이, 예언자가 보다 높은 존재와 자주 갖는다고 믿고 있는 신비한 대화일 것이라고 여겼고, 두려운 마음으로 그 결과를 기다렸다. 끈기 있게 기다린 후, 노인 중 한 사람이 현자가 당면한 문제를 잊어버렸음을 깨닫고 죄수의 존재를 다시 상기시켜 주었다.

「저 부정한 델라웨어가 태머넌드의 말씀을 듣게 될까 두려워 떨고 있습니다.」 노인은 말했다. 「흔적을 보여 주면 짖는, 양키들의 사냥개 같은 자입니다.」

「그럼 당신들은······.」 웅카스가 엄격한 눈빛으로 주위를 둘러보며 말했다. 「프랑스인들이 사슴 내장을 던져 주면 끙끙거리는 개들이오!」

이 모욕, 그리고 아마도 당연한 비난에 스무 개의 검이 번득였고, 그와 같은 수의 전사들이 벌떡 일어났다. 하지만 추장 가운데 한 사람이 손짓하자 전사들은 분노를 삭이고 평정을 흉내 내야 했다. 태머넌드가 움직이며 다시 말을 시작하지 않았더라면, 이 일은 좀 더 어려웠을 것이다.

「델라웨어여.」 현자가 다시 말했다. 「너는 그 이름에 어울리지 않는다. 내 백성들은 여러 해 겨울 동안 밝은 해를 보지 못했다. 부족이 구름 속에서 헤매고 있을 때 그들을 버리는 전사는 이중의 반역자이다. 신의 계율은 공정하다. 그것은 강이 흐르고 산이 서 있는 동안, 나무에서 꽃이 피고 지는 한 그래야 한다. 자손들이여, 이자는 너희 것이다. 그를 공정히 처리하라.」

태머넌드의 입에서 최종 판결의 마지막 음절이 나올 때까지 사람들은 손가락 하나 움직이지 않았고, 숨도 평소보다 크거나 길게 쉬지 않았다. 그러더니 그들의 잔인무도한 의도를 알리는 무서운 전조처럼 부족 전체의 입에서 동시에 복수의 함성이 튀어나왔다. 이 길고 사나운 고함 소리 가운데, 포로는 무시무시한 불 고문을 겪어야 한다고 추장 하나가 높은 목소리로 선언했다. 원형 대열이 무너졌고 환호성은 준비를 서두르는 소리와 뒤섞였다. 헤이워드는 그를 사로잡은 자들과 미친 듯이 씨름했다. 호크아이는 불안한 눈빛과 그 특유의 진지한 표정으로 주위를 둘러보았다. 코라는 다시 한 번 족장의 발치에 몸을 던지고 엎드려 자비를 구했다.

이처럼 괴로운 시간 내내 웅카스만이 평정을 유지하고 있었다. 그는 흔들림 없는 눈빛으로 준비하는 과정을 바라보았고, 고문자들이 다가오자 단호하고 꼿꼿한 태도로 그들을 맞았다. 그 가운데 유독 사납고 야만적인 자가 젊은 전사의 사냥복을 잡더니 단번에 몸에서 벗겨 냈다. 그리고 광적인 기쁨의 소리와 함께 저항 없는 희생자를 향해 달려들어 기둥으로 끌고 갈 준비를 했다. 그 야만인이 인간의 감정이라고는 모르는 자처럼 보인 바로 그 순간, 마치 초자연적인 힘이 웅카스를 위해 작용한 듯 그 야만인의 움직임이 뚝 멈췄다. 그 델라웨어는 눈알이 튀어나오는 것 같았다. 입을 벌렸고, 온몸이 놀라 굳어 버렸다. 그는 느릿느릿 찬찬히 손을 들어 손가락으로 포로의 가슴을 가리켰다. 동료들도 놀라 몰려들었고, 그와 마찬가지로 모두의 시선이 포로의 가슴에 새파란 염료로 아름답게 문신한 작은 거북 문양에 꽂혔다.

한순간 웅카스는 그 광경을 향해 조용히 미소 지으며 승리를 만끽했다. 그러고 손을 한 번 높이, 오만하게 흔들어 군중을 비켜서게 한 뒤 제왕의 풍모로 부족 앞으로 나아가 그들이 놀라 중얼거리는 소리보다 더 큰 목소리로 말했다.

「레니 레나페의 후예들이여! 나의 민족은 땅을 지탱한다! 너희 나약한 부족은 내 등딱지 위에 서 있다! 델라웨어가 어떤 불을 피운다 해도, 내 조상님의 자손을 태울 수 있겠는가.」 그는 자신의 살갗에 새겨진 작은 문장을 당당히 가리키며 덧붙였다. 「이와 같은 조상에게서 물려받은 피는 너희 불꽃을 꺼뜨릴 테니! 내 민족은 부족의 조상이다!」

「너는 누구냐!」 태머넌드는 그 죄수의 말이 전하는 의미보다도 그 놀라운 어조를 듣고서 일어나 물었다.

「웅카스, 칭가치국의 아들입니다.」 포로는 부족에게서 고개를 돌려 겸손하게 말하고, 상대의 자질과 연배에 대한 경의의 표시로 고개를 숙였다. 「위대한 우나미스[52]의 아들입니다.」

「태머넌드의 때가 끝나 가는군!」 현자가 외쳤다. 「마침내 낮이 저물고 밤이 되었다! 평의회의 모닥불에서 내 자리를 채울 자를 여기 보내 주신 신께 감사드린다. 웅카스, 어린 웅카스를 찾았도다! 죽어 가는 독수리의 눈이 떠오르는 태양을 바라보게 하라.」

젊은이는 가볍게, 그러나 당당히 연단에 올라가 놀라 동요하는 사람들에게 모습을 보였다. 태머넌드는 그를 가까이 한참 동안 세워 놓고 행복한 시절을 기억하는 이의 지치지 않는 시선으로 그의 훌륭한 모습을 모두 살폈다.

「태머넌드가 어린아이처럼 허튼 꿈을 꾸었단 말인가?」 마침내 놀란 예언자가 외쳤다. 「나는 내 백성들이 모래알처럼 흩어져 보낸 그토록 많은 겨울을, 나무에 달린 이파리보다 더 많은 양키들을 꿈꾸었단 말인가! 태머넌드의 화살에 새끼 사슴도 놀라지 않을 것이다. 그의 팔은 죽은 참나무 가지처럼 말라비틀어졌다. 경주를 한다면 달팽이가 더 빠를 것이다. 하지만 그들이 백인들을 상대로 싸울 때처럼, 웅카스가 내 앞에 서 있다! 웅카스, 이 부족의 표범, 레나페의 장남, 모히칸의 가장 현명한 추장이! 말해 보라, 델라웨어여, 태머넌드가 1백 년 동안 잠들어 있었는가?」

이 말에 이어진 고요하고 깊은 침묵은 그의 백성들이 족장의 말에서 느끼는 존경심을 드러냈다. 모두가 다음에 무슨 이

---

52 〈거북〉을 말한다.

야기가 나올지 숨 막히는 긴장감을 느끼며 기다렸지만, 아무도 감히 대답하지 않았다. 그러나 웅카스는 가장 사랑받는 자손다운 애정과 존경심을 담아 그의 얼굴을 바라보며 높은 지위를 차지하고서 대답했다.

「태머넌드의 친구가 그 부족을 이끌고 전투를 한 이후로 그 민족의 전사 넷이 살다 죽었습니다. 거북의 피는 여러 추장에게 흘러왔지만, 칭가치국과 그의 아들을 빼면 모두가 왔던 곳, 땅으로 되돌아갔습니다.」

「그렇다, 사실이다.」 현자가 퍼뜩 떠오른 기억에 즐거운 공상을 모두 잊고서 자기 부족의 진정한 역사를 확인하며 말했다. 「우리의 현자들은 양키의 산속에 있는 〈불변하는〉 민족의 전사 둘이 찾아온다고 종종 말했다. 델라웨어의 평의회 모닥불에 그들의 자리가 어째서 이처럼 오랫동안 비어 있었는가?」

이 말에 청년은 존경심에 조금 숙이고 있던 고개를 들더니 자신의 가족이 세운 원칙을 그 자리에서, 그리고 영원히 설명하려는 듯 사람들에게 다 들리는 큰 목소리로 말했다.

「한때 우리는 소금 호수가 분노에 차 말하는 소리를 들을 수 있는 곳에서 잤습니다. 그때 우리는 땅을 통치하는 추장이었습니다. 하지만 백인이 모든 개울마다 보이게 되자, 우리는 사슴을 따라 우리 민족의 강으로 돌아갔습니다. 델라웨어는 사라지고 없었습니다! 그들의 전사 중, 사랑했던 개울물을 마시고자 남은 몇 명은 남아 있었습니다. 그러자 내 아버지는 〈여기서 사냥하자. 이 강의 물이 소금 호수로 들어간다. 우리가 지는 해를 향해 간다면 단물이 담겨 있는 큰 호수로 흐르는 개울을 찾을 수 있을 것이다. 바다의 물고기가 맑은 샘물에서 죽듯이, 모히칸은 거기서 죽을 것이다. 신께서 준비를 마치고 오라고 부르시면, 우리는 그 강을 따라 바다로 간 뒤 우리의 몫을 되찾을 것이다〉라고 말씀하셨습니다. 델라웨어여, 거북의 자손들은 그렇게 믿었습니다! 우리의 눈은 지는 해가 아닌, 떠오르는 해를 바라보고 있습니다! 우리는 그가 어디서 오는지 알고 있지만, 어디로 가는지는 모릅니다. 그걸로 충분합니다.」

레나페의 부족들은 미신에서 비롯한 존경심을 느끼며 그의 말을 경청했고, 젊은 추장이 자기 생각을 전하는 데 쓴 비유에 내심 매료되기도 했다. 웅카스는 기민한 눈으로 짧은 설명이 일으키는 효과를 지켜보았고, 듣는 이들이 만족한 것을 알자 차츰 권위 있는 태도를 벗어 놓았다. 태머넌드의 단상 주위 말없는 사람들을 훑어보던 그는 우선 결박당한 호크아이를 알아보았다. 그는 서 있던 자리에서 바삐 걸어 나와 친구 곁으로 가서 노한 태도로 재빨리 칼을 휘둘러 끈을 풀어 주었고, 사람들에게 비키라고 손짓했다. 인디언들은 말없이 복종했고 그가 그 가운데 등장하기 전처럼 다시 원형을 그리며 모여 섰다. 웅카스는 척후병의 손을 잡고 족장의 발치로 안내했다.

「아버지.」 그가 말했다. 「이 백인을 보십시오. 공정한 사람이며, 델라웨어의 친구입니다.」

「그는 미쿠온의 아들인가?」

「그렇지 않습니다. 양키들에게 유명하며 마쿠아들이 두려워하는 전사입니다.」

「그의 공훈으로 어떤 이름을 얻었나?」

「우리는 그를 호크아이라고 부릅니다.」 웅카스가 델라웨어의 말로 대답했다. 「그의 눈은 틀리는 법이 없기 때문입니다. 밍고족 사이에서는 그가 죽인 그들 전사의 수가 많은 것으로 유명합니다. 그들에게 그는 〈장총〉입니다.」

「라 롱그 카라빈이라!」 태머넌드가 눈을 뜨고 척후병을 엄격한 눈초리로 바라보며 말했다. 「내 아들이 그를 친구라 부르다니 그릇된 짓이군!」

「그가 친구임을 증명하기에 그렇게 부릅니다.」 젊은 추장은 매우 냉정하고 담담한 표정으로 대답했다. 「델라웨어족에게 웅카스가 환영받는다면, 호크아이와 그의 친구들도 환영받습니다.」

「저 백인은 내 젊은이들을 죽였다. 레나페를 공격해 그 이름을 얻은 것이다.」

「밍고가 델라웨어의 귀에 그렇게 속삭였다면, 자신이 거짓말을 지저귀는 새라는 사실을 증명한 것에 불과합니다.」

모욕적인 비난에 스스로를 변호할 때가 왔다는 믿음으로 척후병이 상대의 언어로, 다만 자신이 갖고 있는 개념을 이용해 비유를 바꿔서 말했다. 「내가 마쿠아족을 죽였다고 한다면 그들의 평의회 모닥불 앞에서라도 부인하지 않을 겁니다. 하지만 내 손이 알면서도 델라웨어를 해친 적이 한 번이라도 있다는 건 그들과 그들 부족에 속한 모든 것의 편인 내 재주를 거스르는 것입니다.」

처음으로 착각을 알아차리기 시작한 사람들처럼, 서로 눈짓을 교환하던 전사들 사이에서 나지막한 박수 소리가 들려왔다.

「그 휴런은 어디 있는가?」 태머넌드가 물었다. 「그가 내 귀를 막았는가!」

웅카스가 승리하는 내내, 설명보다는 상상하는 편이 나은 감정의 동요를 겪고 있던 마구아는 과감하게 족장 앞으로 나섬으로써 부름에 응했다.

「공정하신 태머넌드께선 휴런이 빌려 드린 것을 갖지 않을 겁니다.」 그가 말했다.

「말해 보라, 내 형제의 아들이여.」 현자는 르 수틸의 검은 얼굴로부터 시선을 돌려 보다 순수한 웅카스의 얼굴을 바라보며 말했다. 「저 이방인이 그대에게 정복자의 권리를 갖고 있는가?」

「그렇지 않습니다. 저 표범 같은 놈은 여자들이 놓은 덫에는 걸릴 수 있지만, 강한 자이니 그것을 뚫고 나갈 방법 또한 압니다.」

「라 롱그 카라빈에게는?」

「밍고를 비웃겠습니다. 가라, 휴런. 가서 네 여자들에게 곰을 구별하는 법을 배워라.」

「이방인과 내 야영지에 함께 들어온 백인 처녀는?」

「그들은 열린 길로 가야 합니다.」

「그리고 휴런이 내 전사들에게 맡긴 처녀는?」

웅카스는 대답하지 않았다.

「밍고가 내 야영지에 데려온 여인은?」 태머넌드가 엄숙하게 다시 물었다.

「그녀는 내 것이다!」 마구아가 웅카스를 향해 의기양양하게 손을 흔들며 외쳤다. 「모히칸, 저 여자가 내 것임은 너도 알고 있다.」

「내 아들이 말이 없군.」 태머넌드는 슬픔에 잠긴 청년의 얼굴의 표정을 읽어 보려고 애쓰며 말했다.

「그렇습니다.」 나지막한 대답이었다.

짧고 의미심장한 침묵이 이어졌고, 그 사이 사람들이 밍고의 주장에 대해 얼마나 못마땅하게 여기는지 매우 분명히 알 수 있었다. 마침내 그 결정을 내릴 유일한 장본인인 현자가 단호한 목소리로 말했다.

「휴런이여, 떠나라.」

「공정하신 태머넌드여, 왔을 때처럼 가란 말입니까, 아니면 델라웨어족의 신뢰로 손을 채우고 가라는 말입니까?」 교활한 마구아가 물었다. 「르 르나르 수틸의 오두막은 비어 있습니다. 그에게 제 몫을 주어 강하게 하십시오.」

노인은 잠시 생각하더니 존경받는 동료 중 한 사람에게 고개를 숙이며 물었다.

「내 귀가 열려 있소?」

「그렇습니다.」

「이 밍고는 추장이오?」

「자기 부족 가운데 으뜸입니다.」

「여인이여, 어떻게 할 셈인가! 위대한 전사가 그대를 아내로 삼는다. 가거라. 그대의 종족이 끝나지 않을 테니.」

「그런 굴욕을 당하느니, 천 번이라도 끝나는 편이 낫습니다!」 공포에 질린 코라가 외쳤다.

「휴런이여, 그녀의 마음은 자기 조상들이 사는 곳에 있다. 마음 없는 처녀는 불행한 오두막을 만든다.」

「그녀는 자기 민족의 언어로 말하는 겁니다.」 마구아가 신랄하게 비꼬는 표정으로 희생자를 바라보았다. 「그녀는 장사꾼의 종족이라 더 나은 값을 흥정하려는 겁니다. 태머넌드께서 결정하십시오.」

「조개 구슬과 우리의 애정을 가져가라.」

「마구아가 여기 가져온 것 말고는 아무것도 가져가지 않겠습니다.」

「그렇다면 네 것을 가지고 떠나라. 대령께서 델라웨어에게 부당한 짓을 금하시니.」

마구아는 앞으로 나아가 포로의 팔을 강하게 잡았다. 델라웨어족은 말없이 뒤로 물러났다. 말해 봐야 소용없다는 것을 알아차린 듯, 코라는 저항 없이 운명에 굴복할 준비를 갖추었다.

「잠깐! 잠깐!」 덩컨이 달려 나오며 외쳤다. 「휴런, 자비를 베풀어라! 그녀의 몸값은 너의 민족 그 누구보다 너를 부유하게 만들어 줄 테니.」

「마구아는 인디언이다. 백인의 구슬을 원하지 않는다.」

「금, 은, 화약, 납, 전사에게 필요한 모든 것을 네 오두막에 가져다주마. 위대한 추장에게 어울리는 모든 것을.」

「르 수틸은 매우 강하다.」 마구아는 코라의 저항 없는 팔을 쥔 손을 거칠게 흔들며 외쳤다. 「그는 복수를 원한다!」

「섭리를 주관하시는 신이시여!」 헤이워드는 고통에 휩싸여 두 손을 맞잡고 외쳤다. 「이런 일을 당하게 하실 수 있습니까! 공정한 태머넌드여, 자비를 구합니다.」

「델라웨어의 대답은 끝났다.」 현자는 정신적, 육체적 수고에 지친 듯 눈을 감고 자리에 기대며 말했다. 「남자는 두 번 말하지 않는다.」

「추장께서 이미 한 말을 번복함으로써 시간을 낭비하지 않는 것은 현명하고 이성적입니다.」 호크아이가 덩컨에게 입을 다물라고 손짓하며 말했다. 「하지만 모든 전사는 죄수의 머리에 손도끼를 내리치기 전에 잘 생각하고 신중해야 합니다. 휴런, 나는 너를 좋아하지 않는다. 어떤 밍고족도 내 손에서 큰 도움을 받았다고 말할 수도 없다. 이 전쟁이 끝나지 않는다면, 더 많은 네 전사들이 나를 숲에서 만날 거라고 결론지어도 좋을 것이다. 그렇다면, 저 아가씨 같은 죄수를 데려가는 것과, 맨손으로 잡혀 오는 꼴을 보고 너희 부족이 기뻐 날뛸 나 같은 포로를 데려가는 것 중에서 어느 쪽이 좋을지 선택하라.」

「〈장총〉이 여자 때문에 목숨을 내놓는가?」 이미 희생자를 데리고 그곳을 떠나려던 마구아가 머뭇거리며 물었다.

「아니, 아니. 그렇게는 말하지 않았다.」 마구아가 그 제안에 보이는 열의를 확인하자 호크아이는 적당히 신중하게 물러나며 대답했다. 「변경 최고의 여인 대신 한창때의 쓸모 있는 전사를 내놓는다면 불공평한 거래가 될 거다. 네가 그 처녀를 놓아준다는 조건이면, 내가 적어도 단풍이 들기 6주 전에 겨울 막사로 들어가는 데 동의하겠다.」

마구아는 고개를 젓더니 사람들에게 비키라고 재촉했다.

「좋다, 그럼.」 척후병은 마음을 미처 정하지 못한 사람처럼 생각에 잠긴 태도로 덧붙였다. 「〈사슴 사냥꾼〉을 흥정에 넣겠다. 경험 많은 사냥꾼의 말을 믿어라. 이 근방에서 그 녀석만한 물건은 구할 수 없을 거다.」

마구아는 여전히 사람들을 흩어 내려고 하면서 입을 다물고 있었다.

「그렇다면······.」 상대가 교환에 무관심을 표시하는 만큼 척후병은 냉정한 기색을 잃었다. 「너희 청년들에게 그 기계의 진정한 장점을 가르쳐 주겠다고 약속하면, 우리의 의견 차가 사라지겠지.」

이와 같은 타협 제안에 르 르나르가 귀를 기울이리라는 희망으로 그는 주위에 빽빽이 몰려 있는 델라웨어족에게 길을 터달라고 사납게 명령하면서, 그들의 〈예언자〉의 정의에 다시 호소하겠다고 눈빛으로 협박했다.

「내려진 명령은 언젠가는 닥치는 법이지.」 호크아이는 슬프고 초라한 표정으로 웅카스를 바라보며 말했다. 「놈은 자신의 우위를 잘 알고 있고, 그걸 지키려고 하는구나! 신께서 널 축복하시기를 바란다, 애야. 너는 친족 사이에서 친구를 찾았으니, 인디언이 아니었던 네 몇몇 친구들처럼 그들이 네게 진실하기를 바라겠다. 나로 말할 것 같으면, 조만간 죽겠지. 그러니 죽으면서 외칠 소리가 별로 없는 것은 다행이구나. 따지고 보면 내 머리 가죽을 벗겨 갈 것은 저 악당들일 테니, 영겁의 시간에 비하면 하루 이틀 더 사는 건 큰 차이도 없을 것이다. 신께서 널 축복하시기를.」 호크아이는 고개를 옆으로 기울이며 덧붙이고는 곧 그 방향을 바꾸어 청년에게 그리운 표정을 지어 보였다.「너와 네 아버지를 모두 사랑했단다, 웅카스. 우리 피부가 같은 색은 아니고 재능도 조금은 다르지만 말이다. 내가 가장 힘들 때 그의 도움을 받지 못한 적이 없었다고 추장에게 전해 주려무나. 너는, 운이 좋을 때 가끔 나를 생각해 줘라. 그리고 말이다, 애야. 천국이 하나인지 둘인지는 모르지만, 저승에는 정직한 자들이 다시 만나게 해 줄 통로가 있다. 우리가 감춰 놓은 곳에서 그 총을 찾을 수 있을 게다. 내 대신 그걸 찾아다 가져라. 그리고 잘 들어라, 애야. 네 타고난 천성은 복수를 금하지 않으니, 밍고족에게는 아주 넉넉하게 복수해라. 그러면 나를 잃은 네 슬픔이 가실 테고 마음이 가벼워질 테니까. 휴런, 네 제안을 받아들이겠다. 여인을 놓아줘라. 내가 포로가 되겠다.」

이 너그러운 제안에 사람들의 무리 속에서 숨죽인, 그러나 또렷한 찬성의 웅성임이 흘러나왔다. 델라웨어 전사들 가운데 가장 사나운 자들도 이러한 희생적이고 남자다운 행동에 기쁨을 표했다. 마구아는 걸음을 멈췄고, 잠시 망설이는 것 같았다. 그러나 잔인함과 찬양이 기묘하게 뒤섞인 듯한 표정으로 코라를 쳐다본 그는 의지를 굽히지 않았다.

그는 고개를 뒤로 젖혀 이 제안을 무시한다는 시늉을 하고, 흔들림 없는 목소리로 말했다.

「르 르나르 수틸은 위대한 추장이다. 그의 마음은 하나다. 가자.」 그는 포로의 어깨에 지나치게 친근하게 손을 얹더니 재촉했다.「휴런은 시간을 지체하지 않는다. 우리는 갈 것이다.」

처녀는 고상하고 여자답게 몸을 뺐으며 검은 눈을 번쩍였고, 증오심에 붉은 피가 마치 태양 빛처럼 그녀의 뺨을 물들였다.

「나는 당신의 포로이고, 적절한 때가 되면 내 죽음을 향해

서라도 따라갈 채비를 할 겁니다. 하지만 폭력은 불필요합니다.」 그녀는 냉정히 말하더니 곧 호크아이를 바라보며 덧붙였다. 「관대한 사냥꾼님! 제 영혼을 다해 감사드립니다. 당신의 제안은 받아들여지지 않았지만, 받아들여질 수도 없었습니다. 하지만 그 고귀한 뜻으로 제게 큰 도움을 주셨습니다. 저기 쓰러져 있는 아이를 보세요! 저 아이를 교양 있는 남자들 사이에 데려가실 때까지 버리지 말아 주세요.」 그녀는 척후병의 단단한 손을 꼭 쥐며 말했다. 「그 아이 아버지가 보답을 해드릴 거라고는 말씀드리지 않겠어요. 인간의 보답 따위를 바라는 분이 아니니까요. 하지만 아버지께서 감사하시고 축복해 드릴 거예요. 제가 장담컨대, 정의롭고 나이 많은 사람의 축복에는 천국의 복이 담겨 있습니다. 이 끔찍한 순간에도, 신께서 칭찬하시는 소리가 들리는 것 같아요!」 코라는 목이 메어 잠시 아무 말도 못했다. 정신을 잃은 동생을 부축하고 있던 던컨에게 한 발자국 다가간 그녀는 좀 더 침착한 어조로, 하지만 자신의 감정과 기질이 두려움과 싸우고 있음을 드러내며 말했다. 「소령님이 얻은 보물을 소중히 여겨 달라는 당부는 드리지 않아도 되겠죠. 그 애를 사랑하시죠, 헤이워드 소령님. 그렇다면 그 애가 갖고 있는 천 가지 결점이 가려질 거예요. 그 애는 누구보다 친절하고, 상냥하고, 싹싹하고, 착하답니다. 아무리 자부심 강한 소령님이라도 그 애의 마음이나 몸에서 흠을 찾아낼 수 없을 거예요. 그 애는 고와요. 아, 얼마나 고운지 몰라요!」 코라는 앨리스의 설화 석고와 같은 이마에 그보다 희지는 않아도 아름다운 손을 처연히 얹어 흩어져 있는 금발을 쓸어내렸다. 「그 애의 영혼 역시 피부만큼 순결하고 오점이 없지요! 더 냉정한 이성을 가지고 칭찬할 구석을 더 많이 말할 수도 있겠지만 이제는 그만 ―」 코라의 목소리가 들리지 않았고, 얼굴은 동생의 몸에 묻혔다. 한참동안 뜨거운 입맞춤을 하고 난 코라는 갑자기 돌아서더니 유령 같은 안색으로, 이글거리는 눈에 눈물 한 방울 흘리지 않은 채 이전의 당당한 태도 그대로 야만인에게 덧붙였다. 「자, 원하신다면 이제 따르겠어요.」

「그래, 가거라.」 어느 인디언 소녀에게 앨리스를 맡긴 덩컨이 외쳤다. 「가라, 마구아. 가. 이 델라웨어족은 너를 막는 것을 금하는 법을 지키고 있다. 하지만 나는, 나는 그런 법을 지키지 않아도 된다. 가라, 이 사악한 괴물아. 뭘 지체하느냐!」

따라가겠다는 이 협박을 듣고 마구아가 지은 표정은 설명하기가 어려울 것이다. 그 얼굴은 처음에는 맹렬하게 기쁨을 드러내더니 이내 약삭빠른 냉정함을 되찾았다.

「숲은 열려 있다.」 그는 이렇게 대답하는 것으로 만족했다. 「〈펼친 손〉은 따라와라.」

「잠깐.」 호크아이는 덩컨의 팔을 힘으로 붙잡으며 외쳤다. 「소령님은 저 악당의 잔꾀를 몰라요. 놈이 매복하고 있다가 소령님을 죽일 —」

「휴런.」 자기 부족의 엄격한 관습에 따라 모든 상황을 주의 깊고 엄숙히 경청하던 웅카스가 말을 막았다. 「휴런, 델라웨어의 정의는 대령으로부터 온다. 태양을 보라. 그는 지금 저 전나무 가지 위에 계시다. 네 길은 짧고 열려 있다. 그가 저 나무 너머로 보일 때 너를 뒤쫓는 자들이 있을 것이다.」

「무슨 까마귀 소린가!」 마구아가 비웃으며 외쳤다. 「비켜라.」 그가 사람들을 향해 손을 흔들자, 그가 지나갈 길이 서서히 열렸다. 「델라웨어의 계집 같은 자들은 어디 있는가! 그들에게 화살과 총은 와이언도트에게나 보내라고 해라. 그들은 먹을 고기와 맬 옥수수 밭이 있을 테니. 개들아, 토끼들아, 도둑들아, 내 침이나 받아라!」

그가 떠나며 내뱉는 소리에 죽은 듯 불길한 침묵이 감돌았고, 마구아는 이런 독설을 입에 담으며 순종하는 포로를 끌고서 아무 방해도 없이, 아무도 어길 수 없는 인디언의 계율에 보호를 받으며 숲으로 들어갔다.

31

플루엘른 짐을 든 아이들을 죽이다니! 이건 필시 전투의 법을 위반한 짓이오. 그런 짓은 생각할 수도 없는 악행이란 말이오.

「헨리 5세」 4막 7장 1~4행

적과 그의 희생자가 시야에서 사라지기 전까지 사람들은 휴런의 마법에 걸린 것처럼 꼼짝 못 하고 있었다. 하지만 그가 사라지는 순간 사납고 강렬한 감정에 사로잡혀 이리저리 요동쳤다. 웅카스는 높은 연단에 서서 코라의 드레스 색깔이 숲의 나뭇잎 색과 섞여 보이지 않을 때까지 시선으로 좇았다. 그러고는 내려와 무리 사이로 말없이 움직이더니 바로 조금 전까지 갇혀 있던 오두막 안으로 사라졌다. 이 젊은 추장이 지나갈 때 그 눈에서 튀는 분노의 빛을 알아차린 엄숙하고 주의 깊은 전사 몇 명은 그가 생각하기 위해 들어간 곳으로 따라 들어갔다. 그 후 태머넌드와 앨리스는 자리를 옮겼고 여자들과 아이들은 해산하라는 명령을 받았다. 심상치 않게 흐르던 한 시간여 동안 야영지는 중요한 일로 멀리 비행을 떠나기 전 우두머리의 모습과 본보기만을 기다리며 혼란에 빠진 벌집을 닮아 있었다.

한참 만에 어린 전사가 웅카스의 오두막에서 나오더니 그 앞 바위틈에서 자라는 작은 소나무 쪽으로 엄숙한 표정을 한 채 걸어가 그 줄기에서 껍질을 벗겨 아무 말 없이 안으로 되돌아갔다. 그러자 곧 다음 전사가 나와서 가지의 껍질을 벗겨 나무를 벌거벗기고, 블레이즈[53]를 남겨 놓았다. 세 번째로 나온 전사는 그 기둥에 진홍색 물감으로 줄무늬를 그렸다. 밖에 있던 사람들은 이 모든 상황에서 부족 지도자들이 적대적인 계획을 꾸미고 있다는 느낌을 받았으며, 우울하고 불길한 침묵을 지키고 있었다. 마지막으로 모히칸이 허리띠와 바지만 남기고 모든 옷가지를 벗은 뒤 아름다운 몸의 절반을 무시무시한 검정 구름 아래 감추고 나타났다.

웅카스는 기둥 쪽으로 천천히, 위엄 있는 걸음걸이로 다가가더니 자로 잰 듯 맞춘 보폭으로 주위를 한 바퀴 돌았는데, 고대의 춤과 비슷한 동작이었으며, 거칠고 불규칙적인 전쟁의 노래를 부르기도 했다. 그 곡조는 때로는 구슬프고 애처로워 새들의 노랫소리와 비슷하면서도 불현듯 확 변해 듣는 이로 하여금 그 깊이와 역동성에 두려워 떨도록 하는, 가장 극단적인 인간의 음성으로 이루어져 있었다. 가사는 별로 없었고 대부분 반복되는 것으로, 신에게 비는 탄원이나 송가로부터 전사의 목표를 밝힌 뒤 대령에 의지한다는 사실을 밝히며 끝나는 내용이었다. 그가 읊은 폭넓고 아름다운 노래의 가사를 옮길 수 있다면, 다음과 같은 내용이 될 것이다.

> 대령이시여! 대령이시여! 대령이시여!
> 당신께서는 위대하십니다. 선하십니다. 현명하십니다.
> 대령이시여! 대령이시여!
> 당신께서는 공정하십니다!

---

[53] 나무의 일부나 전체의 껍질을 벗기는 것을 이 지방 언어로 *blazed*라고 한다. 이 말은 순수한 영어다. 말의 경우 흰 표식이 있는 것을 〈블레이즈〉라고 부른다.

하늘에서는, 구름 속에서는, 오! 제게도 보입니다!
여러 오점과, 여러 어둠과, 여러 붉음이
하늘 속에, 오! 보입니다!
여러 구름이.

숲에서는, 공중에서는, 오! 제게도 들립니다!
함성 소리가, 긴 고함 소리가, 비명 소리가
숲에서는, 오! 들립니다!
커다란 함성 소리가!

대령이시여! 대령이시여! 대령이시여!
저는 나약하고, 저는 느리지만 당신께서는 강하십니다.
대령이시여! 대령이시여!
제게 도움을 주옵소서.

 각 연이라고 부를 만한 가사가 끝나면, 웅카스는 여느 때보다 길고 높게 소리를 올리며 잠시 쉬었는데, 이는 그때의 감정 표현과 매우 잘 맞았다. 첫 연이 끝나자 엄숙하게 존경의 뜻을 전달하고자 했다. 둘째 연이 끝나자 무시무시한 느낌을 전달했고, 셋째 연이 끝나자 전쟁터의 모든 무시무시한 소리를 다 합친 듯 젊은 전사에게서는 익숙하지만 무서운 전쟁의 함성이 튀어나왔다. 마지막은 첫 연 때와 마찬가지로 겸허하고 갈구하는 느낌을 주며 끝났다. 그는 세 차례 이 노래를 반복했고, 춤을 추며 기둥 주위를 세 번 돌았다.
 첫 한 바퀴를 돌고 나자 큰 공경을 받는 레나페의 추장도 그 본보기를 따랐지만, 비슷한 음악에 자신만의 가사로 노래를 불렀다. 전사들도 차례로 춤에 가담해, 명성과 권위를 지닌 전사라면 모두가 원을 그리며 돌게 되었다. 추장들의 사나운 생김새와 위협적인 표정에, 그 목구멍 깊숙이에서 울려 퍼지는 으스스한 노래가 더해져 아주 무시무시한 광경이 벌어졌다. 바로 그때, 웅카스가 손도끼를 한 나무 기둥 깊이 박아 넣더니 특유의 전투 함성을 질렀다. 그 행동으로 그가 이 원정에서 우두머리 역할을 맡았음을 알 수 있었다.

그것은 잠든 부족의 모든 열정을 깨워 낸 신호였다. 그때까지 나이가 어려 주저하느라 나서지 못했던 1백 명의 젊은이들이 적을 상징하는 대상을 향해 미친 듯이 달려들어 땅 속의 뿌리밖에 남지 않을 때까지 산산조각을 냈다. 이 혼란의 순간 이루어진 그 전투 행위는 나뭇조각이 마치 살아 있는 희생자라는 듯 매우 드세고 가혹했다. 어떤 조각은 가죽이 벗겨졌고, 어떤 것은 예리하게 떨리는 도끼에 찍혔으며, 또 어떤 것들은 치명타를 입히는 칼에 맞았다. 간단히 말해 이때 드러난 열정과 맹렬한 기쁨은 너무나도 크고 솔직해서 이 원정이 부족끼리의 전쟁이 될 것임을 선언했다.

웅카스는 도끼를 내려친 순간 원에서 빠져나와 마구아와의 휴전 협정을 마쳤던 지점에 도달하는 태양을 바라보고 있었다. 의미심장한 손짓과 고함 소리로 곧 그 순간을 알렸고, 흥분한 사람들은 모두 전쟁 흉내를 내던지고 희열의 탄성을 지르며 더 위험한 실제 전쟁을 준비하러 달려갔다.

야영지 전체의 분위기가 금세 바뀌었다. 이미 무기를 들고 칠을 한 전사들은 어떤 감정도 폭발시킬 수 없다는 듯 잠잠해졌다. 반면 여자들이 오두막에서 달려 나왔는데, 기쁨과 한탄이 기이하게 뒤섞여 어떤 감정을 전달하는 것인지 잘 알 수 없는 노래를 부르고 있었다. 그러나 아무도 빈둥거리지 않았다. 어떤 이들은 가장 소중한 물건을 들고 나왔고, 어떤 이들은 아이들이나 늙고 쇠약한 이들을 데리고 산기슭을 배경으로 한 초록 융단이 깔려 있는 숲으로 들어갔다. 태머넌드도 웅카스와 마음을 울리는 대화를 잠시 나눈 뒤 고요한 상태로 들어갔다. 현자는 오랫동안 잃었다가 겨우 찾은 아이와 헤어지는 부모처럼 내키지 않는 표정으로 웅카스와 헤어졌다. 그 사이 덩컨은 앨리스를 안전한 곳에 맡긴 뒤 자신 역시 다가오는 결전을 얼마나 진지하게 기다리는지 잘 보여 주는 표정으로 척후병을 찾았다.

하지만 호크아이는 전투의 노래와 원주민들의 전쟁 준비에 워낙 익숙한 나머지 그 과정에 아무런 흥미를 드러내지 않았다. 이따금 웅카스와 함께 전쟁에 동행할 준비가 되어 있음을 드러내는 전사들의 수와 실력을 살펴볼 따름이었다. 특히 그 점에서 그는 곧 만족감을 드러냈다. 앞에서 이미 보았듯이 젊은 추장의 힘이 부족의 모든 전사들을 금세 포용해 냈기 때문이다. 이와 같은 물리적인 측면을 흡족스럽게 확인한 뒤 그는 웅카스와 함께 델라웨어의 야영지로 오는 길에 감춰 둔 〈사슴 사냥꾼〉과 웅카스의 소총을 가져오라고 인디언 소년 하나를 보냈다. 무기를 감춰 둔 것은 포로가 될 경우 무기를 보호하기 위한 조치이기도 했지만, 낯선 이들에게 스스로를 방어하고 연명할 수단이 있는 사람들보다는 고통당하는 사람들로 보이기 위한 것이기도 했다. 그의 유명한 장총을 찾아오는 일을 할 사람을 고르는 데 있어서 척후병은 여느 때처럼 주의를 기울였다. 그는 마구아가 아무 생각이 없지 않으며, 휴런의 첩자들이 숲 경계를 따라 자리 잡고서 새로운 적의 동태를 살피고 있음도 잘 알고 있었다. 그러므로 직접 총을 가지러 간다면 치명적인 결과를 낳을 것이었다. 전사도 마찬가지였을 것이다. 하지만 아이라면 그 목적이 밝혀지기 전까지는 위험하다는 느낌을 별로 주지 않을 것이었다. 헤이워드가 다가왔을 때, 척후병은 그 실험의 결과를 냉정히 기다리고 있었다.

충분히 약은 그 선택받은 소년은 단단히 지시를 받고 그와 같은 신임을 얻었다는 데 대한 자부심과 젊은이의 야심으로 부푼 가슴을 안고 쉽게 숲 속의 빈터를 건너 총이 감춰져 있는 장소 근처로 들어갔다. 그의 형체는 수풀에 감추어졌고 어두운 몸은 뱀처럼 미끄러지며 원하는 보물을 향해 나아갔다. 마침내 성공했다. 그다음 순간 소년은 마을이 서 있는 바위 가장자리의 좁은 입구로 양손에 전리품을 하나씩 들고서 화살처럼 빠른 속도로 나타났다. 그가 실제로 바위에 다다라 믿을 수 없는 움직임으로 뛰어오를 때 숲에서 들려온 한 발의 총성은 척후병의 판단력이 얼마나 정확한지 증명해 주었다. 소년은 작지만 경멸로 가득한 비명으로 거기 답했고, 그러자 곧 두 번째 총알이 다른 엄폐물 뒤에서 날아왔다. 그다음 순간 소년은 바위 위로 올라와 무기를 쳐들고서 승리감에 들떠 정복자처럼 자신에게 이처럼 영광스러운 심부름을 맡겨 준 유명한 사냥꾼을 향해 다가갔다.

 심부름꾼의 운명에 흥미진진함을 느꼈음에도 불구하고, 〈사슴 사냥꾼〉을 다시 쥔 만족감이 어찌나 크던지 잠시 호크아이의 마음에서 다른 모든 생각은 사라졌다. 예리한 눈으로 총을 살펴보고, 뇌관을 여남은 번쯤 여닫아 보고, 잠금장치를 쓰는 데 마찬가지로 중요한 여러 다른 장치를 확인한 다음, 소년에게 다치지 않았는지 상냥하게 물었다. 소년은 자신만만하게 그의 얼굴을 쳐다보았지만 대답은 하지 않았다.

「그렇구나! 놈들이 네 팔에 상처를 냈구나!」 척후병은 총알에 깊은 상처가 난 소년의 팔을 들어 올리며 말했다. 「하지만 붉은 오리나무가 좀 있으면 부적 노릇을 해줄 거다. 그리고 내가 그걸 조가비 구슬로 싸주마. 용감한 아이야, 너는 일찌감치 전사의 일을 해냈으니 무덤에 갈 때 즈음이면 숱한 영광의 상처를 지니게 될 것 같다. 머리 가죽을 벗겨 가면서도 이런 상처를 보여 줄 수 없는 젊은이들을 많이 알고 있지! 가거라.」 그는 팔을 싸매 준 뒤 말했다. 「넌 추장이 될 게다!」

허영심 많은 궁정의 귀족이 붉은 리본에 대해 느끼는 것보다 흐르는 피에 더 큰 자부심을 느낀 소년은 그 자리를 떠나 또래 아이들 사이에서 선망과 동경의 대상이 되었다.

그렇지만 그처럼 심각하고 중대한 일들이 많은 이 순간, 이처럼 소년이 용기를 발휘한 사건 하나는 더 평화로운 상황에서라면 응당 받았을 사람들의 관심과 칭찬을 끌어내지는 못했다. 하지만 그것은 적의 위치와 의도를 알려 주는 역할을 했다. 따라서 기운은 넘치지만 약한 소년보다 그 일에 더 적합한 모험심 넘치는 청년 한 무리에게 적들을 쫓아내라는 명령이 떨어졌다. 발각되었음을 안 휴런은 대부분 그곳을 떠났기 때문에 이 일은 곧 완수되었다. 델라웨어족은 야영지에서 충분한 거리까지 뒤쫓아 간 뒤 매복을 당할까 주의하며 명령을 받기 위해 멈췄다. 양측이 모두 몸을 숨기고 나자 숲은 다시 따뜻한 여름날 아무도 없는 깊은 산속처럼 고요하고 적막해졌다.

침착하지만 마음이 급했던 웅카스는 추장들을 소집한 뒤 지휘권을 분담했다. 그는 호크아이를 경험 많고 신뢰할 수 있는 전사로 소개했다. 친구가 환영받는 것을 알고 나자, 웅카스는 그에게 자신처럼 활달하고 솜씨 좋으며 결의에 찬 젊은이들 스무 명을 맡겼다. 또한 그는 양키의 부대 안에서 헤이워드의 지위를 알린 뒤, 그에게도 같은 권위를 부여했다. 그러나 덩컨은 척후병 곁에서 자원병으로 움직이겠다면서 이를 사양했다. 그 의견을 받아들인 모히칸 청년은 여러 가지 책임 상황을 다양한 원주민 추장에게 맡겼고, 시간이 급했으므로 곧 행군하라는 명령을 내렸다. 2백 명 이상의 전사들은 기꺼이, 그러나 말없이 명령에 따랐다.

숲으로 진입하는 동안 그들은 아무런 공격도 받지 않았다. 그들은 자신의 정찰을 만나기 전까지는 경고를 주거나, 그들에게 필요한 정보를 제공해 줄 사람은커녕 동물조차 만나지 못했다. 곧 정지 명령이 내려졌고, 추장들이 모여 〈속삭이는 회의〉를 가졌다. 이 회의에서 여러 가지 작전 계획이 제안되었지만, 그 열성적인 우두머리의 바람을 모두 충족시키는 것은 아무것도 없었다. 웅카스가 원하는 대로 따랐다면, 전사들을 데리고 한시도 지체 없이 공격을 시작해 바로 그 전투의 승패를 결정짓는 위험을 초래했을 것이다. 하지만 그런 시도는 그가 해온 연습과 부족들의 의견에 모두 반대되는 행동이었을 것이다. 그러므로 웅카스는 주의를 기울여, 코라의 위험과 마구아의 뻔뻔한 짓을 생생하게 기억하는 그의 타오르는 영혼을 괴롭히는 조언을 초조한 마음으로 경청했다.

오랫동안 불만스러운 회의가 이어지는 중 급히 평화를 제안하러 오는 전령이라는 믿음을 끌어내리려는 듯 적진으로부터 다가오는 사람이 보였다. 그러나 델라웨어족의 회의가 이루어지고 있던 엄폐물에서 1백 야드 쯤 되는 곳으로 다가오자, 그 이방인은 머뭇거리며 어떻게 해야 할지 망설이는 것 같더니 결국 걸음을 멈췄다. 모든 이들이 지시를 기다리는 듯 웅카스를 바라보았다.

「호크아이.」 젊은 추장은 낮은 목소리로 말했다. 「저자는 휴런과 다시는 이야기하지 않을 겁니다.」

「놈의 명이 다했군.」 말수 적은 척후병은 긴 총신을 나뭇잎 사이로 밀어 넣더니 신중하고 예리하게 조준했다. 하지만 방아쇠를 당기는 대신 그는 다시 총구를 내리고는 희한하게 즐거워했다. 「내가 어리석은 죄인이라 저 녀석을 밍고로 착각했군!」 그가 말했다. 「총알을 박아 넣으려고 놈의 갈빗대를 따라 조준을 하다 보니 음악가의 악기가 보이는구나, 웅카스.

저자는 개멋이라는 사람이고, 죽여 봐야 아무에게도 득 될 것이 없다. 저자의 혀가 노래를 부르는 것 말고는 아무것도 하지 않는다면, 그 목숨은 우리의 목적에 도움이 될 수도 있다. 소리에서 그 미덕이 사라지지 않았다면, 저 정직한 자와 곧 이야기를 나눠야 되겠다. 〈사슴 사냥꾼〉의 목소리보다는 더 듣기 좋은 목소리로 말이야.」

그렇게 말하더니 호크아이는 총을 내려놓고 덤불을 기어나가 데이비드의 귀에 들리는 곳까지 다가가서, 휴런의 야영지에서 사람들의 관심을 받으며 해왔던 노래를 안전하게 불러 보았다. 개멋의 예민한 귀는 쉽게 착각하는 일도 없었으며 ― 그리고 사실대로 말하자면 호크아이 이외에는 누구도 비슷한 소리를 낼 수도 없었을 것이다 ― 따라서 그 소리를 들은 개멋은 자신이 지금 어디에 있는지 알 수 있었다. 그 가련한 사람은 큰 당혹감에서 벗어난 것 같았다. 목소리가 나는 방향으로 따라가는 일은 적진을 향해 나아가야 하는 것보다는 훨씬 덜 고된 일이었으므로, 그는 곧 숨어 있던 가수를 찾아냈다.

「휴런들이 뭐라고 여길지 모르겠군!」 척후병이 동료의 팔을 잡고 뒤로 데려가며 웃어 댔다. 「놈들이 들리는 곳에 있다면 여기 실성한 자가 하나가 아니라 둘인 줄 알겠군! 하지만 이제 여긴 안전할 거요.」 그는 웅카스와 그의 부하들을 가리키며 말했다. 「이제 보통 쓰는 영어로, 높낮이 없이, 밍고 놈들이 무슨 짓을 꾸미는지 이야기해 주시오.」

데이비드는 놀란 표정으로 말없이 사납고 잔인하게 생긴 추장들을 둘러보았지만, 아는 얼굴을 보고 안심하고는 알아들을 수 있는 대답을 내놓을 만큼 정신을 수습했다.

「그 이교도들이 숱하게 와 있습니다.」 데이비드가 말했다. 「사악한 의도를 가지고 있는 것 같고요. 지난 한 시간 동안 그들 사는 곳에서는 입에 담자니 신께 모독이 되는 소리를 내며 울부짖고 추잡한 난리 법석을 떠는 일이 벌어졌습니다. 사실, 어찌나 심한지 저는 평화를 찾아 델라웨어족을 찾아 도망쳐 왔지요.」

「당신 발이 빨라 더 일찍 이쪽으로 넘어왔다고 해도 좋은 소리를 듣지는 못했을 거요.」 척후병이 약간 냉담한 말투로 이야기했다. 「하지만 그건 그렇고, 휴런은 어디 있소?」

「그들이 여기와 마을 사이 숲 속에 어찌나 엄청나게 숨어 있는지, 당신들에게 분별이 있다면, 곧 되돌아갈 겁니다.」

웅카스는 자신의 무리가 숨어 있는 숲 쪽을 한 번 훑어보며 이렇게 말했다.

「마구아?」

「그도 그중에 있습니다. 그는 델라웨어족과 지내던 처녀를 데려와 동굴에 두고, 성난 늑대처럼 야만인들의 우두머리 노릇을 했습니다. 무슨 일로 그의 영혼이 그렇게 괴로워하는지는 모르겠습니다!」

「그녀를 동굴에 두었다고 하셨어요!」 헤이워드가 말을 가로막았다. 「그 상황을 알게 되어 다행입니다! 그녀를 바로 풀어 내기 위해 무슨 일을 할 수 없을까요?」

웅카스는 척후병을 가만히 쳐다보더니 이렇게 물었다.

「호크아이는 어떻게 생각하세요?」

「내게 부하 스무 명을 주면 강을 따라 오른쪽으로 돌아가 비버의 오두막을 지나면서 추장과 대령과 합류하겠다. 그러면 너는 그쪽에서 함성을 듣게 될 거다. 바람이 이렇게 불면 함성 소리가 1마일은 족히 전해질 것이다. 그럼, 웅카스, 너는 그들의 전선으로 들어가라. 내 늙은 변경 개척자의 명예를 걸고 말하는데, 그러면 저들의 전선이 활처럼 구부러질 것이다. 그다음 우리는 그들의 마을로 가 아가씨를 동굴에서 데려오겠다. 백인 전투처럼 부족과의 싸움이 공격과 승리로 끝나든,

인디언 식으로 피하고 숨기로 끝나든 결정이 되면 말이다. 소령님, 이 계획에서는 크게 알아야 할 것이 없소. 용기와 인내심만 있으면 충분할 거요.」

「마음에 드는군요.」 척후병의 마음속에서 코라를 구해 내는 것이 가장 중요한 목표임을 안 덩컨이 말했다. 「아주 마음에 들어요. 바로 시작합시다.」

잠시 회의를 가진 후, 완성된 계획은 더욱 이해하기 쉽게 각 조에 전달되었다. 각기 다른 신호가 정해졌고, 추장들은 할당된 곳으로 나누어 배치되었다.

32

위대한 왕께서 몸값을 치르지 않고,
검은 눈의 처녀를 고향 크리사로 보낼 때까지
역병이 퍼질 것이고, 장례식의 불길은 늘어날 것이오.

포프, 「일리아드」 제1권 122~124행

웅카스가 이처럼 병력을 배치하는 동안 회의에서 만난 사람들만을 제외하고 숲은 전능한 창조주의 손에서 갓 탄생했을 때와 같이 아무도 살지 않는 곳처럼 고요했다. 길고 그늘 진 나무 사이로 사방이 눈에 들어왔다. 그 평화롭게 잠든 광경에 제대로 어울리지 않는 것은 아무것도 없었다. 새가 너도밤나무 가지 사이에서 퍼덕이는 소리가 여기저기서 들려왔고, 이따금 다람쥐가 열매를 떨어뜨려 사람들이 놀란 표정으로 그쪽을 바라보게 했다. 하지만 그런 정적이 중단되는 순간이 끝나면 지나가는 바람이 강이나 호수가 있는 곳 이외의 넓은 지역에 온통 자리 잡고 있는 숲의 푸른 나뭇잎들을 물결치게 하는 소리가 들려왔다. 델라웨어와 적의 마을 사이에 펼쳐져 있는 원시림에는 사람이 발 한 번 디딘 적 없는 것처럼 고요하고 깊은 적막이 감돌고 있었다. 그러나 맡은 바 임무로 가장 선두에 나선 호크아이는 그 기만적인 정적을 믿기에는 상대하는 적의 성격을 너무나 잘 알고 있었다.

자신의 작은 공격조가 모인 것을 확인한 호크아이는 〈사슴 사냥꾼〉을 옆구리에 끼고 따라오라는 신호를 보낸 뒤 그들과 함께 후위로 몇 로드를 간 다음 작은 개울을 건넜다. 거기서 걸음을 멈추고 진지하고 경계심 많은 전사들이 모두 모이기를 기다린 뒤 델라웨어 말로 물었다.

「이 개울이 어디로 향하는지 아는 젊은이가 있소?」

델라웨어 청년 하나가 두 손가락을 벌린 손을 내밀어 그것이 수원에서 만나는 모습을 보여 주면서 대답했다.

「이 작은 개울은 해가 지기 전에 큰 개울에 들어갈 겁니다.」 그러더니 그는 자신이 말한 곳의 방향을 가리키며 덧붙였다. 「그 둘은 비버가 지내기에 충분합니다.」

「나도 그럴 줄 알았소.」 척후병은 나무 꼭대기의 빈 사이를 올려다보며 말했다. 「방향과 산세를 보고 말이오. 자, 그 둑을 차폐물로 삼아 휴런의 자취를 찾을 거요.」

그의 동료들은 여느 때처럼 찬성의 환호성을 짧게 올렸지만, 지휘관이 직접 앞장서려는 것을 알고서 한두 명이 그래서는 안 된다는 신호를 했다. 그들의 눈짓을 알아차린 호크아이는 돌아서다가 찬송가 선생이 따라오고 있음을 알게 되었다.

「친구, 이들은 가장 필사적인 공격을 위해 뽑은 정예조이며 다른 사람이라면 좀 더 나은 표정으로 지휘하겠지만, 지금 이들을 가만히 버려두지 않을 사람의 지휘를 받고 있다는 걸 알고 있소?」 척후병은 엄숙하게, 그리고 어쩌면 그 태도에 당연히 어울리는 자부심을 약간 섞어 물었다. 「우리가 생사불문 휴런의 몸뚱이를 짓밟고 있는 데 5분은 더 걸릴 지 모르지만, 30분은 걸리지 않을 거요.」

「말로 의도를 알려 주시지 않더라도……」 데이비드가 약간 상기된 얼굴로, 그리고 평소에는 조용하고 멍한 두 눈을 유난히 이글거리며 대답했다. 「부하들을 보니, 주께서 사랑하시는 종족의 여인과 사악한 결혼을 계획했다 하여 세겜과 맞서 싸우러 가는 야곱의 자식들을 떠오르게 합니다. 이때까지 전 지금 구하고 계신 아가씨와 멀리까지 다녔고 좋은 일, 나쁜 일을 많이 겪었습니다. 그리고 제가 비록 총과 칼을 쥔 군인은 아니지만 아가씨를 위해서라면 기꺼이 한몫을 다하겠습니다.」

척후병은 이처럼 희한한 자원이 어떤 가능성을 지닐지 마음속으로 견주어 보며 머뭇거렸다.

「당신은 무기를 쓰는 법은 모르지 않소? 소총도 없고 말이오. 그리고 내 장담하는데, 밍고 놈들은 빼앗아 간 것을 후하게 돌려주는 자들이오.」

「잔인하게 으스대는 골리앗은 아니지만…….」 데이비드는 색색의 조잡한 옷 밑에서 새총을 하나 꺼내며 말했다. 「유대 소년의 모범을 잊지 않았습니다. 이 고대의 전쟁 무기로 저는 어린 시절 열심히 실력을 닦았고, 아마 그 기술을 모두 잊지는 않았을 겁니다.」

「그렇군!」 호크아이는 냉정하고 위압적인 눈으로 사슴 가죽옷과 앞치마를 살펴보았다. 「화살 속에서, 혹은 칼 속에서라면 그 물건은 효과가 있을 거요. 하지만 이 멩위족은 프랑스군에게서 한 사람당 소총을 한 정씩 받았소. 당신은 사격 중에 해를 입을 것 같지는 않구려. 지금까지도 운이 좋았으니 ─ 소령님. 소총을 반만 준비해 두시오. 때 이르게 총성이 한 번만 들려도 스무 명의 머리 가죽을 무의미하게 잃게 되니 ─ 선생, 따라와도 좋소. 고함을 지를 때 당신이 필요할 테니.」

「고맙습니다, 친구여.」 데이비드는 자신에게 이름을 물려준 다윗 왕처럼 개울가의 조약돌을 주워 담으며 대답했다. 「살인할 마음은 없지만, 절 돌려보냈다면 내 영혼이 괴로웠을 겁니다.」

「기억하시오.」 척후병은 자신의 머리에서 개멋이 다쳤던 자리를 의미심장하게 가리키며 말했다. 「우리는 싸우러 온 것이지 노래를 하러 온 것이 아니오. 모두가 함성을 올리기 전까지 소총 소리 이외에는 아무 소리도 낼 수 없소.」

데이비드는 조건을 받아들인다는 듯 고개를 끄덕였고, 호크아이는 다시 한 번 부하들을 살핀 뒤 출발 신호를 내렸다.

그들의 진로는 1마일의 수로를 따르는 것이었다. 가파른 둑과 개울 주위를 에워싸고 있는 두꺼운 덤불이 발각될 위험을 막아 주기는 했지만, 인디언의 공격에 대한 경계를 늦추지는 않았다. 이따금 숲을 살피기 위해 걷는 대신 양 측면에서 기어가는 전사가 하나씩 있었다. 그들은 몇 분마다 정지하여 그보다 덜 자연스러운 상황에서 사는 사람이라면 거의 감지할 수 없는 적의 소리를 예리한 청력을 활용해 찾아보았다. 그들의 행군을 막는 이는 없었고, 그들은 발각되었다는 흔적 없이 작은 개울이 큰 강과 만나는 지점에 도착했다. 척후병은 다시 멈춰 숲의 신호에 대해 의논하고자 했다.

「싸우기 좋은 날이 되겠군.」 그는 영어로 헤이워드에게 말하고서 하늘을 가로질러 흘러가기 시작하는 큰 구름을 올려다보았다. 「눈부신 해와 그 빛을 반사하는 포신은 시야에 방해가 되지. 모든 것이 우리 편에 이롭소. 바람이 불어 놈들의 소리와 연기를 전해 줄 텐데, 그것만으로도 큰 도움이오. 하지만 차폐물은 여기서 끝났소. 비버가 수백 년 동안 이 개울을 자기 것으로 삼아서, 보시다시피 그들의 식량과 둑 사이에 그루터기는 많아도 살아 있는 나무는 별로 없소.」

실제로 호크아이의 묘사가 지금 그들 앞에 펼쳐진 상황을 나쁘게 그린 것은 아니었다. 개울은 폭이 불규칙적이라 이따금 바위 사이의 좁은 틈으로 흘러가기도 하고 몇 에이커의 편평한 땅에 퍼져 연못이라고 부를 만한 것을 형성하기도 했다. 찢어진 줄기로 신음하는 것부터 나뭇잎을 빼앗기고도 신기하게 생명을 유지하는 것까지, 그 강둑을 따르는 모든 곳이 온갖 단계의 죽어 가는 나무들이 남긴 유적지인 셈이었다. 거기에는 기다랗고 낮은 이끼가 낀 나무더미가 오래전 지나간 세대를 알려 주는 기념물처럼 여기저기 흩어져 있었다.

전에 가져 본 적 없는 진지한 관심을 기울이며 척후병은 이 세세한 나무들의 특징을 숙지했다. 휴런 야영지가 개울에서 반 마일 정도 떨어져 있음을 알고 있었지만 숨어서 위험을 두려워하는 이 특유의 조마조마한 상황에서 적의 존재를 알리는 작은 흔적조차 발견할 수 없다는 사실이 몹시 불안했다. 한두 차례, 그는 공격을 감행해 마을을 급습하고 싶었지만 경험에 따라 그처럼 쓸모없는 시도는 위험할 뿐이라는 사실을 기억했다. 그는 염려스러운 심정으로 웅카스가 남겨 둔 곳에서 적의 소리가 들리는지 귀를 기울였다. 하지만 숲 한가운데서 불기 시작해 폭풍을 예고하는 바람의 한숨 소리 이외에는 아무것도 들리지 않았다. 마침내 지식의 조언을 취하는 대신, 평소와 다른 초조함에 굴복한 그는 부대의 존재를 드러내고 조심히, 그리고 꾸준히 상류로 거슬러 올라가 공격하기로 결정했다.

척후병이 주위를 살피는 동안 덤불이 가려 주고 있었으며, 그의 동료들은 여전히 작은 개울이 흘러나오는 골짜기 아래 숨어 있었다. 그의 낮지만 또렷한 신호에 부하들은 모두 검은 유령처럼 둑 위로 올라가 소리 없이 정렬했다. 원하는 방향을 가리킨 호크아이는 앞장섰고, 동료들은 일렬로 그의 발자국을 따라 정확히 움직였으므로 헤이워드와 데이비드를 제외하면 한 사람의 흔적만 남을 뿐이었다.

그들을 가려 주는 것이 거의 없어진 때, 열두 정의 소총이 발사하는 소리가 뒤에서 들렸고, 델라웨어 전사 하나가 다친 사슴처럼 공중으로 뛰어오르더니 즉사했다.

「아! 이런 몹쓸 짓을 우려했는데!」 척후병이 영어로 외치더니 재빨리 델라웨어의 말로 덧붙였다.「엄호하고 사격하라!」

그 명령에 그들은 흩어졌고, 헤이워드는 당혹감을 제대로 회복하기도 전에 데이비드와 단둘만 남았다. 다행히 휴런들은 이미 뒤로 물러났으므로 그들의 사격으로부터 안전할 수 있었다. 그러나 이런 상황은 분명 오래 지속되지 않을 것이었다. 적들이 서서히 물러나자 척후병이 그들의 후퇴를 쫓아 밀어붙여 나무와 나무 사이를 뛰어다니며 총알을 퍼붓는 모범을 보였기 때문이다.

앞서 있었던 공격은 휴런의 작은 무리가 감행한 것처럼 보였지만, 곧 자기편과 만난 듯 수가 늘어나더니 지금은 델라웨어의 공격과 같지는 않더라도 거의 비슷해졌다. 헤이워드는 전사들 사이에 몸을 던져 동료들이 경계하는 방식을 흉내 내며 자신의 소총을 발사하기 시작했다. 이내 어느 한쪽으로도 기울지 않는 접전이 되었다. 양측이 모두 나무에 최대한 몸을 숨기고 있었으므로 부상자는 거의 없었다. 사실 조준할 때를 제외하고는 아무도 신체를 드러내지 않았다. 차츰 호크아이와 그의 부하들에게 상황이 불리해지기 시작했다. 예리한 척후병은 위험을 알아차렸지만 어떻게 타개할지는 알 수 없었다. 그는 퇴각하는 것조차 자리를 지키는 것보다 더 위험하다는 것을 알 수 있었다. 적이 측면으로 부하들을 투입하자 델라웨어족은 엄호가 어려워졌고, 발사를 중지할 지경이 되었다. 적이 서서히 포위하고 있다는 생각이 들기 시작한 당혹스러운 순간, 웅카스가 맡은 곳에서 고함 소리와 총소리가 퍼져 나왔다. 그곳은 어찌 보면 호크아이와 그의 부하들이 싸우고 있던 곳의 아래쪽이었다.

이 공격의 효과는 즉각적이었고, 척후병과 그의 부하들은 크게 안도했다. 웅카스의 기습 공격을 적이 예상하고 있어서 기습의 의의는 잃었던 반면, 적은 상대의 수를 잘못 판단해 젊은 모히칸의 맹렬한 공격에 맞서기에 너무 모자란 수의 병력을 두고 간 것 같았다. 숲의 전투가 빠르게 마을 쪽으로 진행되었으며, 공격자들이 주된 방어 지점이 된 전선을 유지하는 것을 돕기 위해 달려가면서 줄어들었다는 점에 미루어, 이 추측이 사실임이 다시금 증명되었다.

목소리와 행동으로 부하들을 격려하며 호크아이는 적을 격파하겠다는 약속을 지켰다. 이처럼 조야한 방식의 전투에서 공격이란 엄호와 엄호 사이를 밀고 나아가 적에게 다가가는 것뿐이었다. 이런 작전에서 그의 부하들은 재빨리, 성공적으로 그의 명령을 따랐다. 휴런족은 밀릴 수밖에 없었고, 전투장은 탁 트인 곳에서 공격받는 자들이 피할 덤불이 있는 곳으로 신속히 이동되었다. 전투는 격렬하고 겉으로 보기에 우세를 판가름할 수 없을 정도로 진행되었다. 델라웨어족은 아무도 죽지 않았지만 불리한 지형으로 인해 많은 부상을 입었다.

이러한 위기에서 호크아이는 헤이워드가 차폐물로 쓰는 나무 뒤로 다가갈 수 있었다. 그의 부하들은 대부분 오른쪽으로 약간 떨어졌으나 그의 목소리가 잘 들리는 위치에서 숨어 있는 적을 향해 빠르게 공격했는데, 별 효과는 없었다.

「소령님은 청년이오.」 척후병이 〈사슴 사냥꾼〉의 개머리판을 땅에 대고서, 이전의 교전으로 약간 지친 몸을 총신에 기대면서 말했다. 「앞으로 이 악당들, 밍고족을 상대로 부대를 지휘하게 될지도 모르겠소. 여기서 인디언 전투의 원리를 배워 가실 수도 있을 거요. 그건 주로 빠른 손과 예리한 눈, 훌륭한 차폐물로 이뤄져 있소. 자, 여기 영국군 중대를 이끌고 오셨다면 어떤 지휘를 내리시겠소?」

「총검으로 뚫고 나가겠습니다.」

「그렇지, 그 말씀에는 분명한 이유가 있지. 하지만 이런 미개척지에서는 스스로 자기 목숨이 몇 개인지 반드시 물어봐야 하는 법이오, 아니, 말[54]의 목숨이.」 척후병은 생각에 잠긴 사람처럼 고개를 저으며 이야기를 계속했다. 「부끄럽지만 조만간 이런 전투를 말이 결정하게 될 거요. 그 동물은 인간보다 낫고, 우리는 결국 말이 되어야 할 거요! 인디언의 가죽신에 편자를 낀 발굽을 달면, 소총이 비어도 그것을 다시 장전하느라 멈출 필요가 없을 테니.」

「그런 이야기는 나중에 하는 것이 낫겠습니다.」 헤이워드가 말했다. 「공격할까요?」

「나는 유용한 사색을 하며 생각을 말로 옮기는 사람의 재능에는 어느 경우든 반대하지 않소.」 척후병이 대답했다. 「급습에 대해서는, 그런 대책은 별로 즐기지 않소. 그러다가 한두 사람의 머리 가죽을 버리게 되니 말이오. 하지만……」 그는 멀리서 들려오는 전투 소리를 들어 보려고 고개를 옆으로 숙이며 덧붙였다. 「웅카스에게 도움을 주려면 앞을 막고 있는 저놈들을 치워 버려야 되겠소!」

신속하고 확고한 태도로 돌아선 그는 그들의 언어로 인디언들을 크게 불렀다. 그의 말에 고함 소리가 대답했고, 주어진 신호에 따라 전사들은 각기 호크아이의 나무 주위로 재빨리 모였다. 그처럼 많은 검은 몸의 전사들이 동시에 눈에 띄자 휴런족은 황급히 발사했고 그 탓에 모두 효과가 없었다.

---

54 미국의 숲에는 덤불이나 빽빽한 양치류가 거의 없어서 말이 다닐 수 있다. 호크아이의 계획은 백인과 인디언 사이의 전투에서 늘 가장 큰 성공을 낳은 계획이다. 마이애미의 유명한 전투에서 웨인은 횡대로 적의 공격을 받았다. 그러자 기병들을 측면 주위로 선회시켰고, 인디언들은 장전할 시간도 없이 차폐물에서 쫓겨나게 되었다. 마이애미 전투에서 싸운 추장들 가운데 가장 유명했던 이가 본 저자에게 인디언들은 〈장검을 들고 가죽 스타킹을 신은〉 전사들과 싸울 수 없었다고 이야기했다. 즉, 흑마를 타고 부츠를 신은 기병을 의미한 것이었다.

델라웨어족은 숨 쉴 새도 없이, 마치 먹잇감을 향해 달려드는 표범처럼 숲을 향해 펄쩍 뛰어올랐다. 호크아이가 무시무시한 총을 휘두르며 앞장섰고, 모범을 보여 부하들을 독려했다. 사격을 끌어내기 위한 이 계획에 속지 않은, 나이 많고 꾀 많은 휴런 몇 명은 근거리에서 치명적인 사격으로 척후병의 최정예 전사 셋을 쓰러뜨림으로써 대응했다. 하지만 그 정도 충격으로는 이 과감한 공격을 무너뜨릴 수 없었다. 델라웨어는 타고난 용맹함으로 차폐물을 뚫고 무섭게 남아 있는 저항 세력을 휩쓸어 버렸다.

전투는 백병전으로 잠시 이어지다 끝났고, 공격당한 자들은 맞은편 덤불 가장자리에 닿을 때까지 재빨리 후퇴했다. 그 덤불에서 적들은 마치 사냥당하는 동물처럼 끈덕지게 숨어서 버텼다. 다시금 전투의 성패 여부가 불확실해지는 이 중차대한 순간, 휴런족의 후미 빈터에 위치한 비버의 오두막 속에서 소총 소리가 들리며 총알 하나가 날아오는 것과 동시에 맹렬하고 끔찍한 전쟁의 함성이 들렸다.

「추장이 말씀하신다!」 호크아이가 자신의 우레 같은 목소리로 화답했다. 「이제 앞뒤 공격이다!」

이 상황이 휴런에게 미친 영향은 즉시 나타났다. 숨을 가능성이 없는 곳에서 당한 공격에 기가 꺾인 적의 전사들은 동시에 실망의 비명을 지르더니 한데 모여 대열에서 벗어나 달아날 생각만으로 빈터를 내달렸다. 그러다 델라웨어족의 총알과 공격에 많은 이들이 쓰러졌다.

본 저자는 척후병과 칭가치국이 만난 과정이나 덩컨이 먼로와 나눈 더욱 감동적인 대화를 일일이 늘어놓느라 지체하지 않을 것이다. 양측의 상황을 설명하는 데 짧은 몇 마디면 충분할 것이다. 자신의 부하들을 가리키며 호크아이는 모히칸의 추장에게 지휘권을 내주었다. 칭가치국은 원주민 전사의 직위에 항상 큰 힘을 실어 주는 근엄한 태도로 그의 태생과 경험이 분명한 권리를 부여하는 지위를 맡았다. 척후병의 발자국을 따라, 추장은 부하들을 다시 덤불 사이로 이끌고 갔고, 인디언들은 쓰러진 휴런의 머리 가죽을 벗기고 자기편 사망자의 시신을 감춘 뒤 진행을 멈추기에 적당한 곳에 닿았다.

앞선 전투로부터 한숨 돌린 전사들은, 몸을 숨기기에 충분한 수의 나무들이 점점이 흩어져 있는 평지에 배치되었다. 전면은 좀 가파른 내리막이었는데, 그 아래로는 3마일에서 4마일의 좁고 어두운 골짜기가 펼쳐져 있었다. 이 울창하고 어두운 숲을 뚫고 나가며, 웅카스는 여전히 휴런의 주력군과 싸우고 있었다.

모히칸과 그 친구들은 언덕 꼭대기로 진격해 경험 많은 귀로 전투 소리를 들었다. 계곡 깊숙이, 무성한 나뭇잎 위로 새 몇 마리가 놀라 둥지에서 날아올랐으며, 여기저기 이미 공기와 섞인 것처럼 보이는 가벼운 연무가 나무 위로 피어올라 접전이 이뤄지는 지역을 알려 주었다.

「전투가 저 오르막으로 향하고 있군요.」 덩컨이 새로 화기 폭발음이 들린 곳을 가리키며 말했다. 「도움을 주기에 우리는 그들의 전선에서 너무 중앙에 있습니다.」

「저들은 차폐물이 많은 저 분지 쪽으로 들어갈 거요.」 척후병이 말했다. 「그러면 우리는 충분히 측면에 있게 되지. 갑시다, 추장. 당신이 함성을 올리고 젊은이들을 이끌 시간도 없을 거요. 나는 나와 같은 피부색의 전사들과 이 싸움을 할 테니! 당신도 잘 알잖소, 모히칸. 저 휴런 중에 〈사슴 사냥꾼〉을 피해 당신 후위로 들어올 휴런은 하나도 없을 거요.」

인디언 추장은 다시 한 번 멈춰 싸움의 신호를 살폈고, 그것은 빠르게 오르막으로 진행하고 있어 델라웨어의 승리를 분명히 증명했다. 그는 폭풍우를 예고하는 우박처럼 땅바닥의 낙엽 사이에 떨어지기 시작하는 총알 소리로, 델라웨어와 휴런이 가까이 다가왔음을 알기 전까지는 그 자리를 뜨지 않았다. 호크아이와 세 동료들은 은신처로 서너 발자국을 물러나 경험만이 보여 줄 수 있는 침착한 태도로 기다리고 있었다.

얼마 지나지 않아, 소총 소리가 들릴 때마다 숲을 울리던 비명 소리가 사라지고, 허공을 향해 총을 쏘는 듯한 소리가 들려왔다. 그리고 숲의 가장자리로 쫓겨난 적의 전사들이 여기저기서 나타나더니 최후의 저항을 펼칠 곳이라는 듯 모였다. 거기서 곧 다른 이들이 합류하더니 검은 몸의 전사들이 길게 늘어서서 필사적이고 끈질긴 태도로 그 차폐물에 매달리는 것이 보였다. 헤이워드는 초조해져 칭가치국 쪽으로 자꾸 눈길을 돌렸다. 추장은 마치 그 전투를 구경하러 거기 있는 사람처럼 신중한 눈으로 살피며 침착한 표정 이외에는 아무것도 드러내지 않고 있었다.

「델라웨어가 공격할 때입니다!」 덩컨이 말했다.

「아니오, 그렇지 않소.」 척후병이 대답했다. 「우리 편의 흔적을 알아차리면, 가만있지 않고 공격할 거요. 보시오, 보시오. 놈들이 날고 나서 내려앉는 벌 떼처럼 저 소나무 둥치에 모여들고 있소. 주님께 맹세하건대, 여자도 저렇게 모여든 인디언들 가운데 총알을 쏘아 넣을 수 있겠군!」

그 순간 함성이 들려왔고, 칭가치국과 그의 부하들이 쏜 총에 휴런 열두 명이 쓰러졌다. 그 후 이어진 고함 소리에 숲속에서는 한 사람의 전쟁 함성이 화답했고, 동시에 지른 것 같은 1천 명의 고함 소리가 공중을 지나갔다. 휴런족은 전선 중앙에서 벗어나 휘청거렸고, 웅카스는 1백 명의 전사들을 이끌고서 그들이 떠난 빈터를 뚫고 숲에서 달려 나왔다.

젊은 추장은 손을 양쪽으로 흔들면서 부하들에게 적의 위치를 가리켰고, 부하들은 추격을 시작했다. 이제 전쟁은 다시 숲에서 피할 곳을 찾아 양쪽으로 달아난 휴런과 그들을 추격하는 레나페의 승자들인 두 편으로 갈라졌다. 1분 정도 지났을까. 소리는 이미 사방에서 잦아들었고 차츰 메아리를 일으키는 숲 속으로 흐려져 갔다. 하지만 몇 안 되는 휴런의 일당은 숨기를 거부하고 궁지에 몰린 사자처럼 서서히, 침울한 표정으로 칭가치국과 그 부하들이 보다 가까이에서 공격하기 위해 직전에 떠난 치받이를 따라 올라왔다. 마구아는 그 사납고 야만적인 표정과 그때까지도 유지하고 있던 거만한 태도로 그중에서 가장 눈에 띄었다.

추격을 계속하려는 열의에 웅카스는 거의 혼자 남았지만, 르 수틸의 모습을 보는 순간 다른 모든 생각은 그의 머릿속에서 사라져 버렸다. 예닐곱의 전사들을 불러들인 전투 함성을 지르며 그 수적인 차이 따위 신경 쓰지 않고 그는 적을 향해 달려들었다. 이 움직임을 본 르 르나르는 내심 기쁜 마음으로 그를 맞이하고자 걸음을 멈췄다. 하지만 그가 이 젊은 공격자의 무모한 태도로 인해 자기 차지가 되었다고 생각하는 순간, 또 한 사람의 함성이 들리더니 라 롱그 카라빈이 백인 동료들과 함께 그를 구하러 달려오는 것이 보였다. 휴런은 곧바로 돌아서서 신속한 후퇴를 명령했다.

인사를 하거나 축하를 나눌 시간이 없었다. 아군이 함께 있다는 것을 몰랐음에도, 웅카스는 바람 같은 속도로 추격을 계속했기 때문이다. 호크아이가 몸을 감추라고 소리 질러도 소용없었다. 젊은 모히칸은 적의 위험한 사격과 맞서 나아갔고, 곧 적들은 그의 과감한 속력만큼 빠르게 달아나야 했다. 경주는 짧았고, 백인들이 유리한 입지에 있어서 다행한 일이었다. 그 반대였다면 델라웨어는 곧 동료들을 모두 따돌리고 나아가 자신의 만용에 희생되었을 것이다. 하지만 그런 비극이 벌어지기 전, 추격자들과 추격당한 자들은 아슬아슬한 차이로 와이언도트족의 마을에 들어섰다.

  흥분한 데다 추격으로 지친 휴런족은 마을로 도착해 절망적인 분노를 터뜨리며 평의회의 오두막 주위에서 싸웠다. 전투의 시작과 과정은 마치 소용돌이가 지나가고 남긴 폐허 같았다. 웅카스의 손도끼, 호크아이의 주먹 그리고 여전히 불안한 먼로의 팔이 그 짧은 순간 바삐 움직였고, 땅에는 금세 적들이 쓰러졌다. 하지만 무모하게 나서서 노출되어 있었음에도 마구아는 마치 고대 전설에 등장하는, 행운이 지켜 주는 영웅들처럼 목숨을 노린 모든 공격을 피해 달아났다. 그 간교한 추장은 동료들이 쓰러진 것을 보고 분노와 실망감을 요란하게 전하는 비명을 올리며 자기편 둘과 함께 그곳에서 피했고, 델라웨어족은 잔인한 승리의 전리품을 벗겨 내느라 바빴다.

  하지만 난전 속에서 마구아만을 찾던 웅카스는 또 다시 추격에 나섰다. 호크아이, 헤이워드, 데이비드는 여전히 그의 뒤를 따르고 있었다. 척후병이 할 수 있는 최선은 총의 총구를 친구보다 좀 더 빨리 들이대는 것밖에 없었지만 그의 총알은 매번 희한하게도 방어물의 방해를 받았다. 마구아가 마지막으로 한 차례 더 패배를 복수하려는 것처럼 보였지만, 자신의 의도를 드러내자마자 포기하더니 덤불 속으로 들어가 적의 추격을 받으며 독자 여러분도 이미 아시는 동굴 입구로 갑자기 들어가 버렸다. 웅카스를 지키려는 마음에서 총 쏘기를 자제했던 호크아이는 승리의 함성을 올리며 이제 확실히 사냥감을 잡았다고 선언했다. 추격자들이 길고 좁은 입구로 달려들었을 때, 도망치는 휴런족들의 모습을 얼핏 볼 수 있었다. 그들이 동굴 속 천연의 통로와 땅속 구획을 가로지르기에 앞서 수백 명의 여인들과 아이들이 지르는 비명과 울음소리가 들려왔다. 흐릿하고 불분명한 빛에 보인 그곳은 불행한 유령들과 야만스러운 악마들이 떼를 지어 날아다니는 지옥의 심연 같았다.

웅카스는 마치 자기 인생의 유일한 목표인 듯 마구아에게서 눈을 떼지 않았다. 헤이워드와 척후병은 여전히 뒤를 따랐지만, 웅카스보다는 덜 빨랐다. 어둡고 음침한 통로 때문에 길이 복잡해졌고 후퇴하는 전사들의 모습이 흐릿해지며 드문드문 보이게 되었다. 잠시 흔적을 잃었다고 생각한 순간, 산으로 올라가는 쪽처럼 보이는 통로 반대편에서 흰 옷자락이 펄럭였다.

「코라입니다!」 헤이워드가 두려움과 기쁨이 마구 뒤섞인 목소리로 외쳤다.

「코라! 코라!」 웅카스가 사슴처럼 튀어나가며 외쳤다.

「그 아가씨로군!」 척후병이 외쳤다. 「용기를 가지시오, 아가씨. 우리가 왔소이다. 우리가 왔소이다.」

포로의 모습을 일별하고 나자 추격은 열 배나 고무되어 더욱 부지런해졌다. 하지만 길이 거칠고 끊어져 있었으며, 군데군데 통과할 수 없는 곳도 있었다. 웅카스는 소총을 버리고 대담무쌍하게 앞으로 뛰어나가갔다. 헤이워드도 그의 본보기를 성급하게 따랐지만 둘은 잠시 후 휴런들이 바위틈의 통로로 퍼부은 총소리에 그것이 미친 행동이었다는 훈계를 들었고, 모히칸 청년은 그 총알에 작은 부상을 입었다.

「바짝 추적해야 해!」 척후병이 필사적으로 달려 올라 친구들을 지나가며 말했다. 「이 거리에서는 놈들이 우리를 하나씩 겨누어 쏠 테니! 저 보시오, 놈들이 아가씨를 방패로 삼고 있소!」

하지만 그 말에는 아랑곳없이 그의 동료들도 그의 본보기를 따라 믿을 수 없는 힘을 다해 도망자들을 바짝 추적했다. 전사 둘이 코라를 부축하고 있었고, 마구아가 달아날 방향을 지시하는 광경을 볼 수 있었다. 네 사람의 형체가 하늘에 난 구멍을 배경으로 또렷이 보이더니 어느 순간 사라졌다. 실망감에 미칠 지경이 된 웅카스와 헤이워드는 이미 초인적으로 보였던 노력을 배가했고, 산 가장자리의 동굴 출구로 나가 추격당한 자들이 간 방향을 확인할 수 있었다. 그 길은 오르막이었으며, 진행하기에 여전히 위험하고 고되었다.

총이 방해되기도 했지만, 포로의 동행보다는 포로에게 깊은 관심이 덜했던 탓인지 척후병은 약간 뒤처졌다. 웅카스는 헤이워드보다 앞섰다. 그런 식으로 믿을 수 없을 만큼 짧은 공간 속에 놓여 다른 시간, 다른 상황이라면 결코 넘을 수 없을 바위와 절벽, 그리고 온갖 고난을 뛰어넘었다. 그렇게 무모한 젊은이들은 코라를 데리고 가느라 속도가 줄어든 휴런족을 찾아내고 말았다.

「멈춰라, 와이언도트의 개들아!」 웅카스가 번득이는 손도끼를 마구아를 향해 흔들며 외쳤다. 「델라웨어의 처녀를 내놓아라!」

「더 이상 가지 않겠어요.」 코라는 산 정상에서 멀지 않은, 깊은 절벽에 걸려 있는 널찍한 바위에서 불현듯 걸음을 멈추고 외쳤다. 「죽이려면 나를 죽여요, 끔찍한 휴런이여. 더 이상은 가지 않을 테니!」

처녀를 부축하던 이들은 악행에서 나오는 불경한 쾌감을 느끼며 손도끼를 재빨리 들어 올렸지만, 마구아는 쳐든 팔을 갑자기 저지했다. 휴런의 추장은 동료들에게서 빼앗은 무기를 바위 너머로 던진 후, 칼을 꺼내 서로 상반되는 감정이 맹렬하게 교차하는 표정으로 포로를 향해 말했다.

「여자여, 선택하라.」 그가 말했다. 「르 수틸의 오두막이냐, 칼이냐!」

코라는 그를 바라보지 않고 무릎을 꿇고 천국을 향해 팔을 들어 올리고 유순하면서도 속내를 털어놓는 목소리로 말했다.

「저는 당신의 것입니다! 가장 옳다고 생각하시는 대로 하소서!」

「여자여.」 마구아는 쉰 목소리로, 그녀의 침착하고 빛나는 눈과 마주치려고 애쓰며 다시 말했다. 「선택하라.」

하지만 코라는 그 요구를 듣지도, 신경 쓰지도 않았다. 휴런은 온몸을 부들부들 떨더니 팔을 높이 들어 올렸지만 의심에 사로잡힌 사람처럼 당혹한 태도로 다시 내렸다. 그는 다시 한 번 갈등하더니 다시 예리한 무기를 들었으나 바로 그때, 머리 위에서 맹렬한 고함 소리와 함께 웅카스가 무시무시한 높이에서 바위 위로 뛰어내렸다. 마구아는 한 걸음 물러났고, 그 기회를 포착한 마구아의 부하 하나가 제 칼을 코라의 가슴에 찔렀다.

휴런은 자신을 거역하고 이미 도망치는 부하를 향해 호랑이처럼 달려들었지만, 쓰러지는 웅카스의 몸에 이 부자연스러운 싸움이 갈라졌다. 이처럼 방해를 받아 목표를 놓치고, 방금 벌어진 살인에 화가 난 마구아는 쓰러진 델라웨어의 등에 칼을 꽂았고, 그 비겁한 행동과 함께 이 세상 것이 아닌 듯한 고함을 질렀다. 웅카스는 다친 표범이 적에게 달려들듯 일어나 코라를 죽인 자를 쓰러뜨렸고, 그로써 그에게 남은 마지막 힘은 모두 소진되었다. 엄격하고 침착한 표정으로 르 수틸에게 돌아선 그는 힘이 다하지 않았으면 해냈을 일을 눈짓으로 드러냈다. 르 수틸은 저항 없는 델라웨어의 감각 잃은 팔을 잡더니 그의 가슴에 서너 차례 칼을 꽂았고, 꺼지지 않는 경멸의 눈빛으로 적을 노려보던 희생자는 발치에 쓰러져 숨을 거뒀다.

「자비를! 자비를! 휴런이여.」 헤이워드는 공포에 숨이 막힐 듯 위에서 외쳐 댔다. 「자비를 베풀면 그대도 자비를 얻을 것이오!」

그렇게 사정하는 젊은이에게 피 묻은 칼을 던진 마구아는 1천 피트 아래 계곡에서 싸우던 이들의 귀에까지 들리도록 매우 사납고 거칠지만 기쁨도 담고 있는, 야만적인 승리의 고함을 질렀다. 이에 맞서 공중을 나는 힘을 가진 듯 과감하고 담대하게 위험한 절벽을 따라 빠르게 움직이던 척후병의 입에서도 고함 소리가 튀어나왔다. 하지만 사냥꾼이 이 무자비한 학살의 현장에 닿았을 때는 죽은 자만이 바위 위에 남아 있었다.

그의 예리한 눈이 희생자들을 한 번 쳐다보더니 앞에 놓인 거친 오르막을 훑어보았다. 어지러울 정도로 높은 산 정상 근처 끄트머리에 한 사람이 팔을 들고 무시무시하게 위협적인 태도로 서 있었다. 그가 누군지 확인할 새도 없이 호크아이는 장총을 들었지만, 아래 도망자들의 머리에 돌을 던져 맞히며 분노로 얼굴을 번득이는 개멋이 등장했다. 그러자 마구아가 마지막 남은 부하의 시체를 담담한 표정으로 지나쳐 넓은 바위 틈 사이를 뛰어넘어 데이비드의 무기가 닿을 수 없는 바위까지 올라갔다. 한 번만 더 뛰면 그는 절벽 꼭대기에 닿아 안전을 확보할 수 있었을 것이다. 그러나 뛰어오르기 전, 걸음을 멈추더니 척후병을 향해 손을 흔들며 외쳤다.

「백인들은 개다! 델라웨어들은 계집들이다! 마구아는 그들을 까마귀 먹이로 바위에 버려둔다!」

쉰 소리로 웃으며 필사적으로 뛰어올랐으나 그는 목표 지점에 닿지 못했다. 하지만 그의 손은 절벽 가장자리의 덤불을 잡았다. 호크아이는 공격하려는 호랑이처럼 몸을 웅크렸고, 긴장감에 몸을 떨며 반쯤 치켜든 총의 총구는 바람에 나부끼는 나뭇잎 같았다. 약은 마구아는 쓸데없이 기운을 빼지 않고, 몸을 늘어뜨린 뒤 발을 디딜 조각을 찾았다. 온 힘을 다 끌어 모아 다시 몸을 올려 보았고, 산 정상 가장자리에 무릎을 올리는 데 성공했다. 적의 몸이 웅크려진 바로 그때, 척후병의 흥분한 무기가 어깨에 자리를 잡았다. 총이 내용물을 발사하던 그 순간만큼은 주위의 바위도 그만큼 굳건하지는 않았을 것이다. 휴런의 팔에서 힘이 빠지더니 무릎은 여전히 그 자리에 있었지만 그의 몸은 뒤로 조금씩 기울기 시작했다. 적을 향해 가차 없는 시선을 돌린 그는 냉혹한 반항의 뜻으로 손을 흔들었다. 곧 그의 손아귀에서 힘이 빠졌고, 머리부터 고꾸라지는 검은 몸뚱이의 모습이 한순간 보이더니 산에 매달려 자라는 덤불을 지나 빠른 파멸을 향해 낙하했다.

33

그들은 용자처럼 오랫동안 잘 싸웠노라.
　그들은 죽인 무슬림을 땅 위에 쌓았고,
그들은 정복했노라. 하지만 보자리스는 모든 핏줄에서
　피를 흘리며 쓰러졌노라.
몇몇 살아남은 그의 전우들은
긍지 높은 만세가 울려 퍼지고
　붉은 들판을 확보할 때 그의 미소를 보았노라.
그리고 죽음을 맞이할 때, 밤의 휴식을 맞이하는
해 질 녘 꽃송이처럼 고요히
그의 눈꺼풀이 닫히는 것을 보았노라.
　　　　　　　　　헬렉, 「마르코 보자리스」 37~46행

　이튿날 해가 밝았을 때, 레나페 부족 전체가 죽음을 애도하고 있었다. 전투의 소리는 끝났고, 그들은 오래 묵은 원한을 충분히 갚았으며, 멩위 부족 전체를 말살함으로써 얼마 전 있었던 싸움을 보복했다. 휴런족이 살던 지점에 떠다니던 검고 매캐한 분위기는 그 방황하던 부족의 운명을 그 자체로 충분히 알려 주었다. 황량한 산꼭대기에서 우글거리거나, 시끄럽게 떼를 지어 숲을 넓게 날아다니는 수백 마리의 까마귀들이 무서운 전투지의 위치를 알려 주었다. 간단히 말해, 변경 지대의 전투 흔적에 익숙한 사람이라면 누구나 인디언의 보복에 수반되는 가혹한 결과를 뚜렷이 알려 주는 증거들을 모두 쉽게 알아 볼 수 있었다.
　그래도 태양은 애도하는 부족, 레나페의 위로 떠올랐다. 승리를 축하하는 환호성이나 승전가는 들리지 않았다. 가장 늦은 낙오자가 전투에서 돌아왔지만, 끔찍한 유혈 전투를 증명하는 표식을 벗어 버리고 슬픔에 겨운 부족의 일원으로서 동포의 죽음을 애도할 뿐이었다. 긍지와 환희는 굴욕이 대신했고, 가장 깊고 솔직한 슬픔의 표현이 가장 사나운 인간의 감정을 대체했다.

오두막들은 비어 있었다. 하지만 성실한 얼굴을 한 이들이 한 지점을 두텁게 에워싸고 있었는데 그곳에는 생명을 지닌 모든 것이 모여들었으며, 모두가 깊고 경건한 침묵을 지키고 있었다. 지위와 나이, 성별과 맡은 일을 불문하고 모두가 모여 이렇게 벽처럼 두꺼운 무리를 지었지만 그들은 같은 감정에 지배받았다. 모든 이들의 눈은 그 원 가운데, 그토록 많은 공통의 흥미를 끌어들인 대상에게 집중되었다.

여섯 명의 델라웨어 소녀들이 길고 검고 소담한 머리카락을 가슴에 흩은 채 떨어져 서서는 인디언의 수의에 싸인 그 열정적이고, 고매한, 그리고 너그러운 코라의 시신에 향기로운 약초와 숲의 꽃을 이따금 뿌려 주었다. 그녀의 몸은 그와 같은 소박한 수의로 여러 차례 감싸였으며 얼굴은 남자들이 보지 못하도록 가려져 있었다. 그녀의 발치에는 수척한 먼로가 앉아 있었다. 늙은 그의 머리는 하늘의 섭리에 굴복하여 땅에 거의 닿을 듯 숙여져 있었다. 하지만 아무렇게나 흐트러진 회색 머리카락으로 조금밖에 가려지지 않은 그의 주름진 이마는 비통을 감추고 있음을 보여 주었다. 개멋은 그 옆에서 유순한 머리를 햇볕에 드러내고 서 있었고, 그 눈은 그토록 케케묵었으나 경건한 숱한 성구를 담고 있는 작은 책과 위로를 전하고 싶은 영혼 사이에서 갈등하는 것 같았다. 헤이워드도 가까이, 나무에 몸을 기대고 서서 가장 큰 용기를 발휘해 터져 나오는 슬픔을 억누르고자 애쓰고 있었다.

이들의 슬픔과 우울함을 쉽게 상상할 수 있겠으나, 같은 곳 반대편 공간을 차지하고 있는 이들은 훨씬 더 심금을 울렸다. 살아 있을 때처럼 엄숙하고 고상한 자세로 앉혀진 웅카스는 이 부족의 재산이 제공할 수 있는 가장 화려한 장신구로 꾸며지고 있었다. 그의 머리 위에는 화려한 깃털이 꽂혀 있었다. 조가비 구슬, 목 가리개, 팔찌, 훈장이 그의 몸을 가득 장식했다. 그의 멍한 눈과 늘어진 팔다리는 그것들이 전하는 긍지 가득한 이야기와는 강하게 상충되었지만 말이다.

그 시신 바로 앞, 칭가치국이 무기도, 칠도, 어떤 종류의 장신구도 없이 드러낸 가슴에 찍힌 그 부족의 새파란 문장만을 보이며 앉아 있었다. 이 부족이 이렇게 모인 오랜 시간 동안, 모히칸 전사는 아들의 차갑고 감각 없는 모습을 가만히, 불안한 표정으로 바라보기만 했다. 그 시선이 어찌나 꼼짝 없이 강렬하게 꽂혀 있었고, 그의 태도에 어찌나 아무런 변화가 없던지, 모르는 사람이라면 산 사람의 검은 얼굴에 스쳐 지나가는 고뇌의 기색과 죽은 자의 몸에 영원히 내려앉은 저승의 평온함으로 인해 전자와 후자를 구분할 수 없었을 것이다.

척후병은 치명적인 복수를 감행하는 무기에 기대 생각에 잠긴 자세로 서 있었다. 부족의 장로들의 부축을 받은 태머넌드가 가까이 상석을 차지하고서 고요하고 슬픈 모습으로 모인 사람들을 내려다보고 있었다.

원형의 바로 안쪽에 낯선 나라의 군복 차림을 한 군인이 서 있었고, 그 밖에는 긴 여행을 준비한 듯 가재도구를 쌓아 놓은 가운데 군마가 서 있었다. 그 이방인의 옷차림은 캐나다 지휘관 가까이에서 일하는 책임을 진 사람임을 알려 주었으며, 동맹 부족의 격렬한 다툼에 깨진 평화를 회복시키는 임무를 맡고 찾아온 듯 보였으나 너무 늦게 와 처리하지 못한 전투의 결과를 말없이 슬픈 마음으로 지켜보는 것으로 만족했다.

오전이 끝나 가고 있었지만, 모인 이들은 새벽부터 이처럼 고요한 침묵을 지켜 왔다. 숨죽인 흐느낌보다 더 큰 소리는 들리지 않았고, 그 길고 고통스러운 기간 동안 이따금 망자를 추도하며 소박하고 가슴 아픈 제물을 바칠 때 이외에는 팔 하나 움직이는 일도 없었다. 인디언의 인내와 자제심은 검고 미동 없는 하나하나의 모습이 석상으로 변한 것처럼 비현실적인 광경을 연출했다.

마침내 델라웨어의 현자가 한 팔을 내밀어 보좌들의 어깨에 기대더니 전날 부족을 만났을 때와 지금 연단으로 비틀거리며 걸어 올랐던 것 사이에 마치 한참의 세월이 흐른 것처럼 힘없이 일어섰다.

「레나페 부족이여!」 그는 예언자의 목소리처럼 쩌렁쩌렁 울리는 어조로 말했다. 「대령의 얼굴이 구름 속에 가려져 있다! 그의 눈이 너희들을 바라보지 않고, 그의 귀가 막혀 있다. 그의 혀는 아무런 대답도 주시지 않는다. 너희들은 그분을 볼 수 없다. 하지만 그의 판결이 너희 앞에 있다. 마음을 열고, 영혼의 거짓말을 삼가라. 레나페 부족이여, 대령의 얼굴이 구름 속에 가려져 있다!」

이처럼 단순하나 무서운 선언이 모인 이들의 귀에 들어가자, 그들이 섬기는 영혼이 인간의 목청을 빌리지 않은 채 말한 것처럼 깊고 경건한 적막이 이어졌다. 주위에 겸허하게 순종하며 에워싼 이들에 비하면 웅카스는 살아 있는 사람 같았다. 그 선언의 즉각적인 효과가 서서히 사라지면서 나지막하게 웅얼거리는 목소리가 망자를 기리는 노래를 부르기 시작했다. 소리는 여인들의 것으로, 가냘프게 울부짖고 있었다. 가사는 규칙적으로 이어지지 않았지만, 하나가 멈추면 송덕가라 해야 할지 애가라 해야 할지 모르는 노래가 이전의 노래를 이어받았으며 자신의 느낌과 그 사건이 전하는 언어로 감정을 이입시켰다. 이따금 모두가 요란하게 슬픔을 폭발시키고, 슬픔에 겨워 어쩔 줄 모르면 코라의 몸에서 소녀들이 식물과 꽃을 뽑아 드는 동안 노래를 멈추기도 했다. 하지만 감정이 누그러들 때면, 이 순결과 아름다움의 상징은 다시 제자리로 돌아가 여린 마음과 아쉬움을 표현했다. 비록 여러 차례 방해를 받고 감정 폭발을 겪느라 연결이 잘 되지는 않았지만, 그들의 언어를 번역한다면 내용상 연속적인 생각을 담은 것으로 판명될 수도 있는, 규칙적인 노래였을 것이다.

지위와 자질로 뽑힌 소녀가 소박한 비유로 죽은 전사의 자질을 찬양하면서, 아마도 대륙 끝에서 가져와 두 세계의 고대 역사를 연결해 줄 수도 있는 동방의 심상을 이용해 표현을 아름답게 장식했다. 그 소녀는 그를 〈부족의 표범〉이라고 불렀고, 그는 이슬 위에도 가죽신으로 흔적을 남기지 않는다고 묘사했다. 그의 뜀박질은 어린 사슴과 같았고, 그의 눈은 어두운 밤의 별보다 밝았으며, 전쟁에서 그의 목소리는 대령의 천둥소리보다 더 컸다. 소녀는 그에게 낳아 주신 어머니를 기억하라고 했고, 그런 아들을 갖고서 그녀가 느꼈을 행복감을 역설했다. 소녀는 그에게 영혼의 세상에서 어머니를 만나거든 델라웨어의 소녀들이 아들의 무덤 위에 눈물을 흘렸으며, 그 어머니를 축복받은 사람이라 불렀다고 전해 달라고 당부했다.

그리고 그 뒤를 이은 이들은 음조를 더 부드럽고 잔잔하게 바꾸어 여인의 미묘하고 섬세한 암시를 써서 그와 거의 동시에 이승을 떠난 이방의 처녀를 가리켰고, 너무나 분명해 간과할 수 없는 대령의 뜻을 전했다. 그들은 그녀에게 친절하게 대하고, 그녀가 그와 같은 전사를 위로하는 데 필요한 기술을 알지 못하는 것을 배려해 주라고 했다. 그들은 그녀의 비할 데 없는 아름다움과 고귀한 결의를 시기심 없이 찬양하면서 천사들도 그 뛰어남에 기뻐할 것이라고 했다. 또한 그들은 이런 자질이 인디언으로서 배운 것이 좀 부족한 것을 충분히 상쇄할 것이라고 덧붙였다.

그 후 또 다른 이들이 낮고 부드러운 사랑의 언어로 처녀에게 말했다. 그들은 처녀에게 명랑한 마음을 지니고 앞으로의 안녕에 두려워할 것이 없다고 가르쳤다. 그녀의 아무리 작은 요구라도 들어줄 줄 아는 사냥꾼이 동반자가 될 것이라고도 했다. 그리고 위험할 때마다 지켜 줄 수 있는 전사가 곁에 있다고도 했다. 그들은 그녀의 길이 즐겁고 짐은 가벼울 것이라고 장담했다. 그리고 그녀에게 젊은 시절 친구들에 대해, 그리고 조상들이 살던 곳에 대해 아쉬움을 갖지 말라고 주의를 주었다. 또 〈레나페의 축복받은 사냥터〉에는 〈백인의 천국〉만큼 즐거운 계곡과 깨끗한 물과 향기로운 꽃이 있다고 했다. 그들은 그녀에게 동반자가 원하는 것을 세심하게 살피고 대령이 그들 사이에 현명하게 부여한 차이를 늘 잊지 말라고 충고했다. 그러고서 그들은 한꺼번에 합창으로 모히칸의 정신을 노래했다. 그들은 그가 고결하고 남자다우며 너그럽다고 했다. 그것은 전사에게 어울리는 자질이며, 처녀가 사랑할 자질이라고 했다. 그들의 생각을 가장 멀고 섬세한 심상으로 덧입힌 그들은, 그들이 안 지는 얼마 되지 않았지만 여자의 직관으로 그가 느긋한 성미임을 알게 되었다고 했다. 델라웨어의 소녀들은 그의 눈빛에서 아무런 애정도 발견하지 못했다! 그는 소금 호숫가의 주인이었던 부족의 일원이며 그의 바람으로 조상의 무덤 근처에서 사는 이들에게 돌아왔다. 어째서 그런 애정을 독려해서는 안 되는가! 그녀는 그녀 민족의 다른 누구보다도 순수하고 귀한 혈통의 일원이므로, 누구라도 보았을 것이다. 그녀가 숲에서 위험하고 용감한 삶을 살아 낼 수 있다는 사실을 그녀의 행동이 증명했다. 그리고 그들은 〈땅의 현자〉가 그녀를 상냥한 영혼들을 만나고, 영원히 행복할 수 있는 곳으로 옮겨 놓았다고 덧붙였다.

또 한 차례 음성과 주제가 바뀌며 옆 오두막에서 울고 있는 처녀에 대한 암시가 나왔다. 그들은 그녀를 눈송이에 비유했다. 그녀는 그만큼 순수하고, 하얗고, 눈부시며, 여름의 뜨거운 햇볕에 녹거나 겨울의 서리에 얼어붙기 쉬웠다. 그들은 그녀가 피부색과 슬픔을 함께 나눈 젊은 추장의 눈에 아름다우리라는 사실을 의심하지 않았다. 하지만 그런 우월함을 표현하는 대신, 그녀가 애도하는 처녀보다 덜 뛰어난 것으로 여겼다. 하지만 그들은 그녀의 드문 매력이 정당히 요구할 수 있는 찬양을 마다하지 않았다. 그녀의 곱슬머리는 화려한 동굴에, 눈은 파란 하늘에 비유되었으며, 햇빛을 받아 반짝이는 오점 하나 없는 구름도 그녀의 화사한 얼굴보다 매혹적이지 못했다.

이와 비슷한 노래를 부르는 동안 웅얼거리는 소리 이외에는 아무것도 들리지 않았다. 그 음악은 코러스라고 불러도 좋을, 슬픔의 토로에 이따금 멈추곤 했다. 델라웨어족도 마술에 걸린 사람들처럼 넋을 놓고 경청했다. 그들이 말하는 표정이 변하는 것으로 보아 얼마나 깊이, 진심으로 동정하는지 분명히 알 수 있었다. 데이비드조차도 그렇게 낭랑한 음성에 귀 기울이는 데 주저하지 않았고, 그 노래가 끝나기도 전에 그의 눈빛은 그 영혼이 매혹되었음을 알려 주었다.

백인 가운데 유일하게 그 가사를 알아들을 수 있었던 척후병은 사색에서 깨어나 소녀들이 노래를 계속하는 동안 고개를 조금 돌려 그 의미를 파악해 보려고 했다. 하지만 그들이 코라와 웅카스의 장래에 대해서 노래하자 그는 그 단순한 믿음이 그릇됨을 알고 있는 사람처럼 고개를 젓더니 비스듬히 기댄 자세로 돌아가 의식 — 감정이 그토록 깊이 연루된 그것을 의식이라고 부를 수 있다면 말이다 — 이 끝날 때까지 그 자세를 유지했다. 헤이워드와 먼로가 그 요란한 소리의 의미를 알지 못한 것은 그들이 자제심을 유지하는 데 도움이 되었다.

칭가치국은 원주민들이 드러내는 관심에 유일한 예외였다. 그는 그 과정 내내 표정 하나 바꾸지 않았는데, 가장 거칠게, 혹은 가장 애절하게 애도하는 가운데에도 그 굳은 얼굴의 근육 하나 움직이지 않았다. 감각을 잃은 싸늘한 아들의 주검은 모조리 그의 몫이었고, 그토록 오래 사랑했으며 곧 영영 그의 눈앞에서 사라질 그 모습을 마지막으로 바라볼 수 있도록 시각 이외의 모든 감각이 굳어 버린 것 같았다.

장례식의 이 단계에서 무용으로 유명하며 특히 최근 전투에서 단호하고 엄숙한 행동으로 널리 알려진 한 전사가 서서히 무리에서 앞으로 나오더니 망자의 시신 근처에 자리를 잡았다.

「와파나키의 자랑이여, 왜 우리를 떠나시오!」 그가 마치 그 텅 빈 질그릇과 같은 시신에 살아 있는 사람의 능력이 담겨 있다는 듯, 웅카스의 들리지 않는 귀에 외쳤다. 「그대의 시간은 숲 속 태양의 시간 같았소. 그대의 영광은 정오의 햇볕보다 더 밝았소. 젊은 전사여, 그대는 떠났지만 백 명의 와이언도트가 영혼의 땅으로 가는 그대의 길에서 관을 치우고 있소. 전투에서 본 자 중 누가 그대가 죽을 수 있다 믿겠소! 그대 앞에 그 누가 우타와에 남은 이들에게 싸움으로 가는 길을 알려 주었겠소. 그대의 발은 독수리의 날개 같았고, 그대의 팔은 소나무에서 떨어지는 가지보다 더 무거웠소. 그대의 목소리는 구름 속에서 말씀하시는 대령과 같았소. 우타와의 혀는 약하고……」 그는 서글픈 표정으로 주위를 돌아보며 덧붙였다. 「그의 심장은 너무도 무겁소. 와파나키의 자랑이여, 그대는 우리를 떠났소!」

정해진 순서에 따라, 그다음에는 다른 이들이 뒤를 이었고, 부족에서 지위가 높고 재능이 뛰어난 남자들 대부분이 죽은 추장을 기리는 노래나 연설을 마쳤다. 모두 마치고 나자, 또 한 차례 깊고 고요한 적막이 그곳을 전부 감쌌다.

그러더니 멀리서 들려오는 숨죽인 음악 소리처럼, 낮고 깊은 소리가 점차 들려왔는데 그 정체와 그곳이 들리는 위치를 파악하기에는 너무나 불분명했다. 그 소리에 이어 점점 더 높아지는 소리의 곡조가 들려왔고, 처음에는 길게 뽑아 반복하더니 마침내 가사가 되었다. 칭가치국의 입술이 벌어져 있어, 그것이 아버지의 독백임을 알렸다. 누구도 그쪽으로 눈길을 돌리거나 조바심을 드러내는 이는 없었지만 그들은 귀를 기울이기 위해 고개를 들었고, 태머넌드 이외에는 아무도 이끌어 내지 못한 강렬한 관심을 느끼며 소리를 경청하는 것이 분명했다. 그러나 곧 소용없는 일이 되었다. 그 곡조가 알아들을 수 있을 만큼 높아지더니, 희미하게 떨리는 소리로 변해 마침내 지나가는 바람에 함께 날아간 듯 사라져 버렸다. 추장의 입은 닫혔고, 그는 그 자리에서 전능자의 손에 인간의 형체를 지녔지만 영혼은 갖지 못한 생물로 변한 것처럼 말도 없이 눈길도 몸도 움직이지 않았다. 이 징후를 보고 자신의 친구가 그처럼 강건한 노력을 기울일 준비가 되지 않았음을 안 델라웨어족은 관심을 거두고, 타고난 섬세한 태도로 이방의 처녀를 애도하는 데 집중하는 것처럼 굴었다.

나이 많은 추장 가운데 한 사람이 여인들에게 신호하자 그들은 코라의 시신이 있는 근처의 원형으로 모여들었다. 그 신호에 따라 소녀들은 상여를 머리 위로 들더니 천천히 규칙적인 걸음걸이로 또 다시 망자를 칭송하는 구슬픈 노래를 부르며 나아갔다. 이교도적이라고 여긴 의식을 꼼꼼히 살피던 개멋은 정신을 잃은 아버지의 어깨에 고개를 얹더니 이렇게 속삭였다.

「저들이 따님의 시신을 옮기고 있습니다. 따라가서 기독교식으로 장례를 치르는지 확인하시지 않겠습니까?」

먼로는 귓전에 심판의 나팔 소리가 들린 것처럼 화들짝 놀라더니 불안한 눈초리로 주위를 황급히 돌아보고는 일어나 군인의 자세로, 그러나 아버지의 고통을 모두 안고서 그 대열을 따라갔다. 그의 친구들은 동정심이라고 부르기에는 너무나 강한 슬픔을 드러내며 그 주위에 모였다. 젊은 프랑스인조차 그처럼 아름다운 처녀의 때 이른 죽음에 응당히 마음이 움직여 그 행렬에 가담했다. 부족의 마지막 가장 신분 낮은 여인이 그 정연한 대열에 서자, 레나페의 남자들은 원을 줄이더니 다시 이전처럼 소리 없이 엄숙한 태도로, 웅카스의 시신 주위에 모여 꼼짝하지 않았다.

코라의 무덤으로 정한 자리는 어리고 건강한 소나무들이 뿌리를 내린, 그 자체로 호젓하고 적당한 그늘을 만들어 주는 작은 둔덕이었다. 그곳에 다다르자 소녀들은 짐을 내려놓고, 특유의 인내심과 소심한 태도로, 이 일에 감정적으로 가장 연루된 이들이 만족한다는 신호를 보일 때까지 한참 기다렸다. 마침내 그들의 태도를 홀로 이해한 척후병이 그들의 언어로 말했다.

「딸들이 잘해 냈소. 백인들이 감사드리오.」

이처럼 도움이 되었다는 확인을 받은 소녀들은 자작나무 껍질로 솜씨 좋게, 그리고 나름대로 우아하게 지은 관에 시신을 안치했다. 시신을 덮고, 나뭇잎과 그 외 천연물로 갓 파낸 흙 자국을 감추는 의식 역시 소박하고 조용한 형태로 이루어졌다. 이 슬프고도 친절한 일을 맡아 준 상냥한 여인들은 어디까지 해야 할지 알 수 없다는 듯 머뭇거렸다. 그때 다시 척후병이 말했다.

「젊은 여인들의 일은 충분하오.」그가 말했다. 「백인의 영혼에는 음식이나 옷이 필요 없소. 그들은 자기들의 천국에 따를 것이오.」그는 찬송가를 지휘하겠다는 뜻으로 작은 책을 꺼내고 있는 데이비드를 쳐다보며 덧붙였다. 「기독교 방식을 잘 아는 사람이 곧 말을 하려는 것 같구려.」

그때까지 주된 일을 맡아 왔던 여인들은 겸손히 물러나 곧 그 후의 의식을 순순하고 세심하게 살피는 구경꾼이 되었다. 데이비드가 이런 식으로 영혼의 경건한 감정을 쏟아 내는 데 몰두하는 동안, 그들 사이에서 놀라거나 조바심을 내는 표정은 전혀 찾아볼 수 없었다. 그들은 낯선 말을 알아듣는 사람처럼 경청했고, 마치 그 가사가 전달하는 슬픔과 희망, 체념이 뒤섞인 감정을 느끼는 것처럼 보였다.

좀 전에 목격한 광경에서 흥분하고, 감추어진 감정에 영향을 받은 찬송가 선생의 노래는 평소보다 더 열렬했다. 그의 크고 풍부한 음성은 소녀들의 부드러운 음성과는 비교할 수 없었다. 더욱 변화무쌍한 그의 곡조는 적어도 그 노래를 불러 준 대상의 귀에는 이해할 수 있다는 강점을 발휘했다. 그는 시작할 때와 마찬가지로 엄숙하고 경건한 침묵 속에서 성가를 마쳤다.

그러나 곡이 끝나는 부분에 이르자 살그머니 소심하게 움직이는 눈초리나 모인 이들이 다 함께 조심스럽게 움직이는 동작으로 보아 망자의 아버지에게서 뭔가 기대하는 바가 있는 것 같았다. 먼로는 인간 본성이 할 수 있는 가장 힘든 일을 해야 할 시간이 왔음을 느끼는 것 같았다. 그는 잿빛 머리카락을 드러내고 주위에 모여 있는 수줍고 조용한 무리를 단호하고 꿋꿋한 표정으로 둘러보았다. 그러고는 척후병에게 들으라고 손짓한 뒤 말했다.

「이 친절하고 상냥한 여인들에게 상심하고 절망한 사람이

고맙다는 인사로 보답한다고 전해 주시게. 그들에게, 우리 모두가 각기 다른 이름으로 섬기는 존재가 그들이 베푼 선행을 기억하실 거라고 해주게. 그리고 우리가 성별이나 지위, 피부색과 상관없이 그분의 왕좌에 모여 다시 만날 날이 멀지 않았다고 해주게.」

척후병은 노장의 떨리는 음성을 잘 들은 후 이 말을 전하고, 그 효과를 의심하는 사람처럼 고개를 저었다.

「저들에게 그런 말을 하는 것은······.」 그가 말했다. 「겨울에 눈이 오지 않는다거나, 나무에서 낙엽이 다 떨어진 뒤 해가 가장 맹렬하게 비춘다고 하는 셈입니다!」

그리고 그는 여인들을 향해 듣는 이의 역량에 가장 적합하다고 여기는 방식으로 먼로의 감사를 전했다. 먼로의 머리는 이미 가슴에 닿도록 푹 숙여졌고, 그가 다시 수심에 젖어 들었을 때 앞에서 말한 프랑스인 청년이 그의 팔꿈치를 가볍게 잡았다. 슬퍼하는 노인의 주의를 끌자마자, 그는 가볍지만 잘 싸맨 상여를 들고 다가오는 인디언 청년들을 가리킨 뒤 태양을 가리켰다.

「무슨 말인지 알겠소.」 먼로가 억지로 단호한 목소리를 내어 대답했다. 「무슨 뜻인지 알겠소. 이것은 하늘의 뜻이니 나는 따르겠소. 코라, 내 딸아! 상심한 아비의 기도가 네게 도움이 된다면, 지금 네가 얼마나 큰 축복을 누리겠느냐! 갑시다, 여러분.」 그는 지친 얼굴에 드러난 비통함이 너무 강해 감출 수 없음에도 당당한 태도로 말했다. 「여기서 우리 할 일은 끝났소. 출발합시다.」

매 순간 자제심을 잃어버릴 것 같았던 헤이워드는 떠나자는 부름에 기꺼운 마음으로 따랐다. 그의 동료들이 말에 오르는 사이 그는 척후병의 손을 잡고 영국군 수비대에서 다시 만나자는 약속을 다시금 반복했다. 기꺼운 마음으로 안장에 오른 그는 말에 박차를 가해 낮게 숨죽인 흐느낌만이 앨리스의 존재를 알리는 마구간 옆으로 다가갔다. 먼로의 고개는 다시 떨어졌고, 헤이워드와 데이비드가 슬픈 침묵으로 뒤따랐으며, 몽캄의 보좌관이 경호원과 함께 했으니, 호크아이를 제외한 모든 백인들이 델라웨어족의 시야에서 멀어져 곧 그곳의 광활한 숲 속으로 사라졌다.

함께 겪은 불행을 통해 숲 속에 사는 이 소박한 이들과 이렇게 잠시 그곳을 찾은 이방인들의 감정을 이어 준 결속은 그렇게 쉽게 깨어지지 않았다. 백인 처녀와 모히칸의 젊은 전사에 대한 이야기는 오래도록 긴 밤과 지루한 행진을 달래 주었고, 젊고 용감한 이들에게 복수심을 고취시켜 주었다. 이 중대한 사건의 조연들도 망각되지 않았다. 그 후에도 오래도록 그들과 문명 세계 사이의 연결 고리 역할을 한 척후병을 매개로, 그들은 궁금했던 〈회색 머리〉가 살아남은 딸을 〈흰 얼굴들〉의 정착지에 전했고, 거기서 마침내 그녀의 눈물이 그쳤으며, 그녀의 명랑한 성격에 더 잘 어울리는 밝은 미소를 되찾았음을 알게 되었다.

그러나 그것은 지금 전할 이 이야기 이후에 벌어진 일이었다. 백인 모두가 떠나고 난 뒤, 호크아이는 어떤 이상적인 결합을 통해서도 생겨날 수 없는 강한 힘에 이끌려 그의 동정심이 향하는 곳으로 돌아갔다. 그는 델라웨어족이 마지막 가죽 수의로 감싸고 있던 웅카스와 작별할 수 있었다. 그들은 강인한 호크아이가 그리운 마음을 담아 바라볼 수 있도록 일손을 멈췄고, 그러고 나자 시신은 다시 열어 볼 수 없도록 봉해졌다. 이전처럼 행진이 시작되었고 추장의 임시 무덤 주위에 부족 전체가 모였다. 그의 뼈는 장차 언젠가 자기 부족 사람들 사이에서 영면하는 것이 옳았으므로, 그곳은 임시로 지정된 곳이었다.

감정과 마찬가지로 움직임도 동시에 이루어졌다. 전과 같이 엄숙한 애도의 표정, 마찬가지로 엄격한 침묵과 함께 가장 애도하는 이를 존중하여 앞에서 설명한 대로 하관 절차가 진행되었다. 시신은 잠잘 때처럼 태양을 바라보며 전쟁과 추격 도구를 손에 쥐어 마지막 여정을 할 채비를 갖추고 안장되었다. 필요할 때면 영혼이 그 육체와 대화할 수 있도록 흙으로부터 보호해 줄 관에는 구멍이 남겨져 있었다. 그리고 이 모든 것이 육식 동물의 본능과 공격으로부터 보호될 수 있도록, 원주민 특유의 재주로 감추어졌다. 그러자 물리적인 장례는 끝났고, 참석한 모두는 보다 영적인 의식으로 돌아갔다.

칭가치국은 다시 한 번 모두의 관심을 받았다. 그는 아직 말을 하지 않았는데, 중대한 상황이었으므로 모두 그처럼 유명한 추장에게서 위로와 교훈이 되는 이야기를 기대했다. 사람들의 소망을 알아차린 그 엄격하고 자제심 많은 전사는 옷옷에 묻고 있던 고개를 들더니 찬찬히 주위를 둘러보았다. 꽉 다문 입술이 벌어지더니, 그 긴 의식 가운데 처음으로 그의 목소리가 또렷이 들렸다.

「어째서 형제들은 슬퍼하는가!」 주위를 둘러싼 절망한 전사들을 바라보며 그가 말했다. 「왜 딸들은 우는가! 젊은이가 행복한 사냥터로 떠났는데! 추장이 그의 생을 영예로 채웠는데! 그는 선했소. 그는 의무를 다했소. 그는 용감했소. 누가 그것을 부인하겠소? 대령께서는 그런 전사를 필요로 하셨고, 그래서 그를 불러가셨소. 아들이자, 웅카스의 아버지인 나로 말할 것 같으면, 나는 〈백인들의 빈터에 휜 소나무〉요. 내 부족은 소금 호수와 델라웨어의 산에서 떠났소. 하지만 그의 부족의 뱀이 그 지혜를 잊었다고 누가 말할 수 있겠소! 나는 홀로 —」

「아니, 아니오.」 극기심을 느끼며 친구의 굳은 표정을 간절한 얼굴로 바라보던 호크아이는 더 이상 견딜 수 없어져 외쳤다. 「아니, 추장, 혼자가 아니오. 우리의 피부색과 타고난 재능은 다를지 모르지만 신께서는 같은 길을 여행하도록 우리를 두셨소. 내게는 피붙이도 없고, 당신처럼 부족민도 없소. 그 애는 당신의 아들이었고, 타고나길 인디언이었소. 당신의 피가 더 가까웠을 것이오. 하지만 내 만약 전쟁일 때는 곁에서 싸우고, 평화로울 때면 곁에서 자던 그 애를 잊는다면 피부색이 무엇이든, 재능이 무엇이든 우리 모두를 만드신 그분이 나를 잊으셔도 좋소. 그 아이는 우리를 잠시 떠난 것이니, 추장, 당신은 혼자가 아니오!」

칭가치국은 척후병이 격앙된 감정에서 갓 덮은 흙 위로 뻗은 손을 잡았고, 이 두 강인하고 용맹한 숲 사람들이 우정의 뜻으로 고개를 숙이자 뜨거운 눈물이 발치에 떨어져 내리는 빗방울처럼 웅카스의 무덤을 적셨다.

그곳에서 가장 유명한 두 전사가 이처럼 장엄한 고요 속에서 감정을 토로하고 있을 때, 태머넌드가 목소리를 높여 사람들을 해산시켰다.

「이만하면 됐다!」 그가 말했다. 「가라, 레나페의 자손들이여. 대령의 진노는 끝나지 않았다. 어째서 태머넌드가 머물러야 하는가? 백인들은 땅의 주인이고, 인디언의 때는 아직 오지 않았다. 하루가 너무나 길었다. 아침에 우나미스의 아들의 행복하고 힘찬 모습을 보았는데, 밤이 오기 전 현명한 모히칸족 최후의 전사를 보게 되었으니!」

역자 해설
미국의 신화를 탄생시킨 변경 지대의 로맨스

신대륙에 건국된 미국의 특수한 상황과 비범한 사명을 탐색한 미국 소설의 창시자 제임스 페니모어 쿠퍼James Fenimore Cooper는 미국인만이 지닐 수 있는 특별한 환경 속에서 어린 시절을 보냈다. 그의 아버지 윌리엄 쿠퍼William Cooper는 1786년, 뉴욕 주 옷세고 호수 아래 4만 에이커의 땅을 비교적 싼값에 사들여 변경 지대 마을을 세우고 가족과 함께 정착했다. 1789년 뉴저지 주 벌링턴에서 윌리엄 쿠퍼와 엘리자베스 페니모어 쿠퍼Elizabeth Fenimore Cooper 부부의 11남매 가운데 막내로 태어난 제임스는 첫돌을 맞이하기 전 가족과 함께 이 변경의 마을로 이주했다. 훗날 윌리엄 쿠퍼의 이름을 따 쿠퍼스타운Cooperstown이라 명명되는 이 마을이 있었던 땅은 그 전까지 오랫동안 원주민 이로쿼이족이 살던 곳이었으나 백인 상인, 군인, 정착민들이 가져온 질병과 전쟁, 환경 변화로 인해 원주민의 수는 급감하고 있었다. 이 땅을 사들인 윌리엄 쿠퍼는 상점과 공장을 세우고 농부들에게 서부의 땅을 개간하도록 융자를 해주어 미국의 개척 과정에 일조했다. 필라델피아 근처 가난한 농가에서 태어났지만 부유한 농장주의 딸 엘리자베스 페니모어와 결혼하여 자신의 이름을 가진 마을에서 가족과 함께 부와 명예를 누리고 두 차례나 미국 하원 의원을 지낸 윌리엄 쿠퍼는 자신의 인생 역시 〈개척〉한 셈이었다. 당대 미국을 대표하는 개척자의 아들로 태어나 쿠퍼즈타운 주위의 호수와 숲이 이루는 자연 경관과 변경 지대 개척지의 면면을 보고 겪으며 자란 제임스가 훗날 대표작 〈레더스타킹 시리즈 Leatherstocking Tales Series〉를 통해 변경 지대의 모험을 그려 내고 거기 수반된 사회, 역사적 문제를 살피게 된 것은 어쩌면 자연스러운 결과였을 것이다.

그러나 제임스 쿠퍼가 어린 시절부터 문학에 관심을 두고 작가의 꿈을 키웠던 것은 아니다. 실제로 그의 딸 수전Susan Fenimore Cooper이 쓴 회고록에 따르면 서른 살에 첫 소설을 집필하기 전까지 편지 한 통 쓰는 것도 피할 정도였다고 하니, 그를 타고난 문인으로 여기기는 어렵다. 그가 소설을 쓰기 시작한 것은 뜻밖의 계기 때문이었다. 14세 때 예일 칼리지에 입학한 제임스 쿠퍼는 이듬해 싸움과 화약을 사용한 위험한 장난을 이유로 퇴학을 당하고 해군에 입대해 밀수선을 색출하며 청년 시절을 보내다가 1809년 아버지의 부고를 받고 제대했다. 정계에 진출하고 미개지를 개척하며 승승장구했던 아버지 덕에 자녀들은 각각 상당한 부동산과 거기서 나오는 수익을 상속받게 되어 있었다. 제임스 쿠퍼는 수전 딜런시Susan DeLancey와 결혼하여 티 파티와 사냥, 여행, 독서와 호화로운 만찬을 즐기는 삶을 꿈꾸며 고향 쿠퍼즈타운의 저택으로 귀환했다. 그러나 일은 생각대로 되지 않았다. 농산물 가격이 갑작스럽게 하락하기 시작했고, 아버지의 죽음과 함께 사회적 인맥이 모두 끊어지면서 갑작스럽게 재정 기반이 흔들리게 된 것이다. 경제적으로 위기에 몰린 제임스 쿠퍼는 전업 작가의 길을 모색하기 시작했다.

그의 첫 소설 『경계*Precaution*』는 제인 오스틴이나 샬럿 브론티 등 18세기 말 영국에서 유행하던 이른바 〈풍속 소설 *novel of manners*〉을 모방한 작품으로, 당시 주로 영국에서 소설을 구해 읽던 미국의 유한계급 독자들이 선호하던 것이었다. 그때까지는 아직 자신의 작가적 성향과 색채를 제대로 드러내지 못했지만 이 소설을 쓰면서 쿠퍼는 소설의 구성과 집필에 대해 많은 것을 익혔고, 차기작 『스파이*The Spy*』를 통해 독립 전쟁을 다루면서 역사 소설가로서의 역량을 드러냈다. 최초의 미국 역사 소설로 꼽히는 이 작품을 필두로 쿠퍼의 전성기가 시작되었다. 2년 후인 1823년 쿠퍼는 〈레더스타킹 시리즈〉의 첫 권인 『개척자들*The Pioneers*』을, 그 이듬해에는 세계 최초의 해양 소설 『키잡이*The Pilot*』를 발표했다. 이들 소설 시리즈의 인기와 함께 쿠퍼는 소위 유명 작가의 반열에 오르면서 경제적 궁핍으로부터도 해방되었는데, 그로 인해 아버지의 채권자들이 계속해서 채무 이행을 요구하며 괴롭히자 어머니의 성 〈페니모어〉를 넣어 이름을 바꾸기도 했다.

1826년 쿠퍼는 가족과 함께 유럽으로 이주해 리옹에서 미국 영사로 근무하면서 프랑스 정계에 관여했다. 프랑스와 영국에 머무는 동안, 쿠퍼는 미국의 독립 전쟁에서 도움을 주었던 라파예트Marquis de Lafayette 후작과 친분을 쌓는 한편 유럽의 정치를 다룬 소설과 여행기, 미국 정치에 관한 논평을 내놓기도 했다. 뿐만 아니라 선배 역사 소설 작가로서 영감을 준 월터 스콧Walter Scott 경을 만나기도 했으며, 레더스타킹 시리즈 가운데 가장 널리 알려진 『모히칸족의 최후*The Last of the Mohicans*』를 발표하는 등 왕성한 집필 활동을 계속했다.

1833년 다시 가족과 함께 귀국한 쿠퍼는 『동포에게 보내는 서신『A Letter to His Countrymen』을 통해 소설가 은퇴를 선언했다. 이듬해에는 쿠퍼즈타운의 저택을 다시 손에 넣고 여행기와 정치·역사서 집필에 몰두하며 호평을 받았지만, 재산 소유권 등에 관한 분쟁에 계속해서 휘말리면서 작품에 대한 평판이 나빠지고 집필에 몰두하기 힘든 상황에 부딪치게 되었다. 결국 1830년대 말 소설 집필을 재개했고, 『길을 여는 사람The Pathfinder』와 『사슴 사냥꾼The Deerslayer』으로 〈레더스타킹 시리즈〉를 완성하면서 미국 최고의 소설가로서 위상을 되찾았다.

그 후로도 열여섯 권의 소설을 집필한 쿠퍼는 전성기 때의 인기를 누리지는 못했지만 아내와 자녀들과 함께 편안한 만년을 보냈다. 이따금 논쟁이 벌어지면 변덕스럽거나 부조리한 주장을 펼치기도 했지만 가정에서만큼은 자상한 남편이자 헌신적인 아버지였다고 한다. 특히 아내를 존중하고 동등하게 대했다고 하는데, 여러 전기 작가들은 쿠퍼가 세상을 떠난 후 1년이 채 안 되어 수전 역시 숨을 거두었다는 사실이 이들 부부의 애정을 증명한다고 믿는 듯하다. 1851년 9월 14일 제임스 쿠퍼는 예순두 살 생일을 하루 앞두고 사망했다. 그를 애도하여 친구들과 팬들, 동료 작가들은 『제임스 페니모어 쿠퍼를 추모하며Memorial of James Fenimore Cooper』를 펴냈다. 이어서 그의 소설집이 속속 출간되면서 미국 소설을 탄생시킨 창시자의 업적이 정리되었다.

『모히칸족의 최후』를 제대로 이해하기 위해서는, 이 작품이 속한 시리즈이며 쿠퍼 본인도 예상했던 대로 그의 대표작으로 남은 〈레더스타킹 시리즈〉에 대해서 간단히 정리해 보는 것이 좋을 듯하다. 『개척자들』, 『모히칸족의 최후』, 『대초원The Prairie』, 『길을 여는 사람』 그리고 『사슴 사냥꾼』의 순

서로 출간된 이 시리즈는 인디언들에게 호크아이 혹은 라 롱 그 카라빈이라고 불리는 백인 내티 범포와 원주민 추장 칭가치국이 변경 지대에서 겪는 여러 가지 모험을 주된 줄거리로 삼는다. 출간된 순서와는 무관하지만 전 시리즈에 걸쳐 등장인물의 나이가 20대에서 70대에 걸쳐 설정되었음을 고려할 때, 이 시리즈는 북미 대륙의 발견에서부터 프렌치·인디언 전쟁을 거쳐 미국의 건국과 루이스와 클라크 원정대의 탐험에 이르는 신대륙의 역사를 아우른다고 해도 과언이 아니다.

문학 평론가 앨런 네빈Allan Nevine은 〈레더스타킹 시리즈〉를 가리켜 〈현재까지 이루어진 것 가운데 미국의 서사시에 가장 가까운 시도〉라고 평가했으며, 이와 같은 시각은 이들 소설을 일관되고 통일성 있는 작품으로 바라보는 한 가지 접근법을 제공해 준다. 『일리아드Iliad』와 『베오울프Beowulf』 그리고 『잃어버린 낙원Paradise Lost』이 그러하듯, 제임스 쿠퍼는 〈레더스타킹 시리즈〉의 전 작품을 통해 미국의 국가적 정체성과 그 가치관을 탐색하며 등장하는 인물들의 영웅적 미덕을 찬양한다.

그렇다면 여기서 말하는 미국의 정체성과 가치관은 무엇인가? 미국은 다양한 민족으로 이루어진 국가이며, 또한 변경 지대는 광활한 대자연과 개척 정신 그리고 발전에 대한 믿음이 공존하는 곳이다. 따라서 그 정체성과 가치관에 대한 정의는 언제나 변경, 수정될 수밖에 없을 것이다. 쿠퍼는 바로 이와 같은 복합적인 정체성과 가변적인 가치를 작품에 담았다는 점에서 주목할 만하다. 〈레더스타킹 시리즈〉는 초기 이주민에게 에덴동산과도 같았던 신세계의 자연과 거기 세워진 문명 사이에 존재하는 변경을 배경으로 삼고 있으며, 경제적 발전과 그것이 자연환경에 미치는 영향에서 파생되는 복합적이고 모순적인 감정을 섬세하게 담아낸다. 특히 쿠퍼는 이 시리즈의 주인공 호크아이를 통해 이와 같은 감정을 잘 드러내고 있다. 그는 자연과 문명, 숲과 정착지, 백인과 원주민 사이에 존재하는 인물이다. 그는 백인이지만 인디언의 삶의 방식에 동화한 인물이며, 문명을 대표하는 인물들을 구출해 내지만 자신은 항상 숲 속에서 남는다. 그는 숲에 은둔하며 연애도 결혼도 하지 않는 성자 같은 인물인 동시에 한편으로는 숱한 산짐승과 악한을 죽인 전설적인 명사수이기도 하다. 루이스Richard Warrington Baldwin Lewis는 호크아이를 미국 소설 특유의 인물상인 〈미국의 아담〉의 시초로 평가했다. 미국의 아담이란 〈자연과 신과 함께할 때 편안함을 느끼는〉 순수한 인물이지만 현실 세계 속에서 시험당하는 운명을 타고난, 일련의 미국 소설 속 주인공들을 가리킨다. 문명의 일부로서 종교를 거부하되 신의 존재를 사색하고, 숲의 일부로서 살아가는 인디언을 동경하고 사랑하되 그들과 백인 사이의 관계를 낭만화하는 법이 없는 호크아이에게 정확히 들어맞는 표현이다.

미국 문학사에서 〈레더스타킹 시리즈〉가 지니는 의의에도 불구하고 당시의 인기와 영광은 오늘날 독자들에게 미국 문학사의 한 장면에 불과하며, 미국 독자들조차도 강의실에서, 그것도 특별히 초기 미국 소설을 다루는 강의실에서 읽기 위해 이 시리즈를 구입하는 경우가 대부분일 것이다. 그러나 『모히칸족의 최후』는 독자들에게 제법 낯익고 친숙한 작품으로 남아 있다. 1992년에 제작되었던 동명의 영화도, 일종의 관용구로 널리 사용되는 〈모히칸족의 최후〉라는 비장한 표현도 그 이유가 될 수 있을 것이다. 하지만 이 작품이 오늘날까지 문학 작품으로서, 그리고 대중 소설로서 이룬 성취에 주요한 역할을 한 것은 무엇보다 잘 짜인 구조, 작품이 갖는 다양한 상징성 그리고 그 안에서 변주되는 역사적 사건들이 지닌 의미일 것이다.

『모히칸족의 최후』는 역사 소설의 틀에 로맨스의 요소를 결합시킨 독특한 구조를 지닌다. 쿠퍼는 유럽 중세 서사 문학에 등장하는 기사와 귀부인의 사랑, 거기 가해지는 외적·내적 위협과 그 극복의 요소를 프렌치·인디언 전쟁 서사에 적용하여 순수하고 고귀한 처녀들을 지키는 백인 청년과 고결한 최후의 인디언 그리고 신출귀몰 끈질기게 이들을 위협하는 인디언 악당의 모험을 그려 낸다. 중세 기사들과 귀부인들이 시련을 겪듯이 여주인공 자매와 그들을 구출하고자 하는 청년들은 사악한 마구아의 배신과 기만을 극복해 내고, 그러한 시련과 시험은 초월적 경험으로 귀결된다. 앨리스와 덩컨이 정착지로 돌아가 결혼하여 아이를 낳음으로써 전형적인 〈결혼 플롯〉 로맨스를 완성시키는 한편, 코라와 웅카스는 인종의 경계가 존재하지 않는 초월적 비전을 완성하는 사후 세계로 진입하여 다른 차원의 결론을 보여 준다.

『모히칸족의 최후』 속에서 인물 간의 대치는 백인과 인디언, 선한 인디언과 악한 인디언, 구혼자와 납치범 등 남성 인물뿐 아니라 두 여주인공 코라와 앨리스 사이에도 극명하게 존재한다. 자매 사이지만 금발과 파란 눈의 전형적인 순백 미인 앨리스와 검은 머리에 가무잡잡한 피부를 지닌 코라는 그 성격과 기질이 대조적이다. 앨리스가 어린아이 같은 순수와 부드러움을 지닌 소녀라면 코라는 매사에 균형 잡힌 시각을 지닌, 침착하며 대담한 여인이다. 소설의 서두에서 암시를 통해서만 드러나던 코라의 출생의 비밀은 덩컨의 청혼 대목에서 먼로 대령의 입을 통해 분명히 밝혀진다. 코라는 먼로가 흑인의 피가 섞인 여인과 두 번째로 결혼하여 얻은 딸로, 앨리스와는 배다른 자매였던 것이다. 이와 같은 인종적 배경을 알고 나면 코라의 인물 설정과 운명에 대해서 논의의 여지가 많아진다. 인종 간 결혼이나 혼혈에 대한 태도는 시대를 거치며 변화해 왔고, 특히 쿠퍼는 『모히칸족의 최후』에서 유색인 원주민에 대해 비교적 동정적인 태도를 견지했음에도 불구하고, 인종적 순수성은 작품 전반에 걸쳐 정체성과 결부되는 자질로 반복적으로 강조된다. 따라서 코라는 문학 작품 속에서 〈비극적 물라토〉라고 분류되는 인간상의 한 예이며, 그녀가 맞이하는 최후는 일종의 전형으로 간주할 수 있다. 그러나 『모히칸족의 최후』는 결코 간단히 백인 우월주의를 드러내지 않는다. 마구아와 그를 따르는 인디언들의 잔인성과 야만성이 극적으로 제시되고, 이따금 호크아이조차 인디언의 보복 논리를 백인의 입장에서 이해할 수 없다고 토로하는 대목이 등장하긴 하지만, 쿠퍼는 이 소설을 통해 백인과 그들이 대변하는 가치관에 대해서 회의하고 문제를 제기하는 입장을 견지한다. 특히, 델라웨어족의 산속 마을에서 마구아의 입을 통해 이루어지는 백인의 탐욕과 우월 의식에 대한 비판은 논리적이면서도 신랄하다.

『모히칸족의 최후』에 대해 그간 이루어진 비판 가운데 여러 가지 의미에서 가장 유명한 것으로 마크 트웨인Mark Twain의 비평을 꼽을 수 있다. 「페니모어 쿠퍼의 문학적 과실」이라는 글을 통해 그는 철저히 사실주의 작가의 입장에서 낭만주의 시대의 로맨스인 이 소설을 비판했다. 가령 트웨인은 〈이야기 속의 주인공은 그 자리에 있어야 하는 충분한 이유를 보여 주어야 한다〉면서 소설의 설정에는 기적이 아닌 그럴 법한 가능성이 제공되어야 한다고 주장했다. 사실 이러한 19세기 사실주의자의 입장에서 보면, 『모히칸족의 최후』는 코라와 앨리스가 신대륙의 미개척지 전쟁터에서 아버지를 만나야겠다며 여행을 시작하는 발단부터 논리적인 허점으로 이루어져 있으므로 소설의 성립 조건을 만족시키지 못한다. 그뿐 아니라 『모히칸족의 최후』가 보여 주는 프렌치·인디언 전쟁의 허점, 특히 부정확하고 과장된 배경 묘사는 여러 차례 지적되어 왔다. 그러나 이와 같은 비판에 대해 로런스David Herbert Lawrence를 위시한 옹호론자들이 반박하며 설명했듯이, 쿠퍼의 소설은 역사와 신화, 현실과 판타지 사이의 경계를 탐색하는 로맨스이다. 언뜻 사실적 개연성을 뛰어넘는 논리에 의해 이야기가 진행되는 것처럼 느껴지며, 구체적이고 실체적인 묘사를 어둡고 모호하며 환상적인 묘사가 대신하곤 하는 『모히칸족의 최후』의 특징은, 사실과 허구 사이 경계의 해체에 주목하고 거기서 의미와 재미를 찾는 오늘날의 독자들에게는 오히려 매혹적인 판타지의 요소가 될 수 있다.

또한 번역자의 입장에서는 쿠퍼의 복잡하고 모호한 문장에 대한 비판에 어느 정도 동조할 수밖에 없는 것도 사실이다. 쿠퍼의 문체는 지나치게 복잡하고 수식적이며, 이따금 모순적인 내용을 함께 담고 있는 경우가 있어서 뜻을 명확하게 전달하며 번역하기는커녕, 제대로 파악하며 읽기도 힘들다는 호소가 종종 들려온다. 그러나 이 작품의 큰 틀과 그것을 통해 쿠퍼가 성취해 낸 바를 염두에 두고서 다시 생각해 보면, 그 문장 하나하나에서 느껴지는 모호성과 양가성이야말로 자연과 문명, 인디언과 백인, 신화와 역사 사이의 경계를 오가는 『모히칸족의 최후』의 노정을 구현하고 있는 핵심적인 요소가 아닐까 하는 생각이 든다.

『모히칸족의 최후』가 로맨스로서 여성 독자들 사이에서 큰 인기를 누렸음에도 불구하고, 여성 인물 재현에서 드러낸 한계는 여성주의 비평가들 사이에서 자주 지적되어 왔다. 언급했듯이 순수한 백인 소녀 앨리스와 검고 유혹적인 여인 코라의 대조적인 설정은 그것이 획득한 상징성에도 불구하고 유구한 유럽 로맨스의 전형적인 여성 재현 전통을 그대로 답습하는 데서 벗어나지 못했다. 인종 문제에 대해 보여 주는 통찰력이나 동생 앨리스를 향한 깊은 애정과 희생정신, 최후까지 지켜 내는 위엄과 품위에도 불구하고, 코라는 당시 로맨스라는 장르 내에서 확보한 여성 인물의 자주성과 입체성을 보여 주지 못한다. 특히 이 소설이 전장, 그리고 미국 소설에서 전통적으로 〈남성적〉 공간으로 간주되어 온 미개척지 숲을 배경으로 하고 있다는 점에서 작품의 전개는 주로 남성들에 의해 주도될 수밖에 없다.

그리고 바로 그러한 맥락에서, 레슬리 피들러Leslie Fiedler는 『모히칸족의 최후』에서 다루는 가장 핵심적인 관계를 호크아이와 칭가치국 사이의 관계, 그들 사이의 우정으로 보았다. 스스로를 순수한 백인으로 주장하고, 대자연과 인디언의 생활 방식을 동경하면서도 백인의 문명과 인디언의 가치관 양측에 모두 적절한 거리를 유지하는 호크아이는 소설의 마지막 부분까지도 유일하게 회의적이고 냉소적인 태도를 견지한다. 그만큼 인디언과 백인의 근본적인 차이가 낭만적으로 화해할 수 없는 것임을 잘 아는 인물이기도 하다. 그러나 그는 아들과 가족, 동료 모두를 잃고 홀로 남은 칭가치국과 자신을 동일시하며 그와 끝까지 함께할 것이라 약속한다. 이들 사이의 관계는 인종과 문화를 초월하는 이해와 공감을 그 바탕으로 하며, 사라진 가치와 시대에 대한 깊은 향수를 대변한다. 또한 이들의 관계는 미국의 로맨스가 유럽의 전통적 로맨스와 구별되는 지점이기도 하다. 유럽의 로맨스에서 남성 간의 유대가 여성을 효과적으로 지배하고 남성 중심의 문명을 구축했다면, 미국 로맨스의 남성 유대는 바로 그러한 문명 세계를 거부하여 순수와 본연을 탐색하는 장이다.

인종의 경계와 구별을 넘어, 결혼이 상징하는 문명사회의 의무와 구속으로부터 탈피한 두 남자 주인공이 모색하는 순수와 자유와 모험과 성취는 미국 소설의 탄생과 함께 다루어진 〈미국의 꿈〉이다. 그리고 바로 그 꿈을 체화한 호크아이와 칭가치국은 이후 미국 문학에 등장해 온 이 미국적 〈로맨스〉의 주인공들 — 이슈메일과 퀴퀘그, 허클베리 핀과 짐 — 의 원형이 되었을 뿐만 아니라, 오늘날 미국의 대중문화 면면에까지 그 심원한 흔적을 남기고 있다.

이나경

제임스 페니모어 쿠퍼 연보

1786년 아버지 윌리엄 쿠퍼William Cooper가 조지 크로건George Croghan으로부터 훗날 쿠퍼즈타운Cooperstown이 될 땅 4만 에이커를 사들임.

1789년 출생 9월 15일 뉴저지 주 벌링턴에서 윌리엄 쿠퍼와 엘리자베스 페니모어 쿠퍼Elizabeth Fenimore Cooper의 11남매 중 막내로 출생.

1790년 1세 가족과 함께 뉴욕 주 쿠퍼즈타운으로 이주.

1795년 6세 아버지 윌리엄 쿠퍼 연방 당원으로서 하원 의원 당선.

1803년 14세 뉴헤이븐 예일 칼리지 입학.

1804년 15세 싸움과 폭약을 이용한 위험한 장난으로 퇴학.

1808년 19세 사관 생도로서 미 해군 입대.

1809년 20세 아버지 윌리엄 쿠퍼 사망.

1811년 22세 1월 1일 뉴욕에서 수전 디랜시Susan DeLancey와 결혼. 큰딸 엘리자베스Elizabeth Fenimore Cooper 출생.

1813년 24세 둘째 딸 수전Susan 출생. 엘리자베스 사망.

1815년 26세 셋째 딸 캐롤라인Caroline 출생.

1817년 28세 넷째 딸 앤Anne 출생.

1819년 30세 다섯째 딸 마리아Maria 출생.

1820년 31세 첫 소설 『경계*Precaution*』 발표.

1821년 32세 『스파이*The Spy*』 발표. 큰아들 페니모어Fenimore 출생.

1822년 33세 가족과 함께 뉴욕 시로 이주.

1823년 34세 〈레더스타킹 시리즈〉 첫 권 『개척자들*The Pioneers*』 발표. 제인 모건이라는 가명으로 『상상력과 마음의 이야기*Tales for Fifteen, or Imagination and Heart*』 발표. 큰아들 페니모어 사망.

1824년 35세 『키잡이*The Pilot*』 발표. 둘째 아들 폴Paul 출생.

1825년 36세 『라이어넬 링컨*Lionel Lincoln*』 발표.

1826년 37세 『모히칸족의 최후*The Last of the Mohicans*』 발표. 가족과 함께 유럽으로 이주. 프랑스 리옹에서 미국 영사로 근무.

1827년 38세 『대초원*The Prairie*』 발표.

1828년 39세 파리에서 소설 『레드 로버*The Red Rover*』 발표. 첫 정치 논평서 『미국인의 관념*Notions of the Americans*』 발표.

1831년 42세 『브라보*The Bravo*』 발표.

1832년 43세 『하이덴마우어, 라인 강의 전설*The Heidenmaur, or The Benedictines, A Legend of the Rhine*』 발표.

1833년 44세 미국 귀국.

1834년 45세 『동포에게 보내는 서신*A Letter to His Countrymen*』 발표와 함께 소설가 은퇴 선언.

1836년 47세 쿠퍼즈타운에서 겪은 일식의 회고담 『일식*The Eclipse*』 발표. 단편 「바다에서의 처형An Execution at Sea」 발표.

1838년 49세 논픽션 『미국의 민주당원*The American Democrat*』 발표.

역사서 『쿠퍼즈타운 연대기 *The Chronicles of Cooperstown*』 발표.

1840년 51세 『길을 여는 사람 *The Pathfinder*』로 〈레더스타킹 시리즈〉 발표 재개.

1841년 52세 『사슴 사냥꾼 *The Deerslayer*』 발표.

1842년 53세 『두 사람의 해군 제독 *The Two Admirals*』 발표.

1843년 54세 동료 선원의 전기 『네드 마이어스 *Ned Myers*』 발표.

1845년 56세 『문명을 세우는 사람 *The Chainbearer*』 발표.

1846년 57세 『인디언 *The Redskins*』 발표.

1847년 58세 『분화구 *The Crater*』 발표.

1850년 61세 사회 풍자를 담은 희곡 『업사이드 다운 *Upside Down*』 발표.

1851년 62세 9월 14일 사망.

1852년 아내 수전 쿠퍼 사망. 부부 모두 쿠퍼즈타운의 크라이스트처치 교회 묘지에 안장. 친구들과 애독자, 동료 작가들의 서신과 추모 글로 이루어진 『제임스 페니모어 쿠퍼를 추모하며 *Memorial of James Fenimore Cooper*』 출간.

1864년 미완성 유고 『뉴욕 *New York*』 첫 출간.

열린책들 세계문학 203 모히칸족의 최후

옮긴이 이나경 이화여자대학교 물리학과를 졸업하고 서울대학교 영문과 대학원에서 르네상스 로맨스 연구로 박사 학위를 받았다. 현재 덕성여자대학교 교양학부 초빙 교수로 재직하며 강의와 번역을 하고 있다. 옮긴 책으로 『샤이닝』, 『피버 피치』, 『딱 90일만 더 살아볼까』, 『피플 오브 더 북』, 『넘버원 여탐정 에이전시』 시리즈, 『더 게이트』, 『스칼렛 핌퍼넬』, 『라스트 런어웨이』 등이 있다.

지은이 제임스 페니모어 쿠퍼 **옮긴이** 이나경 **발행인** 홍예빈·홍유진
발행처 주식회사 열린책들 **주소** 경기도 파주시 문발로 253 파주출판도시
전화 031-955-4000 **팩스** 031-955-4004 **홈페이지** www.openbooks.co.kr
Copyright (C) 주식회사 열린책들, 2012, *Printed in Korea.*
ISBN 978-89-329-1203-5 04840 **ISBN** 978-89-329-1499-2 (세트)
발행일 2012년 5월 20일 세계문학판 1쇄 2022년 7월 20일 세계문학판 5쇄

이 도서의 국립중앙도서관 출판예정도서목록(CIP)은 서지정보유통지원시스템 홈페이지(http://seoji.nl.go.kr)와 국가자료공동목록시스템(http://www.nl.go.kr/kolisnet)에서 이용하실 수 있습니다.(CIP제어번호:CIP2012001961)

열린책들 세계문학
Open Books World Literature

001 **죄와 벌** 표도르 도스또예프스끼 장편소설 | 홍대화 옮김 | 전2권 | 각 408, 512면

003 **최초의 인간** 알베르 카뮈 장편소설 | 김화영 옮김 | 392면

004 **소설** 제임스 미치너 장편소설 | 윤희기 옮김 | 전2권 | 각 280, 368면

006 **개를 데리고 다니는 부인** 안똔 체호프 소설선집 | 오종우 옮김 | 368면

007 **우주 만화** 이탈로 칼비노 단편집 | 김운찬 옮김 | 416면

008 **댈러웨이 부인** 버지니아 울프 장편소설 | 최애리 옮김 | 296면

009 **어머니** 막심 고리끼 장편소설 | 최윤락 옮김 | 544면

010 **변신** 프란츠 카프카 중단편집 | 홍성광 옮김 | 464면

011 **전도서에 바치는 장미** 로저 젤라즈니 중단편집 | 김상훈 옮김 | 432면

012 **대위의 딸** 알렉산드르 뿌쉬낀 장편소설 | 석영중 옮김 | 240면

013 **바다의 침묵** 베르코르 소설선집 | 이상해 옮김 | 256면

014 **원수들, 사랑 이야기** 아이작 싱어 장편소설 | 김진준 옮김 | 320면

015 **백치** 표도르 도스또예프스끼 장편소설 | 김근식 옮김 | 전2권 | 각 504, 528면

017 **1984년** 조지 오웰 장편소설 | 박경서 옮김 | 392면

019 **이상한 나라의 앨리스** 루이스 캐럴 환상동화 | 머빈 피크 그림 | 최용준 옮김 | 336면

020 **베네치아에서의 죽음** 토마스 만 중단편집 | 홍성광 옮김 | 432면

021 **그리스인 조르바** 니코스 카잔차키스 장편소설 | 이윤기 옮김 | 488면

022 **벚꽃 동산** 안똔 체호프 희곡선집 | 오종우 옮김 | 336면

023 **연애 소설 읽는 노인** 루이스 세풀베다 장편소설 | 정창 옮김 | 192면

024 **젊은 사자들** 어윈 쇼 장편소설 | 정영문 옮김 | 전2권 | 각 416, 408면

026 **젊은 베르테르의 슬픔** 요한 볼프강 폰 괴테 장편소설 | 김인순 옮김 | 240면

027 **시라노** 에드몽 로스탕 희곡 | 이상해 옮김 | 256면

028 **전망 좋은 방** E. M. 포스터 장편소설 | 고정아 옮김 | 352면

029 **까라마조프 씨네 형제들** 표도르 도스또예프스끼 장편소설 | 이대우 옮김 | 전3권 | 각 496, 496, 460면

032 **프랑스 중위의 여자** 존 파울즈 장편소설 | 김석희 옮김 | 전2권 | 각 344면

034 **소립자** 미셸 우엘벡 장편소설 | 이세욱 옮김 | 448면

035 **영혼의 자서전** 니코스 카잔차키스 자서전 | 안정효 옮김 | 전2권 | 각 352, 408면

037 **우리들** 예브게니 자먀찐 장편소설 | 석영중 옮김 | 320면

038 **뉴욕 3부작** 폴 오스터 장편소설 | 황보석 옮김 | 480면

039 **닥터 지바고** 보리스 파스테르나크 장편소설 | 홍대화 옮김 | 전2권 | 각 480, 592면

041 **고리오 영감** 오노레 드 발자크 장편소설 | 임희근 옮김 | 456면

042 **뿌리** 알렉스 헤일리 장편소설 | 안정효 옮김 | 전2권 | 각 400, 448면

044 **백년보다 긴 하루** 친기즈 아이뜨마또프 장편소설 | 황보석 옮김 | 560면

045 **최후의 세계** 크리스토프 란스마이어 장편소설 | 장희권 옮김 | 264면

046 **추운 나라에서 돌아온 스파이** 존 르카레 장편소설 | 김석희 옮김 | 368면

047 **산도칸 – 몸프라쳄의 호랑이** 에밀리오 살가리 장편소설 | 유향란 옮김 | 428면

048 **기적의 시대** 보리슬라프 페키치 장편소설 | 이윤기 옮김 | 560면

049 **그리고 죽음** 짐 크레이스 장편소설 | 김석희 옮김 | 224면

050 **세설** 다니자키 준이치로 장편소설 | 송태욱 옮김 | 전2권 | 각 480면

052 **세상이 끝날 때까지 아직 10억 년** 스뜨루가츠끼 형제 장편소설 | 석영중 옮김 | 224면

053 **동물 농장** 조지 오웰 장편소설 | 박경서 옮김 | 208면

054 **캉디드 혹은 낙관주의** 볼테르 장편소설 | 이봉지 옮김 | 232면

055 **도적 떼** 프리드리히 폰 실러 희곡 | 김인순 옮김 | 264면

056 **플로베르의 앵무새** 줄리언 반스 장편소설 | 신재실 옮김 | 320면

057 **악령** 표도르 도스또예프스끼 장편소설 | 박혜경 옮김 | 전3권 | 각 328, 408, 528면

060 **의심스러운 싸움** 존 스타인벡 장편소설 | 윤희기 옮김 | 340면

061 **몽유병자들** 헤르만 브로흐 장편소설 | 김경연 옮김 | 전2권 | 각 568, 544면

063 **몰타의 매** 대실 해밋 장편소설 | 고정아 옮김 | 304면

064 **마야꼬프스끼 선집** 블라지미르 마야꼬프스끼 선집 | 석영중 옮김 | 384면

065 **드라큘라** 브램 스토커 장편소설 | 이세욱 옮김 | 전2권 | 각 340, 344면

067 **서부 전선 이상 없다** 에리히 마리아 레마르크 장편소설 | 홍성광 옮김 | 336면

068 **적과 흑** 스탕달 장편소설 | 임미경 옮김 | 전2권 | 각 432, 368면

070 **지상에서 영원으로** 제임스 존스 장편소설 | 이종인 옮김 | 전3권 | 각 396, 380, 496면

073 **파우스트** 요한 볼프강 폰 괴테 희곡 | 김인순 옮김 | 568면

074 **쾌걸 조로** 존스턴 매컬리 장편소설 | 김훈 옮김 | 316면

075 **거장과 마르가리따** 미하일 불가꼬프 장편소설 | 홍대화 옮김 | 전2권 | 각 364, 328면

077 **순수의 시대** 이디스 워튼 장편소설 | 고정아 옮김 | 448면

078 **검의 대가** 아르투로 페레스 레베르테 장편소설 | 김수진 옮김 | 384면

079 **예브게니 오네긴** 알렉산드르 뿌쉬낀 운문소설 | 석영중 옮김 | 328면

080 **장미의 이름** 움베르토 에코 장편소설 | 이윤기 옮김 | 전2권 | 각 440, 448면
082 **향수** 파트리크 쥐스킨트 장편소설 | 강명순 옮김 | 384면
083 **여자를 안다는 것** 아모스 오즈 장편소설 | 최창모 옮김 | 280면
084 **나는 고양이로소이다** 나쓰메 소세키 장편소설 | 김난주 옮김 | 544면
085 **웃는 남자** 빅토르 위고 장편소설 | 이형식 옮김 | 전2권 | 각 472, 496면
087 **아웃 오브 아프리카** 카렌 블릭센 장편소설 | 민승남 옮김 | 480면
088 **무엇을 할 것인가** 니꼴라이 체르니셰프스끼 장편소설 | 서정록 옮김 | 전2권 | 각 360, 404면
090 **도나 플로르와 그녀의 두 남편** 조르지 아마두 장편소설 | 오숙은 옮김 | 전2권 | 각 408, 308면
092 **미사고의 숲** 로버트 홀드스톡 장편소설 | 김상훈 옮김 | 424면
093 **신곡** 단테 알리기에리 장편서사시 | 김운찬 옮김 | 전3권 | 각 292, 296, 328면
096 **교수** 샬럿 브론테 장편소설 | 배미영 옮김 | 368면
097 **노름꾼** 표도르 도스또예프스끼 장편소설 | 이재필 옮김 | 320면
098 **하워즈 엔드** E. M. 포스터 장편소설 | 고정아 옮김 | 512면
099 **최후의 유혹** 니코스 카잔차키스 장편소설 | 안정효 옮김 | 전2권 | 각 408면
101 **키리냐가** 마이크 레스닉 장편소설 | 최용준 옮김 | 464면
102 **바스커빌가의 개** 아서 코넌 도일 장편소설 | 조영학 옮김 | 264면
103 **버마 시절** 조지 오웰 장편소설 | 박경서 옮김 | 408면
104 **10 1/2장으로 쓴 세계 역사** 줄리언 반스 장편소설 | 신재실 옮김 | 464면
105 **죽음의 집의 기록** 표도르 도스또예프스끼 장편소설 | 이덕형 옮김 | 528면
106 **소유** 앤토니어 수전 바이어트 장편소설 | 윤희기 옮김 | 전2권 | 각 440, 488면
108 **미성년** 표도르 도스또예프스끼 장편소설 | 이상룡 옮김 | 전2권 | 각 512, 544면
110 **성 앙투안느의 유혹** 귀스타브 플로베르 희곡소설 | 김용은 옮김 | 584면
111 **밤으로의 긴 여로** 유진 오닐 희곡 | 강유나 옮김 | 240면
112 **마법사** 존 파울즈 장편소설 | 정영문 옮김 | 전2권 | 각 512, 552면
114 **스쩨빤치꼬보 마을 사람들** 표도르 도스또예프스끼 장편소설 | 변현태 옮김 | 416면
115 **플랑드르 거장의 그림** 아르투로 페레스 레베르테 장편소설 | 정창 옮김 | 512면
116 **분신** 표도르 도스또예프스끼 장편소설 | 석영중 옮김 | 288면
117 **가난한 사람들** 표도르 도스또예프스끼 장편소설 | 석영중 옮김 | 256면
118 **인형의 집** 헨리크 입센 희곡 | 김창화 옮김 | 272면
119 **영원한 남편** 표도르 도스또예프스끼 장편소설 | 정명자 외 옮김 | 448면
120 **알코올** 기욤 아폴리네르 시집 | 황현산 옮김 | 352면
121 **지하로부터의 수기** 표도르 도스또예프스끼 장편소설 | 계동준 옮김 | 256면

122 **어느 작가의 오후** 페터 한트케 중편소설 | 홍성광 옮김 | 160면
123 **아저씨의 꿈** 표도르 도스또예프스끼 장편소설 | 박종소 옮김 | 312면
124 **네또츠까 네즈바노바** 표도르 도스또예프스끼 장편소설 | 박재만 옮김 | 316면
125 **곤두박질** 마이클 프레인 장편소설 | 최용준 옮김 | 528면
126 **백야 외** 표도르 도스또예프스끼 소설선집 | 석영중 외 옮김 | 408면
127 **살라미나의 병사들** 하비에르 세르카스 장편소설 | 김창민 옮김 | 304면
128 **뻬쩨르부르그 연대기 외** 표도르 도스또예프스끼 소설선집 | 이항재 옮김 | 296면
129 **상처받은 사람들** 표도르 도스또예프스끼 장편소설 | 윤우섭 옮김 | 전2권 | 각 296, 392면
131 **악어 외** 표도르 도스또예프스끼 소설선집 | 박혜경 외 옮김 | 312면
132 **허클베리 핀의 모험** 마크 트웨인 장편소설 | 윤교찬 옮김 | 416면
133 **부활** 레프 똘스또이 장편소설 | 이대우 옮김 | 전2권 | 각 308, 416면
135 **보물섬** 로버트 루이스 스티븐슨 장편소설 | 머빈 피크 그림 | 최용준 옮김 | 360면
136 **천일야화** 앙투안 갈랑 엮음 | 임호경 옮김 | 전6권 | 각 336, 328, 372, 392, 344, 320면
142 **아버지와 아들** 이반 뚜르게네프 장편소설 | 이상원 옮김 | 328면
143 **오만과 편견** 제인 오스틴 장편소설 | 원유경 옮김 | 480면
144 **천로 역정** 존 버니언 우화소설 | 이동일 옮김 | 432면
145 **대주교에게 죽음이 오다** 윌라 캐더 장편소설 | 윤명옥 옮김 | 352면
146 **권력과 영광** 그레이엄 그린 장편소설 | 김연수 옮김 | 384면
147 **80일간의 세계 일주** 쥘 베른 장편소설 | 고정아 옮김 | 352면
148 **바람과 함께 사라지다** 마거릿 미첼 장편소설 | 안정효 옮김 | 전3권 | 각 616, 640, 640면
151 **기탄잘리** 라빈드라나트 타고르 시집 | 장경렬 옮김 | 224면
152 **도리언 그레이의 초상** 오스카 와일드 장편소설 | 윤희기 옮김 | 384면
153 **레우코와의 대화** 체사레 파베세 희곡소설 | 김운찬 옮김 | 280면
154 **햄릿** 윌리엄 셰익스피어 희곡 | 박우수 옮김 | 256면
155 **맥베스** 윌리엄 셰익스피어 희곡 | 권오숙 옮김 | 176면
156 **아들과 연인** 데이비드 허버트 로런스 장편소설 | 최희섭 옮김 | 전2권 | 각 464, 432면
158 **그리고 아무 말도 하지 않았다** 하인리히 뵐 장편소설 | 홍성광 옮김 | 272면
159 **미덕의 불운** 싸드 장편소설 | 이형식 옮김 | 248면
160 **프랑켄슈타인** 메리 W. 셸리 장편소설 | 오숙은 옮김 | 320면
161 **위대한 개츠비** 프랜시스 스콧 피츠제럴드 장편소설 | 한애경 옮김 | 280면
162 **아Q정전** 루쉰 중단편집 | 김태성 옮김 | 320면
163 **로빈슨 크루소** 대니얼 디포 장편소설 | 류경희 옮김 | 456면

164 **타임머신** 허버트 조지 웰스 소설선집 | 김석희 옮김 | 304면

165 **제인 에어** 샬럿 브론테 장편소설 | 이미선 옮김 | 전2권 | 각 392, 384면

167 **풀잎** 월트 휘트먼 시집 | 허현숙 옮김 | 280면

168 **표류자들의 집** 기예르모 로살레스 장편소설 | 최유정 옮김 | 216면

169 **배빗** 싱클레어 루이스 장편소설 | 이종인 옮김 | 520면

170 **이토록 긴 편지** 마리아마 바 장편소설 | 백선희 옮김 | 192면

171 **느릅나무 아래 욕망** 유진 오닐 희곡 | 손동호 옮김 | 168면

172 **이방인** 알베르 카뮈 장편소설 | 김예령 옮김 | 208면

173 **미라마르** 나기브 마푸즈 장편소설 | 허진 옮김 | 288면

174 **지킬 박사와 하이드 씨** 로버트 루이스 스티븐슨 소설선집 | 조영학 옮김 | 320면

175 **루진** 이반 뚜르게네프 장편소설 | 이항재 옮김 | 264면

176 **피그말리온** 조지 버나드 쇼 희곡 | 김소임 옮김 | 256면

177 **목로주점** 에밀 졸라 장편소설 | 유기환 옮김 | 전2권 | 각 336면

179 **엠마** 제인 오스틴 장편소설 | 이미애 옮김 | 전2권 | 각 336, 360면

181 **비숍 살인 사건** S. S. 밴 다인 장편소설 | 최인자 옮김 | 464면

182 **우신예찬** 에라스무스 풍자문 | 김남우 옮김 | 296면

183 **하자르 사전** 밀로라드 파비치 장편소설 | 신현철 옮김 | 488면

184 **테스** 토머스 하디 장편소설 | 김문숙 옮김 | 전2권 | 각 392, 336면

186 **투명 인간** 허버트 조지 웰스 장편소설 | 김석희 옮김 | 288면

187 **93년** 빅토르 위고 장편소설 | 이형식 옮김 | 전2권 | 각 288, 360면

189 **젊은 예술가의 초상** 제임스 조이스 장편소설 | 성은애 옮김 | 384면

190 **소네트집** 윌리엄 셰익스피어 연작시집 | 박우수 옮김 | 200면

191 **메뚜기의 날** 너새니얼 웨스트 장편소설 | 김진준 옮김 | 280면

192 **나사의 회전** 헨리 제임스 중편소설 | 이승은 옮김 | 256면

193 **오셀로** 윌리엄 셰익스피어 희곡 | 권오숙 옮김 | 216면

194 **소송** 프란츠 카프카 장편소설 | 김재혁 옮김 | 376면

195 **나의 안토니아** 윌라 캐더 장편소설 | 전경자 옮김 | 368면

196 **자성록** 마르쿠스 아우렐리우스 명상록 | 박민수 옮김 | 240면

197 **오레스테이아** 아이스킬로스 비극 | 두행숙 옮김 | 336면

198 **노인과 바다** 어니스트 헤밍웨이 소설선집 | 이종인 옮김 | 320면

199 **무기여 잘 있거라** 어니스트 헤밍웨이 장편소설 | 이종인 옮김 | 464면

200 **서푼짜리 오페라** 베르톨트 브레히트 희곡선집 | 이은희 옮김 | 320면

201 **리어 왕** 윌리엄 셰익스피어 희곡 | 박우수 옮김 | 224면
202 **주홍 글자** 너새니얼 호손 장편소설 | 곽영미 옮김 | 360면
203 **모히칸족의 최후** 제임스 페니모어 쿠퍼 장편소설 | 이나경 옮김 | 512면
204 **곤충 극장** 카렐 차페크 희곡선집 | 김선형 옮김 | 360면
205 **누구를 위하여 종은 울리나** 어니스트 헤밍웨이 장편소설 | 이종인 옮김 | 전2권 | 각 416, 400면
207 **타르튀프** 몰리에르 희곡선집 | 신은영 옮김 | 416면
208 **유토피아** 토머스 모어 소설 | 전경자 옮김 | 288면
209 **인간과 초인** 조지 버나드 쇼 희곡 | 이후지 옮김 | 320면
210 **페드르와 이폴리트** 장 라신 희곡 | 신정아 옮김 | 200면
211 **말테의 수기** 라이너 마리아 릴케 장편소설 | 안문영 옮김 | 320면
212 **등대로** 버지니아 울프 장편소설 | 최애리 옮김 | 328면
213 **개의 심장** 미하일 불가꼬프 중편소설집 | 정연호 옮김 | 352면
214 **모비 딕** 허먼 멜빌 장편소설 | 강수정 옮김 | 전2권 | 각 464, 488면
216 **더블린 사람들** 제임스 조이스 단편소설집 | 이강훈 옮김 | 336면
217 **마의 산** 토마스 만 장편소설 | 윤순식 옮김 | 전3권 | 각 496, 488, 512면
220 **비극의 탄생** 프리드리히 니체 | 김남우 옮김 | 320면
221 **위대한 유산** 찰스 디킨스 장편소설 | 류경희 옮김 | 전2권 | 각 432, 448면
223 **사람은 무엇으로 사는가** 레프 똘스또이 소설선집 | 윤새라 옮김 | 464면
224 **자살 클럽** 로버트 루이스 스티븐슨 소설선집 | 임종기 옮김 | 272면
225 **채털리 부인의 연인** 데이비드 허버트 로런스 장편소설 | 이미선 옮김 | 전2권 | 각 336, 328면
227 **데미안** 헤르만 헤세 장편소설 | 김인순 옮김 | 264면
228 **두이노의 비가** 라이너 마리아 릴케 시 선집 | 손재준 옮김 | 504면
229 **페스트** 알베르 카뮈 장편소설 | 최윤주 옮김 | 432면
230 **여인의 초상** 헨리 제임스 장편소설 | 정상준 옮김 | 전2권 | 각 520, 544면
232 **성** 프란츠 카프카 장편소설 | 이재황 옮김 | 560면
233 **차라투스트라는 이렇게 말했다** 프리드리히 니체 산문시 | 김인순 옮김 | 464면
234 **노래의 책** 하인리히 하이네 시집 | 이재영 옮김 | 384면
235 **변신 이야기** 오비디우스 서사시 | 이종인 옮김 | 632면
236 **안나 까레니나** 레프 똘스또이 장편소설 | 이명현 옮김 | 전2권 | 각 800, 736면
238 **이반 일리치의 죽음·광인의 수기** 레프 똘스또이 중단편집 | 석영중·정지원 옮김 | 232면
239 **수레바퀴 아래서** 헤르만 헤세 장편소설 | 강명순 옮김 | 272면
240 **피터 팬** J. M. 배리 장편소설 | 최용준 옮김 | 272면

241 **정글 북** 러디어드 키플링 중단편집 | 오숙은 옮김 | 272면
242 **한여름 밤의 꿈** 윌리엄 셰익스피어 희곡 | 박우수 옮김 | 160면
243 **좁은 문** 앙드레 지드 장편소설 | 김화영 옮김 | 264면
244 **모리스** E. M. 포스터 장편소설 | 고정아 옮김 | 408면
245 **브라운 신부의 순진** 길버트 키스 체스터턴 단편집 | 이상원 옮김 | 336면
246 **각성** 케이트 쇼팽 장편소설 | 한애경 옮김 | 272면
247 **뷔히너 전집** 게오르크 뷔히너 지음 | 박종대 옮김 | 400면
248 **디미트리오스의 가면** 에릭 앰블러 장편소설 | 최용준 옮김 | 424면
249 **베르가모의 페스트 외** 옌스 페테르 야콥센 중단편 전집 | 박종대 옮김 | 208면
250 **폭풍우** 윌리엄 셰익스피어 희곡 | 박우수 옮김 | 176면
251 **어센든, 영국 정보부 요원** 서머싯 몸 연작 소설집 | 이민아 옮김 | 416면
252 **기나긴 이별** 레이먼드 챈들러 장편소설 | 김진준 옮김 | 600면
253 **인도로 가는 길** E. M. 포스터 장편소설 | 민승남 옮김 | 552면
254 **올랜도** 버지니아 울프 장편소설 | 이미애 옮김 | 376면
255 **시지프 신화** 알베르 카뮈 지음 | 박언주 옮김 | 264면
256 **조지 오웰 산문선** 조지 오웰 지음 | 허진 옮김 | 424면
257 **로미오와 줄리엣** 윌리엄 셰익스피어 희곡 | 도해자 옮김 | 200면
258 **수용소군도** 알렉산드르 솔제니찐 기록문학 | 김학수 옮김 | 전6권 | 각 460면 내외
264 **스웨덴 기사** 레오 페루츠 장편소설 | 강명순 옮김 | 336면
265 **유리 열쇠** 대실 해밋 장편소설 | 홍성영 옮김 | 328면
266 **로드 짐** 조지프 콘래드 장편소설 | 최용준 옮김 | 608면
267 **푸코의 진자** 움베르토 에코 장편소설 | 이윤기 옮김 | 전3권 | 각 392, 384, 416면
270 **공포로의 여행** 에릭 앰블러 장편소설 | 최용준 옮김 | 376면
271 **심판의 날의 거장** 레오 페루츠 장편소설 | 신동화 옮김 | 264면
272 **에드거 앨런 포 단편선** 에드거 앨런 포 지음 | 김석희 옮김 | 392면
273 **수전노 외** 몰리에르 희곡선집 | 신정아 옮김 | 424면
274 **모파상 단편선** 기 드 모파상 지음 | 임미경 옮김 | 400면
275 **평범한 인생** 카렐 차페크 장편소설 | 송순섭 옮김 | 280면
276 **마음** 나쓰메 소세키 장편소설 | 양윤옥 옮김 | 344면

277 **인간 실격·사양** 다자이 오사무 소설집 | 김난주 옮김 | 336면
278 **작은 아씨들** 루이자 메이 올컷 장편소설 | 허진 옮김 | 전2권 | 각 408, 464면

각 권 8,800~19,800원